《温岭丛书》甲集第十三册

释妙明集

李元春集

林汉佳集

陈应辰集

李际时集

林之松集

周鉴集

ZHEJIANG UNIVERSITY PRESS
浙江大学出版社

总目录

释妙明集

[清]释妙明 撰
楼 波 点校

松濤吟

天台妙明松圃著

道傍山泉

泉幽不在多一泓山之阿青天忽在地烏飛雲上過

涵虛見沙石流影旋藤蘿濯纓擊滄浪飲馬臨江沱

慷慨懷達士得毋發悲歌易水千古心寒風吹星河

河星照泉脈耿耿光不磨但願長自清何必高揚波

關嶺道中

透迤跨天姥迢遞起丹梯莓苔泡曉露泉聲雲衖迷

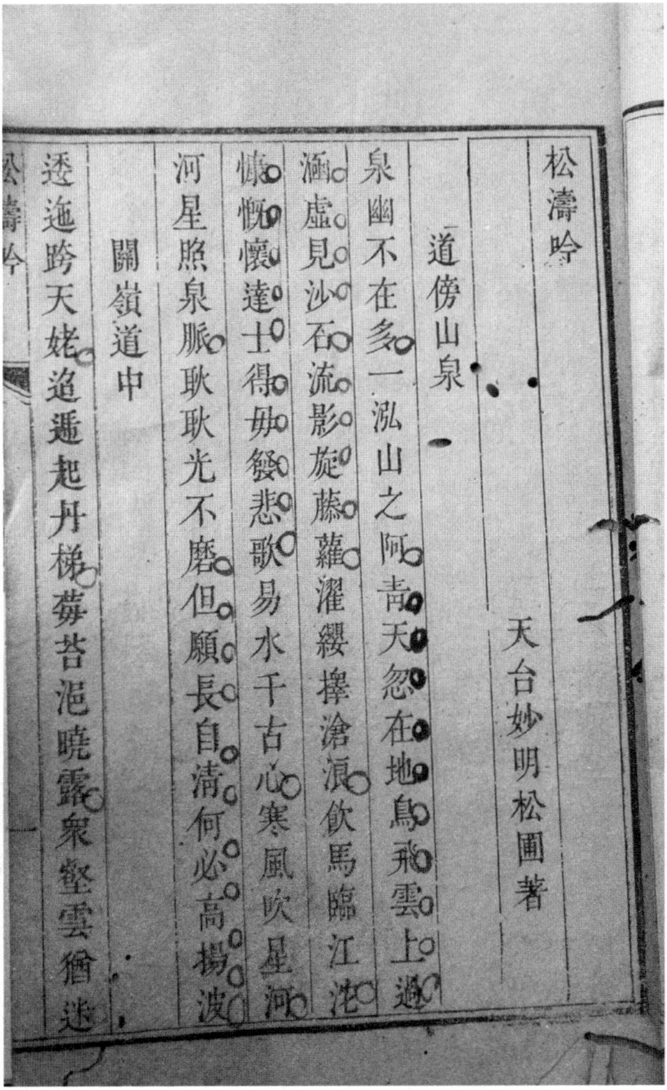

《松涛吟》书影，临海市博物馆藏

前　　言

释妙明,又名超明,俗姓谢,号松圃。浙江太平人(今温岭),清代诗僧。著有《松涛吟》、《巾峰三啸集》、《释疑论》。

妙明,生卒年不详,据陈王谟《松涛吟·序》所述和《民国台州府志》、《嘉庆太平县志》所载,当生活在明末清初,为明中叶国子祭酒谢铎文肃公后。其父长倩先生,学问渊博,工于文章,“逢辈推为模楷”(陈王谟《序》)。然而遭逢乱世,感触世事纷扰,于是就不求仕进,效仿南宋末年遗民汪水云、谢皋羽行径,远离尘嚣,寄身山野。妙明幼年聪慧,因为祖辈备受前朝恩宠,父亲不想让其招惹尘埃,使其遁入空门,而母亲由于俗缘牵缠,心有不舍。年长后,他就远离故土,“登高临深,溯吴涉越”(何纮度《序》),参访高僧大德,云游修学,“妙证南宗第一义”(陈王谟《序》)。回到台州后,先是卜筑藏修于临海之峙山,“十载惜离群”(《许云怡先生以诗寄怀次韵奉答》),潜心研究天台宗义理。后来,当事重其品行,延请其主持天宁讲寺,讲授天台三经(天台宗三大部,即《法华玄义》、《法华文句》、《摩诃止观》)。

关于妙明的籍贯和先人,另一种说法是,“超明俗姓林,闽之莆田人,泉溪忠肃王后,父以明经隐王城山”(许君征《松鳞斋集·巾峰三啸传》)。对此,王舟瑶在《光绪台州府志》中已作了澄清,“疑许说有误”。事实上,持姓谢(陈王谟《序》)、姓林(许君征《松鳞斋集·巾峰三啸传》)两种说法的均是同时代人，而且一为"法弟"，一为方外好友，又同为其诗集《松涛吟》作序，应该不会有太大的出入。但两说迥异，原因何在？有一种可以说得通的理由是，古代僧人出家，大多有种种原因，俗姓不一，不足为奇。同为天宁寺住持的明代高僧大德宗泐，其俗姓就有两说。但无论如何，有一点是可以肯定的，其父居王城山，以明经终老。陈、许持论一致，且有作者诗《秋日归省道经唐岭》自证。唐岭为台温古道，王城山亦在其上。清《嘉庆太平县志》载："王城山本名方城山（即今方岩），方言形，城言状，天台之城矣，或说越王失国，筑城保此山，唐天宝六年改名王城。"

妙明品行高洁，志趣高雅；才华出众，天赋卓绝。他"以绝代之才，寄迹于禅"（《台岳英华》引张秉甑语，见王舟瑶《光绪台州府志》）；"脱离尘滓，结契松筠"（张联元《序》）。在主讲天宁寺期间，"所拔皆祇林高足"（陈王谟《序》）；所交多贤达名流，方外高士；所居为清凉之地，无尘世纷扰，无俗事烦恼。妙明昙摩情深，"耽志真如，归宗法海"（何纮度《序》）。他阅律藏，释经论，证义理，为同门倚重，被"延致天宁，三经授讲"（陈王谟《序》），布道施教。妙明善诗工书。他诗才出众，其"体赋诗词，类多自抒素抱，丰融秀淡，直令二乾、二清（中唐诗僧乾俊、乾辅和清江、清昼，时人谓之会稽二清，东阳二乾）为之捧帚"（《台岳英华》引张秉甑语，见王舟瑶《光绪台州府志》）；其"五言古诗，七言歌行，皆堪嗣晋魏而轹三唐，即近体截句，亦绰有长庆诸贤风致"（陈王谟《序》）。他书品高尚，书艺高超，书风遒丽，"求请者无虚日，几欲效智永门限裹铁"（陈王谟《序》）。惜未见其书作存世。妙明作为清代诗僧的佼佼者和台州诗人群体中很有影响的人物，可谓实至名归。

妙明诗风自然淡逸,如“空山雨雪”(许君征《序》),以诗意的清流荡涤尘埃。写四时景色清拔旷远,如,“城头落照山光紫,几点秋鸿度远天”(《天台夕照》);“红点千家灯乱影,白浮两岸汐添波”(《八月十六夜巾峰登眺》);“一径落松和月扫,千山飞鸟带云流”(《秋日登巾峰茅庵和刘司马在园题壁间韵》);“昨夜岩前初涨雨,山花洗出满寒香”(《合潆泉》)。写田园风光恬淡素雅,如,“睥睨烟收一望开,苍官合处翠成堆。忽听歌声过耳畔,归樵两两出云来”(《九松归樵》);“风微日暖泛轻舠,半逐溪流半逐潮。却羡得鱼堪换酒,当垆不远兴多豪”(《灵江渔艇》);“住山尽道得清闲,谁解山中事亦艰。侵槛草生和露刈,沿篱竹密带云删。果偷野鼠窥人返,花折村童放犊还。收足蒲团犹未暖,催诗客又扣松关”(《山居》)。写寺院景观空灵澄澈,如,“钟和梵音沉殿角,香浮岚色上帘栊”(《天童寺》);“松影摇苔径,泉声落草亭”(《登大岭石佛精舍》);“林静远车马,心空迈品伦”(《华严阁望九松有怀他公》)。

妙明诗“有神可得会,口不可得而尽言之妙”(何纮度《序》)。“红尘隔断莲花水,清磬敲残杨柳风”(《湖山寺》),山寺的钟声怎能敲残春风?一个“敲”字意蕴无穷。原本是自然界的行为,却用拟人手法,赋予万物以人性,实现心灵的交融。又一个“残”字,更体现了“暮”的特点,这暮春、暮钟,该是静与动的完美结合。作者正是以瞬间顿悟为特征的思维方式,传达了“以心传心”的最高境界。“花气半窗消夜月,蛙声一枕度江风。”(《宿明因寺》)此联语序应该是“半窗夜月消花气,一枕江风度蛙声”。作者正是采用了语序变形手法,采取了词语超常搭配方式,使诗意更加深刻。用“一枕”扣住题意,形象地写出了作者思绪纷飞,辗转反侧,浮想联翩,难以入眠的状况。

“消”与“度”两字更是传情达意，以“境”感人。这就是王国维所谓的“造境”。

皎然在《诗式》中说：“取境之时，须至难至险，始见奇句。成篇之后，有似等闲，不思而得，此高手也。”这是“造境”一法——思由景来。妙明的《早起》诗：“梦觉寸心豁，晨光映隙明。窗虚青嶂入，阁迥白云生。银汉星犹点，幽林鸟忽鸣。新凉生薄袂，万物共凄清。”就是采用了“思由景来”的造境法。全诗前两句写屋内，后两句写野外。人在房间内，但视线已从房内移向旷野。写的是眼前景，想的却是大千世界。作者采用透视法，把青山白云、晨光银汉置于同一画面，隐寓着诗人超脱尘世的感情世界。并以实为虚，虚实相生，创造了静穆空灵的意境；由景引情，由情入理，蕴涵物我两忘、玄妙虚无的人生哲理。作者正是从多角度、多层次品味，全景式展示，充分调动所有感官（主要是视觉、听觉和肤觉），感知环境，感受世态，感悟人生，在平淡的诗歌语境中把自己的内心情感，很自然地流露和表达出来。看似娓娓道来，不露遣词造句痕迹，实则句句斟酌，字字推敲。这就是作者善于用心头事、眼前景、平常语来抒发情怀。这也就是“至苦而无迹”（皎然《诗式》），非高手不足以为之也。

妙明生平著述丰富。陈王谟《序》称，“大师曾不以此自多，即今所刻《松涛》一集，亦其记室勉恳以寿世。大师乃出生平所著，刊削校雠，凡几经慎重而后出。今之所存，盖十之一二也”。其著作不仅量多，而且题材广泛，体裁多样。单就诗歌而言，五言古诗，七言歌行，近体截句，无不齐备，而从文学体裁来说，体赋诗词，又无不涉足。更重要的是他精研教义，释疑辨惑，妙证南宗第一义谛，著述了《释疑论》。现在，我们能见到的妙明著作有三种:一为《松涛吟》。清康熙刻本,今藏临海市博物馆。“是集凡古近体诗二百八十余首”(《民国台州府志·艺文略》),首有郡守张联元及吴江陈王谟、临海何纮度、天台许君征诸序。《台岳英华》选二十四首,《两浙輶轩录补遗》选《漫兴》、《江头吟》两首。二为《巾峰三啸集》,清抄本。《巾峰三啸集》又称《巾峰三啸唱和集》,乃超明、傅冠、宋同合集,“皆三人唱和之作”(《光绪台州府志》),首有许君征序。三为《释疑论》,清抄本,五卷,今藏临海博物馆。

此次点校《松涛吟》,所用底本为临海市博物馆所藏清康熙刻本。《台州经籍志》称“清康熙十七年刻本,今存,又称潘氏三之斋藏有刊本”。从此次所用底本的字体看,许君征《序》字体与正文相同,落款为“康熙戊辰”,为康熙二十七年,应是初刻本。疑《台州经籍志》脱一“二”字。底本前还有张联元、陈王谟、何纮度三人《序》,应在初刻后或重刻时所作,故字体不一。何《序》落款无年月日,不知何年所作,陈《序》落款署“康熙岁次戊戌菊月望日”,为康熙五十七年所作,张《序》落款署“康熙岁次庚子重春望后二日”,为康熙五十九年所作。且三人署名后均有“何纮度印”、“石湖”,“东溪”、“陈王谟印”、“供奉史官”,“张联元印”、“觉庵”等钤印。据陈王谟《序》,其时大师尚在世,亲自对原刻本“刊削校雠,凡几经慎重而后出”,而底本中又有《寄挽许云怡先生》“著书堂冷松鳞老,作赋楼空枫叶秋”和《挽何石湖先生》诗,当底本刊出时,许君征、何纮度已先后谢世。可见此为精刻本,为康熙五十七年或康熙五十九年所刻。今藏临海市博物馆的当为精刻本。在点校过程中,因无他本可资对校,故凡底本中属明显错误之字,则直接予以改正,并出校勘记。凡底本中所用常见之异体字,则直接予以改正；所用较为稀见之异体字，则保留原字，并出校勘记予以说明。由于水平所限，再加上时间紧迫，错误之处在所难免，有待改正的地方也一定不少，敬请读者批评指正。

目　　录

松涛吟

道旁山泉

泉幽不在多，一泓山之阿。青天忽在地，鸟飞云上过。涵虚见沙石，流影旋藤萝。濯缨择沧浪，饮马临江沱。慷慨怀达士，得毋发悲歌。易水千古心，寒风吹星河。河星照泉脉，耿耿光不磨。但愿长自清，何必高扬波。

关岭道中

逶迤跨天姥，迢递起丹梯。莓苔浥晓露，众壑云犹迷。横渡石梁道，猿狖深林啼。飞瀑挂松杪，怪石当回溪。蒲牢出古刹，倏忽闻天鸡。踏烟下会屿，流水分东西。

种花

是花皆可爱，奚必濂溪莲。东篱酒一壶，孤山诗百篇。此中多真趣，如何向人言。荣枯有至理，根荄冀自全。静对烟云间，聊以养天年。

妙高台

乳窦群峰皆秀拔，妙高之台更幽豁。崖巅捧出倚云根，头上青天手可抹。凛然瞪目当寒空，一笑烟开山海阔。日月岩前掷弹丸，岩脚直连吴与越。龙宫虎穴生层阴，石蹬惊湍飞泡沫。俯观万象归鸿濛，时有长风起天末。坐白石兮听松声，心魂寂矣几超脱。

赠陶逸园

陶公风度何磊落，皎皎不群如野鹤。北窗拂卷薰风来，披襟挥洒独盘礴。流览古人笔意多，胸中自得真丘壑。尺幅千里空浩荡，蛟龙欲动横波浪。一块两块石棱层，千峰万峰云飘漾。似此神妙今古奇，况复长此正其时。世人莫作等闲视，虎头龙眠传伟姿。我今得过灵江水，把握不逾朝夕里。石梁华顶多胜游，乘兴图来已盈纸。君不见，元章父子善挥毫，泼墨成时烟雨交。又不见，元镇惜墨贵如金，单钩铁笔树森森。

落花歌

春已归，花已归，春风吹花花乱飞。可怜春光九十日，能得几回好颜色。一半春寒多萧条，一半春暖多狼藉。暴风急雨入燕泥，飘红堕白盈马蹄。谁人不向花前玩，谁人不对花前叹。蜂来蝶去情亦痴，落花流水日迟迟。迟日水流花散影，柳色依迷歌馆冷。百年纵使时时春，那得时有赏花人。赏花人须年少〔一〕,银筝锦瑟声声妙。一朝人老不如花,纵死花前被花笑。

校勘记

〔一〕“年”后当漏一“年”字。

同鹤公过宝藏寺

径自逆溪入,云开到上方。楼高堪挹翠,碑老已生光。煮茗分山髓,温炉切柏香。还疑庐岳胜,分韵坐松房。

题江高士幽居

风尘城廓满,此地只云烟。自得幽居趣,都忘物外缘。园蔬环碧槛,山果落澄泉。相对琴书静,人来拟辋川。

夏日同傅南厓先生、袁子鲁山登巾峰玉辉精舍纳凉,分韵奉怀天台许云怡先生,得砂字

万八奇峰下,霞深高士家。梁园传彩笔,赤峤种灵砂。清籁枫林发,闲云竹阁斜。由来支许好,遥思在蒹葭。

甬江夜泊

甬江日落水光清,半启蓬窗野色明。贾客相呼移舸近,渔人共语觉潮生。波涵新月鱼惊钓,风度疏钟雁报更。芦苇萧萧烟漠漠,歌传野店梦难成。

午日观竞渡有感

滚滚烟波思不穷，飞腾青雀竞江中。湘累岂复沉流水，浩气应知塞太空。万叠浮云衔落日，千层银浪涌长风。当年无限伤心事，此日翻为行乐同。

寄枯云和尚

结宇深山多古风，长年静坐白云中。幽泉出涧松声冷，野鹤归林月色空。自信寸心从世隔，肯将双眼与人同。杯浮何日灵江渡，瀹茗谈玄对远公。

樵云楼怀古

湖头樵已没，楼上多白云。楼高天莫问，荷风吹夕曛。

青关桥散步

花乱东风一径香，石桥徐步喜微凉。碧琅玕上谁题句，惹动天涯客思长。

黄土岭道中

金穗压阡秔已熟[一]，野香落涧菊初浮。苍烟迷雉江城暮，黄叶舞风山径秋。

校勘记

〔一〕秔:"粳"的异体字。

咏雨土

非云非雾亦非烟,近处曾无望处连。可是天因耕耨苦,故将飞土洒春田。

三月晦夜送春

漠漠春云低度檐,潇潇蕉雨客愁添。东风却为留难住,秉烛花前不下帘。

箬孔岭

西陟问寒明,岭从箬孔入。纡回叠升降,危磴势岌岌。藤萝骨我衣,猿猱向我立。丛阴失昼明,林飔吹袭袭 。乍闻午鸡鸣,树杪炊烟集。殷勤问野叟,驱犊下原隰。童竖行且歌,隔竹笑相挹。敲火烹柳芽,披襟七碗吸。聊假一饭时,从容憩瓢笠。

田家杂兴

彭泽有高士,香山多逸叟。爱山不离山,清流响渡口。刈禾筑场圃,酿酒尝盈斗。茅檐风雨来,依依对榆柳。

秋日偕许云怡傅南厓两先生暨袁子鲁山登巾峰

昨夜微雨过，秋入双峰霁。磴草发幽馨，露重沾衣袂。凭虚西爽来，江光荡无际。古径松籁鸣，磅礴恣所憩。枫香出石室，袅袅轻烟递。许询心眼灵，谈笑词锋锐。桐柏栖真人，黄芽坎离济。云旗拂飘风，龙蛇竞相厉。匡庐陶与陆，遑问有尘世。惭非圆泽流，乃缔三生契。振衣登其巅，目极群象丽。荒祠号鼯鼪，断碣碧薜翳。怀古正踟蹰，萧瑟蛩吟砌。明月生前村，渔舟方鼓枻。

采茶歌

太白峰头入莽苍，风轻景丽日初长。欢呼挈伴各提筐，短笻凉笠野翁装。蹑足直度青龙冈，俯看万象但微茫。灼灼山花红紫芳，声声野鸟啼晴光。一采一掬筐满将，归来制之嫩绿香。山家无事时烹尝，茶烟起处白鹤翔。玉瓯盛出如琼浆，沁入诗脾喜欲狂。睡魔将军不敢当，退与酒徒逃醉乡。不随鸿渐事贵郎，品泉煮茗日日忙。愿与玉川堪茶方，啜来两腋清风凉。

翠虚楼观米南宫烟雨图

曲巷危楼双峰倚，疏帘半卷幽人起。窗南窗北对青山，长川一带沧江水。主人拂几迷狄香，装界环致图画张。苍茫但觉生烟雨，风来岂复分潇湘。片帆沙头孤艇漾，森森灌木殷雷响。波如澒洞山色愁,浓云万叠皆殊状。解衣盘礴豁心眸,顿觉凉生暑气收。悠然遐想欲结宇,层崖经处如深秋。坐我丘壑广胸臆,恍惚鱼龙惊跳掷。迷离一派不见天,尺幅千里神莫测。信道米颠颠笔奇,令人相对几回思。便欲乘风过东海,月明流影下天池。

早　起

梦觉寸心豁,晨光映隙明。窗虚青嶂入,阁迥白云生。银汉星犹点,幽林鸟忽鸣。新凉生薄袂,万物共凄清。

寄西湖丁茜园先生

爱陶过白社,遐想久交神。丁度文名重,侯嬴意气真。华峰云散海,湖柳月依人。天末秋风起,因鸿问讯频。

幽　居

一丘卜筑白云间,自分疏慵昼掩关。松顶非秋风飒飒,岩前不雨水潺潺。栽莲慧远尘难染,爱马支公兴自闲。物外此时谁得似,天空月朗鹤飞还。

赋得春生柳眼中

忽睹年芳报柳条,却教诗思动官桥。渐看应候舒青眼,乍喜怡人舞细腰。李子行来衣漫染,张郎望去态全饶。春风得借传消息，玉勒金鞭几驻镳。

春日雨中投五峰

芒鞋踏翠半侵泥，野渡惊涛倩杖藜。饥隼捕禽窥老树，游鱼斗水上高畦。疏林烟冷钟声动，乱壑云埋客思凄。欲解诗瓢天又雨，品泉分榻借幽栖。

山 居

住山尽道得清闲，谁解山中事亦艰。侵槛草生和露刈，沿篱竹密带云删。果偷野鼠窥人返，花折村童放犊还。收足蒲团犹未暖，催诗客又扣松关。

读傅南厓先生志怀诗感赠

秋老东篱菊有霜，高楼吹笛动沧浪。游还南国余烽燧，贫似西州鲜橐囊。诗思浣花溪上好，情怀杜若路中香。《七哀》《九辨》皆如此，不听猿啼亦自伤。

阻 雨

宿雨愁为客，高轩对此君。寸心羡飞鸟，千里破重云。

虹桥霁雪图

万峰开霁动征鞍,半幅吴绫展觉宽。蓬岛有仙知不远,玉虹长驾月宫寒。

题翠云山赠宗达大师

拔地千寻翠,连天一片云。幽人挥尘处,佳气日氤氲。

新　竹

渭川云气暖,风格欲争奇。露落青梢放,风来紫箨吹。虚心凌碧汉,劲节出疏篱。犹幸霜根结,寒深不负期。

和冷岩和尚雨中过二灵访友

卜筑湖山胜买山,水晶宫里卓禅关。片帆挂雨遥相访,仿佛山阴放棹还。

其　二

依稀点出米家山,烟水茫茫一带关。相送柴门人杖笠,隔湖云趁老僧还。

和友人明妃曲

拨尽琵琶恨未倾，满朝空自列簪缨。只愁妾向单于入，转使边城不解兵。

赠琳公

楚人获璆琳，乃在荆山侧。未剖韫光辉，怀献曾不识。二王罪见欺，蒙鉴不解惑。一朝经琢成，茅社陵阳锡。咄嗟天地间，知音宁易得。会遇良有时，藏修须努力。

紫山桥

买山曾自爱支公，春暖烟林湿翠蒙。何必丹砂勾漏觅，云开试向小桥通。

新月池

池开眉月漾寒漪，风动波光云乍移。种得白莲香可掬，一钩蘸影沁诗脾。

合潆泉

禅宫寂历隐松篁，碧水双潆派合长。昨夜岩前初涨雨，山花洗出满寒香。

瑶琴涧

转壑分池碧涧长，游人伫听万缘忘。无弦自有清商曲，莫作波涛出下方。

月　食

乾坤毓万灵，日月昭天德。照临功无私，暗蚀有时及。人当际至危，罔不呼天急。每见天佑人，人靡酬天力。黄童与白叟，纷纷钲鼓击。中宵起傍惶，光消轮已仄。亦知救无补，心焉自警惕。我闻灵台司，云乃日躔逼。麟经虽不书，阴慝宜荡涤。因思卑下忧，安能达穷极。亟愿清光苏，蟾蜍仍历历。

栖云山房牡丹歌

春色已老梵王家，浓阴满地飞松花。群英狼藉淑景移，感时能不兴长嗟。看到名花夸富贵，绿叶层层护深树。芬芳乍拟钵吐莲，烂漫旋惊自天雨。雕栏掩映酡颜匀，蓬壶仙子下芳尘。重重锦幄笼轻日，明霞落槛低苔茵。游蜂逐队迷香雾，魂酣翅重迟归路。幽鸟欲衔不敢来，飞飞频向檐前度。此日主人兴转多，非丝非竹非笙歌。茗杯交错毫楮列，心醉何须金叵罗。君不见李白仙才彩笔妙，清平千载称绝调。惭余潦倒肠久枯，句拙恐惹花神笑。

怀素种蕉图

怀素种蕉学书日，万绿参差绕禅室。腕底俄惊风雨生，毫端时讶烟云湿。天下独步李白怜，真迹遂为千古传。逸少伯英去已久，独留书法与张颠。

再登茅庵

扪萝蹑蹬势嶙峋，芳草寻幽有几人。尘世须知行乐少，上方犹喜到来频。窗含西浦九峰晓，槛接东湖一片春。驾鹤仙翁何处去，垂阴门外只松筠。

雨中同友送别浦和尚住说法台途中限韵

乳窦风高寰宇震，铃铃金策度春山。苔分古道流泉急，烟骨新枝啼鸟闲。眼豁台端层翠涌，心空渡口片云还。戒公说法知名地，又听雷声顿破顽。

秋日题龙顾山房

金风昨夜度山房，报道江城秋转凉。曲雉浅环红叶醉，幽禽冷啄白云香。微吟短句乘新月，静听疏钟带晓霜。尽日空庭尘不到，炉烟缕缕裊修篁。

登香岩山

烟岚时缥缈,翠度几重林。晓日峰前涌,晨钟坞外沉。振衣情汗漫,纵目气萧森。虎啸风鸣壑,遥天海色阴。

过延丰寺

石径沿流入,云高竹影清。野猿偏认客,涧鸟若通名。疏翠依窗落,孤烟隔垅生。仙人何处去,玉洞倦游情。

登峒峙山

雾敛日初出,海天一望遥。片帆依岸际,千树插云霄。涧暗鱼龙隐,山深麋鹿骄。神楼如可接,星斗不须招。

登妙高台呈退庵老和尚

万峰插雾翠高低,细草香苔暗曲溪。涧泻流泉无昼夜,崖悬古木自东西。阴生虎迹行来险,寒入猿声听欲迷。钵底青莲开白日,愿从火耨借枝栖。

天童寺

径入松杉翠霭重,岧峣碧嶂启禅宫。双池浸月波纹净,七塔侵云石窦空。钟和梵音沉殿角,香浮岚色上帘栊。支筇欲陟玲珑顶，太白峰高路可通。

登大岭石佛精舍

岭入幽篁里，山开疑五丁。杂花香案艳，一火石窗青。松影摇苔径，泉声落草亭。归鸦啼不尽，翠色掩云屏。

和洪鼎臣先生水中雁字

南还北去思悠悠，一幅波笺写素秋。风急洞庭书半草，烟霏衡浦墨初浮。行行忆展临池兴，泛泛宜缄片叶愁。自是白云天际客，不将锦字付东流。

蛱蝶

高低並翅探丛芳，欲去还留几梦庄。嫩绿翻衣沾晓露，残红乱目眩斜阳。几回倦舞依丰草，倏尔随风过短墙。珍重花阴深处见，恐遭纨扇扑和香。

望小两山感乱

昔日屯军战此山，三千将士几人还。只今土垒闻啼魄，愁杀金闺梦里颜。

赠丁处士

星明处士映天台，控鹤何年去复回。谩道白云堪自悦，人间亦别有蓬莱。

挽桂雪兄有小序

桂雪从兄自披缁后，足未尝复履台山，嗣法天童山老和尚，挂锡禅林二十有余年矣。余戊午冬受具天童，始得一晤，忽复参商。壬戌春，余重登太白，不期兄已没于武林。噫！云水无定，生死无期。忆昔话旧于竹房中，顿觉潸然，终宵不寐。时山月窥人，松声撩耳，爰赋短章，不胜扼腕。

竹房寂寂但闻钟，古渡寒烟失雁踪。月满空山云满榻，子规啼血过前峰。

其　二

太白峰头碧树横，溪云堤草旧时情。吟魂似向胥江度，只影徘徊月二更。

客中送别

萍聚他州春又分，飞花流水怅离群。与君同是天涯客，相赠峰头一片云。

奉怀家容庵州牧返闽中

驱马返闽州，仙霞磴路幽。黍禾乱后赋，鱼雁望中愁。偃仰东山卧，萧条南海游。生憎一轮月，偏照两城秋。

登云屏山金仙院

云屏峰迥隐招提，林暝松篁仙梵低。归路不知云已满，但随流水出桥西。

赠妙峰主人

岩门启处乱云过，下界人烟半白波。怕踏红尘趺两足，月明潭畔卧烟萝。

得家容庵州牧书寄之

忽报朱公子，闽中疋马来〔一〕。三江堤草发，千里垅梅开。书道青山意，诗吟白雪才。殷勤谢归客，传语到南台。

校勘记

〔一〕疋：《说文》"疋，足也。"古文亦作"雅"，《尔疋》即《尔雅》是也。此处为"匹"之异体字。

暮春寄远峰和尚

竹色松阴非旧秋,落花寂寂趁波流。寒江钟过东风晚,啼鸟一声山雨收。

天宁寺后院双盘桧

不辞攘剔久,双秀出群芳。屈曲枝交织〔一〕,婆娑叶傲霜。风回狮抖擞,月上鹤翱翔。开落凭红紫,苍苍对法王。

校勘记

〔一〕织:底本作“铁”。“鐵”与“織”,形近而讹。今改。

夜坐慧明寺卧云斋

雨过山中六月秋,卧云深处碧光浮。坐来夜午情偏惬,明月半窗松影流。

同友人过清隐庵

携手穿云渡碧溪,溪斜峰转见招提。忽然话到高声处,惊起黄猿上树啼。

对菊

年年笑对菊花开,花笑年年人去来。人去人来□□改,花开花落岁时催。骆丞冒雨怀谁寄，陶令归□□独栽[一]。日暮东篱无限思，殷勤为语护根荄。

校勘记

〔一〕栽：底本作“裁”，形近而讹。今改。

题逸樵和尚所藏画册

群峰相向夕阳斜，茅屋悬崖三两家。舟系绿阴天欲暝，隔溪野寺白云赊。

云中塔影

矗破寒云画不成，几多归鸟认还惊。忽然月吐峰头白，截断长江一派清。

晚投环翠山途中值雪

云酿征途晚，天迷四望赊。千峰飞柳絮，一径落梅花。归鸟愁巢失，行人吹笠斜。峦光已掩翠，明月映银沙。

闲居

乍晴乍雨养花天，恼我摊书只爱眠。种得药苗疏灌溉，携筇谷口引流泉。

经小寒山旧址

双峰江上几千秋,猿啸空林动客愁。荒榭烟沉苔漠漠,危楼风撼鸟啾啾。园开金谷人何在,魂逐苍波帝远游。惆怅花宫归梦杳,惟余明月照寒流。

留题慧明寺

万株松树数竿竹,结宇依崖媚幽独。岁月人间总不知,白云时向檐前宿。

秋日登巾峰茅庵和刘司马在园题壁间韵

花宫高启帻峰头,百雉平临海气秋。一径落松和月扫,千山飞鸟带云流。窗前塔影悬图画,槛底人声到客舟。自是烟霞能送目,题诗多为谢公留。

柏溪道中纪事

秋色千山老,幽人汗漫游。溪喧流乍涨,林朗雨初收。兴为探奇发,名因作赋留。拼将双蜡屐,踏遍雁峰头。

老僧岩

烟霞作供石为邻,定里都忘秋与春。猿鸟不惊花自落,一轮山月照迷津。

灵峰寺

路尽盘回抵梵宫，晴峰拔地势巃嵸。灵芝仙掌明霞映，石笋云幢飞翠蒙。寂历野花闲洞口，潺湲枧水到厨中。酣情多少幽奇处，夜月疏钟思不穷。

维摩洞

流水忽分响，悬崖径草茸。断碑荒藓合，古洞乱云封。雾重黄垂橘，烟寒翠偃松。浮阴生客袂，鸦影落长筇。

剪刀峰

炼出并州古铁纹，几裁飞瀑倚斜曛。年来玉女慵针线，抛向峰头剪白云。

真济寺

洞口溪头望不迷，短筇翻露入招提。峰纹斑驳苔痕重，波影浮沉岚色低。声动斋钟灵鸟下，香寒岭橘野猿啼。澄潭皎映月初上，欲解轻装信宿栖。

晓过飞泉寺

山空忽闻钟,林深疑无路。少憩问山童,遥指隔烟雾。

寻太白书院故址

迢递披荆路欲迷,闲云趁过洞门西。青山红树留荒址,白石苍苔觅旧题。诗思空教余鹿嶂,书声犹觉满龙溪。几番谷口重回首,落日秋风鸦乱啼。

大龙湫

遥观银汉下,近与铁城连。日照还舒锦,风生忽卷烟。洒潭飞雨雪,激石撼山川。披对迟游屐,倏然万虑捐。

题南厓先生画

云酿群峰天欲雨,风生深谷树含秋。钟声忽向林端出,知有梵宫居上头。

送　别

握手红亭下,烟清月复寒。群鸿天际落,芦苇满前滩。

渡钱塘

遥望高城万叠峰，春江十里水溶溶。平临苍莽楼台壮，隐现帆樯烟雾重。宋帝宫前惟白草，伍公祠畔有青松。客心莫向归潮问，岸柳依依拂翠浓。

检读枯云和尚寄别诗书怀

江上题诗寄薜萝，诗情离恨满江波。照人江月还如旧，两地春风花落多。

谒邹将军祠将军晋时人，兄弟咸有平寇之功，台人请立祠靖江山上。

晋代冠裳乱兔葵，犹存古庙泣边陲。鹳鸰原上长驱鳄，虎豹村中共读碑。月照一江光跃剑，风号千树影飘旗。扪萝来眺烟云里，花落春山叫子规。

采莲曲

田田莲叶摇，亭亭花色娇。碧叶红花两相间，荡舟那顾回舟晏。两两争花花更香，笑声惊起双鸳鸯。

松山道中口占

十里松山路，松风吹客衣。故人青嶂外，遥望白云飞。

游南屏兰若

绕畦十里到南屏,指点遥山入汉青。扑袂露粳香自重,迷邨霜叶醉难醒。藤悬仄径藏麋迹,花落方塘点鹤翎。清磬数声催日夕,岚光摇飏半云亭。

渡三江至宝藏寺避暑分得沙字

波平潮欲返,傍岸柳荫斜。野店扉编竹,江村路踏沙。孤峰出晚雾,暗壑淡晴霞。卷幔凉风起,茶烟鹤影赊。

重过雁山道中有怀傅袁二公

峻岭天高动海风,奇峦促翠放芙蓉。烟开断塞遥闻柝,潮急寒江尽挂篷。瓢笠曾随康乐至,琴樽谁复嗣宗同。赤城回首知音隔,秋老迷离万树红。

傅南厓先生订游天台不至于宝藏寺志怀

十载烟霞梦石梁,长吟李白句如狂。迟君不至萋芳草,怅望松门落夕阳。

沐箫台 台在东瓯,相传子晋沐箫处。

瑶台仙子多行乐,手弄玉箫乘白鹤。玉箫沐罢向云中,千载寒泉空漠漠。

过大岙

隔垅问童子，缘溪有路通。相亲鸠引雨，欲坠燕翻风。山石歊云白，桃村酿水红。虚光征兴远，入望翠濛濛。

琳山庙

琳山罗古木，石级开珠宫。坐久话樵叟，虚廊生阴风。

桃源

溪水日日流，桃花年年开。所嗟寻洞客，那得具仙才。灵气挹不尽，翠光拂又来。穷源断桥口，照影空徘徊。

宿看壁山房分得歌字

盘回危岭下层坡，忽见精蓝隐石阿。猿鹿避人惊短杖，儿童喜客解高歌。榻张旧衲云增重，枧泻新泉雨更多。佛火一龛耽兴剧，归巢宿鸟集庭柯。

明　岩

巉岩四壁翠流烟，月窟长开洞里天。马首独留仙迹在，鸟声啼尽落珠泉。

寒　岩

何年鬼斧劈岩城，托迹犹传寒拾名。灌顶昔曾栖野鹊，至今天半有桥横 。

桃源怀古

风竹尚余环珮响，溪山无复二郎来。穷源行逐春云落，但见碧桃花自开。

喜晤霞标法师于寒岩

云峰破雪睹师颜，十载流光隔远山。烟冷松窗同秉烛，一亭花雨异人间。

菊

数点黄金数点秋，夜深露醉暗香浮。陶潜去后谁知己，剩有寒松可共俦。

仙人石

片石仙如在，云飞双阙开。一声吹铁笛，万壑送秋来。

石梁观瀑

桥驾晴虹飞练光，银河倒泻斗牛乡。青山忽破雨淅沥，白日已沉风怒扬。幽鸟衔花惊不下，灵蛟鼓浪势如狂。那知图画空传迹，到此都令心骨凉。

登华顶

蹑屐奇峰最上头，风高扑面冷烟流。青多通地莲舒瓣，白尽浮天蜃结楼。罗刹江空遥接海，扶桑日出近凝眸。拜经仿佛师如在，石磬停时龙出游。上有拜经石、龙爪泉。

高明寺

林雨初收润屐苔，危坡下尽梵宫开。溪流活活盘崖出，树势层层蔽壑来。风度鸟声歌几席，日悬金色映楼台。圆通洞口思陈迹，献果神猱乘月回。

石梁近有舍身者感而咏之

何事游人痴若狂，名山一死骨云香。谁知风雨多啼鬼，桥畔从今是北邙。

赠傅南厓先生游台雁归

懒向西湖载酒游,却来东海访丹丘。桃源杯泛胡麻熟,龙鼻泉鸣玉液浮。红叶林开山月晓,白鸥机息水天秋。诗成啸傲舒青眼,不问繁霜上客头。

次天岳老和尚宿天台城西精舍题壁

千峰恣幽讨,一榻爱溪留。带郭人烟暮,冲云雁影秋。闲情临野水,客思动高楼。明发霞城路,霜钟在杖头。

宿明因寺

买山何必成深隐,手种园桃今已红。花气半窗消夜月,蛙声一枕度江风。

秋日过九曲兰若

红点平林色已秋,九盘行尽碧松头。草堂深掩幽篁里,客自开门云满楼。

翠云山慧因寺

翠云山势接青天,古木阴森众壑连。野市桥开浮晓色,溪流阁迥散晴烟。断碑犹剩咸淳字,阐法曾推真□禅。飞尽劫灰金碧丽，数声清磬月初悬。

同宗公晚投多宝寺

暝烟余落照，樵路半成阴。竹色迷前浦，钟声出近林。井泉和月汲，山蕨带云寻。归鸟有同意，悠然递好音。

灯节后一日送绍南和尚入塔

茗香谁复品临池，犹忆张灯昨夜时。一枕青山春不晓，梅花空见发南枝。

答黄龙法持和尚原韵

君发山阴道，帆悬荻岸秋。高松鸣野鹤，浅滩起沙鸥。莲结宗雷社，诗成寒拾俦。行行重话旧，明月上峰头。

访盖竹洞

云断不知处，水流洞转开。鸟啼�翠合，龙卧海风回。许迈床欹石，葛元茗覆莱。天门高岝㟍，凝想自徘徊。

赋得归燕识故巢和汇藻和尚韵

入幕怜相识，花飞影不迷。杏梁依故主，花径拾香泥。曲巷随风度，虚檐带月栖。几回惊客梦，细语草堂西。

秋日香台赠别洪孔章返四明并有江楚之游

香台古树秋风起，忽听出关嘶騄駬[一]。海云沉沉色暗阶，朝雨乍鸣洒兰芷。整衣抛锄罢灌园，握别伤情转徙倚。武彝崔巍征鸿遥，却望四明是故里。暮景高堂髩已霜，念切藜羹奉甘旨。云和弦断久无声，寂寞凤楼悲箫史。健翮未展空扶摇，弹铗侯门寡知己。秦斯晋恺世所稀，君能兼之良有以。有泪不洒别离时，丈夫气吐虹霓似。七月八月雁南来，明年柳发期还此。离歌一曲路迢迢，蒹葭白露洞庭水。

校勘记

〔一〕騄駬：亦作“绿耳”。马名，周穆王八骏之一。

千丈岩观瀑

陡出高崖插雾中，孤松独倚望寒空。倾翻万斛鲛珠色，织就千丝玉女工。足底秋风黄叶起，眼前朝旭碧烟笼。此身宛在琼台立，疑与银河一道通。

题怀园甘公指头画

虬枝交错老龙鳞，独立苍鹰迥绝伦。韦偃毕宏空妙手，谁从指上吐精神。

冬日寄怀傅南厓先生

高峰对我室，明月照我楼。岁序忽云暮，寒风吹飕飕。此时发遐思，伊人湖水头。木叶已尽脱，衰草霜花浮。人生朝露晞，青发曾不留。良会犹秉烛，况乃多离忧。愿言招鸿鹄，并驾入云游。

湖山寺

金地天开湖水东，买山何必羡支公。孤帆江上寒烟断，双帻城头晚翠笼。珠阁禅心虚夜月，石桥诗思动晴虹。红尘隔断莲花水，清磬敲残杨柳风。

雨后过慧明寺次陈太史颖侯赠月堂和尚韵

一径岧峣入，幽怀觉窅然。分来云外地，凿出洞中天。雨歇花逾艳，风高鹤未眠。澄潭明月印，相对共安禅。

送傅南厓先生还武林时有重游天台之约

碧天枕色正苍茫，班马萧萧客路长。彩笔空教余赤峤，归心早觉度钱塘。官桥杨柳摇寒月，远渚蒹葭动晓霜。洞口桃花春更发，与君重访白云乡。

题四景山水图

春

断桥春水生，孤亭晓烟没。悠悠天地间，石室胜金阙。

夏

碧梧浮高阴，绿竹漾新翠。幽怀人不知，静与飞泉对。

秋

烟寒红树林，秋老白云路。此中太古村，应有高人卧。

冬

练云接琼台，银花妆玉树。为问灞桥头，几人得佳句。

紫云洞

赤城圮寺壑深窅，卧佛幽岩云缥缈。洞门突兀紫云蒸，光烛楼台海日晓。碧池水浮苔漾衣，风作辘轳泉嫋嫋[一]。顶上丹灶石不烂，神虎时来窥月皎。玉霄真宰跨白龙，翠旗翩翻出万表。行坐此间神骨清，鸟语枝头声了了。

校勘记

〔一〕嫋：同“袅”。

谒双忠祠

烟波深处谒双忠，衰柳残梧思不穷。姓字俱埋存古道，麻衣一著见高风。身分朝野纲常并，祀配湖山瞻仰同。赋就招魂空有感，遍将血泪洒丹枫。

对　月

皎皎天心月，浮云何处生。长风吹不尽，桂影寂无声。

早秋题栖云山房

清风一带芰荷香，十里松阴衣袂凉。抛却红尘千万斛，独收秋色到山房。

病　起

扶筇犹乏力，隐几亦伤神。为我问樵子，梅花几树春。

秋　夜

林塘瑟瑟动高秋，水碧霜清两岸流。明月满空天一色，虫声四壁助人愁。

登景星岩

巀嶪层峦霄汉间，我来登眺开胸颜。明霞灿烂夕阳里，群峰缥缈多回环。玉柱撑云天为设，卧龙冈上腥风烈。岭荫寒松吼翠涛，洞挂晶帘飞白雪。此地由来擅觉场，传灯炯炯垂空王。高卧贯公招不出，石床花雨纷天香。简老芳名垂简册，千秋芳躅辉泉石。吴公翰藻洵不磨，琅琅读罢感今昔。须臾皓月印清池，啼猿归鸟风凄其。欲寐不寐挑灯坐，悠悠钟韵绕花枝。

陟冈歌

陟高冈兮无坡，泛沧海兮扬波。道路修阻兮奈时何。

春日怀鲍子承侯

幽居春日永，移榻傍危栏。梦转啼莺久，书成附鲤难。暮云牵远思，宿雨酿轻寒。芳草萋萋绿，愁人忍独看。

赠宗公刺血书法华

竺典此经重，苾蒭乘愿坚。三春甘澹食，一舌刺红泉。开卷光芒动，融心玄妙传。文人饶慧业，须种舌根莲。

日　暮

野色苍茫啼鸟归，高林返照闭柴扉。凄其倍觉深山晚，处处蝉声咽翠微。

赋得昨日春归今日夏次友人韵

当户南山翠作堆，呢喃乳燕梦初回。闲愁不逐春风去，幽兴偏从夏日来。时序惊心嗟逝水，云山极目喜登台。杨花如雪榴如火，枕簟将移碧水隈。

寄宗公关土

人皆奔世路，尔独结松关。事向尘中了，心从觉后闲。岫云朝淡荡，涧水夜潺湲。睍睆啼莺切，春风隔远山。

晨起漫兴

屋角鸣幽鸟，晨光石窦生。玉绳云气淡，珠阁露华明。峰色微微见，林香漠漠清。披衣成独坐，万象著闲情。

送蟾白大师

风雨连床话正深，兴来携锡步遥岑。相逢白首荷衣敝，惜别青林草露侵。时序百年悲短梦，江淮万里寄长吟。月明今夜知何处,愁听高山流水音。

挽祖宪和尚

忆别溪头春暮时,十年回首梦迟迟。闲云不散青松户,明月长吟白社诗。草色凄迷添旧恨,鹃声寥落剩残碑。悬知寒拾相招去,会向谈经碧藕池。

秋日寄怀许云怡先生

曾忆双峰共放歌,江天入望兴偏多。几番风雨添离绪,十载韶华叹逝波。键户著书怀磊落,开山结宇愧蹉跎。故人家在清溪侧,为借西风倩雁过。

闻　鹃

春色留难住,鹃声听转哀。月明依树杪,风急下岩隈。故国魂应断,终宵唤不回。那堪啼破血,洒作野花开。

秋日宗郡伯园林即事

天迥秋云薄,园开晓霁凉。高阴桐拂汉,疏翠柳垂塘。猿鹤呼童引,琴樽爱客张。分题忘日暮,仙吏兴何长。

小　猫

堪爱多趫捷，时时跳跃频。畏寒常入灶，索食每依人。犬过身全伏，鸦鸣眼忽瞋。几番花下卧，方信画中真。

和蟾白大师秋日同登峙山

闲情谁共适，携手拨松云。岭迥寒烟接，江遥古树分。矶头罾影落，牛背笛声闻。得句秋光老，高吟倚夕曛。

过谢翰生园中看菊

秋色怜谁得，来寻高士家。香幽含露重，枝弱战风斜。谢眺诗偏好，陶潜兴更赊。品题须著眼，莫待妒霜花。

七　夕

此夕传闻驾鹊过，试看犹自隔银河。相逢天上难如许，离别人间更若何。

酬王文学丹山见贻原韵

卜居安蹇劣，一壑远尘中。采蕨时偕鹿，眠云常倚松。高怀瞻百尺，佳句得三红。漫道烟波隔，从今幽兴同。

有 感

晓山半出白云封,目断寒烟老树重。已被秋风惜离别,非关梦破五更钟。

返故园志感

入梦乡关数十秋,沧桑人事不胜愁。当轩寥落颓垣剩,覆屋离奇老树留。几片白云飞北垅,一声寒雁度南楼。天高难问还搔首,月冷山城夜气浮。

述怀答莲敷法师见贻

老屋埋云昼懒开,蠹鱼甘作傍岩隈。伤怀欲下悲岐泪,养拙深惭出世才。寂寂春阴常隐几,娟娟夜月独登台。忽传郢曲多幽兴,读罢松林鹤正回。

石夫人

青山天辟作香闺,谁是良人望不归。对月懒梳新样髻,和云还著旧时衣。应驱翟茀朝丹阙,肯奏鸾笙下翠微。一片贞心浑不改,任从春老落花飞。

用海印孙雨后韵兼示诸禅人

高阁凭临晓思清，携柑便欲听啼莺。林霏一抹山光润，麦浪频翻野色平。蝶舞飞花红影乱，鳜排浮荇碧波生。藏修莫负韶华好，为喜幽居得放情。

和诸文学九日宴徐邑侯于灵泉寺

磴入祇林俯碧泉，晴峰秋老色尤鲜。尊开北海同良友，座有南州似昔贤。奏乐张灯萸插席，疏钟残月雁横天。诗成珠玉酹佳节，不让龙山落帽筵。

望瞭倭山有感

冷烟荒冢石嶙峋，一望凄其泪湿巾。古渡夕阳闻笛后，那堪孤月照青燐。

归省留别何山大师

未了禅心尚忆家，白云望里思偏赊。高堂鹤发秋风冷，一杖辞君破赤霞。

治圃

欲遂幽居事，披衣度陌阡。荷锄培瘠土，刳竹理新泉。日涉亦云僻,不窥旋觉偏。放情聊避俗,来往白云边。

雨后郭外晓行

雉堞明初日,夜来微雨收。风声梳树杪,云气洗峰头。古庙寒鸦起,荒亭瘦马留。因思庐岳士,长得遂林丘。

承洪徂徕居士见招即席赋谢

不与世情接,幽居得自然。生涯惟竹树,胜赏只诗篇。篆挹金炉细,香分玉版鲜。春风坐终日,归路夕阳前。

白枫山观海

振衣极目白枫巅,浩渺烟波接碧天。霞浸金鳌千浪涌,风回牡蛎片帆悬〔一〕。遥遥帝子南来日,泛泛昙摩东渡年。人事沧桑难可问,空余宸翰焕林泉寺有宋高宗御书联。

校勘记

〔一〕牡蛎:别名“砺哈”、“蛎房”。台州人多以别名称之,故“蛎”亦写作“砺”。今改为“蛎”。

过西安寺和壁间韵

欲挹螺峰胜,苍松白石间。溪回三四里,村隔几重山。学语禽调舌,搜诗客敛颜。悠然无一事,终日闭云关。

简何石湖先生

爱著羊裘傲五侯，层轩列树俯清流。挂冠久作青门想，炼药能教黑发留。何逊襟期梅映阁，庾公诗兴月当楼。相随只合吟丛桂，放眼闲看沙际鸥。

寿邑侯佩芳邢公重九前一日诞

卿云烂烂映三台，佳气遥瞻石室来。月照清樽弦正上，香浮绮席菊初开。已知邢伯匡时彦，更羡兴公作赋才。欲借金茎仙掌露，殷勤为进紫霞杯。

次蔡广文次梁见贻原韵

苍崖养拙结蜗庐，久向人间感索居。忽报篮舆云外入，却移竹榻月来初。山肴自愧陈清供，墨帐思从叩秘书。白云吟残金石振，还愁才尽句难如。

宿佛窟山

一入山中万虑清，到山倍结住山情。溪声彻夜怜虚枕，何事人间利与名。

赠王闇如

落落新安子，萧条向赤城。王维传妙手，程邈饮香名〔一〕。花发辉龙剑，月明闲石枰。真成湖海士，斗酒倦逢迎。

校勘记

〔一〕“名”当为“茗”。

同南厓先生袁子鲁山东湖纳凉怀古限韵

江城开晓色，迳转柳丝斜。环郭波千顷，隔烟村几家。放眸云汉迥，扑袂水风赊。宿雾全消日，遥岑半浸霞。拂栏穿翠竹，倚槛见晴沙。景物原无尽，劳生自有涯。楼高怀作赋，湖废已无花。诏下嗟龙去，心飞感鹤遐。亭前余牧马，堤畔寂游车。樵路岚光重，女墙薜影遮。泪残悲堕碣，浪静忆乘槎。渔罟牵芳藻，禅关冷碧纱。苍凉增客思，缱绻惜年华。胜友逢时赏，浮名任世加。暂忻离市井，何必列茶瓜。方散林间雨，翩翩闲噪鸦。

秋夜读心壁和尚雁游诗并谈客况遂尔彻夜

烧烛江城夜，新诗啜茗看。调高泉万丈，句险磴千盘。岐路秋风早，枫林客梦残。楼头霜月迥，漏彻两峰寒。

许云怡先生以诗寄怀次韵奉答

清溪遥望里，一雁下寒云。远梦蒹葭冷，高歌猿鹤闻。孤峰耽卜筑，十载惜离群。缩地惭无术，空怀大许文。

东路埠舍舟乘月至翠云山道中

潮落海门白，鸡鸣古渡头。灯光流野店，松影压山楼。天旷疏星炯，田荒仄径幽。行行清客思，晓色已东浮。

古城奠亲墓

几年游子隔天涯，此日茔前思转赊。芳草冷烟春漠漠，洒将血泪遍山花。

其　二

古城回首暗销魂，盼尽苍松隔墓门。一片愁肠天共阔，那堪垄畔咽啼猨〔一〕。

校勘记

〔一〕猨："猿"的异体字。

赠韩守戎天英陛见

甲兵胸久贮，奏达重元戎。意气君能任，才华谁与同。弓张金殿月,马跃玉阶风。自得天颜喜,宏勋况魏公。

寄怀王文学丹山于靖江山房修台岳英华诗

翩翩豪气重三台,侨馆遥从东郭开。久向骚坛推李杜,更于莲社得宗雷。奇思月浴波涛涌,逸兴烟横塔影回。几度怀君云树隔,春风落日为登台。

秋夜感怀

天高气肃银河耿,往事伤心叹逝波。月色却怜今夕好,风光又是一秋过。排空雁字冲云起,隔幔萤灯傍草多。俯仰此时增百感,朱颜金石亦消磨。

白　菊

东篱月照露添肥,几向窗前迓白衣。独倚西风呈素艳,园中谁共斗芳菲。

和冯松岩水部得孙原韵公尊人少司寇蒿庵有知还堂

绿野知还岂异论,故交为问几人存。看花驿路终如柳,舒啸苏门且似孙。更喜载车堪侍祖,好将投辖共开樽。香山雅会容如满〔一〕,访竹寻梅过别村。

校勘记

〔一〕容:当为“客”字。

题　画

白云霭霭树森森，飞瀑千寻泻绿阴。风度樵歌桥上过，北窗相对两无心。

送别张武名先生

归心已定莫攀留，折柳西郊江水头。过雁一声山万叠，秋风无处不离愁。

秋日归省道经唐岭

狮岩平接步岖嵚，木叶霜晴啄野禽。自笑禅心犹未了，秋风岁岁一登临。

啸月山房小憩

村落浮阴唱午鸡，穿云乘兴入幽栖。倦依竹榻芭蕉下，梦转蝉声日已西。

佛牙香

异种曾传涌塔前，纹成古铁宝花缠。至今千载香堪挹，不羡当年钵底莲。

春日久雨

细雨拂檐槛，寒生短褐轻。苔深疏过客，花落未啼莺。城郭苍烟合，江村白水横。扶桑劳望眼，高卧恣闲情。

恭送鸿福老人灵龛舟泊棚浦值雨

浦口潮来夜雨悬，一龛停处冷江烟。那堪蓬掩渔灯灭，杜宇声声野店前。

挽何石湖先生

陶令归来逸兴长，栖迟垂柳碧溪傍。驾虬忽讶排高阙，化鹤何时返故乡。风动绛旌留姓字，奎摇碧汉焕文章。凄其鶗鴂惊残梦〔一〕，落月空余照屋梁。

校勘记

〔一〕“鶗鴂”同“鹈鴂”。

夜月泛舟

天迥江光静，岸移帆影频。青山已过枕，明月只随人。戍垒鸣霜柝，村桥动野燐。萍洲横棹响，宿鹭起平津。

暮春同友香台清话

香阁春阴散，苔深宿雨收。傍池龟引曝，理圃鹤从游。客有青门隐，诗惭白云酬。往来幽兴熟，月上两峰头。

山窗雨雪交作

霰急茅檐风怒号，朦胧霜月映窗高。匡床云满难成梦，卧听寒松卷翠涛。

喜引青桥成

百尺飞虹喜乍跻，绿翻云影树高低。从今胜地多佳话，送客何妨过虎溪。

自　遣

日永疏来往，双峰对颇幽。检方攻旧疾，得句送新愁。啼鸟林间出，落花苔面收。临流发清兴，松籁转悠悠。

春日过杨总戎筠江墓

黄犊驱奔向墓门，杜鹃声里暗销魂。英雄千载归黄土，唯剩荒祠住子孙。

暮　春

鹃声悲帝子，草色怨王孙。寂寂春将暮，长吟但闭门。

水　碓

茅屋烟波里，石桥莎径通。隔堤还听雨，溅袂忽惊风。起伏如人力，枢机夺化工。湿香浮玉粒，啼鸟下寒空。

寄怀宗公

帻峰直上望天末，渭北江东无限情。曾记当年太白下，同趺松月到三更。

赠济川师于关中

键户白云中，高怀自不同。禅心涵水月，梵韵和松风。窥食窗前鸟，将花山下童。悠然超世虑，面壁见深功。

漫　兴

蒲团定起茗初香，帘卷清风夜未央。松顶一痕山月冷，流萤几点逗虚廊。

晓起偶成

霜钟声乍发，和月立檐楹。晓风吹小院，露满菊团英。

雪山卓锡泉

当年卓锡破寒云，一水能教咸淡分。自是灵泉流不竭，松风时和海涛闻。

巾麓漫兴

结宇依巾麓，临风觉自幽。钟声出远树，塔影落层楼。翠蔼分窗入，丹霞隔堞浮。懒为青白眼，如意眺峰头。

挽瑞岩严白和尚

梅雨松风昼不开，草堂人去鹤徘徊。山流翠色扫难尽，涧咽泉声听转哀。已脱尘缘归净域，却留杖履在香台。空余一片惺惺石，夜半寒云自去来。

送袁子友山之滇南

阳关三叠动歌声，麦垅鸠鸣雨乍晴。万里云山从此别，一帆烟水自孤征。碧鸡金马离人路，赤峤丹崖故国情。行矣莫愁相识少，招贤东阁已知名。

野　步

落日半江明，霞光射眼生。柏稀红乍染，竹远翠还平。鸟雀群呼食，牛羊各认程。悠悠川陆上，景物见幽情。

送徐新河之东鲁

长河已没晓鸡鸣，萧瑟金风动远征。琴罢离筵残月落，剑横别路曙光生。绣江秋水烟波阔，岱岳晴云草树平。珍重奚囊休浪掷，悬知下榻有逢迎。

书　怀

自笑年犹甲未周，健忘已于老人侔。双眸云雾迷难散，两耳雷霆震不休。适兴药山频啸月，伤怀子美亦悲秋。韦编时展松窗下，肯放韶华逐逝流。

和傅南厓先生过峙山纳凉喜晤蟾白大师

篮舆破晓出江城，河朔相期逸兴生。一榻松筠消溽暑，百年世事任浮名。忻逢谢傅登山屐〔一〕，更得昙摩泛海情。绿暗暮林同散步，凉风几树听蝉鸣。

校勘记

〔一〕“忻”同“欣”。

宿香严寺

群峰含秀色，地豁见招提。筱簜环村舍，栟榈夹路歧。游人分短榻，归鸟宿高枝。霜月楼头近，搜诗卧每迟。

江头吟

滚滚洪涛出海东，萧萧黄叶舞晴空。道人不是湘江客，一任芦花怨晚风。

寄挽许云怡先生

双峰江上订重游，一夕何期赴玉楼。愧未抚琴悲子敬，徒教悬榻待南州。著书堂冷松鳞老，作赋楼空枫叶秋。几度思归华表鹤，赤城遥望不胜愁。

流杯亭

千秋曲水思悠悠，笑倚栏杆兴自幽。桥架彩虹山雨度，亭开碧汉野云流。传杯荷叶翻鱼影，弄笛梅花散客愁。自是高怀追永叔，翼然堪共醉翁留。

宝藏寺

翠合松杉入望重，一筇未到已闻钟。桥横柳色流莺语，径转苔痕印客踪。曲岸绕畦春水满,层峦当户晚烟封。从来胜地多幽刹,双屐还跻最上峰。

木　桃

过戏猿猱防采摘,贪窥鸟雀护飞穿。秋风为爱实垂重,春日翻思花吐妍。玉案有香长可挹,宝炉无火不须然。报琼试待知谁是,手弄金丸只自怜。

偕桐村南厓二翁东湖看桃花

平湖极目雨初收,露浥夭桃分外幽。几片点衣惊燕过,数枝临水照鱼游。窥楼倒影分高下,泛棹无声任去留。却为东风人不管,悠然相对狎轻鸥。

奠亲墓

年年游子恨,今上碧岩阿。苹藻此时荐,蓬蒿去后多。林花然血泪,山鸟助悲歌。回首苍茫处,丰碑隔幔坡。

华严期内久雨

困人景色熟黄梅,读尽华严雨不开。可是苍龙来听法,朝朝云气锁岩隈。

春日喜晤张玉壶先生于栖云精舍

解组归来意自闲，春风双屐扣松关。音多鸟语传仙梵，笑有花枝对客颜。一夕烟霞分丈室，十年词赋卧东山。更怜秉烛增游兴，月照平林鹤正还。

七里道中遥望傅南厓先生墓

杜鹃处处咽春风，旧日山川梦不通。一望顿令愁欲绝，故人长卧绿阴中。

常峰道中

左傍危崖右逼溪，篮舆过处晓烟迷。堪怜村落春将半，红满桃花白满梨。

寄怀云友法师

教海汪洋孰主持，幽溪去后继惟师。筌蹄义了玄风穆，桃李门盈化雨滋。花发五龙开讲早，月明双帻下帘迟。寒山片石如堪语，莫向深林采紫芝。

赋得檐前施食来飞鸟

几度窥人堂昼开，一声磬响下生台。岩花涧草只如此，但避金丸日日来。

挽逸樵和尚

春云惨淡暗香台,跨虎丰干去不回。讲席十年鹅伏听,挂衣一夕鸟惊哀。偶园诗草空遗恨,曲槛梅花只自开。新月半帘愁寂寂,影堂独立几徘徊。

峙山八景引

乾坤生物,初属无心。川岳钟奇,每多所肖。虽为一隅之胜,亦堪寄情。奚待五岳之游,方称遐览。地须人著,名为诗留。或偕良友嘉宾追陪指顾,或当风晨月夕乘兴跻攀。不如韩子叹太华之难登,岂云柳州居愚溪而咸辱。遂拈八景,用写孤怀。

钵盂石当山前入径处

漫道莲开须待呪〔一〕,却如龙入忽生云。烟霞满贮堪为供,香积维摩不用分。

校勘记

〔一〕呪:同“咒”。

饮龙池山势奔赴,如龙开池饮之

半亩方塘凿种莲,苍龙引得下长天。广长愧乏悬河舌,让尔江淮吸百川。

天马山寺之对山

随方分色夸追电，声价那因伯乐逢。几度白云斜抹处，却疑腾汉化为龙。

文笔峰尖锐摩霄，恍如卓笔云表

曾将好梦助江郎，掷下班生气自扬。摇荡彩霞笺一幅，直从银汉写天章。

仙人梯相传仙人炼丹于此，架岩作梯上升

仙人已去一梯横，雨过苔茵级自平。夜半风清堪独上，中天明月听吹笙。

玉笋岩遥望嵌空如玉

何年迸土过雷鸣，卓出崖巅映月明。若有人来参玉版，顿令一笑证无生。

丹霞壁连岩壁立，其色殷然。每当返照，霞光夺目

削成峭壁接云端，掩映明霞欲画难。最是停车当返照，还惊野烧逼层峦。

飞练泉对崖悬泉，黄别驾大瑞题曰：天瓢滴翠

隔林声动晓烟开，直下银河雪作堆。自是鲛人岩畔过，冰绡携得海中来。

次柴孔昭敖郭贻诸公过天宁寺留题

篮舆闻道过松关，乘兴看云岭帻间。得句满囊皆白雪，放情双屐任青山。萧萧木叶飞偏急，浩浩江波去不闲。未得追陪同啸咏，攒眉恐为晚钟还。

赋得雨歇南山积翠来

轻寒初散喜宸游，黛泼中条雨乍收。剑佩光分岚色润，管弦音和鸟声幽。悬泉百道苍烟湿，芳树千林翠蔼浮。为爱空濛多秀色，六龙停处瑞云流。

寿蒋功延先生八帙

适兴园林待钓璜，传经藜阁乐偏长。才华定向重瞳著，桃李多从三径芳。红吐芙蕖辉彩服，绿生书带映缥缃。苍藤七尺堪持赠，好伴蒲轮入帝乡。

夏日承邑侯汉翔张公枉驾以诗见贻

忽传仙吏过茅堂，散步芳园爱晚凉。榴火雨催红照眼，蕉缄雷拆绿侵墙。家依北阙神驰北，赋就香林句更香时侯寓香林院。百里棠阴皆故国，临风何事客怀长。

幻观八咏引

天地蘧庐，光阴驹隙。竺坟有观河之叹，乐府载朝露之辞。况气数限于乘时，而雨旸亦多变态。抚辰对景，感物兴怀，慨泡影于须臾，嗟蜉蝣之旦夕，荣枯既同，夫草木变化何异乎？禽虫或短或修，倏生倏灭，咸归乌有，因作幻观。

莺　簧

金叶无劳管十三，安仁赋罢倍情含。数声睍睆依乔木，惹得人携酒与柑。

蚓　笛

不为飞灰韵抑扬，黄钟动地叶宫商。却疑黍谷回邹衍，听遍苔阶曲转长。

萤　灯

照简辉辉青玉案,引途焰焰广陵云。更怜明灭平芜岸,错讶归来渔火分。

蛙　鼓

不过雷门响亦同,夜深月下自逢逢。池塘雨后声偏急,疑是渔阳击未终。

荷　衣

制就湘灵色映苔,何须刀尺倩人裁。红尘涤尽方堪著,千载清风忆大梅。

萝　带

绾雾牵风最可娱,怜谁为织拟麻姑。搜诗瘦甚应难击,岱岳堪贻五丈夫。

松　针

乞巧难穿空月明,苍官集翠有余清。枝头狼藉春风起,散满苔茵绣不成。

柳　线

彭泽门前烟缕缕，亚夫营畔雨丝丝。灵芸纵巧难将绣，只与行人系别离。

八月十六夜巾峰登眺

为怜秋色易蹉跎，乘月扪萝一笑歌。红点千家灯乱影，白浮两岸汐添波。朦胧树色人依塔，萧瑟风声雁度河。不羡庾公登百尺，此身疑向广寒过。

奉赠邑侯歆野王公

珠树芳联世共推，簪缨况沐盛朝时。已知政绩传三善，更听歌声有十奇。春满琴堂花共醉，月明冰署鹤相随。公余乘兴双峰下，觅句分题席每移。

春　雨

丝丝冷雨酿微风，双塔半埋云雾中。峰顶白消前夜雪，栏边绿换去年丛。平林漠漠莺无语，小径茸茸草渐丰。添尽寒衣摩倦眼，摊书还傍火炉红。

赠别吴果亭总戎

冠军声誉振燕韩,更羡龙蛇走笔端。玉帐偃戈时作赋,金门射策早登坛。恩深海岳三军服,威镇风雷千里安。载道讴吟留赤峤,一鞭西指路漫漫。

送杨吏部坦庵先生到台祀尊公大参公祠回蜀中

豸台宦迹著台州,为念先祠续旧游。当日经纶如指掌,昔年父老半荒丘。巴江烟冷乡关远,翠帻云闲胜事幽。谩自草玄高卧稳,伫看丹诏覆金瓯。

赠道公游天台

遥从冀北到琼台,万八烟寒一笑开。莫道笠瓢云水客,袈裟曾惹御香来。

和张子楚周咏雁峰听诗叟

独向龙湫为采风,人来谩且诧山翁。春秋不记颜如旧,虎豹无惊胆自雄。杜老调高嗟已往,沈公韵险恨难通。只今游客多题咏,佳否如何莫诈聋。

朱子汉俦、邵子开先过雨花山房清话归，以诗见贻，次韵答之

探幽选胜几人同，逸兴翩翩见二公。野岸丹枫酣夕照，石窗黄菊逗香风。谈怜支许情偏惬，座有宗雷句更工。鸟语虫鸣聊自适，如何引出浣花翁。

清圣祠郡守张公建，以司马子微配享

荒祠重辟剪荆榛，瞻拜阶前独怆神。遁迹西山当日事，瓣香南国万年身。长松落落标清操，古貌峨峨羡逸民。更得子微同俎豆，高风千载振人伦。

赠默堂公缉心灯录告成

十年湖海事遑遑，为秉心灯照万方。远瞩山川频卸笠，穷搜珠玉得盈囊。松窗搦管烟霞老，石室篝灯岁月忘。五叶敷荣光祖道，竹林喜见握弘纲。

张邑侯驾过山房以诗见示拈韵奉和

乾坤寄我一邮亭，愿向深山种茯苓。社集高人堪继白，眼空尘世漫分青。寒云著树迷归鸟，新月穿帘乱暮萤。读罢诗篇羡奇绝，还同庐岳梦乔星。

李素庵席中偶成

相将永日在春风,座有梅花便不同。可是因缘曾石上,形骸忘却笑谈中。

伏中苦雨

入伏冥冥雨不开,浓云如墨暗楼台。浪头直酿椒江起,风色遥从苍岭回。望怯悬弓朝挂霓,梦惊翻幕夜奔雷。田夫踯躅殷忧甚,何夕重看斗转魁。

送张邑侯归京师

秋风送别最伤情,读礼于今返北平。红树千章愁著眼,青猿午夜怕闻声。寒生祖帐霜花薄,月冷琴堂露气清。高卧林丘应不久,凤书又见下承明。

峙山

独向平畴远世氛,琪花瑶草自氤氲。法王城与人间别,树外青山山外云。

和邵子开先暑中同诸友过雨花山房

凉生竹院雁将南,客到红轮竿上三。花引解衣香袭袭,柳迎移席影毵毵。隔城白挂岩前水，近塔青攒峰顶庵。茗碗诗情曾未已，晚钟迟打为留骖。

巾峰插云八题王卫臣岳宰命和

平分双帻倚层霄，勾漏仙踪不可招。时有白云遮一半，倪迂画笔亦难描。

东湖浣月

郭外澄湖连绿野，长留皓月浸寒漪。风流又见苏公在，桃李依依发故堤。

九松归樵

睥睨烟收一望开，苍官合处翠成堆。忽听歌声过耳畔，归樵两两出云来。

天台夕照

何必振衣千仞顶，望天台上思悠然。城头落照山光紫，几点秋鸿度远天。

灵江渔艇

风微日暖泛轻舠，半逐溪流半逐潮。却羡得鱼堪换酒，当垆不远兴多豪。

仙岩梵韵

松风梵韵远微微，吹落岩前花雨飞。一片尘心俱脱尽，欲从此地掩荆扉。

雉堞环带

百雉连云海国秋，江光山色两悠悠。霞城旧是神仙窟，绝胜人间有十洲。

佛眼灵泉

堪烹不羡惠泉奇，涌地无劳杖锡施。迸断层岩开佛眼，一泓澂澈沁诗脾〔一〕。

校勘记

〔一〕“澂”：“澄”的异体字。

酬草衣和尚专使至兼贻法源录

梅雨蒸人径暗苔，鲸音报午客初来。迢迢双鲤云中下，籍籍群贤卷上开。车重白牛惭莫负，澜狂缁海仗能回。渔梁赤峤参商久，何日天花伫讲堂。

同邑侯歆野王公芗林院看牡丹

春光九十易蹉跎，看到名花幽兴多。露浥锦帏香馥郁，风翻绿帐影婆娑。行厨绝胜伊蒲献，折简还同竹院过。更羡河阳新句好，争传不让正封歌。

华严阁望九松有怀他公

纵目幽居近，如何会面难。江城春易雨，山阁晚多寒。浓淡烟横树，高低翠湿峦。悬知无限意，拄颊倚危栏。

其　二

雉堞炊烟起，凭虚指点明。九松天半碧，列岫望中迎。林静远车马，心空迈品伦。无能频缩地，朝夕慰闲情。

其　三

祇林依北固，市井隔尘氛。烟火家家见，笙歌处处闻。微吟耽逸思，趺坐送斜曛。还订知音者，同来访慧勤。

和陈内翰东溪寓芗林院之作

寒云老树暗江城，此日芗林驻客旌。见说石梁游兴浩，朗吟应共瀑泉清。

次卜梦吉居士客挹翠山房韵

短榻萧斋近绿天,雄谈竟夕品新泉。孤城倚险斜临水,双帻摩空直破烟。帘外桧丛时拂露,墙头梅蕾欲催年。归途取次天台道,赢得奚囊诗半肩。

春日奉邀张蓬池先生蒙贻以诗即韵答之

芳梅可折一枝归,袖满寒香过竹扉。为解攒眉聊贳酒,题留不减谢元晖。

小轩成

陋室原南向,清轩始北开。未能离市井,且喜隔尘埃。怜翠因移竹,分香亦种梅。晴岚浮远壑,放眼亦悠哉。

其　二

野性耽丘壑,如何久滞城。鹤巢思旧隐,燕垒喜新营。帙散从吾懒,茶收待客评。虽然周十笏,朝夕寄闲情。

其　三

已觉非长策,胡为役此形。山遥宜短筑,轩小借疏棂。身世百年梦,乾坤一旅亭。但教幽兴适,去住总浮萍。

过环翠山忆昙公

峰环翠重雨初收，松竹笼烟伴我愁。堪忆经行人已去，谁将彩笔焕林丘。

题竹庵侄幽居

重辟先朝故祖墟，山前溪畔筑幽居。疑村疑郭还疑市，是读是耕半是渔。栗里陶情频种秫，鹿门谢客亦浇蔬。一经教子无余事，啸傲林泉乐自如。

普光洞

顽石何年凿，灵山此日开。蜂房通窈窕，螺径出盘回。下界人烟断，遥天蜃气来。却怜非道骨，恐负白云隈。

过倚云弟斋头以诗见贻和韵

离居十载思悠然，聚首高斋别有天。几树绿阴浮席上，半帘明月到窗前。眼空一任人情变，兴至何妨诗债牵。遮莫山城归宿鸟，好参玉版个中禅。

祖庙告成奉亲灵配享赋呈同族

迢递云山数百程，此时展觐得舒诚。万缘已觑人间梦，片念难忘子舍情。碧水丹山崇秀丽,雕甍画栋快峥嵘。天涯剩有瞻云思,岁月黍尝仗老成。

李子自号江仙赋以赠之

我闻李江仙,临江结书屋。键户避凡嚣,静坐灵江曲。砚涤江泉清,酒酿江波绿。潮汐自去来,浮梁多起伏。过鸟群联翩,游鱼常聚族。朝起江烟开,滚滚曦轮浴。帆影落前川,渔罾挂林木。夜深皎月生,江光泻寒玉。每当逸兴飞,出游恣秉烛。探奇陟层峦,寻僧踏修竹。归来发遐思,下笔文机速。已信红尘疏,常伴白鸥熟。阴阳无停机,江上会心足。仙乎非仙乎,灵根应自宿。

赵梅坞居士招赏牡丹

轻红浓紫压群葩,乍拟亭前落彩霞。九十春光容易过,诗成不问夕阳斜。

客窗梅雨

阴晴难定肥梅候,窗暗青萝径暗苔。云路乍舒风忽酿,烟林重锁雨还来。莺将织柳梭难掷,燕欲修巢剪倦裁。唯借登楼消客思,残编翻尽茗浮杯。

奉和可园高司马祷雨元韵

望月频占离毕星，遥天万里尽空青。不知何处濡甘澍，灌耳徒闻有迅霆。

其　二

忽看雨阵过前山，风卷枝头草未斑。霹雳一声云又散，惟余落日照林间。

其　三

卜岁祈年在首春，三农玉粒等殊珍。衙斋时念民依苦，陇陌车应雨洒巾。

委羽山怀古

洞天福地多灵迹，委羽擅奇著简册。水火丹成有奉林，翩翩控鹤留遗翮。仙凡路殊人不知，棱棱小石镔铁色。更有相衔宛如砌，钟英于艮纪大易《易》云，艮为小石。当年季主寄隐沦，鲤岩垂钓携家人。前后仙踪莫记传，洞天第二招游屐。群峰离立翠黛环，平畴莽莽苍烟湿。日月往来春复秋，云霞灿烂朝还夕。人间咫尺接蓬瀛，曾闻五岳存胸臆。谁能返之天机清，搔首无言感今昔。徘徊洞口久不归，松花满地空相忆。

送大瞻禅师归春江

探奇深入白云隈，几度新诗卸笠裁。铁障层岩摩日月，石桥飞瀑走风雷。寻钟野寺青林隔，摹碣荒祠碧藓开。归到桐江秋欲老，好将雁足报天台。

和敏庵高公子见贻元韵

铁岭名驹重，才华远近夸。游经阳朔地，书富邺侯家。拂楮云生砚，登楼笔吐花。江声来槛外，塔影落檐牙。忻过谢公屐，间评陆子茶。衙斋修竹隐，山阁淡烟遮。好句同金玉，高情自不遐。

次韵奉答王静岩先生

浣薇爱读敬师承，信道高吟句有僧。适兴每随华顶杖，舒怀时拂剡溪藤。倦来偶藉琴为枕，席罢何妨月作灯。看竹不嫌苔径窅，往还片石缔如朋。

登明寺

塔下重岩合，城隅古寺开。老僧无一事，终日看云来。

不如歌

我亦爱深山，山高苦攀陟。不如负翠岑，结宇依岩侧。我亦爱长溪，溪深艰渡涉。不如分涧泉，啜饮味清冽。我亦爱声闻，愧不副名实。不如学痴呆，蹇劣少人识。我亦爱高赀，经营劳心力。不如守清贫，安分自无辱。我亦爱绮绣，华艳眩人目。不如服粗疏，不衷恐招忒。我亦爱膏粱，浓厚能减福。不如克饥肠，黄韭下白粥。我亦爱鼓琴，宫商调缓急。不如对无弦，得趣自成曲。我亦爱弹棋，胜负等敌国。不如放眼看，世事亦棋局。我亦爱临池，模仿古人迹。不如任纵横，精神自一格。我亦爱丹青，点染多粉饰。不如天然图，山青与水绿。我亦爱莳花，灌溉烦培植。不如眄修林，亭亭免攘剔。我亦爱珍禽，樊笼多蜷跼。不如晨昏时，野鸟啼修竹。我亦爱种鱼，喂饵耽怜惜。不如临深渊，洋洋观自得。我亦爱谈禅，开口便饶舌。不如息妄心，言诠非真诀。我亦爱教乘，支离章句析。不如无字经，伭伭超语默。我亦爱交游，云雨易翻覆。不如门常关，疏慵遂幽独。人生天地间，嗜欲安能足。岁月同隙驹，头颅忽半白。如何七尺躯，中有百忧集。不若乐陶陶，出入惟安适。如意步山崖，乘兴临水澳。长啸天风生，浩歌送明月。谁计年复年，且度日又日。古人不可见，松下展书读。

附　录

张联元序

昱昙灵辈,吟咏超群,克传衣钵。其天宁为郡首刹,明有季潭泐公,以诗名于时,至于今而得松圃上人,脱离尘滓,结契松筠。向曾搜罗台山诸咏,为余辑山者之一助,而所作之诗,复意致萧疏,气格遒远,裒为一编,曰《松涛吟》。阅其诗者,心目以清,尘氛以涤,不啻谡谡松声之过耳也。夫天宁虽近接阛阓,然灵江南锁,巾峰右峙,挥尘清谈,徘徊瞻眺,自不觉真至诚唯,发乎幽情之独得,而协乎音律之自然,此岂待雕琢藻缋而始工哉!余出守名区,亦思以诗自鸣,顾为俗网所扰,欲向云磴松林,盘桓酬唱而不可得,则又不能不阅是编,而自愧为猿鹤所笑也矣。

康熙岁次庚子仲春望后二日,章安郡守张联元撰

陈王谟序

余家居松陵,四望皆修江巨湖,烟波浩淼,欲求高峰大麓,飞湍竦石,所称诡异绝特之观者,了不可得。常闻友人谈台雁之奇,而怅未能至。会觉庵张夫子以铨部郎出典是邦,余以晋谒之便,纵游其间。举生平所系想者,一朝而获酬,窃为愉快

久之。时假寓郡城之巽隅，有刹曰“天宁”，相传为胜国初季潭泐公卓锡地。泐公曾与宋潜溪诸君子游，以鸱褐膺召，特蒙高皇知遇。吾乡钱虞山宗伯所选明高僧诗，泐公居其强半。后嗣耆宿，接踵著闻寓内，今之主席者为松圃大师。余尝耳大师厥祖文肃公以名进士致卿贰，勋业烜赫。其尊人长倩先生，绩学工文章，逢辈推为模楷，竟以明经终。甲申流寇之变，感怀时事，遂谢去铅椠，徜徉丰草长林，拟迹水云皋羽。大师幼岐嶷，先生特命之从释，毋牵缠世缘，繇是远游参学，妙证南宗第一义。归而卜筑邑西之峙山。当事重其品行，延致天宁，三经授讲，所拔皆祇林高足也。大师天才清绮，闲居多暇，恒以声律自娱。五言古诗，七言歌行，皆堪嗣晋魏而轹三唐，即近体截句，亦绰有长庆诸贤风致。且书法遒丽，求请者无虚日，几欲效智永门限裹铁。而大师曾不以此自多，即今所刻《松涛》一集，亦其记室勉恳以寿世。大师乃出生平所著，刊削校雠，凡几经慎重而后出。今之所存，盖十之一二也。举以示余，且俾余弁之。余手读竟夕，知台山灵气，惟此老独钟，彼二清二乾，奚足望其项背？得大师之诗者，密咏恬吟之余，皆宜装以晶箱秘之宝局矣。

时康熙岁次戊戌菊月望日，吴江法弟陈王谟拜撰。

何纮度序

诗之动册，以其心手灵敏，体调精工，如箫诏九成而凤凰鸣，有神可得会，口不可得而尽言之妙。今学士家有号能诗矣，求能追汉魏而抗三唐，盖戛戛乎难之，在缁流谈何容易。或放言高唱，则汗漫而鲜了因；或指性明心，则胶窒而乏旷致。

挂锡尘区者，既苦山水之无缘；栖身岑寂者，又患闻见之不广。欲思风束鼓橐，钵里生花，如佛以大圆觉，充满河沙界，殊邈也。松圃大师居霞城之第一山，耽志真如，归宗法海，固亡芳流鹫岭，行著雪山日，从耆德宿儒游，登高临深，溯吴涉越，阮啸嵇琴，清音并奏，山水酣矣，闻见广矣。所命意不即三乘，亦不杂一切俗韵。缥缈之度，月印水，水非月。读之者冬曝其日，夏濯其泉，所云以一钵饭餍饫十万无量众者耶！余素知师能诗，惜未及见。忽因鹤林见《遗鹤》上册，寄迹大安，间接辞色。余睽师数十里，安能冥五祖戒后身，偕佛印、参寥诸子互义手哉！今见其诗，如见其册。李唐数百年歌章人选者，释氏不过十数公，集中仅采数首。今大师裒腋盈帙，咀嚼之余，不独却病解颐，亦即当闻晨钟，发深省也。法弟何纮度拜撰

许君征序

严沧浪曰："论诗，如论禅。"盖禅在妙悟，诗亦宜然。故古之高僧如支遁、远公、皎然、灵一辈，禅也，而通于诗；诗人陶元亮、王摩诘之流，诗也，而通于禅。夫禅通于诗，则无诗非禅；诗通于禅，则无禅非诗。诗之与禅，是一是二，非妙悟者，孰能洞其玄微乎？余，天下钝根人也，性好诗，亦好禅，曾诵"池塘生春草"之句，爱其诗中有禅机，观灵云、见桃花悟道，喜其禅中有诗境。曾记读书深山，听万壑松风，如海涛乍涌，不觉恍然悟曰："此其为无言之诗，有韵之禅乎！"

戊辰秋仲，晤松圃大师于巾子山头，与之谈禅，禅心如江上峰青；与之论诗，诗情如万川月朗。师，其高僧乎，诗人乎？余不得而知矣。久之，出《松涛吟》一卷示余。余读之，初而谡

谡然，既而泠泠然，忽而沨沨然，逢逢然。余不觉抚掌叹曰："何其与吾二十年前读书深山时听松风如海涛若出一则也！"其为无言之诗，有韵之禅乎？余又不得而知矣。要之，师夙具灵根，听不由耳，见不自目，从无闻中闻，从无觉中觉。故翠竹黄花无非真如，清风妙月皆成妙谛。读其诗者，以为声出金石，非诗也，禅也；闻其禅者，以为空色两忘，非禅也，诗也。诗之与禅，是一是二，非妙悟者，孰能洞其玄微乎？昔人有云"空山多雨雪，独立君始悟"，不知师者，读师《松涛吟》，不恍然在空山雨雪中耶！噫，悟矣，悟矣！

时康熙戊辰重九前一日，赤城许君征书于松鳞斋头。

李际时集

［清］李际时 撰
楼 波 点校

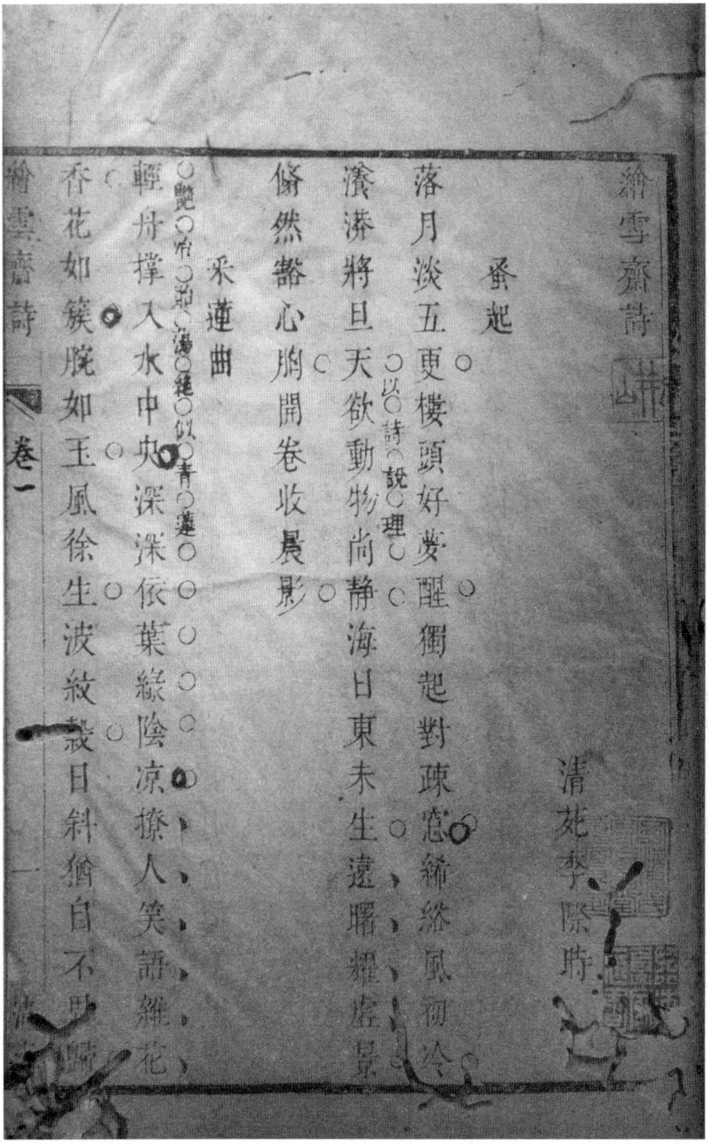
繪雪齋詩

蚤起

清苑李際時

落月淡五更樓頭好夢醒獨起對疎窻緗絲風初冷

以詩說理

瀁漭將旦天欲動物尚靜海日東未生遠曙耀虛景

翛然豁心胸開卷收晨影

采蓮曲

輕舟撑入水中央深深依葉綠陰涼撩人笑語雜花

香花如簇腕如玉風徐生波紋縠日斜猶自不

繪雪齋詩　卷一　一

《绘雪斋诗》书影，临海博物馆藏。

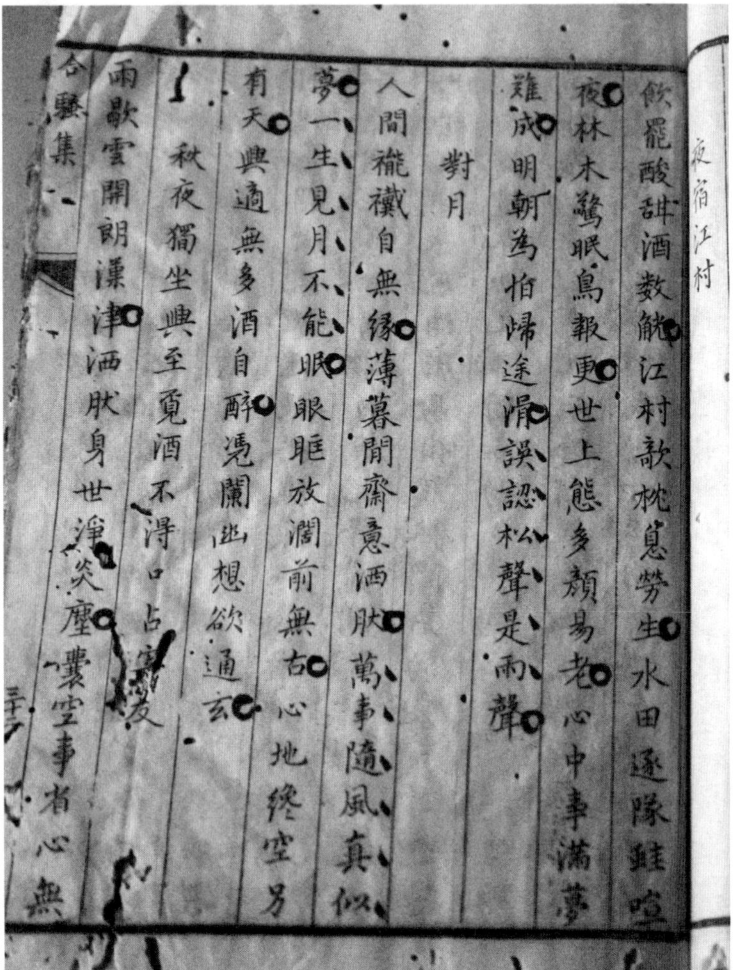
夜宿江村
飲罷酸甜酒数觥江村款枕息勞生水田遥隊蛙喧
夜林木鷺眠烏報更世上態多顏易老心中事滿夢
難成明朝為怕歸途滑誤認松聲是雨聲
對月
人間禍譏自無緣薄暮閒齋意洒然萬事隨風真似
夢一生見月不能眠眼眶放濶前無古心地終空另
有天興適無多酒自醉憑闌幽想欲通玄
秋夜獨坐興至覓酒不得口占寄友
雨歇雲開朗漢津洒然身世淨炎塵囊空事省心無
合騷集

《合骚集》书影，黄岩图书馆藏。

前　言

李际时，生卒年不详，字清苑，本为黄岩人，晚居太平（今浙江温岭），遂为太平人。他长于制义（八股文），工诗好书，为清初台州诗人。其著述有与人合刻的《绘雪斋诗》、《合骚集》，又有《枝谈集》，均存世。

一、李际时生平

李际时生活在清朝康熙年间，是一位潇洒英俊、胸怀大志、多才多艺的乡儒。根据其诗《己卯秋闱病不能赴赋此自遣》及《三十九贱辰》推断，李际时当出生于顺治末年。按照朱肇济《合骚集弁言》所称，康熙戊戌与陈槐合刻《合骚集》，其时李际时已年近花甲。至于晚景如何，卒年何时，限于资料，已无从考证。同样，从目前所留存的两种诗集看，他虽三迁其居，三易其所〔一是灵岩、百岙（今黄岩城北），二是宁川、长山（今黄岩宁溪），三是泉溪、江村（今温岭城关）〕，但始终没离开过乡村，一直过着耕读生活。至于为何移居频繁，当可考察其社会原因和家庭变故等因素。从移居的方位看，由城北而及山里，似有士人之"隐"；但从黄岩到太平，又带有避世色彩。就清初历史来说，满人入关，取得政权后，实施民族压迫，尤其对汉族士儒进行歧视侮辱。在这样的社会生态下，"避"、"隐"乃为上策。就其个人和家庭因素而言，从其诗作《壬午秋闱被放》、《哭炯儿》看,他场屋失利、中年丧子,应为趋吉避凶。

青年时,李际时抱负远大,“负才欲试而志不屑于小就”(朱肇济《合骚集弁言》)。他心境阔大,自比为“用之在庙堂,要有担荷力”(《咏松》),认为士之道当以社稷苍生为己任,要敢于担当。他用“鲲鹏羞幽沉”(《漫兴》)表达自己不愿隐姓埋名,要一显身手,大展宏图。坚信“大造本无私,万物听自力”,(《漫兴》)只要努力拼搏,自己的理想一定能实现。他有“大夫居大块,莫作负恩生”(《偶占》)的雄心壮志,有“头颅亦可贴,奚但肝胆倾”的侠肝义胆,有“安得奋身上霄汉,金乌挑出扶桑林”的大丈夫气概。但岁月的磨练,理想的破灭,使他为“壮志生平未肯消,漫从今日忆垂髫”(《雨夜馆中题壁》)而感怀,更为“风日宜人方淡宕,形骸忘我自安便”(《泉溪馆中独坐》)而感慨。

中年后,李际时有志于科举。科举在当时社会,是所有读书人实现抱负的唯一途径,李际时也不例外,“俗未能免,皆有物烂巾箱中,咿咿唔唔声时作,盖业制举人也”(江钟岳《绘雪斋诗序》)。然而由于顺治十八年(1661)台州发生两庠退学案,又称“青衿之厄”、“白榜银案”(见《民国台州府志》卷一百三十五之《大事略》四、卷一百三十七之《杂事记》上及《民国临海县志》卷四十一之《大事记》),当时台州郡守以追讨欠粮为名,当庭杖杀生员赵齐芳,于是引起公愤,秀才们纷纷表示“不愿为士”,要求退学,并联名署状申诉,而朝廷却以“诸生近海,谋且叵测”为由,罗织罪状,将为首的水有澜、周炽二人绞杀,其余六十八人流放东北。遂使台州“一时读书之士顿绝,临海乡科自丁酉至辛酉二十五年绝榜”(《民国台州府志》卷一百三十五之《大事略》四、卷一百三十七之《杂事记》上),临海和黄岩两县，百年内无出一进士。生逢其时其地的李际时也深受其害，四十岁前，他一直没有机会参加乡试。后来，他虽有心仕进，两入秋闱，但皆又以违规被放，“债偿场屋久邅迍（不顺利），运剥空虚席上珍”（《壬午秋闱被放》），于是灰心仕进（《乙酉秋闱被放馆中夜坐偶占柬柯怡园》：“只恐梦魂无着落，犹将惆怅忆西陵。”），意兴索寞，寂居村舍，惟以酒浇愁（《乙酉秋闱被放馆中夜坐偶占柬柯怡园》：“推书空起愁千斛，引睡还凭酒半升。”）。

到了晚年，李际时寓居太平泉溪（今温岭城关）。他“虞乡穷愁”，“托诗见意”（朱肇济《合骚集弁言》），在病魔缠身中度过余生。至于为何寓居太平，据其诗推测，可能与下面两个原因有关：一是两入秋闱，皆以违规被放，不愿继续呆在无辜受害的是非之地；二是人生之悲，中年丧子。他虽能以“吾命既为造物械，儿生儿死皆宿债”（《哭炯儿》）自慰，然而这一大悲，在他的心头是无法抹去的。因此，他必须离开这一伤心之地，以解脱悲痛。

纵观李际时的一生，我们可以用“屈居、屈才”四个字进行概括。他仪表端庄，潇洒英俊，风度翩翩，却终老乡野，屈居一隅。他“器宇端凝”（朱肇济《合骚集弁言》），一介“丈夫”也”（江钟岳《绘雪斋诗序》）；他性格刚强威严，可谓“稜稜露爽，一了百了”（江钟岳《绘雪斋诗序》）；他气质轩昂，气度不凡，似长松磊落，“风骨岸然”（王舟瑶《光绪台州府志》）。他才华出众，志向远大，却寂居村舍，屈才而无以伸志。他“负才欲试而志不屑于小就，其怀抱也”；他“根抵经史，精研章句”，其制义“不假揣摩而动中规矩”；他“吟咏之暇，拈弄笔墨”，其书法拟古“而得其圆健”；他“虞乡穷愁”，“托诗见意”，其所作歌行“皆臻妙绝”。朱肇济在《合骚集弁言》中说:“黄产多材,而主席风骚,端推吾子。”

二、李际时的诗歌创作

李际时诗作丰富,生前与人合刻的《绘雪斋诗》和《合骚集》就收入了近五百首,在同里的诗人群体中可谓是“高产作家”。其诗作不仅数量多,而且质量也高,同乡后辈学问家、汉学家、方志学家戚学标就曾评曰:“诗以情趣为主,高者近乐天,低亦不减剑南、石湖”(《光绪台州府志》)。从现存的诗作看,李际时的诗具有如下的特点。

(一)诗材——“村村皆画本,处处有诗材”(陆游诗句)

诗是生活的写照,是情感的流露,是心灵的窗口。纵观李际时的一生,除了参加科举考试,短暂离开家乡外,绝大部分时间都生活在乡间。他虽三迁其居,三易其所,但始终没离开过乡村,一直过着耕读生活。因此,在他的诗中,很大的篇幅是写乡村生活的。应该说,乡村生活是他诗歌创作的源泉,乡村美景为他提供了精心描绘的实体,乡人美德是他倾情讴歌的对象。

首先,写农家景,体现了他对乡村生活的热爱。乡村,在他的笔下,成了诗画田园,桃源乐土。具有代表性的是田园四时景色,如,春光:“花摇笑靥娇村坞,蜂报参衙闹菜塍。”(《长山暮春新晴野步》)春雨:“地匝桑麻经雨绿,声喧鸡犬出林迟。”(《赋得雨中春树万人家》)春苗:“燕剪飞风轻不禁,秧针刺水绿初匀。”(《宁川馆中初夏》)夏夜:“水田逐队蛙喧夜,林木惊眠鸟报更。”(《夜宿江村》)初冬:“红凋村落枫林秃,白点枝头柏子残。”(《仲冬乡行》)“柏落枫凋后,萧萧尽秃林。水干河过犊,田剩稻留禽。”(《乡行》)这花娇村坞、蜂闹菜塍,地匝桑麻、鸡犬声喧,燕剪飞风、秧针刺水,干河过犊、剩稻留禽,红凋村落、白点枝头,该是一种怎样的恬淡幽静的生活画面。一花一蜂,一麻一禽,一燕一苗,无不入诗入画,无不体现了诗人对乡村生活的热爱。

其次,话农家事,表达了他对农业生产的感悟。他熟悉农事,了解农情。写老农早耕,如,“老农有识能知岁,新犊难驯强教耕”。(《长山暮春新晴野步》)写村姑养蚕,如,“浴种绿流蚕女出,花勾蝶逐鬓边轻。”(《长山暮春新晴野步》)又如,“农夫忙为秧初下,桑女闲因蚕已眠”。写农事晚归,如,“不怕晚来归路黑,一痕新月已斜生”。凡此种种,非亲身经历,不足道也。这些诗句,语言平淡而情深意切,农家风俗人情无不刻画入微,生动新巧。

第三,诉农家苦,体现为他对农民生活的关切。他心存怜悯,为自然灾变而悲悼,“檐瀑怒白虹,顷刻满堂奥。岌岌天欲颓,儿女群相噪。拟饱鱼腹中,不死出所料。居室无完堵,惨若经寇盗。诘朝心魄定,邻里各相吊。还有乡南北,传闻更悲悼。山水兼江潮,立时非闼到。转眼漂室庐,流尸纷载道。十或二三生,仰天空诉苦。圣君正当阳,灾变岂所召。太息共茫然,聊自为慰劳”(《辛卯七夕大风雨》)。他关心民间疾苦,为庄稼歉收而发愁,“兀坐抱幽忧,淫淫雨不休。已看槐入夏,却令麦无秋”(《初夏大水即事》)。他关注弱势群体,为待字闺中的贫女而劝诫,“绿窗贫女年及瓜,对镜自许颜如花。媒妁勿通身未嫁,眼底几度春风过。每怪人间风不古,鼠窃佳期弃中多。以身事人生有愿,吉士所贵礼为罗。明珠十斛原有价,守身且自学宜家”(《贫女吟》)。他关爱百姓生活,为渔家生活的艰辛而心酸,“月夜丁男修敝笱,霜天妇女煮咸潮”(《沿海杂谣》)。

第四,咏农家乐,表现为他对劳动者的赞美。写农妇浣衣,如,“溪女分流斗浣衣,野鸥相伴亦忘机,晴波照影争评品,日午贪嬉不肯归”。(《初夏田间即事》)写村姑采莲,如,“轻舟撑入水中央,深深依叶绿阴凉。撩人笑语杂花香。花如簇,腕如玉,风徐生,波纹谷。日斜犹自不思归,持花闲看鸳鸯浴。”(《采莲曲》)写村妇饷黍、农人田歌,如,“不信桃源且有双,竹阴终日稳眠龙。溪声绕屋寒生槛,山色窥人淡入窗。饷黍依阿村妇态,田歌断续土人腔。闲来听说桑麻事,城市心肠自肯降”。(《乡村随笔》)写牧童豁拳,如,“机事不知看牧竖,堤边拇戏背人争”。(《宁川馆中初夏》)写儿童习水,如,“莺声老矣绿阴藏,梅子垂垂尽绽黄。习水儿童争鸭浴,携筐妇女说蚕忙。喜寻野步缘溪远,去听田歌送日长。山麓几番堪入画,老鸦牛背立斜阳”。(《宁川馆中初夏》)这一幕幕劳作的场景,一幅幅动人的画面,无不体现了诗人对农村生活的热爱,对劳动者的挚爱。

(二)诗情——诗为情发,言为心声

诗以情胜,无情犹如无病呻吟,徒增厌嫌。从这一视觉观照,李际时的诗无不体现了诗为情发、言为心声的艺术追求。其诗情具有深情、痴情、至情三个维度。其一,冬夜闲庭独立,深情赏月:“霜意浮空无渣滓,月情与静有商量。”(《冬夜独立》)此“所谓无理而妙,非深情者不辨”(沈雄《柳塘词话》)。其二,长山道上,暮春新晴野步,痴情留春:“兴到惜无沽酒珮,情痴恨欠系春绳。”(《长山暮春新晴野步》)遗恨自己欠一条永

远系住春天的绳子。这种想把春天留住的不切实际的痴情，正是袁枚在《随园诗话》中所说的“诗情愈痴愈妙”。其三，怀念先师，至真至情：“先生为月最多情，爱扫风轩洗破觥。应恨无情今夜月，不从地下照先生。”（《月夜忆池星玉先生》）以必无之事，写必有之情，可谓至情。

直抒胸臆，以情达理是李际时前期诗作的主要表现手法，体现在诗风上，多明丽畅快，旷达豪迈。在《漫兴》中，诗人将“蚊蚋”与“鲲鹏”对比，用“鲲鹏羞幽沉”表达自己不愿隐姓埋名，抒发要“努力善培植”，以企大展宏图的雄心壮志。全诗以“蚊蚋艰高飞，区区安食息。鲲鹏羞幽沉，天地隘不得”之情，洞达“大造本无私，万物听自力。寄语自命材，努力善培植”之理。而在《秋夜梦登城独眺》中，更是以虚旷的秋夜直抒“搔首谁为偶，虚空可唱酬”的胸臆，以情蕴知。“远烟浮野色，落日入江流”（《秋夜梦登城独眺》）何其旷达又何其豪迈。“巨觥向天和月嚥，欲令肠肚生光辉”（《八月十三夜坐月独酌》）则大有太白之风。

《长山暮春新晴野步》组诗和《初夏田间即事》，诗人善于从生活中捕捉鲜活而富有个性特征的景物形象，糅合自己的情感与想象，构成鲜明、生动的艺术形象，从而营造了优美、明丽的意境。那“歇雨溪云”、“喜晴山鸟”、“贴地早燕”、“浮波游鳞”、“浣衣溪女”、“忘机野鸥”等各种物象相映成趣，无不浸透着诗人对家乡“长山”的无限深情。

要是说诗人在早期的诗作中是怀着对家乡的无限深情而讴歌的话，那么四十岁以后，尤其是科举多次失利后，诗人是抱着对自己前路的迷茫而咏叹，故其诗作风格在冲淡平和中夹杂着一丝哀怨和些许无奈。在“万般皆下品，惟有读书高”

的时代,李际时一生是很着意功名的。己卯(康熙三十八年)秋闱病不能赴,对此他是“梦驰场屋素称狂,鹊跃中多未冷肠。遥想轻装诸好友,晴风晓日渡钱塘”(《己卯秋闱病不能赴赋此自遣》),他盼望“破荒黄邑多豪俊,第一枝香属阿谁”(《己卯秋闱病不能赴赋此自遣》),想借同学的登第来分享成功的喜悦,寄希望于“登科分内岂登天,犹恋青衿合自怜。未见研头金甲梦,寒窗不字待三年”,相信“年光过眼迅如电,莫谓三年屈指遥”(《己卯秋闱病不能赴赋此自遣》)。

假如壬午(康熙四十一年)秋闱被放,他还心存幻想,认为是“债偿场屋久邅迍(不顺利),运剥空虚席上珍”(《壬午秋闱被放》),觉得“有心人料天难负,迟我三年莫怨尤”(《壬午秋闱被放》)。那么,乙酉(康熙四十四年)秋闱被放后,他的希望彻底地破灭了,只有“泪痕空湿荆山璞,风翮难抟滇海鹏。遥忆柯髯同此恨,萧斋击碎唾壶曾”(《乙酉秋闱被放馆中夜坐偶占柬柯怡园》)。只能是“只恐梦魂无着落,犹将惆怅忆西陵”(《乙酉秋闱被放馆中夜坐偶占柬柯怡园》)。于是,他寄情山水,他所有的宣泄,他所有的感情出口,都融入在诗酒里,都倾注在字里行间。“引镜惊看发已皤,彼苍于我竟如何。少年期许知全谬,百岁光阴已半过。”(《五十初度》)诗人对人生不再的感怀,对期许落空的失望,因而追问上苍为何这样待我。虽然如此,但他在穷途悲促中,仍能自我安慰,以宽心安。这仍有他积极的一面。“腹饱剡州纸,空自劳其生。天地且必敝,虚名安足争”,(《杂感》)这便是最好的注脚。在《杂感》中,诗人以天迴地旷,“飞鸟自足”、“走兽相逐”反衬世人有太多的悲痛和利害关系,甚而“梦魂夜仆仆”。人的欲望就像春蚕般地自我束缚着,怎能用“五更钟”敲破“迷惑”呢?作者正是用移情手法，用"无理而妙"的诗家语，以瞬间顿悟为特征的思维方式，达到"以心传心"的境界。

（三）诗心——物随心转，境由心生

诗是自我心灵的烛照。诗心，既是作诗之心，更是诗人之心。物随心转，境由心生是李际时诗的又一特色。其一，"树老鸦声杂，天高雁影稠"。（《秋夜梦登城独眺》）借情造境，以境感人也。诗人借"鸦""雁"抒情，以"鸦声杂"、" 雁影稠"反衬自己的"独"，进而借此抒发"搔首谁为偶，虚空可唱酬"（《秋夜梦登城独眺》）的胸臆，达到以境感人的目的。其二，"清晨作态风含笑，寒夜无言月是魂"。（《梅花》）以心造境，以情见性也。万物静观皆自得。诗人咏梅，不言梅形而言韵，不模梅象而写梅意，这样神与物游，心物交融，故能迁想妙得。"露湿花间月，风摇水底星"（《夏夜》）亦然。诗人讲求意到，推崇"情与景会，意与象通"，"不着一字，尽得风流"。其三，"云接梅香冻，风号野色骄"。（《冬日》）有我之境，无我之境也。"有我之境，以我观物，故物皆著我之色彩。无我之境，以物观物，故不知何者为我，何者为物。"（王国维《人间词话》）在这里，诗人从直观感相的模写、活跃生命的传达到最高境界的启示，无不需要我们用直观去深究去领悟。其四，"昨夜见灯花，今宵仍寂寞。休怪郎无情，灯花亦轻薄"。（《秋闺曲》）迁想妙得，悟象化境也。诗人写闺妇独守空房，不怪"郎无情"，却指责"灯花"轻佻浮薄。言在此，而意在彼也。灯花是物，何能"轻薄"，实际是斥责"郎无情"，不守信约，一去几年无音问。这是诗人的"至理无言"，是只能意会，无以言传，是"不着声色"的味外之旨。张联元在《合骚集序》中是这样评价李诗的，"今李子、陈子之诗，不拘一格，总能自妙悟中来，自足以行远也"。

(四)诗风——冲淡平和,天趣盎然

如前所述,诗人的一生是生活在乡间的,农村是他创作的源泉,田园山水是他吟诵的对象。故而,他继承前人田园诗的传统,具有冲淡平和的一面。如《乡行》:“虚空老秋色,秋风雨乍晴。归云远村出,宿鸟深树鸣。衣袂冷山色,心骨清溪声。羡彼溪边叟,日与白鸥盟。”诗人从全局静观山村景色,以体感感受秋意,并借助“溪边叟”抒怀,由景入情,寓理于情,达到情景交融,虚实相生的目的。全诗自然清新,宁静安逸,大有陶谢诗风。这般清新,那份安逸,是精神的寄托,心灵的回归。从中,我们能真真切切地体味到诗人空灵的境界,悠然自得的心境。当然,人活在当下,不可能不打上时代的烙印,诗歌创作亦然。从诗人的诗作看,他在冲淡平和的诗风中带有明清时期所追求的“淡而不失富丽”的审美理念。最能体现这一特色的当为《春晴野步》,素淡平和中融入明丽畅快的元素。诗人采用起承转合叙述手法,先从扣题起句——“多受东君惠,韶光不用钱”,萌发“行”的念头。再由承接破题——“春无榆荚雨,风暖菜花天”,顺势描写春光明媚。进而由静转动,由物及人——“树鸟争群舌,村姬笑并肩”,进一步叙述春之动人,从而达到新层次,进入新境界。最后以情结句——“徐行忘远近,幽意自相牵”,呼应题目,点明主旨。全诗看似平淡无奇,实则余味无穷。

诗人在成就了冲淡平和的整体诗风时,还体现了其独特的天趣盎然的艺术魅力。“沙禽翘足如忘世,松鼠窥窗不避人。”(《宁川馆中初夏》)描写动物神态,形象逼真,惟妙惟肖,自有天趣盎然的意味。“鸟争暖日嘤嘤巧,山抹微岚濯濯新。放犊牧童招麦垅,浣衣村女出溪滨。”(《春晴》)行文如行云流水，感情自然流露。在其清净的渲染中，我们从中感受到诗人对田园生活的热爱。“烟林欲动摇鸦梦，风竹无端赚犬声。”（《月夜村庄》）强调主观心灵感受和意趣抒发，主张神与物游，情往兴来。“霜天皓月绝纤埃，冒冻深更为看梅。不见梅花惟见月，但闻月下有香来。”（《月下探梅》）诗人以霜衬月，以月托梅，皎洁而又朦胧，静谧而又简淡，从而营造了自然幽雅的环境，情韵悠远，意境隽永。

三、《绘雪斋诗》、《合骚集》的版本及点校说明

李际时的著作，今所能见到的当有三种：一为《绘雪斋诗》，为康熙刻本，现藏临海博物馆；二为《合骚集》，为康熙戊戌刻本，现藏黄岩图书馆；三为《枝谈集》，清抄本，现藏临海博物馆。《光绪台州府志》云，先与同县赵湛、蔡元镕、柯洽辈刻有《绘雪斋集》，继又与陈槐合刻《合骚集》，郡守张联元为之序。又著有《枝谈集》，赵嘉有以为可拟《东坡志林》。

《绘雪斋诗》八卷，《民国台州府志》卷八十四之《艺文略·二十一》载：“国朝江钟岳编。钟岳，黄岩人，事迹附见《文苑传》。是集凡八家。赵湛秋水三十一首，叶光炼易亭二十七首，柯映萼怡园一百十首，池崇春函青三十四首，赵嘉有介仙三十首，蔡元镕陶山四十五首，李际时清苑一百首，柯洽九疑五十九首，人为一卷，都四百三十六首。有钟岳自序，见《乾隆黄岩志》。今王棻家藏有旧钞本。”

《合骚集》二册，《民国台州府志》卷八十四之《艺文略·二十一》载：“国朝李际时、陈槐同撰。际时、槐皆黄岩人，事迹具《文苑传》。是集乃槐所刻，郡守张联元为之序。际时诗凡三

百六十七首,诗余十首,有教谕朱肇济序。槐诗凡三百四十二首,诗余十四首,有训导汪建封序,又有柯映萼、叶光炼、池崇春、赵嘉有、江钟岳诸跋。康熙戊戌刻本。今存。"

李际时《合骚集》,刻本目次列际时诗为:五言古诗三十三首,七言古诗二十三首,五言律诗四十二首,七言律诗一百七十一首,五言排律三首,七言排律一首,五言绝句五首,七言绝句七十四首,七绝回文二首,乐府一十三首,诗余一十首。但诗集未按目次体例编排,不知何故?此次点校,未列刻本目次。

李际时《绘雪斋诗》、《合骚集》,二集重出者数首,今仍其旧,未予删减。《杂感》"彼天一何迥"、《扫地》"安事一室斯丈夫"、《读书》"昔年记当春色融"等四首诗选入《三台诗录》。《卖花声·宁川雨夜》、《踏莎行·春晴》、《醉落魄·蔡陶山画扇头草虫》三首词选入《三台词录》,今又被选入《全清词》,其中《卖花声·宁川雨夜》还被清人王昶选入《国朝词综》。

《合骚集》原刻本,今藏黄岩图书馆,为二卷本,李际时、陈槐诗各为一卷。李《集》首尾蠹虫所蚀,已不可识。卷首张联元《序》破损两页,卷尾破损约四五页。由于所能搜到的资料有限,均无法补全。据刻本《目录》所列,此次点校,遗诗13首、词10首。今据《全清词》补《卖花声·宁川雨夜》、《踏莎行·春晴》、《醉落魄·蔡陶山画扇头草虫》词三首,当遗词7首。《黄岩集》所选李诗12首(《绘雪斋诗》10首,《合骚集》2首),亦未在缺损之列。

此次点校《绘雪斋集》,所用底本为临海博物馆所藏清康熙刻本;点校《合骚集》所用底本为黄岩图书馆所藏康熙戊戌刻本。此二集的底本,均当为原刻本。《集》前序言,有序者

“江钟岳印”、“石闾”两印和序者“张联元印”、“觉菴”，弁言者“朱肇济印”、“楫如”四印。点校过程中，因无他本可资对校。故凡底本中属明显错误之字，则直接予以改正，并出校勘记。凡底本中所用常见之异体字，则直接予以改正；所用较为稀见之异体字，则保留原字，并出校勘记予以说明。编排体例则按底本的体例予以保留，以还其本真。

由于水平所限，再加上时间紧迫，错误之处在所难免，有待改正的地方也一定不少，敬请读者批评指正。

目　录

绘雪斋诗

序

江钟岳

人境而庐，鸡初鸣，嚣然群动。幸目耳能自逸，不致韄吾本来，然而赋情特深，酒杯月落，所招唯影，亦大不堪此寂寂。赖绘雪斋有诸诗人，逞还昕夕，如命性肌肤之不可离，乃以不孤我也。顾诸诗人，非诗人也，俗未能免，皆有物烂巾箱中，咿咿唔唔声时作，盖业制举人也。霄汉裔浔，化无造有之，故鸿濛胜代，孽亡祯兴之由，一一直穷到底。又有本领晓事务人也，兴之所至，偶作为诗，辄自喜。久之篋满，而我独儿贫，遂群佞我为曾固矣。戊子换岁，饷以春盘酌，甫行，适剞劂数辈至。自江南请所事唯谨，诸诗人漫应之曰："有《绘雪斋诗集》在。"其为我勾当，此余知其无夙心也。恐食言而肥，遽跃起，沥酒为贺，并要盟焉。而绘雪斋诗刻乃溃于成，既而强我以言。夫我非鱼，安知鱼乐；而言鱼乐，又安好夫不知鱼乐者之言其乐。只以我固斋中人，无诗复无言，将遂无其人。然则余可不言诗也而言人。人以年，秋水最长，九疑最少，他不甚后先。若易亭、怡园只兄事。秋水而九疑，一甥之，一侄之。以居，则百雉中东西南隅，若星罗棋置，茗谈酒战，极易于聚。惟陶山离城三十里，兴至辄来〔一〕，或不果来。余曾有句云："欢乐聚素心，可人独不至。可人岂忘情，应计相思处。”为陶山作也。以貌，九疑，张绪当年故人，呼公子七郎为少女。秋水短于视，易亭腹皤，怡园髯长，陶山有灼痕，眉间似钱而小。而涵青、介仙、清苑，丈夫也，无可名以艺，若奕，若画，若古近书法，若镌玉石，若吹笙笛弹七弦琴，若豪饮不得住，便取拍板而按新翻以及挽弓击剑骑马与！夫秦越人、司马季主〔二〕、徐子平诸术，有专家者，有兼长者，有称最高手，有在伯仲间者。其情性，则秋水绳准自然，虽着衣吃饭，亦有条理；易亭宽通，若器之张而容物；怡园都不见其作意处〔三〕，波汪汪疑不啻千顷；涵青轩举遒迈，欲凌青霄而上之；介仙尚气节，饥不须米陶奴；陶山喜闲散清旷，而棼繁辄集又无不可；清苑棱棱露爽，一了百了，于古人最爱苏文忠〔四〕；九疑谦让，未遑灵慧过人而如不及。此余之所以照其人者，即不添毫，亦自谓可几于活。若诗，则俟夫眼刮金篦，于朗朗赫号中为我见犹怜者之有味乎。其言之也，虽然是人，是诗人即诗之照，余既写人照，而云不能写诗照，又恐见而怜之者，谓我老奴诳汝也。石闾江钟岳题。

校勘记

〔一〕辄：《民国台州府志》为“即”，亦通。

〔二〕主：《民国台州府志》为“子”，亦是。

〔三〕都：《民国台州府志》为“多”，亦通。

〔四〕《民国台州府志》“于”字后有“是”字。

早起

落月淡五更，楼头好梦醒。独起对疏窗，绨纷风初冷。滃渀将旦天，欲动物尚静。海日东未生，远曙耀虚景。翛然豁心胸，开卷收晨影。

采莲曲

轻舟撑入水中央，深深依叶绿阴凉。撩人笑语杂花香。花如簇，腕如玉，风徐生，波纹谷。日斜犹自不思归，持花闲看鸳鸯浴。

子夜歌

好月不解事，偏向愁中明。愿云遮却月，省侬千里情。

又

侬影缘灯在，吹灯影别人。索性成孤另，何须影伴身。

秋闺曲

昨夜见灯花，今宵仍寂寞。休怪郎无情，灯花亦轻薄。

又

去年寄郎衣，今年音信稀。今年不寄郎，郎寒或思归。

阆风台在宁海天门山西麓,刘次皋有铭

天门派远发金庭,西麓层台接太清。画栋平过山屋冷,晓霞高拥海天晴。旁寻香水丹砂井,不羡蓬瀛白玉京。人世缁尘应不到,从容摩读昔贤铭。

题吴器也春夏秋冬四画

春山能媚水能流,狼藉春林花复稠。不负东君勾引意,断桥人策杖藜游。

水曲山隈暑不通,荷香晴荡绿杨风。幽居人在羲皇上,应笑人间触热工。

远近山容淡约中,秋风飞瀑石桥通。扁舟荻里人无事,翘首丹黄几树枫。

云压山头峰削玉,萧萧老树白封柯。蹇驴背上寻芳客,诗思冲寒得几多。

枯鱼过河泣

今日肆中居,在水思昨日。本自不深藏,非关罗网密。

侠　士

干莫腰间怒里看,平生不识报仇难。扑人豪气须眉爽,借与书生一洗酸。

读史杂咏

事机之济否，其间在呼吸。一失不可复，事后空于□。总由识未精，胸中无卓立。动言师古人，古人安可袭。

又

六国本自亡，亡之非秦故。秦亡亦由己，汉适逢其数。六国即无秦，亦难延其祚。刘季或不生，天下岂秦附。一切智勇流，居功无乃误。

又

孟德绝世豪，难静而易动。使遇明良朝，功名岂随众。大用而大效，皋夔堪伯仲。不幸生非时，高才狼狈用。遗臭于万年，死以奸雄送。

酿熟跌碎一坛笑而赋之

贫愁无慰藉，曲蘖近相亲。得术勤计较，酿此洞庭春。计日不得熟，瓮边巡视频。闻气便垂涎，辄用渊明巾。候足乃大快，索尝来比邻。呼儿相料理，一跌颇入神。坛碎酒四迸，小斋如通津。博得众人笑，亏我一月醇。得失此小耳，老妻无用颦。地下有刘阮，固亦个中人。寄此供一醉，结我来生因。

杂感

一元妙化机,万物从资始。贵贱虽异途,得气无从此。而况万物灵,其源一而已。胡为荆棘生,秦越戈兵起。雌雄必自分,杀戮反所喜。与物尚包容,同类胡乃尔。返观遂古初,仇敌皆同体。同体自相残,异类将何似。

又

始皇好韩非,相思恐不见。既至乃伏诛,顿改来时面。韩非岂两人,始终分贵贱。人生爱恶情,安保无中变。

又

良玉出昆山,原为希世珍。良时当未遇,无言混风尘。隐忍敛光怪,顽石亦为邻。古来知己少,何必苦自嗔。品格信有素,孤芳宁藉人。应怜碱砆质,重价得要津。

又

万物有代谢,荣枯无常局。春园桃李枝,窃时巧妆束。迎风矜向人,繁华宜俗目。紫骝引王孙,红尘相奔逐。光阴无几时,风雨埋空谷。本来是浮观,当境识未熟。何如松竹丛,守此岁寒绿。

又

李白酒为命，一饮小巨觞。生平无醒日，行坐居无常。天子且不顾，意气何扬扬。岂其狂且癖，聊以此自藏。世途多崄巇，一醒即召殃。所以杯中物，借消傀儡肠。宫袍沉采石，何非作戏场。

又

造物多变幻，气数循环中。世运圣贤主，时亦属奸雄。一剥而一复，不失天地公。英雄时未至，袖手藏其锋。泥途不自惜，往往流俗同。岂曰甘忘世，强试知无功。子房博浪椎，躁动亦何庸。

又

渊明耕南山，乞食不自耻。方朔仕汉廷，臣饥乃欲死。高隐与滑稽，何必非君子。潦倒拙为生，出处同其否。吾人居大块，所贵自得耳。性情不自失，穷达随所使。易宿李家奴，富贵安足齿。

又

天时有变迁，人事无一定。平生已往事，一切皆坠甑。风光昨日好，嗟莫留其胜。故辙多失足，不能复□□。事从今日来,便缘今日应。一过遂忘机,浮云太□□。

百岙馆中题壁

好田当户何须画,是鸟能言不问名。漫道寂寥□□少,排窗还有白云行。

月下探梅

霜天皓月绝纤埃,冒冻深更为看梅。不见梅花惟见月,但闻月下有香来。

初夏田间即事

溪女分流斗浣衣,野鸥相伴亦忘机。晴波照影争评品,日午贪嬉不肯归。

月夜忆池星玉先生

先生为月最多情,爱扫风轩洗破觥。应恨无情今夜月,不从地下照先生。

楼斋秋兴

置身无事地,聊复搁尘愁。秋老云边雁,人幽竹里楼。睡魔闲易起,吟债倦宁休。弄笔明双眼,西窗落照留。

山楼坐雨

山楼春欲暮，绿上薜萝匀。雨湿云粘树，窗幽鸟弄□。诗难供俗好，酒足写吾真。回忆昨朝事，匆匆迹□□。

剡溪夜泊

风缓一帆迟，西山日将夕。榜人浑不知，中有心□□。自在教收帆，相将泊幽僻。两岸多青山，崎岖不可陟。远野火燐燐，林木风策策。曲涧出飞湍，峥峥激白石。客愁夜倍永，遥见楚天碧。云散星斗明，摇摇疏可摘。夜月迥孤清，影落溪流白。不寐坐无聊，清啸破岑寂。安得三足乌，东方早舒翼。相率张轻帆，千里行顷刻。

己巳春王开笔

着意寻春色，春色在何处。南窗把颖君，春色此可据。入砚饱松烟，花开欲仙去。

乡　行

虚空老秋色，秋风雨乍晴。归云远村出，宿鸟深树鸣。衣袂冷山色，心骨清溪声。羡彼溪边叟，日与白鸥盟。

冬夜醉起独步庭中

中酒难安寝,残缺无全梦。一醒更不眠,强卧复焉用。束衣出户庭,虚空远目纵。残星淡欲无,寒影栖鸦动。屋角风力刚,树头月色冻。霜气驱宿酒,肺腑遂□□。此景诚绝佳,夫谁与之共。

仲冬乡行

萧萧吹面晓风干,快意都忘行路难。清晏世逢□□辟,东南山尽海天宽。红凋村落枫林秃,白点枝头柏子残。几处断桥流水际,梅魂发觉欲冲寒。

初夏坐雨

几日柴门为雨封,午窗睡觉正惺忪。旧书乍读开生面,新茗初尝豁闷胸。鹊已忘机来习惯,燕怜枯坐语从容。天低四望云屯黑,画入襄阳水墨浓。

又

短篱荒径与颓墙,索寞闲居日正长。万事不平归造化,半生无着坐疏狂。快心好句尝难觅,得意古人今已亡。世险出门何所事,雨连十日又何妨。

柳　眼

张绪风流正妙龄，三眠汉苑梦曾醒。宜人每露王戎碧，爱我能垂阮籍青。烟里秋波流夜月，雨中泪点洒离亭。知君识得东皇面，报我花朝醉醁醽。

懒

成顽善病耐离群，昼寝尝教到夕曛。得句有时□□忽，掩书不复记云云。多言最厌巡檐鸟，好动还增逐岫云。兴到喜为松下钲，当年中散颇能勤。

长山暮春新晴野步

江村佳节近清明，薄暖轻寒次第更。歇雨溪云争野色，喜晴山鸟逞春声。老农有识能知岁，新犊难驯强教耕。浴种绿流蚕女出，花勾蝶逐鬓边轻。

又

蔚蓝天宇厂芳辰，放眼旋惊物色新。贴地轻飞怜早燕，浮波不定羡游鳞。岚开暖日山容淡，风送平畴麦浪匀。筇叟寒暄通邂逅，衣冠犹是葛天民。

又

辜负韶光觉未能,独移野步暖风乘。花摇笑靥娇村坞,蜂报参衙闹菜塍。兴到惜无沽酒珮,情痴恨欠系春绳。陶然忘远迷归路,指点东西藉老僧。

秋晚郊行

田夫秋尽尚忧晴,干土勤为二麦耕。撩眼黄橙香近麝,拂衣红叶血分猩。村墟犬逐行人步,林杪鸦□□日声。不怕晚来归路黑,一痕新月已斜生。

春日家载侯叔祖招赏川茶

泼眼惊心烂漫花,始于今日识川茶。点凝鹘血□□露,瓣簇猩红晓日霞。富贵丹延兹且驾,繁华姚魏昔难夸。俗名赛牡丹,主人不惜鹅黄酒,醉后诗成愧八叉。

又

晴昼园林烟雾消,川茶花满压柔条。矜持异品临风笑,睥睨群葩挟日骄。丹阙威仪仙仗拥,红妆浓艳玉环娇。三春丽景全归此,何处还寻物色饶。

馆中冬夜枕上之作

萧条夜景方沉沉，好梦遥遥何处寻。风力破窗搅独枕，霜威压瓦欺寒衾。五更短睡不到眼，万事闲愁都上心。安得奋身上霄汉，金乌挑出扶桑林。

和赵秋水岁逼韵

岁逼景飕飕，谋生莫借筹。为他黄卷误，贻我皂囊羞。愁绪来无次，年光去不留。不知贫是病，先哲渺难酬。

对雪

滕六涤尘世，应舒冷眼看。庭梅开匝树，檐鹊立□□。云冻山同色，天低地接寒。诗城破浊酒，僵卧笑□□。

咏 梅

空山有寒梅，落落挺其枝。霜雪任磨折，而无寂□□。白云许来往，明月常相期。趋炎生不惯，偏与冷为宜。暗香无骤气，素色涅不淄。本来具仙骨，夫乃洁如斯。因自压靡丽，反来肉眼欺。负此不凡概，原与俗相岐。所贵坚自信，胡以相怪为。

咏松

绝涧有奇松,枝干坚且直。不受人曲盘,不爱好妆饰。历岁未摧残,雨露长滋息。葱郁欲参天,皆食天地德。胡为今不幸,烈风忍相逼。连枝旋欲折,栖鸟无宁翼。岂其憎梗概,为无繁华色。用之在庙堂,要有担荷力。殷勤语青松,动忍自培植。

偶占

丈夫居大块,莫作负恩生。深情入骨髓,黄金在所轻。头颅亦可赠,奚但肝胆倾。一往多顾恤,安在见至情。

独酌

独坐草堂西,闲闲恰清夜。懒散雨余云,新月纤□□。呼酒成孤斟,胸中扫芥蒂。竹摇解暑风,为我助□□。

又

饮酒多废事,得酒宜夜饮。夜饮伴闲身,身世忘□□。境静酒味真,乐趣余所稔。捉月采石矶,青莲无乃甚。

又

群饮虽云豪，性情多互异。独饮屏众喧，细耐寻其味。浅满任所宜，多少颇任意。半酣吟兴发，嘿想抽中秘。如此与作缘，庶免造物忌。况复灯下影，与余称夙契。举杯一劝之，亦成酬酢义。

赋得山间之明月

夜静月性定，山间更足怜。看月山逾冷，看山月倍妍。山白疑月在，上山月在天。迷离深竹际，晃朗寒松颠。乌鹊栖枝稳，青猿啸未眠。乾坤放清寂，清虚在眼前。村犬静中吠，太古如斯焉。安得瘦岛辈，与之耸双肩。

古　意

有生必有死，死为世所怪。有生若无死，岂复成造化。痴人爱长生，转入神仙械。区区有限生，翻以修炼坏。谁见有仙人，白日游世界。吾儒崇圣贤，眼底乾坤□。不朽自有在，宁为术士卖。

赵介仙将赴八闽幕诗以送之

尊酒离亭待束装，秋高风入雁声凉。前筹肯借□□箸，壮志宁愁客舍霜。谈笑友朋劳夜梦，东南山水满诗囊。临岐须记香闺嘱,莫恋闽中十八娘。

桐柏观观韩择木八分书碑

大小二篆继鸟迹,后生八分为羽翼。书法瘦硬方通神,此道精微未易得。俯仰向背重结构,不在区区摩点画。古人作者韩尚书,妙诀直从昌黎得。真迹于今亦寥寥,尚有残碑留桐柏。我来息心卧其旁,岁久精神犹奕奕。妙物鬼神当呵护,苔藓幸未全剥蚀。腕力拏攫奋蛟龙,形体崛强森剑戟。近来作者皆卑靡,观此眼底蓁芜辟。徘徊不忍捨之归,爱此山中一片石。

漫　兴

蚊蚋艰高飞,区区安食息。鲲鹏羞幽沉,天地隘不得。大造本无私,万物听自力。寄语自命材,努力善培植。

雨　窗

落叶旋惊候,秋风已解炎。黑云屯矮屋,白雨挂□□。处独高眠稳,耽疏得句廉。终朝聊尔耳,残卷未曾□。

长山雨窗漫兴

埋山云重晓空濛,苔锁林封一亩宫。清响檐前□□雨,远香墙外菜花风。每留剩饭斋驯鹊,闲检残编剔蠹虫。兴到诗肩怜独耸，半生何害为诗穷。

又

浅溪流碧绕颓垣，山馆真成离垢园。柳怯春寒犹软弱，鸟欺人静转嚣喧。品茶喜有卢仝碗，挥尘难寻卫玠言。长昼闲多聊假寐，和衣短榻学猿蹲。

又

山堂终日绝将迎，更喜心安意不行。漠漠草烟连砌色，疏疏蕉雨隔窗声。无风斗室留香篆，驱睡升坛点黑兵。消受闲中清况味，差强人世逐营营。

中秋无月

恼恨颓云障碧天，秋光空度是今年。嫦娥自拚甘寥寂，稳放人间一夜眠。

宁川雨夜

半肘寒窗断简，一灯夜雨深更。最是不堪倾听，□□未了鹃声。

春燕初临

来自乌衣三月天,无辞辛苦自年年。为寻旧主□□入,不逐黄莺细柳穿。旅况乍消春色暮,离情细诉午风前。窥巢漫作沉吟想,早衬晴和为补坚。

乡村随笔

不信桃源且有双,竹阴终日稳眠龙。溪声绕屋寒生槛,山色窥人淡入窗。饷黍依阿村妇态,田歌断续土人腔。闲来听说桑麻事,城市心肠自肯降。

又

比户生涯数亩田,犁锄竭作共周旋。惯谈古昔多黄发,强学聪明有少年。落日山前归队犊,晨炊竹里几家烟。有时作兴延邻客,鸡黍盘餐不费钱。

又

醇朴田间自有真,地饶松竹四时春。伛偻野老偏拘礼,蓝褛儿童不识贫。山近云深猿叫月,沙晴溪碧鹭欺人。若教索得同心侣,合筑茅庐早卜邻。

又

路入村墟不计弯，四围翠绕是青山。求鱼钓饵□□揭，畏虎柴荆夜早关。石古莓苔滋雨绿，草枯野火逐风殷。岁残侵早知春信，梅发墙隈历已颁。

秋晚野步

暑气才消七月中，雨馀萧瑟净秋空。轻云贴水因风压，落叶随人带日红。山半吠声闻猎犬，堤边拇戏看儿童。晚来白苧寒相怯，愁听砧声万户同。

六月十七夜，同王东皋夫子、娄世隆暨诸少年集锦江桥

缘定三生在石桥，黄昏先后快相招。但教兴到愁都尽，才觉心闲暑便消。地僻留风凉和曲，天空放月照吹箫。人生聚散浑难必，安得年年共夜潮。

长山馆中寒夜

寂寂山村冷易屯，一天冻雨结黄昏。新糊窗纸当风力，净扫阶除待雪痕。枯坐不愁诗韵险，缊袍聊借酒杯温。料无乘兴扁舟客，为唤苍头早闭门。

题画与池涵青分得魂字

远近青山淡墨痕,一林烟霭数家村。阿谁曳杖亭皋畔,搔首无言欲断魂。

宁川馆中初夏

竟抛朋社久离群,长夏山楼坐白云。燕剪飞风轻不禁,秧针刺水绿初匀。倦来杯底寻欢伯,景入吟边索颖君。习惯渐憎尘世事,坚藏双耳不教闻。

又

且将身世付沉浮,好景都从闲里收。稚竹绿摇狂客眼,石榴红上妇人头。山深不觉时逢夏,岁美先夸麦有秋。地僻夜来龙不吠,山窗常听鹿呦呦。

又

自喜幽村僻性宜,楼斋聊作一枝栖。张皇雨势四山黑,传递风声万木齐。独坐招凉窗不闭,消闲引睡卷常携。迩来顽不拘诗格,得句舒笺潦草题。

又

莺声老矣绿阴藏，梅子垂垂尽绽黄。习水儿童争鸭浴，携筐妇女说蚕忙。喜寻野步缘溪远，去听田歌送日长。山麓几番堪入画，老鸦牛背立斜阳。

又

笑余入世本来疏，解得山间趣有馀。傍水□□□独立，近窗鸠鹊每争居。达生有梦能为蝶，下酒无肴约钓鱼。不觉春归旋入夏，人间时序易乘除。

又

山村四月可人情，薄暖轻寒半雨晴。姑恶临风终日怨，伯劳唤曙五更声。入身乍喜衣裁葛，可口新怜苋作羹。机事不知看牧竖，堤边拇戏背人争。

又

最恶人间十丈尘，舌耕翻得养吾真。沙禽翘足如忘世，松鼠窥窗不避人。苦茗时时烹活水，青山面面伴闲身。晦明总是仙源趣，自悔从前不问津。

又

无机心地自悠然,株兀何须近苦禅。蛙阵夜深依草怒,荷钱日暖泛波圆。常看山近云生地,最爱霞明雨外天。乐事不私同社友,新诗索取鲤鱼传。

闲居题壁

近市歪邪屋数间,闭门无事亦深山。作诗不必随流俗,学字还因防懒顽。竹长新梢烟际绿,苔娇小径雨余斑。喃喃来往唯双燕,终日庭清犬卧闲。

八月十三夜坐月独酌

天公亦爱中秋节,才到十三妒雨歇。解事顽云无逗留,遂令今宵碧空洁。柴门无事静以清,凉飔相狎葛衣轻。搔首欲作东山笑,长笛忽来何处声。夜深人适月逾好,天柱庾楼何足道。稀微露气上须眉,蟋蟀环阶声渐老。良夜宜人遇亦稀,小饮犹嫌酒力微。巨觥向天和月嚥,欲令肠肚生光辉。颓然难写其中趣,开口放出喉间句。此时顿觉身世非,说甚海山吾归去。

苏堤晓云

雨色初霁云犹屯,未移将移摇云根。水气澄清湿空际,隐约欲跃扶桑暾。夹堤杨柳鸦初动，遊骑未逐红尘奔。迢递六桥寻不见，一带练光映湖面。

春　夜

得火觉寒轻，春宵静闭荆。迢迢疏漏远，耿耿一灯明。雨向闲中听，诗从醉里生。瓶梅弄疏影，虚室暗香清。

赤城旅舍苦雨与江源洁分韵得江字

一院浓荫锁客窗，书愁难索笔如扛。无聊欲上巾山寺，闲看春云冷度江。

山庄夜坐

心无杂虑案无尘，即此宁非是谷神。淅淅松风清入夜，娟娟山月悄窥人。思当险隘诗成劫，寒欲凭陵酒渐亲。坐到深更双目炯，短檠香焰正花新。

看　月

纤云净尽月如丸，翘首无言立夜阑。好月多情看不尽，且眠剩向梦中看。

立夏晚偶占

最惜年光似转蓬,昨朝春去颇匆匆。古今大梦随时幻,方寸闲愁借酒通。暮霭薰风初淡宕,薄云新月正朣胧。迟回搔首空庭立,消息谁人识个中。

野　步

放眼碧空远,晴和二月天。岚开山点点,烟染草芊芊。风隼抟孤势,溪鸥耸独拳。穷乡平世乐,社鼓听渊渊。

游屿湾庄

路绕山环曲曲村,棠梨一树映柴门。萍开池面惊鱼妾,苔破墙阴见竹孙。散诞不妨游造次,寻常喜得句清温。老翁迎笑衣冠古,爱客春醅出瓦盆。

春风分得春字

年年司淑节,二十四番新。入柳和烟动,吹梅带月颦。青催幽砌草,晴荡绿波萍。着意生机赚,旋成大块春。

又得君字

封家姨十八,今日嫁东君。清晓调禽舌,晴空荡锦云。飘摇公子袖，淑郁丽人裙。闲里花前立，幽香细细闻。

秋夜梦登城独眺，得五律一首，颇喜有新爽之致，醒而忘其结句，晓起续之

不知兴所至，独步眺城头。树老鸦声杂，天高雁影稠。远烟浮野色，落日入江流。搔首谁为偶，虚空可唱酬。

立夏前一日遣怀

流光如电过，瞥见竹生孙。剩得春今日，酬他酒一尊。疏帘通燕语，三径冷花魂。深绿荆扉静，苔痕带草痕。

闲　居

何必住山村，清闲体自尊。升沉难预定，今古不须论。旷也心无物，萧然膝可扪。径幽愁俗客，来或损苔痕。

九日百岙金山登高柬池秀起诸同学

登高酬胜节，趺坐傍山腰。日炎岚光净，风轻雁阵遥。酡颜红叶衬，新句白云招。远忆九峰约，朋侪兴更饶。

别娄世隆用王东皋夫子韵

人间不易得，快士与奇文。自古无兼美，于今乃有君。相

知期白首,托志在青云。此日梅花道,相携不忍分。

春　雨

多病还兼懒,春深畏薄寒。无风雨脚直,隐岫云心安。日以积阴短,花愁未放残。无聊呼茗碗,随意一凭阑。

秋夜寄柯怡园

明月吾怜汝,更深不忍眠。清光寒竹径,幽意溢霜天。漫兴诗无格,除愁酒有权。此时心与景,应寄到怡园。

冬　日

仲冬群物剥,世界觉萧条。云接梅香冻,风号野色骄。坚冰失水面,落木出山腰。自得寒中趣,诗肠使酒浇。

赠楞严洞僧

虚空一任兔乌轮,见吐岩花始识春。入洞有天堪养性,立锥无地不言贫。饥鸦惯待分残供,驯鹿时来作比邻。客到煮茶能不厌,笑从樵径拾遗薪。

合骚集

序

张联元

　　□□年，二子以合刻诗稿来请余序，余始知二子游娴于吟咏，非徒株守帖括者。夫诗之道广矣，有高华，有悲壮，有劲峭，有凄婉，有闲适，有流利，有理到，有情思，能臻妙境，各自可采。有明李于鳞选唐诗，止取其格峭调响类，皆一家货，何其狭也。如孟浩然"欲寻芳草去，适与故人违"，幽致妙语，于鳞深恶，宜其不能选唐诗也。且诗之变，随世递迁。善论诗者，因时抉择，正不必以古绳今。论汉魏者，当就汉魏求其至，不必责其不如三百篇；论六朝者，当就六朝求其至，不必责其不如汉魏；论唐人者，当就唐人求其至，不必责其不如六朝。如必相袭而后为佳诗，三百篇删后果无诗矣。昔人谓诗道贵妙悟。所谓妙悟者，不可思议在有意无意、可解不可解之间。高华有高华之妙悟，悲壮有悲壮之妙悟，诸如劲峭、凄婉、闲适、流利，与夫理到、情思，皆各有之。今李子、陈子之诗，不拘一格，总能自妙悟中来，自足以行远也。或曰二子之诗以骚名集，半多感愤不平之句，得无少温厚和平之致乎？然此则二子之时为之也。夫以二子萃台州山水之秀，今日抑首牖下，则以牢骚写素位之真，安知他日奋翮云衢，不以和平鸣国家之盛耶！二子勉之。不徒守穷而后工之说，为鸡坛艺苑之儒；于动忍中善自淬厉，挟三寸不律，进而为木天兰署之儒。是余之望也，夫是余之望也！夫是为序。

赐进士第中宪大夫知浙江台州府事加二级仍带纪录四次前吏部验封清吏司掌印郎中楚郢年家侍生张联元撰。

弁　言

朱肇济

李子，不以诗鸣者也。不以诗鸣而曷有诗，曰：其寓意及之也。然则李子，乌乎，长曰：矫矫自好，器宇端凝，其人品也；负才欲试而志不屑于小就，其怀抱也；根抵经史，精研章句，不假揣摩而动中规矩者，其制义也；吟咏之暇，拈弄笔墨，仿古人法帖而得其圆健者，其书法也。顾生计落落，虞乡穷愁，仲蔚蓬蒿而曾不减风月之趣，闲托于诗以见意。所作歌行古文辞皆臻妙绝。黄产多材，而主席风骚，端推吾子。余滥黄铎者才三载，与诸生论文校艺之日多，未尝有买诗杯之举，且亦不欲以诗先之相勉，于及时淬厉，以副朝廷登俊之选，故罕及焉。兹李子清苑与陈子植三友善，尝从余游，手出诗稿若干首示余。余读而善之，曰："此殆不可什袭而弗传也。"而植三慨然任其事，而授之梓，而索予言以弁之。是举也，非李子意也，余故曰：寓意及之也。余不欲李子专以诗鸣而顾为之序，亦余之寓意及之也。然则李子不以诗重，诗亦不以余言重。惟是，今日偶托诗鸣，行将以鸣国家之盛。是则余作序之意也夫。

时康熙岁次戊戌孟秋下浣，儒学署教谕事举人年家眷弟朱肇济拜书。

独立

自豪成独立，远目纵飞云。矫首松边鹤〔一〕，由来不索群。

校勘记

〔一〕“隺”古同“鹤”。今均改作“鹤”。

登风山观海

万派朝宗处，登高在眼前。岸穷难觅地，波撼欲浮天。风雨蛟龙借，晨昏日月旋。安能超世网，蓬岛访神仙。

春　夜

不睡成株兀，枯肠使茗浇。月窗春淡宕，风竹夜调刁。渴水瓶花脱，报更林鸟嚣。细书艰句读，目力忆垂髫。

闲斋清事八咏三月下浣作也

扫　地

安事一室斯丈夫，凝尘满席乃真儒。其奈生来有洁癖，前身郭泰后身吾。拟作幽人住空谷，稍见纤埃觉眯目〔一〕。萧斋朴陋雕绘无，片席之地一清足。一清容膝膝可扪，洒然体从闭户尊。入隙有时落日影,沿阶但许滋苔痕。半生苦贫洁所召〔二〕,虽知终不改吾好。

校勘记

〔一〕纤埃:《三台诗录》作“尘埃”。

〔二〕所:《三台诗录》作“如”。

焚香

熟梅天气雨淫淫,莓苔丰草绿深深。避人斗室清无事,起灭无因空一心。好风入帐窥幽独,几案不留尘碍目。博山火力候轻匀,一缕微烟任起伏。此时鼻观觉氤氲,绕室散作英英云。清机隐隐自浃洽,羶境俗客何由闻。拭炉添火工初毕,窗外花香送橙橘。

供花

九十阳春春已矣,韶华不堪重屈指。园林尚剩数枝花,忍令枝头抱香死。和烟和雨梦未醒,折取殷勤入胆瓶。疏密高低费位置,夜灯看影上幽屏。好风暗入香浮动,欣欣殊觉生意永。飘零终酿燕嘴泥,何如得此斋头宠。

烹茶

风风雨雨初长日,闲寻幽趣寄清逸。陆羽《茶经》读未谙,善啜每至卢仝七。拂拭砖垆活火添,筛井梅花水味甘。蚓声蝇声随意听,鱼眼蟹眼逐时觇。火力既到烟如练,沫浡盈壶珠巩溅。满注乍发瑞草香，旋看素涛生瓯面。初啜能教润诗喉，再啜渐令枯肠搜。啜尽精神分外爽，尚觉余香舌本留。

临　帖

张芝临池池水黑，深入三昧匪朝夕。张旭争道见担夫，悟门旋自开胸臆。此中索解良亦难，不得其门徒永叹。天资学力两所贵，古来能得几大观。长日幽窗缺韵伴，淳化帖寻右军柬。嗟予安敢侈学书，弄笔聊防心手懒。

检　韵

诗从穷后始能工，我未工诗但善穷。当日昌黎非浪语，此论于我殊未通。我生兀傲难谐俗，时借声诗寄歌哭。不间寒暑耸双肩，自愧麟篆扪未熟。无如乐此不知疲，得句每愁韵脚欹。髭须捻断妻儿笑，差胜人前强喔咿。

独　酌

破除万事赖红友，红及之交能耐久。况复清闲无事身，耦影自劝堪消受。佐此妙物唯园蔬，兼之案头贮《汉书》。满斟浅酌随吾意，恍然置身皇古初。嘿嘿细寻此中味，尊前一任光阴逝。赭颜白眼看青天，要之不与沉湎例。久闻天上有酒星，刘伶李白诚先型。醉后糊涂绝芥带，灵台一点常惺惺。

酣　睡

从来贫愁人易老,于今悟得达观好。天时入夏不愁寒,粗粝三餐何必饱。冥心独处天地宽,任他人世多波澜。手把《南华》倚枕读,剥啄无声门不欢。倦余抛卷交双睫,如禅息息神魂帖。倏而化我为蒙庄,旋复化我为蝴蝶。翩翩游无何有乡,枕上风景倍舒长。人生适意如斯足,何必营营势利场。

晚　晴

天心怜索处,偶放晚天晴。云破山争出,林干鸟乱鸣。余春应系念,斜日倍多情。不是耽诗癖,诗缘即景生。

晚　步

四月晴难得,闲行及暮天。残霞明落日,远树媚孤烟。麦已曾登饭,衣犹未卸绵。归来竹窗下,新茗竹炉煎。

雨　窗

冷暖无凭二月天,闲身长日觉陶然。窗风瘦袅炉烟串,檐雨轻粘砌藓钱。静把屈骚盘膝坐,倦空庄蝶息心眠。平生未有逃禅爱,况味于今酷类禅。

和陈植三春日苦雨韵

九旬春易尽,风雨失春明。窗曙朝无色,檐花夜有声。痴云空际合,远瀑静中砰。柳困和烟睡,鸟饥得粒争。新花粘树老,细草接阶平。群黾沟渠集,香菌屋角生。身随心共病,天与地相并。阴积目光暗,寒欺火力轻。半池砚墨涩,一缕鼎烟横。路滑因艰步,门扃岂避名。多愁惊渐老,假寐梦新晴。酒债憎长负,诗逋冀缓征。呼童供七碗,况味似禅清。

游南镇和方仍叔老师韵

纵我能游无定踪,境幽路转看回峰。庙巍额爱龙章焕,碑古苔将鸟篆封。滴滴岚光娇碧瓦,阴阴烟翠冷青松。空阶息倦聊欹坐,听泻潺潺石罅淙。

游兰亭和方仍叔老师韵

旧址新亭绕绿莎,游踪时见紫骝过。登临今我非修禊,天气宜人似永和。入妙一时传舞鹤,率真千古想笼鹅。纪游未得完新句,翘首苍松看女萝。

暮春偶兴

东君已动别离情,不放余春媚与明。山为云欺频出没,窗因雨暗转幽清。黔驴羞逞人间技,庄蝶闲寻枕上盟。诗思迩来萧索甚,喜于今日句新成。

夏夜坐月

庭阶幽僻净无尘,浴罢絺衣短称身。心引清风凉静夜,天将明月赠闲人。多情酒爱掀髯饮,无格诗怜脱口新。性地此时空洞甚,粮无隔宿不愁贫。

春寒坐雨

幂幂春空晓色遮,棱棱寒气逼窗纱。炉香烟结斋头雾,砚水冰分笔上花。处世笑无三窟恃,拥书空有百城夸。孤吟随意消枯坐,句未安排手自叉。

霜鬓催人马齿加,贫愁空自负年华。雨掩娇鸟藏春舌,寒勒黄蜂敛早衙。眼底炎凉真有态,胸中蟠际本无涯。补天难补人间缺,无术相应笑女娲。

送陈植三之山左

二月春光春未深,烟中杨柳嫩垂金。半肩行李辞澄水,一路和风惬素衿。途远逢人须问俗,交非知己漫倾心。出门应记慈帏嘱,名胜休贪久探寻。

西　子

天钟灵异苧萝姝,残越还凭女子扶。无意浣纱偏遇范,有心舞袖欲亡吴。机深设阱藏多载,事毕除妆去五湖。文种争无如此妇,伤心他日丧头颅。

虞 姬

楚歌四面起悲风,宴罢佳人泪已红。恩重半生凭绝色,心甘一死报重瞳。芳魂化草春无尽,薄命如骓恨不穷。羽纵粗豪肠合断,何心能复渡江东。

明 妃

竟教弱质御羶腥,计拙防边陋汉廷。玉辇无缘邀宠幸,黄金不买画娉婷。琵琶泪拨关前恨,春草魂归冢上青。多少明妃今与古,问天无语叹飘零。

绿 珠

情多深愧负人恩,算是便宜石季伦。薄命偶惊恶客目,千年未死坠楼身。明珠价值生前贵,金谷繁华梦里春。薄后庙中称善笛,宁教僧孺漫污人。

索居寡欢适得张式金过访喜而口占

强将世虑已全删,长日闲身养钝顽。雨后苔痕能夺草,风中云势欲移山。诗书懒补斋头课,岁月潜更镜里颜。笑语得君来破寂,须知难入少年班。

病　起

徐行涩步尚盘跚,久厌床第倦倚阑。饭后闲身防假寐,病余五月怪轻寒。恼人俗客坚相谢,过雨青山许独看。引镜数茎添白发,问谁索取驻颜丹。

二竖初驱体乍安,风光入目觉更端。竹孙解箨窗添绿,燕子生雏巢已干。蚓蚀苔痕传点画,庭移云影幻峰峦。闲哦新句无编次,剩待明朝为补完。

谒禹陵

葱郁松楸护石坛,身能干蛊即承欢。曾将八载经营绩,贻却千秋底定澜。明德悠长碑色古,空山寂历鸟声寒。寄归透彻当年语,我到陵前一整冠。

食　笋

直节虚心君子竹,平生能守岁寒绿。方出土时便非常,隐然已具参天局。尤爱中有至味存,烹之堪果吾辈腹。吾辈腹内无秽肠,便便所贮唯卷轴。清空自与清味投,一日数枚犹不足。彼愚每借味于他,投以腥膻之鱼肉。譬之天上姑射仙,令与村姬蛮妇逐。又如嵇康餐霞人,屠沽杂处行遭辱。吾辈每邀玉版师,先从肠腑扫尘俗。不教一物混清真,但使三餐饱嘉谷。有时兴至或衔杯,竹叶生香唯醽醁。如是庶不负芳鲜,唯吾亦觉饶清福。

李夫人歌

是非非是，欲来且止。如此憨痴兮何曾死。

薤　露

得得鸣金鞭，昨日豪华队。一瞑归重泉，见者生感慨。人生促兮朝露在。

蒿　里

蒿之里兮，嗟彼不择人而掩兮。

悲　歌

悲歌激兮莫续，愁梦杳兮难寻。寒鸡落月，在在伤心。岂不思缔结，难得是知音。山莫测其高，水莫量其深。

来日大难

来日大难，凄苦关山。今夕携手，好月侵阑。同行並影，草蔓露溥。聚散如梦，何须邯郸。此情暗结，指天自宽。誓心白水，赠以芳兰。东方既白，班马鸣銮。有泪难下，嘿嘿相看。

游侠词

腰下悬长剑,风云伴一身。相知轻百万,囊尽不知贫。

又

浩气逼苍昊,室家非所营。声名四海满,生死一身轻。

吁嗟行

吁嗟老子,一生恐怖。溪谷行藏,逢谁之怒。《道德》五千言,避人闲自著。大患在有身,此老能道破。函谷一日策青牛,无何有乡行独赴。五浊四大中,祸福多歧路。饥饱与笑啼,总属冥冥数。大易吉每不及凶,缯弋网罗争四布。生人苦无出世术,一动一言物易忤。方思善禔躬,鬼神暗中妒。呜呼噫嘻,茫茫四顾。日月惊龙,浮生旦暮。复罹百忧,举足多过。搔首问天,天亦无谓。安得从我青牛翁,闲向太虚看乌兔。收拾造化归胸中,此身不为造化误。

有　感

身已落陶冶,还须自善之。鸿冥应有识,蚁斗亦何为。定里风非动,达来云可持。世人恩怨事,冷眼见支离。

月夜村庄

村墟无漏不知更，步屧闲庭况味清。春懒怜人今已暮，月偏爱我夜迟明。烟林欲动摇鸦梦，风竹无端赚犬声。消尽病余蕉叶量，今宵酒意觉微生。

送费长白老师归里守制

卓跸苕水英，品争秋水净。家学绍渊源，程功端作圣。帝命多士师，姑蔑叨提命。再秉黄庠铎，帅人以身正。化雨挟春风，帐开降霞映。六载不易方，羞别开窦径。脱粟供论文，不减孔颜兴。有时庚癸呼，晨烟断炊甑。苜蓿冷扶阑，堂无杂宾竞。唯时趣味投，共解贫非病。不啻家人欢，深爱以言赠。何但勉文章，相勖在心性。吾师清介节，令名走不胫。指顾莺乔迁，快集鳣堂庆。倏来终天讣，哀毁屏视听。麻衣急奔丧，孺慕见至行。书帙即归装，两袖清风剩。攀辕莫可留，临岐情不胜。此后问起居，唯向鳞鸿订。

立夏前一日偶兴

九旬归转眼，一日却关心。花落红飞雨，槐新绿满林。韶光空眷恋，景色半晴阴。消息明年寄，寒梅枝上寻。

送别费雨臣世兄

澄江苕水隔遥天,投契机缘岂偶然。促膝何曾论旦暮,倾心最爱绝拘牵。如斯莫逆堪千古,不觉相依已六年。今日君归遗我在,空教风雨伴啼鹃。

饮酒放歌行

丈夫之生世,一身一地天。每思天地大,何所不有焉。人生肖形于天地,性情行习宁拘牵。寸心孤诣溯造劫,谁记日月跳丸浮云边。皇农今虽去我久,神交可晤几席前。吾生浩浩,胸吞八荒。潦倒落拓,人岂能怜。但知自得,唯其天全。风流不妨殢红粉,游戏何妨逃枯禅。寄情闲习屠龙技,总机直可抱虎眠。有时惕励乎旦明,何让宋人之道学。不然捐弃乎万有,却为出世之神仙。纵横几万里,上下数千年。斯人斯诣不可得,惭愧造物羞山川。夏虫醯鸡纷纭揉杂乎眼底,令我欲效昌黎恸哭华山巅。今夕何夕,境远地偏。凉风习习,素月娟娟。闲身偶影,想入玄玄。从来一醉不复有世界,妙理难穷清圣与浊贤。

初夏大水即事

兀坐抱幽忧,淫淫雨不休。已看槐入夏,却令麦无秋。四野淹青草,中田聚白鸥。瀑虹声隐隐,巢燕语啾啾。村坞云屯屋,人家槛系舟。儿童争鸭浴,逐队不知愁。

仲夏剧雨连旬偶成长句搡闷

积水环村起浪纹，却教人与鹭鸥群。每怜灌木虚黄鸟，长恨青山葬白云。五月缊袍寒未减，通宵檐瀑梦犹闻。眼昏窗暗妨开卷，难向光阴惜寸分。

雨夜馆中题壁

不知身世竟如何，耕舌生涯寄啸歌。渐觉病余华鬓发，且偷闲处息风波。笔花报我曾无梦，诗劫侵人似有魔。自喜迩来能薄醉，荒村那怕杜鹃多。

壮志生平未肯消，漫从今日忆垂髫。须知措大非终局，除却残编少久要。斗室沉冥灯熖淡，夜阶狼藉雨声骄。放怀要识贫非病，宁教心旌暗里摇。

孟秋苦热

骄阳毒熖烈于火，烁石流金焦斥卤。停午长途绝行人，树底深藏鸟息羽。海水欲枯波沸腾，龙不宁耐思上升。雷公击鼓苦弹压，欲雨不雨气郁蒸。青蝇绕臂汗交脊，欲踏无冰空赤脚。连呼苦茗渴不消，于今始信炎威虐。炎威虽虐已入秋，金飚欲动难久留。清凉世界应仍在，趋炎之辈行且休。

秋夜坐雨

入秋刚半月,薄暮暑旋降。风急萤粘袖,灯昏雨逼窗。愁心凭酒散,只影共人双。不睡耽枯坐,柴门静吠龙。

独　步

偶然幽趣得,独傍水湾湾。返照归红叶,轻寒隔暮山。安贫忘岁迫,虑病放身闲。风里长歌咽,前村牧竖还。

漫　兴

闭户身尊即五城,诗瓢作伴遂幽贞。朱颜凭仗浮蛆酒,黑发难求甘露羹。卷帙夜窗临太乙,升沉身世付黔嬴。笑他阮籍穷途哭,多此胸中水火争。

古　意

邻女早嫁人,抱子声呱呱。侬无好媒妁,何用颜如花。

又

南枝花已繁,北枝犹寂寞。北枝花发时,却愁南枝落。

又

芳草弄新桑，恣意春光占。松柏梁栋材，持世不在艳。

秋日途中

山边与水边，客路晚秋天。风紧鸟飞疾，霜酣枫欲然。记程囊有句，思酒杖无钱。斜照辞人下，今宵何处眠。

和赵介仙二月苦寒韵

柳眠花困霰筛珠，消息东皇二月无。愁满春空云脚密，寒挠诗思笔头枯。闭门谁省袁安卧，验带徒伤沈约痛。兼苦厨人长聒耳，湿烟迷突怨樵苏。

口　号

一窗风雨伴清寥，因病闲机反得饶。门外不知春欲老，东君已上海棠梢。

喜陈植三远归

数月分携等岁长，人情时事与谁商。闻君已返双轮驾，令我旋宽百结肠。膝下且嬉莱子彩，腰间莫问阮孚囊。征尘千里应须洗，惭愧何时办一觞。

久雨初霁见月

入春未见月,今夜到阑干。星宿望中少,云霄分外宽。酒聊供薄醉,风尚送轻寒。坐久宁愁寂,蛙声草际攒。

夏　夜

日苦炎威身逼仄,直到更深威始息。窗前竹韵已闻风,潇洒病骸初自适。新月西下灯渐明,茕茕闲影依素壁。偶焉思酒仅三蕉,乐趣何殊髡一石。今夕何夕见真吾,今日事过不须忆。可意古人去已遥,醉中摹拟差可得。相知岂但在神交,须眉还向梦中识。

赋得山晴雨半来

登高舒独眺,习习晚风时。返照穿林湿,垂虹饮涧欹。乍开山转媚,无定雨频移。野色岚分碧,禽声树出迟。谁能看拄笏,我欲画成诗。顷刻阴晴幻,因知造化奇。

染　须

奚但摊书目力亏,惊秋须复早丝丝。不堪屈指垂髫日,无奈伤心引镜时。怕认始衰从尔白时年方五十,居然仍壮任予缁。染成笑向家人语,权已能回造化儿。

和友人不睡韵

霜威凌厉入高楼，病客偏知夜景悠。一酩实输太白乐时忌酒，百端空集杞人忧。月催欹枕闲中句，风乱严更暗里筹。蕉鹿梦途分得失，睡乡岂必定无愁。

梅　花

深山浅水与烟村，领袖群葩品格尊。不向花间争俗艳，每于臈尾漏春痕〔一〕。清晨作态风含笑，寒夜无言月是魂。安得孤山林处士，一尊相对细评论。

校勘记

〔一〕臈：古同“腊”。

四十九初度

天时葭管动微阳，檐外刚添日影长。徒负岁华增马齿，未能世路熟羊肠。千秋事业成何日，双鬓颁愁易染霜。五十明年一瞬耳，知非犹恐属荒唐。

夏日早起书所见

眼前迅流光，炎候倏三伏。暑气苦郁蒸，余威夜亦酷。匡床反侧频，有梦未能熟。五更起推窗，斜月隐槐木。乍焉云涛生，天宇如泼墨。雨急骇倾盆，空阶喧檐瀑。清凉袭衣衿，炎气净芸局。雨歇云渐收,疏星出陆续。清风徐徐来,晓天如新沐。村鸡递远声,霞烂东方旭。

春　雪

飏空尚是六花么,一瓣刚消春气和。寂寂苔痕青欲没,纤纤柳絮白轻拖。羽衣巧衬东风舞,银浪还唯北地多。料比前番寒较浅,穆君黄竹不须歌。

情

能柔人骨性中成,善感随人脉脉生。五夜笛风明月魄,三春烟雨杜鹃声。江州司马青衫泪,水殿杨妃七夕盟。几度缠绵无极际,亦为欢馆亦愁城。

喜林霞起断酒

曲生风味最牵人,用忍闻君已脱身。纵有旗亭能拂袖,从兹糟粕不粘巾。为防伐性非痴汉,未减豪情岂恶宾。知是觥罍藏不用,到今寂寞已生尘。

青州从事谢相思,豪杰心肠始见奇。在昔逢场多醉眼,于今入社不攒看。能留贺老黄金佩,岂倒山公白接䍦。晨夕月风如过我,但供雀舌润诗脾。

何必前车鉴坠车,新传红友绝交书。定从庾阐椎金碗,不向杨妃乞玉鱼。醒斗诗魔开世界,闲堪梦蝶到华胥。洞庭春色人都误,漫忆高阳笑我疏。

窟室生涯等乐郊,醉乡君惯列前茅。果然仿古能为训,何必逢人用解嘲。天狱酒星占太史,秦坑醉籍快知交。括囊无咎都缘此,胜读羲文易几爻。

梦觉哺糟与啜醨,将来诸阮不相知。身能避俗逃金谷,心可调元守玉匙。鸠杖挂钱千古癖,鹿车随锸一生痴。酒民莫叹从前误,了悟于今未是迟。

一甕云封何有乡,杯中不复泻鹅黄。从闻醉后偏饶舌,说甚生来有别肠。兴到费钱嗤左相,狂来颓玉厌嵇康。内君况复勤能俭,好剩相如旧鹔鹴。

阆风台在宁海天门山西麓,刘次皋有铭

天门派远发金庭,西麓层台接太清。画栋平过山月冷,晓霞高拥海天晴。旁寻香水丹砂井,不羡蓬瀛白玉京。人世缁尘应不到,从容摩读昔贤铭。

冬日喜雪和朱平物先生韵

残冬有雪真称瑞,应为祥农兆有年。陋巷随风飘竹屋,小园今日变琼田。神仙披氅王孝伯,瘦蹇寻梅孟浩然。我耸寒肩方觅句,沉吟惊有矮翁篇。

哭王东皋夫子

珠藏胸底舌生莲,磊落真成翰墨仙。入梦想曾椽似笔,清谈谁见口言钱。苦于世上无安土,乐向冥途有别天。辞世聊

为三日病,心空观达得归全。

执经门下记垂髫,光霁怡人渣滓消。好以笑谈浇茗碗,每将身世寄诗瓢。洞箫城上吹秋月,锦水桥头待夜潮。今日怕经游乐处,明冥旋隔路遥遥。

平生是处寄风骚,五十三龄未二毛。书善楷行欣染翰,画长兰竹妙含毫。喜调笼鸟传幽意,爱种畦蔬耐薄劳。今日登堂看素旐,返魂无草但空号。

漫恨先生事事赊,古来达者死为家。同归于尽老无益,在昔已知生有涯。笑入蓬莱临弱水,都忘秋月与春花。从前师弟周旋事,此日回头浪卷沙。

友人春夜招赏牡丹

幽敞园开富贵天,天香谁不解相怜。春扶锦萼娇能语,夜共银缸笑不眠。消尽印痕红指甲,如亲国色紫霞筵。繁华好景良宵兴,惭愧巴人句不妍。

偶　占

能贫长有好怀开,窃喜予生剩本来。景到眼前应有句,子西何用拾诗才。

咏　石

本来出深山,坚贞能耐久。人情不如君,携来作朋友。

五十初度

引镜惊看发已皤，彼苍于我竟如何。少年期许知全谬，百岁光阴已半过。坐拙易逋儿女债，偷闲每着酒诗魔。高堂尚有齐眉老，应讳贫愁强啸歌。

白苎词

深深院宇生微凉，中有佳人静而庄。盈盈两耳垂明珰，玉肌无汗轻罗裳，巧夺天工成七襄。有时闲读摽梅章，悦己天涯何处郎。

贫女吟

绿窗贫女年及瓜，对镜自许颜如花。媒妁勿通身未嫁，眼底几度春风过。每怪人间风不古，鼠窃佳期弃中多。以身事人生有愿，吉士所贵礼为罗。明珠十斛原有价，守身且自学宜家。

行路难

季伦豪华气上人，竟以绿珠丧其身。卞和具眼识璞玉，翻以璞玉刖其足。尤物至宝天所憎，人生莫思望外福。流俗眼孔物难容，相聚通衢指美服。短褐萧萧流水风，世人不忌安得辱。

是与非,得与失,古来总是无凭日。糊涂杯酒看苍天,晦明寒暑从变迁。人生虚名复何取,须知名者毁所聚。生人好名成其愚,智士畏名如畏鬼。

行路难,劝潜伏。牛头夜叉幽冥属,而今白日行相逐。反眼凌牙嬉书生,行路如入幽冥国。行路难,劝潜伏。行路须仗甲兵雄,书生不律威不足。行路须捧青藜杖,驱神役鬼术未熟。欲为狐媚习柔奸,方心傲骨难谐俗。知几勿早但冥行,徒以七尺供鱼肉。无计只合学昌黎,寻取华山去痛哭。行路难,劝潜伏。

杂　感

彼天一何迥,飞鸟游自足。彼地一何旷,走兽快相逐。夫何世上人,俯仰悲局促。利害朝营营,梦魂夜仆仆〔一〕。百忧自相煎,穷途激痛哭。夫以有限身,胶彼无穷欲。其乃似春蚕〔二〕,抽丝自缚束。安得五更钟,敲破痴迷惑〔三〕。仰屋搜枯肠,欲垂著作名。腹饱剡州纸,空自劳其生。天地且必敝,虚名安足争。

盘古起大梦,到今正酣熟。恩怨悲欢缘,世上方剥啄。在在蕉鹿情,智愚谁认错。苦海了无涯,神仙居先觉。所以青牛叟,千古称卓落。

楚王能爱宝,卞和泣荆山。谁云王不智,大器遇自艰。抱璞堪自重,不售含羞还。岂唯和欲泣,玉且应泪潸。刖足王无罪,自媒实奴颜。后虽获宠爵,始进已不端。人心不自足,帝王好神仙。海外索方术,男女动数千。欲副望外求,大药费万钱。荒唐无一得,劳苦叹徒然。江山为破碎,神仙不肯怜。唐虞成至治，今古颂尧天。出门乐声气，倾盖许白首。黄金囊底空，肝胆复何有。朝为生死交，暮为仇敌友。中道有伤心，何如始不苟。无怪自爱士，抱影空庐守。

校勘记

〔一〕仆仆：《三台诗录》作“役役”。

〔二〕其乃：《三台诗录》作“毋乃”。

〔三〕敲破：《三台诗录》作“一醒”。

秋　晓

七月秋气清，晓起快万象。落月淡鸡声，曙色东山晃。潦雾散空濛，残星摇书幌。蚯蚓泣晨露，促织鸣阶朗。梦眼自惺忪，振衣行倜傥。不觉薄寒侵，须眉袭秋爽。旦气此时清，好句心苗长。但恐赤乌高，人事尘十丈。

读　史

两间小利害，是非易昭昭。至于兴亡故，莫明息与消。一夜滹沱冰，三日浙江潮。数定理莫违，俗儒空纷嚣。名高与俗忤，功成为人妒。事极变乃生，此固不爽数。多少功名士，伤心于末路。即幸全其生，暗干造物怒。邺侯托辟谷，谁云辟谷误。

天子隋炀广，独树风流帜。文章与性情，自觉天机肆。羞以有限身，远为子孙计。悉心以纵欲，不复留余地。身杀国亦亡，夫固料之预。

读　书

昔年曾记春色融,招呼好友趁春风。行行瞥见佳山水,手指足蹑目力穷。直欲以此顷刻晷,千奇万变罗心胸〔一〕。兴残草草歌旋返,回首记忆有无中。粗狂不识真领略,山灵安肯臭味通。平生读书坐此疾,涉猎欲令万卷空。钝根未破徒活剥,空尔贪痴学蠹虫。而今始知觉大梦,开卷先寻识字功。纡折不辞蚁行磨,寸寸节节破蚕丛。良骥一日能千里,驽骀积日到亦同。人间异禀幸不得,已百已千真英雄。

校勘记

〔一〕罗:《三台诗录》作“拓”。

偶　感

万物本无争,水石因风激。激之石不怒,风过水亦息。人心无物本太虚,无端空自横荆棘。灵光既灭戕其天,往来恩怨寻朝夕。我险安知人不如,人心似海还难测。君不见当年张说算神奇,却落姚崇死后机。

挽徐二生表伯

天地由来亦逐逐,昼夜寒暑相起伏。驱使世人如转蓬,老少生死纷相续。浮生纵有百年身,回首骎骎飞电速。青牛老子不长在,死别宁是先生独。先生养到心能空,遇有迍邅无迫促。不作崖岸忤末流,自抱清真能浑俗。千秋事业听升沉,一枕高眠无宠辱。行藏颇得老子风，知雄守雌常蹊谷。读书真能见古人，下笔辄有灵机触。通神楷草驾钟王，得意遗人轻不鬻。一旦考终豁大梦，草草生前完此局。先生既没摧人心，转心不为先生哭。清风皓月皆先生，先生处处留人瞩。白日可思夜可梦，何必相见定眉目。

偶　占

渊明读书不求解，孔明读书不求记。不解不记宁粗疏，此中要有无穷意。拙我束发已受书，至今未与古人通心契。寻章摘句等生吞，何时糟粕能吐弃。有时汗漫失会归，真如孤舟浮海了无际。或拘偏隅死守株，窗蜂井蛙乃何异。我志若游龙上天下地，欲纵我飞腾，钝根却为豢龙氏所制。安得五丁巨凿开我胸，寻取澄江涤肠胃。还借行天日月安我眸，展卷朗然绝纤翳。庶几古今聚讼之蠹余，我入游行能掉臂。

杂　言

佛老尚虚无，吾儒尚经济。蹈空无归着，蹈实忌粘滞。大哉乾元惟一气，下地上天无不际。

春　夜

春无阴雨妒，闲夜伴闲身。地僻风惊犬，更深月媚人。搔头忘故我，对影即嘉宾。兴到旋思酒，空尊自笑贫。

长山馆中和林鹤曹见寄韵

荒斋秋欲尽,风际雁声哀。世界今非古,光阴去不来。照愁凭海月,引睡借山杯。未了吾生事,深憎白发催。

夏　夜

漫空烟霭散,天宇敞轻青。露湿花间月,风摇水底星。嚣尘空五夜,幽意惬闲庭。独影徘徊际,诗情入窈冥。

春　阴

非雨非烟向晓濛,云心未肯散轻风。迷藏寒气糊涂里,拘束春光黯淡中。野色白鸥飞处断,村墟青霭望来同。闲归窗底残编检,细字旋憎目力穷。

春　晴

物色宜人二月春,春空辽阔净无尘。鸟争暖日嘤嘤巧,山抹微岚濯濯新。放犊牧童招麦垅,浣衣村女出溪滨。快心笔墨应添债,好句贪搜未肯贫。

林鹤曹以近作见贻赋长句寄之

居然大雅复何惭,无限菁华耐咀含。秋月娟娟临碧沼,春山濯濯抹轻岚。我应对垒羞三北，君直登坛继二南。什袭有光偏远烛，偷儿深夜莫相探。

泉溪馆中独坐

启户青山媚我前，何须蓬岛境称仙。此间喜隔炎凉世，定里知分大小年。风日宜人方淡宕，形骸忘我自安便。倦来好梦飞蝴蝶，可是庄周另有天。

馆中书怀

燕语津津破昼眠，闲心不放到愁边。村隈水绕林中屋，几净窗明雨后天。兔颖草书临晋帖，龙吟松韵奏虞弦。此身宁复嫌枯寂，免结人间襬襶缘。

纪梦 岁己丑秋日昼寝，梦至一精舍，见案有笔墨，遂题二句于壁，寤而记之，因足成一诗

宛然灵境梦中游，深邃清凉恰素秋。天性忽凭新句寄，吾生应有宿根留。谁教身世悲尝胆，却令神仙笑赘疣此题壁句也。岂为痴迷须唤醒，因于枕上幻瀛洲。

不　睡

一夜长如万劫中，窥窗难得曙生东。娟娟隙月匡床影，瑟瑟寒风四壁虫。待睡不来思睡美，耽诗成癖怨诗穷。惺惺起

坐灯难觅,还自轻敲石火红。

冬夜独立时在长山馆舍

闲庭潇洒足回翔,一派清机净俗肠。霜意浮空无渣滓,月情与静有商量。窗前树影寒威满,村落风声远势张。新句未成应摸索,耸肩何厌夜方长。

冬日泉溪馆中遣兴

泉枯树秃厉风声,不苦寒威爱久晴。醉里每怜山月堕,闲中独看海云生。久无俗客添烦恼,只有诗魔与抗衡。才觉倦时聊假寐,如斯消受福原清。

青山岁晏色庄严,暮霭朝岚映短檐。日为驱寒如有约,酒能破寂不妨添。障空已自忘机久,懒惯从他得句廉。静里风来松韵发,耳根清绝独掀髯。

闲　趣

劳生宁爱舌耕贤,半世行藏听自然。晴雨山开摩诘画,忧伤诗怪杜陵篇。兴来或用浇书饮,倦后何妨摊饭眠。扣户喜来僧捉拂,红尘十丈到无缘。

沿海杂谣

□黑人娴武健才,腥风腥雨结根胎。村豪博古非经传,营卒骄人守戍台。节序衣冠多跣足，宾筵茗碗半浮灰。晴明天气堪舒眺，海舶随风点点来。

地连溟海境荒辽，以海传家业自饶。月夜丁男修敝笱，霜天妇女煮咸潮。沿途少石愁春泞，启户无山望眼遥。旅雁平沙千百集，惊寒午夜语纷嚣。

生来从不识繁华，男女辛勤善作家。暖日春坡眠犬彘，佳辰客宴贱鱼虾。高低浦溆筛风罶，灿烂村墟出海霞。爱杀儿童皆习水，扁舟轻触浪头花。

谒双忠祠祠已圮矣赋此志感

多事乾坤赖主持，山林廊庙两争奇。沉渊紫担肩名节，掷笔麻衣振羽仪。老树苍烟埋故宇，夕阳衰草但残碑。英魂旧恨知难释，怕号双忠享有祠。

江村喜晴

颓云风里散荒江，快见巡檐鹊噪双。红绽斜阳摇素壁，绿分新莱到疏窗。机忘话浃从容客，庭静阶眠整暇龙。最是不堪人景况，昨宵听雨对残缸。

仙居纪游

避世桃源即此乡，环山曲路入羊肠。斜阳色淡黄沙渡，过雨凉生白水洋。负贩群声横野阵，行游高鬓出村粧[一]。晚投旅店萍踪宿，倦醉酸甜酒一觞。

仙居路险旧传闻，今日登程证所云。怪石崄岈雄虎踞，重山浓淡拥螺纹。东西水到三江合，乡土音从累岭分。啜茗邮亭聊小憩，绿杨风过解炎氛。

茅店鸡鸣月欲残，长途凉趁露漙漙。晓烟色递千村绿，飞瀑声生五月寒。访古逢人询葛井，到今此地颂刘滩。景当绝胜催行路，恼杀舆夫不解看。

濛濛雾散日曈曈，一路蝉声断续风。湍急溪翻鱼肚白，林开山现雉头红。通流寻丈桥名洞，近郭培塿岭号东。入市全无城市气，绿稠烟密树攒空。

校勘记

〔一〕粧：当为“庄”字。

和池涵青见寄韵

何处茫茫问子期，鹏飞每绕梦中思。友生近日多离索，风月闲情少探支。守我短才如袜线，任人笑面似靴皮。贫愁宁结吾徒局，为问冥冥造化儿。

谒海昌萧朴斋老师

疏放曾蒙国士怜，二天雨露渥书田。元亭马帐同千古，越水吴山阻七年。欲息扶摇云路翮，快为烟火也行仙。心旌梦寐依光霁，来买秋风一夜船。

春晴寄友

为报新晴鸟韵稠，九旬春色未全休。惊惊花靥娇□语，濯濯山容翠欲流。径扫苔痕舒独步，天无云垢豁双眸。须知韶景应难得，好约春郊放旷游。

赋弈和陈植三韵

升沉世事一枰棋，随意闲情每寄之。花径有时迟客至，草堂无事与僧期。势当入劫耽成癖，趣解其间败亦宜。绝处逢生看起伏，绵绵不断藕中丝。

夜宿江村

饮罢酸甜酒数觥，江村欹枕息劳生。水田逐队蛙喧夜，林木惊眠鸟报更。世上态多颜易老，心中事满梦难成。明朝为怕归途滑，误认松声是雨声。

对　月

人间袯襫自无缘，薄暮闲斋意洒然。万事随风真似梦，一生见月不能眠。眼眶放阔前无古，心地才空另有天。兴适无多酒自醉，凭栏幽想欲通玄。

秋夜独坐兴至觅酒不得口占寄友

雨歇云开朗汉津,洒然身世净炎尘。囊空事省心无物,香烬灯明影写真。报冷风删梧叶下,争秋月湿竹梢新。每于醉里怜风月,醒里谁知更可人。

花朝坐雨和赵介仙韵

刚到花朝雨又来,槐根恐坏蚁王台。淋漓晤对竹君子,潦倒沉冥曲秀才。白响九峰飞涧瀑,青浮半槛没阶苔。九旬春色消磨易,怕听林间鸟韵哀。

和赵介仙九峰独步韵

郊行随意傍城东,九子峰前习习风。流水鸥拳临浅碧,落花燕嘴啄轻红。我憎世法拘縻苦,春借君才慕绘工。无事久知行乐好,年华只在转头中。

口　号

风流难继谪仙狂,引镜羞看鬓发苍。多病不知春事了,缘贫兼令砚田荒。纵横触处皆愁境,割据偏安是醉乡。株守固知成钝拙,免从岐路泣亡羊。

闲居漫兴

人境吾庐另有天，红尘不到自陶然。氤氲花气蜂衙聚，琐碎春声燕垒传。坐懒甘扪傲世膝，担贫拼□作诗肩。呼童聊试新茶味，活火甘泉一缕烟。

小斋漫兴

人生本自有尊荣，捍卫闲斋仗墨兵。俗客未来凭雨谢，真吾无碍看云生。茶烹火活蝇声起，花落泥香燕嘴争。万事不平平不得，不平拙我不须鸣。

夏夜即景

人生难得好怀开，莫怪嵇康醉玉颓。闭户已无俗客扣，披襟兼有好风来。欲吞天际杯中月，独举檐前月下杯。婉转撩人何处笛，多情应为小诗催。

送陈二兄尧宾之龙南幕用其留别韵

出门暂释老莱裾，任是天涯可结庐。宁守短辕鸣伏骥，且凭芳饵觅悬鱼。逢人世法休全懒，寄我诗筒莫久疏。待得君腰缠十万，束装早问故园居。

南赣难于蜀道难，中原已界白乌蛮。乍登客路惊千里，不出人寰在两间。易满诗豪囊底句，恐更游子镜中颜。高堂爱弟清宵梦,不阻遥遥水与山。

挽池润加检上平十五韵

恢谐入世羡能通〔一〕,说月谈风每不穷。今日青山埋白骨,风流云散转头空。

有愁惟仗酒浇胸,落拓平生万事慵。期促玉棺留不住,破书颓几听尘封。

吾社交从称莫逆,每逢佳夕扣君窗。过门今但盈双泪,谁复惊君守夜龙。

人生百岁有穷期,何必于君怨别离。最是伤心天梦梦,九原孤子亦追随。

有才无命阻鹏飞,天上奎娄乍掩辉。知己情深应眷眷,令威化鹤几时归。

仇成二竖懒驱除,偃蹇呻吟数载余。生死从来应有数,不须防疾怨君疏。

庚申无用守三姑,撇手君真达者徒。忧恼根除何所系,夜台赢得觉于于。

无分寒暑约拈题,人羡凌云社聚奎。君去斯文坛坫冷,不堪风雨听鸡鸣。

生平旷达已忘骸,拼把光阴曲孽埋。今到泉台宁寂寞,好寻嵇阮觅生涯。

宁缘天上玉楼开,作赋烦君去不回。仙界文章人世取,不应天上竟无才。

文章花样逐时新,慧业如君每入神。今信文章能不死,灸人多口有娱贫。有自订《娱贫集窗稿》

吾徒骨肉在斯文，自分师资赖有君。生死乍分人鬼路，几回肠断立斜曛。

劳生孤另不能存，天似于君独少恩。野屋停棺亲未葬，知君应断死余魂。

人世光阴指一弹，从来那有返魂丹。长空洒泪知无用，强向蒙庄学达观。

坎坷阅历境多艰，一瞑诸尘尽等闲。从此不应重问世，好从海外访三山。

校勘记

〔一〕恢：当为“诙”。

作诗偈与友

意须深刻韵须安，俗气休令到笔端。用力推敲无滑手，苦吟自古出心肝。

随意会心难索解，因端使事莫生吞。演搬熟后能生巧，月影风声总是魂。

病初起寄赵介仙

从道贫为世所嗔，迩来病亦解欺贫。梦中未换正郎鼻，倦里难支沈约身。不死无须愁药旷，消闲惟有唤茶频。独行避彼风如寇，安坐凭他雨谢宾。剩得余生笑引镜，白添须鬓几茎新。

和陈植三感怀韵

世事难于障百川,人情大抵拓虚弦。百城但得书藏屋,二顷何须郭负田。捧日魏公真卓尔,御风列子自泠然。每怜末俗无交道,却为干糇怨以愆。

儒冠误戴负尧天,堪笑寒无坐客毡。活计未能争狡兔,壮怀直欲矫飞鸢。新怜绕树禽声滑,青爱沿阶草色连。喜入春来尘事少,与君且作醉中仙。

春日坐雨遣兴

雄壮襟期总未摅,笑从老大惜居诸。声传林鸟轻风外,绿上莓苔细雨余。闲却似忙因觅句,贫偏能乐在耽书。晚餐漫虑无佳味,好摘春园拆甲蔬。

遣　愁

否时兼薄命,身世不堪论。荒雨残灯夜,低头只影人。书淫今欲老,诗瘦古来贫。思访深山衲,相从问夙因。

无聊漫吟

光阴空自负年年,夜坐楼东意惘然。断漏远因疏雨乱,干愁独向一灯燃。邺侯辟谷言终幻,太白耽杯醉是仙。笑我入春无好句,偶拈毛颖为无眠。

和陈植三见寄韵

束发耽书究惘然，个中心印索谁传。但凭瘦骨撑诗债，宁敢轻居是谪仙。

爱君兄弟玉嶙峋，家学传来自有薪。烂漫天真君更爽，雄谈扪虱若无人。

难求活计每心惊，湍急鱼劳尾欲赪。贫贱相逢多白眼，除君肝胆向谁倾。

与君且作滑稽雄，流俗从教拜下风。乐圣避贤闲里趣，同参酒谱继无功。

今古文章几大家，闲来只爱读《南华》。于中识得养生主，方悟人生本有涯。

端阳日漫兴

朝饔才罢意如痴，却恨无粮继午炊。儿女不知愁节序，索将五色臂缠丝。

人家角黍又登筵，眼底流光若逝川。欲泛菖蒲思贳酒，囊中子母笑无钱〔一〕。

搁起贫愁且读书，索居合自惜一余。不须结虎门悬艾，还觅芸香辟蠹鱼。

细雨漫空有若无，闭门闲补旧诗逋。圣贤书史能驱祟，不用硃砂画鬼符。

年来鹿鹿负年华，节序缘贫付叹嗟。一室萧然无别事，且呼杯茗对榴花。

人间此日吊三闾,彩鹢中流竞渡余。我爱儿童多韵事,教来鸲鹆语生疏。

校勘记

〔一〕母:当为“毋”。“子毋”,台州方言,意为手无分文。形近而讹。

闲中随笔

得酒成酣美睡缘,平匀息息稳如禅。最怜好梦依槐穴,无奈晨钟到枕边。终日尘缘催白发,几时家计息劳肩。预愁今夜将沽酒,有帖从谁可乞钱。

觅酒不得夜不能睡题长句寄陈植三

每恨无文可送穷,未应穷到酒杯空。闲愁酝酿迷离月,清况消磨淡宕风。厌听群蛙更漏里,难成飞蝶梦游中。挑灯案上呼毛颖,信手题诗寄孟公。

楼窗雨望

病还兼懒味清寥,独向东窗纵目遥。雨湿炊烟黏屋角,风团云气抹山腰。三春易向幽忧老,长日惟凭兀坐消。饭后睡魔防狎我,聊敲新句落诗瓢。

雨 窗

日斗诗魔未肯降,柴门无客恼灵龙。漫天细雨无聊赖,湿我春愁到小窗。

寄　友

辘轳迅速递春秋，无奈人生易白头。乐可寻时聊取乐，愁难了处不须愁。幻形莫解蜃为雉，甘口还防鼠食牛。喜得年来深阅历，与人无竞似虚舟。

杂诗偶拈八庚

白发年来添数茎，世情曲折识分明。举家笑我贪安命，何处从人学治生。豹隐在山毛未泽，鱼劳于水尾应赪。问天搔首天无语，魂礌聊浇酒一觥。

懒随狗苟与蝇营，半世群嗤蝺蝺行。田舍已输人活计，诗书未许我寒盟。枯肠搜刮添茶课，青眼殷勤管墨兵。坎止流行都有数，此心何用日怦怦。

贫家清旷爱春明，燕坐闲身寡送迎。可意相看怜枯眼，最愁难下是诗城。莫寻湖上真高士，谁似江东老步兵。好觅双柑与斗酒，偷闲佳处听鹂声。

世界从来本不平，吾徒漫起不平鸣。骚人何用夸三绝，律己宁忘去四轻。欲向末流全太璞，须知造物忌完名。人间行险非长策，拙我生涯以目耕。

古今毁誉易纷更，何用逃名与钓名。处世谁分今古品，论交难必死生情。人间懒去营三窟，天上将来住五城。昼夜无凭明与暗，空劳蝠燕到今争。

太　真

云鬟花颜出浴时，承恩应恨入宫迟。憨痴有意偷吹笛，闲暇无愁戏洗儿。蜀道烟尘迷日色，马嵬风雨葬妖姿。他年方士仙山叩，钿盒金钗重寄词。

秋夜与池涵青池润加踏月得夜字

九月老秋风，薄暮冷台榭。疏星玉局开，碧落云衣卸。不觉梧桐巅，见此一轮乍。拼我洒洒游，消此清凉夜。

初度自嘲

我生不逢时，一经苦株守。岁月惜蹉跎，功名笑何有。七尺空人间，自问应哑口。不生余已矣，生则当自咎。丈夫纵坎坷，壮怀须纠纠。总之升与沉，权属造化手。终日寄牢骚，但为流俗丑。且折梅花枝，自劝杯中酒。

饮　酒

郁郁心间事，耿耿平生咎。荧荧窗下灯，泛泛杯中酒。孤影劝举杯，信是扫愁帚。下之无他物，《离骚》颇可口。

寒

裸壤行垂缯，寒生大地同。吐火苦无术，空忆葛仙翁。当世襬襶子，趋炎术自穷。伫立望寒色，风声猎虚空。短日埋冷光，厚冰不得融。闭塞既已极，阳和何时通。群物悲萧索，赖有梅花功。

题五柳图

世人厌贫贱，爱向名利走。不得则热中，得之图固守。那知陶先生，此心曰否否。天地非隘吾，岁月难长久。虚名何足云，至乐吾所有。自视放旷身，一官如蒙垢。早赋归去来，三径耐消受。何为折吾腰，博取此五斗。五斗可让人，依门种五柳。醉傍五柳眠，醒与五柳偶。五柳先生家，千古芳人口。劳劳奔竞人，对此应泥首。

偶　笔

吾何所自来，辄向人间住。矢志守诗书，已为诗书误。昂首思出门，出门多歧路。腰留羞涩囊，遇事皆却步。或谓塞与通，权在冥冥数。数通于何时，美人恐迟暮。少壮难长久，岁月迅乌兔。有志不得伸，每看青萍怒。愁以笔墨鸣，胸中虹霓吐。无使没没终，空杂荒草墓。

己卯秋因病未赴乡试八月初十日忆闱中文战诸同学

绿窗有贞女,待年犹未嫁。遥忆娣妹行,及瓜恐时迈。各负倾国姿,蹇修方索价。凌晨临镜台,着意双眉画。宫样逐时新,谁肯稍假借。要之承恩宠,机缘在造化。寄语隽女郎,胸中莫芥蒂。

和柯怡园看冬月韵

凄惨和悦语,已为月传神。君月乃看冬,得句转逼真。寒威相摩荡,月性见精纯。我辈高位置,不放尘污人。赖此寒冬月,写我现在身。永夜默相对,玉楼双嶙峋。幽意自莫逆,肌髓相浃沦。实有会心处,此论非翻新。

潘届右表伯以诗字见贻赋此致谢

先生老典型,人羡矍铄概。八十五沧桑,耿耿壮心在。细字读蝇头,双瞳夜不碍。掉臂厌扶筇,自觉步履快。兼之以光霁,和衷接后辈。每遇可造资,掖之骚雅队。诗留盛唐风,雄浑而多态。法律今逾细〔一〕,脱笔生时爱。濡毫走龙蛇,透纸腕力锐。宝之付什袭,笥箧溢光怪。以此卜先生,先生寿未艾。

校勘记

〔一〕逾:通“愈”。

挽应岂石表伯

平居怒造物，人生有穷时。日月迅如驶，霜雪易鬓丝。有事不及了，盖棺违心期。草草乃如此，生之亦胡为。人云仙不死，白日见者谁。既不游于世，生死宁可知。所贵达者流，扩心九达衢。不作恶死歉，不为贫生痴。居易胸无物，与化为推移。生死无汩没，考终其所宜。先生锦江叟，家学自相师。张华三十乘，珍守于乱离。溪山数十载，忽动首丘思。旋居近烟火，晦明慊追随。每逢好风日，得客开双眉。剪烛继落照，坚陪婺尾卮。谈锋老益锐，破格生新奇。波靡憎末俗，而以崛强持。闲居富篇什，风格达夫追。天欲培其寿，晚令双目亏。人抱张籍恨，先生反自怡。神凝于内照，不使屡视疲。何必工吐纳，自成玄鹤姿。今年数阳九，梁木遂不支。占星惊少微，乃殒锦水湄。高堂悬素旐，悲风激哀帷。人言先生死，先生犹在兹。先生果何在，架上卧园诗。

纪　梦

良宵小饮酣春睡，神魂忽赴瀛海外。日出烟消波面红，极目滉漾开奇怪。轻帆自在迅中流，青天上下随行舟。好梦海风为吹醒，稀微落月夜窗幽。

和柯怡园夏午韵

望云天不雨，暑酷昼逾长。身得忙中暇，心生定里凉。懒吟荒近草,清睡候斜阳。饥腹思呼饭,方炊未熟粱。

梅　花

萧索乾坤冻未融,疏花几点笑寒风。品原耐洁侪高士,额不涂黄落汉宫。暮角阑干人独倚,曙窗蝴蝶梦方空。春堤最恨繁华子,喧扰孤根系玉骢。

古淡丰姿冷落神,亭亭常喜傍溪滨。风中潇洒香应细,雨后高低粉自匀。弹压百千红紫卉,总持九十物华春。园中姚魏输先着,富贵须知不若贫。

春深万卉大埃氛,清点先春赖有君。白日村墟依瘦竹,晚天墙角拥归云。骚人东阁诗应动,霜鹤湖亭影欲分。莫逆此生惟韵士,何须怜惜有红裙。

新　竹

冰槊缁尘半点无,森森初挺却清癯。羞教带泪传湘女,直欲凌云伴大夫。风月纷披添色相,雪霜磨砺老根株。那从流俗邀青眼,相赏知音自不孤。

名标千古此君豪,葱翠新夸欲上袍。拂晓晴分轻霭暖,抽空嫩拥绿云高。笛裁野父堪吹月,竿制青莲欲钓鳌。自与凡材殊品格,亦幽亦雅亦风骚。

西溪晚步

荒原幽折碧溪围,知是闲人步屧稀。诗客只应囊自背,酒徒何用锸相依。青山目送黄牛下，红蓼风牵白鹭飞。不觉林梢生暝色，半衿带得暮烟归。

百岙别冠屿赵兢子

人情云影幻无常，我独逢君臭味长。把手辄教倾肺胆，知心何但有文章。将来落月三更梦，此际临风百转肠。梅发陇头逢驿使，还应寄我一枝芳。

潘寄翁表伯寄翁亭成索诗赋此应命

新将亭寄小园间，翁寄亭中可耐闲。虚壁清机尘不到，满阶生意草慵删。醉行自有斜开径，高卧何须更买山。天纵豪情真矍铄，鬓毛宁为作诗斑。

立夏日书斋壁

春光九十负东君，赤帝符从今日分。韶节已嗟同逝水，壮心未肯付浮云。燕声花下惊红雨，蜂影窗间扑夕曛。世事人情难入口，惜阴还且细论文。

咏翠鸟

避世能教世网疏，冥飞随意得安居。夜眠芦荻溪头月，朝索菰蒲水面鱼。点缀鸥群忘尔我，羞惭鹤羽宠轩车。惜身长得全光翠，多少金笼鸟不如。

秋夜不睡

年来但托舌为耕，辗转秋更不耐情。虚壁乱蛩终夜响，破窗引月半床明。都缘不睡来闲想，固识多思岂摄生。着意先鞭豪祖逖，激昂起舞按鸡声。

冬　日

崖枯木落鸟啾啾，冻合乾坤上玉楼。短日冷光风剥削，萧斋寒景火绸缪。终朝自煮龙团茗，何处人披鹤氅裘。得句凭窗舒玉版，砚冰难入颖君头。

哭池秀起

东华未向注长生，强仕旋登鬼录名。蝶栩黄泉千载梦，乌号白发五更情尚有垂老母在。宁忘夜室挑灯话，难续春郊逐队行。一瞑不留身后嘱，关头生死早曾明。

无怪人间爱说仙，悬疣百岁总堪怜。功名莫了生前愿，弓冶空赊死后缘。人世已无春草句，泉台新有玉楼篇。浮生如梦君犹苦，不及邯郸五十年时年四十三。

杨东来索牡丹诗和潘寄翁朱平物二先生韵

闻道园亭胜昔年，紫毬粉萼绮筵边。自憎春老无闲日，空忆花间有醉天。半槛名葩双绝艳，一番老句两争妍。主人好客偏遗我，未许寻常索我笺。

雨 后

雨歇楼斋世界分，巡檐快见鸟呼群。淡黄树杪留斜日，闲懒山头有剩云。吟债多情供独坐，晚凉无事耐微醺。静中还爱清双耳，远瀑寒声九子闻。

秋 兴

清秋须索善消磨，每惜光阴眼底过。排闼无山云影暗，环窗有竹雨声多。主张非我酒能祟，愚弄由他诗作魔。身世升沉应有数，何须愁击唾壶歌。

春日久雨偶得晚晴宁川馆中同叶时成分韵得闲字

树头忽转北风干，多谢东君肯霁颜。剩雨萧疏犹打屋，残云收拾已归山。暖生窗牖图书润，爽袭衣衿笑语闲。昨夜那知今日里，夕阳明灭到柴关。

宁川馆中寄王东皋夫子

无事闲如入定师，东窗只结此君知。传将心事无黄耳，聒起春情有画眉。静日孤斟偏醉易，寒更多思每眠迟。先生早趁春光好，来破山楼枯兀痴。

有　感

刚柔齿舌胜谁知，且耐雌雄未判时。万仞冰山宁有用，一天海市漫争奇。迟他自有乌江剑，急我空劳博浪锥。王述当年能面壁，不妨谩骂任人恣〔一〕。

校勘记

〔一〕“嫚”通“谩”。此改作“谩”。

游祖师堂同冠屿赵兢子分韵

久爱上方幽寂地，相携步屧值秋残。红飘枫叶山门静，青缀苔钱古砌斑。露宿多知僧梦冷，山深自觉鸟声寒。清芬日午伊蒲饭，笑共知心饱一餐。

与江石间夜集池涵青书斋分韵得之字

黄昏新月正迷离，习静书帷偶共披。尔我交情看石久，翩翻世态听风移。香浮白盏琼浆洌，焰发低檠玉胆垂。士品中流无砥柱，百川须共障东之。

寄九峰寺卓山上人

古寺深藏境寂寥，红尘忧恼不相招。一身似梦三生幻，长日如年半偈消。了悟月光浮水面，闲机云影断山腰。俗缘系我赊寻访，咫尺禅关不啻遥。

感　兴

闲居自喜结交疏，坦腹科头雨过初。处我以贫聊尔耳，置吾于古却何如。糊涂世事数杯酒，牵惹人间几卷书。熟计丈夫惟自立，安能依傍借吹嘘。

闲愁能断即如如，长夏西堂赋索居。文字炫能终白豕，聪明弄术实黔驴。奇狂松下嵇康锻，多事途穷阮籍车。我既得闲成我懒，醉寻蝴蝶黑甜余。

夜　读

夜长人静有生涯，未放心茅到庑遮。斜月半轮寒入户，青灯一点暖生花。樽空难得人遗酒，火在还堪自煮茶。浃洽有书贫未怕，心期耿耿却犹奢。

赋得雨中春树万人家

太平谁道真无象，风物乘春入眼奇。地匝桑麻经雨绿，声喧鸡犬出林迟。寻常佳绝游中景，隐约真成画里诗。何必桃源称乐土，圣时人世亦如斯。

读苏东坡集

羞将疏放避群攻，随遇完身劫劫中。屡挫孤忠终未屈，能豪垂老不妨穷。须知品格千秋在，岂但文章一世雄。说鬼谈禅聊尔耳,到今开卷见髯公。

妙绝经纶未展施,空教知遇一生奇。垂名非酒能谈酒,遭谤缘诗不废诗。忠爱自根天性出,遐荒惟听圣朝麾。人间俗子应无数,能读苏文俗可医。

祝徐应侯双寿

帨辰弧旦属秋期,桂酒双浮白玉卮。景丽绮筵看晓日,曲新锦瑟奏瑶池。孟光质鲁惟椎髻,张敞传闻但画眉。岂若君家佳伉俪,倡随吟咏韵相知。

和柯怡园见寄韵

胸中傀儡酒能匀,陋巷萧斋颇耐贫。举世都教钱作主,半生空恨墨磨人。诗臻绝妙须宗杜,书未全焚合笑秦。自分此生何位置,不应竟作葛天民。

春霁同江石间郊外散步

无端春暮又今年,城外闲行纪偶然。风袅落花红满地,烟浮芳草绿侵天。农夫忙为秧初下,桑女闲因蚕已眠。快意欲沽茅店酒,杖头苦乏阮宣钱。

寿叶泝沂先生七十

七十行年古所稀,占星正羡少微辉。拂笺老笔银钩劲,得酒清谈玉屑霏。幕内经纶供世借，荆南山水入诗归。而今消受闲风月，至乐家庭可息机。

寿载侯叔祖七十

眼中曾历几桑田，矍铄方为烟火仙。族仰乡评归月旦，世推人瑞羡稀年。殷勤但管花寒暑，放旷长亲酒圣贤。寿考不须工吐纳，邺侯骨节本珊然公讳嗣泌。

偶　笔

岁月惊风眼底过，此身位置竟如何。两间可与语人少，半世不如意事多。耽酒却教成落拓，摊书辄自悔蹉跎。闲中偶尔得新句，搔首捻须供独哦。

懊侬歌

河水满流迅，令欢去舟急。转眼不见舟，不得久伫立。

坐雨寄柯怡园

二月天如漏，园林困女夷。倦身安独坐，懒手久停披。酒爱无心醉，诗憎用意为。惟君知我者，时与写襟期。

独　夜

白日百忧集,闲寂爱清夜。放眼旷秋空,好月当头泻。剩暑知避人,商飚发天籁。今夕此何夕,置我清凉界。独扪疏旷胸,事过无芥蒂。明日未来因,所遇听成败。今夕自今夕,宁为愁所卖。

楼斋时馆宁川

楼斋绿绕树阴阴,何用焚香去染心。迟日暖风春有迹,高山流水我知音。剩茶惯引梁间鼠,留饭常供竹里禽。几度叩门惊有客,青鞋藤杖约幽寻。

访逢山王翊臣

曲岭盘山无尽弯,入山深竹隐禅关。竟将尘世归何处,别放乾坤在此间。花径晴春龙睡熟,岚窗当昼鸟啼闲。先生静坐忘机事,好共群英泽豹斑。

春日久雨新晴

颓云挟雨归何处,日色初开倍放红。竹似幽人新出浴,山如翠浪远连空。蜂王觅树杈迁国,蝶使寻花学采风。拉伴缘溪闲散步,病魔消尽水声中。

读隋书

东宫才立方舆震，炀广原非静者身。苛酷杨坚无令子，彦谦桥梓识何真。

仆射宫中有早图，元岩柳述岂能扶。既为严父不知子，何必捶床怨独孤。

更衣神色更衣泪，不负高皇宠爱深。何事夫人争一死，竟从金盒拜同心。

穷工土木苦阎闾，疾首离宫四十余。更有江南官督役，龙舟催逼死丁车。

山海楼台创极奇，秋冬花树锦离披。居无乐土身无袴，民怨君王总不知。

十六院中佳丽满，求恩市宠不知愁。江都再幸红颜尽，留得歌名清夜游。

行幸连舟载后宫，县州供亿弃埋中。挽船八万辛勤士，未必人人厌饫同。

殃禽课羽鹤巢危，自拔投毛为爱儿。炀广身为天下主，杀兄弑父忍能为。

弑帝同谋并夺宗，大丧待厌死匆匆。九泉定有相逢路，太子高皇待楚公。

无数蛾眉恐白头，君恩安得遍迷楼。死留囊臂诗哀切，传记夫人姓是侯。

巩洛营苍意若何，三千三百积空多。十三年后身何处，对窖能无怨敛科。

寻常树亦缯缠身，何但端门百戏陈。衣不盖形贫满眼，诸番偏肯解怜民。

王薛诗才终贾祸,谁人佳句敢轻哦。辽东浪死歌堪听,借问君王亦妒么。

当年课羽无遗类,今报青鸾集宝成。要是德儒官欲显,却令孔雀冒佳名。

盗贼群驱遍四方,但云鼠窃不须防。义臣忠勇偏追放,知否唐公有二郎。

感昔伤今与说诗,鸡台月夜事何奇。寒温对鬼真成梦,摇顿何须来梦儿。

命世真才合作君,晋阳兵起会风云。入关已自称神速,渭北犹添娘子军。

图侬人有且休论,无限愁胸强自扪。短服幅巾频顾景,追欢无奈兔乌奔。

情种诗人兼荡子,不应天子竟风流。李花杨柳歌声切,惹起欢中一段愁。

镜里头颅砍者谁,一时妙语本非痴。真生惭愧陈元秀,投井偷生是小儿。

五日 宁川作

萱草能花燕已雏,村墟佳节景堪娱。手持角黍儿童笑,臂约红丝女伴呼。蒲叶有香宜泛酒,书窗无怪不悬符。汨罗风雨蛟龙怒,屈子离忧待吊无。

睡　起

梦醒凭楼味转清，新秋尚耐葛衣轻。鸟翻林背风初爽，云白山头雨欲晴。好日每思赏酒债，平生难下是诗城。今宵料有长空月，照我双眸睡不成。

病　起

病起天时倍可嘉，日长无事自幽遐。穿阶春笋忽成竹，照眼石榴已作花。书剔蠹鱼痕曲折，梁归紫燕语周遮。肺枯酷有王濛好，欲觅樵青为点茶。

身离枕簟夏方初，闲爇炉香赋索居。写我素心思对友，开人生面爱翻书。都缘久病妨诗兴，转喜偷闲与世疏。造化怜人能强飰〔一〕，苋羹可口与黄鱼。

校勘记

〔一〕飰："饭"的异体字。

春暮晓眺

何处春空可寄愁，凭将独步傍城游。花黏紫燕双双嘴，云压青山个个头。澎湃江潮宿雨涨，迷茫村落晓烟稠。韶光九十留无几，忍教东君致政休。

寿清修寺本洁和尚

翛然似鹤老仪型，卓錫深山世虑冥。闲种三生优钵果，悟闻满院木犀馨。忘机水月窥禅味，无碍松云养性灵。法界从来宽岁月，颐年何必借参苓。

初度自遣

莫认人间缺陷身，头颅如许肯输人。到无悔处斯成品，或有愁时不为贫。出世可能曾指李，悬弧何敢拟生申。日当髫发逢初度，解事妻儿劝饮醇。

寿陈炽蕃先生八十

晚得双珠授一经，彩衣今日看趋庭。笑随尘世移田海，悟彻空王见性灵。笔有龙蛇心不老，胸无墙壁眼长青。行年八十寻常事，未艾遐龄属岁星。

上巳同海昌金次白暨同社赵秋水九峰手谈

重三佳节最关心，修禊何须曲水寻。豁眼山容新泼绿，养花天气正轻阴。九峰信步游称快，随地携枰弈号淫。不忍言归归路晚，赢将细雨湿衣衿。

夏午偶笔

数杯婪尾酒酶然，坦腹旋忘酷暑天。小径轻阴凭竹送，虚斋清韵听茶煎。息心正欲入佳梦，俗客又来妨昼眠。不惯周旋行我法，案头随意检残篇。

小疴独坐遣兴

懒傍人情学往还，笑予未老已成顽。每愁佳兴缘贫减，且喜劳生以病闲。竹径有禽皆韵友，柴门无客即深山。随机得句聊成调，何处方家为我删。

自分原难与俗谐，闲闲淡淡自生涯。诗经苦索宁云癖，酒入微醺乃见佳。世事真成蕉下鹿，书生休作井中蛙。从知缺陷通古今，补缀安能学女娲。

览镜见须有数茎白者

多愁多病少闲情，晨起无端览镜惊。半世虽贫壮志在，数茎无赖白须生。怪来儿女将删去，呼示荆妻以笑迎。事本寻常休错愕，掀髯且把浊醪倾。

积雨经旬夜忽见月喜而有咏

偶启荆扉讶月明，恼人阴雨恰初晴。积年远友赓心写，绝世佳人与目成。迢递晚风云断续，婆娑新竹径澄清。良宵如此又无事,为语荆妻洗破觥。

壬午秋闱被放

债偿场屋久邅迍,运剥空虚席上珍。检点重新循脚色,凄凉依旧守头巾。妻儿合有艰难怨,亲故羞当慰劳频。再四扪胸行自反,岂真花样不如人。

璞抱荆山未见收,槐花空教报凉秋。徒呕白日腔中血,不点朱衣暗里头。且向冥冥赊岁月,岂将耿耿瘰贫愁。有心人料天难负,迟我三年莫怨尤。

雨　后

雨过倾盆天乍晴,空中隐隐剩雷声。鸭争逐队浮沟浴,鹊喜迎风鼓翼行。白看归云山半落,红生夕照树梢明。夜来料有当头月,耐可呼朋洗破觥。

漫　兴

贫肯忘忧亦一奇,何须身世问成亏。只应闲作沙鸥伴,宁必危为剑米炊。酒以浇胸中傀儡,诗将破眼界藩篱。秋风新到能驱暑,耐坐良宵与月期。

松　涛

千尺虬龙际会曾,大夫山下惯云凌。风来奔跃倾三峡,雨过峥嵘听广陵。梦破匡床茶正熟，琴闲虚室月初升。解人只有陶弘景，俗耳尘心识未能。

醉夜睡起

醉中失故我，北窗和衣卧。梦魂赖安全，不走愁中路。恍游太古初，令人生爱慕。夜半打窗雨，好梦为之破。起坐灯未残，鸣蛙声无数。

月下漫吟寄柯怡园

孟夏雨初霁，凉夜尘事歇。呼酒坐檐端，爱此当头月。妙留淡薄云，长天助波折。明星疏可数，一轮逞娟洁。迩来郁结肠，姮娥为照彻。忽念柯怡园，咫尺成隔绝。若来叩荆扉，今宵且可达。

冬日遣兴

玄冬之季月，天地正凛烈。寒风与愁雨，经旬未休歇。潜户阻泥泞，友朋来往绝。四顾室庐中，萧索无可悦。经营了不知，抱膝安吾拙。时于断简中，晤言寻先哲。以此慰无聊，亦得固穷节。

遣　闲

榴红萱绿夏方长，风雨连朝冷笔床。当昼每教蝶有梦，忘机久似蟹无肠。聊将落拓还吾素,已把升沉付彼苍。善病难求参术剂,却凭吟咏作医王。

秋夜书怀寄柯怡园

才到秋来夜渐长,消磨私喜得新方。从容静坐成幽境,落拓埋忧是醉乡。目远碧天无芥蒂,心随皓月共清凉。陶然倦后为庄蝶,来访怡园好句商。

暮秋西郊晚步

无端荏苒已秋穷,雁有愁声度远空。傍晚模糊村落雨,催寒朗爽蓼花风。江潮凫泛中流急,枫叶鸦翻落处红。不觉诗魂潜欲动,句成白豕愧辽东。

春晴秀峰楼晓望

霍然不觉宿酲醒,信是侵晨茗有灵。作势颠风平侧耳,报晴暖曙爽闲庭。树头唤友禽声滑,墙角窥春柳眼青。最是倚楼看不厌,晓山岚抹静仪型。

冬夜与柯怡园、赵介仙、江石闾小集应枫岩书斋,分韵得门字

惯觅行窝共叩门,锦江斗室觉寒屯。碧天无翳严霜信,白月流空朗夜痕。贫甚都忘身落拓,情深堪与酒温存。偶然得

句争呵笔，知是诗来自有魂。

冬夜即景

丰狱尚埋锋，未逐风云变。牖下守残编，人鄙文章贱。挑灯拥敝裘，更深夜读倦。启户步庭阶，籁静真吾见。寒月挟霜威，冷光斜刺面。回视短案头，棱棱冰结砚。

秋　夜

凉晚爱新霁，衿裾风习习。初月写秋光，娟娟竹梢湿。天留破碎云，疏星时出入。沽酒叹无钱，独影捻须立。

哭炯儿

汝既为吾子，不当先我死。永诀隔明冥，伤心乃如此。汝既非吾子，则是不必生。必生复必死，造物何无情。总之不必怨儿与造物，吾命由来堪咄咄。百年难必事称心，半生已觉贫刺骨。出门到处哭穷途，鬼亦揶揄况人乎。身世莫寻生活计，诗书空下死工夫。吾命既为造物械，儿生儿死皆宿债。两年深爱付东流，颠倒吾生夫何怪。儿真有识若冥鸿，骏骨宁随措大穷。我泪欲枯儿知否，啼笑休来记忆中。

九峰避暑

大暑从来方酷吏，拉伴幽寻九峰避。九峰深邃另乾坤，习静不复红尘世。修竹阴森侵客衣,径绕藤萝逼岩势。嵯峨古殿藏山隈,草木俱含太古意。此中未许热客来,造物为辟幽人地。碧山上人似远公,酒为渊明能破例。错落传饮竞大觥,炎威亦避谈锋锐。人生行乐须及时,年光暗与云水逝。依依此会再何期,薄暮强拼雨中袂。

别馆东潘元一

翻覆人情幻,惟君见肺肠。对人无缛礼,结客肯倾囊。风雨欣同晤,欢愁不自藏。两年如一日,分手话偏长。

赤城客寓看巾子山和江石间韵

久病人谁耐,难晴月亦愁。陡然见碧落,不觉豁双眸。素魄流清夜,凉风似早秋。欲眠还不忍,无句可相酬。

赠别太平娄世龙仍用往年送别韵

信是忘形好,疏狂不自文。主情多愧我,客气尽消君。后会期新岁,临岐欲赠云。离愁宁独我,郊外约平分。

挽朱平物先生

先生何代客,今日葛天民。不识炎凉态,惟安潦倒身。笑谈能忤俗,结纳独尊贫。时也生虽晚,长披入座春。

又

古心兼古貌，独杖步踉跄。四尺躯身短，千秋梗概长。闲能消以醉，老不减其狂。今日厌尘世，归无何有乡。

又

真得酒中趣，高怀是处开。当筵多雅令，独酌耐深杯。贤圣闲中辨，诗歌醉里裁。可怜今有酿，不得寄泉台。

又

学书与古化，笔落自成家。求索多无厌，精神老愈加。息心看活泼，束手但咨嗟。行远高声价，人将片楮夸。

又

逆旅逢佳地，开门便见山。龛围林木古，僧度翠微闲。移墖云无定〔一〕，翻松鹤未还。相看消客况，好句索其间。

校勘记

〔一〕墖："塔"的异体字。

菊开和王东皋夫子韵

金风收万物，红紫叹无情。独有东篱种，能舒白帝英。霜中看崛强,月下见幽贞。几朵初传节,秋容淡自明。

有　感

不遇皇初代,空烦意想为。悟来方有悔,迷处孰先知。世事抟沙苦,人情累卵危。何须矜独醒,美睡学希夷。

又

人生无定着,得失暗中移。任是营三窟,何如借一枝。达人原索寞,膻境属肥痴。天地宽南北,空劳泣路岐。

宁川别王兴邑先生

地行仙啸傲,矍铄不须筇。山水供柔翰,烟霞媚老容。闲将书果腹,兴到酒浇胸。多谢先生眼,经年青向侬。

病起

岂必耽吟咏,旋为太瘦生。愁中忘节序,病里见交情。聊以文章遣,兼之风日清。柴门无客到,稳坐绝逢迎。

病起对月

诗笔精诸体,长城更欲仙。悲欢根所性,凭吊适其天。佳思随行杖,闲居草剩笺。重承遗稿托,忍教不薪传。

又

先生天纵也，笔墨寄多能。几案逢闲日，云山写几层。凭心聊复尔，用意亦何曾。今日求遗纸，应教价倍腾。

赠人

豪旷宽天地，宁愁岁月侵。热肠能结客，贫橐不留金。古道难今世，今人有古心。消闲事游猎，雄略寄山林。

赠僧完彻

结宇居山麓，终年远世喧。白云依竹榻，清磬闭柴门。夜伴听经鹤，朝来献菓猿。定中真性见，忧恼自无根。

暮春月夜

雨多春欲去，望近月能来。天亦随人意，云应为我开。幽光摇竹径，清影落花台。此夜殊难得，闲心付酒杯。

乡　行

柏落枫凋后，萧萧尽秃林。水干河过犊，田剩稻留禽。旷野风无定，寒天日易沉。却忘双足倦，即景自成吟。

晴　夜

困春数日雨，入夜爱新晴。素月闲中媚，轻闲定里生。村龙时吠远，林鸟每司更。独步成幽领，天机分外清。

晚　兴

归燕声喧杂，支颐独倚阑。春光随雨没，暝色入楼寒。酒使愁消易，诗敲韵稳难。平生笔墨事，往往扰心官。

山　馆

山馆诚幽绝，凌空塔势攒。避眠常独步，防疾强加餐。白日宁难度，青山颇耐看。竹边梅意动，不觉岁将残。

长山馆中寄柯怡园

避秦何必觅桃花，堪寄吾身只是家。鸟报山中真率漏，蜂参窗外慎勤衙。消磨闲日迷仙梦，淘洗枯肠活水茶。君远有谁能玉我，养成疏懒不胜瑕。

乙酉秋闱被放馆中夜坐偶占柬柯怡园

迩来真觉懒于僧，枯兀何殊被冻蝇。闭户凭诗敲落叶，捻须将影灸残灯。泪痕空湿荆山璞，风翮难抟滇海鹏。遥忆柯鬌同此恨，萧斋击碎唾壶曾。

头巾腐烂岁相仍，足底云衢何日凌。白月屋梁秋耿耿，寒风窗纸夜楞楞。摊书空起愁千斛，引睡还凭酒半升。只恐梦魂无着落，犹将惆怅忆西陵。

枯　坐

风定云屯雨细零，偶为枯坐对疏棂。自怜处世无全法，人笑谋生但一经。多病逢秋惊发白，感时有泪湿衫青。壮心幸未消磨尽，毛颖还将新发硎。

季秋下浣游灵岩盖补登高约也

为补登高拉伴行，胜游佳景值新晴。锦铺村落枫如画，字写秋空雁有声。难得酒肠如海阔，拼将诗骨共云轻。小奚悔不携衾枕，夜住峰头看月生。

无　题

梦幻身为岁月侵，何须琐琐论升沉。谋生多计安非拙，入世能通不必深。活泼泼地而成趣，常惺惺法以居心。若能放眼观其大，一瞬中间古与今。

春日漫题

闲中随意架书拈，长日幽斋神自恬。入幔生寒风料峭，飏空无力雨廉纤。云涛傍户蜂衙敛,花片和泥燕嘴粘。多谢苔痕与草色,沿窗分绿到牙签。

三十九贱辰

三十九年如过隙,此身空自逐劳劳。半生涉世囊羞阮,何日娱亲檄捧毛。难得书逋偿雪案,但将诗历记霜毫。缊袍坐拥门无客,自嗅梅花倒浊醪。

仙家乐

百亿光阴弹指过,风雷日月一心罗。云轮顷刻能千里,缩地壶公事亦多。

醉杨妃菊名

海棠睡未足春天,娇艳当年最得怜。不世风流偏爱酒,而今犹醉竹篱边。

粉西施菊名

凝粉临风弄色新,移来远别若耶邻。东篱尚是撩人眼,何怪当年有效颦。

春王六日郊游

雪犹未解山头白，风已旋开柳眼青。莫怪惜春寻太早，年年春老惜何曾。

冬日晚眺回文

啾啾鹊噪野飞蓬，徙倚闲心惊岁穷。裘敝寒生风极劲，楼西眺日落霞红。

宁川别王翊臣

东山曾记远缄诗，分得春风向我吹。寒暑一年弹指过，不堪回首是临岐。

索居自适

乾坤安顿一心中，尘俗旋教眼界空。曲肘案头诗梦醒，西窗开放夕阳红。

月　下

人在空阶月在天，良宵幽意两相牵。凭空欲借长风力，直上云衢抱月眠。

梦　醒

梦不怜人草草醒，空教摩想未分明。床头蟋蟀檐前雨，脉脉难为此际情。

己卯秋闱病不能赴赋此自遣

懒赴秋闱掩不才，让人花向榜头开。抱愁枯兀长秋夜，领取东山月一堆。

笑逐今年病里忙，颖君秃尽研田荒。无装不听槐花促，赢得牢骚句入囊。

萧萧行李叹归迟，曾记前番下第时。一夕九嗟憎故态，今番省赋孟郊诗。

束发当年早受书，逢时花样学犹疏。从今欲铸叶公砚，不驾穷途失意车。

买掉西湖爱日晴，水光山色眼心青。今年不与欢游约，一任西湖笑短情。

着意功名未是痴，埋头避敌罪宁辞。破荒黄邑多豪俊，第一枝香属阿谁。

雷焕于今未可逢，丰城有物且藏锋。谁家酿得中山酒，索取来浇傀儡胸。

梦驰场屋素称狂，鹊跃中多未冷肠。遥想轻装诸好友，晴风晓日渡钱塘。

登科分内岂登天，犹恋青衿合自怜。未见研头金甲梦，寒窗不字待三年。

瘦竹遮檐坐寂寥，居诸漫向懒中消。年光过眼迅如电，莫谓三年屈指遥。

夏　夜

胸衿扩我闲天地，年岁随他自古今。如此清风如此月，教人那得不关心。

除夕吟

能贫莫问世途艰，囊尽青蚨事事芟。习惯妻儿交谪少，忙宵赢得一身闲。

醉

愁里笑谈多勉强，醉余天地亦模糊。横身短榻书为枕，谁画疏狂醉寐图。

晚步回文

烟村远眺独寻幽，窄路溪桥映水流。鸢过掠风斜日淡，天侵草色暮生愁。

雨霁散步

常晴不觉快，雨后晴乃佳。天宇敞遥碧，远风轻入怀。群卉摇新翠，出林鸟鸣喈。良辰意自畅，疏散舒病骸。闲鸥占世界，矫立深溪涯。忘机两相狎，缓步与之偕。田歌声相递，馌饷来村娃。行行不知倦，草烟粘双鞋。会心宁在远，得句归萧斋。书成自吟咏，遂令孤闷排。

春晓登凤山观日

夜色渐欲阑，天宇转冥晦。陟彼山之冈，振衣览胜概。烟霭轻漾空，小星三五辈。万物静以恬，恍在鸿蒙代。鸡声出远村，断续清可爱。少焉诧东方，海气发汪秽。夙驾起六螭，赤轮涌光怪。晃朗吐还吞，气象欲涵盖。海波惊沸腾，海云多变态。瀇漭荡吾胸，远目纵无外。披拂扶桑巅，六合开蒙昧。万物争阳和，旷荡乾坤大。奇境志之心，笔墨安能绘。

上李渭川老师

间气钟名世，经济出自然。宦途如东旭，花县兆其先。下车未数月，口碑穷谷传。德威征虎渡，清慎颂鱼悬。士仰文章主，无因羞至前。幸以文字介，立雪龙门边。思借追琢力，免为世弃捐。

有木耸无枝，经年埋空谷。颇自爱根株，风雨历寒燠。清拟处士梅，色并君子竹。羞为柔脆姿，本来守贞朴。人世重繁华，难上繁华目。幸遇大匠来，留心访潜伏。将加培植恩，不令混朴樕。拂拭向阳春，阳春应倍沐。自弃非良材，愿言长自勖。

晚　晴

风雨久埋春，柴门绝来往。多谢封家姨，薄暮发清爽。云心渐懈散，春空乍高朗。斜阳落西山，东岭新月上。积水映疏星，树影摇书幌。冥心步庭阶，清境旷□仰。触意偶成诗，聊以寄幽想。

辛卯七夕大风雨

仲秋郁炎蒸，颓云埋日曜。淫雨积经旬，龙性转兀傲。海水尽归天，雨工纷向导。雨力挟风威，奔突号万窍。世界如战场，甲兵数万暴。檐瀑怒白虹，顷刻满堂奥。岌岌天欲颓，儿女群相噪。拟饱鱼腹中，不死出所料。居室无完堵，惨若经寇盗。诘朝心魄定，邻里各相吊。还有乡南北，传闻更悲悼。山水兼江潮，立时非闵到。转眼漂室庐，流尸纷载道。十或二三生，仰天空诉苦。圣君正当阳，灾变岂所召。太息共茫然，聊自为慰劳。

春暮苦雨

积雨久成霖，花事糊涂了。云力挟山去，迷茫昧昏晓。小径苔痕骄，深树禽声悄。举步阻泥泞，草色荆扉绕。半床蝶梦疏，一缕茶烟小。孤闷谁能排，人与东君老。

古　意

春晴气懊同溽暑，傍晚春寒结风雨。天时一日分炎凉，世态人情亦如许。耿耿寸心谁与语。

春夜吟

春风作阵春雨消，海云既散海月高。宿鸟无声人响寂，耳根隐隐闻松涛。空庭夜深湛如水，独抱幽怀谁共语。

冬夜大风行

萧条复凛烈，岁序当仲冬。同云冻不雨，惨淡而冥蒙。万物尽闭塞，生意何时通。此时造物者，亦若聩与聋。风伯积愤不宁耐，决□奋怒号长空。横行直突贾其勇，物皆莫敢撄其锋。不许阴霾污世界，誓与同云争雌雄。荡摇地轴海水立，掀翻直入蛟龙宫。五岳不能奠鳌背，当年不周重摧峰。势如万马奋鬣而下坂，扬沙走石震撼乎苍穹。又如高秋万仞钱塘潮，王命甲士数千齐弯弓。林鸟尽戢翼，古道绝行踪。严寒冰浊酒，裘敝御寒愁无功。顷之蔽天之同云，披靡席卷消散乎西东。还我清明之碧落，日耀冷光西岭红。功成风伯怒亦息，柴门半掩境清寂。黄昏叉手耸双肩，娟娟新月侵阶白。人生通塞自有时，偶逢跼蹐休怨咨。

题美人图

绝世佳人淡妆饰,媚扫春山翠欲滴。蝤蛴粉颈香汗白,轻衫压体娇无力。纤纤玉指扶香腮,侧身闲倚湖山石。避人卸却湘水裙,辨露金莲红的皪。罡罡秋水敛双波,含娇不语情无极。君不见红颜薄命古所嗟,何用天生好颜色。

赋得夏云多奇峰

空中突兀生远岑,因风变换无成心。有时白峙峨眉雪,有时浓叠巫山阴。思陟深邃避炎暑,明明入望艰登临。雨后斜阳落平野,参差还爱数峰赭。

春晴野步

多受东君惠,韶光不用钱。春无榆荚雨,风暖菜花天。树鸟争群舌,村姬笑并肩。徐行忘远近,幽意自相牵。

游崇国寺

萧寺藏幽境,春朝结伴寻。古墙临涧峻,曲路入松深。肌骨寒山翠,香云结梵音。劳劳尘世客,到此息机心。

词三首(《全清词》选自《三台词录》)

卖花声

宁川雨夜

幽寂夜窗空。冷雨酸风。灯魂暗淡不成红。无数闲愁无处卖,拼教填胸。难禁此宵中。遥想朋从。谈锋饮队独抛侬。水水山山门外路,有梦难通。

踏莎行

春　晴

云脚都悬,日轮高驾。抬头猛觉乾坤大。天公昨夜唤东君,韶光未肯干休罢。山嘴岚生,柳丝烟挂。墙花引蝶红相亚。出帘穉女绣裙开,娇痴却把春风骂。

醉落魄

蔡陶山画扇头草虫

涂红点绿。大都烘染矜秾郁。肥痴争可寻常目。世态人情,本是繁华局。闲花野草自芳淑。栖迟有物踉跄足。凭心信手天机触。世外丰神,且莫问流俗。

跋

楚无两屈原而骚作。骚者,原志也。使时有志,其志原可与语,骚可不作;即作,亦不至其骚之若此甚也。二千余年而有李骚,不居原之地,不遭原之时,无其志而为其骚,何居?植三者,犹是也。且有清苑之两植三而亦骚,抑又何也?曰:亦其志也云尔。屈原之志苦,太史公所谓穷而怨者也,清苑、植三其志旷穷而不怨者也。屈原以无与因,而不忍不骚;清苑、植三正以不可得独,而不禁其骚。盖各有处也。虽然,是说也恐解人之不得也,因还而质之合骚者,则又笑而不言也。怡园柯映萼题。

季元春集

[清]季元春　撰
楼　波　点校

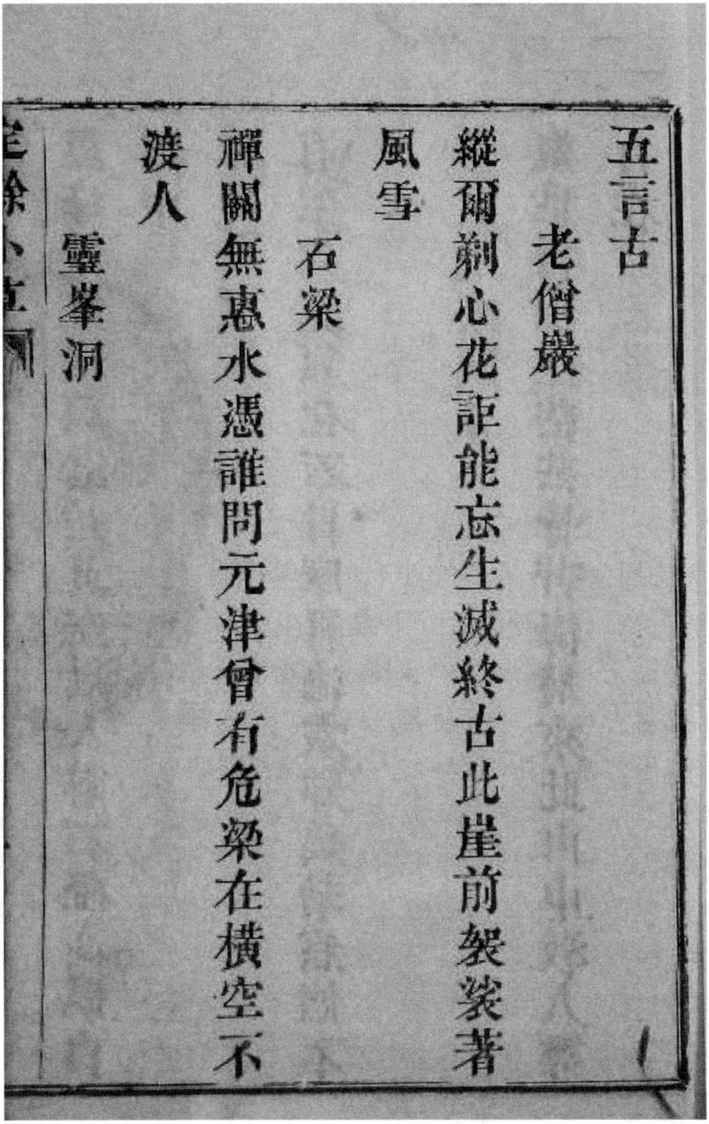
五言古

老僧巖

縱爾剃心花詎能忘生滅終古此崖前袈裟著風雪

石梁

禪關無惠水憑誰問元津曾有危梁在橫空不渡人

靈峯洞

《定余小草》书影，浙江图书馆藏。

前　言

季元春,字鸣庚,号我亭,清朝太平(今浙江温岭)人。著有《定余小草》。

据《光绪太平续志》记载,季元春为乾隆时人,世居莞田(今温岭城西街道)。他家学渊源深厚("世泽青缃在,先畴绿野赊"《晚过芝岙》),进学问道求功名之路较为顺利,成年后便随父供职杭城("父子他乡思母氏,弟兄终日伴儿曹。帆飞浦口更初静,潮满钱塘月正高。"《西兴夜坐》),常以在外时间较长,无法回家孝养母亲("五十年来虚彩服,计程何日是归舟"《栅浦行舟》、"空对儒冠五十载,此生何日报春晖"《终日》)为歉疚。遭父丧,归故里("麻杖飞飞霜满枝,江枫映血惨归期。三年风雪青毡冷,一字勋名丹旐垂。归老舞媒空宦迹,销魂何处写离思。永宁桥畔今回首,长锁荒愁在两眉"《江桥归榇》)。在家乡,他一边劳作,一边读书赋诗,过着悠然自得的生活("盛明无一事,耕读足生涯"《晚过芝岙》)。但好景不长,由于身体的原因,余下的时光基本上是"半世乾坤亲药灶,十年烟雨贮诗囊"(《病中咏芙蓉》),渐渐地"簪发萧萧双鬓易,壮怀已向病魔消"(《秋日送刘乙旃》),以至于晚年患上了眼疾,只能是"十年甘废学,且复远樵渔"、"坐联知己席,听读故人书"(《病目高辉槐书到因以志赧》)。

季元春生平著述及现存情况,《光绪台州府志》云"是编见《方城遗献》,有苕溪吴岱望跋,称其著述不下十万言"。"今所见《定余小草》，皆五旬后作也。”据此所述，其生前应该写了不少诗作，遗憾的是现存的仅有一百来首诗和几十首词。从其所留存的诗词看，题材相对单一，多为思贤遗怀，赠别应酬，或为家乡田园风光、山水名胜之作。但是从中可以看出，他一生大部分时间都生活在家乡，故对家乡的人一往情深，对家乡的事久久不能惜怀，对家乡的一山一水，一草一木流连忘返。反映在诗作上，他有家国情怀，对家乡的热爱溢于言表，对家乡的变化由衷地兴喜，“不到亭山岭，于今二十年。桑园随地尽，茅屋隔溪连”（《过亭岭》）、“更喜一杯桑叶酒，年年此日熟山家”（《九日促社中诸子高登范山》）；他怜贫济苦，对贫病者有恻隐之心，“我本旧相识，相看情恻恻”（《冬日舟次莞田过莞岭遇贫者有感》）、“儿女怯衣单，相对成嘘唏。我欲商刀尺，复悲心事违”（《 邻家有哭夫者咏以志戚》）；他讲情义，对好友情真意切，朋友之谊甚是可贵，“有怀曾欲达，无计向晴川。多病常携杖，因风懒下船。呼童相问讯，慰我日贪眠。珍重徐郎带，高堂正暮年”（《病中闻陈应植兄卧病因寄》）；他重孝悌，父母之恩难忘，“洒泪春三月，伤心十八年”《 清明祭父墓》，手足之情深厚，“如何南去雁，我见不成行”（《过四弟墓》），他对儿女子侄关怀备至，“书田有粟春应播，觞席无经俗易奢。出入相逢须告语，休将饱暖了生涯”（《语诸弟侄》），令人称羡。

季元春善吟咏好填词，诗有唐风，词多小令。其诗如“古鼎出土，老梅着花”（《光绪台州府志》）。其格调，画面恢弘，立意高远，如：“三更潮落两岸阔，海门月射一天愁”（《和宁海董洛雍罗汉洞长歌二十二韵》），有“瓶贮龙山雨，花拈锦石莲”（《和宁海董洛雍罗汉洞长歌二十二韵》）的浪漫情怀，亦有“剪破一天霞，天孙制云锦”、“烟光深树里，云影大江东”（《和宁海董洛雍罗汉洞长歌二十二韵》)的豪气;有"剖来心铁干莫利"(《和宁海董洛雍罗汉洞长歌二十二韵》)的侠肝义胆的气概和"俯视山河皆衾裯"(《和宁海董洛雍罗汉洞长歌二十二韵》)的博大胸襟,亦有"高卧白云中"(《灵峰洞》)超越尘世的情结和悠然自得的心境。其表现手法,笔致古峭,词韵清越,如:"鸡犬绕阶除,人家住茅屋。屋角夜通天,点滴声相续。涧水响怒雷,山山挂飞瀑"(《游子》);出语壮阔,奇景独开,如"有石挟风霜,棱棱写空碧。位置果何年,开天始一画"(《卓笔峰》);吟咏工整,结句绵密,如"欲破浮生梦,来寻物外僧。松巢山脚寺,月挂佛前灯"(《 访金峰和尚》)。其意象活泼跳脱,如:"溪山红入树,摇落一天秋"(《 秋日寄林文岳》),作者运用拟人手法写景,达到了声色俱到,动静结合的效果;"醉语月明兰气馥,高歌风举鸟声频"(《我亭夜话》),作者将人、鸟、月、兰放在同一场景,将神态、声音、颜色、气味置于同一平台,体现了情景交融,虚实相生的境界;"万家灯火已黄昏,独客归来竹外村。应笑白云心一片,曾招圆月过山门"(《 月夜过罗屿》)、"春灯连月上,涧竹枕风斜"《晚过芝岙》)",作者将直觉形象与幻觉形象并置,触发联想,含不尽之意于言外。其《集》中词作,量虽不多,但质不在诗下。清王昶《国朝词综》选其《醉太平·柳》一首,周庆云又将其编入《历代两浙词人小传》,足见其重。《醉太平·杨柳》:"去年今年,楼边水边,弄成漠漠春烟。最好六桥前。人怜我怜,风天雨天,腰肢瘦损贪眠,只怕是愁牵。"画面错落有致,富有层次感;手法细腻,句法工巧,音调舒缓,值得品味。

此次点校所用底本为浙江图书馆所藏刻本《定余小草》,校本为临海博物馆所藏抄本《闲吟草》。据李汝麟《序》称:"季君我亭，日手一编，而索序于余。”可见，《定余小草》当是作者生前所编，而现存两种版本，当为后人重刊，至于何时何地何人所刻所抄，已难知晓。两书内容完全一致，但编排体例各不相同。《定余小草》按“五言古、五言绝、五言律、七言古、七言绝、七言律、诗余、集句”体例编排，而《闲吟草》则按“五言古、七言古、五言绝、五言律、七言绝、七言律、诗余、集句”体例编排。今据底本体例。由于可资参校的资料极其有限，且迫于时间，限于学识，错误之处在所难免，敬请同好批评指正。

目　　录

定余小草

序

李汝麟

平泉多佳山水，而高阳之景居最。余“停车坐爱”语学诗者曰：“骨矫乎，神寒乎，波澜壮阔乎？未也，不可一目辄过。苍茫而来，雄雄伟伟如神龙张鳞鬣，烟云出没无定，则有若三山落下一带平原。萧疏淡逸，而重峰陡插，青翠逼人，亦离奇，亦高古，翩翩似九星辉。则曰：旗山、罗屿者，两峰排奡，介河水其中，势不相上下。问谁与通呼吸？骨节疏而全神动化矣。更为我拍手狂歌曰：‘往者来者，映带左右！’养成一片真机。若渭川五汇环清山桥活泼泼地也，可神会不可言传。若夫碧玉峡开，蛟龙出走，由新塘而石粘，而鹊径、潘江、陆海，洋洋洒洒，浩乎不知其津涯。”学诗者唯唯。余亦日落而还。季君我亭，日手一编，而索序于余。余曰：“是诗也，景也。尝‘停车坐爱’以语夫学诗者也，今的的状貌矣。”学诗者毅然进曰：“诚如所指，似有得乎山水之助者。”余曰：“名山僧占，僧不善诗，奈何？否。则于骨矫者，媚态舞女郎之腰；神寒者，狂歌发酒客之兴；波澜壮阔者，作茧自裹牵春蚕之丝，又奈何？夫一山一水，景在诗先。胸次何如？又在景先。世固有效博望凿空而黑风吹堕罗刹鬼谷者，安能的的状貌之？骨矫乎，神寒乎，波澜壮阔乎,不可一目辄过。"如是也,平泉多佳山水,当即高阳之景。以弁其首。

时乾隆岁次丙申三月上旬,射阳李汝麟书于一肩山房。

五言古

老僧岩

纵尔剃心花,讵能忘生灭。终古此崖前,袈裟著风雪。

石　梁

禅关无惠水,凭谁问元津〔一〕。曾有危梁在,横空不渡人。

校勘记

〔一〕元:抄本《闲吟草》为"源"。

灵峰洞

凿峰妙灵掌,顽处是真空。几人辞石蹬,高卧白云中。

五老峰

有生完正气,化石日摩肩。池灰知几劫,悠悠不计年。

飞来观音

观世得无生,茫茫皆苦海。飞来此山中,教人寻自在。

灵芝峰

山中自清净,因之灿元光。我来寻道士,回首空茫茫。

天柱峰

四顾空名山,撑天赖一柱。若教插云青,东南岂无伍。

卓笔峰

有石挟风霜,棱棱写空碧。位置果何年,开天始一画。

龙鼻水

一滴下涓涓,望之若嘘气。何不嘘成云,终谢此山去。

剪刀峰

利此大裁成,峰岐寒凛凛。剪破一天霞,天孙制云锦。

珍珠帘

汉殿空碧草,春风依旧闲。如何长不卷,暮雨满西山。

僧拜石

老僧非长髭,宛然持法戒。功德在岭头,深深学礼拜。

慕方正学先生限毅字

肝胆秉皇初,读书明大义。先生事根源,杀身何强毅。风火北军威,袈裟帝子讳。麻杖立冠裳,唏嘘身独衣。借曰法周公,王室胡鼎沸。厥子已无家,厥弟伤怫愲。诏书不可草,夷族复何畏。此日仰都门,愁云应叆叇。读史千百年,凛凛发生气。

清明祭父墓

山南叫杜宇,山北尽寒烟。九原不可作,悲风起墓田。长跽无书读,陟岵空留连。洒泪春三月,伤心十八年。

啼　鸟

枝头听啼鸟,破晓何悲凉。一月毕巢卵,翛翛羽毛伤。索食不能飞,饥馁与谁商。有雏健双翮,解此声短长。南山与北山，觅取效无方。去则不终食，归来侍其旁。老鸦转忘饥，呼雏情更促。瀼瀼露未收，曷云饱我腹。悔我不吞声，晨光俾安燠。吁嗟重吁嗟，物情了心目。

冬日舟次莞田过莞岭遇贫者有感

北风起长江，涛白千层雪。轻舟十里帆，一步九迴折。抛舟上寒山，征夫山谷间。三年逢旅食，霜月愁春颜。我本旧相识，相看情恻恻。岂为叹无家，欲归归不得。回首暮江头，浮江尽野鸥。狎浪故飞飞，去住早自由。

病中咏芙蓉

长养十余年，浓阴成四布。乱叶响西风，繁花团白露。我病正多愁，尔开方有秋。霞绡不自秘，端欲过墙头。墙头娇百态，墙阴霞忽坠 。如何此余妍，与我同憔悴。

幽　花

独抱此深幽，无聊开篱落。我见最怜渠，岂为容非昨。受日迟晴光，清宵露华薄。偃蹇逐茅茨，讵能免瘦削。晚色动长愁，芳心怀寄托。低徊凉月时，飒飒西风恶。

邻家有哭夫者，咏以志戚

去年冬十月，淡薄著寒衣。今年未九月，织布满新机。机头摧十指,非以贮空帏。夫婿年五十,藉此避霜威。昨夜风烈烈,庭前独鸟飞。儿女怯衣单,相对成嘘唏。我欲商刀尺,复悲心事违。前山看新冢,惟有泪长挥。

拟陶渊明读《山海经》

天风吹不息,远目生云烟。我怀欣有托,书读《山海篇》。夕阳在高树,归鸟飞翩翩。闲花相映发,清香坠槛前。得酒四五酌,琴抱松下眠。遥遥身世外,别有此山川。

游　子

游子苦思归,归期正复促。奈此雨兼风,阻我溪头宿。鸡犬绕阶除,人家住茅屋。屋角夜通天,点滴声相续。涧水响怒雷,山山挂飞瀑。行如蜀道难,何须索健仆。行坐倍伤神,萱堂有老亲。送我出门时,悔我意肫肫。尔则怜其子,连年走风尘。风尘我得免,所怜岂无人。凉风起天末,白露横江滨。寒衣催刀尺,遥遥千里身。我愁不可扫,床头听啼鸟。好风西南来,日出已杲杲。去去莫停车,匆匆盘鸟道。筋力此山违,人是今年老。况乃七旬余,形枯发皎皎。纵得连日书,未必开怀抱。天台路万里,望眼愁多少。

喜雨颂屈邑尊德政集杜

天路呈麒骥,崐山生凤凰。自多亲棣萼,况乃爱文章。圣情常有眷,君行佐纪纲。力侔分社稷,神妙独难忘。何当暑天过，执热苦相望。香稻三秋末，沙草渺微茫。终朝走巫祝，几日赛城隍。久待无消息，氛迷日月黄。霖雨思贤佐，怯见野亭荒。蹋步凌垠堮，端忧问彼苍。精祷既不昧，半岭暮云张。好雨知时节，青悬薜荔墙。今日怀潘县，明珠实暗藏。政化平如水，心清闻妙香。维南将献寿，斑鬓兀称觞。佳声斯不远，五马斓辉光。

环清书塾落成，集杜二十八韵

生理何颜面，喧卑俗累牵。礼乐攻吾短，只爱竹林眠。所愧为人父，四顾但茫然。失学从儿懒，菁华岁月迁。鲁钝仍多病，消渴已三年。童稚思诸子，出入最随肩。浩歌绿水曲，喧争懒着鞭。季秋时欲半，几地肃芊芊。野桥分仔细，青山自一川。岸柳行疏翠，茅斋八九椽。傍架齐书帖，佳句映华笺。眼边无俗物，春青彭泽田。深惭长者辙叶君惺庵，犹忆旧青毡辛未馆于凌秋书屋。大名诗独步，经术昔相传。精理通谈笑，风雅蔼孤骞。不愿论簪笏，诸生老服虔。范云堪结友范子云厚，磊落快时贤。冲融标世业，虚心味道玄。青云动高兴，夜久烛花偏。令人发深省，自觉坐能坚。喜弟文章进东铨，壮笔过飞泉。艰难昧生理，衣褐向真诠。每欲孤飞去，抟击望秋天。黑貂不免敝，感遇有余编。我亦驱其儿，率践塞前愆。感激时将晚，不敢废诗篇。安得骑鸿鹄，铩羽最联翩。俯视千里阔，翻身入长烟。

五言绝

祇园寺

曲涧横秋水,高山列翠屏。未能忘劫火,破晓有钟声。

井　里

淳风怀井里,温饱已忘愁。社酒寻常礼,衣冠负白头。

过四弟墓

落日秋山晚,孤坟野草荒。如何南去雁,我见不成行。

霜　叶

春愁长不禁,转眼怯秋期。别此更寥落,西风且莫吹。

瀑　布

寒气嘘青壁,飞湍走白龙。谁开碧玉峡,泻自最高峰。

听诗叟

垂老工诗律，无言独审音。此翁长不没，千古有知心。

玉女峰

掠鬓春云乱，簪花野草寒。有无情欲断，对镜舞双鸾峰名。

乌夜啼

浮生羞比翼，凄切夜啼天。多少风兼雨，纱窗人未眠。

又

风雨残更后，萧萧月色寒。五陵贵公子，夜舞在长安。

十妇咏

蚕

仰伏蚕三起，条桑隔远林。懿筐不出户，岂是梦关心。

绣

何须枝六七，双鹊斗亭亭。不解东邻女，留心说画屏。

织

玉腕不停梭，侬家在纻罗。小姑心力懒，昨夜望天河。

樵

采采南山下，依依合抱枝。玉颜今古恨，切莫寄相思。

饷

竹筐随远近，来往问殷勤。红袖谁家妇，停车悔此身。

征

塞雁横天末，寒衣重我愁。风霜边地苦，六月已防秋。

贫

炊烟伤早晚，偃蹇效春蒸。自有糟糠妇，教人学宋宏。

病

我病何妨革，君身可自怜。音书来昨日，最毒是蛮烟。

丑

冶色非侬幸，许郎那肯思。昨宵绳百行，回首叹当时。

美

拂镜团圞月[一]，檀郎带笑来。春山无限意，错认在妆台。

校勘记

〔一〕团圞：亦作“团圝”。

编篱寄朱鸿音

有客爱荆树，庭前编竹篱。春风吹密密，鸡犬莫相窥。

五言律

晓登莞岭

及晓登莞岭，凭高四望赊。山深村隐雾，天烂日生霞。
岁月荒于酒，行藏近在家。归看桃李树，正发去年花。

南郊禹王庙

八年何代尽，殿阁白云岑。声教齐南朔，蘋蘩荐古今。
一溪春泯泯，万木晓森森。到处凭瞻仰，讴歌过竹林。

病中寄叶惺庵

怀人多病后，到处引愁长。诗酒藏身窄，云山入眼苍。
十年貂共敝，连月雁分行。解我相思渴，终宵滞药床。

寄刘乙旃

愁自空庭得，袂从前月分。病容应计我，逸兴每思君。
雾锁泉溪雨，烟昏渭水云。相思成两地，须惜此殷勤。

中秋前三日大雨，是夜月霁，望之如平湖秋月，与刘乙旃叔永年、弟鉴玉坐舟有感。

一艇横空阔，环桥听乱流。孤村三日雨，满眼五湖秋。
练净无风月，凉生积水楼。巨川思欲济，还与策同游。

送抡五周公入都集唐

献策金门去，鸣琴暂辍弹。更怀欢赏地，顿使别离难。
雁尽平沙迥，山空木叶干。相思不相见，遥望白云端。

又集唐

捧檄辞幽径，金鞭控紫骝。知君心许国，惟我独伤秋。
歌管风轻度，关山月共愁。素书如可嗣，遥寄海西头。

访金峰和尚

欲破浮生梦，来寻物外僧。松巢山脚寺，月挂佛前灯。
煮茗烧黄叶，扶春杖古藤。引予双屐齿，高蹑白云层。

寄金峰和尚

参得洪炉偈，门空七十年。尽从车马过，不教利名牵。
瓶贮龙山雨，花拈锦石莲。秋深还矍铄，补衲白云巅。

晚过芝岙

独走黄昏道，山腰八九家。春灯连月上，涧竹枕风斜。
世泽青缃在，先畴绿野赊。盛明无一事，耕读足生涯。

别叶安世

别酒不成醉，前山日已曛。出门伤独客，回首见孤云。
寡处应思我，愁时实共君。行行无意绪，鸦乌夜呼群。

病目,高辉槐书到,因以志赧

十年甘废学,且复远樵渔。病骨成高枕,秋风满旧庐。
坐联知己席,听读故人书。应笑儒冠老,斑衣日渐疏。

暮春兼寄

眼底空惆怅,江村柳絮斑。一春三月暮,千里寸心间。
剑气淆花影,诗情破酒颜。几番霞起处,遥拟赤城山。

秋日寄林文岳

溪山红入树,摇落一天秋。名利身兼阻,行藏我自由。
呼儿沽浊酒,邀月下危楼。醉后兰亭帖,蕉书散四愁。

灵江夜泊

扁舟横古渡,人语静黄昏。江上清秋月,床头游子魂。
敝裘心事晚,彩服笑言温。试听寒风起,慈乌叫远村。

病中闻陈应植兄卧病因寄

有怀曾欲达,无计向晴川。多病常携杖,因风懒下船。
呼童相问讯,慰我日贪眠。珍重徐郎带,高堂正暮年。

彩　服

彩服寻常事，寸心此日中。庭帏千载后，欢笑几人同。
将顺思颜色，偷安负始终。浮生空老大，犹自说莱翁。

客　夜

客夜复明月，乡心未可平。儿荒从尔业，母老忆吾生。
寸草三春思，白云万里情。劳劳何所事，翘首泪纵横。

勉长女

尔年方十二，行坐忆连枝。寄远甘思共〔一〕，招魂泪日垂。
情难片语尽，愁积寸心私。不忍伤亲意，吾生得汝知。

校勘记

〔一〕甘：抄本作“兼”。底本犹胜。

勉次女

徙倚皆无地，思儿重女孩。死生俱隔面，涕泪独盈腮。
挽髻晨花懒，挑灯夜枕哀。此心良可许，莫向北堂来。

寄周抡五

京洛衣尘满，鱼符圣泽长。鸣琴推宓子，去马忆江郎。

风急湖桥晚，山横云树苍。遥情无可寄，看雁过南塘。

过石桥

迢递依山麓，石桥野市开。衣冠乡僻古，情兴老年灰。
海气连潮上，山光送晚来。归心如独鹤，随意啄莓苔。

过石牛岭

十里牛山岭，凭高睇远空。烟光深树里，云影大江东。
耕凿安民业，衣冠易土风。何须穷揽胜，久已薄从戎。山顶巨石，贼寇刻有“揽胜”二字。

过亭岭

不到亭山岭，于今二十年。桑园随地尽，茅屋隔溪连。
鬓发应思我，行藏莫问天。此情谁共解，深处有流泉。

喜雨颂屈邑侯德政

自古崇廉吏，灾祥耳目周。金风三日雨，玉粒万家秋。
减膳留民力，斋心迓帝庥。口碑声处处，愿与达神州。

南楼以下集杜

暝色延山径，南楼纵目初。叶稀风更落，水宿鸟相呼。

身世双蓬鬓,乾坤一腐儒。江村独归处,野月满庭隅。

柴门寄迹

细草微风岸,柴门古道旁。虽无多屋宇,已自爱文章。
傍架齐书帖,看题捡药囊。向来幽兴极,白日到羲皇。

书楼课读

水静楼阴直,幽居不用名。野花随处发,村径逐门成。
诗是吾家事,书从稚子擎。眼边无俗物,心迹喜双清。

环清坐月

随波无限月,秋至最分明。光射潜虬动,新窥楚水清。
亦知行不逮,那得易为情。欲起惭筋力,风吹晕已生。

柳岸观鱼

岸柳行疏翠,相传玉露秋。汀烟轻冉冉,渔艇息悠悠。
寒水光难定,江鱼美可求。谁能更拘束,吾道付沧洲。

莲池浴日

小雨晨光内,天晴忽散丝。圆荷浮小叶,滋蔓匝清池〔一〕。
树湿风凉进,沙暄日色迟。平生憩息地,舍此复何之。

校勘记

〔一〕蔓:抄本作“漫”,误。

野屿停舟

渚花张素锦,春动水茫茫。孤屿亭何处,扁舟意不忘。
天清风幔卷,阴过酒樽凉。薄劣惭真隐,江边岁月长。

小桥流水

野水平桥路,春流泯泯清。扁舟吾已具,昨夜月同行。
惟见林花落,何曾风浪生。指挥当世事,长啸一含情。

山桥渡晚

嘹唳吟笳发,江风送夕凉。野桥分仔细,沙岸绕微茫。
拄杖深林晚,回舟一水香。荆扉与麋鹿,疏懒意何长。

三山跃马

山豁何时断,尘沙立瞑途。老夫怕趋走,稚子入云呼。
风磴吹阴雪,奔泉溅水珠。人传有笙鹤,临眺独踟蹰。

丹井流霞

隐见岩姿露,飞腾暮景斜。翩翩入鸟道,细细酌流霞。

姹女萦新裹，儿童吸井华。草元今已毕，就此问丹砂。

九　日

九日明朝是，寒城菊自花。江云飘素练，宿雁聚圆沙。
把酒宜深酌，无钱何处赊。茱萸赐朝士，悄悄忆京华。

七言古

送林仲山归里

北山山下黄叶飞，北山山上西风起。萧萧满目生晚愁，怀归惜别情千里。丈夫匣里青鳞蛇，榆荚杨花且莫齿。君不见走马铜驼浮云轻，朝上燕台暮吴市。又不见南山险巇西江深，白头世路倦游子。三径松菊待归来，退叟亭前效知止。飘然圣世逸者流，向人不赘熏香史。作歌呜咽总难期，酌酒盈樽空绿蚁。此后相思无尽时，白露蒹葭访秋水。

秋日送刘乙旃

去年渡头芳草碧，今年秋老无颜色。西风几度月明中，簪发萧萧双鬓易。壮怀已向病魔消，羞共苏郎说敝貂。南山乔木北堂云，与君须信彩衣饶。

红　叶

挽予屐齿高峰蹑，把酒临风看红叶。眼前何处赤城山，万树磨光霞重叠。叠成风景去年时，荒村野火独迟迟。今日未能容我醉，凄凉此夜正题诗。

峨陡留云原韵

削峰不与四山齐，突兀撑空险莫跻。仰攀绝磴心悬悬，系腰云带环东西。触石从龙寒簇簇，知是无心问归宿。我来効逸此山中，曳杖采薇歌盘谷。

范山偃月原韵

谁划芦灰晕半环，长留缺月偃人寰。有象不闻更晦朔，状成风雨一弓湾。自入晴阴山色妩，倾寒抱湿如共睹。若教峰头种桂枝，散落天香更奇古。

咏　桃

生涯深冀此亭中，桃花着意开春风。烂如海日生孤岛，欲出未出霞光红。繁如锦宫城上酣秋色，彩压云横木芙蓉〔一〕。去年二月风色俏，今年未见花窈窕。万般憔悴不成春，日日枝头听啼鸟。几回搔首独沉吟，草木无私天地心。莫向亭前施柯斧，留取余光待晚春。

校勘记

〔一〕云横：抄本作“横云”。底本犹胜。

和宁海董洛雍罗汉洞长歌二十二韵

南戒山前峰百一，突兀撑空面面幽。蜡屐拕云开深岭〔一〕，从此荆棘成丹丘。更谁胸中藏二酉，名在诗家第一流。拣金累璧光熠熠，借题发挥来东瓯。两脚草鞋走石屑，罗汉洞中太守刘。白云千载无人识，长歌磊磊发其由。矫如石龙蟠空曲，欲下不下鳞爪浮。峭如碧霄插天汉，远色苍凉起暮秋。快如剪刀两峰裂，裁成云锦下南陬。响如白云庵后飞瀑来，雷盘地脉风飕飕。我闻洞中堆砂砾，洞门栖鸟鸣啾啾。行客往来半痴鹿，山僧老被空囊羞。知君明年马蹄疾，看尽长安花满沟。肯思白日无根株，挂冠来与云鹤俦。谢公有迹遗荒岭，太守逢山即驻留。松萝幂历两知心，只今谁与意气投。不见去年秋九月，人插茱萸我登舟。三更潮落两岸阔，海门月射一天愁〔二〕。今日阳春信有脚，一见令我豁双眸。铜钵催敲声鏦 cong 铮，雪车冰柱凌秋楼。剖来心铁干莫利，俯视山河皆衾裯〔三〕。恨不相逢听诗叟，转教顽石亦点头。

校勘记

〔一〕拕：“拖”的异体字。

〔二〕射：抄本作“谢”。

〔三〕裯：抄本作“稠”，误。

七言绝

月夜过罗屿

万家灯火已黄昏,独客归来竹外村。应笑白云心一片,曾招圆月过山门。

寄周抡五

曾忆秋江一叶听,月山桥畔水泠泠。琴清茗苦何时共,须信阳春过草亭。

冬日寄广元和尚

点石灵岗第几峰,一床瓶钵卧高春。凭谁应上寒山道,莫问霜威昨夜浓。

碧霄峰

铲却孤峰倦六丁,浅开洞穴卧山僧。莲花座外岑楼古,半贮炉烟雨未曾。

种　竹

暖日斋头一径开，森森寒玉迸春雷。敲声昨夜癫狂甚，分向西园隙处栽。

宿东山旧馆寄陈应植

残更兀坐思频频，别后丛林半旧新。寄语数竿台畔竹，清宵风月属何人。

贾　客

急雨春潮万里船，泊来终日利名牵。布帆约待东风挂，扬子江头浪接天。

晚　村

几家零落不成村，水树笼烟竹作门。过涧儿童牛背立，归来麦饭月黄昏。

蜡　梅

凭谁捻蜡得成梅，磬口含黄带笑开。一点檀心香欲绝，冲寒飞过短墙来。

瑞香亭院晚风柔，雪瓣层层映素秋。零落苔阶魂未尽，教人犹恋彩丝头。

好女儿即凤仙花,宫人因李后名凤改呼之。

开绕朱栏入夏宜,宫人检点撷芳时。呼名仍羡椒房宠,听取声声好女儿。

芙　蓉

争娇不欲向春丛,制锦城头别样红。云压彩横四十里,无人回首问西风。

金　钱

独买三秋景色芳,掷钱少妇佩红裳。几人得向怀中觅,润笔花开忆郑郎。

秋海棠

相思有泪寄天涯,粉压墙阴归梦赊。细雨凉风愁日暮,不堪秋色断肠花。

汉宫秋

故国荒愁起晚风,酣秋碧叶昨宵红。华林映日无遗址,一树珊瑚老汉宫。

芦　花

平沙十里映秋空，不缀霜花已满丛。寂寞江天人去也，渔翁吹火月明中。

桂　丛

传道枝分桂阙中，十年风雨长秋丛。临窗坐对三更月，携得天香满袖风。

天宝白头宫女图

那堪回首想当时，供奉班中拂鬌丝。欲向琵琶歌一曲，白杨红粉泪先垂。

七言律

文学博士方公讳孝孺

一件麻衣拥雪霜，诏书殿上索成王。青宫有子家何在，家弟无吴夜逊荒。死作从龙先景铁，功虚定鼎误齐黄。都门此日愁云合，十族声名与有光。

左佥都御史景公讳清

麻衣不着着绯衣,想见孤臣有所思。伏剑欲消亡国恨,罢朝争是杀身时。生留殿阁空含血,死向长安效裹尸。冥寞天心如悔祸,精魂终日绕丹墀。

右副都御史练公讳子宁

渡江戎马已纷纷,叔父东山尽北军。岂为鸱鸮能毁室,不闻阴雨倍思君。无王何乐诛心舌,有血堪书讨贼文。一自先生抗节后,南台千古仰愁云。

兵部尚书铁公讳铉

欲挽天心直数奇,济南空奏凯旋师。谁教易马桥难曳,转使乘龙镬可施。啖爇自甘孝子肉,面南终壮直臣尸。煌煌志节全生死,岂任仇人笑委蛇。

过谢公岭

河山累叶定谁家,一岭眠云姓氏赊。草色踏残今古屐,松花落尽去来车。衣冠何代怀风雨,齿颊成碑永岁华。我亦殷勤坐片石,长歌西望夕阳斜。

语诸弟侄

环门种竹翠交加，十灶烟青八九家。少妇防贫炊麦饭，儿童慰老踏河车。书田有粟春应播，觞席无经俗易奢。出入相逢须告语，休将饱暖了生涯。

九日寄叶安世独坐章庵

老尽西风昨夜霜，故人何处醉重阳。庭虚短壁留明月，路转横山过野塘。半世乾坤亲药灶，十年烟雨贮诗囊。归来共泛黄花酒，莫把愁思滞客床。

秋夜舟中

重露江头肃气侵，碧天如洗夜沉沉。苍茫箕斗悬南北，出没烟波壮古今。揽镜生涯搔短发，倚楼心事减华簪。达观谁倩刘居士，笑指银瓶酒自斟。

送迁江李广文荣任诸暨

十年烟雨老文坛，苜蓿盘敦古岁寒。娱老岂徒夸彩服，修名宜自薄儒冠。泄山讲道风生席，渭水怀人月满栏。粱肉纷纷君莫数，门前桃李正须看。

登天皇山

凭仗高原四望遥,天风吹树晚萧萧。官阶石马春生草,野屿渔郎夜送潮。贮火茶炉分药鼎,归山元杖挂诗瓢。环清客子家何处,养拙床头梦自消。

蝉

化育由来知几转,绿阴深处等浮征。一天露洁三秋操,六律阴传五月声。断柳风前长弄笛,空山雨后教吹笙。无端只是添凄切,故国深闺百感生。

杜鹃花

春山无地不花丛,万叶千房独映红。吊影鹤林分夜色,买愁秦岭伴东风。谁烧野火忘澌灭,岂坠天星遍远空。知是蜀魂归未得,年年啼血洒崆峒。

柳

环清桥畔柳丝丝,曾许行人借一枝。乍起疑从多病后,贪眠恰是惜春时。离愁雨夜难藏泪,弱态烟丛独敛眉。怪我凭栏无一语,短长情绪足相思。

病中寄台协林公仲山

一自江帆二月飞，满天霖雨坐空帏。书绅转佩徐郎带，戏彩羞宽沈子衣。石屋关春虚避俗，桑巢补雨学知几。无眠忆得临岐语，灯影憧憧曙色辉。

龙山咏菊

广文迂江李先生，予娣丈，亦契友也。死别三年，情怀戚戚，每读间笺八律，恨感交增。因次死生款接之地，依韵成声，聊以当哭云尔。

载酒篱边怨寂寥，龙山曾贮旧诗瓢。别来古寺僧初老，吟到黄花泪欲飘。掬月苔衣铺午昼，迂江枫叶下中宵。西风几度无知己，谁把清樽垒块浇。

横湖坐舟

平湖短棹任迟留，霜月钟声响寺楼。长忆故人邀客坐，相逢樽酒解诗酬。一宵坟挂徐生剑，何日篙撑李子舟。惟有横桥风不息，夜深烟浪自悠悠。

我亭夜话

忍作天涯死别人，夜阑相惜坐芳茵。几年泪是三秋雨，此夕肠非万转轮。醉语月明兰气馥，高歌风举鸟声频。门前得教无车马,应冀情怀老更亲。

环清晚步

寻闲有约待环清,归老人亡苦自盟。短浦潮回送客思,斜阳雁唳寄书情〔一〕。悲君死别家千里,忆我生涯发几茎。索笔不堪题折柳,条条幽恨满桥成。

校勘记

〔一〕唳:抄本作“叫”。底本犹胜。

西郊送远

岂信生前只此杯,东风吹梦断云来。白头泪为斑衣落,彩笔春虚绛帐开。野草城边人别去,夕阳桥畔鸟飞回。思君剩有离觞在,空发窗前一夜梅。

洩山寄柬

一自文星吊鹤催,凭谁为我暖寒灰。高斋露白空秋草,古陇春深断早梅。情思同留浣月在,夜魂须挂剡帆来。如何长此殷勤嘱,落日江天独鸟回。

莞岭闻讣

裹鸡下马说山村,知为高人拭泪痕。槐市清风消白昼,燕台明月冷黄昏。文章报聘三年禄,屺岵伤归千里魂。正是闻声愁莫诉，龙门原上倩谁论。

江桥归榇

麻杖飞飞霜满枝，江枫映血惨归期。三年风雪青毡冷，一字勋名丹旐垂。归老舞媒空宦迹，销魂何处写离思。永宁桥畔今回首，长锁荒愁在两眉。

岳鄂王墓

大权何事下归秦，山缺长车志未伸。君父有仇将灭敌，子孙无耻已忘亲。松楸夜雨南军泪，湖水春烟北虏尘。此日中原谁社稷，墓门桧党即□□。

茶

寒食阴晴瑞草魁，竹窗炉鼎共徘徊。和烟团月春香满，烹雪飕风活火催。睡枕最宜魔处有，诗喉长喜渴中来。羔羊酒客如相问，怀抱从今得好开。

和郑新吾梅花原韵

脉脉春心含古淡，冲寒开放两三枝。香从驿路风前寄，韵在湖山雪后知。几处冰魂邀入梦，重来绿叶漫题诗。相看不忍轻相释，十二栏杆独立时。

又

慧心人苦思无涯,况遇春风第一枝。晚色动愁烟起处,夜魂追梦月来时。相逢未即留青眼,别后何须寄短诗。解道江楼吹玉笛,不胜清怨曲中披。

和郑新吾海棠原韵

乞借春阴莫教迟,通明殿上露章时。魂疑搅睡妆俱懒,酒未酣春晕已施。雅欲同心凭柳带,还闻适聘在梅枝。匆匆花下无多语,瘦煞沈郎日赋诗。

又

云深雾暗晓光迟,狼藉轻魂睡起时。似为心愁春不惜,何须银烛夜来施。风流空审梅千瓣,怯弱偏饶柳一枝。望到而今真欲泪,画眉楼上悔题诗。

送郑新吾归里

杯酒江头远送行,如君豪侠倍含情。彩毫乘兴题黄鹤,白首相逢说紫荆。日午潮回人两地,夜深梅发月三更。寸心亭上心长在,千古知交忆友生。

步郑新吾原韵前题

吁嗟今夕是何时，惟有同心诉别离。一日春风公瑾酒，千山云树杜陵诗。愁成难了真非癖，情到无言只自知。君去峰桥休折柳，条条离恨惹相思。

和刘乙旃原韵前题

委羽山头暖日高，文坛重整旧诗豪。北堂七十辉莱服，南雅三千定楚骚。计日难留君马足，知交应审我鹅毛。明年可有阳春约，风雨江船泊野蒿。

九日病中有感

野色荒荒白日斜，万山云树郁杈枒。灰飞药灶人初健，香老西风菊正花。四十年来蓬鬓改，八千里外帝城赊。满怀无复登高兴，遥听南邻羯鼓挝。

寒食后十五日祭下娄曾祖墓

尚是清明欲雨天，烟光漠漠海云连。潮平帆没村前浦，地僻人耕岭上田。寒食蹉跎将四月，行车归去复三年。一杯未落伤心泪，索寞东风叫杜鹃。

祭祗园祖墓

四十年前万木齐,清明无路踏深溪。刚余野寺依山麓,未有人家住竹西。风物于今传豫大,行藏何事学幽栖。墓田封诏皆孙子,三尺荒碑羞自题。

九日促社中诸子高登范山

四山迢递起层崖,突入青空鸟道斜。绝顶烟霞香草合,下方钟鼓白云遮。兴饶宋玉悲秋赋,鬓插陶潜归去花。更喜一杯桑叶酒,年年此日熟山家。

九日勉诸弟侄

几树风声阶下厉,百年心事眼中赊。闭门我亦歌黄菊,入座君应赋落霞。西去暮潮千里阔,南来朔雁一行斜。秋深不觉年华晚,羞煞行藏日在家。

病中语三弟

风风雨雨掩重门,世事无心我弟昆。裹药床头高士枕,杖藜阶下老农村。缘从欢喜羞人面,咒念摩登钝舌根。荆树有花田氏乐,相看终日倒芳樽。

和叶惺庵西园原韵

结社西园旧有因，龙孙脱颖正如银。披沙门外三溪迴，立雪斋头万树春。黄鹤崔郎推宿老，黑貂季子想同人。马蹄疾处从蓁草，问取行藏在葛巾。

又

须信生多未了因，殷勤无藉一双银。云吹雁宕携长笛，菊赋龙山近小春。和仲弟兄身后世，尚平儿女眼前人。凭君爽气金天豁，笑我疏狂懒幅巾。

又

何处钟声结净因，山风送月一钩银。明朝旅食逢端午，前度溪桥恰仲春。日自周旋思我我，缘从欢喜学人人。相看应许长来往，怪树深丛共侧巾。

又

归来何日得清因，愁染须眉半似银。灯火寺前行客思，梦魂阁上野桥春。难将秃笔酬文债，多着秋衫学瘦人。正是掉头争倩倩，林宗垫角已成巾。

书塾落成寄刘圣溪

不知情思为谁牵，斗室新成独惘然。种树无非青眼柳，过桥多是暮云天。一帘风雨三千字，两鬓星霜二十年。曾记渡头将别去，教儿时策祖生鞭，

和杨式椿新柳原韵

安排青眼是何时，莫为行人早折枝。一种腰肢含弱态，千般愁绪学低垂。只今疏淡留相识，他日风流耐可思。料得夜窗吟最苦，乡心遥挂柳丝丝。

寄刘圣溪

南山乔木北堂云，晚景萧萧我与君。杖挂青钱增傀儡，座悬绛帐老斯文。百年子职层楼共，二月春光两地分。赚得夜阑人静后，蓼莪声断不堪闻。

横湖舟中感旧

破浪乘风发浩歌，消山渡口兴如何。黑貂自信年来敝，白发竟从愁里多。漠漠云烟春昼雨，悠悠江槛夕阳波。移舟想见寻梅路，定拟花开一再过。

棚浦行舟

蒲帆百尺漾江流，风急潮生挂渡头。万顷琉璃燕市月，一天萧瑟海门秋。名场久别人欺老，夜枕忘眠客信愁。五十年来虚彩服，计程何日是归舟。

江口观潮

长鲸吹浪雪山奔，□色空濛大海门。地坼琼崖飞鸟没，天连远水白云屯。船头客枕长门赋，岸上农家浊酒村。漫道利名心役役，暮潮已拍早潮痕。

灵江晓发

苍茫云树海天空，汩汩浤浤渡晓风。客路重来双塔下，壮怀已堕十年中。披裘台上思严子，洗盏江头忆长公。不识埋名人去后，清风明月倩谁同。

清溪寄柬

桥撑木版走西东，午饭溪头万户同。士女但谋今日事，衣冠都着古人风。书成寂寞千山里，人在平安两字中。怪道仆夫归去也，膝前笑语一灯红。

斑竹阻雨

万山苍翠白云屯,路尽羊肠始有村。地僻面山耕黍稷,情多候客设鸡豚。风声半助溪声急,雨色遥连夜色昏。枯坐竹窗乡思切,与儿计日赋王孙。

西兴夜坐

荒烟漠漠路迢迢,秋老江潭客梦劳。父子他乡思母氏,弟兄终日伴儿曹。帆飞浦口更初静,潮满钱塘月正高。自是有愁消不得,慈乌何处复啼号。

岳坟怀古

撼山谁撼岳家军,飞诏归来掩戟门。坐失两河三字狱,迎回二圣九泉魂。大伦久已根天性,小纸如何欺至尊。纵把罪名铸顽铁,十年遗恨总难论。

终　日

幽居终日掩柴扉,暮景堂前事事违。江上空传双鲤跃,枝头羞见一鸦飞。摧残岁月惟粗粝,坐卧风霜只旧衣。空对儒冠五十载,此生何日报春晖。

诗余

苍梧谣〔一〕

寄傅景星

愁别后，怀人独倚楼。潇潇雨，杨柳暮江头。

校勘记

〔一〕苍梧谣：又名“十六字令”。

明月斜〔一〕

本 意

夜潇潇，蛩唧唧。举头贪看月儿高，不知冷露成涓滴。

校勘记

〔一〕明月斜：本名“梧桐影”。

三台令〔一〕

勉东铨

鸠杖庭前发白，熊丸阁上灯红〔二〕。心事晚年多少，一枝桃李春风。

校勘记

〔一〕三台令：也名“调笑令”。

〔二〕熊丸：喻为贤母教子。典出《新唐书．柳仲郢传》：“仲郢幼嗜学，

(其母韩氏)曾和熊胆丸,使夜咀咽以助勤”。抄本作“态丸”,非。“态(態)”、“熊”,形近而讹。

花非花

本　意

四更风,五更雨。昨宵花,今宵树。寻春人惹送春愁,平桥弱柳青如许。

江南好

贺李应昌花烛

春色丽,花诰紫泥封。华屋深沉香作雾,纱窗缥缈玉为容。如入广寒宫。

江南子

忆吴日鉴

情难说,去时忙。蒹葭秋水阔,云树楚天长。一春心事无消息,应对西风恼夜凉。

一半儿

东　湖

采莲人去画船遥,木版桥头香雾消。赚得秋风两岸高。满湖飘。一半儿菰蒲,一半儿草。

又

湖山寺

闲闲智月白云隈，山色湖光拂面来。七日风威万壑雷。雨花台。一半儿仍留，一半儿改。

又

寄叶惺庵

远山重叠暮云横，盼断西风昨夜情。多少行人错认名。眼睁睁。一半儿江头，一半儿岭。

醉太平

杨柳〔一〕

去年今年，楼边水边，弄成漠漠春烟。最好六桥前。人怜我怜，风天雨天，腰肢瘦损贪眠，只怕是愁牵。

校勘记

〔一〕这首词被选入《国朝词综》，题名与词句多有出入。王昶《国朝词综》为"《醉太平·柳》'去年今年，楼边水边，弄成漠漠春烟。管伤心酒筵。愁牵梦牵，风天雨天，腰肢扶起三眠，又江潭可怜'"。

南乡子

漫　兴

抱膝长吟,贮得秋香满桂林。何处,楼头吹玉笛,声隔,盈盈夜月当窗白。

临江仙

十里烟光寒忽悄,岭梅妆点春工。敲诗人在小楼中。帘钩终日下,归路夕阳红。咫尺江村成楚越,而今蓦地相逢。旧愁新恨一般同。向人提不起,俱锁在眉峰。

忆少年

春　闺

三春景物,三春庭户,三春时候。帘钩不轻下,任春光迤逗。好事于今终莫就。凭画栏,形消影瘦。向人无一语,但眉尖双皱。

柳梢青

对　梅

弱柳弄眉,娇莺学语,渭水流澌。牵惹多般,天疑难晚,人困相思。娟娟霜月侵肌。凭香韵,好结心知。处士雄文,先生逸赋,仙子歌词。

绛都春

秋　闺

凄凄戚戚，正卷帘风悄，已度秋三。香闺独坐，一番刀尺为谁寒。寒衣欲试今朝懒，无言只锁眉湾。绣衾香煖，铜壶漏永，昨夜孤单。　　起视芳溪曲径，那芙蓉灼灼，细菊斑斑。香飘仙桂，探花郎在马头看。同心有带凭谁绾。低徊十二栏杆。可怜晚色春情，望断江南。

玉蝴蝶

记得南桥渡口，绿波春水，有女乘航。真个娇无，一语却教端详。悄幽情，还惊小玉，含别绪、宛是无双。再关心。花梢墙外，怪问海棠。难忘。人逢得意，未成牛女，已判参商。地角天尖，不知漂泊在何乡。惹人愁、断鸿南浦，赚人恨、明月西厢。空凄凄。琵琶声里，长忆浔阳。

无俗念

寄叶惺庵西园养病

踏郊西出，见翠竹丛生，绿杨低舞。坐榻清幽来分外，山雨溪烟村雾。樵子腰镰，健儿吹角，老衲敲钟鼓。伊人趺坐，书签药裹深趣。那知病实诗魔，阳春白雪，一曲无人和。造物多情还我玉，却教天荒谁破。五十强年，三千艺苑，九万云霄路。凌秋傲骨，棱棱知有独步。

满江红

祭陈亲母金太安人

华井莲凋,听杜宇,声声凄切。奈复值、芳春此夜,明朝四月。细麦甘分谁口体,轻罗香散旧衣褶。纵灵箫、署册姓名扬,情难割。消不尽,衣上雪。流不住,眼中血。况姻亲两世,那堪分说。姐老曾怜荆布薄,儿狂更许星桥接。想此生、何处报深恩,筵空设。

大圣乐

赛　会

蜀锦吴绫,衣冠济楚,簇杖前呼。装点得、黄口婴儿,恰似桃擎曼倩,酒献麻姑。坐拥镳轳箫鼓振,数十里、春旗映日过。瞻拜处,更五云翠盖,八佾笙歌。九十春光焦土,正月至三月不雨。刚昨夜灵雨润如酥。奈痴情祸福,瓣香悔罪,走告神巫。司马名言,文公遗训,好处全凭阴骘多。急归去,土田心地,两莫蹉跎。

沁园春

送李广文入都

我送君兮,阳关西出,目断魂销。想奇字三千,瑞霞涤砚,天风九万,健翮摩霄。色夺红笺,香分彩笔,领袖群仙客信娇。方知道,这百花头上,诗共名高。奈堪桐叶初飘,竟教我,回头作柳条。看落木山前，征鸿瑟瑟，夕阳江上，去水迢迢。情到无言，愁真欲泪，欲寄相思一梦遥。谁惊觉，是鸡声茅店，人语江潮。

绿头鸭

祭叶明经

吁嗟兮。翁今驾鹤何乡。虚飘飘、灵修风卷，无人不裂衷肠。望螭山、梅梢残雪，溯镜水、荻岸琼霜。时告冬严，日将春至，逍遥岁月此山长。想此后，桓碑三尺，衰草助荒凉。惟樵歌，衣冠彭泽，姓氏江洋。予小子、十年姻戚，难禁涕泪双行。画渔竿、寒灰谁暖，问梓里、举火谁商。梦梦天心，茫茫泉路，龙门原上哭贤良。更凄切、酬恩无地，为我买山庄。厝先灵、罗池庙后，松柏苍苍。

满江红

岳鄂王墓本岳韵

有是快心，行到处、笑谈未歇。贼臣桧、议和树党，涛汹焰烈。一日金牌千古泪，几行小纸三更月。簇旌旗、不见岳家军，长凄切。大理狱，冤谁雪。墓门铁，形谁灭。把若曹指数，四无一缺。报国忠黔背上字，欺君名刺心头血。正官刑、袒缚跪苔阶，如宫阙。

集句

忆王孙

访瓦屿广济上人

心持半偈万灵空郎士元，尽日门前独看松李涉。负钵何时下祝融刘长卿，出城东王维，夜叩禅扉谒远公郎士元。

又

别刘乙旃

不堪愁望更相思张窈窕，细雨春风花落时李白。若问旁人那得知崔灏，一丝丝顾敻，惟有垂杨管别离刘禹锡。

又

环清桥感旧

一渠春水柳千条白居易，二十年前旧板桥刘禹锡。弦索初张调更高张藉，无处招吴文英，闲读禅经破寂寥王碉。

又

别傅景星

暮天沙雁起汀洲杜荀鹤，红叶春山水急流许浑。午夜清歌月满楼韦庄，恨悠悠刘光祖，一别心知两地秋严维。

又

得刘乙旃书有感

乱云堆里结茅庐张九龄，声利从来解破除陆龟蒙。忽得刘公一纸书施肩吾，近相疏晁冲之，宋玉平生恨有余。

又

三　界

越山重叠越溪斜罗虬，竹浦风迴雁弄沙鲍溶。冷露无声湿桂花王建，透窗纱李贺，临到花时不在家刘禹锡。

桂殿秋

荡霁霭萧列，浣人衣牛峤，清光旋透省廊闱李商隐。笑拈霜管题诗句郎士元，正是归时底不归葛鸦儿。

江南好

清　溪

情不足，倚杖更徘徊杜甫。高树夕阳连古巷卢卿，落花流水认天台高骈，明月逐人来。

又

山　阴

日西夕李白，花笮宿荷香韩翃。谁解轻舟寻范蠡温庭筠，醉依残月梦余杭杜牧，犹未到钱塘白居易。

又

紫阳山

牵游伴李之仪，出处任天机杜甫。歌酒家家花处处白居易，青林霭霭日晖晖蔡襄，予亦憺忘归谢灵运。

临江仙

百　步

两岸青山相对出李白，至深至浅清溪李治。琳堂掩映万松齐黄公望。红尘飞不到裴度，莺向绿窗啼王维。西望乡关肠欲断岑参，杨花暮雨沾衣刘长卿。青鞋踏遍路东西陆游。何时一茅屋杜甫，为我话幽栖张雨。

又

环清书塾

漠漠江天云雾里杜甫，小桥流水人家。东风吹柳万条斜窦巩。暗蛩生暮色僧无可，啼煞后栖鸦〔一〕杜甫。世事浮云何足问王维，敲冰取水烹茶高骈。一床诗思绕梅花。草玄今已毕杜甫，吾欲就丹砂。

校勘记

〔一〕鸦：底本作“鹗”，非。抄本作“鸦”，是。今据抄本改。

又

仝

隔岸春云邀翰墨高适，板桥人渡泉声顾况，一更更尽到三更杜荀鹤。喜无多屋宇杜甫，层阁有余清苏颋。自哂鄙夫多野性李嘉祐，前溪漠漠花生周贺。醉中高咏有谁听张耤。范云堪结友杜甫，山鸟自呼名宋之问。

天仙子

桃　源

最忆当时留宴处吕温，白玉栏边自凝伫。步摇金翠玉搔头武元衡，霞觞举，云髻坠韦庄，醉藉落花吹暖絮。欲访桃源寻溪路王昌龄，不嫁东风被谁误。人间无路月茫茫宋邕，桃花坞柳永，相思苦王勃，万叠春波起南浦张泌。

鹧鸪天

蒿　坝

曲岛苍茫接翠微杜甫，故乡山水路依稀罗邺。板舆未得归潘岳李言恭，先达谁当荐陆机刘长卿。情切切冯巳，雨霏霏顾敻，溪行买得小船归林景照。洛阳亲友如相问王昌龄,老觉初心种种非陆游。

又

钱　江

风急天高猿啸哀杜甫,水光千里抱城来许浑。吴宫花草埋幽径李白,越国山川出霸才陈子龙。闲徙倚吴融,重徘徊清昼,谁知归钓子陵台谭用之。他年得向桐江上杨万里,更取峰霞入酒杯李峤。

又

挽陈应植

世事枰棋入角危仇远,年来惊喜两心知赵嘏。贫疑陋巷春偏少卢仝,郡是南柯梦亦痴孟郊,悠悠去张藉,长相思李白,陈郎犹是少孩儿陈峤。却看妻子愁何在杜甫,不见男婚女嫁时刘禹锡。

又

挽蒋易门

心窍玲珑貌亦奇施肩吾,辞中有誓两心知白居易。雷声忽送千峰雨杜甫,檐影斜侵半局棋杜牧。望远海王维,声正悲李白,九重泉路尽交期〔一〕杜甫。夜来省得曾闻处许浑,造物尊前唤小儿朱子。

校勘记

〔一〕尽：抄本作"正"，非。

瑞鹧鸪

文　闱

春潮三浙浪云开陈子龙，镜水稽山拂面来元稹。玉室金堂余汉士〔一〕苏轼，好天良月锁高台。共言东阁招贤地孙逖，恐负佳期后命催杜甫。圣代只今多雨露高适，自怜终乏马卿才马怀素。

校勘记

〔一〕余：抄本作"遗"，非。

南楼令

挽高辉槐

意气逐吴钩杜甫，新从定远侯王维。一扬眉王维，胡不为留杨巨源。赤岭猿声催落日白居易，更五点韩愈，梦悠悠吴文英。风细竹声幽张槛，森森戟户秋张继，出城东王维，使我生忧韩愈。白马翩翩春草绿温庭筠。西陵下李贺，碧山头韩偓。

卜算子

游祇园寺

只在此山中贾岛，乱竹开三径王勃。坐卧闲房春草深李颀，看取莲花净孟浩然。来往几经过许浑，白发日已迸欧阳修。斜倚栏干首重回李川甫,颇惬幽闲性王禹偁。

浣溪沙

自钱塘晚泊山

衿上杭州旧酒痕白居易,多惭未报主人恩王维。忽随川浪去东奔韦庄,返照入江翻石壁杜甫,断云含雨集孤村韩偓。紫藤花下已黄昏白居易。

长相思

送吴岱望

长相思李白,两心知温庭筠。杨柳千条拂面丝温庭筠,其如有别离杜甫。酒一卮皇甫松,泪双垂周邦彦。残月疏星马上诗杨允孚,松窗小卧时白居易。

采桑子

自西湖游至玉泉

谁开湖寺西南路白居易,折彼荷花王勃。日隐轻霞王维,光杂山楂点绛葩苏辙。更看绝顶烟霞外薛逢,每驻行车张籍。千树山家王起,屋后流来白水斜徐玑。

巫山一段云

赠邱榕亭

曲径通幽处常建，斜阳细彩匀殷文珪。麦山为屋水为邻刘汲，别是一家春王勃。虽有车马客杜甫，闲知气味真司马光。酒香睡足最关身郑谷。上古葛天民杜甫。

又

贺邱炳纯花烛

香雾云鬟湿杜甫，纱窗曙色新李白。风光便是武陵春方干，酒入百花醇王珪。薤白罗朝馔韩愈，高堂有老亲岑参。一生一代一双人骆宾王，直取性情真杜甫。

浣溪沙

西湖舟中

草绿裙腰一道斜白居易，鸡鶒鸂鶒满晴沙杜甫。远山终日送余霞陆龟蒙。兰若去天三百尺岑参，柳条垂岸一千家刘商。棹声烟里独咿哑韦庄。

秦楼月

鸟鸣山对月

画桥东晁无咎，浮云卷尽看朣胧。看朣胧李群玉，洞天石扉李白，习习凉风萧颖士。依心不在宦名中韩偓，一竿多谢紫溪翁。紫溪翁胡宿，烟霞问讯上官昭容，此去何从宋问之。

风蝶令

感　旧

开箧收诗卷贾岛，鸣琴荐碧徽元稹。手栽花竹映山扉倪瓒，酌酒会临泉水王维，舞罗衣李白。爽气三秋近温庭筠，情人一笑稀钱起。寒窗灯尽月斜晖许浑，惆怅空教梦见韩偓，落花飞王勃。

蝶恋花

送　春

看处便须终日住吴融，五色氤氲陈子昂，花杂重重树杜甫。心事欲凭莺语诉黄昃，无端又被东风误韩愈。花亦不知春去处王建。绣涩苔生李白，芳草文园路钱起。认是东君偏管顾毛滂，杜鹃声里斜阳暮〔一〕秦观。

校勘记

〔一〕鹃：底本误作“鹇”。抄本作“鹃”，是。唐圭璋《全宋词》亦作“鹃”。今据抄本改。

踏莎行

村居漫兴

迸笋穿溪成用，有竿斯竹萧颖士。桑麻鸡犬村村屋薩都剌。

暖烟轻逐晓风吹韦庄，江村十月稻成熟方干。惟以招邀萧颖士，栖丘隐谷宗少文。枕痕一线红生肉周邦彦。浊醪粗饭任吾年杜甫，五车书已留儿读苏轼。

渔家傲

渔

跃藻白鱼翻玉尺朱淑真，钓鱼却忆披蓑客居节。见织短篷栽小楫陆龟蒙，日西夕李白，鸬鹚族立春沙碧方岳。风水为乡船作宅，白居易，昨宵一曲宁哥笛张宪周。高唱相随无节拍梅尧臣，青箬笠张志和，残生竟抱烟霞癖倪瓒。

蓦山溪

樵

阴槐翳柳萧颖士，窈窕一林麓杜甫。厨爨白云樵张乔，拟得齐梢青葛束张藉。麻衣结草谢翱，资斧念徐生陈陶，短歌行王建，声断续卢仝，忽入霜华谷僧惠洪。松门石蹬白居易，来往行自熟岑参。秋浪拾干薪释皎然，竹担湾湾向身曲〔一〕张藉。归去来兮陶渊明，斜景雪峰西杜甫。风飕飕温庭筠，月漉漉李贺，独向山家宿孟贯。

校勘记

〔一〕湾：同“弯”。

麦秀两岐

农　家

泽国三春早李频，已作丰年兆李中。瑞露晞张泌，烟花绕杜甫，手把波纹袅皮日休。水光潋滟晴方好苏轼，雨旸应祷萧文。嘉谷隐丰草李白，铚刈争秋晓雍陶。歌淫淫李贺，心了了郑谷，不厌茅庐小黄庚。分泉过屋春香稻皮日休，妻孥温饱白居易。

林之松集

［清］林之松 撰
徐三见 点校

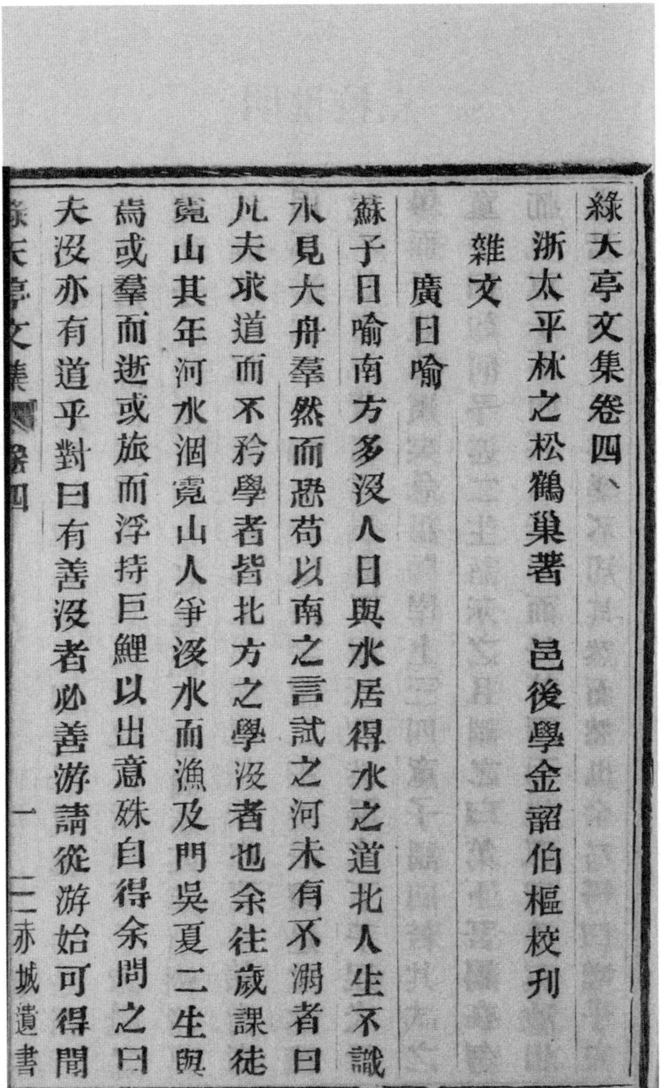

綠天亭文集卷四

浙太平林之松鶴巢著　邑後學金韶伯樞校刊

雜文

廣曰喻

蘇子曰喻南方多沒人日與水居得水之道北人生不識水見大舟羣然而懸荷以南之言試之河未有不溺者曰凡夫求道而不矜學者皆北方之學沒者也余往歲課徒霓山其年河水涸霓山人爭溪水而漁及門吳夏二生與焉或羣而逝或旋而浮持巨鯉以出意殊自得余問之曰夫沒亦有道乎對曰有善沒者必善游請從游始可得聞

綠天亭文集　卷四　一　二赤城遺書

《绿天亭文集》书影，临海市博物馆藏

点校说明

林之松,字葱木,别字鹤巢,或作鹤曹,太平县城(今温岭市太平街道坊下街)人,后迁居横桥(今属新河镇)。生卒年不详,据《绿天亭诗文集》卷首天台齐召南于雍正十二年(1734)所作的序中有"先生仙游已数年"云云,则林之松大约卒于雍正七八年间。之松一生未涉仕宦,仅得雍正四年(1726)岁贡,民国《台州府志·文苑四·林之松传》谓其"为府学生,七试皆居首,终不得一第。晚境益困,人皆惜之"。《府志》本传还称他:"性恢谐,不拘小节,然义所难取,虽千金不为动。"之松精于举子业,时文声擅一时,兼工诗古文词,《三台诗录》小传对其大体评价是:"善古文词,跌宕顿挫,能以逸气舒写胸中磊落情。古诗出入汉魏乐府,近体自钱、刘出。"嘉庆《太平县志》本传又谓其"碑传记叙得昌黎法,五七言警拔流利,亦肩随香山、随州。"由此可知,林氏古文学韩愈,古体效乐府,而近体出则近钱起、白居易、刘长卿。生平著述有《绿天亭诗文集》四卷,内诗三卷,文一卷,此外,尚有《南楼稿》。

《绿天亭诗文集》卷一为五言、七言古诗,卷二为五言、七言律诗,卷三为七言律诗与五七言绝句及词,卷四乃杂文。是集由邑人金嗣献于民国4年刻入《赤城遗书汇刊》,卷首有齐召南、胡作肃序,书末有金韶、金嗣献跋。《赤城遗书汇刊》本是《绿天亭诗文集》惟一的刊本,也是此次用以整理的底本。此外,临海市博物馆还藏有三种抄本:书名一题《绿天亭诗稿》,一题《绿天亭诗集》,一题《绿天亭诗抄》。前二者诗文皆收,后者虽有文之目录,但书中未见,或未抄毕。三者所收篇什多寡不一,底本明显分属三个不同系统,与刻本也多有差异。分述如下:

一、《绿天亭诗稿》,清邑人裴灿英抄,此本卷首先为齐召南序,次为裴灿英题记,再次为胡作肃序,无详目,所录先诗后文,以小楷抄写,字迹规整。二、《绿天亭诗集》,清临海郭协寅抄,卷首亦有齐、胡二序,在齐序之首页开头,上钤"曾读天台未见书"朱文方印,下钤"石斋手抄"白文方印。序后列详目,所抄先文后诗,并于文之开头冠以《绿天亭文集》,诗的开头冠以《绿天亭诗集》。在文抄的首页,分别钤有"临海黄瑞考藏乡先辈遗书印"朱文方印、"石斋过眼"白文方印,"临海郭家藏书"白文方印,又另钤"黄氏秋籁阁寄存"朱文长方木印。石斋为郭协寅号,秋籁阁则乃清临海黄瑞藏书室名。所抄小楷工整端秀,一笔不苟,书法远胜于裴抄。三、《绿天亭诗抄》不详何人所抄,卷首先列详目,书目后有齐序而无胡序。"帝"、"圣朝"、"天子"之类皆不抬头,亦不避"玄"字讳,知是民国抄本。所抄则先诗后文,字迹亦稍稍潦草。刻本与三个抄本相比,刻本与郭抄本、佚名抄本皆经编次,如诗则先五言古,继七言古、五言律、七言律、五言绝、七言绝,后附诗余,但具体编次又不尽相同,只是刻本与佚名抄本俱先诗后文,而郭抄本则先文后诗;裴抄本则诸体杂出,漫无编次。在数量上各本都不相同,以篇题计,刻本收诗 170 首,词 5 首,文 18 首;裴抄本诗 71 首,词 1 首,文 14 篇;郭抄本诗 141 首,词 2 首,文 20 篇;佚名抄本诗 136 首,词 5 首,文 19 篇。三种抄本虽然数量都没有刻本多,但亦有部分是刻本所无者,累计检出诗五古 3 首,七律6首,七绝5题9首;文赋8篇,杂文8篇。故用此三种抄本藉以互校,若抄本有而刻本无者则以补遗的形式补上,又裴灿英的题记亦附于全书的末尾。

限于水平,兼以目力不佳,错讹之处难免,敬祈诸方家大雅有以正之。

徐三见于2015年8月

目　录

绿天亭诗集

卷一　五言古诗

古体四首

鸿鹄恣[一]高飞，翩然下太清。海天尽空阔，万里云冥冥。俯仰任所适，樊罗莫能撄。篱下燕雀群，秋日啾啾鸣。嗟哉此微物，焉知遐举情。

鲲鱼化为鹏，翱翔北海头[二]。大风万里来，乘之将南游。须臾浮云破，忽已隔九州。南海风景异，愿言此中留。青蜩与红鷃，相笑终无休。

亭亭岭上松，阅历千岁期。但觉苍枝高，不见颜色移。众芳几华落，空谷长栖幽[三]。独结冰雪盟，老此虬龙姿。清风吹鳞甲，可是参天时。

池荷水面开，芳气静中闻。灼灼明朝霞，盈盈修夕熏。毓姿已绝俗，所生原不群。濯淖出淤泥，昂藏上青云。举世爱艳色，弃掷安足云。

校勘记

〔一〕"恣"，临海市博物馆藏民国佚名抄本（以下简称"佚名抄本"）作"志"。

〔二〕"北海头"，临海市博物馆藏清裴灿英抄本（以下简称"裴抄本"）

作"海北头"。

〔三〕"栖幽",裴抄本、佚名抄本及临海市博物馆藏清郭协寅抄本(以下简称"郭抄本")俱作"幽栖",是。

锦屏山

遥山列翠嶂,陟巘恒千尺。何劳陶令舆,自有谢公屐。屈曲攀〔一〕苍藤,崚嶒历〔二〕白石。松树夹柴扉,中有幽人宅。秋老落叶黄,云破孤峰碧。长眺坐忘归,墟烟动西夕。

校勘记

〔一〕"攀",裴抄本、郭抄本、佚名抄本俱作"拂"。

〔二〕"历",裴抄本、郭抄本作"披",佚名抄本作"被"。

赠黄萃英

钱塘有奇士,意气出寻常。负才去故国,结客走他乡。盛游十余年〔一〕,足迹遍八荒。抱奇多见嫉,英雄弃路傍。以兹投笔去,慷慨事戎行。雕弓惊汉月,宝剑挥胡霜。燕市酒家垆,五陵少年场。侠气黄金薄,狂歌白雪香。惭余丘中土〔二〕,亦得瞻英光。碧溪与青山,相与姿徜徉。交情贯云日,出言重珪璋。丈夫苟相逢〔三〕,毋为穷途伤。行哉愿自爱,万里秋风长。

校勘记

〔一〕"十余年",裴抄本、郭抄本、佚名抄本均作"余十年"。

〔二〕"土",裴抄本、郭抄本、佚名抄本均作"士"。"士"字义长。

〔三〕"逢",郭抄本作"从"。

登会嵇山

暮宿越城下，晓上嵇山头。凉飙散襟袖，高天围望眸。浩歌无停音，怀古动远愁。乌〔一〕喙时已没，溪沙渺难求。谋夫悲狗兔，战骨齐山丘。陵谷有变移〔二〕，造化多迁流。人寿能几何，何必论王侯。睠焉登兹山，翻为我心忧。安得功成去，一续湖中游。

校勘记

〔一〕"乌"，裴抄本、佚名抄本作"鸟"。

〔二〕"移"，郭抄本作"易"。

晚　意

孤村生夕阴，四野凄以虚。兹焉群动息，还复出我庐。素心竟寂默，俯仰但踟躇。赋诗无常制，稍得便欲书。忧乐两不见，何能知其余。

桃溪道中〔一〕

有山终古寒，有溪四时雨。修林蔽人烟，歌声杳何处。兹境信寥廓，默观散尘虑。过桥憩松根，稍稍昧去住。群峰北面出，雁荡略可数。还时当复留，独与幽人语。

校勘记

〔一〕"桃溪"，郭抄本、佚名抄本作"横溪"。

石梁洞

每到山深处，便欲为山僧。况此更寂默，加我幽居情。垂虹宿顶上，刻削真天成。禅房云气古，佛屋天光明。新篁遮磴道，隔寺来钟声。泠泠漱玉泉，油油谈金经。层阴欺白日，薄暮有余清。讵能复舍去，翻焉误平生。长跪谢故交，尔其秘吾名。

无　题

世人爱艳色，而令双眼迷。亦有附会者，任耳为游移。东村女未嫁，随声云西施。会逢相识人，乃得分妍媸。终然不之信，延伫意迟迟。好色虽足贵，安用耳食为?

梦先妻时寓万恩禅院

寒夜鸡一声，孤客发如丝。睡去逢故妇，琅琅前致辞:家中昔丧败，俯仰多流离。中路与子别，不获终相随。君性本豪华〔一〕，为贫今在兹。读书诚已误，弃此亦无为。妾心耿难说，怀君两男儿。大男故梗劣，且勿勤鞭笞。小儿翳双瞳，出入好扶携。平生乏姿容，焉能回君思。敝帷及破灶，念妾悲辛时。

校勘记

〔一〕“豪华”，郭抄本、佚名抄本作“华豪”。

晨起即事

晨起撼儿醒，客车兹在路。尔煜已丈夫，尔焯孩而瞽。阿舅如阿娘，送尔从此去。草草检破簏，恻恻念故妇。零落旧荆布，一一见辛苦。骨肉有荡析，生死不同处。父性晚逾拙，衣食惟书史。当复营斗升，归梦霜雪里。斯须倏分携，脉脉不能语。

古　意

北林有高柯，众鸟处其下。一朝随狂风，零落同菅蒯。在昔圣贤人，修名及未坏〔一〕。咄哉八司马，乃为群童卖。抱道难独全，失路易以败。君看来时潮，不及落潮快。下流恶所归，君子以为戒。

校勘记

〔一〕“及未坏”，郭抄本作“未及坏”。

咏盆兰

万物各有族，所贵全其天。若彼山中草，婀娜出自然。讵能回幽贞，为人调春妍。一朝随物色，采采悬崖巅。银钩络素丝，铜瓶贮清泉。高堂绝纤翳，绮疏浮云烟。娇女时时顾，纤指弄轻拈。位置岂不贵，所性良难全。持此还山中，保无俗虑牵。桃李竞春色，欲顾惭因缘。折伤倘见会，芬馨中道捐。澧湘旧知己，约素方长年。

和金秋屏感事作

荒村日已晏,饿犬卒〔一〕然嗥。男妇各战顾,四邻争遁逃。县吏催官租,入门声息骄。掏袖出黑索,索食姿贪饕。老妇煮新麦,作饭权充庖。吏怒批妇颊,信口横相嘲。开笼执伏雌,褫衣换香醪。袒裼拉伴侣,剧饮兴颇豪。老翁前致辞,官赋本煎熬。所嗟生处苦,田土稍干硗。去岁丁亢阳,刈获讵能饶。且如今年春,淹浸乏完苗。养蚕不作茧,种圃不生毛。岂不惜肌肉,念之中心摇。县吏连咄咄,吾乌知尔曹。监门今不作,画图或难描。孰是元使君?为进舂陵谣。催科急飞电,鞭扑震西郊〔二〕。竣事上上考,尔命但秋毫。妻男〔三〕尽堪卖,无为言叨叨。得钱身无累,结束〔四〕及今宵。早早输租粮,请君归其巢。天明系累去,举家相持号。

校勘记

〔一〕“卒”,郭抄本作“率”。

〔二〕“西郊”,郭抄本作“四郊”。

〔三〕“妻男”,郭抄本作“妻儿”。

〔四〕“束”乃“束”字之讹。案:书中“束”、“束”常混用,不甚究辨。

拟古离别

秋气满闾巷,秋士意苦悲。况乃别欢好,悠悠无还期。抚琴弦寸断,商风何凄凄。驱车越长道,征马咽不嘶。良人方盛年,燕婉及兹时。如何复舍去,流泪如渑池。山川今已渺,何必天一涯。死当不相见,生当长相思。努力惜春华,曩言讵肯移。

野　花

野花不辨色，萧散在寒谷。数枝密蕊红，几条疏叶绿。时复发幽香，已似被芬郁。此地窅以深，间有何人躅。作花当为谁，毋乃媚幽独。颜色私所欣，妆点颇盈麓。兹意良以佳，兹境稍不俗。东园有奇葩，终日悦人目。

山　鸡

山鸡尔何物，而乃矜毛羽。毛羽世有之，凤鸟以为侣。山家诸女儿，党护夸如许。凤凰翔天衢，熠耀照九土。终古鲜德辉，欲出且复伫。惜哉不得遇，乃使得尔汝。

飞　蛾

飞蛾性喜炎，扑灯如有求。孰令尔为此，饱饫死膏油。前来已毁骨，后至复焦头。终古灯不灭，死者长无休。

秋　蝉

秋蝉生高树，吸风清有余。俄然奋两翼，嘒嘒盈前除。发响走涧壑，聒耳鸣〔一〕笙竽。村童寻声至，迫执但斯须。洵哉此物洁，毋为多嗫嚅。君子重三缄，以兹保其躯。

校勘记

〔一〕“鸣”，郭抄本、佚名抄本作“鸣”，是。

班　鸠

班鸠群呼春，日日较晴雨。一朝会滂沱，窠巢无定处。逐妇殊寡恩，于事竟何补。所性诚蹇拙，毋亦惯慵惰。天低野复阴，努力事牖户。

浮　云

浮云西北来，更向东南驰。四天塞昏晦，不雨欲何为。是时旱太甚，引领涕涟洏。利物非所胜，空负垂天姿。情薄有变态，体轻无常期。惆怅苍狗尽，茫茫焉所之。

青　蝇

青蝇饱臭腐，赤头金碧嘴。飘扬厕冠裳，摇吻日哆哆。展纨试一挥，既去还复止。吾力虽已微，死尔亦易耳。且复挥之去，毋以污吾指。

蜣　螂

蜣螂抱粪壤，其甘乃如饴。居下计已左，运转力颇衰。胡不逐群蚊，锦衾钻人肌。钻肌洵云美，扑灭还以随。弄丸输鬼藏，功成当不亏。溯风化青蝉，鼓翼嘒高枝。谁当问故我，翻云终不移。

燕　子

燕子来何迟，双飞谁氏楼。杏梁饰玳瑁，桂柱齐山丘。如何早来者，哺儿声啾啾。敛羽出门去，盘旋悲不休。拟为卑枝栖，榆枋将安求。勉旃复勉旃，失时是吾忧。

秋夜口占

夜堂秋气深，一灯耿幽独。悲鸿堕远音，感叹乃相触。著书每不就，所见狃粗俗。曷以开襟期〔一〕，且须饱卷轴。展帙聊细观，微言久未续。补过娲上天，寻理室灭烛。古人不可作，终夜抱卷哭。

校勘记

〔一〕“襟期”，郭抄本作“胸襟”，佚名抄本作“襟胸”。

游侠曲七首

黄金百回炼，铸刀今在手。晶晶长虹流，烨烨怒雷吼。宝此欲何为，报仇计非偶。物色齐燕间，一朝获双首〔一〕。提携血模糊，沽饮官道口。门前缇骑至，且尽杯中酒。

杀气塞天地，将军死不还。一身负雄豪，讵能投空闲。赤手挟霜刃，独出雁门关。斩取乌桓头，长歌驱百蛮。归来报天子，满朝羞无颜。咫尺不召见，拂衣归南山。

生长在幽蓟，焉事诗与书。坐卧一长剑，生涯颇自如。大兄熊宜僚，小弟专设诸。长城有寒窟，饮马同悲歔。誓扫漠庭空，许国忠有余。生当为王侯，死当委沟渠。

寸心抱奇愤，不平事何多？把酒增眦裂，孰云能消磨。拔剑出门去，琅琅泣且歌。眼前所见人，谁当完头颅！青天贮噎气，沧海腾风波。世路苟若是，吾生复如何？

萧条广野间，单车行道上。车中坐荆卿，报燕事西向。傍有乳口儿，把图色惆怅。行人皆欷歔，天地亦震荡。其事良以豪，所与奚足仗。惜哉不得俱，坐令奇功丧。

五侯方结客，高堂罗诸英。此辈多为贵，焉知远举情。故人近燕市，意气相为倾。黄金换美酒，欢焉道平生。借问其人谁，狗屠与荆卿。渐离悲筑动，四座涕纵横。

北风起中夜，壮士颜色动。晨兴理装剑，从军向秦陇。转战万里余，功成信智勇。麒麟照容颜，貂蝉沃〔二〕恩宠。平生所亲人，一一但〔三〕震悚。男儿志功勋，富贵曷〔四〕足重。

校勘记

〔一〕“获双首”，郭抄本作“双获首”。

〔二〕“沃”，郭抄本、佚名抄本作“渥”。

〔三〕“但”，郭抄本、佚名抄本作“俱”，是。

〔四〕“曷”，郭抄本作“安”。

怀阿炼

阿炼颇解事，问年垂六龄。枣栗充饥馁，书本抛纵横。朝夕喜歌曲，厥音訏以清。娇深或负母，性良常爱兄。时复吐好语，能令闻者倾。乃父老且贱，戚〔一〕嗟坐柴荆。摩挲见头角，暂时双眸青。老鸦哺群雏，下上赖均平。老牛产小犊，舐吮多余情。我有触詟癖，未能割斗升。别家相悔怨，翻焉念平生。

老苍意有在，弗获常安宁。顾此杯中物，千载思渊明。

校勘记

〔一〕“戚”，郭抄本作“咸”。

别　家

开春坐荒墟，别家亦云久。口舌代耕稼，告归复何有。常念秋节临，聊得营升斗。风雨秘幽意，茅斋绝良友。娇儿衣履敝，病妻颜色朽。赋诗艰终篇，歌音羞出口。愁深破无时，孰云倚杯酒。日暮门前立，望望独矫首。

西山看刈麦书怀寄示大男

古屋敞〔一〕阴翳，正对西山西。岂不足文史，别家神不怡。携杖出门立，顾见二麦齐。初似浪被野，渐喜云成畦。村童竞呼唤，获刈及时归。临溪羡鲂鲤〔二〕，观猎乐兽麛。嗟我筋力衰，弗获把锄犁。家音八九达，待予举新炊。启缄三叹息，末由驱凶饥。我闻圣贤训，饿死事亦微。作诗与家督，尔其勤扶携。逝将塞两耳，勿闻群儿啼。

校勘记

〔一〕“敞”，郭抄本作“蔽”，是。

〔二〕“鲤”，郭抄本作“鲂”。

七言古诗

题　画

蓬莱山上浮紫云,蓬莱山中多仙人。无端世人传尔貌,遂与尘市相依亲。尔貌何衰癯,尔发如飞蓬。问尔何来尔不答,时时笑向青天中。尔莫笑我贫,尔足无袜头无巾。尔莫笑我懒,尔衣不解〔一〕面不浣。吁嗟乎拍掌胡芦尔岂休,贫耶懒耶吾不忧。笑中着意须有故,会将尔笑试猜破。惟笑趋名逐利夫,不脱牢笼奈若何。

校勘记

〔一〕“解”,裴抄本作“洗”。

白　菊

梁园一夜西风发,疏篱曲处纷如雪。霓裳飘拂笑迎人,西施醉负〔一〕吴宫阙一本作“虢国平明入宫阙”。轻妆淡抹〔二〕摇秋霜,素影盈盈落秋月。秋月秋霜秋可怜,与君相对悲华发。

校勘记

〔一〕“负”,郭抄本、佚名抄本作“舞”,义长。

〔二〕“淡抹”,郭抄本,佚名抄本作“淡淡”,是。

杨妃舌

粉白层层红一叶,相传云是杨妃舌。杨妃旧恨在骊山,降兵十万流红血。钗钿零落不成春，将身幻作土边尘。试〔一〕向西风学歌舞，可怜龋齿笑迎人。

校勘记

〔一〕“试”，裴抄本、郭抄本、佚名抄本皆作“还”。

美人城头观猎歌

凉秋天气太白高，将军出猎拥旌旄。手挥壮士前射雕，西风萧飒鸣乌号。美人妆罢矜颜色，独上城西望城北。红绡赤羽相映明，徙倚箭楼归未得。横波四射娇欲流，三军一时齐仰头。画角不吹鼓〔一〕声歇，宝刀委地无人收。刘项当年争块土，玉帐悲歌计诚左。若教虞兮望汉军，汉军头落如秋雨。

校勘记

〔一〕鼓”，郭抄本作“歌”。

大雷山龙湫出云杨道台观风题

括苍清气摩云霄，蜿蜒东走势岧峣。路穷到海绵神皋，雷峰崒嵂雷声骄。俯瞰众山等鸿毛，巨灵驱之趋相朝。神龙何年据为巢，出没空际恣夭乔。喷薄珠玑万丈高，广陵八月翻秋涛。群怪斗争地轴摇，崩崖裂石风怒号。嘘气成云何迢遥，翠屏失色白日消。珠光雷影〔一〕撼星杓，弥漫灭没谁能招。蛟螭战败争〔二〕遁逃，须臾云破雨如潮。横空飞洒声潇潇，田畴沾足宁崇朝。下民涕泣土山焦，千里百里〔三〕皆屯膏。安得神龙泽物饶，翘首却吟龙湫谣。

校勘记

〔一〕"雷影",裴抄本、郭抄本、佚名抄本俱作"电影",义长。

〔二〕"争",郭抄本作"多"。

〔三〕"百里",郭抄本、佚名抄本作"万里"。

荡子从军行

邯郸少年事游冶,学罢蹴"蹴"《三台诗录》作"击"球学走马。青春饮博娼楼间,高秋出没长城下。传闻塞外烽火〔一〕惊,将军奉诏亲点兵。购刀买甲隶伍籍,一时相问〔二〕尽知名。朝出关门行,暮入营门宿。饿马啼叫风沙寒《三台诗录》作"饿马嘶风沙碛寒",悲笳断续阴殇哭。毒烟瘴雾俱不忧,人人争欲轻封侯。转眼谁知受约束,一身那得复自由〔三〕。去年渴饮狼河雪,今年病卧龙堆月。暴骨纵横谁人收,战功尺寸将军夺。可怜十去一还家,洞房颜色娇如花。铁衣羞对罗衣薄,霜鬓惊看云鬓斜。外间传令更足惧,残宵听入伤心处。雨点泪痕双不住,明朝又上辽西去。

校勘记

〔一〕"火",裴抄本作"烟"。

〔二〕"相问",裴、郭、佚名抄本俱作"相向"。

〔三〕此句郭抄本作"一身那复得自由"。

剑池篇

吴王破越事三尺,手挥霜锋试寒石。更有铮泓洗剑池,随波变现光陆离。白虹紫电空中起,阃外长城弃如屣。一剑焉能敌万人,但令英雄剑下死。越马嘶风隔岸来,犹拥西施临高台。

过清风岭谒王烈妇祠堂

江花初红江草绿，江水潺潺泻碧玉。古庙向江没烟树，昔是佳人沉波处。巉岩百尺高，寒水千丈深。片时激烈为节义，岂惜一跃完贞心。天地正气归巾帼，塞野腥膻争辟易。世间丈夫如羊群，空有修髯张铁戟。岭上清风晚自吹，仿佛精英动崖石旧传岭上岩石间有烈妇屐子痕。

乌头虫歌

乙酉春暮，余寓居海上，值二麦初熟，土人惊告，天降乌头虫，食穷家麦且尽，望之蔽垄。然“穷家”之说颇难信，实可哀也，因感而赋之。

乌头虫，望盈畴，饕饕麦食千万丘。食之已饱抱茎睡，须臾复食风卷地。居人云虫来自天，天遣但食贫者田。贫者种麦一何苦，踵决发鬖太虚怒。咨虫尔食毋稍留，饿死我民弗尔尤。乌头虫，自天来，穷民绕畦呼天哀。天既使尔食贫〔一〕食，谁贫谁富尔当忆。前村数家多富人，中央有麦与贫邻，慎勿误食干天嗔！

校勘记

〔一〕“贫”，裴抄本作“天”。

过东瀛公故里

秋风吹霜霜月白,荒凉城边将军宅。将军一去朱楼空,夜深往往鬼火红。玉娥笑靥知何处,石马莓苔卧寒雨。洗菜不问庭前池,晒网故是屋中树。呜呼君不见昔年此地纷如云,时有白棒打闲人〔一〕。

校勘记

〔一〕“打闲人”,郭抄本作“打杀人”。

重九前一夕〔一〕梦族兄兆丹遗余紫玛瑙一枚觉而有记

有兄有兄别我知何方,怆然念之割我肠。梦君仿佛云烟乡,紫金玛瑙一尺长。手持赠我乐未央,知我食贫泉水傍。泉水秋风虽索莫,犹胜他乡滋味恶。敝裘黯淡安在哉,此物当从何处来?还君玛瑙在君手,君去堂上〔二〕供阿母。

校勘记

〔一〕“夕”,郭抄本作“日”。

〔二〕“堂上”,郭抄本作“上堂”,似误。

当窗织

当窗织,长叹息,别人着衣我出力。绿发〔一〕千条梳未得,风吹丝断十指直。浪言一本作“生女”不织身受寒,岂知织得衣尚单。催成一匹复一匹,半归里正半输官。南邻小姑贱绮罗,过我不识机上梭。机轧轧,梭呦呦,娇儿无裤寒飕飕。

校勘记

〔一〕“绿发”，郭抄本、佚名抄本作“黑发”。

灵峰洞〔一〕

有石奇怪称灵峰，屹于平地摩苍穹。巨灵剖腹一线通，丁丁鬼斧施玲珑。神明太守辟珠宫，傍有二女明妆从。天梯石栈盘虚空，剑阁飞云百二重。五百罗汉居当中，中央广袤千夫容。谈笑隐隐鸣〔二〕笙镛，仰头大呼生长风。老僧独卧无垣墉，更借浮云洞口封。四时阴寒无春冬，兀立今古青濛濛，千岩万壑皆朝宗。

校勘记

〔一〕“灵峰洞”，佚名抄本作“灵岩洞”，似误。

〔二〕“鸣”，郭抄本、佚名抄本作“鸣”，是。

大龙湫

翠屏屹立几今古，上有玉龙蹙水府。喷薄飞流万丈悬，散为轻烟聚为雨。凄如鲛人流泪南海头，千珠万珠凝清秋。吼如雷霆斗战出岩壑，猿悲虎啸时间作。翻如广陵八月〔一〕走怒涛，青天无云白日消。迸如黄河塞外星泛海，银城雪峡千年在。举头疑与天河通，阴崖十里生悲风。但觉严寒〔二〕飕飕侵肌骨，此中本是神仙窟。谁人振臂复大呼，瀑泉倒上风卷雪。与君箕踞留空亭，一时面面俱无声。胸中十斛炭与冰，令人勿复知利名。

校勘记

〔一〕“广陵八月”,郭抄本、佚名抄本作“八月广陵”。

〔二〕“严寒”,郭抄本作“寒气”。

无　题

佳人夜坐蜡炬红,佳人无睡娇春风。谁作郎君窥房栊,剡溪白藤光融融。铜雀和烟香雾重,一枝兔管簸〔一〕春葱。轻描淡抹愁未工,写成秦女居当中。玉箫吹声调其雄,遂有箫史骑两龙。凤凰对对下青空,翡翠鸳鸯齐和同。珍惜顾盼欢情浓,斯须幽怨颦蛾峰。明朝怕有阿母怪,万斛明珠侬不卖,手剔银灯自烧坏。

校勘记

〔一〕“簸”,郭抄本作“嵌”。

无　题

茂陵娇女年十六,双脸红潮美如玉。阿姊嫉妒阿母怜,岁久无人贮金屋。绣屏镇日苦低垂,外间怕有东风吹。春宵一刻千金价,妾意不将一钱买。买来依旧是空房,春宵安用尔许长。含嚬含恨何时已,红日到窗娇不起。卖花声过谁家楼,云鬟半亸慵梳头。朱颜潦倒妾不羞,转眼好花凋清秋。

春夜曲

西园公子酣歌舞,十二红妆阁中贮。玉卮金斝酒如乳,锦瑟檀槽翻白纻。中有双鬟小家女，郎情颠倒今何许。翠衾生寒暮行雨，口脂依微娇不吐。杏梁碧月窥人堕，玉光莹莹轻蝉弹。远山一抹和烟锁，郎无太狂雏鸾语，谁何谁何郎醉矣。

四时白纻歌

晓寒宫中珠连户，万花初开不停鼓。春风吹我行步难，君王前殿催歌舞。歌残舞罢风转寒，手把花枝那忍看。缠头锦赐官家醉，归到长门抱冰睡。

金塘流澌潺潺下，水榭红渠香一把。鸳鸯双宿了无哗，纤手自抛金弹打。荷珠的皪荷风凉，君王有道酒满觞。美人半醉欹君傍，千秋万岁乐未央。

吴宫水冷芙蓉死，宫里美人晏未起。起来装束闲征歌，嘈嘈细响调云和。君王重色谁最好，那得红颜终不老。主恩反复何可言，惨淡双蛾和泪扫。

紫贝宫阙黄金堂，孰其居者英与皇。额头零落梅花妆，夜寒不上霞绡裳。劝君叵罢〔一〕君自酌，击鼓传枝任欢谑。宫鸦一声明月落，下缺

校勘记

〔一〕“罢”，郭抄本作“罗”，是。

陈生崇云渡海溺死为拟古赋公无渡河辞因以吊之

公无渡河，渡河将奚为〔一〕？日晚风高波浪恶〔二〕，公乎公乎行焉之？公行出门公妻随，号公口干为公危〔三〕。公耳不听

心当知，心当知，公无痴，手中何物胡芦提？被发满面知公谁，茫茫奔流无还时。鲸鱼怒腹吞〔四〕五岳，葬公不用虆与梩。曷不归来相将妻与儿〔五〕？呜呼公无渡河！公竟渡河兮公不见，箜篌一发泪雨垂〔六〕此诗与家藏本多有异同，今从《方城遗献》抄录。

校勘记

〔一〕“奚为”，郭抄本作“何为”。

〔二〕日晚风高波浪恶”，郭抄本作“长鲸浪高白日死”。

〔三〕公行出门公妻随，号公口干为公危”，郭抄本作“公作迟，公妻随，箜篌发声声已悲”。

〔四〕“吞”，郭抄本作“贮”。

〔五〕此句郭抄本开头有“公乎”二字。

〔六〕自“呜呼公无渡河”起一段，郭抄本作“茶香满瓯酒满卮，烹伏雌，妻唱歌，儿吟诗，公乎公乎行焉之？公无渡河焉，渡河奚为噫！”

南　塘

石塘山下土花紫，石屏山人居在此。东园池馆今如何，酒徒成烟诗人死。人言先生身作神，绯衣鱼袋紫纶巾。山头野庙千岁古，大巫欢乐小巫舞。当时富家女如金，谁人寒食浇坟土。定知词客幻精英，未应遗却杜少陵。愿将庙食尽四海，岁时冬冬打鼓声。儿童走卒持豚酒，擎跪来祭浣花叟。

石仓山

四山风吼白昼暮，前有怪石遮我路。嶙峒偪仄行颇难，搏击森阴势欲怒。日影翻从地底生，乳泉倒向云根注。野蛟天寒舞出峡，山鬼人立号上树。我行睹此真绝奇，毛发竦竖心胆破。自来入山山欲深，此是水穷山尽处[一]。天生灵境在人间[二]，忍令对面不相过。不如移向近蓬瀛，好与神仙自来去。君看太华峰头上，太古有人挈家住。

校勘记

〔一〕“水穷山尽处”郭抄本作“山穷水尽处”。

〔二〕“人间”，郭抄本、佚名抄本作“世间”。

猛虎行

吾家故是繁昌里，武陵鸡犬差堪似。今来猛虎阚且多，泰山老妇哭呜呜。西起连冈峥兀兀，大河东注流汩汩。高高下下居民稠，何缘得有於菟窟。市人言语声沸天，公然攫人疾如鹯。食之既饱路傍卧，更以其余餐乌鸢。严城白日行人绝，芳草时时污腥血。村庄儿女娇如花，虎口一入无由脱。神明县尹役虎手萧村间人业搏虎谓虎手，药矢钢叉落荒走。勒限逼迫鞭笞勤，狼籍肌肉果何有。我闻父老窃相语，昔当迁遣亦如是国初吾邑以濒海奉遣，毁庐舍三之一，今复久矣。是时官府悄不闻，猛虎纷纷渡河去。

古井行

万恩禅院桥南人家有古井一区，居人都云往年夜辄发光，若赤练状，乃方国珍兄弟所藏宝剑兵书处，掘之立毙。余与辩，莫能屈。然余寓此期岁矣，未见有所云赤练者。其说颇怪难信，为作诗以解之。

方家兄弟斗筲器，剽劫腾揉昧大计。一朝元代失纲常，窥窃大物如儿戏。江头戕死泰不华，遂有温台〔一〕庆元地。斯须真龙起滁阳，四海同瞻日月光。阿关入质才几日，诏书督责催纳粮。矮张已虏钱塘破，穷蹙自投金陵路。牵羊衔璧真可怜，宝剑兵书不值钱。千年古井波悠悠，那得此物在下头？英雄兴败会所取，纵有区区不用求。

校勘记

〔一〕“温台”，郭抄本作“台温”。

丁亥岁暮

寒梅破腊开墙角，瘦影披离窗前落。主人赊酒独关门，日暮花间自斟酌。萧萧天风动悲歌，人生不醉当如何！酒酣花落忽大叫，遂有病妻来相笑。那识饭箩朝复空，大男小女啼门东。劝君莫笑还莫啼，此花自昔吾作妻。孤山家风差不恶，只少湖头双白鹤。

卷二　五言律诗

亭岭望海

高岭浮云外，荒台古树边。千山雄雉堞，万里浄狼烟。涛怒遥吞日，潮奔远接天。登临时欲暮，平楚色苍然。

晓渡逢故人客归

波光晓如画，断岸下轻艟。山外虹收雨，江间豕拜风。孤帆人远近，双桨路西东。分手别君去，萧条一望中。

得刘鸣九书

落日游人去，春风旅雁迟。喜逢梅信到，恰是柳青时。黄鹤苏郎意，江云杜老思。吴山烟雨好，更许〔一〕一题诗。

校勘记

〔一〕“许”，郭抄本作“喜”。

山　居

结宇依山麓，萧然竹数家。莺啼春不寂，酒尽夜能赊。破壁穿萝叶，疏篱杂荳花。偶逢邻〔一〕叟至，拂石试新茶。

校勘记

〔一〕“邻”，郭抄本作“林”，似误。

揽　镜

主人应未老，愁极鬓毛苍。侠不逢知己，贫惟客异乡。龙魂新自惜，骏骨晚尤伤。谁念壮心尽，长悲镜里霜。

独　居

山阁冷于水，终朝作卧游。风微云影漫，门静竹声幽。老大看匏瓠，飘零问海鸥。著书浑未就，端不为穷愁。

次黄启潜韵与娄霞章同赋二首

避迹依萧寺，谁从此地亲？看云时入座，临水为传神。纵有诗频寄，何当去转填〔一〕。北山深夜雨，可念寂寥人。

春前劳送客，寂寂向禅关。空忆当时好，真成别后艰。水边芳草路，云际夕阳山。从此清宵梦，迢遥系玉颜。

校勘记

〔一〕“填”，郭抄本作“嗔”，佚名抄本作“真”。按“嗔”字义长，且“填”字不入韵。

归自姑苏有怀同学诸子

归途正暮春，花落怅离群。野水都疑雨，晴山半是云。乡心潮疾上，别梦岭中分。夙昔知交在，音书未可闻。

望江心寺

雀舫乘潮下，螺峰出水孤。烟飞青不断，云破淡如无。清磬疑霄汉，寒丛入画图。舟行看欲过，相忆上浮屠。

寒食阻雨

野馆不成梦，惊风走白沙。愁心虚对酒，寒食未还家。海气连朝雨，春阴落晚花。客程知有几，留滞即天涯。

积　雨

积雨愁无际，穷居梦亦孤。余寒过夏半，卧病自春初。道路违心素，交游远腐儒。朝朝闾巷寂，未有破青芜。

赋得风含翠筱娟娟净〔一〕

长夏江村静，清风竹箭萋。映杯寒色并，夹水绿痕齐。篔谷开新径，湘潭忆旧溪。因悲花絮落，过处总成泥。

校勘记

〔一〕郭抄本题下注有“卫二尊季试题”云云。

赋得雨浥红蕖冉冉香

红藕花新发，亭亭映夕扉。一天疏雨过，何处暗香飞。出〔一〕水才盈把，移舟更触衣。日斜津树黑，听唱采莲归。

校勘记

〔一〕“出”，郭抄本、佚名抄本作“品”。

玉华禅院二首

绝顶秋先至,蝉声出梵关。一僧云里卧,万事此中闲。塔树层层绿,岩花点点斑。余生多未了,难定是归山。

虚堂倚岑寂,秋气复悲哉。屋破便云入,松深迟月来。远城山色淡,浅渚雁声哀。枕上千年〔一〕事,凉飙不为开。

校勘记

〔一〕“千年”,裴抄本、郭抄本、佚名抄本俱作“十年”,似误。

春阴出郭

山郭千家暗,溪云一色低。长天还漠漠,此路倍凄凄。寒意冲人薄,春声过树齐。蹇驴慵似我,不肯下桥西。

同春岳宿玉华院听雨作

淅沥晚来雨,萧条山寺空。中宵一相对,万事各飘蓬。远响分寒草,余声落晚虫。闲房僧睡尽,佛火出林红。

初夏述所见漫书寓处二首

穷巷冷于冰,凄然百感兴。水禽朝入屋,山鬼夜吹灯。世路只如此,吾生得未曾。过西有云雾,随意可寻僧。

傍水檐楹曲,随山涧道斜。风中纷蝶阵,花底闹蜂衙。久客渐成俗，闲心半在家。此乡风近朴，谁与记春华。

寒　夜

咫尺吾庐在，居停又一年。寒风起终夕，朔气满霜天。箧里和平药，窗中老病禅。更闻濒海路，是处有烽烟。

寄张端庵二首

濒海惟君在，春风但寂寥。人从何地返，树是隔年凋。冷雨毡应湿〔一〕，寒天酒复消。离情将别梦，一一托归潮。

去住竟难问，红亭有酒卮。孤村春不到，长夜客先知。海色晴阴候，潮声早晚时。知君感畴昔，寂寞一题诗。

校勘记

〔一〕此句郭抄本作“暮雨毡应冷”。

过谢公岭

怀古幽期在，登高晚影孤。衣冠何代尽，姓氏此山俱。日黑龙归壑，天清雁过湖。苍茫萧寺宿，随意破青芜。

寄别诸葛云文

此行不得意，况是春阴天。野水尽花片，乱山空暮烟。劳生辞旧侣，惜别误芳年。为念北楼上，谁人同醉眠。

无　题

向晓忍言别，柔情欲并牵。送予临浅渚，无语倍相怜。黛色萦池面，兰香度水边。分携终莫定，长此恨年年。

春　夜

旅馆惊时候，春风独客哀。梦随残月尽，寒是隔年〔一〕来。虚室闻虫响，愁心罢酒杯。此生无几尔，能禁岁华催。

校勘记

〔一〕“隔年”，郭抄本、佚名抄本作“隔山”。

送史纂修归溧阳〔一〕

江左知名士，淹留亦偶然。泛觞因号圣，抒藻得称贤。愁色添双鬓，空囊愧一钱。平陵佳胜地，归去及今年。

去住知谁是，悲歌各惘然。自来多苦调，复此送高贤。有梦怀京国，谁人与酒钱。寂寥扬子宅，相忆自年年。

校勘记

〔一〕郭抄本、佚名抄本题后有“二首”两字。

秋　闺

月影穿窗冷，中宵忆别君。雁来千里外，人去一江分。懒卷湘帘雨，愁牵绣幙云。那知秋露重，闲步湿罗裙。

螺坡次韵

江山春日好，载酒问螺坡。密筱围青嶂，寒流起白波。烟深云有伴，花落鸟还多。暮色已前路，归从浴鹭河。

和邵虞溪读书旗山韵

逃名依古寺，骚雅是吾师。入世原无术，衡才定有时。霜天秋说剑，风雨夜谈诗。自恨韶华去，朝朝感鬓丝。

赠庄屹庵

南郭幽人宅，柴扉竟日扃。花间堪醉酒，亭上可谈经。入世心常赤，论交眼自青。惭无招隐赋，空复叹鸿冥。

望雁荡

山水结幽胜，梦魂如相招。相思足畴昔，相望在今朝。峰起重云破，湖深一雁遥。吾将避尘事，结宇面飞桥。

南嵩岩

孤岭插天中，盘云石势雄。僧归从鸟道，仙语自花宫。洞口龙吹雨，崖前鹤避风。偶来清僻地，高举入鸿蒙。

和王莹璧

忆君何处寺,知在乱山中。树色余残雨,钟声带晓风。愁将南去马,书断北来鸿。不尽萧条意,吟成若为通。

兰

兰气朝初散,南风日渐长。过窗萦几案,拂石恋衣裳。公子沅湘岸,幽人薜荔房。护持兼拚饮,吾意在清狂。

自　笑

已觉懒成性,真堪笑此生。荆妻抛夜织,稚子废春耕。岁月岂难挽〔一〕,文章未易名。寡交应落落,终不惯逢迎。

校勘记

〔一〕“挽”,裴抄本作“晚”。

席间赠歌者

吴姬年十五,未嫁解风流。乍近惟遮面,频呼始转头。游云回舞袖,流水咽歌喉。暂醉还来此,真应字莫愁。

七言律诗

谒方正学先生祠

抗诏〔一〕金陵谒至尊，麻衣带雪入宫门。北军夜渡风雷变，南国晨倾天地昏。十族可能酬故主，九原一作"重泉"从此有忠魂。樵云楼外丹枫落，尽是孤臣血泪痕。

校勘记

〔一〕"诏"，郭抄本作"节"。

吊樵夫

江南一夜尽兵戈，冀北新君已渡河。寒雨松楸凄石马，晓风禾黍没铜驼。祠前寂寂游人少，湖畔萋萋野草多。帝子只今何处去，千秋枯骨葬烟波。

枯　柳

摇落重阴独闭门，长条曾否系王孙。露侵荒径秋将老，月到空堤〔一〕夜有痕。太液池边张绪骨，永丰园里小蛮魂。娇姿久逐东风去〔二〕，寂寂〔三〕黄鹂叫远村。

校勘记

〔一〕"空堤"，裴抄本、郭抄本、佚名抄本作"空山"。

〔二〕"去"，裴抄本作"歇"，郭抄本作"尽"。

〔三〕"寂寂"，裴抄本、郭抄本、佚名抄本作"寂寞"。

奉征恭颂征西大捷

天子旌旗出帝京,高秋千里起连营。殿回白虎军心跃,江尽乌龙杀气平。万国总为风雨会,八荒不复鼓鼙声。阵云堠火俱零落,遥见龙舆入凤城。

西陵怀古

胡马纷纷入建康,王师连夜下钱塘。业从相国谋中变,功逐将军死后亡。铁锁艨艟随烈焰,玉楼歌舞送残阳。可怜一片繁华地,曾与天骄作战场。

山居无伴霞章体干诸兄久不至诗以促之

幽居终日对青峰,坐破寒毡学老翁。隔岸荇芳鹦鹉绿〔一〕,漫山花发杜鹃红。谈经亭馆迟扬子,梦草池塘忆谢公。听说桥西新醅熟,一尊留待〔二〕故人同。

校勘记

〔一〕此句裴抄本作“浅渚荇牵鹦武绿”。

〔二〕“待”,裴抄本作“与”。

春夜闻子规

夜深何事唤春归,叫断东风客梦稀。寒气薄人余四壁,月痕如水到重帏。飘零酒盏从谁笑,潦倒儒冠觉自非。不为啼鹃倍惆怅，此心原与世情违。

山行小憩见荒冢弥望因忆亡友刘鸣九

荒郊日暮独寻幽，野冢累累定几丘。自古夜台齐贵贱，昨宵寒月照松楸。梦随京洛空青草，泪洒高堂已白头。华表鹤归终寂寞〔一〕，越山燕水旅魂愁。

校勘记

〔一〕“寂寞”，佚名抄本作“寂寂”。

哭　妹

无复窗前唤阿兄，镜台抛掷旧钗荆。十年哭母俱贫病，四载辞家隔死生。乳燕秋深终去垒，杜鹃春尽尚吞声。浮生莫似〔一〕花开落，寒食东风一怅情。

校勘记

〔一〕“莫似”，郭抄本作“可是”，佚名抄本作“恐是”。

钱塘观潮

江上层楼几劫灰，江潮今古使人哀。雪山万迭当空出，白马千群向晚来。伍相怒余犹逐浪，钱王射处尚惊雷。胸中〔一〕不尽兴亡事，日落秋高暮角催。

校勘记

〔一〕“胸中”，郭抄本、佚名抄本作“眼前”。

大禹陵

寂历秋山殿琐开,夏王南狩几曾回。亭余片石传真迹[一],草没残碑起宿哀。落木声中寒寺出,夕阳影里晚潮来。秦陵汉寝年年雨,可叹黄金但作灰。

校勘记

〔一〕裴抄本、郭抄本此句有注云:“陵傍有窆石亭”。

吼　山

越江西去峡云开,棹入曹溪水似苔。别有人间一丘壑,忽于天外又楼台。波纹晓动日初上,石髓寒飞雨欲来。惭愧十年尘土面,却令清梦绕蓬莱。

登华顶

万八盘云鸟道重,乱山翠色拥芙蓉。寒生[一]绝巘萧萧寺,天压虚窗面面峰。禅径定多巢树鹤,炊烟初断饭僧钟。行来呼吸通霄汉,拟挟飞仙一过从。

校勘记

〔一〕“生”,佚名抄本作“凌”。

石梁观瀑

山重树合郁苍苍,路转亭开石作梁。白日乍沉惊欲雨,清飙倏起觉生凉。鲸吹海浪摇溟渤，龙带潭云破混茫。百尺飞虹千尺雪，应真佳地果仙乡。

赤城山

玉京曾说是仙家，仙路依稀四望赊。僧蹑丹梯开佛屋，人过青壁趁桃花。千年药畹流云湿，一片楼阴映水斜。日晚山深双洞寂，惟余天半起晴霞。

桃　源

扪萝何地访真仙，寥寂东风倍可怜。涧草昔迷归去路，岩花谁记别来年。苔间鸟迹闲春昼，云际樵歌咽暮天。洞壑已无踪迹在，数重山翠一溪烟。

青田道中

西去青芝一废丘，日斜犹自忆东瓯。乱山倒峡横江面，白草成蹊没马头。城市半疑豺虎踞，居停多为稻粱愁是岁括苍灾，逆旅主人辄谢客不纳。征途不尽萧条色，况复寒霜点鬓秋。

婺州阻雨

江上烟波晚自清，梦回闲听不分明。那堪暮雨还朝雨，莫辨风声是水声。残腊渐同双〔一〕鬓短，孤舟恰共一身轻。更怜乡井逢摇落，并入愁中黯未平。

校勘记

〔一〕“双”,郭抄本作“霜”。

石门洞观瀑

悬崖飞瀑发鲸音,响振云门自古今。不断一天山阁雨,长留终日石楼阴。烟消洞壑风萧飒,草没汀洲水浅深。莫是神仙来去地,扪萝犹喜得相寻。

过却金馆和刘观察壁间原韵

客馆安栖莫认真,晓霜沾尽鬓如银。残碑旧勒清风古,半壁今传白雪新。高鸟不飞缘避腊,墙梅无主自先春。邮亭过客多如许,笑掷黄金是甚人。

桃花洞

万山回合拥孤台,曾有桃花洞口开。九曲路从余岭上,一天云自括苍来。凭高定下思乡泪,倚槛应惭作赋才。仙子人间今寂寞,浪传此地即天台。

钓　台

桐江江水绿于苔,到此尘心尽可灰。明主莫教丹诏下,故人自爱碧山来。风高殿琐应长在,潮拜矶亭欲便回钱塘潮至此地而尽,俗云为“拜严陵”也,然否。汉室功名知不薄,只今无处问云台。

闻族兄兆丹尚留钱塘便寄二首

天涯兄弟久淹留，旧腊曾闻已敝裘。别去风尘知满面，归来星发定盈头。烟深浦口青枫夕，日落城边白雁秋。莫向西湖重沉滞，慈亲昨夜梦杭州。

摇荡东风急序催，雁行千里首空回。尊前花迸思亲泪，江上芦传乞食哀。愁眼几随春草尽，客心争逐夜潮来。近知骏骨还无恙，只是燕云未筑台春间闻已入都，不果。

寓凤山晓望寄怀城中读书诸同人

野外天高上翠屏，眼中知己已晨星。树藏白日无多黑，山杂黄花几处青。终欲从君南北寺，其如老我短长亭。晓来频嚏知相念，定说浮踪似水萍。

乙酉三月闻天子南巡狩命左右儒臣各赋诗一章既而亲试士于西湖之行宫题皆御制句也敬赋二律赋得野望湖边远碧横

潋滟湖波玉镜清，金塘细草驻龙旌。不分树色烟中尽，却任岚光雨后平。万顷涵虚蒸泽国，四围佳气拥江城。是谁天外披图画，点染春容待圣明。

赋得芳辰麦陇布和风

陇雨初停麦穗香，翠华巡幸正春阳。已翻晓浪盈畴碧，更卷晴云遍〔一〕野黄。披拂清尘邀帝辇，鼓吹烟景候天章。遥知圣主挥弦处，自有南熏被万方。

校勘记

〔一〕“遍”，郭抄本、佚名抄本作“半”。

横溪道中

芒鞋双趁野烟轻，已过周遭十里城。最好雨余芳草色，可怜风里落花声。柳翻碧浪侵衣湿，麦卷黄云隔水明。乞得闲身休自误，明朝还作踏春行。

秋夜感怀次金秋屏韵〔一〕

山馆深花散夕烟，菊垂寒影对凄然。愁人不愿看明月，秋色还应似去年。愦比封狼贪顾后，衰同罢马畏登先。故山薇蕨何堪恋，已觉沉冥到眼前。

睡足沧江鬓发催，诗狂未可向人裁。岂因明镜知身拙，自是西风得句哀。寒鸟掠烟投渚过，霜钟和雨出关来。独当节序惊心候，谁共清尊尽醉回。

校勘记

〔一〕郭抄本、佚名抄本题后有“二首”二字，裴抄本诗题作“秋夜感怀次金序壁韵二首”。

忆　家

倚尽东风柳半黄，自来踪迹已微茫。三年旅食身将老，十口依人事可伤。过岭猿声催落月，隔江鸟影没斜阳。梦回莫漫思归去，更泣牛衣一两行。

村间宿逢友人话旧

禾亩油油夕景斜，寂寥巷陌少行车。鸡鸣屋角椰榆树，风落墙阴枳壳花。几院春灯杯上泪，一床寒雨梦中家。敝裘同日伤流落，叹息吾徒鬓各华。

灵　岩

行寻翠壁拂云端，人似空中斗羽翰。一径未消余雪滑，万峰齐压夕阳寒。何年疏凿留奇迹，是处溪山尽壮观。且为黄昏辞旧路，明朝还作几回看。

马鞍岭

绝顶苍茫爽气氲，乱峰照眼自成群。纵横鸟道无人识，大小龙湫此地分。白草悬崖余宿雨，青杉破晓入寒云。同来已过灵岩寺，尚有钟声隔岭闻。

能仁寺

看山未尽又斜晖，清磬泠泠出翠微。金刹凄凉双琐合，石桥零落一僧归。千年古壁纷虫网，几道寒泉溅客衣。借问龙湫何路〔一〕去，满林烟霭正霏霏。

校勘记

〔一〕“路”，郭抄本，佚名抄本作“处”。

元夕自雁荡归宿大荆驿观灯

春风初入雁湖隈，犹带灵峰晓雨回。十八寺中都一过，两三年里合重来。山城远近歌钟遍，水郭参差宝炬开。又是繁华当此夕，顿令身世在蓬莱。

客窗坐雨作

风灯零落敝衣单，浊酒浇来兴欲阑。一夜雨声听不尽，十年闲事忆无端。箧中饥鼠窥人睡，屋外惊乌背客寒。应是小园花已落，明朝莫向幔亭看。

东湖咏柳絮

年来何处不天涯，柳摆花飞感岁华。万事飘零无尽日，一春流落未还家。天寒度水随青草，日晚和烟衬碧纱。徙倚湖东倍惆怅，半生回首是杨花。

赋得对水看山欲暮春〔一〕

乍觉余寒耐可消，酒亭诗馆尽相邀。草铺山脚修修径，柳暗湖心短短桥。竹杖似怜烟景尽，春衫安用绮罗娇。年光到此真堪惜〔二〕，莫遣东风怅寂寥。

校勘记

〔一〕郭抄本题下注有“颛盐台观风”五字。

〔二〕“真堪惜”，郭抄本、佚名抄本作“真应恋”。

戊子下第归和石亭立先生韵

敝裘萧索旅魂消，空有归心逐晚潮。霜气着衣寒瑟瑟，雁声过枕梦迢迢。岂须对镜怜华发，莫问乘云上碧霄。幸是先生能伴我，绿蓑青箬老渔樵。

晚秋重过南溪书院与春岳

白石苍山一径开，故人别后却重来。各言聚散都无定，共惜年光不肯回。便对黄花浮绿酒，旋惊红叶下青苔。烦君送我过东岭，他日还看洞口梅。

诸葛云文招宿天际楼中次韵奉谢

日斜江郭起愁思，许借茅庐对卧时。我已还家无故业，君今饷客有新辞。尊前月色临窗早，树外秋声过槛迟。何限旧游方闭户,五陵裘马畏人知。

谢翼清家看花次诸葛云文韵

晴光满眼去如蓬,偶对名园意欲融。砌石碧分芳草绿,径苔青见落花红。便须腊酒邀新月,莫任春葩待晚一本作“晓”风。珍重谢家池上句,凭君移入锦囊中。

和答邵逸吾林春岳见赠之作

雌伏雄飞两未回,逢时谁是掞天才。人非狗监文犹贱,地不龙门客自哀。十载终当谋石隐,诸公行且重金台。年来物理推求尽,一任风尘惜解推。

挽节妇郭福娥

抗节捐生事已稀,蛾眉应笑世间非。七年泪逐青春尽,千里魂随晓梦归。落日红残花作阵,秋风香冷柏成围。英灵莫是双鸳鸟,却向泉台一处飞。

赠莫应聘

烟村如绣野花开,咫尺居停访俊才。�梦中人未起,古槐门外客频来。独看落日愁千点,却恋春风酒数杯。归到纱窗余兴在,寂寥溪阁首重回。

己丑牛女会之夕为先妻小祥忌辰翼日会诸同人哭鲁垣于丧次怆然伤怀歌以寄意〔一〕

一年强半和愁过，双泪西风此最多。天上也应行乐好，人间无奈别离何！墓门宝剑沉荒草，画箧金钗逐逝波。几缕黄钱同是梦，晚来岑寂为悲歌。

校勘记

〔一〕郭抄本题作“己丑七夕为先妻小祥忌日，翼日会诸同人哭鲁垣于丧次，肖然伤怀，因赋”，佚名抄本题同底本，惟“怆然”亦误作“肖然”。

卷三　七言律诗

哭蒋宗人昆季和黄岂潜韵

四山岑寂野花香，昆弟重泉亦自伤。台下紫荆开一处，楼前斑舞恸双亡。春风诗馆休回首，落月松林总断肠。少小独留残碣在，墓门流水为谁长。

秋日过惠众寺送日斋禅师归蒙山次韵

秋声萧瑟近疏桐，寺晚烟深落照中。怀素有蕉都着雨，巨然无笔不生风。莲峰月上随飞锡，苇岸潮平待挂篷。惆怅甬江东去路，碧云何限蓼花红。

冷露寒霖湿晚桐，羡君归卧万山中。请看南海陀罗雨，好趁西江芦荻风。秋老烟岚经远寺，日斜津树送孤篷。闲云未许寻踪迹,一任霜花照眼红。

赋得山雨欲来风满楼

百尺高楼向晚开,漫天烟雨欲成堆。独看木叶当窗下,知是山风拂槛来。惊树冥鸿飞入画,薄寒秋事坐衔杯。故人迟我吟诗约,却望苍茫有几回。

寄邵虞溪

我亦多愁独耐年,如君病骨更姗然。定知消瘦因敲句,岂是清癯为学仙。虞岭秋高峰顶树,螺溪春涨渡头烟。自惭尘土尚吹面,恐负青山结胜缘。

秋夜感怀次金海壁韵

且学幽栖避俗氛,烟村无伴便逢君。杯浮绿酒频邀月,门掩黄花欲卧云。但使乾坤容我懒,不将丘壑与人分。明朝曲水桥西畔,为待先生细论文。

春日游明因寺

古树苍苍挂夕阳,禅房午饭未曾香。清泉注水茶烟暖,粉壁题诗僧话长。春鸟有情催客坐,山花无事笑人忙。归来饱饭黄昏后,岂傍松风浣胃肠。

和陈久园苦雨原韵

三春准拟气阳和，积雨淹延减兴多。对酒沉吟炉欲冷，落花荡漾水成波。云封山色疑无树，风渡檐声却有歌。催促游人诗思起，欲行排闷得相过。

邵虞溪家看海棠

花枝憔悴雨兼风，无奈春光晓梦中。野鸟啄书深院寂，乱云移石画栏空。应怜红泪纷纷落，曾把青丝细细笼。借问芳园谁是主，不将村酒醉山翁。

挽李明仲和黄萃英韵

未将长剑扫龙荒，霜月凄凄照屋梁。原上寒烟埋侠骨，冢间衰草卧斜阳。空余雄略堪传后，惟有悲歌可悼亡。怅忆龙城李飞将，西风夜夜古沙场。

清溪书屋酬诸同人见寄

村南结屋傍溪湾，坐对萧斋尽日闲。侠在何妨耕绿野，囊空更不买青山。隔窗树色分浓淡，拂槛云光任去还。却喜高人来过访，时时共醉画图间。

瘦石荆扉压水湄，寒烟深锁影离离。翠苔新露无人踏，乱竹低窗有月移。万里霜天秋说剑，一庭风雨夜谈诗。定知入世终疏拙,犹喜相逢觉未迟。

九日扶病登西山

西林山色晓苍凉,舆病登峰自笑狂。伏枕俄惊三阅月,人生能几十重阳。多将桑落消愁物,兼试茱萸却病方。莫为一身成感慨,白云随意过沧浪。

贺郑东江纳宠

百幅吴绫换柳枝,盈盈新是破瓜时。慵拈桂蕊轻调粉,偷近菱花学画眉。金鸭烟生风缕缕,玉虫影动夜迟迟。锦屏绣枕春如海,欲谱当年叶上诗。

暮春苦雨次韵

风雨萧萧未下帷,妒春况是绿初肥。小池乱草渠流满,曲径新苔屐印稀。谢醉料应疏酒盏,薄寒谁得试罗衣。可怜蜂蝶难为别,长傍花枝不忍飞。

和赵邦梁寄美人韵

宫额才匀罢晓妆,凌波频蹙近书堂。绿纱递语调鹦鹉,翠幕围春锁凤凰。已被投琴私黛色,恐轮掷果领风光。何因消受邻东住,却听金钗响画廊。

送何中尊归南海

寂寥山县〔一〕冷于秋，此日〔二〕星轺得暂留。定以忧时添白发，岂因遗世傲丹丘。篮舆古驿穿云入，雀舫寒江带月流。宦迹不须悲往昔〔三〕，任教归梦近罗浮。

六载徒伤抚字劳，拂衣归卧冷琴曹。自来香稻侵花县，此去华簪映敝袍。湟水远从南斗尽，禺山遥共北风高。铜符且为莼鲈解，翘首终应起二毛。

校勘记

〔一〕“山县”，裴抄本作“山海”。

〔二〕“此日”，裴抄本作“夫子”。

〔三〕“往昔”，裴抄本作“枉直”。

漫　兴十首

便欲乂帘待好风，可怜回首逐秋蓬。醉来读史悲难按，愁里成诗句易工。暑气渐消亭外竹，禽声知在井边桐。出门何地容驰步，日写《黄庭》对碧空。

一卷《南华》一缕香，道人睡起葛衣凉。披风抹月寻诗社，沉李浮瓜入醉乡。水尽池塘消鸭绿，柳深亭院换鹅黄。了然物外耽幽赏，不计余年有短长。

何年避俗结溪亭，日日柴门自在扃。池上学书临法帖，雨前治圃按农经。护兰渐渐成香国，种竹多多作翠屏。丘壑亦嫌缘分啬，重令搔首问青冥。

晓窗烟景正萋萋，习静能令百感齐。畏对菱花清似水，频浮柏叶醉如泥。竹孙护粉经风脱,橘子流青过雨低。惆怅一身生计拙,独教晞发倚楼西。

十年尘土逢多难,六月炎蒸畏远游。身外浮沉随梦鹿,人前冷暖任呼牛。望门且锢冯生铗,历国终凋季子裘。自顾为儒无别业,谁知未老有长愁。

散发狂吟事事违,百年江上几斜晖。文章已被浮名误,湖海终伤旧业微。雨暗榆篱滋菜甲,云深萧径护苔衣。茫茫天地吾将老,徙倚阶除有是非。

无碍蘧庐共太空,懒将踪迹问王公。松间叩齿窥真箓,石上科头〔一〕听朽桐。鸠唤浪占明日雨,花飞不任昨宵风。几时更煮灵溪石,去伴青囊卖药翁。

谁信杨朱路已歧,幽情自许得迟迟。翻因洁己有如水,遂觉输人岂但棋。笔砚好从尘外赏,岁华多向鬓边移。索居尽可消长日,况屡茶清酒熟时。

长夏阴晴古木疏,壮怀消释近忘吾。叩门剥啄新诗友,卧阁呻吟老腐儒。倦羽入林从憩息,涸鳞脱网亦江湖。明朝且有看山兴,杖挂青钱问酒垆。

无怀民与踏歌还,只在城南第几湾。不信世间多曲折,每于梦里得清闲。荷将盖影香浮水,松作涛声寒到山。僻地幸无车马迹,谁从姓字出柴关。

校勘记

〔一〕“科头”,裴抄本作“斜头”。

初夏自叙三首

榆柳经春已息烟,蓬门萧索尚依然。才晴更雨肥梅候,乍暖犹寒熟麦天。渐落箕裘伤往往,仅存皮骨耐年年。一箪惫甚聊随分,输与颜渊负郭田。

此身如寄眼空青,近市双扉只合扃。差比黄杨逢闰厄,肯随红药及秋零。吟成正好新茶熟,愁到多因宿酒醒。今古腐儒俱一笑,寒灯无焰坐穷经。

年华屈指总堪伤,饱历何如傀儡场。破产已输蜗有室,食贫先患鹤无粮。诗非得手宁藏拙,客不知心亦异乡。读罢楚骚山月落,真令何处叩茫茫。

五言绝句

看　云

片云本无心,白衣与苍狗。因之识世情,茫茫不回首。

对　雪

昨夜朔风起,送冷到山家。山家何所有,树树皆梅花。

采莲曲

疏雨过横塘,菡萏衣未落。采花须及早,莫待[一]西风恶。

校勘记

〔一〕“莫待”,郭抄本、佚名抄本作“莫是”。

紫阳宫

灵鹤和人去,仙房带月开。空余餐玉地,花影上阶苔。

瀹　茗

结茅清绝处,寂寞野人家。拾得青枫叶,松间煮嫩茶。

独　坐

斗室藏清风,趣到门常闭。不羡市朝名,但存丘壑意。

古树次韵〔一〕

古树高无枝,天半孤峰插。昂藏势欲飞,清风动龙甲。

校勘记

〔一〕裴抄本诗题无"次韵"二字。

无　题别本作"山居"

日影散寒烟,避人入寥廓。带得暮云归,长歌下丘壑。

拟读曲歌二首

高冈多猛虎,深林多毒蛇。如何负薪人,日暮不还家。

无计留欢住，春宵真可怜。柳花白胜雪，只是不成绵。

春闺曲四首

杨柳抽新枝，斜曳秋千架。婀娜摇人心，春风信可骂。
阿姊掀帘来，贻我双金钗。安用问夫婿，走马章台街。
拈花双泪流，为是东风恶。妾貌可如花，眼见花开落。
晓色窥帘幙，新妆对镜台。恰迟梳洗罢，娇鸟一声来。

子夜歌十首

与郎临高台，爱杀双飞燕。回头欲向郎，羞被小姑见。
侬爱芙蓉花，折来与郎看。郎言花貌好，何如阿侬面。
郎吹碧玉箫，妾弹绿绮琴。晚妆楼上月，照妾两人心。
爱欢转怪欢，侬侬执欢手。爱欢少年姿，怪欢少年口。
郎如青莲花，到处有人爱。妾如绿荷叶，秋来易憔悴。
花愁多改色，水往鲜〔一〕还期。郎情有颠倒，侬心自不移。
亭前学绣花，金针刺纤手。忆欢未敢言，辛苦侬自受。
所欢爱杨柳，侬却爱葵花。葵花向日开，杨柳随风斜。
与欢不相见，乱挽乌云发。睡起开前窗，抬头见新月。
鬟低镜里云，髻绾枝头春。妆罢闻猧吠〔二〕，开门不见人。

校勘记

〔一〕“鲜”，郭抄本作“解”。

〔二〕“吠”，郭抄本、佚名抄本作“犬”。

七言绝句

明妃词〔一〕

不怨当年写画图,貔貅十万莫防胡。可怜汉室皆巾帼,翻使娥眉作丈夫。

胡官催促殿头呵,强把番衣换舞罗。天子不堪惟有泪,灞桥送妾意如何?

猎火初红映黑泸,角声吹断小胡雏。单于跃马归来晚,笑索灯前打刺酥。

手卷云鬟学固姑,汉家装束久尘芜。夷歌亦有关山月,可似昭阳笛里无?

校勘记

〔一〕郭抄本、佚名抄本题有"四首"二字。

虎　丘四首

曲槛回阑倚碧波,春光如锦翠华过。数重楼阁围金粉,五色云章映薜萝。

繁华照眼几曾休,日听歌声出画楼。公子青骢金勒首,佳人宝髻玉盘头。

绮罗风软落花香,昔〔一〕是吴儿歌舞场。日晚山川余涕泪,凭谁杯酒话残阳〔二〕。

海涌峰高树色曛,上方台殿与平分。寺南寺北旃檀舍,半贮红妆半贮云。

校勘记

〔一〕“昔”,裴抄本作“知”。

〔二〕“残阳”,裴抄本作“斜阳”。

苏台览古〔一〕二首

寒水苍茫霸气消,千年事业付渔樵。东南半壁江山好,都与君王换舞腰。

绀殿珠宫破寂寥,游人终日艤兰桡。锦帆歌舞当年事,回首铜驼恨未消。

校勘记

〔一〕“览古”,裴抄本作“怀古”。

和答徐应侯 二首

花发春林渐满城,谁从花底掷金声。高吟胜似醇醪醉,却罢携尊独听莺。

晓促星轺度岭回,独传文赋走云雷。神交我亦频相问〔一〕,谁见南州孺子来。

校勘记

〔一〕郭抄本、佚名抄本句下注有“来赠有‘以此神交应不恶’之句”。

剑　峰二首

千年孤剑倚长空,谁信龙魂出匣中。寂寞一春山上雨,请君磨洗认雌雄。

不须想象见灵光，帝铸洪炉出剑铓。一自延津人去后，此身无用老秋霜。

老僧岩

独立空山老岁华，白云终日拥袈裟。禅心久逐春芳歇，寂寞溪西玉女家西北有玉女峰。

听诗叟

鬓毛瑟瑟意迟迟，瘦岛寒郊听尽知。路上行人凭寄语，此山虽好莫吟诗。

龙鼻水

乳水休教说惠山，千年云窦本潺潺。品泉瀹茗清如许，陆羽当年失此间。

飞来罗汉相传自漳州至，一云漳州罗汉。

谁识飞来事有无，青山长共此身孤。漳南千里江波阔，不踏西风十幅蒲。

无　题三首〔一〕

鹦鹉南来雪色新，传闻异种出西秦。金笼娇锁池亭北，只向东风学骂人。

一饭千金本自当，况教红粉劝飞觞。玉盘细切银鳞鲙，不饮之时恼杀郎。

雨重春寒此地过，美人留客意如何？夜床绣枕今犹在，沾惹余香有几多？

校勘记

〔一〕此诗郭抄本、佚名抄本分为二篇，一为“无题”，一为“无题二首”。

庚寅七夕忆先妻五首

天上双星会不多，迢迢银汉待如何。自从零落荆钗后，可似年年得渡河？

年年七夕总无休，为问人生几白头？便是返魂香未灭，也应无可笑牵牛。

银河漾漾月朦朦，天上人间迥不同。亦有别离无限泪，五更和雨到帘栊。

云窗雾阁路迢遥〔一〕，怅望应知负此宵。夜静影寒多少恨，人间那有鹊填桥。

重泉杳杳见无期，此夕沉吟意却悲。检点残针开画箧，无人将乞夜深时！

校勘记

〔一〕“迢遥”，郭抄本作“迢迢”。

秋　风十首

秋风起处夜无烟，犹自闲斋老一毡。却忆平生真似梦，可堪憔悴耐年年。

日落风悲可忍听,轻寒悄悄透围屏。南天水尽无由见,一夕波声起洞庭。

高秋萧飒绿窗开,日暮西风渭水来。天宇四垂看不尽,满山寒叶使人哀。

夕响梳风寒到山,马行蹀蹀波潺潺。村童报道莫惊怪,声在水西深树间。

秋气棱棱晚不禁,秋风更与送寒砧。无情有恨知何似,一夕悲歌泪满襟。

烟袅芦花水国秋,西风吹雁下汀洲。衡阳峰顶南来久,犹带边声入夜楼。

叶底寒蝉耐苦吟,日斜山郭〔一〕气沉沉。狂飙不为将愁去,断梗浮烟此夜心。

角声呜咽晓风清,昨夜微霜〔二〕已满城。槛外秋容须共惜,镜中华发却频惊。

钩帘风荡锦纹重,百八声来岳寺钟。一片闲心无住着,晓楼烟雨梦巫峰。

木莲花发映雕栏,黄菊丹枫取次看。罗幙深秋闲未寝,夜来风露不胜寒。

校勘记

〔一〕"山郭",郭抄本、佚名抄本作"江郭"。

〔二〕"微霜",郭抄本、佚名抄本作"寒霜"。

诗　余

减字木兰花赋得恁时相见已关心

背人无语，冷笑闲颦勤看取。恰是双星，咫尺银河渡不成。

影寒夜悄，脉脉愁人何日了。如此相逢，搥碎巫山第几峰。

长相思赋得单情何时双

不相思，莫相思，任是相思不自持，问他知未知？早春时，暮春时，遍倚栏杆欲待谁？莺啼花满枝。

浪淘沙赋得翩何跚跚其来迟

独立晚庭空，离恨千重，茶烟袅袅月朦朦。莫是彩云来驻也，约略相同。许久不相逢，隔着帘栊，短墙已过落花风。便欲前来终未得，归去巫峰。

满江红九里松怀古

九里山前，松深处，尽是宋朝宫阙。繁华尽，百年一日，问天难说。剥落荒陵金碗出，迷离野黍铜驼没。可如何，回首又斜阳，应愁绝。古今事，如飞雪，歌舞地，空残月。问东南半壁,几多腥血[一]。剩水残山谁是主,卧狐驱马多时节。但西风,送尽浙江潮,无休歇。

校勘记

[一]"腥血",佚名抄本作"心血"。

念奴娇重游西郊有感

西郊闲步,晓漫漫,满眼春山烟雾。雨余溪畔苍苔滑,都被沙鸥踏破。柳带青颦,桃含红泪,可有流年住。碧莎芳草,曾怨王孙几度。 记得去岁寻春,墓田寒食,愁绝应无数。子规啼处山花落,寂寞朝朝暮暮。修竹闲廊,夕阳萧寺,肠断村前路。章台杨柳,随了东风乱舞。

卷四 杂文

广日喻

苏子《日喻》:南方多没人,日与水居,得水之道;北人生不识水,见大舟群然而恐,苟以南之言试之河,未有不溺者。曰:凡夫求道而不矜学[一]者,皆北方之学没者也。余往岁课徒霓山,其年河水涸,霓山人争没水而渔。及门吴、夏二生与焉,或群而逝[二],或旅而浮,持巨鲤以出,意殊自得。余问之曰:"夫没亦有道乎?"对曰:"有善没者,必善游,请从游始。""可得闻与?"曰:"手若攁之,足若踔之、趬之、趯之,毋或邀之,如是者能游。其攁也舒舒,其踔也与与,与波攸宜,斯以至乎。蛟鼍之渚,如是者能没。"又明年夏,与倪公晋、黄萃英、叶兰洲、诸葛桂涯饮南郊归，憩小新桥上，溪水清甚，倪与黄故善游者，因下浴焉。招予曰："来，若能否？"余忆二生所云，度是处水浅，脱不效，得倪、黄诸君俱，必不得死，欣然解衣下〔三〕，手足未及举，而身遽已颠矣。急起，顾岸上三四童子，谓曰："若其试之。"童子曰："如何？"予述二生语示之，且谓之曰："第下，吾属在，勿怖也。"童子下，如其言，若却而后，若跃而先〔四〕，飘飘乎与波相荡，若素习者之为，乐不知其然而然也。余乃悟曰："嗟乎！夫学之不可〔五〕不早也如是哉！而〔六〕所闻于苏子者，谓学之不可以已也。若二生之语予，固学之方也。"今以予与童子之事观之，学岂不以时乎哉？夫少时学焉者南人也，老而学焉者北人也，其为道也奚有焉！广《日喻》以示幼子炼。

校勘记

〔一〕"矜学"，误，郭抄本作"务学"，是。

〔二〕"逝"，郭抄本作"潜"。

〔三〕郭抄本"下"前有"甫"字，句读则应作"欣然解衣，甫下"。

〔四〕"先"，郭抄本作"前"，义长。

〔五〕郭抄本"可"后有"以"字。

〔六〕"而"，郭抄本作"向"。

李清苑枝谈集序

古硕儒巨公，类皆有传世大文，垂之不朽，间或发其绪余，寄诸笑谑，虽笔墨零落，而其所为不朽者自在也。余友丹崖李清苑，著书之暇辄成《枝谈集》，其间论古究今，愤时觉世，喜怒忧悲，谈嘲戏弄，罔不备具，得腐迁不传之秘〔一〕，皆绝调也。己丑仲夏，余过其案头，见而爱之，携归。每读数行，辄浮一大白，短檠荧荧，更阑无寐，中心怦如，涕笑并作，不知其体之颓乎而倦也。因念:是编出而禅喜卮言可无绝响,譬游名山福地,才入其境,培嵝坳室,便尔奇特,一草一木,都非人间,又况于穷昆仑,窥星海,而穿大小□〔二〕之空明者耶!抑余闻华山有回心坪,游至此,辄震栗不复上,上者须腰缠缘附而行,兹《集》则世之所视为〔三〕回心坪者非耶?然余终欲操长绳巨絙以俟。

校勘记

〔一〕郭抄本"得腐迁不传之秘"句前尚有"卷末复益以读史数则,则又独闢真诠,空诸常解"诸句。又句中之"腐迁",郭抄本作"腐史"。按"腐迁"谓司马迁,"腐史"指"《史记》",所指实一。

〔二〕据郭抄本是"有"字。

〔三〕"为",郭抄本作"于"。

雨山师印谱序

雕文镌石,小数也。然苟析其毫芒,穷其源委,而精微之理寓焉。以故岐阳之鼓,与夫峄山、会稽之刻石,人见之,未有不与汤盘、禹鼎〔一〕而并重者,惟其技之要于至也。新安人程耐庵,工图章,往岁客余家,持数枚遗余以别,余既以为至矣。今年春,晤雨山师于读书之别舍,雨山故名手也,因尽出以示之。雨山笑曰:"得之矣,然吾弗能为也。"翼日则袖一帙以来,语余曰:"是余所为者。"余乃得纵观其抚摹之精工,与其意态之闲放,乍似烟雨离迷,又如天日开朗,为孤僧,为野鹤,为丽女娇花,为轰雷瘴焰,尺幅中之〔二〕幻怪百出。以视耐庵所作,腐鼠饥鹰〔三〕,厌厌不振矣。盖至与不至之别也。雨山善病而学于佛,又好游。善病则其思幽,好游则其意远,学于佛则心通而能化。至哉技乎！想其踌躇满志，善刀而藏之，候诸佛、魔君、山崖、墟莽一一变现于手腕之间，芥子须弥，虽雨山亦有不知其然而然者，此其所以为至也欤？余宝是编，欲留焉，雨山不可，遂命尽易程〔四〕而还之。时己丑十月二十四日。

校勘记

〔一〕“汤盘、禹鼎”，郭抄本作“禹鼎、汤盘”。

〔二〕“中之”，郭抄本作“之中”，是。

〔三〕“饥鹰”，郭抄本作“饥婴”。

〔四〕郭抄本“程”后有“刻”字。按：底本脱刻字。

金清陈氏族谱序

陈为古有妫氏裔，由作宾备恪，庸元女，移齐祚〔一〕，离披于战国兵争之余，为后世得姓所由始，故陈于他族为盛。邑金清陈氏，初为仙居人。自其祖仁玉府君始居郡城，宋德祐间谢太后诏天下州郡降元，公劝权知州事王珏募义民死守，城陷，遁入海，隐黄岩之石塘〔二〕，传三世至处士寿山公，守义不仕元。会至顺时日本不通贡，遣阿剌罕〔三〕统舟师征之，遇飓风舟坏，弃师〔四〕平壶岛，大掠海上，边民震慑，处士公由是迁金清居焉。今之蕃然而炽者，皆托始于此。又五世而〔五〕得闲先生用名进士起家，历官蜀藩参议，明孝宗朝内侍李兴尝欲荐之，先生不可，卒以无内援罢归。其他为学博，为参军、簿、尉者犹复数人。而魁儒、隐德、雄伟、绝特之士，多至不可胜数，陈之先固亦有人矣〔六〕哉！夫古今之论人者，必首推节义。节义者，行己之大者也。虽有小夫贱人及尝身为无耻不肖之行者，闻人言忠义事，必群聚而竦听之，其所好者在此也。若其他虽有好者,必不能若此之爱而慕,慕而传也。管子曰:“四维不张,国乃灭亡。”由此言之,国之兴衰,关于节义之修与否,而况于家乎?今陈氏之先多以节义显,斯亦奇矣〔七〕。当宋之末造,天下顺风而靡,仁玉公挟斗大之空城以拒,违母后之命而抗强元数十万之师,事其有可为者哉?卒乃决然为之,义不返顾,延及其〔八〕子孙,尚有老死于海滨,矢田横之愤,而蹈鲁连之行,可不谓难焉者欤?参议公固尝贵于时矣,使其得稍委蛇,固亦不止于是也。而内失貂珰之援,外触绣衣之忌,幅巾扁舟,归其故里,视相如之于狗监为何如者耶!故家右族,其先世必有一一仗节守义〔九〕,与耿耿不可磨灭之事,非徒侈殷盛矜〔十〕名位而已。陈固东南著姓,而其先之炳炳者,复已若是〔十一〕,邑之人多未之知,而其于参议公亦止道其勋业之著〔十二〕,文章之美,虽其子若孙,犹或有不尽知其行者,余甚惑焉。今年为陈氏司谱事,得纵览其上世〔十三〕行事之实,与有明诸先辈之所撰论,疑其于此等不一为之表暴,是犹作史者徒循编年之例,袭夸世之词,而于所谓仗节死义、耿耿不可磨灭之事〔十四〕,反遗弃而掩敝之也,奚可哉?故于其谱之成,为备述以告焉。或后之人知所振起,且以明余之所推于陈氏者,不在彼而在此也。

校勘记

〔一〕“齐祚”,裴抄本作“周祚”。

〔二〕“隐黄岩之石塘”,裴抄本作“隐居黄之石塘”。

〔三〕“阿剌罕”,裴抄本作“阿利罕”。

〔四〕郭抄本“师”后有“于”字。

〔五〕郭抄本无“而”字。

〔六〕裴抄本无“矣”字。

〔七〕“矣”,郭抄本作“已”。

〔八〕郭抄本无“其”字。

〔九〕“一一仗节守义”之“一一”，裴抄本、郭抄本作“一二”；“守义”，郭抄本作“死义”。

〔十〕“矜”，郭抄本作“务”，似误。

〔十一〕郭抄本本句开头有“后”字。

〔十二〕“著”，郭抄本作“盛”。

〔十三〕“先世”，郭抄本作“上世”。

〔十四〕“之事”，郭抄本作“者”。

重修瞿氏族谱序

撮山瞿氏者，望族也。自五季以来，代有显人，载诸谱乘者，厘然可数。然而子姓益繁，记注失据，盖不能无岁久就湮之感焉。丙申之春，余读书于其祖祠之东偏。余，瞿甥也，舅氏汉九公命余曰：“尔其为我修之。”余曰：“家谱之作，巨典也，与国史等，且邑有荐绅先生，网罗典故，非其人莫任也。余小子，敢辞。”舅氏曰：“惟然，故惟汝宜，且吾甥也，其任无辞。”不获已，则再拜受谱而观之，悄乎以思，慨乎以叹，卒乃掩卷欷歔，悲而不能以自胜也。盖天下之物，罔弗爱其所生，而恶戕于其类，若天使之然也。草树之微，禽虫之蠢，犹将庇其根柯，萃其群丑，而况于人乎？况于人之同祖宗，联形气，而水源木本之爱，根于天性〔一〕之自然，发于人心之所不容自已者乎？今瞿氏之先，一人也，嗣是而什伯而千万，今且蔓延滋炽，杂然而不可以纪极，然而愈远则逾疏，愈繁则愈涣，可不悲耶！舅氏毅然欲修此谱，冀以联其疏而萃其涣，仁人孝子之用心，不当如是耶！抑余闻之秦康公渭阳之诗云：“我送舅氏，悠悠我思。”盖送舅〔二〕而念母之不见也。余生期年余，先慈即见背，岁时月吉之际，未尝不涕泣也。兹为按其谱系，溯其渊源，以吾〔三〕之生于瞿，而凡今之上而祖祢，下而子孙，纵横交错于版之上者，皆吾母之一气也，则以余小子之生于吾母，而凡今之殊其族氏，别其里居，纷纭扰攘，而以登于版之上者，亦犹之予小子之一气也。夫以予之废礼亡状，不为世齿，而犹惓惓不忘吾母以不忘瞿之人，若是则夫瞿之子若孙，异形同气之亲，一本无穷之爱，其所当为感慨呜咽，悲而不能以自胜者，当复奚似耶？嗟夫！观此者〔四〕，仁孝之思其亦可以油然而兴也已。若夫昭穆箕裘之传，创垂懿显〔五〕之烈，有明诸先生言之详矣，予小子不欲赘也。是为序。

校勘记

〔一〕“天性”，郭抄本作“天命”，似误。

〔二〕郭抄本“舅”前有“其”字，是。

〔三〕郭抄本“吾”作“吾母”，是。

〔四〕是句郭抄本作“观乎此者”，是。

〔五〕“懿显”，郭抄本作“显懿”。

蔡氏族谱序

吾邑山西蔡氏，其先河南人，宋嘉祐间有宦游于浙者，子孙遂家邑之南鉴。世易一传，年逾百祀，而似续寖微，箕裘靡振，逌翁府君起于孑如之躬，去之披云山之西居焉，山西蔡氏所为始也。嗣是之余，代著显懿，柯荣叶稠，莫之殚纪。其又盛者，抑或散处楚之江夏与吾台之乐邑、丹崖，岁时祀事，并有间关远道，持牢礼，具衣冠，拜于庑下者。胡昔衰而今盛也？意山川之灵别有钟欤？抑天之所兴固必迟之又久，愈远则愈炽欤？稽蔡氏之谱，作于前朝之初，后一再修于成、弘、隆、万〔一〕之世。粤在国朝，桃溪谢先生基甫尝大修之，意其极备。逮按其编年，考其纪行，率皆前贤剩藻，磨灭晦冥，乃谢所葺，缺焉靡覩，揆厥所由，缃帙未就，喆工告陨，爰及存者，飓风迅涛，复从而漂㴝漫漶之也。今年春，假馆于其宗祠之东偏，蔡之诸君子佥谋纂辑，俾余典司。余惟家之有谱，与国之史、郡邑之志乘等。顾史之为体，法严事核，非其元绩大憝，不登是列。郡邑之籍，视史綦详，犹必辨熏莸于诞播，察好恶所曹归，而后志之。而谱不然，耆硕之彦，髫龀之英，担爵崇卑之殊，植品良慝之别，咸得悉书，以成一家之典，然而昭明直道，暴扬风烈，一时垂褒刺之文，百代绎劝威〔二〕之旨，其义一也。故谱之失，侈攀附则源溷而流渐淆，工阿谀则实亡而名焉附？因陋简，蹈缺遗，则是非之通义斁，昭穆之定分乖。今取其谱阅之，原始肇于式微，序族杀而寖盛，其源清矣。潜德发其将湮，憸邪诛于已朽，其实著矣。独事越两朝，人更六代，耇老之所凋逝，风涛之所震荡，残缺之咎曷归，漏略之失滋甚，私窃憾焉。爰是网罗寸牍，搜讨旧编，间与诸君子摭拾于蠹腐之余，荟萃于濡烬之末，而复与其宗人之比栉而居，布棋而处者，人勤周爰之诹，户腾剥啄之响，参互散佚，商榷见闻，为之理绪以析其支，媲类以合其派，而后二者之失稍稍去矣。统观谱系，传世之永十六，历年之悠四百，先哲辟既衰之运，后贤符极盛之数，群萃弥征其繁滋，自他或卜其有耀，在昔为然，于今尤烈已。矧夫群公载酒，夙擅竞爽之称；众髦从游，聿致能文之誉。譬奇葩初茁于洛阳之园，朝曦始明于扶桑之野，仆尚得以二三十年后耄老之躯，操管而备书之，用广今兹之未逮也。

校勘记

〔一〕“隆万”,裴抄本作“正嘉”。按:隆万谓隆庆与万历,正嘉则指正德与嘉靖也。

〔二〕“威”似“戒”字之误。

凤山黄氏族谱序

盖闻国则有史,遗文永著丹书;家自为编,世牒相绳〔一〕绿字。式〔二〕观水木,用志本源;亦越河山,爰垂苗裔。在昔图谱掌于太史,固将备载百家;厥后姓氏定于贞观,抑且聿分九等。京兆韩家之志,眉山苏氏之编,罔不情以义生,爱由亲始。分左分右,序昭穆于千年;大宗小宗,联本支乎百世。凡皆一家之纪载,实为兆姓之楷模。自谱学不明,宗祧罔念,相煎何急!昔时尽是连根,肯顾伊谁;此际孰怜〔三〕同父,一姓而秦越分焉。觌面若河山〔四〕间之,乃兹浇漓,真当叹悼。吾邑凤山黄氏,裔出平田,派宗河洛。姓凡三易,久乃弥昌;居则五迁,终当益盛。演姬图八百祀,推自出之祖,维曰周文;迄昭代三千年,溯本生之宗,佥云蔡叔。数传瓜瓞,汉庭金紫之荣;奕叶螽麟,魏国银青之宠。迨晋室播迁召乱,值典午之偏安;维侍中明哲保身,厌华戎之杂处。循陈留而下,布帆浙水,五湖烟雨谁争;望台雁而来,茅屋丹崖,三岛楼台宛在。白山继徙,家传簪笏之香;小屿再迁,世沐诗书之泽。人文鹄立,曷可胜书;科第蝉联,莫能殚纪。夫何天道当百六之会;人事遭阳九之穷。西北之王气不行,东南之杀气〔五〕已兆。真龙尚潜于草昧,妖星初煽于海滨。元代君臣,祚移紫极;方家兄弟,乱起红巾。燕辞王谢之堂,驼卧荆榛之里〔六〕。高门插汉,尽赤千锋;乔木连云，旋灰一炬。然而逢时之难，李绩子竟覆其宗；邀天之灵，赵朔儿卒延其祀。抚遗孤之尚在，爰从母以均逃。全身出万死一生之奇，避地得依山滨海之胜。苍黄槐荫，知王裔之将兴；寂寞荻灰，卜欧宗之必大。蔡终黄始，绍往即以开来；父没子存，光前因而〔七〕裕后。初兆熊罴之瑞，自昔多人；重开阀阅之芳，于今十世。郑兰燕桂，代著清风；徐凤荀龙，人俱白璧。悉宜辑录，用示贻谋；不揣菲材，猥当重任。陈编委翳，搜罗及腐鼠之肠；残牍飘零，检点出蠹鱼之口。支疏派析，灿若列眉；源合流分，了如指掌。在考言征事，往多传信之文；或守缺抱残，间附阙疑之典。第其甲乙，藏诸后昆，重以缥缃，昭兹来祀。嗟乎！京实有后，何用冒托君谟？青自宜荣，不宜〔八〕遥追仁杰！峨峨望族，厥德之聿修；奕奕名宗，惟善以为宝。先民有作，遗后戒在。积金率祖攸行，持身拟于执玉。由家及国，必忠孝贻厥孙谋；自春徂秋，乃蒸尝衎其祖考。藟葛〔九〕思本根之庇，行苇重践履之伤。家尽和风，载歌萝茑；俗皆仁里，何论干糇。行见维耦十千，皆将以似而以续；斯年亿万，胡不寖炽而寖昌。聊述采菲之庸辞，敬告元宗〔十〕之来哲。

校勘记

〔一〕“绳”，郭抄本作“承”。

〔二〕“式”，郭抄本作“试”。

〔三〕“怜”，郭抄本作“如”。

〔四〕“河山”，郭抄本作“山川”。

〔五〕“杀气”，郭抄本作“杀机”，是。按：前句作“王气”，则此句不当再用“气”字。

〔六〕“里”，郭抄本作“野”，义长。

〔七〕“而”，郭抄本作“以”。

〔八〕“宜”，郭抄本作“必”。

〔九〕“藟葛”,郭抄本作“葛藟”。

〔十〕“元宗”,郭抄本作“亢宗”,是。

许氏族谱序

岁丁酉,援句读于龙山之僧舍,从余游者,盖十有一人,而许子某某尤嗜学。夏大暑,憩松阴下,询其家世里居,知为闾山许氏云。夫许,大岳之裔也。在春秋时为微国,为楚郑必争之地,后益凌迟,以至于亡。当是时,岂念其后之为何如哉!乃其子孙,或散在列国,历汉魏六朝,以及五季,代有显人,而吾邑闾山,亦岿然有许氏焉。盛衰之理,讵有常耶?明年,许子偕其叔某某君持家谱示余,余窃怪许氏之先始祖存逾府君,由闽之赤岸始迁吾邑,为乐清大尹,逮后世为刺史、为都谏者一,为邑宰者二,学博者五,固已称盛,与邑之巨族峙。而近代以来,势稍不振,以是人咸谓许氏之衰,而不知其有衰而复盛之日也。盖吾邑土隘而滨于海,当胜朝之季,寇艨出没者无虚日,率登岸剽割,厌苦居民,援剿之军第于近郊,张旗帜,鸣钲鼓,遥以示贼,令不得深入,坐是而贼愈炽。国初下迁遣之令,弃地勿居,比户灰于一炬,编氓离析,罔有孑遗,许族之衰也亦固其所。今天子御极之初年,即弛海禁,俾民得以次复业,于今五十有余岁矣。而其间氛祲不作,烽燧无惊,流亡者日以归,而生聚亦日以众,秀者敦诗书礼让之风,朴者垦土树木,以为子孙长养之计。其始也以盛而渐衰,继也因衰以寖盛,天道变而人事应焉,吾知许氏之族当必有勃然其兴者已。考旧谱,辑自同邑百岁翁谢先生,惜其耄而未就,余故重为编次,且述自许叔以来盛衰往复之故,以弁其端。某某君能文章,某某君重本而知向义，由是推之，夫许氏殆必兴者也，遂乐而书之。

书明四川参议得闲陈公传后

余乡先生得闲陈公绮，初为工曹郎，奉命巡视通州及济宁一带河道，比至，而河已决。涨秋，孝宗遣内监李兴、平江伯陈锐、副都御史刘大夏，并往修治。事既竣，李兴察知公能，欲与山东参政张缙并荐。公闻大骇，力辞，兴不可，乃以诚告都宪刘公，为白得释。兴疏入，张缙擢〔一〕通政使。天台庞先生泮为刑科给事中，语公曰："李内官荐章至，深惧执事与列，今不在，众论韪之。"公曰："吾受命视河，河决不能独理，重烦主上睿虑，委任重臣，获有成绩，予免于谴责幸矣，敢萌意外之望哉?"盖公不显言而自引咎如此。后出为四川松潘粮储参议。松潘在万山中，番苗杂处，极边难治。公廉明有威，远人慑服，有五年之储。巡抚嘉禾锺公列疏于朝，荐公可大任，而同事寖不悦。会钟公迁去，同事者嗾巡按论公，落职归。当公治河时，兴居内用事，孝庙方眷之，诸龌龊凡猥之士争欲出其门者，不可胜道，而兴独欲荐公，此岂以私哉？此时得稍委蛇，或佯示逊避，公为天上人固久矣，尚何间关梯栈之区，淹恤于毒烟瘴雾蛮陬夷徼无人之域，汹汹然而以侧群奸之目哉！昔齐伐鲁，获臧坚，使夙沙卫唁之〔二〕，且命勿死，坚谢曰："拜命之辱，抑君赐不终，姑以其刑臣礼于士。"抉伤而死。盖古之君子，有不惜其身之困，至流离颠踣，以死安焉而不悔者，诚见夫其身之可爱，而以出于奴仆熏腐之门为可羞也。公少孤而贫，尝僦泮宫舍〔三〕以居，读书其中，以圣贤为己责，既登甲科，连任中外，卓然有所树立，卒以触忤权珰，不竟所用。尝自言曰："吾生平无他才能,惟务诚实,上不欺朝廷官长,下不欺僚属百姓,非义不苟取,非礼不妄动,如是而已。”公既归,敝庐萧然,茹粝衣粗,士大夫多赋诗相赠,谢文肃公尤推重,与之深交。思昔吾乡多君子,岂其时为之耶?抑所以致是者,固有道也?读公《传》,心窃慕之,复不禁世变之感,为书此以跋。悲夫!后之览者,将毋嗤公为迂,而并以予之说为不识务者也。何〔四〕可胜道哉!

校勘记

〔一〕裴抄本“擢”后有“为”字。

〔二〕郭抄本此句之前尚有“齐君爱其贤”句。

〔三〕郭抄本“舍”前尚有“空”字,是。

〔四〕“何”,郭抄本作“人”。

海上异闻记

往岁客霓山书舍,霓山人吴君奉,为余言其地有业入海采紫菜者,所见甚怪。明年再过其处,君奉死,故忘其名姓〔一〕焉。霓山濒海〔二〕,海中有山岩,罅间产紫菜、鸿毛、鹿角、鸡爪之属,采者候潮落循南岸下,则水涸而成涂,便可抵山,旁三面皆大洋也。其人往常业此。忽一日,行涂上水无潮自溢,旁有小山,趋避之,水漫其足;再上,没其腰;既升,灭其顶。顶上有树,缘之而登,自午及旰,疲甚,解腰间所携囊自缚枝巅。忽天色黑,弥望皆黮云雹雾,飚飚刺肌骨。风定渐霁,五色之彩自波间起,水际浮丽女子一,艳冶不可举似,妆束大率类楮间所绘宫嫔舞女状,容与将翔,与波上下。忽大浪十余条,从洋面分屯来,远者或数百里,近者百余里,皆如连冈迭峡,滚滚而汇，若将啮丽女子。丽女子因其势伏突怒杀，矫如翩如，了不为意。忽沉不见，大浪散解〔三〕无踪。天复暗，雾复四塞〔四〕。已复明，丽女子复出，大浪复滚滚至，丽女子复不见。如是者三。其人始而恐，继而骇，卒乃大喜过望，忘其体之饥且疲也。候朝曦升，早潮退，取路以归，归而恍惚失神者弥月。君奉曰："必珠妖也。大浪，龙也。龙欲争珠而为戏也。"余未之信，然余尝闻海上渔人言："大洋中往往东京城见。"询其状，窃意为蜃楼海市之属，渔者不晓而妄云然耳。君奉之说未云诞〔五〕也。吾邑人数〔六〕出没海上，而大海固多幻怪〔七〕，余思一从捕鱼者往，倘得观所谓东京城者。曰："是未可必得也。"

校勘记

〔一〕"名姓"，郭抄本作"姓名"。

〔二〕郭抄本"濒海"前有"地"字。

〔三〕"散解"，郭抄本作"解散"。

〔四〕"雾复四塞"，郭抄本作"云雾风复四塞"。

〔五〕"诞"，郭抄本作"妄"。

〔六〕"数"，郭抄本作"类"。

〔七〕"幻怪"，郭抄本作"怪幻"。

于氏书院记

古之世，自王宫国都以及党塾闾巷，莫不有学，束发受书之众，皆有其地以处之，故人材得所成就。降而后世，乡学、国学而外无闻焉。于是乎书院之教兴，要其兴贤育才，长养造就之法，犹夫古也。吾邑与黄接壤，而路桥实界居其中，为两县击柝相闻之地，地广而人众，奇尤异敏之英，后先辈出，咸裹粮负笈、间关远道求良师友而托处焉，盖是时书院之制阙如也。

于君德先，有道君子也，复雄于赀，往岁游京师，谒太学，归稍仿其规制，购善地创为书院数楹，以处其宗人与其乡〔一〕之士大夫来学者。当夫诸峰环峙，曲水互映，娇花茁于前楹〔二〕，好鸟鸣于后苑，于斯时也，展帙操觚，意有所得，皆足以穷视听之观〔三〕，而极俯仰不齐之事，信可美也。且夫昔之有教也，权操于上之人，而遍及于天下之大，故其制久而不敝。今则不然，道行自下而散在一方，其卑者既不足与诗书之泽，而奇杰有造之徒，又或蹈常就陋漠焉，不思创制之心，而求以副其兴道觉民之意，聚散无时，而成毁有数，则夫今之焕然者安在？其能久存也？余故为文记之，以遗其诸君子，并以告教后之人，俾得以时葺新，意必有乐善慕义、负大力若于君其人者，而其道大行，其传寖广，于君之德愈远而愈不朽矣。余老且贱，无能为役，尚且买舟叩庐，与〔四〕其诸君子游，以歌吟于君之德，其不远矣夫！

校勘记

〔一〕郭抄本“乡”前有“邻”字。

〔二〕“楹”，郭抄本作“檐”。

〔三〕“观”，郭抄本作“娱”。

〔四〕郭抄本“与”前有“以”字。

偃　竹　记〔一〕

淇园结绿，尝传卫武之诗；衡浦森寒，曾寄湘娥之泪。南山之云一涡；渭水之风千亩。浓阴积〔二〕翠，傍秋壑以依迷；薄蔼流青，入清波而淡荡。固宜拂长烟于碧落，胡乃委薄植于穷檐？夕阳流水去，难沾雨露之恩；落月小亭空，不作龙蛇之舞。

战飙何力，等砌草之芊芊；拂槛无声，共阶苔而寂寂。飞鸟过兮罢栖；游人来兮绝赏。公主不以为箫，遂使秦楼凤去；婕妤难将作扇，致令长信风微。员丘帝子之舟，不胜其任；青城仙人之榻，无所取材。上苑甘蕉，冤遭其劾〔三〕；西湖梅树，羞与为朋。特其劲节犹存，虚心有素。埋头牖下，不为顾影之怜；高卧窗前，愿以守贞自老。笑春日浓桃艳李，屈而不伸，是谓君子固穷；伴岁寒翠柏苍松，老当益壮，始信故人无恙。亭亭浅绿，王子猷一日不可无；落落孤青，陶渊明三径之尚在。虽不得学士为楼，挹黄冈十年烟雨；犹堪入太守之画，扫筼筜万尺寒梢。嗟乎！碧玉蒙尘，青琅埋土。珠帘不卷，叹栖凤其何年；绣幙长垂，悲化龙之无日！临风多恨，能无箨落之悲；对景赠言，用代竹枝之怨。

校勘记

〔一〕裴抄本、郭抄本抄本《偃竹记》题下有云："丙子春，余读书龙山僧舍，见廊庑下偃竹数株，不胜杨柳江潭之思，偶笔以志感"数语。

〔二〕"积"，郭抄本作"绩"。

〔三〕"劾"，郭抄本作"刻"。

诸葛桂涯小传

桂涯名恭纲，字叙三，诸葛氏，补国子博士，更名洭，桂涯其别号也。佚荡不自敛饬，喜音而善，每燕必拍案歌，饮可斗许，或坐有贵公耆长，执礼不得出声，视之已鼾鼾睡熟矣。与余交甚厚，忘形骸。有召桂涯饮者，强与俱赴，不可，则拉之以行，冀得和其歌也。或召余饮，桂涯尾而一本无"尾而"二字偕至其处，淋漓酣饮〔一〕，旁若无人。冬夜饮庄氏林亭，漏三下，寒甚，开户雪厚一尺余，四邻无声，犬上阶而卧。桂涯取布囊画为虎头形蒙其首，解所衣裘反着之，令毛向外，手足踞地，作猛虎跳而噬犬。犬骇，群沸且嗥，逐之皆乱奔，众为大笑绝倒。每酒酣离席，且歌且舞，效梨园弟子演剧状，然极类。又尝从优人乞衫巾，挟其少而姣者，与习范少伯泛湖故事，而一目瞽，睛突出色白，众皆哗曰："佳西子安用此盲大夫也?"复大笑居常。工摹形追声，自方言鄙语以至瓯闽楚粤象寄译鞮之音，罔不通；为腐儒、丑奴、憨仆、暴隶、怯卒、村氓、市侩、醉汉、病僧、饿丐之状，罔不肖。然喜呰詈〔二〕人以为笑乐，诸宗族交知耄稚男女靡不骂者，虽以余之交且厚，卒亦莫能免也。然一出口便不省〔三〕记，人亦不甚怪之。客有厌其歌者，携壶与榼，就西郊外溪上饮，余亦与，忽闻柳阴外人行声，或曰："桂涯至矣。"或曰："吾辈第自饮，勿与爵。"至则骂曰："咄！胡避之深也，然而求〔四〕之巧也。"顾席上缺杯及箸，因掏袖中出杯一箸二，顾曰："公等其奈何?"因复大笑与饮，饮复歌。余尝教以作诗，诗成，正于余，曰"得"则大喜，持稿遍索城内外诸能诗者使和，或能而有劣名者请和，勿许，曰："吾诗非若辈所可仿佛也。"曰"不得"则裂而弃之。家世精医，桂涯尤通神，奴视诸医。或呼与饮，虽有富人豪家持银币而请者，拒不纳，家用是益困。所狎邻妇陶，陶夫亡遂归焉。然畏内，别僦屋以居。陶尤悍难制，阴遣人侦桂涯处家中作何状，食饮器服必均，稍不称，从而揶揄之。桂涯尝祀神于家，陶欲效之，因市物为祀，指桂涯曰："拜。"拜竟，恚曰："尔家拜以八，而我以四，卑我也。"因复拜。尝顿足曰："陶娘可杀也。"壬辰，参军韩公奉上檄以催征至，桂涯与余尝与博〔五〕，五月某夕，桂涯约余往，余适以他事辞，桂涯亦不去，是夕暴卒，年四十八。嫂杨有子曰懿褧，后桂涯三岁死，嫂嫁；陶娘不嫁，有一子懿襄延其祀。论曰：余与桂涯友善，桂涯狂歌叫呼，嘲笑谐谑，未尝一日而不乐也。向令不乐，桂涯殆必死也。余幸不死，而为乐非复桂涯时矣。向之乐，乐桂涯乐也。

校勘记

〔一〕“酣饮”，郭抄本作“酣歌”。

〔二〕“詈”，郭抄本作“骂”。

〔三〕郭抄本“省”前有“复”字。

〔四〕“求”，郭抄本作“来”。

〔五〕郭抄本“博”前有“饮”字。

蔡东木先生行状

先生余同年友也，讳梦兆，字汝栋，一字东木，出山西蔡氏。生而凝重，鲜华伪。少时读书塾间，群儿竞为戏弄，先生独执经危坐，儿或侮之〔一〕，弗顾也。比长，为文章厌制举剽窃之习，务寻根柢，究心性理儒先诸书，若有所得，故其文湛深浑朴，不事雕绘，一归于明圣贤之正旨，穷物理之大原而止。然屡试皆弗售。或劝以从〔二〕业，不应。岁己巳，学使蓉湖公行部至台，始奇其文而首选焉。与余同受知，时先生年六十一岁矣。太安人尚存，语余曰：“我六旬老子，博一幅头巾蓝衫，诚可笑也。然以吾母苦节数十年，视吾厄童子试者屡矣，今得藉此区区者，返而上堂，效老莱子修戏彩故事，吾母将无开颜动色耶！”盖先生纯孝敦笃，须臾不忘其亲类如此。处家严而有法，事无细大，必以道义为防检，不妄言笑，不苟取与〔三〕，训子授徒，必循规矩，不徒以辞华帖括为务。令嗣炳南君，获成醇儒,而诸门从游之士,经其讲解指授者,咸蔚然有声胶庠间。或劝以应举,笑而不答,语余曰:“科举一道,不可以语真人品。昔陆子讲学白鹿洞,至《君子喻于义》一章,痛陈近世制举之失,闻者流涕。吾岂能以白头老妇忽复施朱涂粉,沿门求少年以嫁哉?吾终吾事而已〔四〕。”年六十八以疾卒。先生貌古而学邃,为时俗所不喜,然后进儇浅之夫,犹或惮而尊之,为文多可传,藏于家。今年余假馆山西书院,晤炳南〔五〕,述先生所尝语余者,怅然〔六〕悲怀,炳南书〔七〕之载诸谱。雍正元年八月朔〔八〕。

校勘记

〔一〕“儿或侮之”,郭抄本作“儿或从而侮”。

〔二〕“从”,郭抄本作“徙”,是。

〔三〕“与”,郭抄本作“予”。

〔四〕郭抄本“而已”前有“焉”字。

〔五〕郭抄本“南”后有“君”字。

〔六〕“怅然”,郭抄本作“怆然”。

〔七〕郭抄本“书”前有“命”字。

〔八〕郭抄本“朔”后有“日”字。

与陈国载书

八月十日,有事于先师,弟自馆往襄事。以思兄甚,订〔一〕此际必得一会,已不获,于稠人中呼维张叩焉,知尊体犹未可。是日复于铁场道上面长公,询疾状,始得具悉。色然而惊,惊定而继之以大恐也。吾兄之疾,当由劳力,实则以热中基之。思尊躯虽素清臞,然曩与弟辈共苦均劳,尽能支持一本加“消受”二字,何遽致疾不可救疗?第兄才大而遇蹇,方寸间有不能廓然者耳，殆致疾之本也。兄试想入闱时肯不作必售之念否？揭晓报录时肯不张目侧耳、心摇摇如不得宁否？落卷至时不扼腕否？凡此，情之必有者也。必有而疾根作矣，况复甚之以劳且苦耶！今年春，兄去就试，弟初未得知，张端庵回，道兄惫疲委顿状，且羡弟以为能知几。夫此非可以知几云也，安于命耳。弟齿虽始衰，气犹壮，所以不往者，非畏疾也。家有十五人，非妇女则众稚之不堪事者，弟一不在，便无所得食，计莫〔二〕及此，畴昔之心尽矣，其奚以往？苏长公论董传得官与有妻，生人之常理，自传得之则为非常之福，恐不能胜。方灵皋先生云："世间一切刀兵水火、盗贼疾病、贫穷夭折、不祥之事毕集于文人之身。"弟虽不得为文人，然而"贫穷"二字，老苍所注定，确乎不移，所幸者独少病未及死耳，尚安有意外之获哉？万一有之，彼又岂不能以他事颠倒磨灭之，若坡翁所云也。是用绝意场屋，有来劝者，概以膜外置之。由信命者深，匪直知难已也。吾兄比年来颇不谓贫，只此已为冥冥者所忌，而更焦心疲力，为揣摩科举之学，是其忌益甚，所谓疾者，独何为而不作也？大抵吾辈偶一动止，即有鬼物从旁伺之，故同一劳苦也，在弟为中其所喜，兄为犯其所怒。何者？弟所苦者饥寒踣顿，朝夕补苴经营之务，彼深欲其如是者而已。如是便释然无辞，谓吾于此子亦足矣。兄之所苦不然，揣摩之习，科举之为，此于意当云何？是殆欲求遇合也。脱或合焉，是世俗所谓富贵人者也，即乌得而不怒？而于是魔君随之，竖子攻之，幽忧之疾，躁决之患，杂然而并至矣。兄以为善〔三〕乎否也？且此事非可急疾期也，《诗》曰："告尔谆谆，听我藐藐。"我自欲急，彼奚急之有？又况闱中万余人者，孰是其不急者哉！即谓高才者必遇，自古及今不遇者何限？且以吾浙称才薮，其间瑰奇能文之士,兄知有几人也?又近而吾台,记〔四〕夙昔所推为能文者,心目中类亦不少;更近而吾邑,虽僻陋,如某某者,亦名士也,若此辈者,能一〔五〕一必遇哉?将不能也。而能〔六〕者又或不在是列,今科吾浙魁墨,兄曾见否?元作极冠冕,然间有未切当处。魁文数〔七〕以摹古胜场,乃摹古而不句从字顺,鄙意窃所未安,《庸》、《孟》题尤不称。至吾郡棠木先生号为宿学,只首艺差新劲峻洁;宗卿亦负盛名,其墨卷要止到得平熟境际。以此获隽,未始不可,脱以此杂置棠木、宗卿《集》中,谓惟此独高绝,固群然而莫之信也。微论众人不信,令二公思之亦或未必自信也。闻棠木发解后甚不喜己文,求观者谢勿与,果尔则真不信矣。由此言之,或遇或不遇,有数存焉于其间也。故愿吾兄涤荡烦胸,破除锢习,一惟义命是安,令行坐之际,泊焉若无营;睡梦之间,浩乎而自得。意必有浤然汗出,霍然病已者。惟吾兄少听纳焉。弟受困已深,而信命尤笃,非但今次不往而已。容日遇兄面谈,珍重不悉。

校勘记

〔一〕“订”,郭抄本作“计”,是。

〔二〕“莫”,郭抄本作“算”,义长。

〔三〕“善”,郭抄本作“然”,义长。

〔四〕“记”,郭抄本作“计”。

〔五〕郭抄本“一”前有“必”字。

〔六〕郭抄本“能”前有“其”字。

〔七〕“数”,郭抄本作“类”。

戏拟嫦娥遗邱郎书

邱郎足下:自一气初分,两仪以奠,朝游东荒之野,色映瑶台;暮横西极之滨,光浮银海。扬彩轩宫而共照,增华台室以同辉。天柱峰头,正类班姬纨扇;潇湘波上,恰如西子菱花。方谓桂影扶疏,未免吴君之伐;岂料冰轮漂渺,遂来邱子之求。妾广寒少妇,玉宇仙姿,虽孤枕寒灯,尝破愁中滋味,而翔鸾舞鹤,占尽天上风流。西风飘桂子之香,琼楼十二;夜雨奏霓裳之曲,粉黛三千。列宿如珠,孰韬清质;长河似带,不掩澄辉。李白当年,空葬三生于鱼腹;明皇秋夜,徒劳双履于虹桥。不意忽发狂言,时惊幽梦。谈欺流水,几同宋玉之狂;笔引崩云,欲买素娥之笑。念妾何如巫女,敢荐云雨于襄王;岂是湘妃,胡赠佩珰于交甫。发高吟于席上,爱竟虚投;领逸韵于花间,人非其偶。伏愿上士,自持以礼,勿夸逐日之能;不及于邪,漫学捕风之技。机头织女,剪成绿罗之花;月下老人,检就红丝之谱。凌风直上,行看鹏翼扫长空;夺锦先登,试听马蹄骄上苑。若无张骞犯斗之槎,漫效庾亮登楼之技〔一〕。

校勘记

〔一〕“技”,裴抄本、郭抄本作“爱”。

代征会文启

伏以盛世重抡才,翘望观摩于丽泽;高门推拔萃,久怀攻错于他山。铅椠欢腾,丹黄念切,恭惟学山峰秀,笔海澜清。倾白堕以谈文,字字珠圆玉润;辟绛纱而就傅,人人虎变龙蒸。擅探书石室之奇,早已声驰艺圃;蕴射策金门之气,行看名动皇衢。凡此英华,均堪矜式。某等技逊雕虫,才惭窥豹,思问奇而未遇,徒赋停云;幸击柝之相闻,欣怀立雪。况三春花柳,实乃天假文章;且四座宾朋,自合人寻乐事。煎园葵以待旦,开山阁以延英。预订文期，愿责临于十五；敢攀大驾，看礼乐之三千。据棐几而操觚，分冰瓯而涤砚。三条蜡炬，愧我辈捻断髭须；十幅蛮笺，羡诸君吞来山岳。伏望文旆早临，星軿夙驾。挥成珠玉，慰就正于雷门；扫尽风云，快取裁于匠石。勉效尘羹土饭，且尔抛砖；聊借绣口锦心，用酬学步。敬邀同志，均冀来思。

上吴学台请旌林节母呈

窃新进儒童林雨绿母张氏，乃已故生员镇之妻也。昔岁从夫，夙娴弋雁鸣鸡之训；逾年丧偶，旋抱离鸾别鹄之悲。抚黄口之遗孤，一身如寄；矢白头之信誓，九死不移。乃荼苦之堪怜，惟冰清而交励。辟纻达旦，空房夜夜有啼乌；断臂铭心，深巷朝朝无吠犬。虽女子而存丈夫之气，且严师实出慈母之门。画荻三冬，满地飞灰乍冷；丸熊午夜，一庭篝火初红。凡此风徽，均堪矜式，恭遇文章宗匠，风教主持。念孤幼之茕茕，幸预参苓之选；怀幽贞而耿耿，冀扬冰玉之辉。伏愿锡之标额，重以品题。只字挟华衮以俱荣，片言等金石之不朽。匪惟草茅贱士，欣瞻日华云烂之光；抑亦泉壤幽魂，永图结草衔环之报。

补 遗

五言古体三首

课 儿

汝父幼废学，而性更疏狂。嗟尔乃肖父，两者称擅场。性狂众所弃，学旷古尤伤。但令读书多，即是治性方。尔父胡可肖，肖父非为祥〔一〕。在昔彭泽子，梨栗恣抢攘。亦有眉山儿，过目辄不忘。苏家儿隽异，宁望汝颉颃。陶家儿小弱，惟汝较壮强。汝父当汝年，顽劣异寻常。少有风木悲，失教成无良。老大颇知学，抱卷每徬皇。官司呼不息，儿女啼成行。营营保旦暮，末由工文章。甕头无半粒，汝爱食兼粮。机上无一丝，汝喜着〔二〕完裳。术者谓汝父，命薄当早殇。兹言固未信，汝曹宜自商。人寿能几何，况过数十霜。待汝知学时，百端已茫茫。何如及父存，少饭勤青缃。努力复努力，莫谓来者长。（录自裴抄本，又见郭抄本。）

校勘记

〔一〕郭抄脱“尔父胡可肖，肖父非为祥”句。

〔二〕“着”，郭抄本作“穿”

天台道上松

群松瞰江立,声与寒风俱。谡谡发天籁,油油生清虚。繁阴将密叶,中有仙人庐。采苓松树根,辟谷千年余。轻身事飘举,悦性忘饥疲。会须毕婚嫁,还来此中居。(见郭抄本)

奉征恭颂万寿南巡

鸾辂乘春驾,龙旂向晓开。晴光新焕烂,阳气近昭回。鲁郡琱箱合,扬州翠羽来。传呵无虎豹,侍从有邹枚。泽国澜初息,桑田雨正催。时巡移北海,望幸遍南垓。草绿迎舆下,潮青送舰回。方临吴子国,更驻越王台。集镐轻周燕,歌汾薄汉才。嵩呼连海峤,华祝自蓬莱。天值齐年节,人称万寿杯。舜琴调玉柱,尧酒泛金醅。日丽宸襟洽,云披睿藻裁。缘知非玩物,共喜效越陪。(见佚名抄本。按:佚名抄本误置于五律中)

七律六首

洪若瞻以哭偶诗见示感而赋此

看题诗句泪沾裳,谁令青蛾死为郎?化石望来应有恨,成灰飞去已无香。

闲园堕粉逢寒食,孤冢啼红正夕阳。可惜十年妆阁梦,只今空说系情长。(见裴抄本)

有劝予北行者

乾坤漭荡去焉之〔一〕，况复儒冠值数奇！除却吾庐无住处，何因世路有通时。

仲宣牢落依刘晚，季子逡巡向洛迟。燕市骅骝闻似蚁，金台万古使人愁。（录自裴抄本，又见郭抄本。）

校勘记

〔一〕“焉之”，郭抄本作“何之”。

海门观潮徐中尊季试

百川归宿恣鲸吞，万叠寒潮涨远痕。出没东西双日月，浮沉今古半乾坤。

玉山卷雨当空现，白马乘风向晚奔。此地凭虚堪纵目，探奇应悔上龙门。（见裴抄本）

哭陈文调表叔

谁与风尘说市屠，半生遗事自高孤。更无一语愁田舍，便有千金赠酒庐。

青眼论交真拙计，白冠送别是穷途。荒坟日暮悲风起，怅望平原秋草枯。（见裴抄本）

哭王妪

布褐十年愁寄迹,寂寥无地不天涯。吹竽漫拟投时好,看剑应须起壮怀。

一饭到今惭国士,千金自古报裙钗。侠魂黯黯知何处,无数哀猿下断崖。(见裴抄本)

岁暮即事

北风猎猎起平沙,几逐征人老岁怀。霜落坂桥传虎迹,月明林莽宿山家。

穷途拚饮愁难破,久客当归日易斜。不道于疏还自误,梦中又忆看梅花。(见裴抄本)

七言绝句五题九首

山阴舟中二首

乱鸥如雪掠船低,细荇和烟着水齐。睡足不知帆影疾,随风暗度越城西。

蝉声如雨噪斜阳,云暗萧山路转长。为语同舟莫轻别,明朝携我过钱塘。(见裴抄本)

西湖三首

镜里残荷晚更开，中流箫鼓见楼台。舟人指点湖心寺，曾驻鸾舆几夜来。

南峰翠色北峰晴，晚树阴浓入水平。欲向柳亭深处泊，秋风暗转棹歌声。

平湖烟霭晚悠悠，客里携尊一破愁。更恐夜阑人易散，醉看灯火六桥头。（见裴抄本）

壬午秋试下第归道经斑竹次迎仙庵

驿馆重云去欲赊，况逢秋半倍思家。故园朋友应相忆，好趁重阳看菊花。（见裴抄本）

经海上人家二首

海上葑田半不耕，晴春三月少人行。炊烟日晚犹萧索，前路先闻击柝[一]声。

满目墟烟总寂寥，居民争汲晚来潮。辘沙辛苦输王赋，休羡吾邦煮海饶。（见裴抄本。）

校勘记

〔一〕“柝”，裴抄本误抄作“析”，今改。

闺　怨

新病恹恹入画图，晚凉亭馆睡模糊。寒衣欲换罗衣薄，羞遣邻家少妇扶。(见裴抄本)

赋八篇

雪窗赋

余家书屋一区，四壁尽脱，缓急不能具[一]，遂刳巨竹易之。周围编为明窗，糊以白纸，夜大雪降，推被晓起，乃如在璇台瑶圃间，信可乐也。感而有词，略用自遣。

若夫积阴固藏，严寒缭戾；黄沙漭苍，玄云叆叇。微霰先零，密雪徐霭；霙霙雱雱，霁霁霈霈。尔其照琼宫而一色，过玉宇以生寒。若杯银而带缟，亦圭方而璧圆。时则白社散民，玉川弃老；素友不逢，冰心独抱。纸帐凄其无尘，竹簟凉而愈缟[二]。仙仙乎孰与夫羲皇者为徒，酣酣乎吾将以遨乎华胥之岛。已而银箭催明，霜钟送曙；俨脱迹于嚣埃[三]，倏呈身乎晶宇。顾澄晖而乐之，抱清赏而谁语？曰：噫吁嘻！斯何为者耶？亦何异于水仙之祠，与琼胎之府者矣！于是奋皎腕，豁明眸；簪月华之冠，披鹤氅之裘。膝横素琴，手涤冰瓯；撷瑶芳而容与，吸湛露之夷犹。现三珠之树杪，上群玉之山头；隐映佩璐之赏，迷漫弄珠之游。遂有陋室清虚，洞房浏丽，其色晶莹，其章白贲。床涵白玉之辉，剑吐白虹之气；甕浮白堕之香，铛试白团之味。当夫山名姑射，水号银潢，无天是夜，有月长光；

会真仙之鹤盖，餐云母之琼浆。游玉清兮朝九皇，乘白云兮怀帝乡；嫦娥之衣熠熠，鲛客之泪汤汤；奚[四]尘襟之渺忽，窥璇圃以翱翔。乃若雾阁亭亭，鹤轩小小；月馆微微，梅庄了了；东风柳絮之园，寒食梨花之沼，倚红杏兮玉楼寒，盼青骢兮珠箔晓；孰如至真乐地；无碍蘧庐。悟余生[五]之幻化，有天造之画图。羌蝉蜕而尸解，共水镜与冰壶；愿乘化以纵荡，坐息心而踟蹰。翳瑞雪之乍零，信兹窗之为宜。辞曰：雨西飞兮摧西窗，风东来兮破东壁。天乎有此奇乎，则安得年年江南雪三尺也！又曰：苍髯皓首兮，慨当以歌。白日冉冉兮向西徂，玉人不来知奈何！噫！玉人不来兮吾将奈何！（录自郭抄本，又见佚名抄本。）

校勘记

〔一〕“缓急不能具”，佚名抄本作“缓急不能备具”。

〔二〕“缟”，佚名抄本作“皓”。

〔三〕“埃”，佚名抄本作“尘”。

〔四〕“奚”，佚名抄本作“看”。

〔五〕“余生”，佚名抄本作“生平”。

鹤在林赋

《白华之什》曰：“有鹙在梁，有鹤在林。”鹙饱而鹤饥矣。屡空夫子，生有奇穷，晚愈遘困，居常自外入户。聆号饥之音，啁啁然矣。取诸风人之旨，绎夫固穷之义，藉斯毫楮，抒彼胸臆，有余致者矣。其辞曰：

伟仙禽之灵异，同羽族而在阴；引高吭以嘹唳，振修翮以寻幽。矢戾天之遐想，扬渐逵之清音；抟扶摇而未得，终返息乎故林。尔其偃仰条柯,缠绵牖户;独游坡〔一〕田,永谢云路。行与世以无求,终吾生以若素;倘藻质之不亏,彼戈人其何慕。乃至积阴司令,短晷催年;淫潦漫野,朔吹塞天,稻粱藏于高廪;秉穗绝于中田;雁呖呖以叫浦,乌哑哑以啼烟。但见群动屏息以萧飒,众雏索食以啁哳;天庾迥矣鼠焉肥,豆羹蹴尔吾其乏。于是悄然以思,慨然以叹,心怦怦而不能以自恝也。将欲辞高柯,下深溪,从鰋鲢,逐凫鹥,馋鼋饥蛟之与群兮,我不可以居也。欲饫咄啐,酣嗟来;出墦间,乞祭余。我生不有命在天兮,亦何为是栖栖也? 则有鸮鸟贪饕,鹰鹯善击;攒腐鼠而群噉,攫孱鸠于一息。过〔二〕而笑之曰:"嘻! 亦惫矣。顾安所得食哉?"往应之曰:"已夫固知其不得也。虽然,吾亦足矣。且吾亦焉用此搏鸷之为〔三〕甘,与溃败之腐肉?"言已,顾谓众雏:鉴我心曲,我闻曰:'死亦甚微,生不可辱。'我惟陋乘轩于国君之廷,而以往从高隐于处士之麓。"(录自郭抄本,又见佚名抄本。)

校勘记

〔一〕"坡",佚名抄本作"坂"。

〔二〕"过",佚名抄本作"顾"。

〔三〕"为",佚名抄本作"馀"。

戏羊赋

二月初吉,有事于先师。豫日,有司例行省牲礼,集屠者凡若干人,豕如干口,羊如干头,置刃、几、盘、敦诸器各如数,俟有司至,则毕宰而告焉。余视群羊之戏于旁也,哀而赋曰:

繄细肋之纯牺,曰长髯之主簿;茁尔毫以斯柔,奋厥角之孔武，惧搤吭于屠门，惨剥肤于鼎俎；罔战战于非辜，翻仙仙而起舞。或蹲而后，或趯而前；乍啮其足，倏跨在肩。蹈刃无畏，触锋若恬；物固蠢尔，亶乎其然。当夫大礼攸举，肃雍显相；继壶濯而告充，执鸾刀以相向。恣剧欢于此间，汝〔一〕何生其在上？嗟尔命之须臾，怆余怀以万状！岂勇士之轻生，甘鼎镬而如饴；抑仁人之致身，乃视死而如归。独惆怅以三叹，爰览物而〔二〕兴思；吾不惜子之濒于死，而以哀子之罔所知。且夫智者见几，愚者忘害；乐祸为安，之死靡悔。刃皑皑以攒肌，锋棱棱而在背；等冥顽以不灵，亦奚憾乎异类。是以君子睹而弗喜，盛王视之如伤；触奸〔三〕网以怛悼，咸入井而彷徨。咨损膳于鼎相〔四〕，诏弛县于奉常；燕翾翾〔五〕以栖幕，雀咮咮以萃堂。信不知与不识，奚胥虐而胥戕；噫！今之为吏者众矣，盍亦念广额之以屠而成佛，慎毋〔六〕若宁成之以狼而牧羊也。（录自郭抄本，又见佚名抄本。）

校勘记

〔一〕“汝”，佚名抄本作“诲”。

〔二〕“而”，佚名抄本作“以”。

〔三〕“奸”，佚名抄本作“扞”。

〔四〕“相”，佚名抄本作“烹”。

〔五〕“翾翾”，佚名抄本作“翻翻”。

〔六〕“毋”，佚名抄本作“勿”。

客窗坐雨赋

雨打窗以〔一〕淅淅兮，黯余志之不舒；久于此非余乐兮，余有怀乎故庐。方儵儵其来于此地兮，迫不得以归，羁穷连蹇而窈纠兮，方何为期。此邦之人非不可与处兮，心惝恍而独悲。

矧惟阴雨淹其弥漫兮,风浏浏其在帷;布衾拥而如铁兮,见青苔之生余衣。山鬼夜号于户外兮,朝有哀猿之悲啼。缅少壮之不立兮,虽已往而曷追;白发忽冉冉其将暮兮,嗟余去此其奚为。缪悠轇轕,纷不可以诘兮,固实命之弗如。十口胥其为余略兮,徒告予以苦饥。大人志不在温饱兮,奚一箪而亦云微。拟委瘠于沟壑兮,余兹不庇其躯。余念一丘之为适兮,讵所志其诚卑;造化旷其无垠兮,乃亦不畀予区区。万物熙熙有以自乐兮,我独于罹;坐终夕而不寐兮,匪雨其愁予。碎余砚而毁余笔兮,亦孰知予之欷歔!(录自郭抄本,又见佚名抄本。)

校勘记

〔一〕"以"佚名抄本作"而"。

华顶杖赋

华峰之竹,台岳之篁;外挺刚健,内涵虚明。卓尔方体,宛殊〔一〕模棱;是断是度,载籍载凭。爰是利其辅翼,供吾盘桓;升高不怵,陟遐匪难。审龙状之为幻,恃鸠形之可安;乍尊人于乡国,若假我以羽翰。若夫嶭阙对峙而为关,孤台高标以作柱;芝草发秀于彤云,琪树滋荣于灵雨。时倚杖而游观,纵轻身以飘举;度石桥其如仙,入寒崖而呼侣。又或花繁春末,叶落秋初;行寻胜友,归叩当垆。泛白堕以微醉,挂青钱而无多;伴奚囊于巷陌,趁芒履于山阿。别有巢许逃荣,沮溺抱拙;稳睡沧江,长辞魏阙。汲清泉于涟漪,拾紫萸于岩穴;荷陌上之春云,担陇头之晓月。乃至香山诸老,洛社群英;飞笺召会,集座充庭。盏浮珀色,架满金声。莫不分一枝于太乙,拄九节乎仙灵；卷虾须以旦旦，萃鹤发以星星。盖其为物也，福地之所苞孕，山灵之所呵佑〔二〕，毓质若新，托根惟旧。是以蓂生圣人之阶，蓍出王者之囿；空桑实钟琴瑟之材，嶰谷爰始律吕之奏。信兹杖之绝殊，擅吾邦之神秀；繄直方之可嘉，惟规圆以为陋。乃蓬莱之共珍，亦员丘所稀觏；奚羡夫魏帝之延年，与孔相之灵寿也哉！（录自郭抄本，又见佚名抄本。）

校勘记

〔一〕“殊”，佚名抄本作“如”。

〔一〕“佑”，佚名抄本作“护”。

晓妆镜赋

彼金闺兮都丽，若玉树兮葱茏；嗅兰芽兮绕素，撷桃萼兮方浓。态夷犹兮微敛，情婉娈兮频通；哦白雪兮池上，住青粉兮墙东。则有阿姊惠娘，维私逋老，愁里工诗，病余妆巧。驰金犊兮轩轺，迓翠蛾兮窈窕；时矫首兮柴荆，倏忧心兮远道。俄而彩云似驻，青鸟乍归；麝熏袅袅，莲袂辉辉。折凤头兮旖旎，吐莺舌兮依微，娇花妒兮无语，燕子怜兮不飞。甭乃载笑载言，或饮或食；弄花当轩，玩月坐石。花拂树兮婀娜，月照床兮的皪。破晓梦兮沉沉，动寒鸡兮恻恻。于是离绣被，推银床，上小阁，理新妆。碧泚泚兮兰膏，青荧荧兮铜镜；把明月兮团圞，拈菱花兮掩映，乍若迩兮若遐，忽如送兮如迎。彼镜中兮西子，此镜外兮杨妃，绽樱靥〔一〕兮对笑，托杏靥兮相思。披天造兮图画，呈幻化兮容姿；晓鬟梳兮绿云浓，脂水凝兮红雨下。绾蝉翼兮鬓双垂，试榴裙兮腰一把。窗外啼兮翠鸳鸯，楼前过兮青骢马；感公子兮情难忘，彼美人兮心不写。当夫玉床倚翠,金屋贮娇;郎情颠倒,妾意婹姚;餐云英兮玄液,吹弄玉兮紫箫;集彩鸾兮命驾,役乌鹊兮填桥。又如白日渐颓,朱颜易谢;粉面谁施,翠眉孰画?怨范蠡兮不逢,悲王昌兮未嫁;捐秋扇兮凉风,抱春冰兮长夜。遂有一腔欲诉,万缕难禁;思多恨甚,感极悲深。任卖花兮过耳,旋斗草兮何心!抚婵娟兮顾惜,对妆镜兮沉吟。但见秋水倾波,远山失翠;掩镜长吁,临妆溅泪。摘梅子兮萧条,伴柳丝兮憔悴,妾薄命兮何辞,君有心兮自爱。嗟乎哉时过兮难留,老来兮焉求;烈士兮气短,佳人乎心忧。往事杳兮若亏,我肠割兮焉许。剩绣枕兮缠绵,想花钿兮容与;离人梦兮深闺,别泪洒兮浅渚。酌金罍兮永怀,拭罗巾兮延伫;聊俯槛兮哀歌,独凭栏兮谁语!悲铜雀兮春云,泣苍梧兮暮雨,弱水隔兮千重,蓬山高兮万里;怀交甫兮明珰,忆茂陵兮娇女。诗曰:美人在时镜新磨,美人去后光模糊。镜中之人呼不出,死物宝尔当如何!(见佚名抄本)

校勘记

〔一〕"蜃",当是"唇"字之误

丽女赋

林子过南郊之野,见丽女而说焉。乃作赋曰:繄维丽女,何国之宝,谁氏之珎。仿佛汉皋之仙,依稀洛川之神。若其口敛朱樱,腮匀香玉;莲脸微红,云鬟浅绿。岂苎罗山下乍离西子之容,抑华清池边新赐杨妃之浴〔一〕?至于斜横秋水,低蹙春山,柳腰曲曲,莲步弯弯,岂说公子之多情,羞欹碧玉;抑恨诗人之将老,偷舞小蛮。况夫琚佩交垂,犀梳斜插;螺髻金敲,榴裙玉戛。岂洞庭夜雨,龙妃来碧云之宫;抑阳台朝云,神女下巫峰之峡。尤有荷衣耀日，兰袂生风；轻纹掩映，细绮蒙茸。岂弄玉引凤，吹箫寻萧郎乎蓬岛；抑瑶英乘云，看花访王子于芙蓉。又如回首轻呼，背人私语，惊唤云衣，娇啼金缕，岂毛嫱别去，弹绝灞桥之弦；抑商妇归来，歌残浔阳之渚。尔乃花容半启，檀口微开；春生绿墅，巧夺天台。岂萧娘与隋帝，临前轩而啸夜月；抑玉镜归温郎，披纱扇而晒妆台。繄维丽女，春风玉树，夜月琼枝，芳易去，寻春已迟，安得不令人逐流水以远望，对桃花而遥思耶！（见裴抄本）

校勘记

〔一〕"浴"，原误作"俗"，今据文意改。

河成赋

张河台观风

试望河流蜿蜒何极，桃浪不兴，鲸波遂息，静言以思，伊谁之力？当其决黑山，冲白洋；覃怀溢，曹濮横；冯夷〔一〕怒而漕艘没，天吴毒而民居殃；侔上古之洚洞，亦后世之怀襄。是以九重萦思若割，举念如伤。胡天行之足畏，抑人谋之未臧；爰咨在廷，俾简乃僚。维壮犹之元老，实受命于王朝。罗甲兵于胸臆，膺旄钺乎云霄。入拜墀兮钧石，出建牙兮贤劳；相形势之缓急兮，治清口必先通海口；权浚塞之机宜兮，障北条不如导南条。更戒宫车，飞来下国；凤舰星驰，龙舸云簇。天颜喜兮封万国之冠裳，纶音涣兮落九天之珠玉。戒子来以勿亟兮，奚鼛鼓之惊咨；臣忠以尽瘁兮，自金钱之常足。于焉阳侯鼓檝而顺命，河伯前路而扬灵；妖蛟匿影以藏，神鼋驾梁而通，旌岸草萋兮银练，静汀花发兮玉镜。平溯蒲海之双源兮，北流弥弥;经葱山而九折兮,东注泠泠。徐邳息警兮,睹百川之俱顺;凤泗安澜兮,瞻一水之常澄。尔乃瓠子秋风,桃花春水;潮平岸阔,锦缆为云;风正帆悬,牙樯如雨。伊东南之财赋,一苇直达神仓;彼中外之珙球,万艇争趍帝里。舳舰过兮鼓角鸣,艨艟集兮歌钟起。至若睢湖上下,淮浦东西;穷檐妇女,荒野田庐;莫不既生既育,以恬以熙。怀劬劳兮安宅,登衽席以宁居。讴思清晏兮,振今兹而为烈,缅怀平成兮,遇往古而尤奇;陋白公之曲岸,小苏守之长堤。龙门遏兮,宁徐登之禁水;鲛宫徙兮,何温峤之燃犀!行下淇园兮,非圣朝之伟绩;茭搴巨野兮,乃衰世之遗墟,斯不亦等夏后元圭之既告,而笑汉代白马之已非者哉!(见裴抄本)

校勘记

〔一〕“冯夷”,原误作“凭夷”,今据文意改。

杂文八篇

视笑斋诗集序

一友人戏谓余曰:“语云:‘痴人多矣。’邵子不痴,奚笑为?”余谓应之曰:“呜呼噫嘻!是非汝所知也。”彼笑固有道焉矣。昔太史公以激忿不平之气作《史记》,屈子以萦纡郁闷之思著《离骚》,意之所到,笔亦随之,邵子之视笑此物,此志也。邵子具此一双冷眼,一付热肠满腔,子不合时宜,一肚皮无数眼泪,无处泄发,而皆笔之于诗,或花前,或月下,得意忘怀,伸纸疾书,酒酣耳热,呼叫狂走,上惊风雨,下泣鬼神,小不乐则小笑,大不乐则大笑,柳子厚云:“嘻笑之怒,甚乎眦烈;长歌之哀，过乎恸哭。”盖愤之极，斯笑之至也。不然，以邵子锦心绣口，何难掀翻宇宙，颠倒今古，乃徒闭户终日，掩口胡卢，是直痴人而已，何以为邵子？看破邵子之笑，方许读邵子之诗。（见裴抄本）

陈若水诗集序

山岩水石，天下之奇观也。昔人称司马子长足迹遍天下，故为文有奇气，信然。余幼嗜诗而足不出里闾，耳目不及于四方，一举笔辄庸俗俭陋，汩无奇趣。今年春，余及刘鸣九，以秦中陈若水诗示余，余既读而异之，因忆秦中多佳山水，而陈君之诗，其雄伟怪特，如终南、崆峒之壁立万仞；其汪洋纵恣，如黄河、汉江之一泻千里；其娟洁秀媚，如芙蓉、明星之颜色照人；其夷犹澹荡，如昆明、凝碧之清流涟漪。余于是益信山水之移人，而陈君之必将有得于是。今者，将买小舟，携双屐，枕巫峡之云，餐峨眉之雪，挹潇湘、彭蠡之烟雨，穷极天下山水之奇，然后为诗，或庶几焉。敢以告陈君，并为序。（见裴抄本）

答石亭立先生

别来才一日，便尔忽忽如失，佳什至，乃知先生独居思卧，索英之况，信有同心矣。敝馆颇亦清旷，日间菜花之责〔一〕过莺羽，乃其香不减荼蘼、蔷薇。有村酒一盎候驾，临坐山坡而赏之，亦一时消遣法也。颙望。（见裴抄本）

校勘记

〔一〕“责”，似“贵”之讹。

寄蒙山月斋和尚

惠寄雨景一方，空濛杳霭，具有潇湘、彭蠡之胜，真绝笔也。前送上纸数种，尚有未了者，仆于吾师墨迹贪多而未已，政如南宫、北苑诸公，有一一散佚遗楮，必且多方往求，岂肯当面失去。并恳于闲燕时勿吝一挥，当在月终至旗峰，亲拜受于堆云积翠间，师毋深谴也。拙律二首和韵，请政。老莲水火牌即以奉赠，何如？（见裴抄本）

寄徐应侯

昔岁星轺暂驻，山色生辉，乃辱缪许巴吟，索书拙作，数首以献，赧然面发赤也。翌日复承惠教诗箑，不谓驾已遄返，读来赠“神交”之句，弥用歉然矣。近于贵嵩石年伯斋中阅所寄手札，犹惓惓以不及见仆为恨，更闻有自闽来者，说年台新应制府之辟，罗致幕下，两省十九郡之大，尽在笑谈掌握中。年台才余于事，复重之以文章，霜威铁面，以部下一诸生傲之文长之于胡公，不是道也。人固有不相见而实相知，念自曩日以来，过蒙奖许，历久不渝，使燕石铅刀，亦长价于卞薛之手，可云文章知己。而天长地阔，旷隔不啻云霓，未识会晤的在何日，能无黯然，一增慨也！小诗二章，敬次原韵，且以见意焉。知我者辱而教之，幸甚幸甚！（见裴抄本）

寄金容庵老师

客冬拜送旌麾，寸衷伤恻，莫可胜言！返舍后追忆老师台稠叠鸿慈，每至中夜傍徨，当食窃叹，感极涕零，恐憔悴余生，无复图报日矣！更沐钧谕，抵苏就馆，此尤师台莫大之恩惠，而士不可得之机缘，日间便欲束装就途，奈家计纠纷，怆怀万状，啼饥之孩绕膝，催赋之隶搥门，盖穷骨头乃老苍生，定牢不可移，一朝欲脱火坑，而坐莲池，诚自知其难也。盘马修谱事亦成画饼，新河旧从学徒，最后相延仅得十数人，所云“江东父老怜而我”，言至此，益自伤矣。师台河上之行，果否，念念！当兹新主嗣统，正豪杰利见之时，而当途巨公，又多师台故交旧谊，或彼或此，飞腾当在转瞬间。视措大穷酸，霄渊隔矣。第春阳被物谷弗遗，仁者爱人，厚施无已，转涸辙为清波，所望于他时匪浅耳。今年四月特恩开科，而囊橐萧然，早已绝想，来春亦无意观场，但得偕平泉诸公一觐台范，此固鄙衷所早暮以冀者也。太老师台暨诸位世兄近禧，更有望风遥祝而已。临启不胜神往，惟台照不一。（见裴抄本）

答君苑

辱承惠教，佳章尚未细领，复得华翰，并以赤城柯君文见属，此毋乃轻瑚琏之质，委诸拙工手耶？甚不敢当。接得时将遂散馆归舍矣。二公著作殊富一时，本未易领略，而贱性尤蹇拙，急切不能周观，家素乏书室，每于老妻房内看文字，近有六七婴孩喧詉纷扰，兼以岁暮，戶外催粮索债之声旁无不绝，虽珠玉在前,而方寸大乱,如闻隔壁人算账,金没交涉处矣!如二公必欲问路育者,须俟开春稍暇,当携佳构至东峰兰若中,盥手爇香,快读连日,庶有以复尊命也。祈原谅!不既。(见裴抄本)

金珍石像赞

若讷其貌,若洁其躬。斯何人也,而有斯容?远而瞩之,胡雍雍是;近而睇之,胡冲冲是。下有芳兰上长松,图史潇洒炉烟浓;正襟危坐于其中,葛天之民将毋同。吁嗟乎!其诸太古未雕之璞,偕山川而辉映,而达人无闷之性游天地之鸿蒙者耶!(见郭抄本)

附　录

序

齐召南

“有澄泉一泓，屈曲从山中泻出，峭壁悬为瀑布数百丈，下汇巨潭，夹以玲珑岩石，随势转北〔一〕，望之窈然而深，浏然而清，浩然而注于沧溟。”此鹤巢〔二〕林先生古文之得意者也。先生仙游已数年，余客武林，其长公丽午兄出遗《集》请序，余阅之废书而叹者三，以文笔如是，而仅以明经老，悲矣。顾使早得宦达，志满意得，或〔三〕未能留心古文之学，以致必传，今读其文，跌宕顿挫，往往以逸气抒写胸中苍凉磊落之情，所谓“穷而益工”，信也。夫欲工其文，而必穷其遇，造物者亦刻矣哉。古今文士以穷遇，文字落落在天壤〔四〕，代不过数人，必得赏识，然后行远，则又以悲。深山绝谷，闭户著书，不求闻达，其为湮没而不彰者，盖不知凡几也。苏子云：“譬之精金美玉，市有定价。”是则然矣。脱金埋泥涂，玉堆瓦砾，实价于何而定？余爱先生文，又深虑其或不传，故不觉废书而叹。至于文心百变，则《桂厓小传》《海上异闻》二首，是即先生之自状也夫。

雍正甲寅九月，天台后学齐召南撰。

校勘记

〔一〕“北”，裴抄本、郭抄本及佚名抄本俱作“折”，是。

〔二〕“鹤巢”,裴抄本与佚名抄本作“鹤曹”。按:是则鹤巢亦可书作鹤曹也。

〔三〕裴抄本无“或”字。

〔四〕“古今文士以穷遇,文字落落在天壤”,郭抄本、佚名抄本作“古今文士以遇穷文工,名字落落在天壤”。

序

胡作肃

《绿天亭草》者,太平鹤巢〔一〕林先生所著诗文,经其长公丽午先生手自戢香,以都为一《集》者也。余友息园齐宗伯,尝读而序之。夫既详且核矣〔二〕,予独谓我台风雅一道,启自有唐,越宋元明而称极盛,其间诗伯文雄,顶踵相望,靡不有巨册长编,流布海内。迨至怀宗末造,海氛告警,骚坛遗逸〔三〕,转徙迁流,以致故家所藏一切图籍,尽付兵燹之一炬,而风雅于以荡如。我朝定鼎〔四〕,标时艺为的,以进退人材,于是各〔五〕株守兔园册子揣摩,思以弋科名而纡青紫,而于诗古文辞相戒不敢稍一涉手,虽有人间未见之书,偶掇拾于煨烬,亦且庋阁不观。小子后生,略事吟咏〔六〕,诸父兄必动色诋呵,谓其将落吾事,间有一二破崖岸为者〔七〕,即群指于〔八〕乖云背雨、非景星庆云〔九〕之文,甚至斥为怪物,屏弗与近。而鹤巢〔十〕先生独能于举世不为时毅然为之,以振古自命,楮搜鼠穴,墨腐狸毫,聚精会神,蔚为悲壮沈郁之诗若文,以成为斯《集》,可不谓斯道中独高眼孔,不避楚咻者耶?先生好漫游,善济胜,雁荡、虎丘,足迹殆遍。虽险仄必叩其扃,闻其尝挟客游石梁,登昙花亭,俯视危桥如剑脊,泉〔十一〕泓然自天际来穿桥下,泻为飞瀑[十二]，砰磌作霹雳声，桥右断崖，立百尺古铁，令人不可睨视。客相顾愕眙，举灰然无人色。先生独抚掌称快，遽启阁门度危桥而东，往返数四，屡左右瞬，掀髯大笑，诧为奇观。客乃叹先生之毅于游[十三]为不可及。而余则以先生之毅于游，正先生之所以毅于诗[十四]若文。而余友息园宗伯之称其为"飞泉悬瀑，望之窈然"云云者，盖得之山水之助为非浅鲜也。有才如此，使其得遇今天子扬扢风雅之会，与多士结袂登坛，定自独搴高帜，顾不幸早数十[十五]年赍志以殁，此余所[六]读《绿天亭草》不能不继我友而兴废书之叹耳。然而先生长公丽午先生，方褎然称才子，今亦年已七十，犹日[十七]事编摩，虽双瞳业苦失明，尚日取四库书令门下士口诵之，以资渔猎。而于先生斯《集》，则每出入怀袖间，广质同志，以冀必传，即荒陋如不材者，亦欲冀得一言，以备葑菲之采。则先生之光气不泯，后有传人，从可知矣。然则斯《集》也，余友序之既详且核，余何以序先生《集》哉？亦唯叹先生之毅于为诗若文，惜先生之艰于遇[十八]，而重以先生后此之必不没汩[十九]，为先生慰而已。是为序。

乾隆辛巳正月上元日，天台晚生[二十]胡作肃拜撰。

校勘记

〔一〕"鹤巢"，裴抄本作"鹤曹"。

〔二〕郭抄本"夫既详且核矣"前尚有"谓其如飞泉悬瀑，望之窈然而深，浏然而清，浩然而注诸沧溟"诸字。

〔三〕"遗逸"，裴抄本作"遗老"。

〔四〕裴抄本、郭抄本"定鼎"后有"以还"二字。

〔五〕郭抄本"各"前尚有"人"字。

〔六〕"吟咏"，郭抄本作"吟讽"。

〔七〕"破崖岸为者"，裴抄本作"破崖岸而为之者"。

〔八〕“于”,裴抄本、郭抄本作“为”。

〔九〕“庆云”,郭抄本作“丽日”。

〔十一〕郭抄本“泉”前有“有”字。

〔十二〕“飞瀑”,裴抄本作“瀑布”。

〔十三〕裴抄本无“之毅于游”四字。

〔十四〕郭抄本“诗”前有“为”字。

〔十五〕裴抄本无“十”字。

〔十六〕据裴抄本、郭抄本,此处有“以”字。

〔十七〕郭抄本“日”后有“夜”字。

〔十八〕“艰于遇”,郭抄本作“艰于未遭其遇”。

〔十九〕“没汨”,裴抄本、郭抄本作“汨没”。

〔二十〕郭抄本“晚生”前尚有“年家眷”三字。

跋

裴灿英

家藏鹤曹林前辈诗文集,尚未抄全,近因林灼人伯瑗借抄,略为翻阅,又得伯瑗家所藏骈散文数首,齐、胡二序,因一并抄之,合成一本。后生浅学,虽未能窥先生涯涘,然中心所好,当不以浅见易也。蠹蚀尘蒙,收藏匪易,由所望于谦儿他日什袭珍藏,俾先生故迹不沦于乌有,此则由吾所厚幸也。订毕,率跋数语于简末,以志其事,时光绪癸巳春三月也,诗藏裴灿英灯下笔。

校勘记

此篇底本无，据裴抄本补。按：此篇抄本原置于齐序之后胡序之前，今移置于此。

绿天亭诗文集跋

金　韶

右《绿天亭诗文集》四卷，同邑林鹤巢先生所著也。先生名之松，字葱木。天姿敏异，读书好古，在郡庠七试连居首而不得一第，士林惜之。吾邑入国朝以来，诗学颓废，先生与二三知己，力为振起。齐息园先生序其文谓："跌宕顿挫，往往以逸气舒写其胸中苍凉磊落之情。"戚鹤泉先生称其诗："在长庆、大历诸公间。"可谓倾倒至矣。其《集》向无刻本，今特为校雠一过，付之手民，以传不朽云尔。宣统元年岁在己酉仲春月吉旦，邑后学金韶伯枢谨识。

书绿天亭诗文集后

金嗣献

吾邑文教之兴，肇于南宋，繇元及明，人才辈出，炳炳琅琅，俱足不朽。洎乎国朝，人文稍替，虽文坛树帜不乏其人，而遗箸不多，无以考见其大，求有专集留传，足自名家者，惟林鹤巢先生之《绿天亭集》。天台齐侍郎召南、同邑戚大令学标，皆亟称之。顾其诗若文，如云蒸霞蔚，昭耀耳目，力追盛唐，不屑效六朝之残沛，宗秋屏先生谓其"诗中之杜""文中之韩"，洵不虚矣。嗟乎！天既俾先生以鸿才硕学，而又仅仅以明经终，何也？将成之而先阨之，使之老而益辣，穷而后工者非欤？若是则苍苍者位置，文人固别有在也，于先生亦何憾焉。余伯父伯枢先生，读其《集》而心慕之，特为刊行，庶先生之文得以播诸天壤，俾千百世下考求文献者，尚知东海一隅亦有斯人在也。

宣统元年岁次己酉仲春二月，邑后学金嗣献谨识。

林汉佳集

[清]林汉佳 撰
徐三见 点校

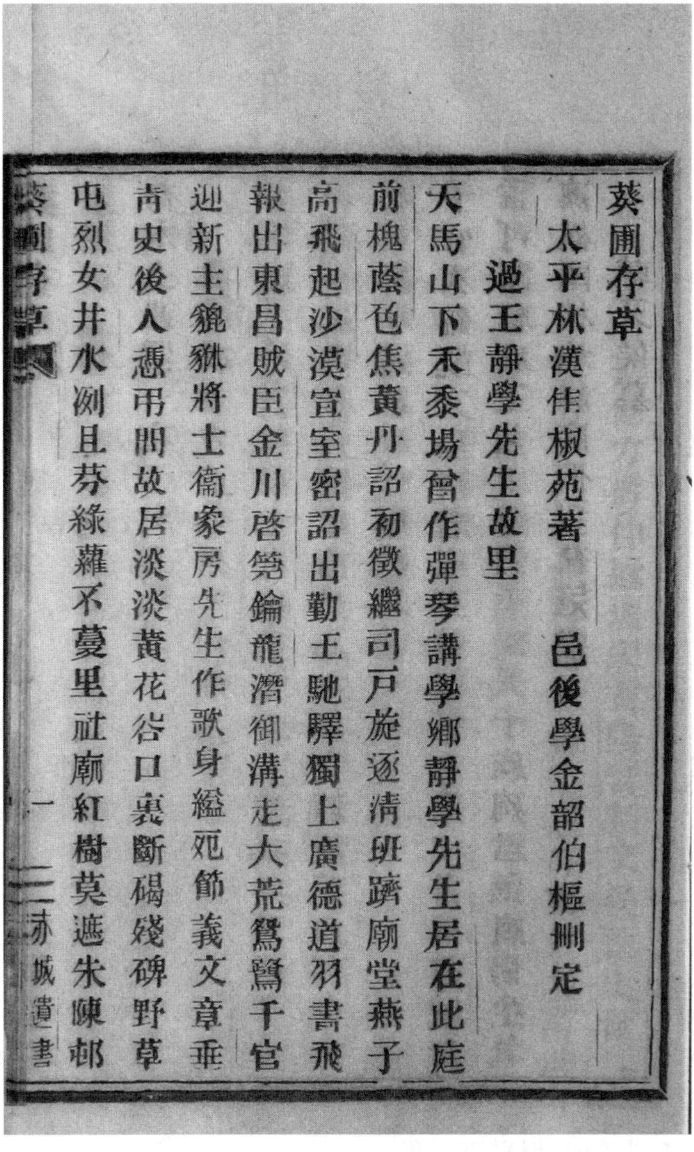

葵圃存草

太平林漢倬椒苑著　　邑後學金韶伯樞刪定

過王靜學先生故里

天馬山下禾黍場昔作彈琴講學鄉靜學先生居在此庭
前槐蔭色焦黃丹詔初徵繼司戶旋逐清班躋廟堂燕子
高飛起沙漠宣室密詔出勤王馳驛獨上廣德道羽書飛
報出東昌賊臣金川啓筦鑰龍潛御溝走大荒鵷鷺千官
迎新主貔貅將士衞象房先生作歌身縊死節義文章垂
青史後人憑弔問故居淡淡黃花谷口裏斷碣殘碑野草
屯烈女井水冽且芬綠蘿不蔓里社廟紅樹莫遮朱陳郝

葵圃存草　一　一　赤城遺書

《葵圃诗草》书影

点校说明

《葵圃存草》,又称《葵圃诗草》,一卷,清林汉佳著。

林汉佳,字椒苑,号葵圃,清台州太平(今温岭)人,即《绿天亭诗文集》作者林之松之子。林汉佳生平事迹略见于戚学标所辑之《三台诗录》卷二十九及民国《台州府志》卷一一九《文苑四·林之松传》附传,后者即据前者所录述。传云:"子汉佳,字椒苑。痛父瓦屿冢为势家所发,负骨上控,讼缠产荡,致两目俱瞽,抑郁尽发于诗。自号葵圃,有《存草》一卷。"关于林氏之生卒年,未见文献明确记述,惟时人庞鸣昂在《葵圃存草序》中有云:"今其年七十有奇矣。"庞序作于乾隆二十九年(1764),是汉佳大体生活于清康熙至乾隆间。

《葵圃存草》今所见仅民国四年(1915)太平金嗣献《赤城遗书汇刊》本,是本前有天台庞鸣昂序,后有宣统元年(1909)太平金韶跋。按庞序有"则即向所读《葵辅存草》,近得吾乡齐萱圃先生为之序者也"云云,是《存草》本有齐序,惜未之见也。金韶跋云:"今年春自粤西归里,谋刊先生尊人《绿天亭诗文集》,特为删定刊附于后,以见先生家学渊源,后先济美,而余亦得稍成先人未竟之志耳。"《存草》所收诗计59题86首,编次不分体裁,内多咏物寄兴之作,诚如庞序所谓"人以为嘲花谑月之辞,先生实为春露秋霜之泣"。不过,若与乃父相比,无论才情与学识,俱稍逊一筹。

《葵圃存草》虽仅刊刻过一次,但戚学标在编辑《三台诗录》时收有林汉佳《苦雨》诗 1 首，是诗《葵圃存草》作《春日久雨偶感》，文字亦不尽相同，详具《春日久雨偶感》校勘记中。

因资料及水平所限，不当之处难免，唯祈方家、读者指正。

徐三见

2015 年 11 月于东湖之滨

目　　录

葵圃存草

过王静学先生故里

天马山下禾黍场，曾作弹琴讲学乡。静学先生居在此，庭前槐荫色焦黄。丹诏初征继司户，旋逐清班跻庙堂。燕子高飞起沙漠，宣室密诏出勤王。驰驿独上广德道，羽书飞报出东昌。贼臣金川启筦钥，龙潜御沟走大荒。鸳鹭千官迎新主，貔貅将士卫象房。先生作歌身缢死，节义文章垂青史。后人凭吊问故居，淡淡黄花谷口里。断碣残碑野草屯，烈女井水洌且芬。绿萝不蔓里社庙，红树莫遮朱陈村。三生石上寻故主，五老峰前归忠魂。吁嗟乎！君不见当年乔木上连云，一夜干戈天地昏。

过缑城谒方正学先生祠堂二首

昔年应诏入宫门，壮士奇称动至尊。玉叶戎兴飞燕子，金川钥启逊龙孙。孤臣庙冷丹心在，诸父坟荒碧血存。今日我从祠宇过，新诗一纸泣忠魂。

千官衣锦觐文皇，独着麻衣似雪霜。有笔能书真篡贼，无言可诿辅成王。九重遗诏孝陵哭，十族殉君懿庙伤。生气凛然留桧柏，趋庭俨对旧冠裳。

辅文侯墓

金牌迭下弃偏方,翁仲遗墟宋首阳。晋秩文侯垂史册,□□□穆享蒸尝。全孤义胆春雷壮,报主忠肝秋月光。南渡□□□□土,一坏封鬣障钱塘。

东海夫人即淡菜

封诰何年下海东,似邀宠锡老珠宫。虽无日月波涛外,别有乾坤岛屿中。翡翠衾寒今夜雨,鸳鸯帐冷昨宵风。相思隔断巫山梦,万种离愁潮不通。

龙山夫人石二首

朱楼锁阖住村庄,寂寞萧溪荇藻芳。一片轻云遮翟茀,数重积翠点霓裳。月明秋水夜流影,烟霭青山晓敛妆。独立崖巅天际望,几番花信泪千行。

不施膏沐卸霞裳,定为良人作逋郎。沧海龙潜遗七鲤,丹山凤隐老孤凰。衣间翠藓春云绿,髻上飞蓬蔓草黄。化石成形应有意,年年瘦影落寒塘。

春日久雨偶感〔一〕

方春日苦雨,萧索闭门时。天意固难晓,人心岂易知。消愁惟饮酒,漫兴且歌诗。谁念丘中老,梅花寄半枝。

校勘记

〔一〕此诗收入清戚学标缉《三台诗录》卷二十九，题作《苦雨》，内容亦有不同，今录如下："方春日苦雨，萧索闭门时。天意固难晓，物情良易悲。典衣缘好酒，拥被苦耽诗。谁念桥边老，梅花寄半枝。"

闻郑秀三卜居村庄有寄

红梨紫荳绕柴门，东郭骚人寄此村。几亩葑田依月渚，数椽茅屋傍云根。鸟衔好句投诗席，花放清香袭酒樽。藤枕一方闲午梦，烟萝晚翠又黄昏。

寄李秋水

扫却烦嚣日杜门，素心谁与诉晨昏。夜亭月白琴三拍，秋圃花黄酒一樽。伏枥休嗟淹骥足，藏锋自喜老龙魂。相期未寄相思句，君住南村我北村。

白凤仙

素翰流辉傍玉台，冰姿不共水仙开。花神何处新收得，应自扬家梦吐来。

红凤仙

丹穴新雏幻影稠，紫箫吹引下秦楼。斜阳欲没魂何处，春在蝉娟玉指头。

洒泪凤仙

秦女辞家方外游,红妆泪满凤凰楼。何年迸作桃花雨,滴碎相思弱草愁。

红鸡冠

司晨绛帻冷霜天,却出宫门伴野禅。自是雄心销不得,昂头犹赌上场先。

老少年

秋草无花晚景妍,临风作态舞蹁跹。若教新月回光照,信是蛾眉爱少年。

水中雁字

宾鸿染翰孰传方,鹤渚鸳湖作墨庄。隐见龙蛇依沼沚,参差蝌蚪满池塘。芦花滩上摹飞白,枫叶江边写贴黄。错向沙泥寻鸟迹,空明水际一行行。

水上秋声

寒潭薄晚响萧萧,并作霜威吸暮潮。露下蒹葭桓子笛,月边芦荻伍公箫。浔阳索冷哀犹在,易水歌残恨未消。听到秋江枫落处，赓来天籁入诗瓢。

题李迂江西园别业二首

何用平泉数畎宫，可觞可咏此亭中。邺侯架上牙签满，供奉床头玉碗空。万片绯桃霞作瓣，千竿紫竹翠为丛。当年拾句奚囊在，任采飞黄与落红。

结社幽栖近海东，静如少室巨山中。小池雨细苹生绿，深巷春明杏放红。好月南楼觞庾子，清风北牖卧陶公。蝶蜂未许窥园圃，自有佳禽止碧桐。

题桃源图十首　彭学宪试古学题

同来采药饭胡麻，洞口桃浓点绛纱。瑶草路迷云窦塞，是谁染翠谱山花。

仙去千春闭洞天，长流积翠锁青烟。芳踪未许游人访，万片飞桃寄蜀笺。

抹云和露拭铅华，春翠争流洞壑葩。高士久从仙子逝，剩将青壁丽丹霞。

春融槛草晓浮烟，玉洞浓桃映水妍。临渚为怜花瓣没，借风吹上剡溪笺。

丹青岂识旧仙家，露滴松烟散作花。芝老玉砂春寂寂，白云无尽石门遮。

水上浮杯似叶轻，双娥幻化画难明。花开瓣染霞标色，记认仙源近赤城。

何须想象见真仙，烂熳桃花放眼前。霜雪不凋春不老，画屏人立肖当年。

描出远山粉黛轻，仙姬岂是世钗荆。烧丹术火桃增艳，独楮纷纷落管城。

谁点胭脂水面红，缤纷不是逐东风。钱塘道士弄斑管，写在红绫尺幅中。

绛帐空悬仙亦孤，绿萝洞蔓境荒芜。苍凉何处问前路，仗有桃花长不枯。

咏素兰

植根同幽崖，作花若异族。具有霜雪姿，以此标绝俗。茎比鹤翎鲜，叶似翠羽绿。心涵辟尘珠，肌露无瑕玉。芳气满瑶林，如入沉檀屋。本是王者香，白衣老空谷。

春　意

韶光天外转，淑气望中开。对景凭诗笔，临风寄酒杯。溪烟欲动柳，山雪更欺梅。后夜生青草，池塘好梦来。

春日偶成

野色青连郭，幽居卧草堂。艺兰滋旧叶，栽竹长新篁。性癖诗千卷，身慵月半床。清高未易许，任意在疏狂。

春　风

听莺过柳浪，摆荡游人衣。拂面寒犹薄，侵肌冷亦微。

夏　风

深林无暑气，高树有清阴。北牖卧陶枕，南熏谱舜琴。

秋　风

檐前嘶铁马，原上泣铜驼。不尽萧条意，关山落叶多。

冬　风

栗烈过蓬户，锋尖透绣帏。长江名利客，莫犯石尤威。

悔恨诗

坐失奇机懒着鞭，一戈夜枕总徒然。传宗有子宜捐顶，主器何人可息肩。不用田横人五百，岂须勾践士三千。蹉跎岁月向谁数，已是悠悠十八年。

寄郑兆科

穷巷春深长绿苔，素无车马驻江隈。十年结社春风笑，几载离群夜雨哀。杜老肠牵渭北树,陆郎思寄岭南梅。停云回首频相望,谁见故人谷口来。

宿青林寺

石城郊外访僧家,万竹为关夜宿鸦。奔走十年冲雨雪,栖迟一夕卧烟霞。闲焚柏子销尘虑,稳坐蒲团老岁华。我囿樊笼犹未脱,几时问偈伴袈裟。

剡溪晚舟

帆飞浦口日初低,岸上人家唱晚鸡。今夜旅愁生剡水,昨宵乡梦入清溪。星临绝巘哀猿啸,月到幽崖怨鸟啼。触我衷肠山海恨,几番空渡浙江西。

寄绿萝红树山房隐居者

逃名先避俗,衡宇卜山中。挂壁藤萝月,敲窗竹树风。闲吟芳草径,薄醉野花丛。谷口何人到,樵夫与牧童。

还童草二首

别有英姿叶上妍,风光何待雁来传。月明秋圃增新艳,仿佛丹成不老仙。

裁云织锦旧宫娃,老去颜娇似好花。岂是餐松毛女伴,秋山寂历始回家。

晚秋江村索居

高梧坠叶覆阶台，萧瑟衡门昼未开。只我披荆当海澨，更谁停辖到江隈？黄花旧向东篱隐，白雁新从北地来。独卧胡床琴作枕，晚窗无事且衔杯。

答广文李迂江书

槐市森阴借一枝，道尊官冷古为期。传经阁上青藜照，治事斋前绛帐垂。黄鹤歌将临别绪，江云赋寄远离思。莼鲈莫向秋风动，紫诰旋颁乐介眉。

拟古自嘲

齐桓会北杏，仗义期践言。劫盟宝寸土，讵肯还侵田。又有鲁遗贤，柳下隐居士。一言岑鼎轻，然诺重如此。咄哉若尾生，拘学咫尺子。相期在河梁，期者未举趾。大水滔滔来，犹抱桥石死。

病中寄邵止亭二首

偶过妍斋一晤君，别来何异死生分。病余倦眼迷春树，愁里烦心暗暮云。红荳风微悲索处，碧梧雨急念离群。西塘梦草饶新句，我在江干远不闻。

坐拥寒毡有所思，秋风不促雁书迟。遗君岭上云千片，寄我陇头春一枝。寂寞柴关花放后,荒凉竹院鸟啼时。蹒跚病足之何地,待到天涯雨雪期。

荷包牡丹

绛囊如蹙仿莲房,应是东皇别样妆。斜系红丝花次第,非夸国色傲群芳。

天孙纤手不缝裳,巧翦红纱作系囊。紫陌春烟收欲尽,剩将此佩贮天香。

玉　兰

匪从空谷馥清樽,春苑琪花蕙草魂。香国不须滋九畹,琼瑶一树月千痕。

玉　簪

月姊搔头坠九天,枝枝幻作野花妍。玉工纵有玲珑手,那得心香引鬓蝉。

村居四时杂咏十首录二

夕景犹留绿荫中,碧天新月照梧桐。芒鞋湿踏苍苔露,葵扇凉摇翠筱风。巷陌更深无吠犬,村墟夜静有鸣虫。羲皇可晤应高枕,梦破晨钟海曙红。

衡门昼掩客来稀,稳卧迂江少是非。不问年华寒暑易,莫知禾稼雨旸违。荷池晓露香全冷，枫岭残阳叶乱飞。乞得余闲清入梦，一毡坐破几秋晖。

闻高贞谦卧疾有寄

新园落木日萧萧，病坐寒毡更寂寥。炉上朝烟熏药碗，床头夜雨滴诗瓢。崔郎洒落题黄鹤，季子逡巡敝黑貂。如我罢残知己远，空思相约醉春椒。

闻叶干宅主席环溪书院便寄三首

结社环溪人境幽，青毡坐处是丹丘。春风谢草芽初茁，时雨江花蕊正稠。笔搁珊瑚盈几上，书装翡翠满斋头。焚香点读《南华》句，濠濮闲情忆子休。

卷起湘帘景物收，高低积翠总迎眸。竹涵黛色烟飞径，梧逗银光月入楼。廿载肝肠倾北海，诸生瘖寐契南州。故人知在新诗社，折寄梅枝出陇头。

别开门径隔沧洲，白水青岩景致幽。出岫云边蹲啸虎，溶川月下宿闲鸥。梅花社近诗应和，桑落村连酒任求。为报同人相访约，好乘春涨驾轻舟。

迁居横桥别诸同人

废郭村烟接，人家隔翠微。白苹涵落月，红树挂斜晖。潦倒尤心蹇，飘零叹志违。凭将流寓泪，还寄故园挥

迁居横桥述怀二首

迁浦长桥断,烟花亦觉非。乘风几叟在暑夜老人坐风桥上,敲月一僧归桥南僧院犹存。独酌消春昼,孤松送晚晖。故交摇落尽,离索泪沾衣。

乾坤尽漭荡,牢落独无居。穷海形骸寄,故山魂梦依。种花香作国,栽竹翠成围。尽也堪容膝,终伤托业非。

寄郑秀三

岂因盘错欲离群,丘壑襟怀厌俗氛。长笛静吹莞岭月,小舟闲钓渭川云。情怡白堕秋收术,性爱青缃夏采芸。扑面飞尘知不到,眼前清净孰如君。

送杨杜轩归天台

谁速星轺向晓回,关西绛帐待重开。几番别绪存诗笔,一曲离歌落酒杯。遍地黄花人采去,满林红叶雁衔来。清溪络绎南旋客,驿使遥临寄陇梅。

壬申除夕

星发盈头黑发稀,岁逾花甲悟前非。幸无媚骨谐时俗,误有雄心失事机。今夕铜龙占腊尽,来宵玉漏验春归元旦亥时立春。燃柴列坐妻儿在,堪笑儒冠与世违。

别城中诸同人

津亭春树雨漓漓，增我新愁去较迟。两载重来留笑语，几番别去换须眉。长堤绿柳离人泪，古驿黄榆旅客思。行李半肩前日路，不堪追忆泪盈卮。

哭林元陶

掬月斋中醉日曛，死生谁识此宵分。苍葭泽畔故人梦，红豆庄前素友坟。送到猿声哀索处，飞来雁阵泣离群。酸风带雨摧池草，寂寞西堂乱暮云。

再寄李秋水

雁荡风清荻影秋，思君待放浦南舟。晚霞江上醉供奉，晓雨山中卧邺侯。客少歌鱼勦一臂，人多指鹿炫双眸。息交且自栖盘谷，闲步溪头鹤伴游近豢一鹤。

醉杨妃二首

沉香亭畔百花开，妃子承恩夜宴回。灯下酡颜娇不语，低垂犹想上皇来。

太真望幸独衔杯，争道玉山筵上颓。欲起犹眠娇百态，三郎若晓辇飞来。

怀方正学先生五言古体得毅字李学院月课题

川岳钟异人,品卓薄王魏。节义与文章,契怀见风味。燕子突飞来,北军纷如猬。钥启逊龙孙,玉步改还未。麻衣入宫门,文星曲相慰。哭声震殿廷,闻者亦欷歔。草诏抗莫回,秉性夙刚毅。掷砚藐至尊,十族曾何畏。铁石作肝肠,河山壮正气。捐躯存纲常,致命弃富贵。烈烈大丈夫,当时谁仿佛。南国孤凤凰,斯言岂无谓。

送四弟入北洋二首

弟兄双瘦影,南北眼前分。远岛清浮雾,遥天黑起云。荆花连岁暗,蕙草几时熏。方寸耿难语,应知雁有群。

片帆扬海上,挂我一人心。别梦萦孤枕,离思寄破琴。潮汹横鳄尾,浪涌戛鲸音。破胆深涯侧,宁知鹤在林。

四弟行贩逗留章安便中有寄

孤篷东去望迢迢,知泊城闉第几桥。万壑亭前烟似黛章安古迹有万壑风烟亭,半江楼外月如瓢。惟应放犊登山陇,何事求鱼涉海潮。倦雨不还随鸷鸟,旧巢风雨日飘摇。

病中感怀五首

卧病经年壮气消,徒将心事语儿曹。未能雪耻背囊矢,讵望复仇腰佩刀。去腊曾尝新术酒，届寒又着旧芦袍。韶华荏苒愁中过，已觉霜花上鬓毛。

雁行分拆夜嗷嗷，月冷巢空照坠毛。事业凋零双屐敝，生涯苦楚一篙劳。烟花看去疑成雨，霜叶听来都是涛。莫向风波深处走，迅归与我誓同袍。

沉疴始起正鸣蜩，转眼秋光又可招。黄菊傲霜花后发，碧梧应节叶先飘。掷瓜曹女江河震，磨刃庞娥山岳摇。愧我须眉如铁戟，腼颜偷息过昏朝。

历尽风霜恨未消，半生心迹愧渔樵。眼前苦海波千倾，身后中山酒一瓢。岂厌穷愁垂白发，徒矜气节薄青霄。残碑没草无人识，禾黍芊芊野望遥。

江村落木日萧萧，谁共寒毡诉寂寥。一夜狂风花压径，几朝积雨水平桥。髫年有志观黄鹄，皓首无成敝黑貂。按剑悲歌北陨涕，乌台无复旧皋陶。

侨居致慨二首

衡茅秋雨日霏霏，满目萧条志已违。北雁南来哀索食，西风东送冷催衣。半生偃蹇妻儿在，万事飘零兄弟稀。薇蕨故山犹可采，嗟予破产不成归。

湖海茫茫去路岐，生涯何计可支持。一盂麦饭延残喘，百结鹑衣蔽瘦肌。轩轾人情花亦觉，牴牾世态剑犹知。年来奔走为形役，病卧迂江悔始迟。

岁暮漫成

酿得春醪已可尝,陇梅欲放尚含香。愁来有意寻诗社,老去无心入醉乡。驹影花砖嫌晷短,鸡声草枕恨更长。年光到此休追忆,腊鼓冬冬岁事忙。

见意诗

酸风苦雨已三年,锷敛锋藏困一毡。不识盈亏应看月,能知往复可窥天。及秋红药霜前萎,逢闰黄杨岁后鲜。物理于人惟静悟,且将斯意作参禅。

久客思归

驱车走远道,别家自春初。乡井虽索寞,坐卧得自如。旅食时候易,香稻满新畬。蟹肥堪下箸,瓮头已浮蛆。凄风冷絺绤,促织响庭除。蝴蝶有心梦,鸿雁无字书。触绪奚惆怅,行矣膏吾车。到家何所事,且钓前溪鱼。

白菊二首

丹桃莲甲各芬芳皆白菊瓣,冰瓣层层澹逸妆。只有梅花堪作友,孤山气味是柴桑。

梁园昨夜雪初匀,银索晶球一色新皆白菊名。送酒人来花欲笑,前身应是此花神。

粉西施二首

宿醒西子倦临风，犹带葡萄酒晕红。不赛若耶溪上月，添妆宠夺馆娃宫。

泛湖人去莫寻踪，花幻吴宫笑脸容。想是芳心犹未灭，淡妆还欲傲芙蓉。

附　录

序

庞鸣昂

先生盖平泉之半岭适胤也。半岭之宗，与诸林并埒，独其文学之统，与诸林为盛，绵绵延延，钟尤毓异，骚坛韵府，代有闻人。余客游平，久辱青睐于先生深，今岁开春，侨寓新河陈氏林亭，雨雪天寒甚，先生垫屐剥喙叩小齐〔一〕，足音跫然。余倒履迎入，坐问无恙毕，先生探袖中出一帙曰："吾先人血脉在此，足下其奚惜一言，不为吾子孙示？"余展阅之，则即向所读《葵圃存草》，近得吾乡齐萱圃先生为之序者也。先生曰："吾家自宋半岭祖昉以《半山集》为世所重，洎德升公徙泉溪，再传而得若水公与华山九老唱和，声称籍甚。又越数传而某泰阶公、曾祖载素公、祖竹苑公相继以斯文显，若先君子手泽尚新，尤足下所稔知也。而后乃及于某。"语至此，遂哽咽不复成声，泪潸潸如檐溜下，先生之心其有大创焉者哉！夫为人子孙，负荷先业，完好无缺，本非甚高难行事，吾见阀阅名家，簪缨右族，高谈阔论，饰智惊愚，及一访其先代秘藏，则或索之腐鼠之肠，蠹蟫之口，至求片言只字之能仰企前徽，慰在天魂，而瞑泉下目，更万不可得之数。而村甿里妇，拾其青缃旧牍，以覆瓿盎，补窗壁也，又无论矣。今先生以困穷之身，历承数百年之大统，自伤废疾，力不遂心，吟稿在胸，口无停讽，道及往迹，辄泣于邑，可不谓仁人孝子之用心乎？《诗》曰："自古在昔，先民有作。"又曰："昭兹来许，绳其祖武。"声韵虽小道，苟非其人，不可强也。是故父不得之子，祖不得之孙。乃林氏一门，后先辉映，光焰不衰，至困穷如先生，固萱圃公所称"天之酷厄殆甚"者，独不能夺其家物，斯亦奇矣！先生为诗，必缝幽凿渺，造意炼神，戛戛独出，尝语余曰："吾诗虽本家传，实未尝剽窃一字。"是又所谓善继善述，以视父书徒读者，相去奚止上下床耶？晚年始病目，家益窘，自泉溪三迁至横桥。横桥故濒海地，断落荒塘，鱼腥蟹污，为文人游迹不到之乡，其一二村夫子即为宗工巨匠。先生每有所得，假书于人，必口讲指画，再三不已，然且鲁鱼亥豕，讹舛满篇，故生平著作多无存录，所见豹班，左丘方之《国语》〔二〕，梁萧选文，更有倍蓰其难者。今其年七十有奇矣，见猎心喜，兴复不浅，时闻一题，捻髭叉手，枯肠索绝。自言："吾两鬓垂霜，岂好自苦，惟此身一日存，当为先人延一日之脉。"然则是编也，人以为嘲花谑月之辞，先生实为春露秋霜之泣，后之览者，仁孝之思，当亦油然兴矣。余既爱先生之诗之工，哀先生之志之苦，并为先生计久远，自半山肇其基，若水缵其绪，鹤曹公大其业，而先生则守先待后之人，而所遭尤备其极，是不得不为覼缕者也。嗟夫！明德之后，必有达人，天不负先生，其必有力任薪传者起，而大吹休明，致身通显，则是编行且为九重物色，宁非林氏血脉之永乎？先生其什袭以俟。岁在甲申仲秋之月二十有七日，天台年家眷晚生庞鸣昂浴手谨识。

校勘记

〔一〕"小齐"，应是"小斋"之误。

〔二〕“左丘方之《国语》”,疑“方之左丘、《国语》”之误。

跋

金　韶

右林椒苑先生《葵圃诗草》一卷,先通议公手录庋藏,欲刊未果。今年春余自粤西归里,谋刊先生尊人《绿天亭诗文集》,特为删定刊附于后,以见先生家学渊源,后先济美,而余亦得稍成先人未竟之志耳。按先生名汉佳,号葵圃,因父冢在雅屿,为势家所发,屡讼不直,负骨上控,以致讼缠产荡,两目俱瞽,故其诗恒多感慨之辞也。校印已毕,因书数语于后。宣统元年夏四月金韶伯枢识。

周鉴集

[清]周　鉴　撰
王友正　点校

留榲大學訂解

台太後學周鑑字梅友嗣子鐐初輯

聖經

首節　語類問明德是心是性曰心與性自有分別靈底是心實底是性性便是那理心便是盛貯該載發用敷施底心屬火緣他是箇光明發動底物所以具得許多道理如向父母則有那孝出來向君則有那忠出來這便是性如知道事親要孝事君要忠這便是心　虛靈不昧便是心此理具足於中無少欠闕便是性隨感而動便是情　知覺不專是氣是先有知覺之理理未知覺氣

《留榅大学订解》书影

前　言

《周鉴集》为清代台州温岭学者周鉴著作集,含《留楹学庸订解》一种。

周鉴,字梅友,又字镜初,温岭县城人。(《留楹学庸订解》自署为“台太后学周鉴字梅友副字镜初辑”。)其生卒年不详,当为清雍乾时人,乾隆六年辛酉(1741)选贡,卒年八十余。

《台州府志》列周鉴入“儒林传”(卷105《人物传》六),称他:“字镜初,太平人。学于同里金季琬,充乾隆六年拔贡生,以母老不赴廷试。母殁,卧柩侧数年。初年攟摭经史,为文雄恣。晚专意四子书,尤精《易》学。由李光第《周易观象》上穷邵、朱《启蒙》及《皇极经世》奥旨,终日正襟玩索,有得则注于旁,字皆楷正不敢苟。性廉介,修脯外一介不取,乡闾高其行,见者皆耸敬。卒年八十余。有《敬义堂学庸注解》、《训子编》诸书。”可见他为人纯孝,性格清廉耿介,名重乡里。大抵以教书为业,一生潜心于四书五经等儒家典籍的研究。

《留楹学庸订解》正是周鉴精心研究《大学》和《中庸》的学术专著。全书包括《留楹大学订解》和《留楹中庸订解》两部分。

《大学》、《中庸》原是《礼记》中的两篇,分别列《小戴礼记》第四十二篇和第三十一篇。北宋著名思想家、教育家二程兄弟(程颢、程颐),奉这两篇为学者“入德之门”的要籍,加以大力提倡。至南宋,一代大儒朱熹承二程之意,以《大学》、《中庸》与《论语》、《孟子》合称为《四书》，并分别为之作注释，“四书”之名遂定。朱熹《大学》、《中庸》的注释称“章句”，《论语》、《孟子》的注释因多引用前人说法而称为“集注”，后来合称为《四书章句集注》。前人大多承二程、朱熹之意，认为《大学》为孔子学生曾子(参)所作，《中庸》则是孔子之孙子思(孔伋)所作，合孔子、孟子，故又称《四书》为《四子书》。

《四书》集中反映了儒家的基本思想体系，是研究传统儒学的最重要文献。元明清三代科举取士，均以《四书》、《五经》为据，而于《四书》又必以朱熹的注释为标准。于是朱注《四书》几乎家弦户诵，成为人人必读之书，历代研究《四书》的著作亦可谓汗牛充栋。

《留槛学庸订解》是周鉴长期潜心研习《大学》、《中庸》的读书心得，系统阐述两书深蕴的义理。全书广泛参照并辑录前人和时贤的著作，就《大学》、《中庸》逐章逐节进行订正疏解。其义理阐释虽大抵以朱子为本，但抉隐发微，有自身极深的体悟，创获颇多，对后人研读《大学》《中庸》具有启迪意义；其辑录著作之广，亦有很高的文献价值。

《留槛学庸订解》对《大学》、《中庸》的章节划分，基本上依据朱熹《章句》。但原稿本只有“订解”内容，无原作文本。本次校点，参考了中华书局《新编诸子集成》第一辑《四书章句集注》(中华书局出版，1983 年 10 月)，分章添补原文，以方便读者阅读。

本次校点所据底本为清刻本《留槛大学订解》一卷本、《留槛中庸订解》一卷本。

目　　录

留楹大学订解

圣　经

【原文】

大学之道,在明明德,在亲民,在止于至善。

知止而后有定,定而后能静,静而后能安,安而后能虑,虑而后能得。

物有本末,事有终始;知所先后,则近道矣。

古之欲明明德于天下者,先治其国;欲治其国者,先齐其家;欲齐其家者,先修其身;欲修其身者,先正其心;欲正其心者,先诚其意;欲诚其意者,先致其知;致知在格物。

物格而后知至,知至而后意诚,意诚而后心正,心正而后身修,身修而后家齐,家齐而后国治,国治而后天下平。

自天子以至于庶人,壹是皆以修身为本。

其本乱而末治者否矣;其所厚者薄,而其所薄者厚,未之有也!

首　节

《语类》:问:“明德是心是性?”曰:“心与性自有分别,灵底是心,实底是性。性,便是那理;心,便是盛贮该载发用敷施底。心属火，缘他是个光明发动底物，所以具得许多道理。如向父母，则有那孝出来；向君，则有那忠出来。这便是性。如知道事亲要孝、事君要忠，这便是心。”

虚灵不昧，便是心；此理具足于中，无少欠阙，便是性；随感而动，便是情。

知觉不专是气，是先有知觉之理。理未知觉，气聚成形，理与气合，便能知觉。

心，是知觉；性，是理。理无心，则无着处。所觉者，心之理也；能觉者，气之灵也。

《困勉录》：虚灵不昧，与具众理、应万事，虽是两层，却不可截然分开看。“虚灵不昧”四字，离不得具众理、应万事。若非具众理、应万事，虽有知觉，叫不得虚灵。

《蒙引》：《章句》“气禀”“物欲”，是两平说。但凡为气禀所拘，则必为物欲所蔽；凡物欲得而蔽之者，皆坐气禀之拘也。

《汇参》：原其初，则气禀之累固多；究其后，则物欲之蔽尤甚。此孟子所以云“陷溺其心者”然也。

新安吴氏曰：“气拘欲蔽，本明者所以昏也。然虽有昏昧之时，而无息灭之理。”

《语类》：明德不特静中发见，虽动中亦发见。缘德本至明，终是遮不得。便教至恶之人，亦时乎有善念之发。学者便当因其明处下工夫。一向明将去，致知格物皆是事也。

“在明明德”，须是自家见得这物事，光明灿烂，常在目前始得。

饶氏：明之之功有二。一是因其发而充扩之，使之全体皆明；一是因已明而继续之，使之无时不明。

《困学录》：“因其所发而遂明之”，是“明明德”吃紧下手处。“因”字、“遂”字最有力。因,则错过不得,须是察识;遂,则停待不得,须是扩充。格物致知,察识体验之功;诚意正心修身,扩充践履之事。

按:工夫须是一滚不住手做,无少间隙,方断得欲、完得理。《或问》:圣人施教,既已养之于小学之中,而复开之以大学之道。其必先之以格物致知之说者,所以使之即其所养之中,而因其所发,以启其明之之端也。继之以诚意、正心、修身之目者,则又所以使之因其已明之端,而反之于身,以致其明之之实也。是教人于小学、大学之事,知行之功,一滚不住手做也。《章句》:“学者当因其所发而遂明之,以复其初”,是教人于察识扩充之功,始终条理之事,一滚不住手做也。

《集解》:“民”字,合家人在,使人人知性分之所固有、职分之所当为。必有以去其旧染之污,而不安于昏溺之谓新。新之,德、礼、政、刑都要,劳来、匡直、辅翼、振德都不容已。实不出“养以遂生、教以复性”之两端。

《蒙引》:“新民”“止至善”,照《传》“前王”节看,只以我所加于民者言,方于“民可使由不可使知”,及“尧舜犹病”等意,不碍。

《或问》:“止至善”,明德、新民之标的。

新安吴氏曰:极尽天理、绝无人欲,又为“止至善”之律令。

《语类》:“至善”不曾识得到,少刻也会入于佛、老,也会入于申、韩。故《大学》必使人从格致直截要理会透,方做得。

明、新到尽头处,便是止于至善;不是明德、新民,其初且苟简做一截,到止于至善,又仔细做一截也。

《存疑》:讲末句,当云在乎明德、新民,止于至善;不可云明德、新民,又在乎止于至善。

按：止至善，照八条目看，有每事之至善，则以逐事为止；有各条之至善，则以渐进为止；有统会之至善，则以诣极为止。一物一太极，每事之至善也；如致知则全体大用无不明，诚意则自慊而心广体胖之类，各条之至善也；学必如孔子，治必如唐虞三代，统会之至善也。三“在”字，示以指归，使不误于用力。

次　节

按：此节从“在止于至善”句，抽论知行交接中之火候。欲人养其知到定、静、安地位，使之必得力于行而不迁也。“知止”云者，程子所谓“明诸心、知所往”也。物格知至，方有此知。不曰至善，而直曰止者，与学者言理，则名以至善，而知学之无以尚；与学者言事，则直以为止，而后道不悬于虚。

《语类》：至善，天理人心之极致。盖其本于天理、验于人心，即事即物而无所不在。吾能各知其止，则事事物物，莫不各有定理，而分位界限为不差矣。

定、静、安、虑、得五字，是功效次第，不是功夫节目。

“定”以理言，故曰“有”；“静”以心言，故曰“能”。

《存疑》：定、静、安，都就知一边讲；能得以后，方是行。

《集解》：志主于善，不东以西之谓定；心凝于善，内念不纷、外物不摇之谓静；身随境适，不乱于造次颠沛之谓安。

《语类》：虑是思之精审，《易》所谓“研几”也。

曲折精微，非虑不得。知止了，临时不能虑，则安顿不恰好。

饶氏曰：譬之秤，“知止”，是识得秤上星两；“虑”，是将来称物时又仔细看;“能得”,是方称得轻重的当。

三　节

《疏义》:“物”与“事”一也。自其为事言,曰物;自人所从事言,则曰事。

《或问》:两物而内外相对,故曰“本末”;一事而首尾相因,故曰“终始”。

《蒙引》:此“知”字浅,又在“知止”之前。“近道”,正以其于用功处,知所先后而近也。

按:“物有本末”“本”字,指“明德”说;后“修身为本”“本”字,合“明明德”说。“终始”“先后”,玩经文似可统八条目说。照《章句》,则“始”“先”字,尤重格致上。看此节,读圣经要识本而知所先,则大学之功可举。诚识得明德,时常提掇操存,使之炯然不昧,以先立乎其大,就此去格物而致其知。当前作一事,格其为善为恶;发一念,格其为理为欲。必求知到当然而不容已,与所以然而不可易者。使于善于理,真如饥渴之于饮食;于恶于欲,真如脏腑之于鸩砒。则诚、正、修、齐、治、平,可渐造矣。故《语类》云:“《大学》首三句,说一个体统。用力处,却在致知格物。”又云:“明德当因其明处下工夫。一向明将去,致知格物,皆是事也。”此意也夫。

八条目通解

《正学渊源》:金氏曰:诸条工夫,日用动静间须交行并进。但推其所以然之故,则有先后之序。

《语类》:格、致,是穷此理;诚、正、修,是体此理;齐、治、平,是推此理。

格、致、诚、正、修,是下工夫以明其明德。要常见得一个明德,隐然流行于五者之间。

致知,是梦觉关;诚意,是人鬼关。过得此二关,上面工夫,一节易如一节了。

《辑语》:两节"先后"字,总是工夫次第。节节自有本分,步步自有交关。

按:此两节顺逆反复说。看"欲""先"字,工夫凌邋他一步不得;看"而后"字,工夫欠缺他一毫不得。所谓序不可乱、功不可阙也。其实有两番文字、无两番意理。下七"而后"字,明上六"先"字;一"在"字,坐实他节节工夫耳。学者须于各件本分处,界域功程之真勘得他明,到于各件交关处,相资相病之故勘得他确切,方好。

正心诚意,本有自源及流之功。《中庸》"天命"章之"戒惧慎独",周子之"立极审几",可覆按也。此所云诚、正之先后,与《中庸》"衣锦"章之"先内省于敬信",则始学用功之序欤!

致知格物,是就每件下手时说,则格处即是致处,故此条在上节另下一"在"字。物格知至,是就统体得手时说,则物格有积渐,知至是一旦豁然贯通,故此条在下节例用"而后"字。

四　节

《或问》:"明明德于天下",极体用之全,而一言以举之,以见天下虽大,而吾心之体无不该;事物虽多,而吾心之用无不贯。盖必析之有以极其精而不乱,然后合之有以尽其大而无遗。

《语类》:“明明德于天下”,说个规模如此。学者须有如此规模,却是本来合如此,不如此便欠了。

《困学录》:玩“欲”字,合下具如此胸次,自然条理精密、工夫周详,不做到尽处不休。一“于”字,两节精神,隐然已具。

《孔疏》:“明明德于天下”,欲彰明己之明德使遍于天下。

按:即《十传》所谓慎吾之明德,而絜矩以布之天下者,但虚实异耳。

《存疑》:齐、治、平,俱要兼化之、处之说。

《蒙引》:齐家之道,必笃恩谊、正伦理,使父子、兄弟、夫妇皆欢然有恩以相爱,灿然有文以相接。

《存疑》:修身,兼身之所具、所接说。《传》中视听饮食,是就所具说;孝弟慈,是就所接说。

《语类》:心为一身之主,不可有顷刻之不存。一不自觉,而驰骛飞扬以徇物欲于躯壳之外,则一身无主、万事无纲矣。

《集解》:心,统性情兼体用。未发,则敬以直内,存其本然之体,而不为物先。已发,则虚以应物,全其当然之用,而不与俱往。动亦定、静亦定,之谓正。

《蒙引》:心,该动静意。只是心萌动之端,心之时分多,意之时分少。

《语类》:问:“心,本也,意特心之所发。今欲正心先诚意,似倒了。”曰:“心无形影,叫人如何撑拄?须是从心之所发处下手。先须去了许多恶根,如家里有贼,先去了贼,方得家中宁。”

“心猝难摸索。心譬如水,水之体本澄湛,却为风涛摇动,必须风涛息,然后水之体得静。人之无状污秽,皆在意之不诚,必须去此,然后能正其心。”

《存疑》:正心,是要心之存发得其当;诚意,是要发心真实为善。意不诚,全是个恶人了。所以紧要在诚意。

《语类》:情,性之动;意,心之发。情,是会做底;意,是去百般计较做底。意,因有是情而后用。情,是发出恁地;意,是主张要恁地。情,如舟车;意,如人使那舟车一般。

志,是心之所之一直去底;意,是经营往来底,凡营为谋度往来,皆意也。所以横渠云:"志公,而意私。"

知与意皆从心出。知,则主于别识;意,则主于营为。知,如向导;意,如先锋。知,近性、近体;意,近情、近用。

问:"诚意,莫是私意所发,制之否?"曰:"若说制便不得,须是先致知;知至,私便无着脚处。"

按:心之所发,都从知所熟路上走。如善、恶、义、利、敬、肆,知熟在那一边,则意一动便走向那一边。至于其间是似、浅深、偏全、疏密、浮切,意底分数,都视乎知底分数。所以欲诚其意,须先致其知。

《语类》:人莫不有知,但所知者止于大略,而不能推致其知以至于极耳。致之为义,如以手推送去之意。

从本明处渐渐推将去,穷到是处,吾心亦自有准则。

格物,须是从切己处理会去。

格物,十事格得九事通透,一事未通透,不妨;一事只格得九分,一分不通透,最不可,须穷到十分处。

《大学》不说穷理,只说格物,便是要人就事物上理会。如此,方见得实体。

有物便有理。若无事君、事亲底事,何处得忠孝?

真氏曰:若不就事物上推求义理,则极至处亦无缘知得他尽。

程子曰:格,至也;格物而至于物,则物理尽。

汪遄喜曰:彻骨彻髓见得透则自真切。《章句》"尽"字,包得"切"字义。

《疏义》:所谓格物者,亦谓身心意知家国天下之事物耳,如微而四端七情、要而五伦五事、大而礼乐政刑。考之书册、验之身心,如是而已。

五　节

《读书录》:物格,是逐物逐事上穷至其理;知至,是万物万事上心通其理。格物,犹是物各为一理;知至,则知万物为一理。《大学》格致连诚正说,则格致先讲明身心、性情之理,而后其功可施。故程子曰:"格物莫若察之于身。"其得之尤切。

《章句》:极处无不到。极处,即至善。

《存疑》:事物皆有所当然而不容已,与所以然而不可易。致知,欲知到此也。知得到此,则自心乐意契,虽欲不为亦自不容已矣。

《蒙引》:格物之理,致吾之知。是者必极其所真是,非者必极其所真非;善必极其本之所由来,恶必极其几之所由起。则意可诚,而无一念之或欺;心可正、身可修矣。

《语类》:为善须十分知善之可好。若知得九分,而一分未尽,只此一分未尽,便是鹘突苟且之根。少间,说便为恶也不妨。

岂可说知未至,意便不用诚?但知未至时,虽欲诚意,其道无由。今人知未至者,也知道善当好、恶当恶。然临事不能如此者,只是实未曾见得。若实见得,则行处无差。

平时别识得天理人欲分明,有纤毫私欲,便能识破他,自来检点惯了。譬有贼来，便识得、便捉得。他不曾用功底，与贼同眠、同食，也不知。

问："知至以后，善恶既判，何由意有未诚处？"曰："克己之功，乃是知至以后事。惟圣罔念作狂，惟狂克念作圣。一念才放下，便是失其正；才说太快，便失却此项工夫也。"

欲知知之真不真、意之诚不诚，只看做不做如何。真个如此做底，便是知至意诚。虽是意诚，然心之所发有不中节处，依旧未是正。意诚后，推荡得渣滓伶俐。

尽是义理。到心正，则胸中无些子私蔽，洞然光明正大，截然有主而不乱。此身便修，家便齐，国便治，而天下可平。

自"修身"以往，如破竹。然逐节自分明去。

六　节

《或问小注》：凡入大学之人，后日皆有齐、治、平之责，则皆不可不尽格致诚正之功以修其身。"本"字，对家国天下看；"修身为本"，即明明德为本，无二本也。

按此，则吴季子"庶人有家"之说，谬矣。

末　节

周子曰：治天下有本，身之谓也；治天下有则，家之谓也。

朱子曰：所厚者，谓父子兄弟骨肉之恩。经文特下此语，要人知夫人道之大在此，不可以为末，而与民物例视。

《集说》：下一层，紧跟身不修来。"所厚者薄"，是末不治底起头处。"本乱"，即所厚如家，已先薄了，何况国与天下，则本不可乱明甚。

按:上节神理,得此反拶倍紧醒,“末”上又析出一义精细。“否矣”,言家国天下断不齐治平,贴家国天下上讲。“未之有也”,言我断不能治国平天下,贴治之平之者讲。

按:《大学》言格致,《中庸》只言明善;《大学》言诚正修,《中庸》只言诚身。《中庸》提得简要,《大学》做得精密。

传首章

【原文】

《康诰》曰:“克明德。”

《大甲》曰:“顾諟天之明命。”

《帝典》曰:“克明峻德。”

皆自明也。

首　节

《语类》:“克”,是真个会底意,比“能”字有力。“明”字,连克字读。“德”,自是明德。

按:此武王举文德以诫康叔也。人都任他禀、拘欲蔽,愦愦悠悠过世,惟文王真个会敬明此德。

二　节

《语类》:今人多鹘鹘突突,一似无这个明命。若常见其在前,则凛然不敢放肆,见许多道理,都在眼前。

又：才有照管不到，便暗损了这明命。

《集解》："顾㊞"，兼静存动察。

按：此伊尹举汤德以训太甲也。"顾㊞天之明命"，从大源上注视下来，觉伦常事物之间，此理倍分明森竦，直是一毫戏渝驰驱不得。

三　节

《小注》：明其大德，只是明明德到十分尽处，非明德外别有峻德也。

按：此史臣赞尧之德也。德之全体本大，私欲杂之则小。尧无一私之杂，故曰"克明俊德"，而被四表、格上下、亲睦九族、平章百姓、协和万邦者，在是矣。

每节只一语，可依杨氏作题目入思议说。借达磨参法，观昭旷之原，裕酬酢之用。

末　节

《小注》：不重"自"字，重"皆"字，见三圣都如此，学者所当法也。

《困学录》：四字大声疾呼，教人看样。

传二章

【原文】

汤之《盘铭》曰："苟日新，日日新，又日新。"

《康诰》曰:“作新民。”

《诗》曰:“周虽旧邦,其命维新。”

是故君子无所不用其极。

首　节

《集解》:盘,盥面之器。“日新”二字现成,拆不得。“苟”字,诚切意;“日”字,接续意;“又”字,更提振意。都在精神上说。全体、逐事,终日、百年,都须有此三句意。为学先要理会这“苟”字,然下二句,正自难进,在汤且须此铭警。

二　节

《集解》:《康诰》言康叔,汝既有斯民之责,不问民之如何,便当处之、化之,振作个日迁善之民来。

三　节

《语类》:是新民之极,和天命也新。

《疏义》:民被文王之化,气象骎骎日新,即以见天命之新,非别有符瑞之命。

末　节

按:首传三节已包新民,此传首节,又本自明,用极意节节都含,故直取三传意,于此点出。

传三章

【原文】

《诗》云:“邦畿千里,维民所止。”

《诗》云:“缗蛮黄鸟,止于丘隅。”子曰:“于止,知其所止,可以人而不如鸟乎?”

《诗》云:“穆穆文王,于缉熙敬止!”为人君,止于仁;为人臣,止于敬;为人子,止于孝;为人父,止于慈;与国人交,止于信。

《诗》云:“瞻彼淇澳,菉竹猗猗。有斐君子,如切如磋,如琢如磨。瑟兮僩兮,赫兮喧兮。有斐君子,终不可諠兮!”如切如磋者,道学也。如琢如磨者,自修也。瑟兮僩兮者,恂慄也。赫兮喧兮者,威仪也。有斐君子,终不可諠兮者,道盛德至善,民之不能忘也。

《诗》云:“于戏,前王不忘!”君子贤其贤而亲其亲,小人乐其乐而利其利,此以没世不忘也。

首　节

《章句》:《诗·商颂·玄鸟》篇。言物各有所当止之处也。

《析义》:“惟民所止”,言礼乐政教,观光最近也。

二　节

《章句》:《诗·小雅·缗蛮》篇。言人当知所当止之处也。

按:缗,声之不绝;蛮,声之难辨。《注》“岑蔚”,丘之高锐而多木处。“于止”,于欲止之时;“所止”,所当止之地。“可以”字,是策励责成语;“不如”,以决择之智言。极激发人。

三　节

《集解》:上二节,只引出“止”字、“知”字,此乃以文王立明新、止至善之准。“缉熙敬”,就文王说,是生安能事;就人法文王说,是紧要工夫。不间断昏昧了这敬,自是安于所止。此“敬”字、“止”字,就统会上合体用说。许敬庵云:“止,在心为寂然不动之体,在事为当然不易之则。”安溪云:“引诗以‘穆穆’发其端,而终以‘敬止’,即周子立极之义。”许说甚是。下五段,乃大目之分见者。

节斋蔡氏:同一仁也,生之、育之固仁,刑之、威之亦仁;同一敬也,鞠躬尽瘁固敬,陈善闭邪亦敬。须随地止夫仁、敬、孝、慈、信之所在,方得谓“止于至善”。

按:“与国人交”,兼交邻、治民言。以身临接,总是交五者尽之于己,便是明明德分上之“止至善”;五者被之于人,便是新民分上之“止至善”。

四　节

此释《淇澳》之诗,以明明明德者之止至善也。上“有斐”,含下四句说;下“有斐”,包上四句说。传者语,每下截,都从每上截想出,方是释诗本旨。

《存疑》:学之剖析理欲界限也,似于切;又仔细研辨,不使一毫人欲混于天理，似于磋；修之攻破物欲之坚也，似于琢；又仔细磨砻，务使人欲尽去、天理纯全，似于磨。如此用功，然后此心惺惺、终日钦钦，更无放逸走作。所谓恂慄、威仪，即恂慄之著于外者，分知行、心身讲。

《精言》：学，即格致；自修，即诚正修。恂傈，意诚心正之验；威仪，身修之验。

《或问》：盛德，以身之所得而言也；至善，以理之所极而言也。切、磋、琢、磨，求其止于是而已。

此"不忘"，以好德言；下"不忘"，以被泽言。

五　节

此论《烈文》之诗，以明新民者之止至善也。

按：其贤、其亲、其乐、其利，正前王新民实际。虽就现成说，而当年经画区处法意可见。举后人之贤、亲、乐、利，尽范于文、武教育中。此《章句》所谓"能使"也。此"以"字，是直指语，非叹想语。谓从对面看出，谓是日后追思，皆失传注本旨。

旧订序讲附录：

显谟丕烈，是其贤也。能使后之君子，率旧章而由，愆忘悉泯，沐作人之化，德造胥成，而贤其贤。厚泽隆基，是其亲也。能使后之君子，享卜年之祚，本支相维，荷亦世之荣，忠勤日笃，而亲其亲。治成化洽，是其乐也。能使后之小人，游升平之宇，兵革罔闻，亲礼让之风，凌暴弗睹，而乐其乐。制产教树，是其利也。能使后之小人，抱事畜之心，俯仰已给，依桑牧之法，帛肉无忧，而利其利。前王新民，尽善如此。"没世不忘"，岂幸致哉？

传四章

【原文】

子曰:“听讼,吾犹人也。必也,使无讼乎!”无情者不得尽其辞,大畏民志。此谓知本。

《蒙引》:观传者释语,须把“听讼”一句置了,只就“使无讼”句内讨出本末。盖无讼者,民德之新,末也;使民无讼者,己德之明,本也。本末先后了然矣。“情”,实也;“尽”,逞也。其辞虚诞之辞、无实之辞不得自逞,盖已化无实为实了。非仍无情,而但不敢尽其辞也。“此谓知本”,谓观此言,可以知本;非谓孔子此言,可称知本。

按:民本有明德。我明其明德,直与相喻于隐微之中,不徒使于讼上不敢昧其曲直。故不曰畏民,而曰“畏民志”。且与相见于本原之地,不徒使于讼之一端曲直不敢昧,故不曰畏民志,而曰“大畏民志”。

补传五章

【原文】

此谓知本,此谓知之至也。

【右传之五章,盖释格物、致知之义,而今亡矣。闲尝窃取程子之意以补之曰:“所谓致知在格物者,言欲致吾之知,在即物而穷其理也。盖人心之灵莫不有知,而天下之物莫不有理,惟于理有未穷,故其知有不尽也。是以《大学》始教,必使学者即凡天下之物,莫不因其已知之理而益穷之,以求至乎其极。

至于用力之久，而一旦豁然贯通焉，则众物之表里精粗无不到，而吾心之全体大用无不明矣。此谓格物，此谓知之至也。”】

《集解》：格致为明善之要，传亡，则诚正修功，无起手处，不得不补。程子之说十六条，详具《或问》，此传盖取其意而言。

“所谓”三句，释经文格致句之旨。

《语类》：道之不明，都由后人舍事迹以求道，所以古人只道个格物。若无事君、事亲底事，何处得忠孝？

“盖人心”六句，推格以为致之理。

按：知本于心，而管乎物理；理见诸物，而具于心知。物理有一件一层之遗，即心知有一件一层之缺。

“是以”四句，论格致之功。

“始教”，必知以开行之先，不因其已知之理穷之，则不得个入处。本然之明、学问所得，皆已知也。程子云：“致知之要，当知至善之所在。”

《语类》：“工夫须不住地做。一事格九分，一分不通透，最不可。凡事不可着个且字。”又云：“如知砒鸩之必杀人，虎狼之必噬人，方为真知。”此益穷之至极之说也。

按：看“即凡”字、“莫不”字，虽向该括处说，须知其间自有本、有要、有序。有本者，程子所谓“立诚意以格物”，朱子谓“必居敬乃能穷理”，是也。有要者，《或问》所谓“格物以四端、七情、五事、五伦为切要”，《文集》谓“为学而不穷天理、明人伦、讲圣言、通世故，是何学问”，是也。有序者，程子所谓“格物须是从切己处理会去，待自家已定叠然后渐渐推去，这便是能格物”，是也。

“至于”四句，著格致之效。程子曰：“非必穷尽天下之理，又非谓只穷得一理，便到。但积累多，自当脱然有贯通处。”又曰：“能致其知，则思日益明，至于久而后有觉。学而无觉，何以学为？”

《语类》：若于大处攻得破，见许多底只是这一个道理，方快活。

按：忽表与粗，必将舍视听言动以言仁，而蹈于佛氏之猖狂虚寂；遗里与精，必将执词章著述以为学，而流于俗儒之浮泛无根。有不到，则不知其所当然而不容已，与所以然而不可易者，而听其若存若亡、可做可不做矣。

《辑要》：两“此谓”，释经文一“在”字，言即此谓之格物，即此谓之知至。

传六章

【原文】

所谓诚其意者，毋自欺也。如恶恶臭，如好好色，此之谓自谦。故君子必慎其独也。

小人闲居为不善，无所不至，见君子而后厌然，掩其不善，而著其善。人之视己，如见其肺肝然，则何益矣。此谓诚于中、形于外，故君子必慎其独也。

曾子曰：“十目所视，十手所指，其严乎！”

富润屋，德润身，心广体胖，故君子必诚其意。

上章明善之要，此章诚身之本，乃明明德争关夺隘处，人鬼攸分，故单传而言，尤深切。

首　节

《汇解》：自欺者，自欺其知也。心上明知善合当为，又有些便不如此做也不妨底意思；明知恶不当为，又有些便为也不妨底意思。此便是自欺，便是意不诚。“毋自欺也”，正从本心一点惺惺不昧处勘定，一刀两段，句极斩截。下三句一气直注，是“毋”字尽量语注，决去必得，是两“如”字实际。“谦”，兼快、足二意；“自谦”，以明德为骨、以知为量，并非徇外为人。“独”，即意，意起惟已独知，故又云“独”。“独”，乃欺、慊分根之地。戒欺求慊，是诚意下手处；“慎独”，又戒欺求慊下手处。宽一步、迟一刻俱不得。于此实用其好恶之力，便善长而恶消；不实，便善消而恶长。所以周子曰“几善恶”。“故”字、“必”字，直下承当。

次　节

按：此借大故无状之小人，为君子对面立鉴戒。言若不用上节实功，甚之便是此辈。其抉摘小人，都是提撕君子。“闲居”二句，恶之诚于中也；“见君子”五句，恶之形于外也。诚意要在慎独，今不诚之于思，复不守之于为，直到见君子时，乃思掩著。玩“而后”字，则“何益”句，言嗟何及矣，作伪徒劳耳。见世上百般机诈，总不是站脚安身处。“此谓”八字，苦心揭明必至之理，截尽邪蹊，乃得力行正道。故末句仍用上结语引归一路。卢氏：“此‘故’字、‘必’字，尤痛加警省。”

三　节

《翼注》:实理无隐、显之异。有意,便分善恶;有善恶,即可指视。我有可视可指,即属共视共指。

《汇参》:章句兼善恶言,当是承上两言慎独,力拶独之不可不慎。“曾子曰”三字,大声疾呼,提撕深切。

按:“其严乎”三字,口吻欲噤,为上两煞句、两“必”字,鞭上加鞭。程子其要只在谨独,真会一“毋”字、三“必”字,及此节微言。

末　节

按:此于次节,不对而照。言不慎独,非惟不自慊,而且掩著俱穷。能慎独,有不自慊,而心体胥泰乎?亦就事理,必然说个榜样,以起结句,非言效也。

《困勉录》:慎独,则有德可言矣。“润身”,包下“心广体胖”。看“润”字,浸淫之妙、积累之功俱见。广、胖尚尽不得正修,然已是正修之渐。

《绍闻编》:意之诚不诚,决于独之慎不慎,故上两言“必慎其独”。君子小人之判,又决于意之诚不诚,故此则言“必诚其意”。且以释经,是二是一。

总注解

《语类》:知有不至,则其不至之处,恶必藏焉。以为自欺之主,虽欲谨独而不能。到得意诚、过得个大关,方照管得个心与身。

传七章

【原文】

所谓修身在正其心者,身有所忿懥,则不得其正;有所恐惧,则不得其正;有所好乐,则不得其正;有所忧患,则不得其正。

心不在焉,视而不听,听而不闻,食不知其味。

此谓修身在正其心。

按:心不正有两样病,或着而不化,或放而不存。《注》两“察”字、“敬以直”之句,是方药。以敬,则有主而精明。有主则虚,即首节病治法;有主则实,即次节病治法。《大全》蛟峰方氏说,最谛;《时讲》反非之,惟迷故谬。

首　节

按:病在一“有”字;“所”字连下读。“有”,则滞而不化,存非廓然大公之本,发非物来顺应之常,其为此心体用之害大矣。传者所以举重先言。

《章句》“欲动情胜”一截,解心之体不正;“用之所行”一截,解心之用不正。然到“所行”二字,方是说用。上两“用”字,都是虚字,只作情字看,不得误认。

《语类》:心,如鉴之空、如衡之平,妍媸高下,随物定形,而我无与焉。这便是体用得其正。若先有在心上,到应物时,便不是从无处发出。

次　节

按:顾心不得其正,“有”之为累固大。而或静焉而昏、动焉而驰,仍非此心虚宁真宰。故此节展开一步,再说放而不存之病。谓人心无论偏滞不得,但偶失操持,便即形声滋味之粗,都无以辨,况于检身以修身哉?

《章句》只“心有不存”二句解本节;“是以”以下,乃统上节而解。“察而敬以直之”,遂接“然后”云云。曰“常”、曰“无不”,见正心以修身,此外已无余法,末节“在”字之理已穿。玩总注,仍只用密察直内字面,自见明白。

末　节

按:正修各有工夫。然心为身主,而威仪不外恂慄,故直用“在”字。

按:讲家不识传文脱换伸缩整斜之妙,又误泥《章句》字面,故心不正病痛、正心工夫,说来多致偏漏。

传八章

【原文】

所谓齐其家在修其身者:人之其所亲爱而辟焉,之其所贱恶而辟焉,之其所畏敬而辟焉,之其所哀矜而辟焉,之其所敖惰而辟焉。故好而知其恶,恶而知其美者,天下鲜矣。

故谚有之曰："人莫知其子之恶，莫知其苗之硕。"

此谓身不修不可以齐其家。

《语类》："忿懥"等，是见于念虑之偏；"亲爱"等，是见于事为之失。"忿懥"等，是心与物接事；"亲爱"等，是身与物接事。

《思旷》：上节，是身之接物，莫涉家看；下节，势趋家不齐去，莫仍作身看。并非再证上文，章句自明。

按：《十传》只将明、新症治方药，逐条订明，听入大学者，检验遵用。谓从前路工夫来，何尚有此等病？谓正不免此等病皆瞀也。

至好恶、忿懥、亲爱等，皆情也。发念为意，存主是心；作为属身，施被便及家国天下。只因地头而别，非有异也。

此传说修、齐，乃明、新分界，先须人己贯通，最怕关格。故此传就这处说，后二传亦然。

订通讲：

经谓齐家在修身者，如亲爱、贱恶、畏敬、哀矜、敖惰，五者之情，本有当然之则。协其则于身之所具所接，即所以修其身；协其则于家之伦理恩谊，即所以齐其家。惟其所向不复加察，则必陷于一偏。夫人无全美，好须知其美中之恶；亦无全恶，恶须知其恶中之美。惟好恶胥得其平，斯美恶各还其分。辟，则曷望焉，此天下之通病也。谚写之矣，曰"溺爱者不明，贪得者无厌。"子之恶、苗之硕，有一之能辨乎？吾见情识乱而乖隔生，虽有以修其身，总归不是；虽欲以齐其家，都行不通。犹正墙面而立耳！此谓身不修，不可以齐其家。偏之害，可胜言哉！

《语类》：敖惰亦非恶德。有一等人，见之令人懒与为礼、简与为礼者，但辟则已甚矣。

按:修、齐本有正义,今传文并未说及,特举用情偏处,从身与家交关上讲,精神都结聚末节“不可以”三字上。此何以故?盖此等病易犯难除,一有乖隔,修、齐事便一齐说不起了。治病先所急,故传论其急者。若夫修、齐正义,则《章句》云“五者,在人本有当然之则”。及上下章视听饮食、孝弟慈、仁让等,按而体之,无不可以曲畅而旁通。好学深思者,自得之已。

此传照《经》“其本乱”三句落墨,故结异。《小注》谓变例,非。

传九章

【原文】

所谓治国必先齐其家者,其家不可教而能教人者,无之。故君子不出家而成教于国。孝者,所以事君也;弟者,所以事长也;慈者,所以使众也。

《康诰》曰:“如保赤子。”心诚求之,虽不中不远矣。未有学养子而后嫁者也。

一家仁,一国兴仁;一家让,一国兴让;一人贪戾,一国作乱。其机如此。此谓一言偾事,一人定国。

尧舜帅天下以仁,而民从之;桀纣帅天下以暴,而民从之。其所令反其所好,而民不从。是故君子有诸己而后求诸人,无诸己而后非诸人。所藏乎身不恕,而能喻诸人者,未之有也。

故治国在齐其家。

《诗》云:“桃之夭夭,其叶蓁蓁。之子于归,宜其家人。”宜其家人,而后可以教国人。

《诗》云:“宜兄宜弟。”宜兄宜弟,而后可以教国人。

《诗》云:“其仪不忒,正是四国。”其为父子兄弟足法,而后民法之也。

此谓治国在齐其家。

按:此传只“不出家而成教于国”一语尽之。“而”字缩上,“孝者”六句明之。《康诰》三节,顺逆回环写足之,正结了本传。复三引诗咏叹之,就诗意再结。不惟本文骨节灵通、机神团聚、气脉萦回,而经文“欲先”字、“而后”字、“壹是”句、“其本乱”两截数句,神理都向空中飞舞。曾子日省传习深心,千载如见。

首节

按:提句不例用“在”字,却换“必先”字,紧承上章结语,接以反拶之笔,所以明经文末三句“未之有也”之旨。早藏得一“身”字在,故于第四节点出,直探“成教”之源,遥应经文“修身为本”之旨。《章句》入手便为拈出,醒甚。

《辑语》:“孝者”六句,悬空向家国相通道理上,指点“不出而成”四字之故,不涉君子、国人身上说,乃净。

二节

按:此言教之立不假强为,是就孝弟慈上鞭实“不出家”一截本领。“诚”字,非诚实之诚,乃诚切之诚。知赤子切于我,推不得他人去,便自会求、自会中,自不待学。慈不假强为,则孝弟可知。人能慈,不能孝弟,只是看父母兄长不甚切于吾耳!

《蒙引》:《章句》旧本“推以使众”,亦犹是也。既改为今本,则引书是断章,“如”字可略,不得复缠“使众”。“识端推广”,总就孝弟慈上说耳!

三节

按:此言教之成应感最速,是向事君、事长、使众边,揭明“成教于国”一截机关。但教国由于教家,其机在家而实在身。随手收入一步,以“一人”带起。下节“率”字、“好”字、“己”字,渐逼出“身”字,讨个归宿。

《集解》:《注》“效”字,犹言实验。孝弟慈蔼然秩然处,便是仁让;反此,便是贪戾。二者皆人心所有,不触不发,机动便赴,迅而不停,肖而不爽,都由乎我。“此谓”引来,为其机作证。“一人”,握机之人;“定”,亦定之于其机也。

四节

按:承上言“一人定国”,亦定之于一人之身耳。是从“教成于国”,缩转“不出家”上。前六句,虚笔顺引;后七句,实笔逆缴。“其所令”二句,衔虚控实、上下转捩。“帅”字宽,“所好”方是帅字实处;“所好”字亦尚宽,“有诸己”“无诸己”,方是所好实处。一路追到“藏诸身”上,见教成于国,总归修身以齐其家,煞是一毫假借不得。下节通结,“在”字直如挨门落臼矣。章首反起,此处反收,恰如督脉之运,结构精严。尧舜、桀纣,不过随口引证;仁、暴字,只是因文对举。求人、非人,都非要说推行,即“恕”字,亦只借言逆勘在我之无其实。《章句》

“推己及人”，疏明“恕”字常解，却挂在“有诸己”四句上，而以“不如是”三字，暗代本文不恕实面。可知悉非节旨所重，何泥焉？

五　节

通结上文。须带入修身，发挥实理，与末节单就三诗上指点者不同。

后四节

订解：

三引诗，非于上文所论外别有发明，只反复咏叹，使深长义味，都从三“而后”字咀吮出来。宜家人、宜兄弟，言齐家也，须跟修身以正教国之源；仪不忒，言修身也，须补齐家以清民法之序。《诗》词外接句，都移向治国君子上讲。两“教国人”句，须紧贴宜室家、睦兄弟意，就君子边顺推去，见断难宽假。“民法”之句，须紧贴父子兄弟尽道意，从国人边逆溯来，见断难幸致。“此谓”，指三引诗而言。

传十章

【原文】

所谓平天下在治其国者：上老老而民兴孝，上长长而民兴弟，上恤孤而民不倍，是以君子有絜矩之道也。

所恶于上，毋以使下；所恶于下，毋以事上；所恶于前，毋以先后;所恶于后,毋以从前;所恶于右,毋以交于左;所恶于左,毋以交于右。此之谓絜矩之道。

《诗》云:“乐只君子,民之父母。”民之所好好之,民之所恶恶之,此之谓民之父母。

《诗》云:“节彼南山,维石岩岩。赫赫师尹,民具尔瞻。”有国者不可不慎,辟则为天下僇矣。

《诗》云:“殷之未丧师,克配上帝。仪监于殷,峻命不易。”道得众则得国,失众则失国。

是故君子先慎乎德。有德此有人,有人此有土,有土此有财,有财此有用。

德者,本也;财者,末也。外本内末,争民施夺。

是故财聚则民散,财散则民聚。

是故言悖而出者,亦悖而入;货悖而入者,亦悖而出。

《康诰》曰:“惟命不于常。”道善则得之,不善则失之矣。

《楚书》曰:“楚国无以为宝,惟善以为宝。”

舅犯曰:“亡人无以为宝,仁亲以为宝。”

《秦誓》曰:“若有一个臣,断断兮无他技,其心休休焉,其如有容焉。人之有技,若己有之;人之彦圣,其心好之,不啻若自其口出。实能容之,以能保我子孙黎民,尚亦有利哉!人之有技,媢疾以恶之;人之彦圣,而违之俾不通。实不能容,以不能保我子孙黎民,亦曰殆哉!”

唯仁人放流之,迸诸四夷,不与中国同。此谓唯仁人为能爱人,能恶人。

见贤而不能举,举而不能先,命也;见不善而不能退,退而不能远,过也。

好人之所恶,恶人之所好,是为拂人之性,菑必逮夫身。

是故君子有大道，必忠信以得之，骄泰以失之。

生财有大道，生之者众，食之者寡，为之者疾，用之者舒，则财恒足矣。

仁者以财发身，不仁者以身发财。

未有上好仁而下不好义者也，未有好义其事不终者也，未有府库财非其财者也。

孟献子曰："畜马乘，不察于鸡豚；伐冰之家，不畜牛羊；百乘之家，不畜聚敛之臣。与其有聚敛之臣，宁有盗臣。"此谓国不以利为利，以义为利也。

长国家而务财用者，必自小人矣。彼为善之，小人之使为国家，菑害并至。虽有善者，亦无如之何矣。此谓国不以利为利，以义为利也。

按：此言平天下者，观于国而知人心之同，便当慎德以端吾矩，絜民好恶于教养；问于国用人材两端，不使稍有所辟，以失其所以同民者，则天下平矣。三言得失关锁之，以致叮咛之意。《文王》之诗，言天下之得失，视乎民心之向背也。民心向背，天命以卜。《康诰》一引，言天命之去留，视乎君身之善否也。君身之善不善，验于絜矩之能不能。"君子有大道"一结，言絜矩之得失，视乎君心之敬肆也。"先慎乎德"，亦慎之于得失之几，毋违义用小人专利，以致覆亡耳！

首　节

按："上老老"六句，就家国上言。只从三"而"字，透发人心之同，为"是以"句导脉蓄势，呆装感应话头不得。到末句，方说向平天下政事上去。治国非略政事，而其要在有以化之，故都责重标准一边;平天下非宽化道,而其要在有以处之,故都责重推行一边。《章句》“可以见人心之所同”句,是“是以”二字真血脉;“不可使有一夫之不获”句,是“是以”二字真精神。《或问》“物格知至,有以通天下之志;意诚心正,有以胜一己之私”四句,是“有”字真本领。“知千万人之心,即一人之心;能以一人之心,为千万人之心”四句,是“有”字真作用。而后文同好恶、慎德、忠信等,根脉尤都通透于《或问》数语中。

二　节

《语类》:上下、前后、左右及中央,作七个人看,只将那头折转来比这头,紧要在“毋以”字上。

按:“慎吾忠信之德以絜之”,是“毋以”二字底骨子。言恶,而好可知,故下节并言好恶。《章句》云“此复解上文‘絜矩’字义”,则通节都藏在“君子有絜矩之道”一句内。却必如此絜说一番者,盖天下甚大,非面面照顾得到、处处安顿得稳,便有积重偏废之患,汉唐以下之治,固是本领上差。即其所为,亦是顾得一面遗却数面,安望兴而能遂?故必上下四旁,均齐方正,才算个絜。“此之谓”三字,直鞭到广大精详极致处,甚非苟然,《章句》所以云“此平天下之要道”。

三　节

《说文》:上“絜矩之道”,只浑举之词;此节好恶同民,方是传者指示实地下手处,为一章之要宿。故《总注》会全章意,都归结在同好恶上也。

《集解》:“民之父母”,非称颂效验之云。“此之谓“三字,是从道理职分上看得。

按:好恶不出养与教二者。制田里、薄税敛、立学校、明礼义,平天下实在处,岂外于此?好从顺此生,恶从反此作。所好、所恶两“所”字体得到,好之、恶之两“之”字放得实。亲贤乐利,自被诸民矣。

四 节

按:此节特为上节作一反照对勘话,见得失之界,无可中立。平天下者须好恶同民,以尽父母之道;毋容漫不加谨,而徇一己之偏。近起下文一结,远透“忠信”“骄泰”精神,不得平重。“不可不慎”,紧贴好恶说。

五 节

订解:

好恶公,则谓民父母;好恶辟,则为天下僇。此众心得失之几,而国因之者也。《文王》之诗,所云殷师未丧,而克配帝;师丧而即不克配帝者,其道此乎?《诗》从既丧后追言未丧,则讲一面,须两面俱到,方起得下二句。

《说文》:传者凡所引证,都借以明吾说,非释以伸彼意。引诗只断章取义,着眼自在“丧师”二字。若泥“峻命”句,是将《康诰》一引,倒翻在前,下“得众”“失众”云云,俱难顺接矣。

六、七、八、九、十,五节

《或问》:所谓慎德,亦格致诚正,以修其身而已。

订众说:

有絜矩之王道,不可无慎修之天德,所谓修身为本也。“先慎乎德”,从上慎好恶扣进一步,凭空立此一句,“慎”字直注。“忠信”“骄泰”云云,并非为本段财货缘起;“有德”二字一顿后,方为本段财用生根。“德者”一节,以德之为本,跌财之为末,方为本段言财用挈领。自此而下,乃即本末之内外,论有天下者之好恶,遂将不能絜矩而专利之害,逐层洗发出来。争夺,则民必散,而民并非其民,以“财散民聚”句为之对勘。民散,则财必悖出,而财并非其财,以言悖之出入为之借镜。两“是故”,明承而极指之,总以见事之必至,而末之断不可内也。

《语类》:问:“絜矩如何只管说财?”曰:“毕竟人为这个较多。所以生养人,只是这个;所以残害人,亦是这个。”

十一节

按:引《康诰》看一“于”字,言总视乎君身之善否为去留也,方于下二句枘凿相入,莫讲成“惟命不常”去。下二句,言能絜矩而善,则得天命;不能絜矩而不善,则失天命。两“则”字,正见其不常;“矣”字,敲侧得尤警。

《说文》:“悖出”节下、“灾逮”节下,《章句》已将本段或主财货而言,或主贤奸而言,各缴清能絜矩不能絜矩意了。三次结锁，都在大关目上承顶说下，不复琐缠本段。故再则曰“因上引《文王》诗而言”，三则曰“因上引《文王》《康诰》意而言”。

十二、十三两节

按：《楚书》、“舅犯”二条，绝不泥宝与善、国与亲等上，只在“无以为”“以为”几个字。见外所当外、内所当内，霸国犹知之，平天下者奈何不知？闲闲点缀，《章句》“意”字最微。雨初歇而蕉犹响，风欲过而荷转香。绕上段不尽之情，伏末段再畅之脉。草蛇灰线，马迹蛛丝，隐隆入妙。

十四节

按：此下四节，即贤奸之用舍，论有天下者之好恶也。

合订：

“一个臣”，只管本段。味“若有”二字，及下文一路想象之神，注到“以能”二句已止。“媢疾”一面，在《誓》意，是与上截正反相形；在《传》意，则本截直起下节。“断断”，诚一貌；无缘饰曰“诚”，无枝叶曰“一”。“无他技”，正以状其断断。大臣现才，反是身上添了赘疣，“他”字可玩。“休休”，有淡然无欲、粹然至善意。“如有容”，正以写其休休，着“如”字以摹之，非谓如物之有容者。从外貌折归其心，便领起下五句。“若己有”，则无才不己出之嫌，而弗遗弗枉可知。口之所出，转苦其心之所留，好何其至！“如有容”“实能容”，相首尾。“媢疾”句重上截，言其恶之也，乃深忌痛疾以恶之；“违之”句重下截，言必使绝无通路，方显他违戾手段。沈隐侯云：“我见人一善，如芒着背，亦不自知其何故？此实不能容之证也。”自古兴国非一端，而众正盈朝者罔不兴；亡国非一事，而驱除善类者罔不亡。传者引论用人，揭容贤、妨贤两种，真千秋炯鉴也。

十五节

按：此节举好恶之正而归之仁人，所以立之准也。下二节，并列之以昭其鉴戒。仁主、庸主、暴主，三样君，亦写得神骨毛发酷肖。

此节语意，自侧顶上节下一截而言，而神理，则并函上节两截。合下两节读之，可见。放者，远置边方；流者，遣使不返；四夷，谓穷荒无人之处。妒贤者绝无人理，迸之于此，所谓以御魑魅魍魉者也；中国，彦圣有技、子孙黎民之所居，如何可与之同？必如此解，二句方不复沓。“此谓”三句，见仁人所爱在容贤利国之人，则所恶自必严于妨贤病国之人。盖植嘉禾，先须去稂莠；养善类，首必锄巨奸。《传》引成语，先放“为能爱人”四字，意盖如此。卢氏侧说而失之倒，《时讲》平说而失之混。

《集解》：两“能”字，有公以生明、刚而能断二意。盖仁人不蔽于私，故明足以别贤奸；不挠于欲，故断足以神举错。

十六节

《集说》：四“不能”，全是私意牵制。用君子，恐其妨己之欲；舍小人，虑无遂己之私。并觉贤未必果益于治，不贤何遽大害于国。悠忽怠缓曰命，姑息宽纵曰过。庸主亦终抵败亡，但不若下节所云之甚耳。

十七节

好恶之情本于性。情拂，则性拂，灾必逮身，弗问子孙黎民矣。

《说文》：絜矩以与民同好恶，乃一章大旨。《章句》于论本末、论用舍，其各缴清本段处，前拈絜矩，此拈好恶，互文以见意耳。

十八节

按：过文当云：以上文所言得失观之，絜矩之大道，有能、有不能如此者，皆以其心之敬与肆不同也。

《或问》："忠信、骄泰之所以为得失者，何也？"曰："忠信者，尽己之心而不违于物，絜矩之本也。骄泰，则恣己徇私、以人从欲，不得与人同好恶矣。"

《说文》："大道"，指絜矩之道，当遵《或问》。盖慎德以修己，正以端吾矩，使絜之克尽其道而不差耳，岂有二乎？此节亦从大头脑上提掇关键，不缠用人。章内三言得失，从民心追到君身，从君身追入君心，故曰"至此而天理存亡之几决"。

十九节

订《说文》：

前段"末不可内"，是分段中正文，与《秦誓》四节相对。此下,因有土、有财,再抽财、用详论,是全章上结束,与絜矩大旨相足。盖为治之得失了然,人主却不能絜矩,都以国家经费浩繁、水旱兵戎、度支难继,因此好恶遂无以同民。传者乃为和盘打算、指定正门,而谓大道自足以生财;又为截断岔路,而谓牟利适所以致害。所以破其不能絜矩之疑,而晓以必当絜矩之理也。

《合参》:大道对聚敛小术言,即上大道中之一端。生众,以九职任万民也;为疾,以三农生九谷也。此是开财源。食寡,外官不过九品,内官不过九御,无冗员滥赐也;用舒,以九式均节财用,月要岁会,量入为出也。此是节财流。恒足,谓丰凶常变皆有所资。

《小注》:生财,当以足民为主,方合下好仁义利之旨。为足国起见者,聚敛之说也。

二十节

二句急牵过,下句轻。以财发身,不内末而民戴之,身自尊荣也。

二十一节

合订:

“好仁”,谓不专利而爱民,承以好义、贴以终事,注重守财上,三“未有”急叠而下。以上言财务生而不务聚,则身荣而财亦得,不必专利矣。下又举理有不可害、有必至者,丁宁以切之,见利又自不可专也。

二十二节

《说文》:《冠礼》:“古者五十而后爵。”郑注:“年未五十而有贤才者,试以大夫之事,犹服士服、行士礼。”畜马乘,既非驾二马之士,明系大夫,却又别于下伐冰之卿大夫,故《章句》云“士初试为大夫也”。其于丧祭,止用鸡豚,卿大夫以上,则用牛羊,但皆鬻之于市,不家畜也。“斩冰”,有国者之事,卿大夫亦受冰者耳。岂以丧祭取冰于公,故谓之伐?抑亦敲击其冰,纳之夷盘而即云伐欤?“百乘”,据包氏照开方法,应占地三十一里、十分里之六而有奇,正当百里国、十分之一。

《翼注》:聚敛,与前后脉相入。不独三段语势,趋重“不畜聚敛之臣”,与献子身为百乘之家,立言宜有轻重也。

《居业录》:以义制事,自然顺利。非将义去求利,只是义则无不利也。

《条辨》:两“以”字,只认义不认利;两“为”字,只缩在两“以”字内,作一层看。

末　节

按:至此财与人竟并归一路。“彼为善”之“为”字,似可去声读,因其要结而逐心善之也。搜利薮于本无,则善其计之周;不加赋而用足,则善其才之卓;快人主之私心,则善其爱君;排朝野之公议,则善其任怨。于是托以心斋、付以事权,长国家,只虚名虚位;而为国家,乃尽听之辟于好恶之小人矣。天怒而灾生,人怨而害起,虽有善者,亦无如之何矣!上“此谓”,就道理论;此“此谓”,就利害论。

《困学录》:《章句》于“十传”内,提第五章为“明善之要”,救禅学空寂一流;第六章为“诚身之本”,救俗学泛滥一流。二语厥功匪小。

留榏中庸订解

台太后学周鉴字梅友副字镜初辑

天命之谓性章

【原文】

天命之谓性，率性之谓道，修道之谓教。

道也者，不可须臾离也，可离非道也。是故君子戒慎乎其所不睹，恐惧乎其所不闻。

莫见乎隐，莫显乎微，故君子慎其独也。

喜怒哀乐之未发，谓之中；发而皆中节，谓之和。中也者，天下之大本也；和也者，天下之达道也。

致中和，天地位焉，万物育焉。

首　节

伊川曰："性"字不可一概说。生之谓性，止训所禀受也。今人言性柔缓、性刚急，皆生来如此。

"天命之谓性"，此言性之理也。性之理则无不善，曰"天"者，自然之理也。

《语类》："天命之谓性"，是专言理，若云兼言气，便说"率性之谓道"不去。如太极，虽不离乎阴阳，而亦不杂乎阴阳。

《文集》:天命之性,不可形容,不须赞叹,只得将他骨子实头处说出来,乃于言性为有功。故某只以仁、义、礼、智四字言之;率性之道,亦离此四字不得。

《语类》:性,是个浑沦底物;道,是个性中分派条理。随分派条理去,皆是道也。“性”字通人、物而言,“率”字不是用力字。

《蒙引》:《章句》“各循其性之自然”,最有分晓。必率其自然者,方是道。

《语类》:道亦是自然之理,圣人于中为之品节以教人耳!谁能便于道上行?

《或问小注》:子思此三句,乃天地之大本大根,万化皆从此出。人若能体察,方见圣贤所说道理,皆从自己胸中流出,不假他求。

《汇参》:三句统言人、物,而以人为主。故于总断专以人言之。

按:此节正性、道、教之名。天无二,则性、道、教亦不容有二。天命谓性,指其不离乎气,亦不杂乎气者言。率性谓道,人无所陷溺,随感而发,不参以意见,不鉴以人为,则有自然之条理。修道谓教,道不待修,修人气禀之过不及乎道者,以还乎道之分;非强人所无,而有所增损于其间也。

二　节

《或问》驳杨氏之说曰:“衣食作息,视听动履,皆物也。其所以如此之义理准则,乃道也。若便指物为道,而曰‘人不能顷刻离,百姓特日用而不知耳’,则是不惟昧于形而上下之别,而堕于释氏作用是性之失。且使学者误谓道无不在,虽欲离之而不可得,则虽猖狂妄行,亦无适而不为道。其害可胜言哉?”

《说文》:首二句悬空提起,立一篇之脊。上九字,是提阐语,不得依《或问》作责成语;下五字,是反掉语,不得依《或问》作指实语。二句承上起下,言道甚切于人,以引入体道工夫。

《汇参》:道不可离,总领;下戒惧慎独,相承层递说下。

《语类》:戒谨恐惧,常要提起,此心常在这里。又曰:也无甚么矜持,只不要昏了他,便是。

《说文》:戒谨恐惧,在学者正须时时整肃,使其精神震悚,直彻乎天,乃敬之所以为直处;刻刻提撕,使其心志齐明,上通乎命,乃寅之所以为清处。

《困学录》:戒慎二句,论其文法,是半面语,言静不言动也;论其用意,是尽头语,从动推到静也;若论其理,则正是全体语,举静以该动也。

李安溪曰:戒惧,是主敬以存诚而致中者;慎独,是精义以审几而致和者。

按:“戒慎”二句,是从那睹闻处,推说到不睹不闻处去,不专说静,而意主于静,故《章句》下“存天理之本然”句。慎独,是从戒惧通体连片工夫中,于起念处更加提掇,乃动之初,不全属动,故《章句》下“遏人欲于将萌”句。

三　节

《说文》:善恶到见显处,人转见事不见心;流芳遗臭,几忘起于伏枕沉思之顷。惟念初萌,一起便知、毫无遮隔,根株悉露、底蕴毕呈,如本犯自作问官,莫可躲闪,故曰“莫见”“莫显”。

《柏庐讲义》:惟能戒惧,则心体湛然,一团天理,动静界限,了然分明。由此或事物方来,或念虑初起,便有把握。善则为之,恶便斩然割断,此为慎独。

四节

按:此节遥接“道不可离”而明其意。言道不可离,以道本吾性情之德,而天下之大本达道,不外是也。将一性一情,分疏体用,为前“道也者”二句,明下注脚,却为后中、和、位、育,暗理头绪。

性无可方物之谓中,谓中即是性不得;道无少拂戾之谓和,谓和即是道不得。发而当可,自具天然之节,非另有节,而情中之也。性立天下之有,静可以基动,寂可以裕感,故曰“大本”。情协天下之同,风气不能隔,好尚不能殊,故曰“达道”。

末节

此顶戒惧、慎独二条,敛而约之、推而精之,以尽静与动之功、之全,而因著其效。致中,是不动而敬、不言而信,基命宥密之功也;致和,是谨诸五事、尽夫五伦,体信达顺之道也。

葛海门曰:未发之中,即天地万物各正之中;中节之和,即天地万物保合之和。天命我以性,即命我以官天地、府万物之性矣。

李安溪曰:致中,则诚敬之至,有以合乎天德,而格乎天心，故天地自我而位也；致和，则豫顺之至，有以协乎物理，而通乎物情，故万物自我而育也。

《或问小注》：尊卑上下之大分，即吾身之天地也；应变曲折之万端，即吾身之万物也。

《困勉录》：心，是气之统会；天地，是万物之统会。气，是心之散殊；万物，是天地之散殊。故《章句》云云。

按：一部《中庸》，道理不出“中”“和”二字；洋洋优优之道，吾之德性而已矣。工夫不出“戒谨”“恐惧”“慎独”六字，尊德性、道问学，涵养用敬、精义审几而已矣。故程子曰：“古之学者，惟务养性情，其他则不学。”朱子亦曰：“圣人教人，只此两端。”

《说文》：存、省虽分说，实非两项工夫。“正心”章注“密察此心之存否”，是静中之提撕，即是省察；“富与贵”章注“取舍之分明，然后存养之功密”，则动中之护防，即是存养。故朱子谓：“不睹闻时固当持守，然不可不致察；独知时固当致察，然不可不持守。”

第二章

【原文】

仲尼曰：“君子中庸，小人反中庸。

君子之中庸也，君子而时中；小人之中庸也，小人而无忌惮也。”

参订：

首标仲尼，中庸之道所由阐也；后标仲尼，中庸之统所由归也。此与“衣锦”章，皆先列君子小人，严学术分途之辨，示个路头。本章绝小人于道外,所以正中庸之统;下面引知愚贤否于道中,所以大中庸之传。上节一体一反,就两样人品行统体说;下节明体与反之由,就两样人心事分析说。皆兼知行在内,君子中庸,领全部。凡所引人,皆君子;凡所引事,皆中庸。注体之,谓与道为体,学问事功,浑是中庸之理。反中庸,显悖阴违皆是。下节君子、小人字,朱子云:“犹言一是个为善底好人,一是个为恶底不好人。”随时处中,不出戒惧慎独。而《章句》单拈戒谨恐惧,《时讲》遂有以无时不中,为动时审几,而下对无忌惮者。不知朱子答陈用之云:“戒谨恐惧,是普说。无时而不戒谨恐惧,到起念人所易忽,又更用谨。这个却是唤起说,戒惧,则无个起头处,只是普遍都用。”玩此,则戒惧该了慎独明甚。而《章句》“戒谨恐惧,而无时不中”“肆欲妄行,而无所忌惮”亦并不是两层也。《时讲》又谓:“君子而处不得中,小人而不至无忌惮者。有之,故本文各着‘而’字一折。”岂知下节申明上节,上“而”字、“又能”字,贴下“而”字,作甚且解;《章句》“知其在我”“不知有此”,八字,揭“故能”字、“则”字之脑,正明本文两“而”字必至之理乎?

第三章

【原文】

子曰:“中庸其至矣乎!民鲜能久矣!”

饶氏:此言中庸之道,非特小人反之,而众人亦鲜能之。

《集解》:“至”字,即于无过不及处见。“能”字,兼知行说。《论语》就人所得于天者说,故上句有“为德”字,下句无“能”字;此却是论天下之道。

按:上句一呼,神函全部,“至”字吃紧。至道难凝,十一章“圣者”,则至德之人也;卒章末“至矣”,正与此应。下句一概,脉引本支,“能”字吃紧。中庸须法舜、渊、路,知行交勉以期于能,不可任禀所拘。“民鲜能”“不可能”“唯圣者能”,再三提掇,后两“为能”字遥应。

第四章

【原文】

子曰:“道之不行也,我知之矣:知者过之,愚者不及也。道之不明也,我知之矣:贤者过之,不肖者不及也。

人莫不饮食也,鲜能知味也。”

吴因之曰:首章以戒惧慎独为不离道之功,此下又以知仁勇为入道之门。

按:此言民鲜能中庸,由知行偏主,而因任乎生禀,习焉而不察也。

参胡氏、倪氏,此章为下面言知、仁、勇发端,则须于此先理清头绪。智者以道为不足行,不仁也;贤者以道为不足知,不智也;安于过、不能俯就于中,不勇也。愚者不知所以行,不仁也;不肖者不求所以知,不智也;安于不及、不能勉进于中,不勇也。此又下七章之关键。盖知行相辅相成,明其所行,则考核详,而动益决;践其所知,则体验熟,而识倍精。偏废,斯交病矣。非夫子谁知如此互勘!

《辑语》:饮食,是日用味,即日用之理,指点亲切,不作比喻。两“也”字,意味深长。

《说文》:《注》“察”字,在“知”字前,“知”字包知、行。味上说不得行,则说知便是说行也。《注》语,是为大意作点睛法,以缴醒上节,不得将前二句,分贴本文。

第五章

【原文】

子曰:“道其不行矣夫!”

黄氏曰:此因智之过、愚之不及,而叹道之不行。如下舜之权衡精切,方无过不及,而道行也。

第六章

【原文】

子曰:“舜其大知也与!舜好问而好察迩言,隐恶而扬善,执其两端,用其中于民,其斯以为舜乎!”

按:《舜章》言知多于言行,而意注在行;犹《回章》言行重于言知,而意注在知。读《章句》两结笔,自明。此首尾两句,并对上智者、愚者看。问察、隐扬、执择,总为“用中于民”一句。盖中体难识难协,用前不审,用时便差,安得不问以求诸人、察以尽诸己?不适于用则置之,适于用阐发之。又执皆善众论,择而施其恰当者,道乃以行,岂偶然哉?君子而时中盖如此。迩言,浅近语,非浅人语。两端,分条之众善,与《论语》指一事首尾者异。

第七章

【原文】

子曰："人皆曰予知，驱而纳诸罟护陷阱之中，而莫之知辟也。人皆曰予知，择乎中庸而不能期月守也。"

《说文》：此章是以不行起不明之端，则引言只重"中庸不能期月守"上。言不能守，则道何由明？方与下章《注》末二语对照。《时讲》乃云"择之不精，是以守之不固"，则仍是不明故不行矣。

按：比况一段，定非等闲语。世固有学道而罹世网者，总以其矜己知而不守中庸故，妙特于无意中拈出，垂戒殊深。"驱"字、"纳"字，不必泥于人己。

第八章

【原文】

子曰："回之为人也，择乎中庸，得一善，则拳拳服膺而弗失之矣。"

按：言回之为人，则非贤者之过、不肖者之不及也。其于中庸，每事随择随得、随得随守。此心缜密无间，拳拳服膺而不复失之矣。践履熟而体验精，其仁也，斯其所以为智也，道焉有不明者哉！

第九章

【原文】

子曰:"天下国家可均也,爵禄可辞也,白刃可蹈也,中庸不可能也。"

按:《蒙引》依朱子《章句》,改本说云:"三者亦知、仁、勇之事,天下之至难也。然不必其合于中庸,则资之近而力能勉者,皆足以能之。至若中庸,非义精仁熟,无一毫人欲之私,不可以资近力勉而能也。"如此,则前三句事,有合中庸者,有不合中庸者,安顿既圆。末一句理,中庸不可以资力苟且能,铨发亦透。起下,则非若夫子告子路君子自胜之强,莫可辅知仁之不及,以能中庸矣。

第十章

【原文】

子路问强。

子曰:"南方之强与?北方之强与?抑而强与?

宽柔以教,不报无道,南方之强也,君子居之。

衽金革,死而不厌,北方之强也,而强者居之。

故君子和而不流,强哉矫!中立而不倚,强哉矫!国有道,不变塞焉,强哉矫!国无道,至死不变,强哉矫!"

首　节

按:能自胜之谓强。千古来,圣、狂人、禽,争关夺隘处,全仗此字。莫混作勇,然亦勇之发,故《注》多言勇。

二　节

强有风气德义之殊,故为区别言之。

三、四节

《小注》:宽柔,以其自处言;以教,又以此宽柔去教人也。不可竟作以宽柔教人,章句自分明。

《集说》:此全不论是非当否者,与敷教在宽、犯而不校,大异。然含忍人之所不能含忍,故亦为强。君子,长厚者流。衽,衣被不离意;金,刀戈;革,甲胄,古者甲胄皆以皮革为之。死者人所厌恶,他甚看不当意。两"居之",言以其强自处,非居其地。

饶氏:南阳北阴、阳刚阴柔,理之常。今风气乃反是,何也?盖阳体刚而用柔,阴体柔而用刚,看坤至柔而动也刚可见。风气便是用,阳主发生,其用柔;阴主萧杀,其用刚。

五　节

按:次节代他去取已定,故此节直以"故"字接落。此"君子”字,即次节“而”字易名。

《集解》:四者分人己穷达讲。诸“而不”字,正以强自胜处,就工夫上说。智不如舜,仁不如回,则择守由前历后,总须用如此自胜之功,方能彻头彻尾不失,《章句》所谓“非有以自胜其人欲之私,不能择而守也”。自胜与择守,非有彼此先后。

《小注》:勿泥“强哉矫”,倒装句法。

按:情不汩性,行必慊理;达不离道,穷不失义。这是何等骨力!

十一章

【原文】

子曰:“素隐行怪,后世有述焉,吾弗为之矣。

君子遵道而行,半途而废,吾弗能已矣。

君子依乎中庸,遁世不见知而不悔,唯圣者能之。”

按:此章以前二节夹逼后一节,见道外既不可着脚,道中又不容歇脚。学者欲体中庸,惟尽知、仁、勇以作圣耳!提出圣者,立明行之准极,直将知愚贤不肖之伦,一齐引入圣域,为本支一大结束。

首节,智与贤,知行之过而甚者。隐、怪,对日用理之显而常者看;“后世有述”,当时人矜尚可知。次节,知行之不及而卒归于愚不肖者。两“吾”字,直与后“仲尼”字生根通气。然在此二句,须向不可为、不容已上洗发,镕入“吾弗”字意,方于下“唯圣”句不相触背。末节,知仁勇浑全而知行造极者。

《集解》:遵行,有彼此勉强;依,则浑合自然。遁世异避世。避,则离世必隐;遁,则如天山之日相见而不相合,人自不知耳。不悔异不愠。愠，则是己而非人；悔，则徇人而失己。不悔者，知其命于天、率于性，自信之至，自得之深也。

按：上下支过脉，言贵有智仁勇体道之德者，正以道之费不易体、而又不容不体也。

十二章

【原文】

君子之道费而隐。

夫妇之愚，可以与知焉；及其至也，虽圣人亦有所不知焉。夫妇之不肖，可以能行焉；及其至也，虽圣人亦有所不能言。天地之大也，人犹有所憾。故君子语大，天下莫能载焉；语小，天下莫能破焉。

《诗》云："鸢飞戾天，鱼跃于渊。"言其上下察也。

君子之道，造端乎夫妇；及其至也，察乎天地。

按：首节总提，言君子之道，不离于形器、亦不滞于形器。其随器皆道、随物有则，川流之用费矣。然器与物可见，道与则不可见，费而隐也。

《语类》：形而上之理，寓在形而下之物上，而无处不是，故曰费；就其中形而上之理却不可见，故曰隐。隐，即费之理隐。

次　节

四面撮举以形道之费。论道，非论愚不肖与圣人天地及君子之语道也，须向通节诸虚字活处理会。夫妇之愚不肖，谓就夫妇中举其愚不肖者而言。两"至"字，是纷赜之极，不是精要处,朱子谓“大约是没要紧底”。罗整庵曰:“天地罔测所穷,古今莫窥其极;下愚不移于教,上圣犹病博施,圣人有所不知不能也。”

《翼注》:覆载生成之偏,人亦代天地抱憾。寒暑灾祥不正,人且憾着天地。

《语类》:道无所不在,不遗于愚不肖夫妇,亦不尽于圣人天地,是此节紧要意思,归重节末四句上。

按:语大语小,谓就道而语其大、语其小。此下三章,引道归人、从人审位、即位按序,工夫绝细,君子之语小莫破也。舜三章,报应券于一身、伦制协夫天下、明察贯乎天祖,功用绝宏,君子之语大莫载也。

许石城曰:“莫载,即莫破之浑沦磅礴处;莫破,即莫载之精神潜贯处。”

三　节

就交接当机,指出费之活泼泼处示人。察,谓昭察于人心目,然无“必有事焉”四句工夫,见不出。

末　节

周遭弭合贯串看,着意在“造端”“及其至”字上,就道理说,而下数章之工夫功用已函。

《文集》:幽暗之中、衽席之上,人或亵而慢之,则天命有所不行矣。非知几谨独之君子,其孰能体之?

按:此言“造端夫妇”之实功。夫亦临亦保,使天命流行于衽席之间，君子之责也。敬慎重正而后亲之，则愚不肖夫妇所与知能矣，不特倡随耒耜井臼等也。

十三章

【原文】

子曰："道不远人。人之为道而远人，不可以为道。

《诗》云：'伐柯伐柯，其则不远。'执柯以伐柯，睨而视之，犹以为远。故君子以人治人，改而止。

忠恕违道不远，施诸己而不愿，亦勿施于人。

君子之道四，丘未能一焉：所求乎子，以事父未能也；所求乎臣，以事君未能也；所求乎弟，以事兄未能也；所求乎朋友，先施之未能也。庸德之行，庸言之谨，有所不足，不敢不勉，有余不敢尽。言顾行，行顾言，君子胡不慥慥尔！"

《汇解》：上章言道无不在，此章言道只在人伦日用之间。首句一章之纲，下三节只是解此一句。次节，言治人之道不远人也；三节，言待人之道不远人也；末节，言责己之道不远人也。

首　节

《集解》：道不远人，指出"人"字，正要人就当身体认。人只是不曾依得人人自有这道理，却做从不是道理处去。此人之离道，非道远人也。上"为道"，"为"字作"行"字解；下"为道"，"为"字作"谓"字解。

二 节

《启蒙》:睨,邪视,视所执之柯也。视,正视,视所伐之柯也。观“而”字、“之”字可见。

吕氏:则,尺度之则。则,在所执之柯,不在所伐之柯。伐者费睨、视之烦,犹以为远也。若以人治人,则当知、当行之则,不远于其人而得之矣。

《语类》:以人治人,不是将他人底道理去治他,又不是分我底道理与他,我但因其自有者还以治之而已。

按:人而待治,以其人之背道也。治人之法,去其背道者,使合乎道而已。如改其不孝,只便为孝。史氏说非。

三 节

《或问》:道者,当然之理,不待勉而能也。惟尽己之心,而推以及人,可以得其当然之实,而施无不当。此所以自忠恕而往,以至于道,独为不远也。

《语类》:知得我是要恁地,想他人亦要恁地,而今不可不教他恁地。三反五折,便是推己及人。揩除去私吝隔碍,便自道理流行。

明道曰:“‘忠’‘恕’两字,要除一个除不得。”

或曰:“曾子说出‘忠’‘恕’二字,子思只发明‘恕’字者,何故?”侯氏曰:“无恕不见得忠,无忠做恕不出。”谢氏曰:“犹形影也。”

《条辨》:所不愿,是己实实不愿;勿施,是实实勿施。此间便有个“忠”字在。

末　节

首二句总说。“所求”八句，说某之未能；“庸德”八句，说君子之道。

《语类》：“未能一”，固是谦词，然亦可见圣人之心有未尝满处。又曰：事父须如舜之事父，事君须如周公之事君，方尽得子、臣之道。若有一毫不尽，便是欠缺，只缘道理当然，自是住不得。

《柏庐讲义》：朋友分谊，如劝善规过、通有无恤患难，必待人施然后报，谁为施者？故道在先施，然施即望报，非君子之用心也。君子自看得先施为友道之当然而已。

南轩：君子只于言行上笃实做工夫，此乃实下手处。

按：“庸德”“庸言”，紧贴子臣弟友之道说。行、谨二句，言其志力之不纷，看两“之”字。“不足”“有余”，紧从“行”“谨”字上勘出。三句言其分数之克协，看两“不敢”字。两“顾”字紧承两“不敢”来，二句言其两途之交毖。“顾”字，是兢兢恐其不符不逮。七句只一套做去，一时俱有，无非慥慥精神。下素位、不愿外、必自卑迩，俱一意潜通，直透末章“闇然”。末句神气，言君子于言行，胡有一之不慥慥尔者！十分沉吟，十分跌蹶。

十四章

【原文】

君子素其位而行，不愿乎其外。

素富贵,行乎富贵;素贫贱,行乎贫贱;素夷狄,行乎夷狄;素患难,行乎患难。君子无入而不自得焉。

在上位不陵下,在下位不援上,正己而不求于人则无怨。上不怨天,下不尤人。

故君子居易以俟命,小人行险以徼幸。

子曰:“射有似乎君子,失诸正鹄,反求诸其身。”

《小注》:首节一章之纲,下文分疏之。

《绍闻编》:有一等人,虽素位而行,或不能不少愿乎外。又有一等人,虽不愿乎外,却不去素位而行。故下文分析言之,以交足其义。其实自得内含有不愿外意,正己内含有素位而行意,虽分而不害其为合也。

首　节

《汇解》:素位而行,承上慥慥脉理来。“素”字,有依循义、有朴素义,当活看,与下节“素”字微别。素其位而行者,即其本然之位,而道行乎其间,不加一毫粉饰张皇炫耀意。“素”字尚虚,“行”字乃实。因其所居之位易,尽其所居之道难。《易》三百八十四爻,都是发明个位不同,与人所以处之之理,不容毫末增减。

大凡不尽本分底人,多外想。君子只就自家道理做去,何暇外边寻思?上句自为主,但须更以下句足之,方尽语意。董子云:“正其谊,不谋其利;明其道,不计其功。”道谊中何必无功利?并此不谋不计,才是不愿实地、不愿尽头。若但云在外者不可妄求,犹落下一层话。

次　节

吕氏曰：兼善天下、泽加于民，素富贵行乎富贵也。不骄不淫，不足以言之。独善其身、修身见世，素贫贱行乎贫贱也。不谄不慑，不足以言之。言忠信、行笃敬，素夷狄行乎夷狄，非毁操徇夷也。内文明、外柔顺，素患难行乎患难，非苟免偷生也。

饶氏曰："入"字阔，上四事特举其概。

《小注》："自得"二字，从忧勤尽道来。道尽而心无所歉，故自得。《或问》谓"无不足于吾心"，此"自得"真际。

三　节

《集解》：心一浮动，便为愿外。之焉而甚，至陵下而求人阿己，援上而求人庇己，不遂所求，而怨生矣。正己，则念头鞭擗向里，汲汲求其自得之不暇，何所愿于人而至怨？则"无"者自然不至此也。然语意重上七字，这三字气尚虚，下八字乃实之，又为"无"字搜根，而莹其全体。

《辑语》：正己又要不求于人；不求于人，乃见正己之尽。"而"字一转有味。

四　节

《柏庐讲义》：高思宪云："惟天理最静。"味此"居"字，循乎天理，何等安静！居者，安于此；行者，骛于彼。俟者，听其自来;徼者,求其必得。

《汇参》:易、险,只在理欲上辨取,不在境遇上区分,合做底便是平地,不合做底便是险途。居易未尝无福,然君子初无求福之心,故曰俟命。行险有时获济,似亦其命使然,然特幸焉而已,并不得谓之命也。

末　节

《集解》:所以失,所以得,切切然皆求诸身,素位而行也。不求诸身之外,不愿乎外也,与胜己者无涉。

《汇参》:子思自以君子之反求诸身,结通章大旨,而适于夫子之论射得之。章意节意,须识得宾主历然。

十五章

【原文】

君子之道,辟如行远必自迩,辟如登高必自卑。

《诗》曰:"妻子好合,如鼓瑟琴。兄弟既翕,和乐且耽。宜尔室家,乐尔妻孥。"

子曰:"父母其顺矣乎!"

《汇解》:此章要人从脚下一步步踹实做将去,重两"必自"字,然正须在"行""登"上勘定。道有高远,用力处只是卑迩。引诗引言,与前"造端乎夫妇"节同意。夫妻子兄弟,不克其勃溪猜忌之见,并克其情欲狎习之私,而切相励相成之意者,不能和与宜。稍或疏忽,这卑迩处便阻住了。此真体亲志于形声之表者,切实下工夫处。吾人父母不顺,大半坐此。不得误看章句意字，说向虚元诗词。末二句，照《条辨》浑承上四句为是。

鬼神之为德章

【原文】

子曰："鬼神之为德，其盛矣乎！

视之而弗见，听之而弗闻，体物而不可遗。

使天下之人齐明盛服，以承祭祀。洋洋乎！如在其上，如在其左右。

《诗》曰：'神之格思，不可度思。矧可射思！'

夫微之显，诚之不可掩如此夫。"

按：此章实说鬼神。盖以于穆不已之命，流行于事物，以有此费者，全是天以阴阳五行化生万物，气以成形、而理亦赋焉者之所为。所谓天地设位，而鬼神成能于其间也。天人理气，一滚而出，此道之所以无物不有、无时不然，而不可须臾离也。是一部《中庸》前后纲目统汇处，不独诚字之枢纽一书也。

首　节

按：是夫子看了道之费，落出此二句。一"盛"字，川流敦化，都从此见。

安溪云：鬼神非理非气，而在理气之间。在人，则心之神明是已。

按：此是教人认清鬼神法。其实在此章书，正须向道器一滚上理会。

按:程注云云,“造化”,即天地之功用。天地之功用在造化,故观于自造而化之迹,而鬼神于以可见。

《说文》:当然而然,并无乖舛;自然而然,不待安排。故曰“良能”。

饶氏曰:“造化之迹”,指其屈伸者而言;“二气”“良能”,指其能屈能伸者而言。

陈氏:二气,以阴阳之对待者而言;一气,以阴阳之流行者而言。

《语类》:二气之分,实一气之运。

德,只是就鬼神言其情状。性情功效,与情状,只一般。

黄氏:阴阳分而言之:乾:静专,其性;动直,其情;大生,其功效。坤:静翕,其性;动辟,其情;广生,其功效。合而言之:阳健阴顺者,性;阳施阴受者,情;阳生阴成者,其功效。

次　节

《困学录》:三句一气读。不见不闻,即其体物不可遗者无可见闻也。

《语类》:不是有此物,便有此鬼神;乃是有这鬼神了,方有此物。及至有此物,又不能遗夫鬼神也。体物而不可遗,将鬼神做主、将物做宾,方看得出。

按:鬼神之德之盛,只“体物而不可遗”一语尽之,通章所重。“物”字,兼事与物言,却用“而”字层折分两面写者,早将鬼神、事物搅作一团。第三节之鬼神使人敬、人亦自敬鬼神,第四节之鬼神不予人射、人亦不敢射鬼神,真如韩子所谓其所凭依,乃其所自为,而不容二视。末节“诚”字之兼实理实心,后面发育峻极、礼仪威仪之总为，圣人之道，皆不待辨说而明矣。

又：既是鬼神，何可以见闻求而必着上二句者？一以见形声则物，何能体物；一则以执闻见之私者，无以与乎此也。

看透此节，讲家偏枯、正蒙道理，都迎刃而解。即第三支之分天道、人道，所谓天命、人心之本然者，亦本本源源，而坐得其真谛已。

三、四　节

按：人共知祭祀有鬼神，遂即承祭之鬼神以验其盛。人不知虚空皆鬼神，故引《抑》诗言屋漏之鬼神者以证其盛，见总是这个鬼神，非有二也。

令人不期然而然之为“使”。在上、在左右，是言其辟塞，非言其变迁。两“如”字，是言其活泼，非言其恍惚。

“不可度思”，言人于鬼神，若起一念以度其至与未至，便是大不敬，况可厌射乎？若如《诗传》解，便少不得不显，“亦”“临”二语一垫。

末　节

按：夫鬼神体物而无可见闻，其朕兆微矣。乃其体乎物也，从微之显，由萌芽而生长、而枝干花果，由受胎而成形、而少壮老死。于事亦然，伸是实伸、屈是实屈，确然人之耳目，而不可掩者。实理宰乎精气，诚为之如此也夫！

《集解》：玩诸虚字，是从上文直指出，不是推原。诚也、鬼神也、物也,其实合下一齐都有。

十七章

【原文】

子曰:"舜其大孝也与! 德为圣人,尊为天子,富有四海之内。宗庙飨之,子孙保之。

故大德必得其位,必得其禄,必得其名,必得其寿。

故天之生物,必因其材而笃焉。故栽者培之,倾者覆之。

《诗》曰:'嘉乐君子,宪宪令德。宜民宜人,受禄于天。保佑命之,自天申之!'

故大德者必受命。"

《集解》:"道不远人"三章说工夫,此下三章说功用,故《章句》分费之小大言之。无前三章工夫,不能有此后三章功用。又《中庸》言道之书,举舜、文、武、周,皆以明道,非为虞、周作纪。此章暗承"父母顺"句意。即舜而言,孝为庸德,推极其至,乃有如是者,可见道之费。

首　节

"大孝"句为主,下五句正见其孝之大。德与福平列,分显亲、尊亲、养亲,光前裕后说。"宗庙飨",郑注"舜享子孙之祭",非。胡国元曰:"《益稷篇》:'祖考来格,虞宾在位。'丹朱为虞宾而就助祭之位,则祖考为舜之先可知。"《题镜》:"郊禘之行,瞽瞍不必为配;春秋之飨,虞幕且得与烝。"按:幕,瞽瞍上代人,有虞氏每岁烝祭报焉。见《鲁语疏注》。笺:夏封虞思虞遂，周武王封妫满于陈，是为胡公。

次　节

就舜事而论其理，德与福侧说。圣德在大孝之舜，是一是二，正须善会。谓大德，即大孝替字。首节何不芟“德为圣人”句？舜事亲同王祥，而孝独大者，孝因圣德异也。论见《公鉴》。“其”字，指大德，兼自有相称二意。

三　节

即天之生物以申验次节四“必”字之理。“因”者，见不能强为必然，而又不能故为不然。因材，合下“栽”“倾”；“笃”训加厚，意注“培之”。栽、培、倾、覆，兼质分厚薄、气别附离看。其实天只是培，未尝覆，物之材自殊其所受耳！

四　节

即《诗》之咏令德者，以申证次节四“必”字之理。“假乐”，《诗序》：“嘉成王也。”宜民人，显德之实。当乎天所爱之民、所简之臣，自当乎天。不言降言“受”，主乎德也。保其躬、佑其行，命为天子，正受禄处。“申”，又总上三项言。上节重“因”字，此节重“受”字，引诗取“德”“命”字，以起末节。

末　节

承上二节,结次节、缴首节。章内四“故”字、六“必”字,一套就理之必然说,俱不离舜讲,亦不泥舜讲。

十八章

【原文】

子曰:“无忧者其惟文王乎!以王季为父,以武王为子。父作之,子述之。

武王缵大王、王季、文王之绪。壹戎衣而有天下,身不失天下之显名。尊为天子,富有四海之内。宗庙飨之,子孙保之。

武王末受命,周公成文武之德,追王大王、王季,上祀先公以天子之礼。斯礼也,达乎诸侯大夫,及士庶人。父为大夫,子为士;葬以大夫,祭以士。父为士,子为大夫;葬以士,祭以大夫。期之丧,达乎大夫;三年之丧,达乎天子;父母之丧,无贵贱一也。”

此章照注平列。《中庸解》:文之无忧,止孝止慈;武之革命,顺天应人;公之制礼,尽伦尽制。君子而时中也!

首　节

《语类》:文王适当天运恰好处,所以言无忧。

胡氏:舜、禹父则瞍、鲧,尧、舜子则朱、均,惟文王为无忧。

无忧以遇言，不以心言。

沧柱：无忧，指功德及人上说。不但天伦乐事，盖作述有人，宗社生民之任，有可凭借委托。文处中间，得以随遇尽道，非坐享庸福也。两“以”字、两“之”字，皆指文王而言。

次　节

《辑语》：缵绪另讲。壹戎衣有天下，亦缵绪中时然而然耳！

《困学录》：太王肇基、王季其勤、文王服事、武王燮伐，各随时因分而为其所当为。其各尽处，正天命所必然、人心所同然。端绪历历，世所共见，故曰缵绪。不失显名，以缵绪言，显名同乎前人；以燮伐言，显名同乎养晦。尊、富、飨、保，舜则诸福毕集，武则规模顿殊。

末　节

史氏：“末受命”句，只引起周公追王上祀之意。

《蒙存》：成德，成文武孝祀先人、孝治天下之德。尊亲锡类，都从秉彝性上，观会通以行其典礼。此句直管到末。斯礼，谓上祀之礼，管到“祭以大夫”止，重在祭上。葬礼周公前已如此，只与祭礼相形言之。八句亦示个例耳，余可类推。惟父为诸侯、子为大夫，则支子不祭；而自为大宗至丧礼，又因祭礼而及之。上“达”字，自上而达于下；下二“达”字，自下以达之上。

吕氏：期丧有二。正统之期，为祖父母者，虽天子诸侯莫降;旁亲之期,为世父母(叔父母、众子昆)弟、昆弟之子者,则天子诸侯绝服,而大夫降,止服大功。然旁亲尊同,则诸侯大夫,亦不绝、不降;诸侯于所不臣者,犹服之;姊妹姪在诸侯者,亦不绝、不降。三年之丧,嫡孙为祖父母、为妻、为长子也。

《说文》:三年之丧,盖正期之异名。正期关人道之重,夫子不应独漏。既云三年丧,又云父母丧,文亦不应沓复。“父母”二句,自是另说一本之服。“一”字义,亦与下达、上达“达”字不同,所谓无贵贱也。

十九章

【原文】

子曰:“武王、周公,其达孝矣乎!

夫孝者,善继人之志,善述人之事者也。

春秋修其故庙,陈其宗器,设其裳衣,荐其时食。

宗庙之礼,所以序昭穆也。序爵,所以辨贵贱也;序事,所以辨贤也;旅酬下为上,所以逮贱也;燕毛,所以序齿也。

践其位,行其礼,奏其乐,敬其所尊,爱其所亲,事死如事生,事亡如事存,孝之至也。

郊社之礼,所以事上帝也;宗庙之礼,所以祀乎其先也。明乎郊社之礼,禘尝之义,治国其如示诸掌乎!”

此承上章而言。项氏:舜为人道之极,万世仰之,不可加也;周为王制之备,万世由之,不能易也。

首　节

吕氏：武、周所以称达孝者，能成文王事亲之孝而已。

《集解》：孝准乎天理、当乎人心，故通谓之孝。

次　节

史西眉曰：先王以天道自处，故其志其事，因乎理与数之所极，而未尝有所泥。圣人以功德为量，故其继其述，尽乎时与位之所宜，而不使有所歉。

《汇参》：非以善继善述为达孝，善继善述乃孝所以达处。

三　节

《浅说》：四时皆祭独言春秋，错举省文也。

杨氏：将祭必思其居处，故庙则有司修除之，祧则守祧黝垩之，严祀事也。宗器，天府所藏，历世宝之，祭则陈之，示能守也。裳衣，守祧所藏，祭则各以所遗衣服授尸，以依神也。

吕氏：时食，笾豆之荐，四时之和气是也。

许氏：《顾命》："越玉五重陈宝。"赤刀、大训、宏璧、琬谈，在西序；大玉、夷玉、天球、河图，在东序。其列于西房、东房者，若殷之舞衣、大贝鼖鼓、兑之戈、和之弓、垂之竹矢，故《章句》下"之属"字。

郑注：尸当服卒者之上服，以象生时。

贾疏：先王之尸，服衮冕；先公之尸，服鷩冕。

胡国元曰:时食,庖人职所供之好羞,若荆州之鲝鱼、青州之蟹胥者是;礼器所谓四时之和气者,则水草之菹、陆产之醢等是;毛西河谓若羔、豚、膳、膏、香等是。煎和之味,所以供王后世子之膳羞,亵味而非鬼神所享。

《困学录》:此与下节,只大凡说,此节言事神之谨,下节言待下之周。而待下之周,正所以为事神之谨,无时祭、祫祭、禘祭之分,群庙、太庙之别。盖四时之祭,群庙、太庙所同;每岁时祫,及三年大祫,则群庙主皆入太庙合飨;五年大禘,则惟太庙所独。然修陈设荐,群庙且然,岂太庙而反不然?时祭且然,岂祫、禘而反不然?四时之祭,太庙亦在其中,群昭、群穆安得不咸在?群庙之祭,虽惟有所出之子孙,然必有昭穆及爵事等,安得不序而辨之耶?故知此二节,只海概说个祭祀之礼,不得泥本文章句字句,有所区分。

按:上节章句,言下文又以其所制祭祀之礼,通于上下者言之。祭祀之礼,"春秋"以下四节是也。惟其通于上下,所以谓之"达孝"。然所谓达者,亦以义理性情之通耳,岂泥于礼制之尊卑大小繁简乎?《汇参》拘。

四节

《汇解》:通节各上句,是礼;各下句,是礼意。序昭穆,全主生者。列群昭群穆为左右两行,而各分前后,皆于东阶北向。如管祭郕霍,文之昭;邘晋应韩,武之穆。此子孙之与祭而不助祭者。其有事者,则各以事序;若死者之昭穆,则自其立庙时已定矣。

《注》"爵",于外服,举公、侯以该伯、子、男;王朝,举卿、大夫以该上、中、下士。

序爵，贵贵之义。辨贵贱，贵中有贱，别尊卑也。序事，别贤能以授事，尊贤之义。孰可为宗而诏相？孰可为祝而祝嘏？孰可赞祼献？孰可执豆笾？玉帛尊于罍，大宰赞之；罍，则大宗伯莅之。祼卑于罍，小宰赞之。与祭之士，试于射宫，无不贤者。辨之，欲用人不违其能。

旅酬与无算爵，是两节事，旅酬在饮福受胙后。长兄弟用弟子之觯酬宾，则同姓弟子，已自卒觯以奉于长，宾弟子却未与。至无算爵，宾弟子兄弟弟子，方各举觯于其长而众相酬，少长以齿，终于沃洗者，方见逮贱。此旅酬字，该无算爵言。

祭毕，异姓宾退，惟各归其俎。同姓，则留燕于寝。《诗》所谓"乐具入奏，以绥后禄"也。亦立宾一人，盖姑夫之类，然日暮亦辞出，惟燕同姓。序齿，谓从群昭穆之次而序。

《附书》：礼同爵异，事同异；旅酬同异，燕毛同。

五　节

《集解》："其"，指先王，谓文王。前五句申上二节；末三句，承论之。践、行、奏，便惕然念先王封越祼献考击时；敬、爱，则先王僾见忾闻、展亲逮下之诚若接，真不忍一日死其亲。尽于己，曰至孝；称于人，曰达孝。

末　节

《汇解》：此条又悉举其礼制，而深赞其意义之深远，见非武、周不能。"郊社"四句，须从父天母地、民物在怀，尊祖敬宗、源流一气处，写出武、周体大思精，两“所以”字，方得精神满而呼吸无间。若只云报眷顾之仁，酬积累之德，小矣。末三句不重人能明之，总见武、周礼仪之宏远。亲亲、长长、贵贵、贤贤、慈幼、逮贱，治天下之经；仁、孝、诚、敬，治天下之本。一祭祀问而道无不具，故结之曰：明此，“治国其如示诸掌”。

冬至祀天于南郊之圜丘，夏至祀地于北郊之方泽。此祭皇地示之社，最尊，非如王畿大社在库门、耕藉王社在东郊比。天子三年大祫以合祖，群庙毁庙主咸在；五年大禘以尊远，祭始祖所自出，不立主，而独以始祖旁配。

二十章

【原文】

哀公问政。

子曰：“文武之政，布在方策。其人存，则其政举；其人亡，则其政息。

人道敏政，地道敏树。夫政也者，蒲卢也。

故为政在人，取人以身，修身以道，修道以仁。

仁者人也，亲亲为大；义者宜也，尊贤为大。亲亲之杀，尊贤之等，礼所生也。

在下位不获乎上，民不可得而治矣。

故君子不可以不修身。思修身，不可以不事亲；思事亲，不可以不知人；思知人，不可以不知天。”

天下之达道五，所以行之者三：曰君臣也，父子也，夫妇也，昆弟也，朋友之交也。五者天下之达道也。知、仁、勇三者，天下之达德也，所以行之者一也。

或生而知之，或学而知之，或困而知之，及其知之一也。或安而行之，或利而行之，或勉强而行之，及其成功一也。

子曰："好学近乎知，力行近乎仁，知耻近乎勇。

知斯三者，则知所以修身；知所以修身，则知所以治人；知所以治人，则知所以治天下国家矣。"

凡为天下国家有九经。曰：修身也，尊贤也，亲亲也，敬大臣也，体群臣也，子庶民也，来百工也，柔远人也，怀诸侯也。

修身则道立，尊贤则不惑，亲亲则诸父昆弟不怨，敬大臣则不眩，体群臣则之报礼重，子庶民则百姓劝，来百工则财用足，柔远人则四方归之，怀诸侯则天下畏之。

齐明盛服，非礼不动，所以修身也。去谗远色，贱货而贵德，所以劝贤也。尊其位，重其禄，同其好恶，所以劝亲亲也。官盛任使，所以劝大臣也。忠信重禄，所以劝士也。时使薄敛，所以劝百姓也。日省月试，既廪称事，所以劝百工也。送往迎来，嘉善而矜不能，所以柔远人也。继绝世、举废国，治乱持危，朝聘以时，厚往而薄来，所以怀诸侯也。

凡为天下国家有九经，所以行之一也。

凡事豫则立，不豫则废。言前定则不跲，事前定则不困，行前定则不疚，道前定则不穷。

在下位不获乎上，民不可得而治矣。获乎上有道，不信乎朋友，不获乎上矣。信乎朋友有道，不顺乎亲，不信乎朋友矣。顺乎亲有道，反诸身不诚，不顺乎亲矣。诚身有道，不明乎善，不诚乎身矣。

诚者，天之道也；诚之者，人之道也。诚者不勉而中，不思而得，从容中道，圣人也。诚之者，择善而固执之者也。

博学之，审问之，慎思之，明辨之，笃行之。

有弗学,学之弗能弗措也。有弗问,问之弗知弗措也。有弗思,思之弗得弗措也。有弗辨,辨之弗明弗措也。有弗行,行之弗笃弗措也。人一能之,己百之;人十能之,己千之。

果能此道矣,虽愚必明,虽柔必强。

全　旨

订解:

人存政举句为纲。"为政"七节,论人所以存;"九经"四节,论政所以举。"凡事"节至末,详人存之功。只是弗措、吾择善固执之功,使言行事道,无不本知、仁、勇之德,体君臣、父子、夫妇、昆弟、朋友之道,而布之九经,以归于诚而已。即夫子论政以明道之费,继舜、文、武、周之绪,所以祖述宪章者见矣。

首二节

政举文武,重大备意,法祖意轻。"其人存",谓有明善诚身以法文、武者,兼君臣言。

三　节

只为次节一"则"字写照。下"政"字,只将上"政"字揭明其易行,非另一截。

四　节

首句是人存政举之倒句，顿上。“取人”句，从“人”字分出主从，跌重君身，作上下引子。《注》于“取人”下个“则”字，正坐煞文、武，起下“修”字。身不专为取人而修，修身在章中最重。二句展开全局，纲领后文。以道以仁，总是修身内事，并无次第，故《注》括之曰“仁其身”。道，即五达道，非尽亲义别序信之道，无以成父子、君臣、夫妇、昆弟、朋友之身。然伦纪间无真实恻怛意流行贯注于不自已，要只是泥塑木雕世界，岂成个道？

五　节

从上“仁”字顺推出道理。“仁者人也”，见仁岂外求；“义者宜也”，见大用当讲亲，指一本之亲。“为大”，对五达道言，不对民物言。盖天真固结自气体联其室家，至性深沉，则忠信已乎君友也。“尊贤为大”，若如《蒙存》谓讲明亲亲之理，不惟将“义”字本分抹杀，又预侵下“不可不知人”，且似尊贤为亲亲之大矣。只合就“宜”字上较量。盖父生师教，则亲、贤理当并重；启心沃心，斯裁制源亦预澄也。亲亲是隆，渐推而杀，贤中却有等级。末句，谓礼生等杀者倒，谓等杀即礼，抹杀“所生”字者混。陈北溪云：“才有等杀，便有节文，而礼生乎其间矣。”得之。生，犹起也。等杀是天理；礼，是天理之节文。

六　节

跟前“修”字逆缴清工夫。上两节浑铺道理次第,此乃暗承“为政”,特提修身,挈清要领,一齐收拾。顶上言惟仁要于亲亲,故须事亲以尽仁;惟义急于尊贤,故须知人以尽义;惟礼生于等杀,故须知天以崇礼。两节交关,总重仁、义、礼字上,不得向亲贤扭捏,看《注》自明。四“不可以不”字:首,见是根基要着;次,见是功修最先;三,见是凭藉难舍;四,见是源本莫遗。不能事亲,则于良心之真切者先差,此身更何以尽仁而尽道?故“思修身,不可以不事亲”,非事亲即修身,而修身自不可以不事亲耳。思欲事亲,更要知人。若不好人与处,则所言或非理、所由或非道,辱身危亲者有之。知天,非以等杀为天,要人从等杀认出天则来。

《语类》:此节倒看,根本在修身;然修身得力处,却是知天。知天,是起头处;能知天,则知人、事亲、修身,皆得其理矣。

《汇参》:天以理言,是仁、义、礼总会。本文语势一路侧递,故单拈知人。玩章句等杀兼承,便见得道之大原出于天,修身者不可不探原于此。上完“仁”字、下起“智”字,直为后文“明善诚身”张本。

按:此上两节,只完得“修身以道”二句,仁其身即诚其身矣。知天,明善之至也。

七　节

此因上言"修身以道",而明列道之有五;上言"修身以仁",而明列德之有三。而又言以德行道,要归于一,见天德贵诚也。

《困学录》:首章以中节之和为达道,以心之所发者言也。此以君臣父子等为达道,以身之所接者言也。即中节之和,施于君臣父子之间,无二理也。五句紧跟"修身"说,不能离五者以为身,即不能离五者以为修。朋友加"之交"字,朋友以交而成。交,所谓德业相成、性命相与,非泛泛投合。

《说文》:前"修道以仁" 仁字,统体之仁。天地通盘是个生物之心,生物不与成物对。人亦统体是个天地生物之心,此仁不与智、勇对,而为力行所可近也。此智、仁、勇三德,从前"仁"字中分列出来,以为知之、体之、强之之用。上言仁义礼,此言智仁勇。若从仁外顺推,则裁制吾仁者有义,节文吾仁者有礼。若并归于仁,则义是仁中自有之裁制,礼是仁中应有之节文。此处三达德,皆仁内分用之功,则并所云裁制、节文者,亦皆知之、体之、强之矣。"一"字,不与三字五字同作数目看,纯乎智、仁、勇,而无一毫昏昧私欲柔懦之杂者是。

八　节

仇沧柱曰:此节见不分生、安、学、利、困、勉,人人此知此行者,道之所以达也;人人能知能行者,德之所以达也。不须问他等,只要还吾分,乃其要义。七个"之"字,俱指达道言;三个"知之""行之",俱指知行已至者说。"知之一""成功一",言知此达道、行此达道而成功则一;非谓学困与生知合一、利勉与安行合一也。

《集说》:《章句》:"分,性分,以所赋之理言;等,差等,以所禀之气言。"承上"达德"分一义为切,对下三近、愚、柔等一义正妙。困,谓用困心衡虑底工夫。勉强,则离合生熟所勿辞矣。

《语类》:生知、安行,仁在智中,以智为主;学知、利行,仁在智外,以仁为主;困、勉,仁、智俱难言,全凭着勇。

九 节

《详说》:好学、力行、知耻,只在五达道上存心用力。上节是以德行道,此节是体道入德。"学"字、"行"字、"耻"字重,"好"字、"力"字、"知"字尤重。

《集解》:此即困勉者下手用功处,非又下一等。上要其终而言,此原其始而言。惟德达,故能近;惟近,故可终归于一。

《柏庐讲义》:今人一学,便诿质昏;不知天下事,任甚钝汉,才注心好未有不转移者。仁,只分理欲,其间消长之机,全凭力量挣上以制其胜。伦谊不如人亦自耻,然都旋起旋灭,要使灵明常炯,自然打叠不过,安得悠忽过日?

十 节

订解:

首"知"字煞甚着力。"知斯三者",则知德本固有、质可变化。办个实心，便从脚下札住、刻下奋起，以斯三者行五达道。修身外无两个“知”、两个“所以”，气质变，而气运世道都由我转移。

此下论文、武经常之道、礼乐刑政，固已行乎其间矣。真是天下一家、中国一人气象。先目、次效、而事、而诚，正一步步逼拶向里去。列目处，看每句首一字；说效处，看每句“则”字；说事处，看每段“所以”字。带目要字，缴效下截要字，前后两“一也”，皆指诚而言。虽分天德王道，总只天命人心之本然，合三德五道九经，而一以贯之者也。

十一节

《集解》：经者，其道有常而不可易，其序有条而不可紊，非经传之经。修身，本也。故上说道德而结以修身，此说九经而始于修身。尊贤在敬大臣上，礼所谓当其为师则不臣者也。《章句》“修身之道进”，修身在先。然必尊贤以资讲明，道方日进。此亲亲，实上文亲亲之杀也，看下诸父昆弟自明。“体”字、“子”字，皆心诚求之之意。“远人”，非四夷，乃商贾宾旅。

《或问》：九经不出修身、尊贤、亲亲三者。“敬”与“体”，则自尊贤之等而推之也；“子”“来”“柔”“怀”，则自亲亲之杀而推之也。至于尊贤、亲亲，亦曰修身之至，有以各当其理而无所悖耳！

十二节

道，即五达道所立，即其所修。“道成于己”，是立之质在君身;“可为民表”,是立之象在民眼。“尊贤”,是讲学;“不惑”,兼心志清明、义理昭著二意。“亲亲”,上“亲”字以恩谊言;“不怨”,兼感于其恩、孚于其谊二意。“敬大臣”,信之深,则断精而意不中移;任之重,则政肃而权无旁落,故“不眩”。“体”字,即礼字,所以体之者,礼而已矣。“士”,指已服官者;报上之礼重,兼感激而内尽其心、驰驱而外竭其力说。“百姓劝”,兼亲上急公说。“财”,是货材;“用”,是器用,兼国用、民用说。上仁则下义,“畏”,是畏不义以负上,所谓德威惟畏也;其实怀中具振肃之用,畏中得忠爱之情。“天下”,包人民夷裔看。

十三节

《精言》:“齐”则不杂,所谓主一无适,与其心收敛,不容一物也。“明”则不昏,所谓常惺惺法也。“盛服”,则衣冠肃、瞻视尊,所谓整齐严肃也。“非礼不动”,言动必循天理,“动”字路头煞阔,“不”字防范煞严。上句,是敬以直内;下句,是义以方外。前以道,是从身所接上修;此所云,是从身所具上修。

《汇解》:信谗邪,则主听惑;好货色,则君志荒,如何能尚德?然“贵德”,又自有内尽心、外尽礼,信深任重,实事在亲亲。不言任以事,盖或不胜任,治之则伤恩,不治则废法;若亲而贤,自当置之大臣之位。必同好恶,斯至性相通,无地嫌势逼之患,而尊重亦非文具。“官盛任使”,一是不亲细事以优崇之,一是事有代理,使得一身营职,以收弼亮之功。分卑,则势隔而情或不通;禄薄,则无以养其廉而释其累。“忠信重禄”,所云“体”之也;“时使”以惜其力,“薄敛”以惜其财,所云“子”

之也。“省”者，省其勤惰；“试”者，试其巧拙。“既”，牲饩肉也；“稍食”，谓稍稍给之，出有渐也。“槀人”，主弓弩箭矢；“称”，则不亏不滥送迎，如《秋官》环人、《夏官》怀方氏、《地官》遗人委人，皆其职也。“嘉”者，因能授任；“矜”者，不强其所不欲。“继”，取旁支继之；“举”，谓兴灭国。“治”，正之以道；“持”，助之以力。“比年”，每年也；“小聘”曰问，大夫三介，“大聘”卿五介；“朝”，君自行。数句念其祖德、忧其世绪、恤其财力，真个怀得周至！

十四节

又作一锁。前“一也”，是天德须诚；此“一也”，是王道须诚。

十五节

“凡事”二句，上承两“一也”，下起“择执”，扼要提纲语。凡事，及言、事、行，与裕之为道，皆指三德五道九经言。一，是诚；“豫”，即诚之之功。看下择执许多条级是甚样豫法，真乃立与废所由判。惟豫乃定，言、事、行、道虽分，前定则一。只是诚之理素裕，无私之蔽与杂耳，非豫先打点之谓。就措施言，谓之事；就动作言，即谓之行。《章句》凡事“下文所推”，统本节言、事、行、道，及下获上、信友、顺亲而言。

十六节

《语类》:言跆事困,至不顺乎亲推之,皆始于不诚乎身而已。素定乎诚,两节要旨。

《条辨》:三个"有道",一连急跌,总注归诚身上。明善,即明此诚也,是他里面工夫。诚乎身,已包固执。

《汇参》:诚身总贯上文。故诚身粘顺亲说,是身与亲交关紧切处;不粘,是一路道理归宿处。

《说文》:《注》存、发对言,是在内在外,无处不实;存、发滚看,是自始至终,无时不实。

十七节

此节作一提掇。在全文,又是起脊行龙处;于上文,则正发明所以当明善诚身之故,上节《章句》特豫透"察于人心天命之本然"一语。两"诚者",上指本然之理,下指全此理之人。两"诚之者",上指当然之事,下指尽此事之人。"天之道",就在人之天说,故《语类》以"万物皆备于我"贴之,天所赋之性也。"人之道",只据理说,不论气质。下文方就气质中分言之,两种总是诚之者。"从容中道""圣人",只自然诚之者之人耳。先勉后思,照下诚而明也。诚者本亦是人道,然从容,则已为人之天矣,故《注》用"则亦"字以活之。诚之者,包学、利、困、勉,由明而诚,故仍先择后执。人道本不独诚之者,然择执,则真为人之人矣,故《注》用"此则"字煞之。本文天道,通圣凡言。《章句》"亦天之道",是以天道作圣人替字,后凡言天道本此。

十八节

此下实指择执之功。五目本困勉者所同,但开手便操博、审、慎、明、笃法,以做工夫,则惟学利者能之。五“之”字,其理不出善与诚,其事不外三德五道九经。学不博,则择之基隘,然须以大而急者为先。审问,审己致疑之端,与理可疑之故,真穷到底。思,则反之心以验其实;然不慎,非浮则凿,思绪泛杂或枉用工夫。明辨,是别其是非、同异、公私、真妄于毫厘疑似之间。学以裕行之本,问、思、辨,所以精其学使不差,亦正使决于行可弗谬也。笃行,远跟诚身、近承固执,便是以固为准、以诚为归。

十九节

按:此节虽亦有“明”“笃”字,然却与“能”字、“知”字、“得”字,都放在“学”“问”“思”“辨”“行”字后,特作常自勘验之把柄。而惟矢以“弗措”以期必至于此,此则困勉者可能之功程也。工夫须是不住手做,方能断妄复诚。弗措者,不住手做也。两“人”字,指学利者;末四“之”字,贴学、问、思、辨、行说。

《说文》:每段首三字一跌,下七字有劲矢赴的之势;次二字一顿,下五字有所中必洞之机。“百之”“千之”,无少计虑真勇之事。

《精言》:弗措,原带定学、问、思、辨、行说,非空言弗措。弗措即是百倍其功,故“百”“千”句,不加“能”“得”等字,以上有“弗能”“弗措”等句在也。分志与功说者,谬。

末　节

上面尚是悬个式,“果能”句,方与敲实。一“果”字何等精神,千古人之存亡,只争这“果”字。达德本固有,是“能”字原由;不明诚不可,是“能”字彀率。“此道”,百倍其功之道。两“虽”字,正与坐实“愚”“柔”,用不得况不愚柔者一找。“明”“强”,善明而身诚也。只一“矣”字放得落,两“必”字自拿得起定。

此下十二章为第三支,承上天道、人道,而分详其功用工夫之实,而结以仲尼。世上只此两项人,做人只此两样法。《孟子》论尧、舜、汤、武,张子《西铭》,皆此意。末章另是一卷小《中庸》,方说以人合天,括全部之要。

二十一章

【原文】

自诚明,谓之性;自明诚,谓之教。诚则明矣,明则诚矣。

上截论诚、明之先后,而定性、教之目,是虚拟其人。下截论明、诚之相兼,而分顿、渐之殊,是实疏其理。下截申说上截,俱就现成评论,并无天人合一之意。两“自”字,罩诚明、明诚,从而分言之;《注》“由”字,作“就”字看。性、教,视首章“性”“教”字,却是转一转。

上截自有意理可疏,但能不失虚叙口气,何至侵下?玩《注》于诚明、明诚中各嵌一“而”字,句下各用一“者”字,仍是现成递过语。

至诚之如何必明？明之如何必诚？自是下二句正义。盖心既无私，则心自无蔽；理皆实得，则理无不明也。见善若饮食之于饥渴，何能自宽？视恶如砒鸩之于肺肠，岂其暱就？两"则"字，虽有紧漫，总是决词。

二十二章

【原文】

唯天下至诚，为能尽其性。能尽其性，则能尽人之性。能尽人之性，则能尽物之性。能尽物之性，则可以赞天地之化育。可以赞天地之化育，则可以与天地参矣。

惟理一，故人、物、天地一以贯；惟分殊，故人、物、天地各有分。至诚，以德言；尽性，以理言。至诚尽性，犹云以实心体实理耳。"为能"，言具此生安之质，则察由之功，正有鼓舞尽神而莫名其妙者。固非至诚了又去尽性，亦非无思、勉，并废知、行，将"尽"字竟行抹却也。盖察由是圣人分上知行。察者精察，开头便彻，非若致知之由浅而深；察者详察，一览无遗，非若致知之推类以及。由，即由仁义行之由。人多离合之机，而此则融洽而无间；人有持循之迹，而此则鼓舞以尽神。尽人性，不惟养之，须有教化。尽物性，只是处之各当其理。"赞"与"参"非有两层。赞，就功用言；参，就位分言。"为能"字贯通章，惟无不能，斯无不可。数"则"字，道理虽归浑涵，事功各有实际；本领虽无积渐，施为却有后先。（《说文》）

二十三章

【原文】

其次致曲,曲能有诚。诚则形,形则著,著则明,明则动,动则变,变则化。唯天下至诚为能化。

偏而不能直达之谓曲;察识扩充乎众曲,而不使有通塞盈亏之殊之谓致。次句紧接,明“致曲”之功之要。盖曲,即偏见之诚;诚,即全体之曲。舍曲奚由以诚?求诚岂外致曲?然只就理上论功,未就人上论德,须“诚”字一顿,方好说到见于己与物之功效。《说文》《语类》以次句连下,则首句未免悬空,而转下又多叠字,应是一时未定之说,照《注》为允。

许氏:根心生色曰形,日新月盛曰著,表里莹彻曰明。

《语类》:动,是方感动得他变,已改其旧,然尚有痕瑕在;化,则全体多换了。

《集说》:《注》“悉”字横说、“各”字直说;“积”,谓诚所积,以本文六“则”字有渐次也。子思说到化处,却用末句回合“其次”二字,真令学利困勉、志在希圣者,气豪胆决。伊川曰:“故君子莫大于学,莫害于画,莫病于自足,莫罪于自弃。”

二十四章

【原文】

至诚之道,可以前知。国家将兴,必有祯祥;国家将亡,必有妖孽;见乎蓍龟,动乎四体。祸福将至:善,必先知之;不善,必先知之。故至诚如神。

首二句提起。次六句,鬼神运实理而泄其机也。次三句,至诚全实理而烛其机也,是所谓可前知之道。末句拢合。“道”字,对谶纬术数看。

孔氏:本有今无曰祯,本无今有曰祥。

许氏:衣服歌谣草木之怪为妖,禽兽虫蝗之怪为孽。善不善,以气机说。四“必”字、两“乎”字,根骨总在诚上。盖天地间,鬼神屈伸,至诚通复,及凡前后际枯朽活动,与人知觉,其鼓荡凑拍,无非这团理气也。

二十五章

【原文】

诚者,自成也;而道,自道也。

诚者,物之终始,不诚无物。是故君子诚之为贵。

诚者,非自成己而已也,所以成物也。成己,仁也;成物,知也。性之德也,合外内之道也,故时措之宜也。

首节著诚之切作纲。上“自”字,切指之辞;下“自”字,责成之辞;“而”字缩上看。惟诚为自成,故道须自道。

《集解》:“自成”句虽无不该意,却就人身中指出天命之实理,使自体认。《注》下一截,便专主人言。道非他,即诚中事理川流处,故分“本”与“用”。

按:道统会于心之谓诚,诚分发为理之谓道。章内“诚”字,皆兼实理实心言。

次节申“自成”句,言诚之功不可缺。“终始”,犹云彻头彻尾;“不诚无物”,言之真欲心胆坠地。二句一意反复相明。“是故”,通承。君子思吾亦物也,皆以诚为终始;吾所为皆物也,皆以诚为有无。诚之之功,不外择执。不诚,则此生无以始、无以终,都落在无物里面矣。“为贵”,见舍此更无别法。

三节申“自道”句,见诚之量无所遗。下五句,正发明首二句意,会得己、物、仁、智。《注》体用、存发本不相离,则外内合而大旨明矣。

《说文》:性德虽有四,然言乎性之存,止此无私之体,一理浑然;言乎性之发,止此有觉之用,泛应曲当。《注》“体之存”“用之发”,将所性全体大用,对分两片,括以仁、智,最精。

按:仁,如水;智,如枧。智以导仁,仁以实智。

吕氏:性无内外。天大无外,造化发育皆在其中。人为形所梏,故有内外己物,与天地不相似。反乎性之德,则安有物我内外之别哉?“合”,理本自合,非待人去合;“时措”,犹言时出,物我交尽无憾,便是“宜”。

二十六章

【原文】

故至诚无息。

不息则久,久则徵。

徵则悠远,悠远则博厚,博厚则高明。

博厚,所以载物也;高明,所以覆物也;悠久,所以成物也。

博厚配地,高明配天,悠久无疆。

如此者,不见而章,不动而变,无为而成。

天地之道,可一言而尽也:其为物不贰,则其生物不测。

天地之道,博也,厚也,高也,明也,悠也,久也。

今夫天,斯昭昭之多,及其无穷也,日月星辰系焉,万物覆焉。今夫地，一撮土之多，及其广厚，载华岳而不重，振河海而不泄，万物载焉。今夫山，一卷石之多，及其广大，草木生之，禽兽居之，宝藏兴焉。今夫水，一勺之多，及其不测，鼋鼍、蛟龙、鱼鳖生焉，财货殖焉。

《诗》云："惟天之命，于穆不已！"盖曰天之所以为天也。"于乎不显，文王之德之纯！"盖曰文王之所以为文也，纯亦不已。

前六节言至诚，后三节言天地，末节合言之。所以上律下袭者于此见矣。

首　节

"故"字，意从上章次节来，却在本句中醒取。杨氏：至诚动以天，故无息。史氏：则承"尽性""前知"两章。《困学录》：则统承前四章。

次　节

是内外分界。至诚则自然无息，无息则自然常于中、验于外，而与天地同其体用，本一齐都到，但须如此次第说，乃分明。

三　节

言至诚功业。若说如何及物，便侵下节。悠，是宽缓不迫；远，是绵永无穷。博，谓东渐西被；厚，谓积功累仁。高，如巍乎成功;明,如焕乎文章。皆征中气,象精蕴。

四　节

三“所以”字,是从博厚、高明、悠久而想见其载、覆、成之功,不可倒看。载、覆、成,就至诚分上说。惹着天地,便侵下文。其奠定丕冒成就乎物者,不出遂生复性、教养两途。悠久,即悠远,都就及物上说。但悠远从久征出,外不离内,贯乎前后。可就设施前头看出,亦可就结果后面看入。

五　节

须紧从至诚说起,拍到天地去,以取“配”字,方不侵“博也”节。极地天所载覆,至诚无不载覆之,而与为终始,故曰“配”。“无疆”,指天地说。《章句》“体”字,亦就用上言,即至诚之德著于四方者是。

六　节

只申赞其配地天者出于自然,非推深一层。“如此者”,指“配地”三句。章、变、成,即上载、覆、成,就至诚功业上言。章,条理灿著;变,风动时雍;成,性情各正。不见、不动,即是无为。一则循理而行所无事,一则诚至而过化存神。

七　节

安溪：此“天地之道”，自然本体，浑然一理，道之原也。下“天地之道”，必然发用，分阴分阳，道之立也。两“道”字须看得分明。《条辨》只重“其为物不贰”句。《章句》“不贰，所以诚”，不贰，则纯一不杂，此其所以诚；“诚故不息”，“故”字不可大作折。朱子是将“不息”缩在“诚”字内补出，以对首节。

《浅说》：元亨，诚之通；利贞，诚之复。诚复，则生生之意于此而专一翕聚；诚通，则生生之意于此而直遂发散。谁能测其生物之所以然者？

八　节

在不贰、不测之间，以化工言之，本文只“各极其盛”四字。对上节，则为体之用；对下节，则为用之体。六“也”字，关说方醒。

九　节

“昭昭”二句，谓指其一处则昭昭，举其全体便无穷也。“日月”句，足无穷。盖日、月、星丽天，则皆为天，十二辰即天体。“华岳”二句，足广厚。盖华岳，即地之高处，河海，即地之深处。“万物”二句，方说生物。华、岳，二山，《周礼》：豫州山镇曰华，雍州山镇曰岳。山水生物，总是天地生物。节内数“焉”字，语气现成，便含应如此节自然意。

十　节

命与德,俱就本体言,到此将上文功用都收入本体中。上以无息言至诚,以不贰言天地,于此又互易言之。深意在两“所以”字,教人探本、要人裕本。“不已”,只在文王心中言,非谓合天。

二十七章

【原文】

大哉,圣人之道!

洋洋乎!发育万物,峻极于天。

优优大哉!礼仪三百,威仪三千。

待其人而后行。

故曰苟不至德,至道不凝焉。

故君子尊德性而道问学,致广大而尽精微,极高明而道中庸。温故而知新,敦厚以崇礼。

是故居上不骄,为下不倍。国有道,其言足以兴;国无道,期默足以容。《诗》曰:“既明且哲,以保其身。”其此之谓与!

前三节,论至道;中二节,关捩上下,文势有束上逼下虚实宽紧之分。六节,论修德凝道之功;末节,言德修道行之效。通须顾道之大小说。

前三节

《语类》:即春生夏长秋收冬藏便是圣人之道。礼仪三百、威仪三千,圣人所制皆是天道流行发见为用处。一指道体之形于气化者言,一指道体之形于人事者言。

《集解》:此所谓天高地下,万物散殊,而礼制行焉。与夫为国以礼,而为尧舜事业者也。发达其机,育遂其性。极,即发育之道极之,形色空虚齐到。下节即上节酝酿条件,说小正是说大,故仍下"大哉"字,不然洋洋者只是空壳子。礼仪,如冠婚丧祭、朝聘会同;威仪,如进退升降、俯仰揖逊。

中二节

"待"字多少责成,非悬俟。"凝"在行前,不能凝,更没些子属自家。"德性",聚之之地;"问学",成之之事。"尊""道"其功也。

六　节

《语类》:首句是纲领。下四句,各上截是大纲工夫,各下截是细密工夫。此如程子言:涵养须用敬,进学则在致知。

若有上一截、无下一截,只管浑沦,则茫然无觉;若有下一截、无上一截,只管要纤悉皆知,又空无所寄。"而"字、"以"字,须一例反复看。

却将个尊德性来道问学,各下截之理,本各上截所具,然正亏缺他一毫不得。

且看何处见得广大高明气象?私意蔽时,这广大便被他隔了;私欲累时,便沉坠在物欲下。

《集解》:私意,从躯壳起意智。《注》“已知”“已能”,包得良知、良能;曰“致”、曰“极”,一毫难缺。“温”,不少冷了他;“知”,务求其知;“崇”,兼崇尚、推崇。

《说文》:凡已知已行,而思葆其固有者,总属“存心”;未知未行,而思益其本无者,总属“致知”。“道中庸”“崇礼”,似是行;不知现在力行,正是致知。“涵咏已知”,似是知;不知未知时,自是外边事理,既知后,便是吾之德性。

七　节

言大小精粗,一齐理会贯彻时,盛德在躬;其所设施宪章、阐发敛藏,无非位育经曲之道。契理数之原而烛事几之变,道即身、身即道,上下治乱,无在不保其身,即无处不行其道。足兴、足容,又从“为下”句抽出言之。

二十八章

【原文】

子曰:“愚而好自用,贱而好自专,生乎今之世,反古之道。如此者,灾及其身者也。”

非天子,不议礼,不制度,不考文。

今天下车同轨,书同文,行同伦。

虽有其位,苟无其德,不敢作礼乐焉;虽有其德,苟无其位，亦不敢作礼乐焉。

子曰："吾说夏礼，杞不足征也。吾学殷礼，有宋存焉。吾学周礼，今用之，吾从周。"

首　节

三者受病，只一"妄"字括之，诚为福倡，妄乃祸随。三项虽分德、位、时，子思引之，却侧重"自专"上，玩下文可见。德非圣人便是愚，位非天子便是贱。

次　节

天子，是有德乘时开创者。度，不出礼外，但礼以节文言，度以器数言，皆意在辨异。然审异所以致同。文，兼形声言。

《语类》：此圣人功用，所以新天下耳目、一天下心志者。自他念虑之微，无毫厘差；而天地万物，一齐被他剪截裁成过。须先看取这样大意思，方有益。

三　节

车，制度上一端。轨，在地，舆广六尺六寸，验于轨。议礼所以制行。

安溪：天子以制礼为大，继之以审度修文；天下以守度为先，进之而习文敦行。故两节语错综。

四　节

互文推说,为愚贱痛扫个尽。两“不敢”字,尤诛心。“亦”字侧注,为下孔子引线。

末　节

按:重“今用”之句。夏礼无征,殷礼仅存于宋,正以时过不用而日就荒落也。“从”,亦从其所用耳。

二十九章

【原文】

王天下有三重焉,其寡过矣乎!

上焉者,虽善无征,无征不信,不信民弗从。下焉者,虽善不尊,不尊不信,不信民弗从。

故君子之道,本诸身,征诸庶民,考诸三王而不缪,建诸天地而不悖,质诸鬼神而无疑,百世以俟圣人而不惑。

质诸鬼神而无疑,知天也;百世以俟圣人而不惑,知人也。

是故君子动而世为天下道,行而世为天下法,言而世为天下则。远之则有望,近之则不厌。

《诗》曰:“在彼无恶,在此无射。庶几夙夜,以永终誉。”君子未有不如此而蚤有誉于天下者也。

不骄作骨。首节提纲。次节反衬,责重王天下者。三、四节,力争“有”字。五节,紧从“有三重”疏寡民过。末节反缴。

须节节从不骄入想，不得侈张制作宜民。

首　节

重一“有”字。功自尊道，出以小心，六事是其实际。礼、度、文，为天地立心、为生民立命，故谓之“重”。寡过，上有以寡之也。玩“其”“矣乎”字，缩归上截。论世者慨想情深，期之而难为必之也。

二　节

按：见寡民之过，靠不得前代帝王与在下儒生。逆鞭上节、顺逼下文，为“故君子”三字出力。两“不信”，是我不足以取信；两“不从”，一骇之、一玩之，方说民不从。

三　节

是方议礼、制度、考文时，斟酌裁订，不敢有爽于人己幽明、前后周密之精神本身，以尽伦之身议礼，以轨物之身制度，以文明之身考文也。征民，验诸性分职分之大，共证乎运会风气之必然也。下四句，又是本征里面六通四辟之理。不谬、不悖、无疑、不惑，都就我心期说，不敢必其如此，而务要其如此，正考、建、质、俟中之苦心小心。《注》“参”字，参考之参。天地示不易之理，鬼神妙不测之机。君子体天地之撰，故礼乐备而天地官；通神明之德，故制作成而鬼神行。盖礼乐率神从天、居鬼从地。人者，天地之心也，鬼神之会也；千百世上下之圣人,此心此理同也。

四　节

上“三王”四句,天人二字足以贯摄;若非实理契合深透,所制礼、度、文,如何能不爽得来?故于此拈出“知天”“知人”,为上参、建、质、俟探原,为下道、法、则提要。足上起下,最担斤两。

五　节

上三句直说,下二句从“天下”字内,抽出横说。君、民两边,俱须紧抱礼、度、文讲。“世”字,只指本朝,看三“为”字、两“之”字,归重君子一面。行有成迹,故可效法;言,只准则其理。

末　节

《说约》:“在彼”二句,证君子之道无往不合;即“本身”一节,而末句所谓“如此”者也。“庶几”二句,证天下之民,莫不信从;即“世道”一节,而末句所谓“有誉”者也。

《汇参》:《诗》意重下截,引《诗》重上截。“庶几”字是从上直下语。“蚤”,犹遽也。

三十章

【原文】

仲尼祖述尧舜，宪章文武；上律天时，下袭水土。

辟如天地之无不持载，无不覆帱。辟如四时之错行，如日月之代明。

万物并育而不相害，道并行而不相悖；小德川流，大德敦化。此天地之所以为大也。

归中庸之统于仲尼。首节言圣学贯乎帝王天地。道开自尧舜，宗为祖而绍述之。时中本乎执中，博约原诸精一，是也。法备于文、武，奉为宪而表章之。论政必陈方策，礼乐则从先进，是也。法天时消息盈虚之运，灼乎必穷之机，乃得无穷之用；因水土刚柔高深之宜，循乎无定之迹，各得一定之规。其实道、法、律、袭，总归一贯，帝王亦体天地之撰者。《章句》“内外”“本末”，所谓存主发用，根本节目，共贯者。

二　节

言圣德之全体不息，集之则为学，蕴之即为德。上二句，就德之兼备无遗者辟之，重两“无不”字。下二句，就德之迭运不穷者辟之，重“错”“代”两字。四时、日月，本在天地中，错行、代明，即无不覆载者之运动，皆大德也，而函小德。须重发仲尼，方得取辟意。

三　节

即取辟者申言之。统观,见其并育并行;析观,见其不害不悖。不害,如羽毛不入鳞介,桃树不开李花。道,如黄赤青白黑之九道,谓冬夏次舍躔度之殊,皆小德所流之化。敦之之大德,于焉可悟。只一德主乎化中,分合看来觉有大小。下二章,仲尼之所以为大也。

三十一章

【原文】

唯天下之至圣,为能聪明睿智,足以有临也;宽裕温柔,足以有容也;发强刚毅,足以有执也;齐庄中正,足以有敬也;文理密察,足以有别也。

溥博渊泉,而时出之。

溥博如天,渊泉如渊。见而民莫不敬,言而民莫不信,行而民莫不说。

是以声名洋溢乎中国,施及蛮貊。舟车所至,人力所通,天之所覆,地之所载,日月所照,霜露所队,凡有血气者,莫不尊亲。故曰配天。

言圣人泛应曲当之小德。"为能"字管通章。四德十六字,在生知质中倍异样,所谓宝珠贮于湛水也。聪明睿知,与智之德,只是这炉中一个物事,却是那照天烛地底。聪,静而主受;明,动而主施;睿,通微而知来;知,烛理而藏往。宽,受物不隘;裕,资物能优;温,煦物弗惨;柔,顺物无忤。发,赴机不迟；强，胜任不葸；刚，见诱不挠；毅，历久不懈。齐，情绪不旁杂；庄，意象不散玩；中，存主不偏倚；正，宰制不邪曲。文，精彩不模糊；理，参互不淆乱；密，节次不粗疏；察，疑似无眩惑。足，谓足以裕流之用。到时出，方是流。

次　节

溥博，蓄之宏，横看；渊泉，资之深，直看。自此至末，层层衔接引申，只完得五“足以”之势。

三　节

小德是发见底。人观其表，但见其如天如渊；见言行，即时出。敬、信、说，正形容时出之当可。

末　节

“声名”“尊亲”，申言敬、信、说。“舟车”六句，看六“所”字，是言诸去处有血气之人类，而以中国为主。上灌“声名”，下起“尊亲”，申上三“莫不”字。“凡”字概上六句说。天有是德，以丕冒下土、生育万物。至圣之德，其丕冒下土、生育万物亦然，乌得不尊为元后、亲为父母，而与天地配！如天，以礼言；配天，以功用言。配天已见“无息”章，因下“故曰”字。

三十二章

【原文】

唯天下至诚,为能经纶天下之大经,立天下之大本,知天地之化育。夫焉有所倚?

肫肫其仁!渊渊其渊!浩浩其天!

苟不固聪明圣知达天德者,其孰能知之?

言圣人一理浑然之大德。"为能"字管两节,须上下一气看,从功用想其心体。功用虽有事实,但此就其浑沦处言之,又句句从至诚贯入,急注下节心体去,故是说大德。末节极赞至诚之妙,见须实证,非可悬揣。

首　节

《或问》:经纶,是致和;立本,是致中;知化,是穷理以至于命。

饶氏:大经,是道;大本,是性;化育,是命。性为道本,命又其源。

《集解》:名分秩然不混之谓经,恩谊蔼然不隔之谓纶。立本者,极乎真静纯固之体,以为感而遂通之基。静以涵动之所本,动以见静之所存也。元亨诚之通,利贞诚之复。天地化育,与至诚共此一诚,自如肝胆相照。"焉有所倚",谓不更靠心力去思勉。

次　节

伦纪本系天性。至诚无梦寐呼吸之间，何等肫肫！性体本自静深。至诚绝气禀物欲之隔，何等渊渊！极天浑是化育。至诚忘形骸畛域之见，何等浩浩！大德说存主处，自家这里真个是其渊其天。盖心体直是天渊，不同上章"如"字，但作比照。

末　节

上章言小德，条理分明，人所易见。此章言大德，无声无臭，非圣人不能知。"达"字，以知言，谓妙契乎天德。

《语类》：至圣、至诚之分，只可以表里言，不可以体用言。

朱柏庐云：固也者，收敛笃实，不使神智有须臾之渗漏、几微之越轶，以达乎天德。即下章暗然为已、驯致笃恭不显而与天载一者。结上又以起下。

三十三章

【原文】

《诗》曰："衣锦尚絅。"恶其文之著也。故君子之道，暗然而日章；小人之道，的然而日亡。君子之道，淡而不厌，简而文，温而理。知远之近，知风之自，知微之显，可与入德矣。

《诗》云："潜虽伏矣，亦孔之昭。"故君子内省不疚，无恶于志。君子之所不可及者，其唯人之所不见乎！

《诗》云:“相在尔室,尚不愧于屋漏。”故君子不动而敬,不言而信。

《诗》曰:“奏假无言,时靡有争。”是故君子不赏而民劝,不怒而民威于鈇钺。

《诗》曰:“不显惟德! 百辟其刑之。”是故君子笃恭而天下平。

《诗》曰:“予怀明德,不大声以色。”子曰:“声色之于以化民,末也。”《诗》曰:“德輶如毛”,毛犹有伦。“上天之载,无声无臭。”至矣!

侯氏:子思再叙入德、成德之序也。

《困学录》:上章说到肫肫、渊渊、浩浩,天载无声臭,已恍然言下。此又从下学立心之始推极之。一路引诗,正据无声无臭地位,指示个从入驯致之方。

首 节

《集解》:首节是说根基,未说工夫,有为己知几底好根基乃可。“入德”,“德”字一篇之纲,由本、而功、而效、而极。《诗》,只概说《风诗》。美原在锦,不在絅;恶只在著,不在文。著者,著于人之目也。以吾分所固有、力所当为之锦,而揭为人艳羡之端,可贱可耻孰甚! 凡事存一人之见,便不知有己,何能为己? 两个“之道”,都就立心上言。为己须是暗然,后面愈说得向里来,都用那般不言、不动、不显等字,直说到无声无臭则至矣。到此方是还得他本体。“暗然”,修于隐也;“日章”,即套在暗然内。暗然者,不自知为日章也。淡、简、温三句,以言行礼文接物分贴,极形暗然日章之道而叹想之,见与的然日亡者相去霄壤。“知远”三句,直暗从“天下平”,逆收到“慎独”处才住,把一篇工夫效验逆放在此。以下逐层顺推出去,远近、风自、微显,剔清两层,“之”字并归一脉。知几,是为己起头下手处;知者,觉而谨凛之意。

次　节

此言微之显也。有知其潜伏而指名之者,便尔甚昭,况乎几之微,必成形之著。“虽”字、“亦”字,早从私心蔽且护处,决其不容自诬。“故”字接得了然断然;“内”字,紧贴独说,离一步不得、迟一刻不得;“省”字,审几谨几并到。意私而志公,志本人人所有,在君子则下学立心之始尤早定底,必使不疚,必使无恶。八字一气直注,十分着力。末二句再将过此以往、无可措手意,提撕深切,要人于此处自作得主,不可错过。

三　节

上是关隘切要工夫,此是统体绵密工夫,所谓常惺惺法也。“尚”,诫勉词。伊川云:学始于不欺暗室。不动不言,缘何指个敬信!此如于未发中说喜怒哀乐,无其事而有其理。盖敬信因言动而见,不因言动而有。天理本然,正万理森然,更不分前后际。

四　节

靡争非由言说,要在诚敬上看;劝、威不待赏、怒,要在德上看。下截是脱上截意说。此与下节,不可谓直叙成德,亦不可谓敬信以上别有工夫。只可云自是而熟之,则如此节云云;又由是而化之,则如下节云云。固是说效,却是即效以征德、即德以征工夫之火候。《章句》“承上文”,双承谨独、戒惧。

五节

德既不显,百辟如何去刑?盖不显之德,天德也。天道所布,四时行焉,百物生焉;天则所昭,物物一太极,万物共太极。刑,正刑于其不显也。笃厚其敬,只是工夫至极不已意。工夫至极不已,便自幽深元远而不显矣。当知笃恭自不显,非以笃恭训不显也。天下各安其性命之正,谓之平,并劝、威之迹都泯。

末节

声号令、色威仪,方与“化民”关会。玩“于以”字,言化民自有以之使化者,以之具非一,而声、色在于其间,特末也。此夫子平日泛论治道语,子思引以评此诗耳。輶,《诗》言轻,此言微。伦,类;词指有类,意指有形,只是论毛明道云。“毛犹有伦”,入毫厘丝忽终不尽,是也。固非谓毛之犹有比,亦非谓德之犹有伦可拟。载者,发育万物之事。于发育之中,有无声无臭之妙。“无声无臭”,即在有物有则上见。“至矣”,与“末也”“有伦”对看,一例就所引本文断。《章句》“形容”三句,俱找在言外。

伊川曰:《中庸》之说,其本至于无声无臭,其用至于礼仪三百、威仪三千。自礼仪三百、威仪三千,复归于无声无臭,此言圣人心要处。

侯氏曰:《中庸》始于寂然不动,中则感而遂通天下之故;及其至也,退藏于密,以神明其德,复于天命,反其本而已。

附　录

夫贵有知仁勇之德。知行交进互发,以体道者,正以道之费不易体,而又不容以不体也。

君子之道,不离于形器,亦不滞于形器,其随器皆道、随物有则,川流之用费矣。然器与物可见,道与则不可见,费而隐也。斯道也,有遗于愚不肖之夫妇者乎?有尽于圣人天地者乎?当机交接,鸢之飞、鱼之跃,有非费之活泼泼者乎?人日处乎道中,而若不与焉者。造端之地,不知谨独以植其基,而功用遂无以察乎天地也。不有君子之语,道费之大小何由见乎?子曰:"道不远人。"又曰:"君子素位而行。"又曰:"行远自迩,登高自卑。"引道归人,从人审位,即位按序,斯不亦语小而莫破乎?子曰:"舜其大孝也与!"又曰:"无忧者文王。武王缵三代之绪,周公成文武之德。"又曰:"武王、周公,其达孝矣乎!"报应券于一身,伦制协夫天下,明察贯乎天祖,斯不亦语大而莫载乎?语费之小,约之又约,造端乎夫妇也。语费之大,廓之益廓,及其至而察乎天地也。此道之为也,而即鬼神之为之也。盖于穆不已之命,流行于事物,以有此费者,全是天以阴阳五行,化生万物,气以成形,而理亦赋焉者之所为。所谓天地设位,而鬼神成能于期间也。天人理气,一滚而出。此道之所以无物不有、无时不然,而不可须臾离欤?此兼费隐包小大者。若包费隐兼小大,则有孔子答鲁哀公问政之言。

第三支说

孔子之论政也，宪章文武，其要归于人存而政举。反覆其旨只是弗措吾择善固执之功，使言行事道，无不本知仁勇之德、体君臣父子夫妇昆弟朋友之道，而布之九经，以完夫天命人心本然之诚而已。

顾诚有本天之命而全，而为性之者；有循圣之教而入，而为反之者。性之者，德无不实，自明无不照，诚而明也。反之者，先明乎善，而后能实其善，明而诚也。性之德不可期，反之功无容诿。孔子列天道人道，孟子言尧舜汤武性反，子思此支，对举而分论之。见古今只此两项人，为诲只此两样法，外此则皆暴弃而自贼也。学者慕性生之逸，惮遵教之劳。驰思乎民物天地，而四端发见之曲则不致；旷览夫兴亡祸福，而诚之统己物而成之者，日蹈于无物而不思；矜言夫与天地合撰，而存心以尊德性，致知以道问学。所以凝洋洋优优之道者，茫乎而不解。自用自专而反古，吾见其为下而倍也。动焉行焉言焉，而彼此恶射，吾见其居上而骄也。夫惟仲尼，开中庸之统，集中庸之成。其泛应曲当，则至圣时出当可之道，而天地之小德川流也。其一理浑然，则至诚肫肫之仁、渊渊之渊、浩浩之天，天地之大德敦化也。然且发愤忘食、好古敏求，为不厌、诲不倦，下学而上达，以生安之质，而尽困勉之功。况于学者，可不奉天道以立极至之准、法人道以尽切实之功，而惮于由教以复性哉？

陈应辰集

[清]陈应辰 撰
王友正 点校

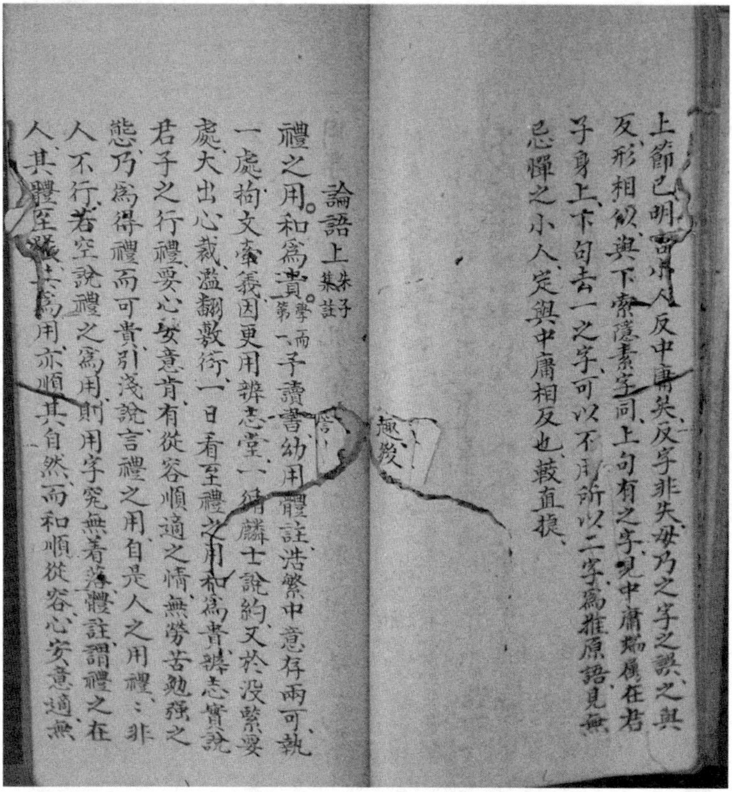

《经书正蒙》书影，临海市博物馆藏。

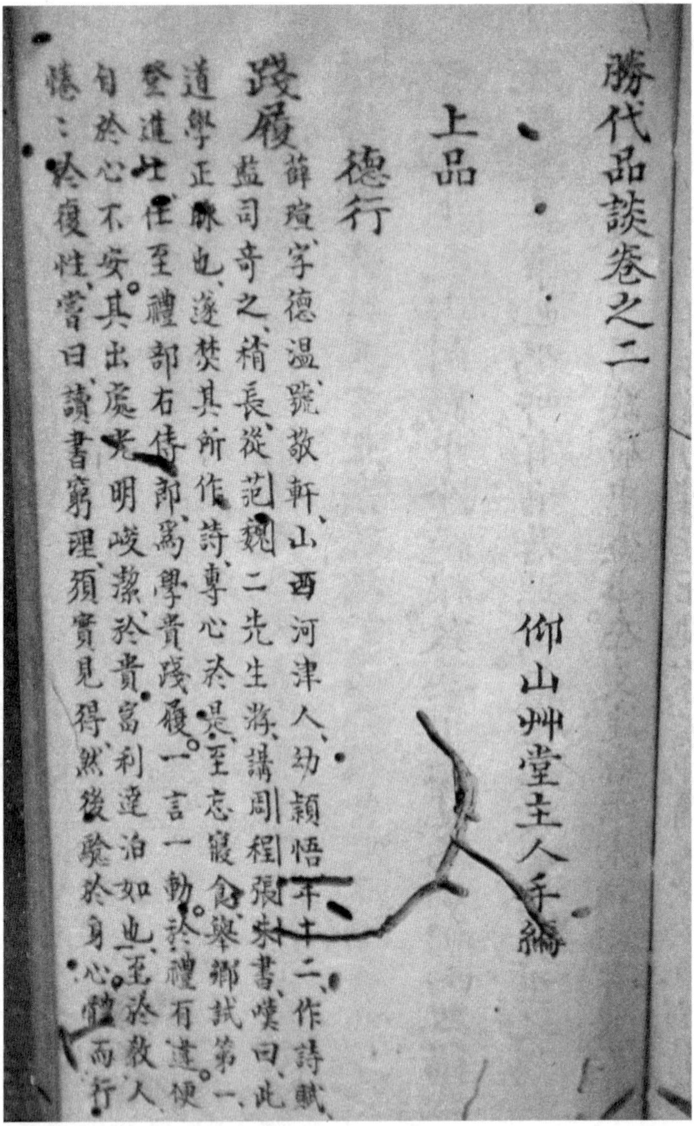
勝代品談卷之二

上品

仰山艸堂主人手編

德行

踐履

薛瑄字德溫號敬軒山西河津人幼穎悟年十二作詩賦監司奇之稍長從范魏二先生游講周程張朱書嘆曰此道學正脈也遂焚其所作詩專心於是至忘寢食舉鄉試第一登進士仕至禮部右侍郎爲學貴踐履一言一動於禮有違便自於心不安其出處光明峻潔於貴富利達泊如也至於教人惓惓於復性嘗曰讀書窮理須實見得然後驗於身心體而行

《胜代品谈》书影,临海市博物馆藏。

前　言

《陈应辰集》为清代台州温岭学者陈应辰著作合集，包括《经书正蒙》、《胜代品谈》两种。

陈应辰，字仲籍，号耻斋，太平人。其生卒年不详，当为清代雍正、乾隆时人。余荣择为其《胜代品谈》作序，署“乾隆岁次戊辰之小春”，是时为 1748 年。陈应辰家贫力学，潜心著述，诗亦有声，但因困于科场，老于诸生，未考取功名，不为人所识。

《台州府志》列陈应辰入“文苑传”，与其父陈纪合传。卷119《人物传》二十（文苑四）：“陈纪，字国载，号南山，太平人。锐志读书，尝构一室，凿窦进饮食，三年始出，为督学宋公所赏，一时知名士如临海朱源许、黄岩符劲、天台张贞宫，皆自谓不及。累举不售，著有《常畏斋稿》。子应辰，字仲籍，号耻斋。居贫力学，撰《胜代品谈》十六卷，于有明一代人物评骘不差累黍。又采宋元至国朝乡先辈诗为《存逸录》十卷，因诗以存人。又著有《经书正蒙》、《篆隶间书》、《仰山堂诗文集》，皆有可传。困于诸生，人罕识者。”

《经书正蒙》为作者潜心研读儒学经典的读书札记类著作。内容主要就儒家四书五经中一些容易被人误解的疑难词句或章节作订正发蒙。虽不很成系统，但言之有据，颇多创获，具有较高的学术研究价值。

全书原为六卷，今所见稿本仅三卷，为卷之一、卷之五、卷之六，缺卷之二、卷之三、卷之四，为残本。

《胜代品谈》为作者撮记明代一些人物的言行事迹并加以品评的传论性著作。所谓“胜代”，即指明朝时代。

据原作目录，全书当为十六卷，分上品、中品、下品三类。“上品”包括德行、言语、政事、文学、知廉、勇艺、刚介、教化、老寿、女德等，共 10 卷；“中品”包括褒讥、报复、祥异、寇盗等，共 3 卷；“下品”包括乱贼、奸恶、喻利、鄙夫、谄谀、异端等，亦共 3 卷。今所见稿本仅首两卷，卷一为上品“德行”上集，卷二为上品“德行”下集，为残本。

《胜代品谈》的编著体例分“传”和“论”两部分。传的部分，作者采集相关史书和地方文献，撮记人物的言行事迹；论的部分，作者据其言行下按语，对人物品行进行或褒或贬的评论品鉴。现存上品“德行”(上、下)两卷，主要记写有明一代具忠孝节义品质的人物事迹。卷一、卷二分别为明代前期和后期人物，尤其注重于明初“靖难之役”和明末“甲申之变”非常时期的人物事迹。

每篇作品或详或略，语言精炼古朴，记人叙事栩栩生动，评论确当，具有较高的文学价值和史料价值。

本次校点所据底本为作者手写稿本，但均为残卷本。《经书正蒙》稿本钤有“台州区文物管理委员会收藏”篆体阳文印；《胜代品谈》稿本有项士元先生 1952 年 5 月题识。

目　录

经书正蒙

卷之一

《易经》

易　义

《易》为言理之书，而秦人谬指为卜筮，以故未遭炎火，得为全书无恙。是固《易》之幸，亦后人学《易》者之大幸也。何勿喜其有是谬也！

却如后之学《易》者，解“易”为日、月字，见《易》中所言阴阳而以日月代之，又以日不变而月能变，复以“勿”代之。以“勿”代月，而以日月代阴阳，本相代以名《易》。《易》之名果为不易之论耶？

夫《易》所言阴阳，不只在日月，即天地是阴阳。有天地之阴阳，而后水火亦阴阳。果阴阳在日月，则日为太阳，《易》之太阳为震，震为雷；月为太阴，《易》之太阴为巽，巽为风。震、巽为雷、风，则又非日月矣。若必本日月之阴阳以言《易》，将夏所谓《连山》。《连山》非日月，独无阴阳，王、周、孔系文之意也。故谓读《易》者不可以其文拘也。

迨至文王、周、孔，系之以文，使人因文字以玩其象、验其占，阴阳不宜凭之决地，而悉摄入人身以尽人合天。是故《易》

为言理之书,而亦为寡过之书也。文王、周、孔不过借文字以明大易之道,非谓大易之道而遽以是文字尽也。夫惟不可以是文字尽,此《易》之所以为《易》也。彼以日月名《易》者,亦知《易》为日月作乎,为天地作乎?为天地作乎,为太极作乎?为太极作乎,为人身作乎?人身本乎天地,天地本乎太极。《易》有太极,其斯之谓乎?

易(朱子《本义》)

九三,乾

乾卦取象于龙。龙,阳之物也,而乾则为阳之性,非乾无以有乎龙,非龙无以象乎乾也。故爻辞于初九为潜龙、九二为见龙、九四为跃渊之龙、九五为飞天之龙,上九之龙,亢矣。九三何以不言龙?或者谓"文之阙也,有占而无象"。象之释卦"终日乾乾,反复道也",释爻仍以其占,则非阙文可知。周公当日取象于龙,龙即乾,乾即龙也。故此爻不言龙而曰乾,且曰乾乾,明以爻象发卦义,而不必借发之龙也。

君子,虽指占者,其实为在下之"大人"。而"乾乾"即于卦中取象,见值凡九三者,忧深惕厉之意,如乾之又乾。吾知地与时虽危,断不能有以危之矣。其占为"无咎"。无咎,即在乾乾矣。

后以六龙御天,发挥六爻之情,则此爻隐亦言龙也。可谓曲尽《易》之变化,不独在卦义,爻象各具其变化;变化之至,其犹龙乎!

遁世无闷,不见是而无闷

初九曰"潜龙勿用",何谓也?子曰:"龙德而隐者也。不易乎世，不成乎名。遁世无闷，不见是而无闷。乐则行之，忧则违之，确乎其不可拔，潜龙也。”

按：“无闷”二字，《本义》“未明，盖不作衍文”。既云“遁世无闷”，又云“不见是而无闷”，分作两句，句太拙。宁去上“无闷”二字，作一句，较活，方是圣人言语，无滞气也。二字直作衍文可。

履霜，坚冰，坤

《象》曰：“履霜坚冰”。

朱子《本义》谓《魏志》作初六履霜，今当从之。

按：《小象》为释爻辞。爻辞：初六，履霜，坚冰至。则“履霜”是一句，“坚冰至”又是一句。而《象》曰履霜坚冰，并入一句，其意便难释。而下文明言“至坚冰也”，则上“坚冰”二字，确是衍文，不必如《魏志》带“初六”二字可也。

但云“履霜，阴始凝也；驯至其道，至坚冰也”，则“始”字、“至”字，大有融会。大意盖谓初既履霜，阴气始凝，自必至凛冽冱寒，而冰益坚，君子所以不可不慎其渐也。若履霜与坚冰同释，何以为始凝？又何以为驯至哉？缘《本义》只引《魏志》，未订衍文，故疏之。

比，吉也

比，《彖》曰：“比，吉也。比，辅也。”

《本义》谓“比吉也”，三字皆衍。

“彖曰”二字，直接下节“比辅也”去，以卦体释卦名义，极有理。然以吉为占，则下文宜释卦辞，无如释卦辞者，直从原筮释起。将此“吉”字没过，非他卦彖辞之义。

如《贲》卦：贲，亨。《彖》曰：“贲亨，柔来而文刚，故亨。”则“亨”字在下句释，则上“贲亨”之“亨”，方为衍也。若此卦“比吉"之象,以卦体释卦义,非释名义,在"吉"字不可衍。将一"也"字,与下节"比"字衍过,作"《象》曰:比,吉辅也,下顺从也。"言在下之顺从为辅,辅则必吉。其所以言吉者,以上下五阴,辅佐九五之尊,见人来比我,有吉之道。故下"宜释原筮"一段,方于卦辞无损,则于卦德无亏。使以卦体释卦名义,则三字衍矣,其如辞之不能尽意何?

先甲三日,后甲三日,蛊

蛊:元亨。利涉大川,先甲三日,后甲三日。

《本义》谓蛊坏极而有事,为当大通可以涉险。甲乃日之始、事之端也。先甲三日,辛也;后甲三日,丁也。前事过中而将坏,则可自新以为后事之端,而不使至于大坏;后事方始而尚新,然更当致其丁宁之意,以监其前事之失,而不使至于速坏。圣人之戒深也。

朱子以甲属在人事。后甲,固释丁宁之意;先甲,未言及辛勤,似有缺略。

谨按:释卦之辞。先甲三日,后甲三日,终则有始,天行也。

夫云天行,非人事矣。盖先甲三日为辛,辛乃阴金,阴金宜克阳木,克则必坏,蛊之义也。赖后甲三日之丁,丁乃阴火,为阳木所生,转去克夫辛金,使金受克自坏,势难以克夫甲。是甲赖子之才,为坏极有事。所谓终则有始、乱当复治,殆天道自然之理,即为人事当然之验,非蛊而何?

以甲言者,十千之首,为东方之运,万物宜从其始也。若以此二句为戒辞,即勉占者,以大通顺正易理,反胶于成迹也,非天人合一之书也。

至于八月有凶,临

临:元亨,利贞。至于八月有凶。

《本义》有二说。前说谓从《复》卦一阳之月,至于《遁》卦二阴之月。后说夏正八月,于卦为《观》,《临》之反也。学《易》者宜以前说为正。

然《彖传》释卦:"至于八月有凶,消不久也。"

消者,阳消也。《临》为二阳居下,四阴在上。阳浸长,则阴日衰矣。及至八月,四阴居下,惟有二阳,阳盖消矣。故《彖》曰"消不久也"。此卦之本义,乃天运之自然,无容假代者。

若从前说,《临》卦已在十二月,转从十一月《复》卦,一阳起数,至于六月《遁》卦二阴,算有八个月日,是阴长之候,见阴长则阳消,以明凶之当戒。意思固同,但经言阳消,则阴长为凶,非以阴长而阳消为凶也。确主本卦(《临》)为阳长,故能大通而利于正。指定八月与本卦相反,正阳消之候。如阳既消,则凶自有,不必言矣,不可不戒。圣人示人深切著明如此!

未顺命,临

九二,咸临,吉,无不利。

《象》曰:"咸临吉,无不利。未顺命也。"

《本义》"未详",盖以此爻,乃刚而得中,其势上进,故其占为吉,而无不利。《小象》释爻,何以云"未顺命也"?宜乎朱子以谓"未详"也。

予细释之,疑于"未"字有误。夫二为阴位,而阳临之,上应六五,刚而得中,则命亦顺矣。命顺反以为"未",有不可训人者,无乃与"永"字相似。《经》中言"永"最多,字误应亦有之。

贰,坎

坎:六四。《象》曰:“樽酒簋,贰,刚柔际也。”

晁氏曰:陆氏《释文》,本无“贰”字,而《本义》从之。然从之则可,竟将此字抹之,则不可。夫贰,谓贰用缶也,正六四爻辞:“樽酒簋,贰用缶。纳约自牖,终无咎。”

四乃阴位,六乃阴爻,陷坎之中,且近九五之尊,以柔际刚,宜以至诚小心,可以免咎,故取象“樽酒用簋”。若贰则用缶,纳约自牖而入,礼虽薄而意则诚,终得无咎也。贰者,副也,缶副于簋也。故《小象》释爻,则曰“樽酒簋,贰。”贰,即“贰用缶”之句,乃失二字,而即接下句故也。虽不可添,亦不得抹去。宜将“樽酒簋”,句;“贰”,读(音豆);“刚柔际也”,另读(如字)。文始无错。

居德则忌,夬

《象》曰:“泽上于天,夬。君子以施及下,居德则忌。”

《本义》:居德则忌句,未详。

予闻之先君子曰,泽上于天,则雨必下,溃决之势也。君子体之,以施恩惠,禄养厚于君子,乐利遍于小人;若自居其德,是有其善、丧厥善,矜其能、丧厥功。泽必壅遏,而无以及下,岂君子所敢出乎?故居德而有所不敢也。《周书·吕刑》曰:“敬忌,罔有择言在身。”敬则有所不忽,忌则有所不敢。此“忌”字,当作“不敢”二字解。《注》曰“未详”,阙疑之意也。

先庚三日,后庚三日,巽

巽:九五,贞吉;悔亡,无不利,无初有终。先庚三日,后庚三日。吉。

此二庚句,与《蛊》二甲句同,而义大异。彼二句,是文王所系卦体;此二句,乃周公所系爻辞也。

爻辞释《巽》上卦:“五最中正,九来居之,阳刚而为巽体。

九二不来应之，虽尊不当自恃。”《象》云“贞吉”，何以能正而吉？又云“悔亡”，何以有悔而亡？又云“无初有终”，又何以其无初，自有终也？宜更变其刚健之性，善成其巽人之德，故以庚言之。庚者，更也。“先庚三日”，谓丁；丁来克庚，是为无初，所当丁宁于其变之前。“后庚三日”，谓癸；癸去克丁以全庚，所以揆度于其变之后。更健体而为巽德，虽勿正应，自无不吉者也。此在占者而言。宜从《本义》为正，与《蛊》之言象者不同。

利涉大川，未济

未济：征凶。利涉大川。

《本义》先从本爻释之，谓阴柔不中正，居未济之时，以征则凶。然以柔乘刚，将出乎《坎》，有利涉之象。盖行者可以水浮，而不可以陆走也。或疑“利”字上，当有“不”字。

予细玩卦辞，而《小象》于“利涉”句无释，可知利涉，非得谓未济也。《未济》之卦，火在水上，炎上者自炎上，润下者只润下，不相交着，不能为用，故名“未济”。而三居下卦之极，六来乘之，阴柔陷入于险，如水之下而益下，无所往而不见凶也。然坎水既为润下，或者涉流其有利乎？即涉夫大川，而亦不利，然后知其征凶也。是《象》以“位不当”释上句，则下句可知。盖不独陆走为凶，即水浮亦所不利。占法应是如是。

七日来复，复

复：亨。出入无疾，朋来无咎。反复其道，七日来复，利有攸往。

《本义》俱已疏明，惟“七日”字，未及明指。盖云“来复”，自《姤》卦一阴始生，至七爻，而一阳来复，乃天运之自然。七日者，所占来复之期也。

《正义》:五月一阴生,至于十一月一阳生,凡七月。而云七日者,欲见阳长须速,故变月言日。

若属阳长须速故言日,则《诗》云"一之日""二之日",非以云速也。斯"日"字,不当作日字看,与《豳风》"日"字一例。《姤》乃五月之卦,至十月纯阴,已有六个月日。越一月,就是七个月日,便得一阳再生,故谓为"七日来复"。断必至于七日,非可以意而速也。复者,谓临其故处,无丝毫少差。卦之本体如此。

以日而推,亦是《经》之遗意。凡人事以及种植之类,过了七日,而生意自臻。《系辞》曰:"《易》与天地准。"洵不诬矣!

亢龙有悔

子曰:"贵而无位,高而无民,贤人在下位而无辅,是以动而有悔也。"(《系辞》上传第八章)

此条已见《乾》《文言》,一字无差,故朱子疑为重出。但《易》之为书,历万千年,非一时所成。然彼为问答语,而此乃释爻义,辞虽同而时则异。是以诸爻皆不附卦,统记于斯,以昭一时之用。其如"《易》曰,自天祐之,吉,无不利"一节,断宜附在此章,失简错入第十二章。《本义》正之,是也。

致远以利天下

《系辞》下传第二章:"刳木为舟,剡木为楫;舟楫之利,以济不通,致远以利天下。盖取诸《涣》。"

《本义》云:"木在水上也。致远以利天下,疑衍。"

舟楫利于浮水,水盛无路可行者。谓不通,即远济不通,即致远。上句已言"舟楫之利",则下句不必复言"以利天下",此句明是下节引重。致远为车之用也,其于辞殆无赘矣。

而微显阐幽,开而

《系辞》下传第六章:“夫《易》彰往而察来,而微显阐幽,开而。当名辨物,正言断辞,则备矣。”

《本义》云:“‘而微显’,恐当作显微;而‘开而’之‘而’,亦疑有误。”

“微显”倒一字,《本义》指之尽明快。“而微显”“而”字,不应在“微”字之上,从上句“彰往而察来”绎来,则“而”字恐当在“显微”之下、“阐幽”之上,为一句。下亦不但“开而”之“而”有误,即“开”字亦误。“开”字疑从上“阐”字形似,“而”字疑从上“幽”字倒头,二字直衍之可也。

放勋(《虞书·尧典》)

是史臣赞尧之总辞。《集注》:“放者,至也;勋者,功也。言尧之功大而无所不至也。”

《孟子》有“放勋曰:劳之来之、匡之直之、辅之直之,又从而振德之。”朱子《注》亦云:“本史臣赞尧之词,孟子因以为尧号也。人于因字未识,而直指为尧名者非矣。”如《舜典》曰“重华”,亦是史臣赞舜之词,后人亦有实指为舜名者。不知《注》云:“华,光华也。”言尧既有光华,德妙安安,行由允克,孰不曰德之盛者,难乎其为继也。谁知舜之德,又有光华,质之于尧,殆吻合而无间焉,初未见以为舜名者。放勋、重华四字,总是赞尧、舜功德之至,与下《大禹谟》曰“文命敷于四海”、《皋陶谟》曰“允迪厥德”同。何太史公《史记》亦云文命为禹名,则放勋、重华为尧、舜名,更不必言矣。苏氏则曰:“以文命为禹名,则敷于四海者为何事?”此语甚通快。况史臣欲赞尧舜,而先曰“稽古帝”,而后著名,未有于著名之下,又重叱其号,是何道理?是何意思?后人实指为尧舜名者,坐不读此书之故。

曰明都(《尧典》)

羲和仲叔四命,“旸谷”既于“嵎夷”言之,而“南交”直接“平秩”,断有阙文。然此典为今古文皆有之书,若失之古文,必得之今文;若失之今文,必得之古文。此一定道理,自无可疑者。古文藏之于壁,编残简乱,固其所宜;今文诵之于口,由此达彼,应无所滞。何伏生之遗忘,与孔壁之蠹简,竟如斯之吻合耶?不有陈氏之补,不惟四宅缺一命名,即此书亦甚难读。特借下“朔方”、“幽都”推出,使官次之名,确有所在,然后理明辞备。就如《典》中“滔天”二字,明是“浩浩滔天”之句,简错于此,伏生亦模糊吐出,又与孔壁同。

再如《舜典》,亦为今古文皆有之书,今文所不载者最多。即篇首一节,便已失去,误并《尧典》为一篇。梅赜尝疑及此,而人皆不信。至齐姚方兴,得古文孔传《舜典》,始知有此二十八字,庶与《尧典》一例。

不宁典也,即谟如《大禹》《皋陶》,史臣尚有开端引语,奈何圣帝典章,反无所扬厉乎?偶尔直笔而书,以故生后人之疑,目为伪典,几将大圣人法天齐政、顺序省方、盛德大业,所识信传书,同于稗官野史,岂不足惜!再若“五玉三帛,二生一死,贽。”“夔曰:于!予击石拊石,百兽率舞。”或倒或乱,或互或重,亦如古文之脱误无异。予一不知伏生当日,何法读来?何法记得?使人恨秦火者,转致叹于无书也。

要不独二典为然,即极之五十八篇,亦往往如此,此不得不疑。疑而思,思而摹,摹而其意有可原者,今文述之先,古文得之后。古文得后,序《书》者,俱照古文为定,凡今文所述,悉皆置而不论,但撮记“今文有”三字以表之。是知《书》有遗亡、有重出,皆古文脱简之故,非今文背诵之咎也。

不然者,难读之书,如《禹贡》《盘庚》《大洛诰》,俱无有讹,而于二典、王谟，在人人口头所习诵者，反有错记若是耶？

是知无古文，不可无今文；无今文，无以见古文。古文藏之于壁，今文诵之于口，其有心于《书》若异，其有功于《书》无勿同也。伏生真《书》之功臣也！

鸟、火、虚、昴（《尧典》）

按：四仲昏星，俱是见于南方午位。

春分昏星，乃南方朱雀，井、鬼、柳、星、张、翼、轸之七宿。《书》文曰鸟者，唐一行推为鹑火，则象类以言之也。

夏至昏星，乃东方苍龙，角、亢、氐、房、心、尾、箕之七宿。《书》文曰火者，《注》谓天火，则以房次言之也。

秋分昏星，乃北方玄武，斗、牛、女、虚、危、室、壁之七宿。《书》文曰虚者，正以七宿中星言之也。

冬至昏星，乃西方白虎，奎、娄、胃、昴、毕、觜、参之七宿。《书》文曰昴者，亦正以七宿中星言之也。

是星果见于南方，则是时断为其时，无有差者。

注：祠日测景。

如夏至日中，以土圭测其景，果在午位否。独于夏言者，见夏在午，则日中可测。若春在卯，须于朝测之；秋在酉，又于夕测之；至冬在子，则日入于地中，无景可测矣。以故独于夏。《注》言之。

以闰月（《尧典》）

以闰月定四时成岁。新安陈氏："节气之有余，与小尽之不足,二者并行而不悖,因此而置闰。”

予按:月小为小尽,何以谓之有余不足也?夫天道左旋,日月亦只左旋。但天行健,一日一夜而周,常差过一度。日退一度,月退十三度有奇。周天三百六十五度、四分度之一,每岁止有三百六十日。日与天会,既有三百六十六日,是过乎常数五日有奇,是为气盈。至于日与月会,又止三百五十四日,是少乎常数五日有奇,是为朔虚。合盈虚而计之,则一岁有十日之余,三岁有一月之积,当为置闰。闰法以月行为准,因奇以置闰,是其奇之道也。奇日有归,则时序无讹,岁岁可三百六旬,亦岁岁可必三百六旬也。有谓天日左右旋对行者,非是。

璇玑玉衡(《舜典》)

九峰《集注》:“玑,机也;璇,珠之美者。以璇饰机可织,象天体之转运也。衡,横也,谓横箫也。以玉为管横,而设之所以窥机,而齐七政之运行。犹今之浑天仪也。”

按:浑天仪者,宋钱乐铸铜为之。衡长八尺,孔径一寸,玑径八尺,圆周二丈五尺强。转而望之,以知日月星辰之所在,即璇玑玉衡之遗法也。

《浑天说》曰:“天之形状似鸟卵,地居其中,天包地外;犹卵之黄,里圆似弹丸,故曰浑天,言其形体浑浑然也。”

其术以为天半覆地上,半在地下。其天居地上见者一百八十二度半强,地下亦然。北极出地上三十六度,南极入地下亦三十六度,而嵩高正当天之中极。南五十五度,当嵩高之上。又其南十二度,为夏至之日道;又其南二十四度,为春、秋分之日道；又其南二十四度，为冬至之日道。南下去地三十一度而已。是夏至日，北去极六十七度；春、秋分，去极九十一度；冬至，去极一百一十五度。此其大率也。南北极持其两端，其天与日月星宿，斜而回转，垂象以与人推测如此。天文徒有其说，恐人犹未善会，今本《象吉通书》，绘其图于后。虽未必尽合当时之旧，其亦有以广所见闻云尔！

咨尔舜

《尧曰》援引“天之历数在汝躬，允执其中”至“舜亦以命禹”。（《尧曰》第二十）

予读子朱子《中庸章句序》：“盖自上古圣神，继天立极，而道统之传，有自来矣。其见于经，则‘允执厥中’者，尧之所以授舜也。‘人心惟危，道心惟微；惟精惟一，允执厥中’者，舜之所以授禹也。尧之一言，至矣，尽矣！而舜复益之以三言者，则所以明夫尧之一言，必如是而后可庶几也。”

子朱子序来，确有明据，可无疑矣。但予家以《尚书》世传，并未所见有尧命舜以“允执厥中”之语。即求之他书，自五经、《史记》，以及诸子百家，亦并未见有尧命舜以“允执厥中”之语。不惟子朱子直序于尧，即其徒蔡九峰，著《尚书集注》，于此节，亦云“尧之告舜”，但曰“允执厥中，今舜命禹”。又推其所以而详言之，说与其师无异。则此句是尧命舜，又将确有明据矣。其师若弟，俱指此句是尧命舜，既不出在本经，自必见之他书。然他书乌能尽读，无如此句之下，即接“无稽之言，勿听；勿询之谋，勿庸。”而太史公亦云：“学者载籍极博，多考信于六经，总之不离六经者近是。”则知书以经为据，纵有他书，不足言矣！夫朱子传序："见于经者，允执厥中，尧之所以命舜。"明明言及于经，则不出于他书也又明矣。此《书》有古文今文两册，今文无尧此句，而古文有之，亦未可定。

但全节(《论语·尧曰》"咨！尔舜！"节)通是舜命禹之辞，则此句亦是舜命禹之辞也。既为舜命禹之辞，子朱子何以序之于尧？子朱子盖得之《论语》之辞也。《论语》何以实之于尧？《论语》得《书》之意、化《书》之辞，于千古来引古所不同也。

《论语》以尧与舜同时，舜与尧同心，舜能以是命禹，尧何不可以是命舜？尧虽不以是辞命舜，"言事底绩，必至三载"，尧何不以是意命舜耶？尧以是意命舜，故记者以道统之传起于尧，即可以传统之辞，借发于尧也。

他章引古，俱是直实，惟此章引《书》，以灵快之心，运超脱之笔。

所云"尧曰咨"三字，是《尧典》"帝曰：(帝，尧也)咨！四岳。朕在位七十载，汝能庸命，逊朕位。"

"尔舜"二字，是《舜典》"帝曰：(帝，尧也。)格，汝舜。询事考言，乃言底可绩，三载，汝涉帝位。"

二句从二典脱化引来，实是尧命舜之辞。下四句，俱是舜命禹之辞。

"天之历数在尔躬"，系《大禹谟》命禹摄位首节："帝曰：(帝，舜也。)来禹！洚水儆予，成允成功，惟汝贤。克勤于邦，克俭于家，不自满假，惟汝贤。汝惟不矜，天下莫与汝争能；汝惟不伐，天下莫与汝争功。予懋乃德，嘉乃丕绩。天之历数在汝躬，汝终陟元后。"

此节摘"天之历数在尔躬"一句。

“允执厥中”，系《大禹谟》命禹摄位次节：“人心惟危，道心惟微；惟精惟一，允执厥中。”

此节摘“允执厥中”一句。

“四海困穷，天禄永终”，系《大禹谟》命禹摄位第四节：“可爱非君？可畏非民？众非元后何戴？后非众罔与守邦。钦哉！慎乃在位，敬修其可愿。四海困穷，天禄永终。惟口出好兴戎，朕言不再。”

此节摘“四海困穷，天禄永终”二句。

顺节摘合四句，叶韵成文。不实之舜，而先托之尧，跌下“舜亦以命禹”句，较甚着力。不堆不板，巧切异常，真极化工之笔！千古来引《诗》引《书》，莫有过于是者。

故子朱子因此“尧曰”二字，遂以上节为尧命舜之辞，而以“允执厥中”句实之尧也。子朱子实之尧，实因《论语》实之尧也；《论语》实之尧，作文不可不实之尧也。上节有“尧”字，即是尧事；下节有“舜”字，方是舜事。两节虽各开，意实相连，不可不晓。晓得此意，命舜命禹，便勿粘煞，总在一“亦”字，融会上下无穷妙道！

编　简

予幼读《论语》，至“寝不尸”章，心有不所足。窃叹《乡党》一书，形容大圣人身分，非曾、闵诸人不能记，何此章偏碍人心目若此也。愈读愈闷，勉强读至十数年，亦犹如之。于是愈闷愈思，必欲寻取记者妙义，以见圣人真精神。思而有得，始觉圣门亲炙高第，无此赘笔也。

夫所云“凶服者式之，式负版者”，“式”乃车上横木。古人男子立乘,有所敬,则俯而凭式,遂以式为敬名。明为车中所见事,错简误置于是,断在下章“车中”之下,为第三节文。

何以言之?凶服,即齐衰,上节已见,与“贵而盛服”“瞽不成人”,相类猝记,以见圣人易常改容。是记夫子容颜之变,旨意吻合。变意未及讲毕,忽插车中二事以间之,则上下隔绝,语意不连,而凶服亦与齐衰重复无味。况此二项,并非有变的模样,若编入下章“车中”之下,与乘车之容,自当以类相从矣。

下章“正立”节,是初升车之容;“车中”节,但是无失容。若只以“不内顾”等了车中之事,凡有静穆的,无不如之。且以反面语,如何完全得圣人出人体段?况上节将升未升,其立暂而易忽,而必正立以执,见造次不离于正,已为众人不能及。仅以次节结之,奈何反于众人所易能者尽圣人也?必须有式此二事,结出异样举动,在众人所不着意处,自然中礼,方见得圣人周旋车中妙致,有不期然而然者。故《体注》谓:“上句哀人之死,宛然下车而泣之意;下句重人之生,俨然登拜而受之恩。”将谓众人可及乎?不可及乎?

要之夫子乘车,既有首节之容,断必有此节之容。夫有此节之容,则夫子乘车之容始备,于记者记夫子之容,无不悉备矣。试问读此书者,以此简编在上章、读来有味?以此简编之此章、读来有味?虽不敢必于今之人也。幸生朱子之先,谅必为大道为公所肯。

析 字

盖字法肇于一画,决于六书。一象形,二指事,三会意,四谐声,五转注,六假借。

其象形，如日从□〔一〕，象日之形，中以一画阳数，为日之精；如月从□〔二〕，象月之形，中以二画阴数，为月之精之类。

指事，如人目为见、鼻臭为齅之类。

会意，如人言为信、止戈为武、力田为男之类。

谐声，如江、河，左从水，以定其体，而以右工、可谐左水声，以实其字为江、河。又如鹅、鸭，右从鸟，以定其体，而以右鸟谐左我、甲声，以实其字为鹅、鸭之类。

转注，如长本长久字，可转注为长（上声）幼长字；又转注为长物之长（去声）。如行本行止字，可转注为德行（去声）行字，又转注为周行之行（音杭）之类。

假借，如占卜之为占（去声）夺、房舍之为取舍（上声），但借其声、不借其义之类。

此字法一定，六书各有所重，不可以一则例也。今人不知其义，任意纷更，以摇惑后人，不知凡几。甚之则梅诞生《字汇》一书，实为制字者之罪人也。

《字汇》在明时，翻驳《洪武正韵》，而此书不行，淹抑至今。今人不知其罪，反以为一字师。不读书者，字之未晓，而曰某字，《字汇》云云也。即读书者，字之已晓，而亦曰某字，《字汇》云云也。人皆全凭《字汇》，而不凭圣贤书，所以谓《字汇》为制字者之罪人也。不然，人其于书中识一字足矣，敢有翻驳书中字哉？

予幼读《论语》“美目盻兮”。“盻”字，是目、兮成文，朱子音为“普苋反”。明是一“盻”字，而注为“目黑白分明”，解“盻”字之义。凡《诗经》古书，俱如此写，而独《字汇》力辨其非，以此字为“睨”，目、分为“盼”（普苋反）。今人挟一《字汇》而读圣贤书，凡有所用，不从《诗》《书》，俱从《字汇》。

予初阅《字汇》时，早知书中此字，后日必至更改。至今日其果改也，此予所不忍也。夫子云："索隐行怪，后世有述焉。"其诞生之谓与！人谓诞生为一字师，不知诞生实为字贼也。可胜叹耶？

夫字有六书，《字汇》更目、分为"盼"(普苋反)，不过以会意一义主之。即以会意论，是目分，不是目黑白分也。会意亦有不尽处，假使仅以会意尽字法，目、分为"盼"(普苋反)，目、兮为"盻"(音睆)，又是谐声，不只一会意也明矣。即除目而论，八、刀为"分"，可以意会；八、丂(古巧字)为"兮"，不可以意会矣。如果字法以会意尽也，将八、厶何以为"公"？八、乂何以为"父"？人、王当以为君，反何以为"全"？人、君当以为王，反何以为"仓"也？是知字法之不独以会意尽也。

不独以会意尽，则八、丂(巧)可以为"兮"，目、兮亦可以为"盻"(普苋反)，又何必更以目、分为"盼"(普苋反)耶？"盻"(普苋反)可以目、兮成，则不必以目、分改。然既以目、分改，凡书中不独会意字，将无不以意改矣。是《字汇》一出，人皆信有《字汇》，反不信有圣贤书。无怪乎孟子为尽信书，而有废书之叹也。

吾愿今之读书者，字之未识，借《字汇》以考之，字之已识，不必因《字汇》以改之，则庶几收《字汇》益，不于《字汇》贼也。是固读书者之幸，亦古制字者与有幸也。

又尝与丁让卿同馆长山。东家某，欲订堂名，邀予与让卿、李允祥、陈周龄议焉。予则曰："'惇勑堂'美矣。"而让卿曰："一赖字(勑，《字汇》音赖)难听。"予笑而言曰："是亦挟《字汇》而读古人书也。"让卿曰："《书经白文》音赖。"予复笑而言曰："是本刻书人不读古书，而挟《字汇》者也。"

《书经》:“勑我五典。五惇哉!”九峰原无音反,而《注》明言“正”,则与整饬“饬”字同。而《益稷谟》“勑天之命”,《注》云“戒勑”,正与“饬”字无异。是天以命令饬我,使我不得不正,才是“勑”字本义。若《字汇》音勑为赖,劳也。盖以力、来会意,故尔云“一赖字难听”也。

尔意用力而来,岂不甚劳?则勑为劳无疑。若用力而来为劳,则用力而去,又独非劳乎?何以为劫?且劫夺之劫,亦是用力字,劫意犹有可会,若劫数之劫,绝非人力所能用者,其意又何可会乎?是《字汇》之无益于书,而有害于书也如此。

后世皇帝诰勑,本之《书经》“勑天之命”句。自明朝以前,凡鉴史俱为勑,古本犹有可证者。至《字汇》行,而勑书改“敕”。但勑以改敕,固妙,厥后经文,亦不音赖而改敕,其将如之何哉?故不得不谆谆与尔言之。

校勘记

〔一〕此为“日”无中一横字形。

〔二〕此为“月”无中二横字形。

虽执鞭之士

士为四民之首,夫子曾郑重之,与子路子贡言可知。……〔一〕

校勘记

〔一〕此下原稿散佚不全。卷之五《论语》亦有“虽执鞭之士”条,疑重复。

存疑:

以上“咨而舜”“编简”“析字”“虽执鞭之士”四条,均于后卷之五《论语》上有关条目重复,疑错简。

诞受羑若

苏氏:“羑,羑里也。纣囚文王于羑里,文王出羑里之囚,天命自是始顺。”或曰:“羑若,即下文之厥若也。羑、厥,或字有讹谬。”二说并著。若遵前说,羑里,是文王事,与武王无涉。“出羑里之囚,天命自是始顺”,或道得文王,已遗却武王矣。况羑里〔一〕

校勘记

〔一〕原稿此下散佚不全。

卷之五

《大学》(朱子《集注》)

孔子作《春秋》,游、夏不能赞一辞。游、夏尚不能赞一辞,况乎其他!殊不知游、夏居文学科,而《春秋》一书,天德王道悉备,不徒以文辞见长也。

厥后朱子订正《四书》,绍先开后。其徒黄干、李燔,亦未闻有一辞之赞。《春秋》为全盛鲁史,孔子削其无关王迹者,其义有独精,原于他人不得预。朱子订书,遭秦火后十亡八九,所遗者灰烬之余。阙文断义,于前不可绍、后不能开,正赖有人焉旁参互证,赞成其美。朱子断不乐专擅□□〔一〕。

他书不必言,惟《大学》缺乱殆甚,得朱子订正,而此书可读,不惟以传注训诂为妙。此书先见《小戴礼》,次《儒行》之后，作四十九篇之一。唐以前，未有表章之者。至朱子释之，谓经文二百五字，旧本合为一篇，云是孔子之言，而曾子述之；朱子一字无改，悉以旧本存。逮明初，乡先生正学方公，以经文“知止”二节，四十二字，合传文“听讼”章，为一传，释致知格物，谓此传未亡。质之金华王鲁斋，鲁斋深然之。云是说虽异于朱子，而不乖乎理，固为朱子之所取，惜乎已订，无从更正之者。

予细绎之，经文除此二节，三纲领之后，直接八条目，最为通快。始从八条目之后，结出修身本务，上通格、致、诚、正，下赶齐、治、平，收拾完密，使人吃紧在己身上着实用工。因于己身分出本末，又于本末映出厚薄，点缀天花乱坠，不离手钵，作经应是如是。若将两节全文过递，似于体统语，忽作零碎指示，于凡书尚未可，岂圣经有此疣赘乎？（《庄子·骈拇》：疣、赘，彼以生为附赘悬疣。疣，瘤也。）

夫圣经三纲领，言大指大，体用大，究竟大，固为《大学》。蓦于纲领下，未言条目，即从“止至善”处须以知入门，则纲领便已非三，其意独重“止至善”一句了，“止至善”又重在“知”一字了，则下条目，可不必更言致知、格物。予故谓方本极有理，惜其不在朱子先为恨耳！朱子公大道于天下，所争在理，予固知其乐有赞辞。即孔子亦云“起我者商也”，俨乎子夏之有以赞夫子矣！

但方本以“知止”二节，合“听讼”章，为释致知、格物，又似十传有九，而缺其一，大非为此书全璧。予细研其故，传文原无亡失，但有错简，确将“物有本末”一十六字，合“此谓知本”一句，释经文格物，为第四章单传。故《大全》吴氏程，引双峰谓“‘此谓知本’四字，不作衍文，而知本即格物”之误。许东阳谓:“‘知’字,仿佛与‘物’字相类,‘本’字从木,亦是‘格’字偏旁。”可知此句,在“近道”下另题一节,为释格物结语,与下“此谓知之至也”同。而“知止”二十六字,并“听讼”节,至“知之至也”止,释经文致知,为第五章单传。征文考义,庶与第六章“诚意”同。若以“本末”为经,传文既专为释之,“终始”亦为经,传文又何不并为释之耶?岂又是两节四十二字中,又重在“本末”二字,而故为释之耶?是以知于理有所碍,实有不类经义处。

何以谓“物有本末”节,合“此谓知本”句,为释格物之义?要知此“物”字,即经文格物之“物”。《注》云“犹事也”,即传文“事”字。物之字所该最广,不单指明德、新民,从天之下、地之上,至于山川鬼神、人伦万变,俱谓之物。物之中有理,本末具在理中。通物合来,有一本末;逐物析去,又有本末。此中一定道理,须用格的工夫。物之属人身上者为事,事贵能终,方成得事。然终非易成也,在乎伊始,故云“事有终始”。终不自终,始必谋始,又非格之不可。

“格”字之实,在“知所先后”句。事之终在后,事之始在先,固宜知;物之本宜先,物之末宜后,又宜知。两物为本末,一物亦有本末;两事为终始,一事亦有终始。皆所谓“所”也,不可不知。知此,而物格矣。虽不足以尽《大学》之道,而《大学》之道,不由此其近乎?此格物为《大学》最初事,所当另释也。

何以谓“知止”节,合“听讼”两节,为释致知之义?格当从物上格,知即从物上知。“止”字,与“止至善”“止”字不同,乃物之止是一定,我既格矣,安有不知?知之,则志定心静、神安睿虑,一时都到。即朱子所谓“大居正以穷理”。默识此心之灵，而存之端庄静一之中，以为穷理之本，安有不得夫一定之理乎？得乎物之理，即所谓知也。

“致”字之义如何？曾子复引夫子之言，借听讼一端，为本文“致”字写照。夫听讼，是一事，曲还他曲，直还他直。无讼，又是一事，绝无所谓曲，不知所谓直。使无讼，又是一事，民不能自销其曲，由上之已秉其直。即听讼有一步一步推到极至之处，在“大畏民志”。讼不待听而自无，非本务而何？人固知听讼为新民，推到大畏民志，即为明德，此知之所以不可不致也。“本”字，即“物有本末”之本。知本，而知致矣。犹《中庸》致中极之天地位，为中之致；致和极之万物育，为和之致也。然后“此谓知之至也”，恰好结出。章法句法，俱极古劲，最甚缜密。朱子补书，云：“格物致知，是《大学》最初用工处，所不可缺者。”其徒问之：“何不效其体？”又云：“亦尝效而为之，竟不能成。”可见古书，非后人可拟，拟句为窃程子之意，正欲有人焉以赞之，而无从也。五章传文虽补，传注仍云：“旧本通下章，误在经文之下。”则知“知止”两节，在经文之中，而独非误在者乎？

然将十传，熟玩其文，释纲领三章，俱引现成古人明明德于天下者。其明德如此，新民如此，止至善如此，毫不着工夫。至第六章以下，释条目合传，都用“所谓”二字起头，而此二章，都用“此谓”二字结脚，皆是曾子心功裁制，与释纲领意义大别。以是知纲领有三，而未尝有四也。

《总注》：“前四章统论纲领指趣。”若纲领在明、新、止善，不当复言本末；若纲领亦在本末，则专重本末了，明、新、止善，不得又为纲领。明明德、新、止善，以三“在”字，劈接大学之道，平平截住，道极完全，略无脱漏，不必添出本末为纲领，分而为四也。予故曰圣经无此疣赘也。

予意借朱子《总注》，凡传十章。前三章，统论纲领指趣；后七章，细论条目工夫。其四、五章，乃明善之要；第六章，乃诚身之本。则此书前无碍、后无失，庶乎其不差矣。

人有谓致知格物，是一时事，传宜合而不宜分。如沧柱所云："物在外，而理具于心；心在内，而理周乎物。知与物无先后，故曰'在'。"不知上节是"在"字，下节是"格物而后知致"，则格、致显是两义。朱子明云："致知，是梦觉关；诚意，是人鬼关。格物，是零碎说；致知，是全体说。"格物致知，另为单传何妨。其所以应为另立者，见格物尚在物上格，理犹未得于心。迨物格之后，心知此物之理为知；既知此理，又须致。致者，推吾心之良知，以求各至乎其极。此致知所以与格物不同也。

朱子谓："夫知者，心之神明，即明德发窾处。致者，是因所已知，推之至于无不知。"可见物是物、知是知，格是格、致是致。格物从天下事物上格，致知只在吾心中致也。所谓致知格物也如此。

此非有意以求朱子之失。但正学有云："圣贤经传，非一家之书，其说亦非一人所能尽。"故序传云云如是。予特因其言，而究其理。且深究其理，□□□未尽合〔二〕。为之求其至是者，得复圣贤经传原本，毫无□□〔三〕，然后于心无所疑。今于朱子较本，传文幸获订正，而经文全凭《戴礼》序入。如何使读此书，得见圣贤真面目？验之经文，《总注》一字无改，不亦令人深原朱子之苦心所不出也。

况朱子更定错简，都引先辈成语，即一字之讹，亦复如是。若于订亡之时，游其门者，果有以赞之，奚必定似游、夏也夫！

校勘记

〔一〕原稿因蠹蚀脱 2 字。未明。

〔二〕原稿因蠹蚀脱 3 字。未明。

〔三〕原稿因蠹蚀脱 2 字。未明。

《中庸》(朱子《集注》)

小人之中庸也(第二章)

《集注》引王肃本,作“小人之反中庸也”,程子然之。

按此说,则“之”字下失一“反”字,见小人原无中庸也,上节已明言小人反中庸矣。“反”字非失,毋乃“之”字之误。“之”与“反”,形相似,与下索隐“素”字同。上句有“之”字,见中庸端属在君子身上。下句去一“之”字,可以不用“所以”二字,为推原语,见无忌惮之小人,定与中庸相反也。较直捷。

《论语》上(朱子《集注》)

礼之用,和为贵(《学而》第一)

予读书,幼用《体注》,浩繁中意存两可,执一处,拘文牵义。因更用《辨志堂》,一循麟士说约。又于没紧要处,大出心裁,滥翻敷衍。一日看至“礼之用和为贵”,《辨志》实说君子之行礼,要心安意肯,有从容顺适之情,无劳苦勉强之态,乃为得礼而可贵。引《浅说》,言礼之用,自是人之用礼;礼非人不行,若空说礼之为用,则“用”字究无着落。

《体注》谓礼之在人,其体至严,其为用,亦顺其自然,而和顺从容、心安意适,无一毫勉强迁延之意,乃为可贵。詟《蒙引》属礼不属人,非是。须于用礼处,写出一团委曲款洽意思,方是“和”字正面。

据二书说,皆所为求礼于和,则礼全从人工造就,便非天理之节文。《注》“自然”二字,作何解去?“故”字,于何承来?两“其”字,指何物事?如之何劈头即言人之用礼,要和,反将礼自然之和没杀了?

不知此书,有子因当世徒和之弊,胸中早有次节在,特原礼以救之。“和”,原从礼之严处见,晚村之说为是,则“之”字自不落空。“用”字不重,是礼用,非人用□□□〔一〕。即云礼之用处,是和为贵。“贵”字,是礼中之和贵,非礼□□□贵也〔二〕。“和”字,紧粘“礼之用”读,方妥。

此二句,言天理自然之□□〔三〕,下二句,言圣人制礼,亦因其自然之妙。“小大由之”,方说到人之用礼之和。若首句便指人之用礼,此句重叠无味。二书所说,必求和行礼,始贵。则“贵”字属在和、不属在礼,将置“敬”字于何地乎?《大全》朱子言之甚悉。下节《注》“礼之本然”〔四〕,甚有据。有所不行,知和而和,便是蔑礼,故不以礼节。句自顺。若此节著徒和之弊,要节礼,是又重“节”了,又与上节要“和”,同一画蛇添足。

惟晚村云:此章只讲“礼”字,不要讲和。“和”字非无可讲,只于礼中见之,句句讲礼,都是句句讲和。才着意单讲“和”字,便是知和而和。得诀在此,此说之所为空前绝后也。彼用礼要和之说,只缘未读《总注》前一段耳。凡求讲章无弊者,断推《汇编》为正。

校勘记

〔一〕原稿因蠹蚀脱3字。未明。

〔二〕原稿因蠹蚀脱3字。未明。

〔三〕原稿因蠹蚀脱2字。未明。

〔四〕"礼之本然",朱熹《论语集注》原文为"理之本然"

至于犬马,皆能有养(《为政》第二)

此书人多说坏了。将父母与犬马对,何甚如之?亦有知得在"至于"二字,分剖自父母以下一班人,俱当与食,勘出一"敬"字来。非谓实指犬马,如《大学》,家中有亲爱、畏敬、哀矜、贱恶、傲惰等,既接"皆"字可见,绝不兼着养犬马意,即言及犬马字面何□□□〔一〕。"至于犬马"下,不接"皆"字,接一"亦"字,则"养"字方属在犬马。但著"养"字,又著"能"字,分明指能养之人言。"不敬",坐在"至于"二字内。犬马不必敬,子游岂有不晓?惟养父母不敬,则与养父母以下之人等。要于孝亲者,分别得出一班人来,则"别"字始有着落。是谓别于处养,非谓父母别于犬马也。《集注》谓"养犬马者何异",一"者"字,下得极醒,妙映正文"者"字。

此说虽好,亦是逆说,不如坊说:"小人皆能养其亲,君子不能何以辩?"黄主一云:"'犬马'二字,犹太史公所称'牛马走',谓犬马之夫也。"予则以为添犬马之夫来,终是附会。

不知夫子与子游言孝,而云"今之孝者,是谓能养","者"字,明指养亲之人言。今人以能养为孝,孝岂若是之易哉?即至于犬马微贱之物,皆能有以养焉。犬则为其主而守家,马则为其主而乘载,非养而何?"能"字,直属犬马身上,与上"能"字正照。见犬马非人,亦能有以养人,"有"亦不重。但犬马皆能养人,独不能敬人;若人之养亲而不敬,与犬马何以别乎?"犬马"二字,是夫子甚言今人不敬之罪,与犬马一类。欲孝亲者,在敬亲,非徒在养亲也。如此说,则"至于"二字,从养亲之人来,不从父母来,较直顺。即两"养"字,亦可□□□□〔二〕。

若养犬马,当读如字,何以云养?又何以云能养乎?吾家虽无马,未尝无犬,甚实懒去喂之,又何以云皆能乎?一句三字说不去,圣人之言,何綦病乎?要之圣言原无病,病在于误解耳!

予兹拈出,实得罪于朱子。朱子经书各注,俱极精妙,惟此注差不满意。但读书者之于朱子,犹之父也;于孔子,又父之父也。如得罪于父,父不过怒而已矣。若得罪于父之父,父之心,更当何如乎?故予宁谓朱子错,不谓夫子之言有病也。

校勘记

〔一〕原稿因蠹蚀脱 3 字,未明。

〔二〕原稿因蠹蚀脱 4 字,未明。

美目盼兮(《八佾》第三)

按字法,肇于一画,决于六书。一象形,二指事,三会意,四谐声,五转注,六假借。

其象形,如日从□〔一〕,象日之形,中以一画阳数,为日之精;如月从□〔二〕,象月之形,中以二画阴数,为月之精之类。

指事,如人目为见、鼻臭为齅之类。

会意,如人言为信、止戈为武、力田为男之类。

谐声,如江、河左从水,以定其体,而以右工、可谐水声,以实其字为江、河。又如鹅、鸭右从鸟,以定其体,而以右鸟谐我、甲声,以实其字为鹅、鸭之类。

转注,如长本长久字,可转注为长(上声)幼长(亦上声)字,又转注为长(去声)物之长(亦去声)。如行本行止字,可转注为德行(去声)行(亦去声)字,又转注为周行(音杭)之行(亦音杭)之类。

假借，如占卜之为占(去声)夺，房舍之为取舍(上声)，但借其声、不借其义之类。

此字法一定，六书各有所重，不可以一则例也。今人不知其义，任意纷更，以摇后人，不知凡几。甚之则梅诞生《字汇》一书，实为制字者之罪人也。

《字汇》在明时，翻驳《洪武正韵》，而此书不行，淹抑至今。今人不知其罪，反以为一字师。不读书者，字之未晓，而曰某字，《字汇》云云也。即读书者，字之已晓，而亦曰某字，《字汇》云云也。人皆全凭《字汇》，而不凭圣贤书，所以谓《字汇》为制字者之罪人也。不然，人其于书中识一字足矣，敢有翻驳书中字哉！

予幼读"美目盼兮"，"盼"字，是目、兮成文，朱子音为"普苋反"。明是一盼字，而注为"目黑白分明"，解盼字之义。凡《诗经》、古书，俱如此写，而独《字汇》力辨其非，以此字为盻(音睆)，目、分为盼(普苋反)。今人挟一《字汇》，而读圣贤书，凡有所用，不从《诗》《书》，俱从《字汇》。予初阅《字汇》时，早知书中此字，后日必至更改；至今日其果改也，此予所不忍也。夫子云："索隐行怪，后世有述焉。"其诞生之谓与？人于诞生，为一字师；不知诞生，实为字贼也，可胜叹耶？

夫字有六书，《字汇》更目、分为盼(普苋反)，不过以会意一义主之。即以会意论，是目分，不是目黑白分也。会意亦有不尽处，假使仅以会意尽字法，目、分为盼(普苋反)，目、兮为盻(音睆)，又是谐声，不只一会意也明矣。即除目而论，八、刀为分，可以意会；八、丂(古巧字)为兮，不可以意会矣。如果字法以意尽也，将八、厶何以为公？八、乂何以为父？人、王当以为君，偏何以为全？人、君当以为王，偏何以为仓也？是知字法之不独以会意尽也。不独以会意尽，则八、丂(古巧字)可以为兮,目、兮亦可以为盼(普苋反),又何必更以目、分为盼(普苋反)耶?盼(普苋反)可以目、兮成,则不必以目、分改。然既以目、分改,凡书中不独会意字,将无不以意改矣。是《字汇》一出,人皆信有《字汇》,反不信有圣贤书。无怪乎孟子为尽信书而有废书之叹也。

吾愿今之读书者,字之未识,借《字汇》以考之;字之已识,不必因《字汇》以改之。则庶几收《字汇》益,不于《字汇》贼也。是固读书者之幸,亦古制字者与有幸也。

又尝与丁匏庵同馆长山。东家某,欲订堂名,邀予与匏庵、李允祥、陈周龄议焉。予则曰:"'惇勑堂'美矣。"而匏庵曰:"一赖字(勑,《字汇》音赖,不音饬)难听。"予笑而言曰:"是亦挟《字汇》而读古人书也。"匏庵曰:"《书经白文》音赖。"予复笑而言曰:"是本刻书人不读书,而挟《字汇》者也。"

《书经》:"勑我五典。五惇哉。"九峰原无音反,而《注》明言正,则与"整饬""饬"字同。而《益稷谟》"勑天之命",《注》云"戒饬",正与"饬"字无异。是天以命令饬我,使我不得不正,才是"勑"字本义。若《字汇》音勑为赖,劳也,盖以力来会意。故尔云"一赖字难听"也。

尔意用力而来,岂不甚劳,则勑为劳无疑。若用力而来为劳,则用力而去,又独非劳乎?何以为劫?且劫夺之劫,亦是用力字,劫意犹有可会。若劫数之劫,绝非人力所能用者,其意又何可会乎?是《字汇》之无益于书,而有害于书也如此。

后世御书诰勑,本之《书经》"勑天之命"句。自明朝以前鉴史,俱为勑,古本犹有可验者。至《字汇》行,而勑书改"敕"。但勑以改敕固可,厥后经文,亦不音赖而改敕,其将如之何哉?故不得不谆谆与尔言之。

校勘记

〔一〕此为“日”无中一横字形。

〔二〕此为“月”无中二横字形。

（注：此条与前卷“析字”一条，内容几乎完全相同。）

观过，斯知仁矣（《里仁》第四）

苏子瞻引《礼记》“与人同过，然后其仁可知”，以解此章，则是人必须有过矣，非圣人本意。盖人有弥缝周旋，似无破绽，而心曲隐微转有不可告人者，故无过未必皆真君子。偏是不当非刺的苦心，实意，天地鬼神可对、金石可贯，周孔不必言矣！汉之汲长孺，面折武帝，是他迓戆之过，其心本是爱君；矫诏发粟，是他专擅之过，其心本是爱民。仁者之过，大概如此。

则知君子之过，有发于情不及检，有阻于势不得已。亲之者，知其不及检之情，则本心之发最真；知其不得已之势，则真情之委曲可谅。故书重“观”字，着眼又在“党”字。“各于其党”，便指一观过法。

子曰（《公治长》第五，“宰予昼寝”章）

《注》：胡氏：“‘子曰’，疑衍文。不然，则非一日之言也。”《汇编》不作衍文，更端之词。

予谓更端，其意犹宽。实以宰予居言语科，平日以勤学笃行为言，故夫子既责其志气昏惰，复以行不掩言者，重儆之曰，云云。较严一层。

沧柱谓：“正记者精神处，故意托笔，非衍文也。两节以

‘于予与’相映,则知非另一日之言。”

左邱明(《公治长》第五)

程子曰:“左邱明,古之闻人也。”言古,当是孔子之前辈。陈传良亦云:“夫子以前贤人,如史佚、迟任之流。”郑夹《漈氏族志》:“传《春秋》者,左姓,邱明名。其在《鲁论》者,则居于左邱,以地为氏,非传《春秋》也。”朱子据邓著作言,故《或问》亦云然。考之汉《艺文志》:“左邱明,鲁太史也。”舒碣石谓:“与孔子同时人,好恶相合,故终为《春秋》素臣。”《方山备考》亦合为一人。

予按诸说,明有两人者,皆理学家也,必须可信。但同姓名者固有,夫子所称,断为夫子同时之人也。何也?此章与上章一例。上章微生高乞醯,谅非古人可知。夫子指出,要人微事亦谨。此章左邱明,亦是鲁人,何遂援古以相证耶?夫子举之,要人表里如一,不过叹人立心不直者多,而直者少。总是为后人警惕,非是从前人借观也。故“耻”字,亦是耻其事,当踏实地;非是耻其人,向空唾骂也。

而有宋朝之美(《雍也》第六)

“而”字,非转语。金仁山云:“‘而’,犹‘与’字。”《辨志》从之,而《汇编》直作“不”字,《集注》未尝言及。

予谓直作“不”字,则两句各开,板无多味。不知此节书,口气急下,中间故用“而”字,承上“不”字来,联作一意,深为求徇俗者恨也。言即不好直而好谀,而亦不好德而好色,正世之衰甚。

井有仁焉(《雍也》第六)

《集注》引刘聘君:"'有仁'之'仁',当作'人'"。夫何以为作人也?仁也者人也,二音相合,仁即人也。记者冒以仁下之,当即指人说。

虽执鞭之士(《述而》第七)

士为四民之首,夫子曾郑重之,与子路、子贡言可知。人于此字未识,作文滥翻洗刷。执鞭矣,胡然而云士也?执鞭,士之贱也,殊不甚合。

盖执鞭至贱,何以云士?士可贫不可贱,夫子岂有不知而误下哉?但此"士"字,与《书经》"见士于周"、《诗经》"勿士行枚"。《书经集注》云:"士,《说文》曰事也。"《诗经集注》未详其义。郑氏曰:"士,事也。"则此"士"字,正与二经文同,可知非士人之士。

《章句》明言"执鞭,贱者之事",一"事"字,正解书文"士"字。又云"则虽身为贱役以求之",其为"事"也明矣。对下安于义理,非事而何?何读书者多不仔细看书,竟将紧要字面忽过。故有是模糊语,予亟引二经以证之。

(《静学集·原命》:孔子论富,则曰"富而可求,则执鞭之役吾亦为之",直改书文"士"字。)

五十以学易(《述而》第七)

刘聘君引刘忠定,言“五十”作“卒”。《集注》云:“加、假,声相近而误读;卒与五十,字相似而误分也。”二说是也。但又引《史记》,“加”正作“假”,而无五十字。疑夫子是时,年几七十矣,“五十”字误无疑。

予谨按之:“五十”之字,所以误者,古文笔画无差,晋后多草书,宋竞习之。缘“卒”字草体,头类“五”,故两分为“五十”字,原无疑也。朱子此时,惟欲解此字,而疑夫子年几七十。若夫子年几七十,而为是言,不无又可疑者。夫子自言“七十而从心所欲,不逾矩”,此时奚致大过?奚烦学《易》?要知其假年学《易》者,断在于不惑之后,将知天命之前乎!“五十”字虽误分,应亦有意。未学之先,《易》是《易》,夫子是夫子;既学之后,则夫子全身多是《易》也,何患不耳顺?何患不从心乎?

子曰(《述而》第七,“圣人不得而见”章)

《注》:“‘子曰’,疑衍文。”《浅说》:“‘子曰’二字,照《注》作衍文。”

此二字实衍,不必解。

泰伯,其可谓至德也已矣!三以天下让,民无得而称焉。(《泰伯》第八)

此章,介眉注“王让商”,《蒙存》《浅说》从之。

沧柱:“‘让商’之说,仁山、双湖,力辨其非,谓《集注》但据古注,未及修改。”

予谓说让商者谬。即不说让商，亦仅能说书，而未能解注。予特解之。

《注》解并序

孔子为尧舜功臣，以其发明尧舜之道，垂教万世，非仅扬美于一时。千余载后有朱子者，又孔子之功臣，能发明孔子垂世之道，疏为《集注》，以指示来兹，俾学者焕然于圣人之言。若日月经天，不致无微之弗烛者，皆朱子《集注》功也。

自《集注》一出，厥后无敢与注背者。《注》原无可背，非惟不敢。故《翼注》《体注》《遵注》《阐注》诸书，一皆发明《集注》，咸有妙义存焉，均可为朱子功臣。是朱子之得诸书，何异乎孔子之得朱子也哉！但有非有心以背《注》，而不能悉心以体《注》，致使人欲废书以解《注》。《注》不解，则朱子为孔子功不全，孔子为尧舜功不出也。

孔子曰："泰伯，其可谓至德也已矣！三以天下让，民无得而称焉。"

孔子之意，阐扬幽美，煞有决断，仅是发明尧舜孝弟之道，以予人体认。朱子注之甚明，何《体注》反不体乎《注》，而谬指为让商？即有确指让周者，反复辨究，说明其理，固足以抉孔子之奥。且谓"朱子《集注》，但依古注编入，未及修改"，为朱子回护，意盖以《集注》为让商矣。此亦明为说书，而显为背《注》，实与《体注》之不体乎《注》之尤有甚焉者也。

盖朱子学本孔子，谦之又谦，并无犯不知而作之事。偶有所疑，即云未详，岂肯胡乱道人？以己所疑者，信笔苟下，启后人之大疑耶？予所以不得不将《集注》句析字疏，而为之解。

解曰：

“泰伯，周太王之长子。”

打头说一“周”字，便中红心。太王既已属周，泰伯岂复仍商？说在让商人多忽过，即说在让周，人亦多忽过。

长子，从“伯”字看出。泰而为伯，名分凛然。

“至德，谓德之至极，无以复加者也。”

此二句，是注“至德”二字，非有关于让商。

“三让，谓固逊也。”

“三”字，非数目字，见是再三要让，有深沉坚苦的意思，亦非有关于让商。妙将“天下”二字揭去，最有深意，以泰伯当时，原无有天下也。

“无得而称，其逊隐微，无迹可见也。”

隐，谓幽隐；微，谓细微。然逊既为隐微，存之心曲，幽远玄邃，如何有形迹可见？既无形迹可见，如何可测识能称？况乎其为无术之民也。无论其在后世，即推之当日，日与泰伯聚处，亦必相顾茫然，无从启颊。此二句，亦非有关于让商，不过为一“至”字注脚。

这一截，是朱子注得夫子所言字面，并未注得夫子立言本意。而夫子立言本意，掣入泰伯身上，于下文注出。

“盖太王三子：长泰伯，次仲雍，次季历。”

此段最妙。若云让商，只说泰伯已是，何必注出太王？又何必注出仲雍、季历？既注出太王，何必注出太王三子？既注出仲雍、季历，又何必注出长幼次序？此便明是让周缘由。太王既有三子，传国只于一人，立嫡不立庶，千古不易之正道。伯既为长，则国当为伯有；伯之下有仲，则国不当为季有。注出长幼次序来，方见得“让”字正面。

"太王之时,商道寖衰,而周日强大。"

"衰"字,指殷纣时言。太王当小乙之世,商道犹未至衰,故着一"寖"字。寖者,浸也,如水之浸润,渐渍而不骤也。泰伯此时,如何便得天下?大凡物情一定,一边衰弱,一边强大,此理之常。"日"字,亦与"寖"字无异,是日日,非一日也。既非一日,泰伯此时,又如何便得天下?此三句,原为周家后来当得天下之理,预兆于太王之时,不指泰伯,亦不指王季、文王。

"季历又生子昌,有圣德。"

昌者,创也,大也,创大其德业也。此名当于太王所命无疑。夫人孰不欲德业之昌者?又孰能昌如斯之德业者?名之为昌,惟文王而后可。"昌"字之实,全在"有圣德"三字,此二句最重。季历若非生子昌,则泰伯可不必让。可见太王当日,决非爱怜少子,见生圣瑞幼孙,此心不觉隐隐欣喜。不独太王为然,即人人皆然,推之泰伯,虽属犹子,亦何独不然?生昌若非有圣德,则泰伯又可不必让。盖泰伯亦既有德,所不及者圣耳。早知此子不类,妊时不变,少溲于豕牢而不病;且在傅弗勤,处师勿烦,事王不怒,敬友慈惠。种种入圣通神,宁不足以引动泰伯?

"太王因有翦商之志,而泰伯不从。"

"因"字,紧从上圣孙来。他日陶复陶穴,若无可因;在契灶筑室时,多为是子孙计。因是而有贤子,因是而有圣孙。到得木拔道兑地步,翦商不期而自有其机。故"翦商"二字,从后言之也,非太王时真有是事。当看一"志"字。立志在于修德累仁,以昌大其国家。谁知国家昌大,竟际在商道寖衰时,于太王所不料也。

不从,"不"字,不实作"勿"字解。何为不作"勿"字解者?此"不"字,与《诗》之"不戢不难""受福不那""于乎不显""世之不显""不"字一例,作"岂不"字解。是泰伯能从太王之志,而亦修德累仁以昌大其国家。注意在圣孙身上,故不从立嫡之意,斯父子果有同心。若看煞"翦商"二字为侵君、"不从"二字为悖父,故谬有"让商"之说。此人不惟不能说书,予直谓其未尝读《诗》。

"太王遂欲传位季历以及昌。"

古者人君以位相传,即以道相传,非仅予人侈崇高而享福厚也。故太王以位传泰伯,则道当以泰伯而止;曷若以位而传季历,则道可递使彼岸先登者而发皇矣。其心不觉隐有此欲。有此欲而未遂,则修德累仁之心,究于何归?是以欲之未尝去诸怀也。亦当看一"欲"字。夫曰欲之,亦未便有是事。"及昌""及"字,毋忽。惟及昌,而后有此欲;若非及昌,则太王当必不设此欲。此意须晓。

"泰伯知之,即与仲雍逃之荆蛮。"

"知"字,是心知,非目见而知。泰伯先意承志、曲体亲心,恬然自得其天行,恍然自合其神契。知吾亲于衷肠隐默之中,知吾亲于形迹绝无之外,只为自求其是,毋致亲蒙其非。惟有逃之一著,庶乎亲志可承,而亲欲可遂。但吾逃而仲在,则亲欲犹未可以遽遂也,又不得不作一偕逃之想。其逃也,使犹在巘原流泉间乎?招之可至,曾何贵乎有斯逃哉?荆之阳,号为蛮服,爰得我所矣!

"于是太王乃立季历,传国至昌。"

二句,是太王传国的实事,正是泰伯让国的实事。太王所应立者伯、而伯已逃,议立者仲、而仲又去,不得不立季历。立季历而云“乃”者，权辞也，亦决辞也。立而再传，即昌是也。上曰“及”，犹是望至；此曰“至”，已明及矣。下笔何等斟酌！何等谛当！“国”字，虽属立季传昌实境，便含下文“天下”虚意。

“三分天下有其二，是为文王。”

始注出“天下”字面。天下三分，已有其二，非复国矣。二于何有？乃修德累仁而有之。已有其二，非便有天下也。曰为文王，即所谓昌者是。须看“为”字，是修德累仁之为，非“谓”字。

“文王崩，子发立，遂克商而有天下，是为武王。”

始注出“天下”实际。文王不崩，则文王不有天下；发立而不克商，则子发仍不能有天下。惟文王既崩，子发既立，遂克商而有天下。便见非文王时有天下可知，更非泰伯时有天下可知。泰伯时不有，虽是为国，到此则实有天下矣，非以天下让而何？本文“天下”字盖如此。

囊者称尚德人南宫敬子，亲受业于夫子之门，尝质以“弃稷躬稼而有天下”，意与此同。奈何以天下实之泰伯也？

克者，能也，胜也。能奉天以胜之，能应人以胜之，总由其能修德累仁以胜之也。岂若后世利其所有，辄自兴师，以我之力胜之耶？胜之以是，是为武王，为不虚矣。名为武王而不名发，要非有天下后不能。此“为”字，亦是修德累仁之为。人多将二“为”字，作“谓”字读得。

这一段，注出泰伯之先，有太王肇天下之始基；注出泰伯之后，有武王得天下之实地。当知武王为泰伯之后，虽有天下，不得云“让”；武王为泰伯弟之后，既有天下，非让而何？细细详详，无一句不是“让周”，无一字不埋一“让周”，不知何意竟说到“让商”去。

“夫以泰伯之德,当商周之际,固足以朝诸侯有天下矣。乃弃不取,而又泯其迹焉,则其德之至极为何如哉!”

人以此段意为让商。噫!此段意何以为让商乎?不过合下一段,是收拾上文“注”意,反复赞叹泰伯之至德已耳!

“夫以泰伯之德”,德者,得也,行道而有得于心也。大凡以臣忠君、而得于心为德,难道以子孝父、而得于心,独不可为德乎?是“德”字,确指泰伯孝心讲,非如文王以臣事君者也。若必以文王事君之至德律来,反将生人心性间绝大作用,看得些小了。何也?圣人万理圆通,未必若是之胶瑟也。

“以泰伯之德,当商周之际”,人固看得一“商”字,何曾看得商字下一“周”字。有一“周”字,是周有天下后名之也。若以天下让商,只云商而已矣,何以云“商周之际”乎?既云“商周之际”,则“商”字非泰伯时之商,乃纣王时之商。可知“朝诸侯有天下”,端属泰伯得国以后之人,不贴在泰伯身上。若贴泰伯身上,则泰伯至德,诸侯当来朝之;而文王亦至德,诸侯当时何不去朝之耶?一“际”字,点逗独醒,奇妙异绝,人多潦倒没却。

弃者,我所本有而弃之也;未有己不有,可以云弃。要知国原为泰伯本有,故可云弃。天下在商,非伯有也,曷云弃乎?而“不取”,是不取其国。在商时不取自家之国,到周时却不取弟家天下,非不取商也。当取不取,用意全在父子兄弟上,有一段宛转缠绵、不忍显然卖父、弟以可议之隙。则一念精深,上以孝而宽父心之慈,下以友而安弟心之敬。此情此事,不惟己之自得其天性,且并使父、弟各得其天性。其为德也,不止以一端见矣!至矣!蔑以加矣!

“盖其心，即夷、齐叩马之心，而事之难处有甚焉者。”

此一段至精至妙，亦如书文“至”字一般。泰伯之心，蕴于中藏，并未尝见于事为，谁可比拟？比之夷、齐，然后泰伯“三让”之心明矣。夫夷、齐当武王伐商而来叩马，不是夷、齐专为武王伐商，特来叩马也。缘其兄弟让国，各有不安之心，遂皆脱然逃来，因而叩马也。要晓得叩马为何而来，方知此句深义。况其叩马之言，打头即云“父死不葬，爰及干戈，可谓孝乎？”可见孝固人伦之大，岂仅一忠，始为至德哉？

何以为“事之难处有甚”也？夷也，显有父命，其势有所难抗。夷而不让，是为抗父；父不可抗，夷固有不得不让者也。齐也，明有天伦，其理有所难违。齐而不让，是为违天；天不可违，齐固有不得不让者也。二人皆出于不得不让，其事何难？惟泰伯，言乎父命，而父命绝无；此而欲让，父未必肯听其让也。言乎天伦，而天伦恰是；此而欲让，弟未必肯受其让也。泰伯心知乎此，此而不让，是又绝夫生有圣德者之不克以绍肇基之大统矣。则甚矣！伯心良自苦矣！当时不惟不知其让，且并难目为逃。揭弟偕行，两情相得，则其事为何如事？其心为何如心？方之夷、齐，岂不甚难？若不然者，此心即文王服事之心，虽谓之让商也可。然既引一夷、齐，明明以兄弟让国之事，以形夫兄弟让国者之心也。天然奇配，千古独绝。考之夫子门中，称敏达才者惟端木氏，于蒯辄父子争国，入援夷、齐为问。则兹之独引夷、齐为证，夫亦有外于让国者哉？

使叩马不因让国而来，夷或以天伦嗣位，则所叩者仅有弱弟；齐或以父命居尊，则所叩者独一寡兄。兄弟情睽，安必能同声相应哉？是以叩马不云事而云“心”。心存乎彼，事出乎此，故登山采薇，何莫非越境采药，隐有以启之耶？彼之谬指为“让商”者，皆由竖儒读“处”字为上声耳。可叹也夫！

“宜夫子之叹息而赞美之也。”

此一句，是结语。有夫子之叹美，而泰伯之至德始见。奈何有夫子之叹美，卒误指之，而泰伯之至德究何以见乎？泰伯之至德无见，不得不推夫子惟宜。“宜”字妙。如《中庸》：“苟不固聪明圣知达天德者，其孰能知之？”唯至圣乃知至德也！若民，乌足知而称之？

“泰伯不从，事见《春秋传》。”

人俱将此句信笔勾去，未曾着想。不知此句读书时，固可勾去；看书时，断不可勾去。须得此句，方晓得朱子非照依古注编入，故意另题一句，为前“泰伯不从”四字，因人难解以解之。惟此四字是古注，余俱朱子心裁。古注何所见？《春秋左传》鲁僖公五年，宫之奇谏假道：“泰伯、虞仲，太王之昭也。泰伯不从，是以不嗣。”是泰伯不从太王立嫡之意，不克嗣位以有天下。何有见为不从翦商，而以为让商耶？

余也，读书性拙，无奇思幻想。但为读圣贤书，惟在面前指点，于理无碍足矣。故此章书，泰伯后数百年，得夫子而彰；夫子后数千年，得朱子而著。朱子后至今，或皆诋之议之，或暗地而不足之，又曷贵乎读书而务奇思幻想者？

恭而无礼则劳，慎而无礼则葸，勇而无礼则乱，直而无礼则绞。(节)君子笃于亲，则民兴于仁；故旧不遗，则民不偷。(节)(《泰伯》第八)

张子合为一章，强插无味，而朱子谓吴氏近是。《辨志》遵张注，又云：“不可牵扭，以上是崇礼意思，下是存厚意思；上是概言，下是就化民言。”如此说，则不必合为一章矣。

如合为一章，当云：上节，是以礼范身；下节，是以身范世。以六“则”字，指点机括，如转蓬之甚捷，犹有近理处，但不如各自为章。夫子言，与告子路无异也；曾子言，与慎终追远无异也。

吴氏所以为曾子言者，由下一章：曾子与弟子言，再下一章：曾子与敬子言。此章确是曾子言，但未知与何大夫言也，与“敬子”章例。简失其端，故有合为一章云尔。

昔者吾友（《泰伯》第八）

《注》：“友，马氏以为颜渊是也。”

按：此等学问，在曾子友中，惟颜子为能，原非他人可及。曾子诚身、颜子克己皆是。曾子把自己比照颜子，心境上深觉其造诣之至，故追述而企慕之。

其实“友”字，虽指颜子，还他“吾友”二字，更妙。

谓门弟子（《子罕》第九，“达巷党人”章）

此章《集注》“闻人誉己，承之以谦”，原是此章正解。人犹未解夫子承谦之意，诸书只缘夫子谦德上赞叹，反将大圣人教人至意埋没。予不得不道其缘由也。

盖党人无端一誉，实非夫子知心。誉里带嘲，又非关紧要之事，夫子何为谦之至于如此？况夫子是闻来的话，并非对面语，又何必谦之至于如此？其谦之至于如此，似向他人讲释，还求人知之事，非谦之实也。

要晓得此章记法,记者因党人誉夫子一事,而夫子承之以谦缘由全在"谓门弟子"四字。党人大夫子在博,夫子实不欲人泛慕乎大而求之博,反于自己身上,切要区处无着,故特地向门弟子说法,而曰云云也。此四字,乃记者特笔,窥见夫子心事。注意在此,不比他章徒记夫子谦德者同。若依诸说夫子如此谦,夫子如此谦而又谦,俱属隔靴爬痒,有何意思?

夫子大圣,岂乐人誉?即名亦非所好,道则高矣。无日不以弟子为心,故闻博学之言,若不与闻,只借"无成"一句指点,欲弟子从下学近易处做起,方不涉骛博之弊。正见夫子诲人不倦深心,以成就后来学者不浅。若衹以谦德颂扬夫子,固读书者事,实非夫子承谦之意,亦非记者记此书之意也。

然后知松柏之后彫也(《子罕》第九)

饶双峰云:"松柏至春后方易叶,故曰后彫。"

如此说,则仍是彫了。

《存疑》云:"松柏终不彫。曰'后'者,圣人之缓词。"

如此说,为圣人回护,亦是圣人之言有不是处。

《体注》诸书,云:"后彫,只是不彫,言不与草木同彫。"却亦讲得平实。

予谓"彫"字,属在草木上,不粘着松柏。不是松柏亦彫,亦不说松柏不彫,犹云知松柏之于众彫后也。松柏原不求人知,知松柏,断须于彫后。故"然后知"三字,是直喝语;"后彫"二字,是倒装法。"后"字,即上"岁寒"字。若讲松柏后彫,固背;只讲松柏不彫,亦背。

短右袂(《乡党》第十)

夫子裘制,于右袂独短,人咸知为便作事。有云:“琴之鸣也,则调和便;韦之绝也,则简阅便。”俱道得夫子作事出,但未识夫子右袂短处,将奚似也?

夫袂有两,左袂既如此长,右袂忽如此短。夫子纵神明化裁,未必不近情若此,以资人齿笑为也。

要知“亵裘”二句,连下“狐貉之厚以居”节,是一桩事,通是亵裘中作用。夫子朝祭之裘,疑是轻煖之皮,裼裘之袂,左右自然相称。若私居之裘,非一时所章身者,终朝永夕,无不皆然。况古人制度,袖大沉重,举动便已难施;兼之毛厚之物,通缀到口,几如掣肘无异矣。予知夫子右袂之短,短在皮裘之袂,非短在裼裘之袂也。

以是精制,方知夫子神明化裁,外观则左右相称,运用则轻重适宜。真见圣人权而得中、因应无方,不为古人制度所拘,亦不为今人观瞻所异也,然后识得圣人从心不违妙处。

不然,将“短”字粘袂讲,而不粘在裘,几何不昧圣人所由来乎?

凶服者式之,式负版者。(节)(《乡党》第十)

予幼读《论语》至此章,心有不所足。盖叹《乡党》一书,形容大圣人身分,非曾、闵诸人不能记,何此章偏碍人心目若此也?愈读愈闷,勉强读至十数年,抑又如之。于是愈闷愈思,必欲寻取记者妙义,以见圣人真精神。思而有悟,始觉圣门亲炙高第,无此赘笔也。

夫所云"凶服者式之,式负版者","式"乃车上横木。古人男子立乘,有所敬则俯而凭式,遂以式为敬名。明为车中所见事,错简误置于是,断在下章"车中"之下,为第三节文。

何以言之?凶服,即齐衰,上节已见。与"贵而盛服""瞽不成人",相类猝记,以见圣人易常改容。是记夫子容颜之变,旨意吻合。变意未及道毕,忽插车中二事以间之,则上下隔绝、语意不贯,而凶服亦与齐衰重复无味。况此二项,并非有变的模样。若编入下章"车中"之下,与乘车之容,自当以类相从矣。

下章"正立"节,是初升车之容;"车中"节,但是无失容。若只以"不内顾"等了车中之事,凡是静穆的,无不如之。且以反面语,如何完全得圣人出人体段?

况上节将升未升之际,其立暂而易忽,犹必正立以执,见造次不离于正,已为众人不能及。仅以次节结之,奈何反于众人所易能者尽圣人也?必须有"式"此二事,结出异样举动,在众人所不着意处,自然中礼,方见得圣人周旋车中妙致,有不期然而然者。故《体注》谓:"上句哀人之死,宛然下车而泣之意;下句重人之生,俨然登拜而受之恩。"将谓众人可及乎?不可及乎?

要之夫子乘车,既有首节之容,断必有此节之容。夫有此节之容,而后夫子乘车之容始备,于记者记夫子之容,无不悉备矣。试问读此书者,以此简编在上章,读来有味?以此简编在下章,读来有味?虽不敢必于今之人也,幸生朱子之先,谅必为大道为公者所肯。

校勘记

此条与卷之一“简编”条内容相同。

曰：“山梁雌雉，时哉时哉！”子路共之，三嗅而作。（节）（《乡党》第十）

此章示人审几之学。记者会夫子叹雉之意，而撮其义于首，复引孔子之言以证之，上下通重一“时”字。《注》谓上下必有阙文，疑在所引诸说难通，于本文一“曰”字无着也。

但此章，通是记者之词，即一“曰”字，亦是记者撮引夫子口中言时，以结《乡党》全篇之义。然在首节虚缝处，已含有“时”字意，而下节实提“时”字耳。

若照诸说，邢氏疏“梁”为桥，不过以桥梁二字，相粘而解。如梁必以桥解，难道栋梁，亦可以桥解乎？殆未知山脊为梁，《体注》：“山梁，为翕寂之所。”最得。盖雌雉而筑于山梁，即集得其时，犹上节“而后”意，故夫子因以叹之。若饮啄得时解“时”字，反添出蛇足。乃以两叠句流连慨慕，即物现身机括。

“子路共之”，邢又疏为“共具”，有取之之意，更觉非情。有解为“共执”，亦未是。与《为政》章“众星共之”：“共，向也。”即此“共”字义。子路鸡冠雄服，色象行行，在一向之，即嗅作。合二句，实上节“斯”字，点缀完美。

三嗅，“三”字，不作数目字，当读去声为活字。见雉作必鸣，鸣不一、二声，有去之唯恐不速意。若作数目字，便缓了。

尤可恨者，以雉鸣，解为嗅气，转转俚鄙，陋恶难通。无惑乎朱子疑有阙文也。

予独谓此章，记者错落下笔，融洽脱化，妙不可言，绝不与他书等。《春秋》以获麟绝笔,《鲁论》以言雉终篇,两相印合。雉乃性耿而貌文,为士所执,正夫子未用在乡时事。而云雌雉,雉便伏矣,亦潜而勿用意也。夫子当时适见此雉而偶叹,记者大记以结此篇,准有会意,非漫下也。岂意后人如此解去,埋没何哉?

卷之六

《论语》下(朱子《集注》)

孝哉!闵子骞!(《先进》第十一)

林西仲:夫子于弟子,从未有称字者。而此云闵子骞,其为当时人称语,无疑。

《汇编》:"闵子骞"可属人言,"孝哉"字还属夫子。

予按:闵子为夫子高弟,亚于颜子者也。夫子每于颜子尚必称回,则于闵子可知。而是所云"闵子骞",应非夫子之语。但上文明著"子曰"二字,又是夫子言矣。夫子称闵子之孝,而记者撮夫子之言,合之人言与父母昆弟言,而浑其词于子骞也。非记者所不知,亦非夫子所独誉也。

但"骞"宜写"谦",不知何时传误至此云。

若由也,不得其死然。(《先进》第十一)

《注》:洪氏:"《汉书》引此句,上有'曰'字。"或曰:"上文'乐'字,即'曰'字之误。"

予按:"乐"字,不可少,而此节另有"曰"字,简失之矣。夫子发此,与下"由也喭"句,同一乐育人才之意。前说为是。

柴也愚,(节)参也鲁,(节)师也辟,(节)由也喭。(节)

(《先进》第十一)

《注》:吴氏曰:“此章之首,脱‘子曰’二字。”或疑下章“子曰”,当在此章之首,而通为一章。亦是前说为是。

君子敬而无失,与人恭而有礼。四海之内,皆兄弟也。君子何患乎无兄弟也?(节)(《颜渊》第十二)

此节有主天下相信,可以免祸;又有教牛舍自己兄弟,而认他人作兄弟。如此说来,此节病处,多缘下“君子”二字,作应上“君子”泛讲故也。

不知上“君子”一段,是泛言君子安命而当自修,听天而必尽人,不期人化而人自感。下“君子”,紧贴在牛身上,正勉其修己以化兄弟,非谓舍自己兄弟,认他人为兄弟也。

大抵牛处兄弟之间,决有未尽合道处。盖兄弟有过,徒忧无益也,感之自然能化。即他人尚是可化,安有自己兄弟,血气相联者,克尽其恭敬,而有不尽相孚之理?此句大意,欲牛自尽恭敬以感其兄弟,是于宽牛之中,实寓勉牛之意。节旨何多婉味!

文犹质也,质犹文也。(《颜渊》第十二)

质、文原本末,而子贡谓犹文犹质。故《集注》谓为有失,失在无本末,因以无重轻也。

子成说君子尽去文,在“而已矣”三字,势不至为郊外之野人不止。子贡曰:“惜乎!夫子之说君子也。”一直说作子成之说君子,非子成之说有君子之意。盖惜其言之太过,而以文质适中者正之。须对针子成之言说方有把柄,非空空评取文质也。

如子云“何以文为”,是视文为可轻,殊不知君子之文犹质也。子云“质而已矣”,是视质为独重,殊不知质犹文也。文、质二字略顿,便醒。

盖子成是救文质于一时,子贡则谛文质于万世。若说文质,必分出本末为准,则孔子“文质彬彬,然后君子”之言,亦将有弊乎?要知质胜为野、文胜为史,文、质既不可偏胜,则知文、质必不可独无也明矣。

“虎豹”二句,正破他“君子”二字。君子全赖在文,文炳、文熨,其可于齐民求之乎?此子成之说,所以可惜。

凡看书者,不但于书句中看,当以身蹑其地,而与其时深看,则书之理始出,方与当时之言合。如此,不惟子贡之言无弊,即子成之言,亦大有可嘉。故子贡先以君子予之,亦得。

诚不以富,亦只以异。(《颜渊》第十二)

程子曰:“此错简,当在第十六篇‘齐景公有马千驷’之上。因此下文亦有‘齐景公’字而误也。”

篇第十六“齐景公”章《注》:胡氏曰:“程子以为第十二篇错简,‘诚不以富,亦只以异’,当在此章之首。今详文势,似当在‘其斯之谓与’之上。”朱子谓胡说近是。

此简之正,其为功于书者不小。若照旧说,其牵强为何如耶?

曰:今之成人者何必然。(《宪问》第十四)

《大全》胡氏,谓此节乃子路之言,则“曰”字似有着落。在“何必然”三字,语气太斩截,有外夫子之意。则夫子于节下,必另有结词,如“野哉”之类,方是子路语。不知此另提一“曰”字,则“曰”字之上,必有阙文。如子贡问士,“敢问其次”,而夫子因以其次答之。上节“成人”,是何等样成人?故以“今之”二字别出,则“何必然”三字自无碍。

上节“亦可”,顶不思、不勉来,是告以人道之全;见得涵养未纯，即才猷亦无可用。本节“亦可”，顶上“成人”来，是告以人道之重；见若大本一失，即文彩亦无可观。两节俱为子路勖也。

如其仁！如其仁！（《宪问》第十四）

孔子言仁，俱在心德上讲，绝不少露在外。如答康子之问由、求、赤，答子张之问二文子，皆以为“未知”，而不肯遽许为仁。独于管仲不责其死，而反许其仁，全以用处言之，与平日所言全体者各别。

何以言之？仲在春秋之世，不仗兵力，以残民命，其功最大。《注》言“利泽及人”，自是此“仁”字真绩，未及着“存主”。两“如其”，亦不可太说前古后今，但见列国大夫，皆未尝有此。

自经于沟渎，而莫之知也。（《宪问》第十四。）

《注》：“‘莫之知’，人不知也。《后汉书》引此文，莫字上有‘人’字。”自是人不知，若反明哲保身。从上句一直说，又是管仲之知矣，非仁也。此句仍是录其不死，而有相桓之功上见。

程子总论：“桓公，兄也；子纠，弟也。仲私于所事，辅之以争国，非义也。桓公杀之虽过，而纠之死实当。仲始与之同谋，遂与之同死，可也；知辅之争为不义，将自免以图后功，亦可也。故圣人不责其死而称其功。若使桓弟而纠兄，管仲所辅者正，桓夺其国而杀之，则管仲之与桓，不可同世之仇也。若计其后功而与其事桓，圣人之言，无乃害义之甚，启万世反复不忠之乱乎？如唐之王珪、魏征，不死建成之难，而从太宗，可谓害于义矣。后虽有功，何足赎哉？”

朱子谓：“管仲有功而无罪，故圣人独称其功；王、魏先有罪而后有功，则不以相掩可也。”

二夫子因管仲而言及王、魏，且言王、魏亦有功，未知其功为奚若也？太宗以马上得天下，其于兵车也黩矣。便桥之盟，亦非王、魏也,王、魏其何功之有?使以王、魏之功律管仲,则管仲虽可以不死,其亦贪位之夫耳,岂足为夫子之所许哉?

作者七人矣。(《宪问》第十四。)

《集注》李氏:七人不可知,求其人则凿矣。但作文不可求其人,孔子当日所言,确有所指,若不可知,何必定以七人哉?

予自《论语》中考之,未尝多有一人,亦未尝少有一人,而适准其数,如微生亩、晨门、荷蒉、楚狂、沮溺、丈人。七人学高,具有隐德,非"作"而何?即七人之言可知,孔子确指是七人,非模糊言也。就如夫子言逸民,而记者亦先记七人以实之。

有谓指作者之圣讲,更凿。

吾之于人也,谁毁谁誉?如有所誉者,其有所试矣。(节)斯民也,三代之所以直道而行也。(节)(《卫灵公》第十五。)

此章是夫子自为《春秋》作序。上接三王之统,以继王迹之熄,非徒为在下之"斯民"言也。

"斯民"二字,活看,非胶在百姓身上,即上二"谁"字。盖夫子未尝无予,予所当予,究于谁乎有誉?夫子未尝无夺,夺所当夺,究于谁乎有毁?毁誉非予夺,"谁毁谁誉",正予夺之实也。故不曰于人无毁誉,而曰"谁",则毁誉大有碍乎人心世道,非自推得洁净,作自谦语气。

试者,于其人今日所造,虽未必尽如吾言;他日之有成,断可以不负吾许。仍是一个无誉正面,如纪季以酅入于齐,故大去得奉社稷而不灭是也。所誉尚无,毁于何有?

"吾"字,对下"三代"字;"人",即下"斯民"。斯民或被人毁,或致人誉,俱不可测。其在三代,悉秉直道之公。该予即予,予不至誉,其所以行予者无曲;该夺即夺,夺不至毁,其所以行夺者亦无曲。三代于斯民如此直，吾之于人，非即三代之所以行乎？“所以”二字，虽根在三代，亦紧粘在斯民。斯民有善恶，三代断必行直道。指出三代，正与春秋时相形。

三代，《大注》言夏、商、周。亦非概言夏、商、周也，言夏时之禹，商时之汤，周时之文、武，方行得此直道来。直道本之在天，天道无私，四时未尝断绝，直道岂可一日不行？四时错合春秋，春为予、秋为夺，春能予、秋能夺，天道出其自然。三代于斯民，善即予、恶即夺，治道亦行所无事。孔子作《春秋》，予当予、夺当夺，还可验之人心，故问曰“谁”。二“谁”字，真有无奈口气。春秋既非三代，直道安可不行？此书是夫子自认语，非夫子自推语；是夫子醒人语，非夫子宽人语也。吾故曰夫子自为《春秋》作序也。

若不关乎世道人心，仅为评骘当世，是亦一方人事，岂夫子所敢出哉？况乎比绩于三代，吾知当更谢不敏矣。

吾闻其语矣，未见其人也。(《季氏》第十六)

此章，夫子非为当世无人惜，正为有人而不用于世者慨也。

顾麟士谓春秋时，即有伊、望，实无汤、武。“未见其人”，加一“也”字，多少凄凉！

仇沧柱：有伤盛时难觏、济世无人意。

二说极是。明以所见引起未见，为不能用贤者具此热肠。若只以品量当世人物，夫子未必撰此冷语笑人也。况颜子乃王佐之才，孟子称与禹、稷同道。易地皆然，何未见之有？

上节不重，重下节。

楚狂(《微子》第十八)

狂本无名，而记者以狂名；其狂在楚，故记者以楚狂名。

何以谓之狂也?夫子无意于狂,狂忽然而来;夫子有意于狂,狂忽然而去。此其所以为狂也。

记者托笔,全在“接舆”字。一“接”字,生下多少伧作字面,绝勿与人捉摸。在舆未接之先,彼明知是夫子;当舆既接之际,夫子仍不知为狂人。自其望舆而歌也,歌声出金石;及其过舆而趋,趋而避也。曲终人不见,心不狂而事若狂。狂之人在楚,狂之名遍天下后世矣。

噫!狂本无名,而传(皇甫谧作《高士传》)以接舆名。何其与通(《高士传》:楚狂姓陆名通字接舆。)不相通也?

长沮桀溺(《微子》第十八)

隐士埋名,晨门、荷蒉之类,即以其事与物名,非隐士自名也。乃斯人与夫子相遇,不有其名,而记者即以其事与物名之也,岂长沮、桀溺有异乎?

二人并耜而耕,正其隐事,难以互名。记者因夫子迷津,而撮记二人之名,一为长沮,一为桀溺。盖沮、溺二字属水,津渡乃水道,而即以水名之。吴氏谓沮者,沮而不出;溺者,沉而不返。大是两人美名。

长沮对子路云“是知津”,是硬坐夫子以知津。《注》补“周流”二字,最妙。周流者,言水之潆洄漩绕,时常如此,其如故必熟,是以硬坐夫子以知津也。

而桀溺对子路云“滔滔者天下皆是也”。滔滔,流而不反,亦从津字会意。见天下日下,如水之流去不反,断无有人焉用夫子。非无端撰起“滔滔”二字,突应子路,一味磨棱也。犹之子一击磬,而荷蒉曰“硁硁”,缘石声悟出,同一妙义无穷。

子路曰(《微子》第十八)

《注》云:“福州宋初写本,路下有‘反子’二字,以此为子路反，而夫子言之也。”是也。

上节使子路反见，一“使”字内，已具夫子与言之意。而述之于子路，固是记者活笔，若再赘“子路反”一句，笔便死矣。要晓道之不行，明是夫子事，非子路所敢当也。道不行为已知，非于丈人所独知。已知而犹不忍不行，此惟夫子为能行耳！

将见是时，非有夫子不可；有夫子非有是诸人以相形，亦不可。万世非有夫子之言不可；有夫子之言，非有是记者之叙述，以写其情状亦不可。吾于记者之摹写情状，看出夫子当时得诸人之酬遇，为千古来奇穷！吾于记者之摹写情状，想出夫子当时得诸人之遇酬，为千古来奇会！

周有八士（《微子》第十八）

《注》云：“或曰‘成王时人’，或曰‘宣王时人’。”“或”之者，疑之也。盖一母四乳（去声）而生八子，八子皆贤，诚为异事。宣王时断不能有也，殆必在成王时乎？

成王去文、武未远。武王十三年养晦，受命七年而卒，合之不过二十年。则八士于文王时所生，至成王时尚犹在也。

故文王有八虞之询。武王克商，使达迁九鼎，适散鹿台。明明达、适诸人之名，俨然列于庙堂之上，书在史册。则八士既有以生之，复有以用之。可见山川酝酿、国家培养，从古及今，惟周有之。岂宣王之世，虽曰中兴，亦不过小补于一时，所可得而偶有也哉？况乎其为一母所娠，四乳双生，人才之盛，不足以觇国运之隆欤？要非周初，不能以致此。

尧曰：咨！尔舜！天之历数在尔躬。允执其中。四海困穷，天禄永终。（《尧曰》第二十）

予读子朱子《中庸章句序》：“盖自上古圣神，继天立极，而道统之传,有自来矣。其见于经,则'允执厥中'者,尧之所以授舜也。'人心惟危,道心惟微;惟精惟一,允执厥中'者,舜之所以授禹也。尧之一言,至矣尽矣,而舜复益之以三言者,则所以明夫尧之一言,必如是而后可庶几也。"

子朱子序来,确有明据,可无疑矣。但予家以《尚书》世传,并未所见有尧命舜以"允执厥中"之语。即求之他书,自五经、《史记》,以及诸子百家,亦并未见有尧命舜以"允执厥中"之语。不惟子朱子直序于尧,即其徒蔡九峰,著《尚书集注》,于此节亦云"尧之告舜",但曰"允执厥中,今舜命禹"。又推其所以而详言之,说与其师无异。则此句是尧命舜,又将确有明据矣。其师若弟,俱指此句,是尧命舜。既不出在本经,自必见之他书,然他书乌能尽读。无如此句之下,即接"无稽之言勿听,弗询之谋勿庸。"而太史公亦云:"学者载籍极博,多考信于六经,总之不离六经者近是。"则知书以经为据,纵有他书,不足言矣!

夫朱子传序:"见于经者,允执厥中,尧之所以命舜。"明明言及于经,则不出于他书也又明矣。

此《书》有今文古文两册,今文无尧此句,而古文有之,亦未可定。但全节通是舜命禹之辞,则此句亦是舜命禹之辞也。既为舜命禹之辞,子朱子何以序之于尧?子朱子盖得之《论语》之辞也。《论语》何以实之于尧?《论语》得《书》之意,化《书》之辞,于千古来引古所不同也。

《论语》以尧与舜同时,舜与尧同心,舜能以是命禹,尧何不可以是命舜?尧虽不以是辞命舜,"言事底绩,必至三载",尧何不以是意命舜耶?尧以是意命舜,故记者以道统之传起于尧,即可以传统之辞,借发于尧也。

他章引古，俱是直实，惟此章引《书》，以灵快之心，运超脱之笔。

所云“尧曰：咨。”

三字，是《尧典》：“帝曰：（帝，尧也。）咨！四岳。朕在位七十载，汝能庸命，逊朕位。”

“尔舜。”

二字，是《舜典》：“帝曰：（帝，尧也。）格汝！舜。询事考言，乃言底可绩，三载，汝陟帝位。”二句，从二典脱化引来，实是尧命舜之辞。下四句，俱是舜命禹之辞。

“天之历数在尔躬。”

系《大禹谟》命禹摄位首节：“帝曰：（帝，舜也。）来，禹！洚水儆予，成允成功，惟汝贤。克勤于邦，克俭于家，不自满假，惟汝贤。汝惟不矜，天下莫与汝争能；汝惟不伐，天下莫与汝争功。予懋乃德，嘉乃丕绩。天之历数在尔躬，汝终陟元后。”此节摘“天之历数在尔躬”一句。

“允执厥中。”

系《大禹谟》命禹摄位次节：“人心惟危，道心惟微；惟精惟一，允执厥中。”此节摘“允执厥中”一句。

“四海困穷，天禄永终。”

系《大禹谟》命禹摄位第四节：“可爱非君？可畏非民？众非元后何戴？后非众罔与守邦。钦哉！慎乃在位，敬修其可愿。四海困穷，天禄永终。惟口出好兴戎，朕言不再。”此节摘“四海困穷，天禄永终”二句。

顺节摘合四句，叶韵成文。不实之舜，而先托之尧，跌下“舜亦以命禹”句，较甚着力。不堆不板，巧切异常，真极化工之笔。千古来引《诗》引《书》，莫有过于是者。

故子朱子因此“尧曰”二字，遂以上节为尧命舜之辞，而以“允执厥中”句，实之尧也。子朱子实之尧，实因《论语》实之尧也。《论语》实之尧，作文不可不实之尧也。上节有“尧”字，即是尧事；下节有“舜”字，方是舜事。两节虽各开，意实相连，不可不晓。晓得此意，命舜命禹，便勿粘煞。总在一“亦”字，融会上下无穷妙道！

校勘记

此条与前卷之一“咨而舜”条内容相同，系重复。

《孟子》上(朱子《集注》)

孟子见梁惠王(《上孟》)

两章同句，而义大别。上章见，是初见，朱子谓“正是答礼”。下章见，是习见，在国晋接常礼。

王曰：叟(“孟子见梁惠王”章)

《集注》：“叟，长老之称。”当看一“称”字，不可泥定“长老”字。盖称其老成练达，负天下望。古人尚齿，以长老为相尊敬语，未便果有年也。

昔者公刘好货(“明堂”章)

好货，公刘本无实事，只“乃积乃仓”一句，会其意于好货，是将机以动“不行”之说。此节，看两个“有”字，是公刘平日未迁邠之先，于平定安集之后，不忍使民贫也，故以完积聚为先。“故”字，须倒上发之。

好色，太王亦无实事，只“爰及姜女”一句，通其情于好色，亦因王有好色病，以动其行。此节，看两个“无”字，是太王未迁岐之先，当流离播散之余，不忍使民茕也，故以完室家为务。

两节俱是行王政意。

取之而燕民悦，则取之。（《梁惠王章句》下）

"取之而燕民悦，则取之；古之人有行之者，武王是也。取之而燕民不悦，则勿取；古之人有行之者，文王是也。"

这节，孟子意，全是说勿取。两两比较者，俱是孟子缓转之辞，非孟子游移之见。文王当日，何尝有取？何尝有民不悦事？又岂文王之得民，浅于武王？其为取而悦，则一也。但使文王至武王之时，只是事殷，故悦而亦不取。要晓得取之、勿取，粘在齐燕时事讲，引古人以映之。不可以悦则取、不悦勿取，胶杀文、武也。且以武王之取，说在先，而以文王之勿取，说在后，明以行文王之德。犹谓商民不悦而勿取，延至武王而后取。取岂易言哉？

下节"箪食壶浆"，亦要说得妥。不是燕民悦齐师也，实燕民不堪燕虐耳。故"运"字，方说得去。

谋于燕众，置君而后去之。（《梁惠王章句》下，"齐人伐燕取之"章）

《集注》无解，诸说俱"谋于燕臣民之众，择一贤者，置为燕君，而后引兵去之。"如此，仍是一个子哙子之事，须善会此二句，不可直说。乃与燕众臣民谋，择燕之子孙一贤者立君，非择燕众臣民之贤者也。燕之子孙贤否，他国有未及知，与其本国臣民谋，则其立公矣。若任意专立，犹是偏见。燕既有君，便无利燕之心，而救兵自退。此二句，正孟子为齐画寝兵上策，最重。

滕文公问曰（三章，《梁惠王章句》下）

杨氏《总注》："孟子之于文公，始告之以效死而已，礼之正也。至其甚恐，则以太王之事告之，非得已也。然无太王之德而去,则民或不从,而遂至于亡,则又不若效死之为愈。故又请择于斯二者。”

按此,是顺书文议论,有失当日问答节次,当每章自具精裁。不然,以“间大”章为首,“事大”章次之,“筑薛甚恐”为末,则书意自联串。孟子擘画有主张,大远于仪、秦之为矣。非以前告以为善,至后复有游移之见,凭君自取也。始终为滕画策,只有死守一着,故以“而已矣”三字决之,煞得三章意义。细读细玩,恰好分明。

不遇故去(《公孙丑章句》下)

此有两句。下句“故”字,当连“遇”字重读,略读(音豆),“去”字,另读,则下“不得已”意自见。若连下“去”字读,则是上一句,见“去”的缘故在“不遇”。去当惟恐不速,何如此濡滞?要晓孟子千里见王,总为遇的缘故,夫奈何以不遇的缘故而去?则一种悱恻无聊、徘徊奇遇难得,未易决绝,才形容得不得已情状出。

王由足用为善(同)

“由”字,《注》未释。《讲章》俱作“犹”字,似有鄙王意,与“足”字便不连。应只作“由”字解,由其天资朴实,绝无虚假,故可足用。如由好勇好货、好色好乐,推以同民,其用便足。“由”字,是实指语,非想像语也。故“由足”二字最重,“用”字不重。下“用予”“用”字,重。有一番任用,如用汝作舟楫、用汝作盐梅。然断难遽用,必改一腔庸见,方做得安民安天下事业。复“庶几”一句,是改其不用而信用,便是“日望”。全要想“去齐”念头,正是要“用齐”的念头,机括全在此缴足。

舜使益掌火,益烈山泽而焚之。(《滕文公章句》上)

二句,诸说皆不重,作过文。予按之,正是大人劳心事。

五行水生木，九年之间，其木必旺。禹盍随山刊之？去有几何？不如益之火烈之施，泽山鼎沸，何有于草木？草木去，山川可奠，禽兽自是无依。然后知此时治水，断非火功不可。《易》云“火水既济”，理之自然也。

此二句，大是紧要事，故禹治水，多与益谋者。《书》云：“暨益，奏庶鲜食。”凡殊方异域、山川理脉、鸟兽昆虫之类，皆使益记之，为《山海经》。

亦异于曾子矣（同）

此“异”字，非“各异”之异，作“怪”字看。曾子心体吾师，终身不忘；究吾师于莫尚，是欲学吾师之皓皓。今相师死遂倍，反学非道之人，其意何故？是怪恨之词，正深责陈相处，非仅与曾子异同之说也。

“吾闻”二节（同）

“吾闻出于幽谷、迁于乔木者，未闻下乔木而入于幽谷者。”（节）“《鲁颂》曰：‘戎狄是膺，荆舒是惩。’周公方且膺之，子是之学，亦为不善变矣。”（节）

上节，从“鴃舌”二字生来。彼鴃舌，鸟也。即鸟亦有出谷迁乔之志，而相竟作下乔入谷之为，反不如鸟矣。亦是怪恨之意，非为下节作过递也。要晓得不是引《诗》，只借《诗》词，于“吾闻”“未闻”四字敲击。见陈良诵法先王，如乔木之高明；许行溺于异端，如幽谷之卑暗。《注》写《诗》词，最入妙。

下节，从“南蛮”二字生来。引《诗》得一“荆”字，是南蛮之地。许行既是南蛮，便当膺之，如何反去学之？陈相既以学之，是变于夷者也。前言虚，此正实之。

“周公”二字，亦非孟子误用。盖学以孔子为正，道以孔子为尊。孔子梦寐周公者也，当自陈良悦周公、仲尼之道别出。

鲁本周公之后,亦互见。

巨屦小屦同贾,人岂为之哉?(同)

二句,大有来历。非云即如一屦之说,亦非从上“屦大小同”推出。要知许行一生本领,只能捆屦,无论布帛等项,非其所有。即一屦之贱,欲要巨的适市,仅售小的之价,除非许行自为,他人岂肯为之?以此治国家,未必不至踊贱屦贵矣。到此尽情骂杀,不可如常看过。

则蚓而后可者也(《滕文公章句》下〔一〕)

“蚓”字,从“廉螬”字生出,皆虫类也。螬能食李,蚓但食壤泉,虫亦有廉、贪者也。仲子既食螬余,便不能如蚓。蚓之归泉壤之间,虽曰微物,犹是一个活物;人之归于泉壤之间,则已死矣。大意谓充仲子之操,死而后可,并无嘉蚓处。

校勘记

〔一〕原稿作“公孙丑章句下”,承前而误。据朱子《孟子集注》改。

《孟子》下(朱子《集注》)

不仁者,可与言哉?(《离娄章句》上)

孟子曰:“不仁者,可与言哉?安其危而利其灾,乐其所以亡者。不仁而可与言,则何亡国败家之有?”

打头叫醒不仁之人。用一“哉”字,有无限慨叹意。中正言其难与言。末二句,虽反言,实决言之,多少儆发!盖寓伤悼之意,而动其转移之机也。

嗟予有弟,好闲就侈,知必至于败家。常垂涕泣以告,讵其褎如充耳。窃叹犹是人也,何不可以言语人也?转恨予言之不善也。一日复读至斯,始知圣贤言之非虚,早有以定夫是人也。予一不知是人，又何为与圣贤所定耶？

事亲若曾子者可也(《离娄章句》上)

此节指法曾子，不是断曾子。谓凡事亲者必若曾子，无有一毫不合，方可尽孝。“可”字，不着“曾子”，着在“者”上。须味一“若”字，非曾子事亲为仅可，犹有未足之意。

程子看曾子固是；看《孟子》书意，未能尽是。

微服而过宋(《万章章句》上)

孔子不悦于鲁、卫，遭宋桓司马，将要而杀之，微服而过宋。

《集注》“微服”二字，未疏。

《史记》谓“孔子自卫适曹，及去曹适宋，与弟子习礼大树下。宋司马桓魋欲杀孔子，拔其树。遂去宋，与弟子相失。至陈，主于司城贞子家，岁余。”亦未尝有“服微”二字。

而张居正《直解》，说司马桓魋，将要截孔子而杀之。孔子计无所由，只得换了常穿的衣服，微行而过宋去，适陈国。当是时，孔子在厄难，危急存亡之际，以全身远害为重，致启周延儒作。又有云冠去其章甫，衣变其缝掖；大人而饰齐民之貌，怀玉而行被褐之权。方且错处于熙熙攘攘之俦，方且杂伍于毂击肩摩之众，方且追逐于担夫贩竖、骈趋归市之余。彼桓子者，摩厉以须，政盱衡一峨冠博带之孔丘，而剸之刃。而孔丘则已过宋矣。脍炙当时，盛传今日。吕愚庵谓“是传神布景之笔”；孙起山谓“是一幅夫子过宋图”。噫！斯何文也？而竟誉之若此也。是以美妇人笑指倚门，人皆称为真女子也。是何知大圣人身份，说得大贤人口语？

桓魋在宋为雄臣。夫子周流，将适乎宋。魋意孔子来，而宋君必用；用则必夺我权，倘亦如鲁少正之戾也。故先事下手,出其不意,小人之计得矣。在孔子则闲闲洒洒,习礼于大树之下,正欲更以礼服,为见君地。谁知国未入,而害己者至,国则可以不必入矣。衣亦可以不必更,仍以行远微服,逍遥过去,大言以释己意曰:"天生德于予,桓魋其如予何?"斯言也,夫岂熙熙者言耶?夫岂攘攘者言耶?夫岂担夫与贩竖者言耶?阿周何为其未解耶?抑知孔子当日,冠必峨冠,而见君之峨冠,岂犹是行远之峨冠否耶?带必博带,而见君之博带,岂犹是行远之博带否耶?将必有鲜微之不同者。孟子所云"微服",即《乡党》所谓"亵服",非礼服也。岂居正所云换了常穿之衣服,别服微贱之服耶?

且桓魋之所以欲害夫子者,以其入宋,夺彼之权。若其过宋,与彼无干;夫子亦自信必不有以害之也,又何为其微服耶?

即如彼言,而服可微矣,难道夫子之海口河目、龙颡圩顶,其亦可微耶?是皆不读书之小人,固不知理,因不识礼,故为是言,以污蔑圣贤也。何读书者,而亦不知理、不识礼,因所得于圣贤,转以污蔑圣贤耶?吾愿读是书者,试思是言,为夫子全身远害而言?抑为不苟所主而言?审是,自当得解。

殷受夏,周受殷,所不辞也。(《万章章句》下)

《集注》直为衍字,李氏谓"当有断简,或阙文",而《直解》谓"义所当受者"。殷受夏之天下,周受殷之天下,亦有所不辞也。其功烈至今光显,孰得而议之?若夫御得之货,不义甚矣,如之何其可受也哉?若说殷、周受夏、殷之天下,或是禅让,方可云"受",方可云"不辞"。其实殷、周以征诛而得天下,"受"字说不来,"辞"字亦说不去。惟赵氏"诛御之法,三代相传,不待辞说鞫问,今日犹为严宪",《体注》因之,以"辞"字应"教"字,以"周"字应《康诰》意,足破诸家之疑。

鲁人猎较，孔子亦猎较。（同）

《集注》：未详。张氏以为猎而较所获之多少也。赵氏以为田猎，相较夺禽兽以祭〔一〕；孔子不违，所以少同于俗也〔二〕。

看来此二句，原是孔子同俗意。而张氏为较获多寡，近有理。赵氏谓为夺取禽兽以祭，鲁人或然，孔子断不然。《注》列此注于先，疑有取于此者，读者自误耳！

玩其语气，"以为田猎"（句），"相较夺禽兽以祭"（句）。"较夺"二字相连，仍与张氏一意，不是猎取禽兽。"相较"，强者尽夺弱者之物以祭也。"较夺"，在猎时相较，夺取生禽兽；非猎后相较，夺取死禽兽，几类御夺所为也。朱子取为前列者，以"祭"字，与下文"先簿正祭器"相合耳。犹谓"未知"，谦辞。

校勘记

〔一〕"以祭"，《集注》原文为"之祭"。

〔一〕"少同"，《集注》原文为"小同"。

古之贤王（《尽心章句》上）

孟子曰："古之贤王，好善而忘势；古之贤士，何独不然？乐其道而忘人之势。故王公不致敬尽礼，则不得亟见之。见且犹不得亟，而况得而臣之乎？"

这章书，人多作一截看，统是古人事；不知此书，借古形今。从尽道映出枉道，全为战国妾妇之徒，用尽机变而发。当分作两截看，观"何独不然"句，自明。倒煞一句，语气甚紧，便已侧在贤士身上。

若"乐其道而忘人之势"，犹属在古贤士，则此句先着统笔，后用疏笔，转觉无味。即贤士之乐道、因贤王之好善始然，贤士之忘人势、因贤王之忘己势始然，将何以为贤耶？此句是实煞喝上语,非宽松流下语。见贤士早有乐道、早能忘人势,而为贤王之所好者也。

若今之士人,乐其道而忘人之势,如古贤士,人君且不得而见,况可得而贱之乎?隐隐射在自己身上。可见"王公",非古贤王明矣。

"其"字,指古贤士讲。《注》意虽两平,二者势相反;主贤王一边,而实则相成,却主在贤士一边。如陈大士,士自宝其道,以承人主之需,所以为士也;士自贵其身,以成人主之大,即所以为君也。此章从古说到今,下章("谓宋勾践")从今说出古。两章一例看。

士憎兹多口(《尽心章句》下)

"憎"字,当从《注》从土,作"增益"说。若作"憎",反与"兹"字不粘。"多口",便是憎,不宜复说憎。且说"士憎",又是士去憎人了,非人多憎士。传写之误,可信。

孟子之滕(《尽心章句》下)

孟子之滕,馆于上宫。有业屦于牖上,馆人求之弗得。(节)或问之曰:"若是乎从者之廋也?"曰:"子以是为窃屦来与?"曰:"殆非也。夫子之设科也,往者不追,来者不拒。苟以是心至,斯受之而已矣。"(节)

这章书,何故记之也?孟子之道穷也!

夫馆人有屦,彼自置之、彼自失之,固无与乎君子。然以彼之失,适在孟子所馆时,因启或人之疑,非其道穷而何?或人虽能探君子设科之心,终且未尝释廋屦之疑;疑在斯受之之后,则信乎为吾道之穷也。

胜代品谈

项士元题识

此书许子良其得于温岭泽国。予主持《浙江省通志》浙东办事处时，许子持以见示，旋索回，仅留此册。一九五二年五月。项士元识。

余荣择序

盖闻：高山见砥石，清泉出大川；中原多雅士，辟地有埋才。仆十数年来，遍游四海，交际万姓，文墨一流。前玩蔡而至鲁，是鲁而过吴，即姑吴停席五载，时返已越岁。

丁卯长夏，涉游方城，偶适斯文者，系陈氏枢南。余颇得宜，留斋谈聚。予结其家，续历世渊源。公少时聪智艳人，壮多览习，游泮于李学宪。嗟试运蹭蹬，未畅其愿，不恺其志。每于训设待值余遐，逐夕补成一稿，此曰《胜代品谈》，嘱余为序。

仆愧寡陋，免以允命。但作序亦可不遍列天下古今名手，即以己作而附。每细阅其集，内分上、中、下三等。德行纯廉正直顺听，及势力威阿列清观。此即今岁之世，我浙地有几？山阴吴氏增《左传》，四明慈溪郑子著《寒村集》，天台游氏齐友刻《需效初学》二集。余所宜者,著集未能尽表。就此数作,略诵数士。

公之注,非气之华者、笔之利者、别之明者、度之清者,并前数家之参,遍合公之手注,犹攸雅能。

立言所嘱,疏粗谈感,援笔为应。

乾隆岁次戊辰之小春,上浣六日之午刻。石城侍教弟余荣择撰。

卷之一　上品　德行

上　品

品,级也。有最上一级,所谓君子人也。为之甚难,谈何容易!兹于胜代间,摘一可乐可道者,以挤人向上之心,副见贤思齐之意。

德　行

天性之良,周旋乎君臣父子间,实得夫仁敬孝慈之理,乃孔门所首称也。追维在昔,硕德犹存;隔世谈心,芳型如在。

嗜义如饥渴

刘子安,字允恭,江西永丰人。至正间,授泰和学正。曰:"中原乱将作,吾死不见幸矣。"遂谢官遁。会太祖即位,屡召至,辄以疾辞。上重之,赐衣冠放还山。初,余阙甚奇其人,曾鲁谓其嗜义如饥渴。及洪武五年卒,宋濂为铭其墓。见《皇明通纪》、《从信录》。

按:义之悦心,犹刍豢之悦口,言理之书如是也。谁其果如是哉?予唯允恭得之矣。夫允恭在元季仅为学正官,可以知其不屑躁进,义明者然耳!为学正时讲学施教,一一从躬行而出,可谓以义律己,即以义绳人也。迨观其知乱隐去,绝迹名山,不可谓义退乎?及好贤之君,屡召屡辞,终身守义而不顾。非其嗜义如饥渴,安有不以饥渴害之哉?

不嗜杀人

宋濂,字景濂,号潜溪,浙江浦江人。太祖征之金陵,问世乱若何。对曰:"愿明公不嗜杀人。"初授太子经。天下既定,凡郊庙、山川、祠祀、律历、礼乐、贡赉,诸礼文大政,皆濂裁定。上曰:"濂事朕十九年,口无毁言,身无饰行。宠辱不惊,始终不异,可不谓君子人乎?"仕至翰林院学士承旨。外国皆知其名,每贡使至,必问太史公安否。卒,谥文宪。见《广舆记》。

按:战国之世,孟子承襄王问,云以不嗜杀人能一,不惟有本乎仁心,而实对针于时务。景濂先生,为对明祖之问,首以此言告之,大得圣贤心性中经济。此时若张、陈诸逐鹿,一恃甲兵之强,一恃仓廪之富,无敢与彼为敌者。非以"不嗜杀人"之一言,何以沛然莫御若此哉?虽曰成之者天,其实由于人谋之善也。

帝者师

桂彦良,浙江慈溪人。洪武初,太子正字,入侍大本堂。太祖从容咨以治道,彦良对曰:“道在正心。心不正,则好恶颇;好恶颇,则赏罚差;赏罚差,则太平未有期也。是以君人者,将忿欲是务去。”又曰:“用德则逸,用法则劳。法以靖民,则民劳而弗靖;德以靖民,则民靖于德矣。”上问曰:“卿何官?”曰:“正字。”上曰:“卿帝者师也。江南大儒,惟卿一人。”对曰:“臣岂敢当宋濂、刘基哉?”上曰:“不如卿也!”见《从信录》。

按:天子之师臣在德,德必在于心正。桂公以正心为主,最得帝王至要之道。盖心正则身修,推而至于平天下不难矣。然则斯言也,何有愧于帝者师乎?但恨帝者不能师之,而卒师汪、胡何!

谢负约

徐达,字显卿〔一〕,濠州人。初南征至姑苏,聘一女子,约之曰:“且不即纳,当为后期。”及师旋,悔之,令其配适。女父坚求侍巾栉,达固拒,遗数十金助赀妆,以谢负约。其厚德如此。封魏国公。卒,诰赠中山王,谥武宁。见《传信录》。

按:魏国少有大志,好武事。明祖为滁阳王部帅,魏国即仗剑往从。一见语合,遂留麾下,委使必效。而又时时以王霸之略进,上知为国器。征讨所至,成功与常鄂国,俱为军锋冠,而魏国尤不嗜杀。出佩大将军印,归朝上缴,单骑还邸舍。恂恂恭谨,故能以功名终。

及观神道御制文，称其平昔言简虑精。当提兵之时，令出不二，诸将敬若神明。及成功而旋，每不自矜。至于封姑苏之府库，置胡宫之美人，财宝无所取、妇女无所爱。

则魏国一生，俱无遗疵。其所约女子，毋亦为胡宫美人乎？始固约之，后何为谢之？意身撄戎阃，不有其身，何有于妇人？不有父子，何有于妻子？故为厚德。不然，此约既负，虽百金其可谢哉！

校勘记

〔一〕“字显卿”，疑误。魏国公徐达，当字天德。字显卿之徐达另有其人。

家世孝友

郑济，浙江浦江人。自其祖绮于赵宋时，聚族同居，教子孙勿异爨。元旌为“义门”，至济传十世矣。食指至千余人，田赋各有所司。凡出纳无丝毫，咸有文可覆，无敢私。诸妇惟事女红，不使与家政。子孙驯行孝谨，执亲丧哀毁，三年不衔酒肉，其家童亦然。尝畜二马，一马出，则一马为之不食。其所感如此。尚书严震直述其家世孝友，以闻，诏褒异之。见《皇明通纪》。

按：浦江郑氏，十世同居，固难；十世而克笃孝友，不更难乎？然其所以成此者，固自有在，惟在宗长有善体之心。故明祖征至，问其治家何以长久之道，其宗长郑濂对曰：“守家法，不听妇人言而已。”盖视张公艺书“忍”字，尤得要诀。故孝友即在乎此。

骂贼不屈

许瑗,乐平人,聪明过人。至正初,两以《易经》举于乡,皆第一。及会试不第,放浪吴、越间。每醉,辄大言自负。会太祖克婺州,乃谒上曰:“方今元祚垂尽,四方鼎沸,豪杰之士,势不独安。夫有雄略者,乃可以驭雄才;有奇识者,然后能知奇士。阁下欲扫除僭乱,平定天下,非收揽英雄,难与成功。”上喜,即授谋士,留帷幄,参预谋议,未几命为太平知府。逾年,陈友谅攻陷太平,瑗被执,骂贼不屈,死之。追封高阳郡侯,建祠祀焉。见《从信录》,及《皇明通纪》。

按:雄略奇识,自是勘定祸乱本领。许高阳能参及之,其智已不亚刘青田。城陷不屈,骂贼而死,其节亦何逊花守府!智、节之事,高阳盖两尽之。

剖心以示

濮真,凤阳人。初从义举,以忠勇被遇。有功,历官都督。洪武十年征高丽,真被执。而高丽王爱其骁勇,欲降之,不从。王怒,欲兵之。真大骂曰:“夷虏,尔害我,我主必灭而国。尔不知吾大丈夫有赤心,肯汝屈耶?”即抽刀剖心,示之而死。王大惧,遣使入朝谢罪,并归真从行军士。上曰:“濮真当危难,秉志不屈,忠节可嘉。”追封乐浪公,谥忠襄。表其门曰:“班起群将,志迈雄师。”见《皇明通纪》。

按:忠孝必从心上做出,乃为真忠孝;节义必从心上做出,乃为真节义。然忠孝节义存之于心,无人见得。到得大忠大节关头，只口头不孙，自必一死，到不如剖出心来，与之照着，方晓得此人是真忠孝，是真节义，安得不屈心归顺？吾谓乐浪之心，直比乎比干无二！而表辞仅云“志迈雄师”，殆有不足以副尔心者。

温恭谦让

徐司马，御赐名，字从政，扬州人。元季兵乱，司马生九岁，无所依，洪武得之，义以为子。既长，出入侍左右。屡从征伐有功，历升中军都督佥事。好文学，温恭谦让；抚绥士卒，心敬礼士大夫。公事之暇，退居一室，萧然如韦布。家无余赀，人皆贤之。见《皇明通纪》。

按：富贵者多，而谦抑者少。及观从政，虽从征伐，绝不类乎武人。温恭之仪，谦让之态，稽之士大夫间，几难近似者，奚有于今之从政？若从政真可以从政矣。

卖卜养亲

张宗鲁，钧州人，四岁失明。二十遭乱，负母路氏逃难，其妻扶掖以行。岁饥，卖卜以为养，日给不足，妻采野菜继之。洪武既定天下，宗鲁奉母还乡，竭力供养。母卒，乃求其前母吴、沈、曹三遗骸，合葬父墓。礼部以闻，上曰：“宗鲁以瞽子而能行孝如此，合旌其门。”见《皇明通纪》。

按：孝不徒在乎养，为易至者言也。如张瞽子自幼失明，近不能植黍艺粱，远不能牵牛服贾，抄撮难致，谁谓孝不在于养乎？

且又大难复值，负母以逃，东西南北，几不知所适从。此心良苦！赖其妻扶掖周旋，使母得以全归无害，已幸矣。再求前数母合葬，以慰父于九泉下。张眼人且不能识此，况无目乎？孝子存心，定与口体之养作用不同，故卖卜犹余事。

折臂指贼

云奇，广东南海人，守门内史也。知胡惟庸逆谋已定，诳言所居井出醴泉。洪武乘舆，将出西华门，奇走街跸道，勒马衔言状。气方勃，舌駃不能达意。上怒其不敬，左右挝棰乱下。奇垂毙，右臂将折，犹尚指贼臣第，弗为痛缩。上方悟，登城眺察，则见彼第兵甲伏帷间数匝。上亟反，遣兵围其第，罪人就缚，皆伏诛。上召云奇，已死矣。深悼之，追封右少监，赐奠钟山，命有司春秋致祭，给洒扫户六人。见《从信录》、《皇明通纪》。

按：云少监初不过一守门吏耳，而能尽诚输忠。发之言端，急勃之状，已见其情形极苦。因是而撄挝棰之害，至于臂虽折，犹能指贼。其忠肝似铁，不以死怠，卒能保安帝驾，不致落彼彀中，以为身可碎，君必不可陷也。此情此志，何堪比拟？刘诚意之先见，徐魏国之忠言，云少监之杀身拒谏，谓之三不朽！

死无憾

朱煦，台州人。父季用，由荐知福州府；仅五月，以任筑城役，日废钱粮十缗。及病痢被楚，谓煦曰："吾赀力岂足堪此。

且旦夕死矣，汝修吾骨归尔。”煦惶惧不敢离左右，终夜不少寐。洪武严告枉之令，告则或被极刑，或谪边戍。煦乃谋于父僚友同役者曰：“吾无术以脱吾父，诉不诉皆死。万一由诉获免，笑我虽戮死，万万无憾。”遂陈辞于通政司。通政以闻，上悯其情，赦其父，且复其官。同时缘得免复官者，十有四人。皆拜煦父谢曰：“非君有孝子，吾侪骨肉为城下土矣。”同郡王叔英作《孝子传》以传。见《通纪》、《从信录》，及《赤城新志》。

按：余读乡先生《静学集·朱孝子传》，不禁潸然泣下。盖以其情极万状，苦楚难禁。孝子能冒死上言，万无所憾。积精诚以感其君，而全其父，且使得广锡于同类。此孝子之所以为真孝子也。已而感病卒，孝子固已无憾，观此者其能无憾否？

袒胸受箭

钱唐，字惟明，钱塘人，刑部尚书。洪武览《孟子》书，至“草芥”“寇仇”之说，大不然之，谓非臣子所宜言，议欲去其配享。诏有谏者，以不敬论，且命金吾射之。唐抗疏入谏，舆榇自随，袒胸受箭。曰：“臣得孟轲死，死有余荣。”上见其诚恳，命太医院疗其箭疮，而孟子配享得不废。乃命修《孟子节文》，凡不以尊君为主，如“谏不听则易位”，及“君为轻”之类，皆删去。见《从信录》。

按：《孟子》书，循其言微有可议之处，绎其理原有万不可易者。读《孟子》书者，当会其当日未立言之先，是何意思，方见其言为无病。若徒以其言执之，未免有不合些。

明祖以为君尊大，得以无所不为，不自思为君有为君道理，一见其言忤触，遂欲去其配享。诏旨森严，立意甚决。若非钱秋卿袒胸受金吾之箭,拥卫圣贤,则孟子几不得以入孔子之门墙矣!

是举也,虽为孟子一人,而功实在万世。故韩子推尊孟子之功,不在禹下。余谓秋卿卫之之功,又岂在韩子下哉?

后与诸儒臣修纂《尚书会选》《孟子节文》。暇日微吟:"四鼓冬冬起着衣,午门朝见尚嫌迟。何时得遂田园乐,睡到人间饭熟时。"有诗书误我意。修去《节文》,似非本心。

严老实

严震直,字子敏,浙江乌程人。洪武中,起家布衣,授试河南参政,进工部尚书。悫语质诚,上呼为"严老实",而不名。尝出使龙州,监军安南,得玉带一、金戒指二,不欲拒夷情也,以献上。建文三年,北兵起,督饷齐鲁间,兵败被执。后复为工部,使安南,密嘱访建文。震直遇于云南道中,相对而泣。建文曰:"何以处我?"对曰:"从便。臣自有处置。"夜缢于驲亭中。见《皇明通纪》,及《广舆记》。

按:不拒夷情,受金玉以献上,情实老实,其意却大有所作为。后以兵败被执,被执而复得官,几非老实矣。乃遇旧君而泣,泣而缢,此老实之所以终为老实也!

无俗怀

胡闰,字松友,江西鄱阳人,博学敦行。洪武征陈友谅,至鄱阳,见吴芮祠壁《题竹》诗:"幽人无俗怀,写此苍龙骨。九天风雨来,飞腾作灵物。"立召见,里儒生也。置帐前久之,官督抚经历。继事建文,以直谅知名,迁左补阙,进大理少卿。数预齐泰、黄子澄军国议。革命日,不屈死之。嘉靖初,邵锐祠以祀。见《从信录》、《广舆记》。

按:松友自比于竹,其劲节凌霄之概,无愧乎与松为友也。命名时,辄能以节见;及临大节,无不有以自见。岂仅虚心无俗,与人所讴吟已哉?

朱程复出

方孝孺,字希直,浙江宁海人。聪敏绝伦,双眸炯炯,一目十行俱下。积寸为文,雄迈醇深,乡人呼为"小韩子"。见典册所载圣贤遗迹,欣然有愿慕之志。从宋濂游,同门多天下名士,一旦尽出其下。先辈如胡翰、苏伯颜,皆自谓弗如。孝孺顾末视文艺,恒以明王道为己任。进修所诣,月异而岁不同,咸以为朱、程复出。尝卧病绝粮,亦处之泰然。见《皇明通纪》、《从信录》、《赤城新志》。

按:余读《逊志斋稿》,几案诸铭,慨然想见其为人。及观谢文肃所为先生像赞:"有复古初,不在作者。"则先生之规行矩步,非为韩子所可小也,直足追踪乎闽、洛,谓之朱、程复出,奚誉哉!要之学以得其醇者为贵,若俟草诏掷笔时,显其名于后世,未使为知先生也。

不顾九族

方孝孺,建文间,与齐泰、黄子澄同执国政。燕王师起,姚广孝嘱勿杀孝孺,活之以劝天下好学者。王颔之。革除日,来召见不赴。逼之,衰经入见。燕王曰:“我法周公辅成王耳,奈成王不在何?”曰:“成王固在。”王曰:“国赖长君。”曰:“何不立成王之弟?”忤旨系狱,捕族党辄下狱惕之。已而欲草诏,召出。孝孺自狱衰经号阙下,哭声彻殿陛间。王降榻劳曰:“我家事耳!先生无过劳苦。”授笔札,曰:“诏天下非先生草不可。”孝孺大批“建文四年,燕贼篡位”数大字,掷笔于地。复大哭,且哭且骂,曰:“死即死耳!诏不可草。”王乃大怒曰:“汝不顾九族乎?”孝孺曰:“便十族奈何?”哭骂益厉。王震怒,遂磔诸市,骂不绝口。有《绝命辞》曰:“天降乱离兮,孰知其由?奸臣得计兮,谋国用犹。忠臣发愤兮,血泪交流。以此殉君兮,抑又何求?呜呼哀哉兮,庶不我尤。”时年四十六。诏收其妻郑氏,先自经死,宗族坐死者八百七十三人。母族林彦清、妻族郑原吉等,五服之亲俱尽。旁及游党门人,族夷十数。与黄子澄十族,共杀万人。见《从信录》。

按:正学先生,余台之理学名臣也。先应明祖之召,明祖不敢用,留与子孙辅。则太祖早有以知先生,非易常人矣。

及辅建文,一一仿古而行,与自身之规行矩步无异。故心欲明王道,反不能以成王业,致遭灭国灭身之祸者天也,非人谋之不臧也。此刘诚意当日有杀运未除之言,所不逃也。

至于将死之候,发愤之雄,原不顾乎九族之诛。但其事极惨,无乃过自劳苦耶?若非魏郎官之周旋,匿其幼子,则孙枝一叶,焉得复沐君恩乎?大抵先生之情过为激,不同于静学王公之从容也。

先生之死,九族俱被戕戮。王公之死,九族但遭谪戍;吾祖泰,亦欣然配军卢龙。至万历甲申,范御史奏免军后回籍。始叹王公之死,较先生为从容耳,观二公之《绝命辞》可知。

夫以一身之死为忠，在九族之谪亦为忠；一身之死为忠，即九族之诛亦为忠。噫！忠岂争夫死之多寡哉？余是以大先生之忠，壮先生之烈，而极悲先生罹祸之惨也夫！

补记：

又按：《郡斋旧刻》赞曰："方先在当时，名重行尊，故得祸最惨。然以身殉主，自其常分而其心安也。"

拒假道

梅殷，河南夏邑人，汝南侯思祖从子，尚高皇后长女宁国公主。有善谋，能骑射，天性恭忠，最为太祖爱幸。受密命辅建文，以誓剑一、遗诏一付之。既守淮安，悉心防御。燕王来假道，殷拒之，曰："皇考有遗诏在。"王怒，遽更书，言朝廷信奸，我欲除之耳。殷割使人耳及鼻，口授答词曰："留汝口与殿下，言君父恩义不可忘。"王不得道，乃渡泗水，破盱眙，出六合。革命日，殷闻变，大惊恸欲死。王迫公主啮指血为书以招殷，殷叹曰："君存与存，君亡与亡，吾姑忍俟之以见。"王曰："驸马劳苦。"对曰："劳而无功。"王恨之，际仇人挤殷死笪桥下。王怒罪两仇人，两人曰："上命也。"益怒，立命力士持金瓜落两人齿斩之，谥殷荣定公。公主疑出上意，牵上衣大哭，问驸马安在？上笑解之，以二子顺昌为中府都督、景福为旗手卫指挥佥事。见《从信录》、《广舆记》。

按：梅荣定之守淮安，以一秉剑、半纸诏书，死守孤城，御却燕兵六十万众，诚可谓明之北门锁钥。使非恭忠素著，燕王何难引马鸣角，穿营以过，而乃使人假道耶？假道而见拒，又何难出骑兵直捣中坚，岂竟渡泗水、出六合耶？余深叹荣定恭忠之概,定有奇谋,足以服人耳!

观其使人之来,割尽耳鼻,惟留一口以覆言君父大义,此中作用,大堪费思。至革命后,而始闻变,则淮安之守,而无不安可知。若非命仇人之挤死,荣定必能与景清诸人,大有后图,奚以血书见招为议哉?

奉诏勤王

王叔英,字原采,浙江太平人。幼从外家陈姓,方孝孺怀之诗云“立言温粹怀陈采”是也。平生笃学力行。洪武初,以荐任仙居训导,改德安。任满,升汉阳知县,寻擢翰林修撰,上《资治八策》。建文四年,靖难兵至仪真,诏天下勤王。叔英与礼部侍郎黄观、刑部侍郎金某、国子监祭酒张显,分道征兵入援,奋不顾家,然已无及矣。书《绝命辞》于案曰:“生既久矣,愧无补于当时;死亦徒然,庶无惭于后世。”与其妻俱缢。革除后,右前榜奸臣,与周是修等二十六人治罪。见《从信录》、《全史一览》、《赤城新志》书。

按:勤王之诏甫下,而征兵之援四集,斯时之忠义,不可为不多矣!然卒不能以集事,亦时为之也?势为之也?岂方、黄诸臣,徒尔戆献,而知兵非朱能匹耶?

何以小河之战,一战斩燕将陈文,再战斩燕将王真。燕王兵却,力自督战,平安操长枪已追及之。将下手,忽一男子丰貌美髯,乘白马、提大刀,自西来呼救驾,乃莘城隍神也。砍安马应声而蹶,王得脱。又齐眉之战,徐辉祖斩燕将李斌,燕军益惧。会大雾,各敛兵还。观二事如此,非人谋之不臧也,亦时为之也?势为之也?勤王者,事虽不成,其志则诚壮也!

又按：杨文贞士奇，追题其墓而申之以言曰："先生学醇行正，子道臣道终其身，无一毫之苟。"又曰："先生之心，金石其贞；先生之志，霜雪其明！"

得文贞语，余于先生曷余赘焉！

补记：

铁铉，邓州人。洪武时以国学生获授礼科给事中，赐字秀石。迁山东参政，升兵部尚书。靖难时，被缚入见，背立庭中，令一顾不可得。割其耳鼻，竟不肯顾。爇其肉纳铉口中，问曰："甘否？"铉应声曰："忠诚孝子之肉，有何不甘？"遂磔之。令舁大大镬至，纳油数斛熬之，投铉尸，顷刻成煤炭。导其尸使朝上，转展向外。上令内侍用铁棒十余夹持之，使北面。上笑曰："尔今亦朝我耶？"语未毕，油沸溅起丈余，内侍手糜烂，弃棒走，尸仍反背如故。上大惊，令葬之，时年三十有七。父仲名，八十三，母薛氏，并海南安置。子福安，年十二，发河池，编伍康安。鞍辔局充，匠卒皆被杀。妻杨氏并二女发教坊司，杨氏即病死，二女誓不受辱。见《通鉴辑略》、《通纪》诸书。

子职弗克尽

颜伯玮，名瓌，以字行，江西庐陵人，唐颜真卿之后。洪武末，知沛县。北兵所过，皆归附，伯玮集民兵备御。既而北兵驻沙河，转攻沛。伯玮令弟珏、次子有为还，曰："汝归白大人，子职弗克尽矣！"北兵入城，指挥王显叛降。伯玮冠带升堂，南拜，恸哭曰："臣无能报国！"遂自经死。其子不忍去，复还见父尸，亦自刎。胡先悉葬之南阕外。珏走告兄友晏壁，为传其事。正统中，御史彭勋为起坟立祠。见《从信录》。

按:沛县以蕞尔邑,纠集民兵备御,岂未知弱不敌强、寡不敌众?而毅然以出此者,论心不论势也。若论势,在实备兵防御,应出死力以守,无如叛城降寇何耶?沛县心甚不安,竟以死告弟子、白大人。虽曰子职弗克尽,臣职固已尽矣。夫惟臣职之克尽,即子职所以克尽也。臣子之职克尽,无愧于沛县之心,然后无愧于颜常山后人云。

君子人

陈性善,名复初,浙江山阴人,洪武中进士。见其动止凝重,称为君子人,以行人入翰林检讨。刘基卒,上索秘书,基子琏出观象玩占献之,性善侍上翻录,威严下,手颤不成字,性善独安雅,书法端楷。上悦之,赐酒。久之升礼部侍郎。建文即位,特召坐,问治天下之要,且使手书以进。性善尽所欲言,多从之,赐绢百匹。四年,与何福及靖难兵大战于灵壁。败绩,福走,执性善。燕王闻其人,纵南还,性善朝服跃入河死。后人称之曰:"冀北龙飞,势压貔貅之众;江心跃马,身居鱼鳖之乡。"见《广舆记》、《从信录》。

按:性善初受知于明祖,继受知于太孙,终以与敌被擒,而复受知于燕王,纵之南还,可见性善先生之性善。读书善,法书善,作事又善,故能足受人知也如此!使非实有可知者,当死而求纵者有之,安有既纵,复自求死哉?惟既纵而自死,此性善者,所以足称为"君子人"与!

不食死

郑华，字思孝，浙江台州临海人，洪武丁丑进士。初为行人，建文元年，诖误，谪东平吏目。靖难兵起，辄谓妻萧曰：“吾必死，奈亲老汝少何？”妻泣对曰：“惟君所命。”华因托友无锡丞赵汝进。北兵薄城，时诸长贰悉弃城去。华独慷慨，率吏民凭守之。力不支，请援山东，又不至，乃不食五日死。见《从信录》。

按：一念自靖，原不以职之崇卑为厚薄也。若行人者复降为吏目，其职尽卑。当长贰悉去时，独依一弹丸孤城，内自凭守、外向请援，其事何尽显！虽卒以力不支死，于自靖之一念，无恶于志矣。此患难死生之际，行人之于君然也。而然诺不欺之心，赵丞之于友，不令人起行人而合拜之！

如　生

张彦方，浙江龙泉人。建文元年，以给事中乞便养，改知乐平县。燕师渡江，彦方纠众勤王。兵至江上，为燕兵所执。至本县，枭首谯楼，暑月经旬如生，面无蝇集。父老窃葬县治清白堂之后。见《从信录》。

按：内之坚者，其外不腐。张乐平一生清白，操同松柏之坚。故至临节而死，经旬如生，蝇蚋无侵，诚可谓非腐物矣！盖以张公，生居清白堂上，死葬清白堂后，父老措置，何得其宜如此！其如生也，岂经旬已哉？不啻千古如生矣！

城门一恸

龚诩，字大章，江南昆山人。年十七，为金川门门卒，夙有志概。燕师薄金川，李景隆及谷王槐开门迎师入城，门卒诩恸哭去之。至宣德中，以好学成名乡里。巡抚周忱两荐为本邑学官，辞曰："诩即仕无害于义，但负往时城门一恸耳。"既卒，门人私谥安节先生。见《从信录》。

按：安节为门卒，贱矣。身无一命之寄，而力伸大义于天下。为城门一恸，哀声疑痛彻乎天门。彼峨峨侯王，其于门卒若何也？竟开是门以迎师，何出自门卒下哉！

不答一语

徐辉祖，达之子，袭封魏国公。革命时，武臣无不归附者，惟辉祖不屈。永乐改元，亲召问，不答一语，始终无推戴意。下于狱，法司追取伏招，辉祖默然，惟书其父开国功劳，子孙免死。上大怒，然以元勋国舅，欲诛辄中止。徘徊久之，竟从宽典，止勒归私第，革其禄米而已。见《从信录》。

按：徐魏国与李韩国，俱明祖开国元勋，其子得以袭国。功甚巨，恩甚渥也。而魏国有子，当靖难师起，初率京军往援山东。继会何福大战齐眉山，败其北军，终复来援，而使南军军声大振，北军震恐。及至李韩国子开门迎师，仍与开国公分道出师御战。则魏国之功，非仅在开国之初矣。乃以小集而魏国召还京，南北成败之机，总系在魏国一人之身，后魏国又何愧乎先魏国哉！

是以召问不答一语，其不答中，大有主张，与卫孝丞见燕王，“请熟思之”一语，同一妙绝千古。及取伏招时，惟书父功，不言己罪，见己实无有罪可言也，始终皆一不答意味。盖由国戚，故多婉折如此，岂以畏死而求免死乎哉？

不学魏征

刘璟，字仲璟。洪武中尝召见，喜曰：“真伯温儿。”建文初，谷府长史。永乐登极，璟卧家不起。上欲用之，罪以逃叛亲王逮系之。临行，亲戚饯之，戒曰：“皇上神武，何止唐文皇；先生忠良，允为魏征可也。盍顺天心，毋自蹈刑剧。”璟瞪目曰：“尔谓我学魏征耶？吾死生之分决矣。”至京，授以官，不受。对上语犹称殿下，且云殿下百世后，逃不得一个字。遂下狱，辫发自经而死。见《从信录》、《通纪会纂》。

按：靖难时，死事诸先生之外，无非借口魏征，而固各行其志也。何仲璟乃薄之而不为，而又各行其志哉？

噫！当此之时，承顺则富贵刻期，拂逆则诛夷立至。往往有甘死如饴，富贵若浼者，以为学魏征则身荣，不学魏征则心安。与其学魏征而身荣耶，无宁不学魏征而心安之为愈也。余于诸先生不学魏征者，不且心焉向往乎？

又按《会纂》，仲璟先生尝至燕，燕王与之弈，而仲璟胜。燕王怒曰：“何不少让我耶？”仲璟正色曰：“可让处不敢不让。不可让处，决不让也。”到革命日，土地已属之燕，殿下之言，岂犹可让耶？亦犹是对弈时一意。

漏泽园

高仲翔,陕西高邑人,建文时御史。四年革除,召至,仲翔丧服入见,大哭,语又不逊。遂族仲翔,没其产,给诸高氏,皆加税焉,令世世骂翔也。亲戚戍边,又发其先墓,取尸骸杂犬羊骨焚灰扬之,而以其地为漏泽园。见《从信录》。

按:余观靖难之难,窃叹方正学被难为最惨,殊不知高御史之被难为更惨。

然高公之丧服入见,原与方公同,其不逊之语,又与方公同,宜其灭族没产与方公同也。但方公只惨及其生人,而高公并惨及于死者。杂骨扬灰,漏泽园中,当日已填不满;冤声泣泪,此何如之极惨耶?

然则难虽惨,到今日所云"世世骂翔"者,可转为世世颂翔矣!只自著其刑之惨也夫!

殿庭厉

景清,即景倩,本姓耿,陕西真宁人,洪武间进士。性慧倜傥,尚大节,建文左佥都御史。革命日,方孝孺、练子宁诸人尽死,而清独委蛇侍朝,人咸疑之。一日蚤朝,清绯衣入。先是星者言文曲犯帝座甚急,文皇因疑清,又见独衣绯衣,遂收之,得所带剑。诘之,曰:"我忍不死为此,不成,天也。"毒骂不已。抉其齿,噀血蔑御衣。文皇大怒,命铁帚刷其肉,肉尽骂已。是后精英迭见,时入殿庭为厉。命族景氏,籍其姻党。辗转攀染,谓之爪乌。又抄村里显墟。见《会纂》、《通鉴辑略》。

按：博浪之锥，锥虽不中，已夺始皇之魂；常山之舌，舌虽可断，犹寒禄山之心。则知佥都之带剑，初不异于张良，其噀血亦无输于真卿矣！岂可以事之成败，论千古忠臣之心哉？

但张、颜二公，一试孤忠，尽其心而辄已。而佥都之入殿为厉，时时以悸夫文庙者。带剑无形，锥颖若脱；蔑血难定，彼舌犹存。斯时欲再行一抉齿刷肉之刑，将不及矣！精英炎炎，视二公不更赫然耶？

又按：《全史一览》云："景有知建文出亡，尝怀兴复事。觉，被诛，剥皮实其草，系于长安上。銮驾过之，忽索断，行三步为犯驾状。"此又厉之更奇者。

好读楚辞

名暨，不知其姓。建文四年，燕师驻金川门，时暨方壮年，披剃号雪庵和尚。走西南重庆府之太行善庆里，山水奇绝，和尚欲止之。其里隐士杜景贤，知和尚非常人，遂与之游。往来白龙诸山，见山旁松柏滩，滩水清驶，萝篁森蔚，和尚欲寺焉。景贤豪有力，亟为之寺。和尚率徒数人入居之，昕夕诵《易经·乾卦》，山中人固谓佛经。景贤知之，不忍问，惧不能安和尚。和尚亦知景贤意，改诵《观音经》，因名寺观音。和尚好读《楚辞》，时时买一册袖之。登小舟，急棹滩中流，朗诵一页，辄投一页于水。投已则哭，哭已又读，页尽乃返。众莫之知，景贤益怜敬之。和尚好饮不戒，自注壶俟客，客至辄饮，不则拉樵夫牧竖入饮。半酡，呼竖儿和歌；歌竟，瞑焉而寐。和尚颀而秀爽，指柔白翦翦。落笔成章，不甚工，然意气焕发，又能感怆人。死之日，其徒问："师即死，宜铭何许人？"和尚张目曰

“松阳”;问姓名,不答。有诗若干篇。见《从信录》。

按:事物异名。和尚,六和为尚也。此和尚气息愦愦,殊与释迦牟尼之教大异。不诵心经,不念弥陀,而只以《易经》《楚辞》是好,便可见非真和尚。真和尚为佛,而此和尚为君。为佛者,和尚虽真,而心不真;为君者,和尚不真,而心实真。有时注酒卮以倾酌,有时拉牧竖以欢歌。此情此志,谁可共白者?若非遇杜逸士为知己檀那,几何不指和尚与周颠仙一类耶?

或曰和尚,建文御史,与会稽云门僧同,每泛舟赋诗,归则焚之。殆叶希贤、梁田玉,四十余人中遁行流也。

又按《广舆记》,松阳叶希贤,一名云。建文之变,隐姓名,削发为僧,刹于蜀之重庆,号雪庵和尚。则此名暨者,意非矣。

衣葛衣

河西佣,无姓名。燕师入京,佣被葛衣遽走。建文四年冬,至金城,行乞市中。金城边地极寒,佣常衣葛衣。明年过河西,依庄浪豪鲁家为佣。取直积买羊裘被之,虽极寒,必以葛衣覆之。葛益破,缕缕不肯脱。夏即衣新葛,故葛衣必覆其上,人问不答。钱稍有余,走市中买牛肉酒,与诸乞儿饮。倦作时,辄自吟哦,或夜闻其哭泣声。永乐中,有留都官从宋总兵至庄浪者,识佣,欲与语,佣走南山避。旬月官去,乃还,官亦不语人。居数年,病且死,呼主人谢。嘱曰:“我死勿殓我入棺。幸西北风起,即火我,无埋我骨。”鲁家悉从其言。见《从信录》。

按:佣之行事矜奇,人皆知其意者,而于衣葛衣一事,大不得解。将谓故旧不忘，亦何必在葛衣乎？

不知燕师入京，乃六月十三日，在佣此时，正衣葛衣。不忘葛，不忘时也；不忘时，不忘君也。六月十三，天道炎燠，宫中火焰，城中如沸，哗言旧君崩火。佣心如焚，宜以葛衣凉之。故衣裘时，而亦衣葛；衣新葛时，而必衣旧葛也。至病且死，嘱主人以勿殓勿埋，望风举火以焚其尸。俨然以君死于火，己亦当死于火也。而衣葛之意显矣。

教不索谢

补锅匠，无姓名，往来夔、庆间。业补锅，所至州邑，不过三日即去，去或复来。有从学者，教之不索谢，但令负担从。或从学者至，即遣先学者亦如是。数年，人称为老补锅。匠钱，布、粟不择受，当食与食，即不复索财。稍稍囊积，遇风雨寒暑，辄不出，买酒饭自酣饱，常寄宿萧寺中。忽夔州市上逢冯翁者，二人相顾愕然，已而相持哭，哭已相率入山岩中。坐语，竟日，又相持哭。且别去，言永诀不复相见。后不知所终。见《从信录》。

按：人非大不得已，不忍弃其本业，而从别业也。彼补锅故常以补锅终，未使以补锅始。负担遨游，从者接踵，苟怀利心，何一不行索谢，以充己欲哉？是匠也，有教而不索谢，其心公，其业广。由其平日大能补衮职之缺，而不废弥逢；由其今日亦能补天角之崩，而已无石缝。岂曰小补之哉？红炉煽焰，隐然纳彝理于陶冶中矣。噫嘻！不逢冯翁，何以相顾而愕，相持而哭？哭而求诀，不言之中，一段泣跃情致，自有销镕靡已之状。

掷担投湖

东湖樵夫，无姓名，居临海东湖上，日负薪入市，口不二价。新诏至临海，湖上人竞入县庭听诏。或归语樵，新天子登极。樵愕然曰："旧天子安在？"曰："自焚矣。"樵恸哭，掷担投湖中水死。见《从信录》、《赤城新志》。

按：洪虞臣(邻)《东湖樵夫考》，云樵夫名牛景星，系建文时侍郎，亦四十余人中逸去也。余不必深求，但能掷担投湖，樵夫中决无是事，况乎其平日口不二价耶？

然而担已掷矣，身已投矣，君父之事，可以息肩矣！湖心浣月，诚足以照耀千古矣！湖南张觉庵守台，葺其祠而榜以"忠逸先生"，足以慰乎尔心矣！

补记：

张觉庵《樵夫祠记》云：《石陶祠记》谓樵夫身不沾五斗之粟，名不挂一命之版，顾捐躯慷慨就义若此。又比之贞女未字而死夫，斯盖不知樵夫之真者也。夫自靖难兵起，屠戮蔓连，惨昏天日。樵夫自属洪、建两朝，旧臣燕王惨刻之性，盖亦闻之熟矣。逆知遂燕之童谣必验，而大厦非一木所支。既欲固首阳之节，又欲免池鱼林木之祸，于是寄迹东湖，托于樵世自隐。迨闻故主自焚，号跳恸哭，义不求生；从彭咸之所居，踵汨罗之抱石。朝廷即治奸党，而亲族俱可免难。惟一腔碧血，与湖水俱永焉！呜呼！此岂真樵夫也哉？

无愧武穆

王良，字天性，河南祥符人，历官刑部侍郎。建文二年，问燕国人罪，从末减，左迁浙江肃政按察使。至浙，谒岳鄂王墓，誓曰："苟愧武穆，非人也！"闻变天恸，有诏召良，良集筑司印于私第。方踌躇，妻问之，良曰："我分应死，未知所以处汝耳。"妻曰："我何难！君为男子，乃为妇人谋乎？"遂馈良食，抱其子欷歔池旁，自投池死。良殓其妻毕，即列薪于户，付遗嘱家人，令妾抱幼子往他家，遂举火阖室自焚。台人陈璲，私识其事，辄为流涕。正德中，察使梁材、学使刘瑞，祠以祀之。见《从信录》。

按：天性于莅浙之初，对神誓愿，即欲无愧武穆。盖其凛冽之操，出于天性者然也，何幸有其妻亦如之！则天然一对，又非后起者所自私矣。既有是夫，自然有是妻；有是妻，而后可以全是夫。夫操既全，誓愿岂果有愧乎？

能孝必忠

权谨，徐州人，以荐举知乐安县，迁光禄寺署丞。父早丧，事母至孝。母病，吁天求以身代。母卒，哀毁。庐墓三年，朝夕哭奠，不衔酒肉。有司上其行，洪熙元年，驿召至京。上曰："能孝者必忠。忠孝之人，可任辅导。"遂超升文华殿大学士。见《皇明通纪》、《从信录》。

按：忠与孝，相因者也，故求忠臣者，必于孝子之门。权公事母能孝，焉有出而事君，而有不忠者乎？明仁宗能超而举之,以辅导东宫,夫亦以孝而教孝之意云。

涌　泉

王让,益都人,以孝行知名。尝庐墓茕苦,有涌泉之异。洪熙元年,由国子学录,擢为右赞善,仕至吏部右侍郎。见《皇明通纪》

边靖,庆都人,自幼以孝闻。父卒,哀毁几绝。及葬,负土成墓,庐于侧,环植以树。岁旱不雨,靖日汲水灌之。俄有泉,涌出道旁,足以灌溉,人以为孝感所致。见《广舆记》。

按:涌泉跃鲤,自古推为孝异之征,二公何亦有此!其殆明时之姜诗云。

断骨自接

李时勉,名懋,以字行,晚号古廉,江西安福人,洪熙翰林侍讲。以时政违节,条成二本上之。上览之怒,命武士扑以金爪十六七,胁肋已断其三。曳出不能言,胁肉尚不相着,及用梃棍,而其断骨忽自接,卧病一月而愈。仕终国子祭酒。卒,谥忠文。见《从信录》,及《广舆记》。

按:古廉先生,为明时第一流人物,其所建白,确切时政。仁宗不能纳之,而转爪胁断肋,刑用何舛!至断处忽能自接,然后知塞然之气,自充周而无间。使人悟得直养之学,先生亦又何求?余但有时事之感焉。

当时在庙,号纯明仁孝之主也,恳思求言,改过不吝,于蹇、夏诸臣,有绳愆纠谬图书之赐。到时政有缺,而蹇公不绳之，夏公不纠之，而先生独绳之纠之，则于所赐图书之意悖矣。以平心而论，宜爪蹇公之胁，而断夏公之肋。然皆不爪之断之，无惑乎不应绳不应纠者，之必至于爪之断之也。

噫！爪之而断，断而不断，其忠诚之气，自充周于身心，以弥合于宇宙者，而后足称为第一流人物也！

涕泣受教

邝野，字孟质，湖广宜黄人。初为陕西按察副使，有声。其父家教最严，常以俸易一红褐寄之，父大怒曰："此子不才如此。汝掌一方刑名，不能洗冤泽物，以安其民，乃索此不义之物污我。"即封还，以书责之。野欲见其父不可得。以父为教职居闲，秋闱，聘典文衡者。谋于僚友，怀书于父。父复大怒曰："此子无知。汝居宪司，吾为考官，何以防范？且将遗诮于人。"父以书骂之，野迎书跪诵，涕泣受教。宣德间，为应天府尹，益励其操，声传足音。正统元年，召入为兵部右侍郎。卒，谥忠肃。见《皇明通纪》、《从信录》。

按：邝公以宪司易褐温亲，足以表其子之孝，而父乃书责封还，可以见其父之廉。谋文衡思欲见亲，亦以申其子之孝，而仍书责不往，又以见其父之清。有是父之义方以教其子，则有是子涕泣受教、读父之书。

履方居约

吴讷，字敏德，江南吴县人。永乐末，举医生至南京。仁宗监国，闻其贤，命教功臣弟子，遂拜监察御史。履方居约，不以穷达易所守。正统六年,恳乞致仕还家,闭门著述。所著有《思庵前后集》《性理群书补注》《小学集解》《文章辨体》等书。卒,谥文恪。见《皇明通纪》。

按:智欲圆而行欲方,文宜博而守宜约。方与约之欲人居履也久矣,谁其能之哉?如其能之,仁在其中矣。

吴公名讷,讷者近仁之谓,故生平间履必方而居必约,则其与仁为近可知。著述之富,特余事耳。

接人和气

王直,字行俭,江西泰和人。器宇宏伟,性严重,寡言笑,居家俨然,及接人和气可掬。既秉铨轴,留意人才,干请断绝,奔竞稍息。居第隘陋,曾不为介意也。谥文端。见《从信录》。

按:文端秉性森严,至接人间,和气可掬,可谓訚訚之和。如易储署名,文端独有难色,陈循为作跪而亦与。此其和之一征也。至所得元宝,扣案顿足曰:"此何等大事,乃出一蛮夷下耶?吾辈愧死矣。"即累疏求退,其刚处自在。唯刚而和,然后不失为至和也。若内外皆和,则为无节之和,如之何其可行哉?

玉钥匙

陈真晟,字剩夫,福建漳州镇海卫人。初治举子业,赴省试,闻有司防察过严,无待士礼。乃辞归,不复以科举为事,务为圣贤践履之学,有功于主敬。尝曰:"《大学》,诚意为铁门关,'主敬'二字,乃其玉钥匙也。"天顺二年,用伊川故事,诣阙上书不报。归，闻聘吴与弼，欲往见质之。行至江西，编修张元祯止之。宿叩其所学，大加称许，谓程、朱自有真传，许鲁斋、吴草庐，亦未是，如聘君者，不可见，亦不必见也。见《从信录》。

按：人道以敬。“敬”之一字，原彻上彻下事，是以君子大居敬，为千古圣贤传心妙法。剩夫先生，以八条目紧要在“诚意”。诚意可上赶正、修、齐、治、平去，乃下承致知、格物来。谓为铁门关，是善恶分界。不得其道以诚之，此关最为牢闭。欲意以存善，而善偏不易存；欲意以去恶，而恶偏不易去。既一意存善，又一意去恶，则意不胜扰矣。惟当以一敬为常惺惺法，是无意于存善、而善自存，无意于去恶、而恶自去，然后此关得破，非玉钥匙开之而何？罗一峰所以不足于康斋，惟推美于剩夫，岂不为其有功于主敬之学也夫？

两割股

郭登，字元登，巩昌侯子兴之孙。性至孝，有文武才。母疾，两割股，作羹以进。居丧，哀毁，骨立，不肉食笑语者三年。所上章疏皆自为之，尤善吟咏，有《联珠集》行于世。见《皇明通纪》、《通鉴辑略》。

按：割股自洪武禁止褒美后，而人鲜有为之者。夫割股而视为图褒之事，则情谊亦薄矣，乌庸褒为？

要知割股一事，绝不在既割之后，实在于未割之先，有一段真情无可奈何处。仰而呼之天，而天不开；俯而跄之地，而地莫救。然后痛心忍齿，快青锋于一试，以冀亲之一愈也。斯时正不顾有身，何暇计及有褒哉？郭定襄之两试割股，其情亦犹是也。

噫！余于定襄，真情不觉依稀痛碎难禁矣。

时时哭墓

吕原，字逢原，浙江秀水人，天性纯孝，容貌端伟。少好读书，博洽，能出入经史。父景州学官，殁，不能归葬，权厝景州，时时哭墓侧，景人为之流涕。已而奉母南归，家窘甚，力学志不衰。知府黄懋，阅其文奇之。召见，衣破甚。试之学业，文词理皆胜，问之经书，辄能默诵，懋益惊异。与之新衣，不受；又以葺理黉舍余材授之，又不受。遣之入学，是秋发解浙江；明年进士第二，入翰林。是正统七年也。既而充讲读官，习制诰于东阁。景泰进学士，兼中允。天顺初，改通政左参，兼礼部侍郎。入内阁，升翰林学士。石、曹用事，尚敬之。见朝衣青袍，亨笑曰："行将为公易绯。"原不答。重修《大明一统志》，充总裁，以母忧去。道景州启父窆归，合葬。奉载舟中，寝苫枕块，极哀毁，竟病。抵家，寻卒。谥文懿。见《皇明通纪》，及《从信录》。

按：文懿文章事业，著见于明时者称极盛，而难处在纯孝一节。痛父茔于他乡，时时临墓而哭，殆不止于王裒之闻雷矣。及启父窆而归也，寝苫枕块，哀毁之致，亦仍如临墓哭。即今日闻者应为流涕，何况当日景人亲见其哭之哀耶？

若其初不受新衣，后不愿绯袍，介节之事，亦无愧于其孝矣。

忠臣义士

赵荣，字孟仁，天顺间工部尚书。四年，曹钦反，文职皆畏缩退避。兵非己任，谁肯出头？惟荣自奋，披甲跃马，呼于市曰："好汉者从我来！曹家是乱臣贼子，当共剿杀；我辈是忠臣义士，不可退避。"于是从者数十百人，能于阵前鼓舞，奖劝士卒。灭贼成功，上曰："诚忠臣也！"见《从信录》。

按：赵公之忠义，不独于天顺时见之。在正统末，也先奉乘舆入寇京师，虏情反侧，人心汹汹。时公为中书舍人，独请往迎。高学士壮其心，解所束金带赠之。始终恋恋于君，非诚忠臣义士而何？

卷之二　上品　德行

践　履

薛瑄，字德温，号敬轩，山西河津人。幼颖悟，年十二，作诗赋，监司奇之。稍长，从范、魏二先生游，讲周、程、张、朱书。叹曰："此道学正脉也！"遂焚其所作诗，专心于是，至忘寝食。举乡试第一，登进士，仕至礼部右侍郎。为学贵践履，一言一动，于礼有违，便自于心不安。其出处光明峻洁，于贵富利达泊如也。至于教人，惓惓于复性。尝曰："读书穷理，须实见得，然后验于身心，体而行之。不然，无异于买椟而还珠也。"奉命视山东学政，欣然曰："此吾事也。"首以朱子白鹿洞学规，开示诸生。咸知向学，呼为"河汾夫子"。所著有《读书录》数十卷，多名言。卒，谥文清，从祀孔子庙庭。见《皇明通纪》、《广舆记》、《氏族大全》。

按：明时理学之士，薛文清先生为最，而陈克庵次之，为能从践履笃实上做起，深得孔门先行其言正宗，然后不落于禅会。而近编《名臣言行录》，记先生罢内阁归，中途绝粮，致其子愠也。为卿相而致归途绝粮，亦异事也。呜呼！“有官居鼎鼐，无地起楼台。”其先生之谓与！安贫乐道，真见得践履中盛事。李文达尝云：“余读《读书录》，皆此身体验而有得之言，非高才能文之人所能造也。”

笃行君子

林鹗，字一鹗，号畏斋，浙江太平人，历事两朝。简言语，淡于自奉，好古秉礼，志切躬行。事母极其孝敬，严于待下，交游不苟谐，世称“笃行君子”。谥恭肃。见《皇明通纪》、《从信录》等书。

按：恭肃先生，貌庄重，眉目秀伟，人望之耸然。平居规行矩步，夜必睡而脱巾，旦必巾而后起。对妻子无惰容，见小吏必束带。有暇辄危坐，阅书史、临古帖、作楷书，夜分乃止，五鼓即起，率以为常。彭从吾有言：“林君之好礼，其严足尚也。”谢方石曰：“官至三品，而家无百金之积，产无一亩之增。古之所谓居官廉，虽大臣无厚蓄者，公真其人矣。”观二公言，则先生不愧为笃行君子。余亦奚疣赘哉！

乞终养

高明，字上达，江西贵溪人，自幼以孝闻。年十二，母病甚，焚香吁天，请以身代。又割股肉投粥中，母食之顿愈。登进士，为御史有声，历升佥都御史，持正敢为。以二亲老，恳乞终养。成化十四年，福建上杭盗起，诏起明讨平之，敕留巡抚福建。复上章乞骸骨，纳符敕径归。归后数年，卒。见《皇明通纪》、《从信录》等书。

按：孝子之养亲，非贵乎褂鞲鞠跽为汲汲也，惟在乎养志耳。高公之乞终养，所谓养志无愧矣。夫在十二岁时，即能吁天以代亲、割股以愈亲，使亲至老无恙。复乞归以终其养，及寇起征至、寇退径归，始终俱不失为养志者。故尝自言其志曰："孔戣三宜去，司空图三宜休，吾有五宜退。"自称"五宜居士"云。

明心主静

陈献章，字公甫，广东新会人。举于乡，再会试不第。闻江南吴与弼讲学，往从之游。居半载，归，遂绝意举子业。筑一室于白沙里，名阳春，日杜门端默其中，以明心为务。既久，若有得焉。尝谓："吾始从吴聘君学，其于古圣贤垂训之书，盖无所不讲，然未知入处。比居白沙里，杜门不出，自靠书籍寻之，忘寝忘食。如是者累年，而卒未得焉。于是舍彼之烦，求吾之约，惟在静坐久之，然后见吾此心之体，隐然呈露，常若有物。于是涣然自信曰：'作圣之功，其在兹乎？'"又谓："吾学，须从静中坐养出个端倪来,方有商量处,未可便靠书册也。”其为学与教人大略如此。

成化丙辰,复游太学。祭酒刑让,令和杨龟山“此日不最得”诗。览之,惊曰:“龟山不如也。”为之延誉,由是名动京师,一时名士,如修撰罗伦、检讨庄昶,皆乐与之游。既而归,四方从学者踵至。成化十八年,布政使彭韶疏荐之。至京师,命吏部考试,献章辞疾不赴,复上疏以母老恳乞归养。太监梁芳,素慕其名,言于上,特旨授翰林检讨,俾亲终疾愈,仍来供职,献章谢恩即归。学者称“白沙先生”,谥文恭。见《皇明通纪》。

按:白沙先生,弃去举业,不慕仕禄,筑室杜门,倡明道学,守之为尚。又专主静中工夫,以明心为务,犹不失乎圣贤之学矣。宜贺给事钦,闻其议论悚服,即解官执弟子礼,且肖小像悬于家,有事必启焉,其推尊如此。如陈公茂烈、邹公智、李公承箕,皆北面焉。其鼓动一世,诚所谓豪杰之士矣。

但云舍彼之烦,以求吾之约,不知约个甚么?盖约原要从博而入,非可以径约也。若静坐明心,以经书为糠秕,不知圣门中,明心多从诚意来,诚意又从致知格物来。可知心者内经书也,经书者外心也,未可以偏废。先生一置乎是,其学非徒从吴康斋也,亦上溯乎陆象山一类,反与我程、朱二氏异同。无惑乎姜进士麟,而曰:“吾阅人多矣,如先生者,耳目口鼻人也,所以视听言动者殆非人也。”至有问之者,曰“活孟子,活孟子”云。

夫孟子死矣,而以为活,姜公此时,未必不含笑言也。而陈东莞建《学部通辨》,辨其只味禅会,无亦谓为主静明心之简却一切乎?至謇斋《琐缀》,则太甚矣。

虽然,先生之学何可小也!不过于学中之意,差有偏见,以来贤者责备之词。

补记：

又按《广舆记》：先生德器粹完，独超造化牢笼之外，而寄兴于烟花水月之间，盖有舞雩陋巷之风焉。

二　怕

胡居仁，字淑心，江西余干人。少学举子业，稍厌之。既而闻吴与弼，讲义理之学于崇仁里第，慨然往从之游。于是尽去旧学，一以求道为心，专用心于内。其学以忠信为本，以力行为要，因以“敬”名斋。动静语默，造次未尝少违，对妻孥如对宾客。执亲丧哀毁逾节，三年不入寝室。家贫甚，鹑衣箪食，处之泰然。或为之虑，则曰：“以仁义润身，以牙签润屋，足矣。”与学者讲学，谓：“第一怕识见不真，第二怕工夫间断。多有美质者好高入于禅、骋词入于矜，不知操持省察为何事，安能造道德之域？”提学佥事李龄，聘主教白鹿洞书院；淮王请讲《周易》，待以宾师之礼。卒年五十一。所著有《敬斋录》、《居业录》。见《皇明通纪》。

按：杨公廉，有云：“本朝以理学为倡者，河东薛敬轩，其《读书录》，粹然一出于正，未有或之先者也。乃近年得胡敬斋，所为《居业录》，其言精确简当，亦粹然出于正者。诸《书录》之外，所见惟此耳。廉闻敬斋严毅清苦，力行可畏，其议论由涵养体验所得，非考索探讨致然。读其书者，其尚有以识此哉？”

又罗公钦顺，有云：“胡敬斋，大类尹和靖，皆是一‘敬’字做成。《居业录》中，言敬最详。盖所谓身有之，故言之亲切而有味也。"

合二公言,则先生"主敬"之学,诚得圣贤真诠矣。盖其用心于内,是于敬存厥体。"二怕",是于敬究厥用。体用合一,则其学真;其学正,则其道大。然□□□于虚无一类〔一〕,故以敬名斋,即以斋名人,奚弗当者?

校勘记

〔一〕原稿因蠹蚀缺3字,未明。

穷理致知

张吉,号古城,江西余干人。信古好学,耻同流俗,以名节为砥砺。其为学穷理致知,体之身而验之心,直欲著于事为。成化末,初任刑部主事,劾左道李孜省、僧继晓,出判京东。能申明治礼,土官长及夷民,咸信化之。后知梧州,以圣贤之道,谆谕郡生,一时知所嗜向,人以为不有本不能也。见《从信录》。

按:圣贤之道,从圣贤之学以进;圣贤之学,在穷理致知始。盖理不穷,则知不致,此中又微有先后也。

而古城先生,学以穷理致知为务,体验于身心之间,究极于事为之著。其力学之功,知得真、行得实,无违圣贤大道,恂无愧于明时理学名臣云。

圣贤自期

陈选,字士贤,号克庵,浙江临海人。素崇正学,立志以古圣贤自期待,自奉甚俭,操履诚悫。其居此官,必欲尽此职;其行此事，必欲尽此心。其视去就为甚轻，志在于生灵国家，余不恤也。宦路所至，无不感动响应者。名重海内，士大夫无论识与不识，论一时正人，必佥曰陈某。司风纪者，或非其人，必曰此非陈某不可；典铨衡者，或非其人，必曰此无逾陈某者。成化甲午，卒于南昌石亭寺，人莫不叹惜之。正德中，追赠光禄寺卿，谥恭愍。见《通纪》，及《从信录》。

按：克庵先生，为胜国理学名臣，次薛敬轩之后。敬轩之学，一居践履笃实，而先生居官尽职，行事尽心，凡其本诸身以应诸事者，何一不原诸心而无忝？盖自幼以圣贤自期者，真无愧于圣贤事业矣！是以《小学》一书，前明昔贤之奥义，后引后学之愚朦，方之敬轩《读书录》，不亦更有大功乎？

至于入官夙抱孤忠，孑处群邪之间，独立众憎之地，亦如圣贤之见愠于群小无异矣！其自待也庶乎不差。

免冠号哭

怀恩，成化太监。闻林俊之劾继晓下狱，恩叩头诤曰："不可，自古未闻有杀谏官者。我祖宗朝，大开言路，故底盛治。今欲杀谏官，将失天下心何？臣不敢奉诏。"上大怒曰："汝与林俊合谋讪我。不然，彼安知我宫中事？"举所用御砚掷之。恩免冠号哭不起，曰："臣不能复侍陛下。"上命左右扶出。至东华门，使谓镇抚司曰："若等谄梁芳，合谋倾俊。俊死，若等不得独生。"乃径归卧于家，称疾不起。上遣医调治，使者旁午于道。俊狱将解，时星变，出传奉官。御马监太监王敏，请于上："凡马房传奉，不复动。"袖疏来谒，恩怒曰："星之示变，专为我辈内臣；坏朝廷之法，外官何能为？今甫欲正法，汝等又来坏之,他日天雷将击汝首矣!”敏郁郁寻死。

章瑾以宝石进镇抚司,命怀恩传旨。恩曰:“镇抚掌天下之狱,极武臣之美选也,奈何以瑾得之?”不传旨。上曰:“汝违我。”恩曰:“非敢违命,恐违法也。”不得已乃命单昌传之。恩曰:“傥外廷有谏者,吾言尚可行也。”时尚书余子俊在兵部,恩讽曰:“第执奏,吾为汝从中赞之。”子俊谢不敢,恩叹曰:“吾固知外廷之无人也。”时尚书王恕屡上疏切直,恩叹曰:“天下忠义,斯人而已!”见《皇明通纪》,及《从信录》。

按:怀恩之在成化,与金英之在景泰,用心作事略同,莫谓内廷之无人也。盖内臣所以给使令、供传旨,原不在效忠纳诲之例,而怀公不然。则见林莆田疏责继晓:“欺罔圣听,发内帑银数十万两,盖大镇国永昌寺。以有用之财,供无益之费,工役不息,人怨日兴。不斩继晓,异日之祸不可言也。”宪宗大怒,下锦衣狱。经历张黻论救,并逮下狱。尚书王恕,复疏救之,以云:“迩闻刑部员外郎林俊,陈言过直,冒干天威;后府经历张黻,为林俊陈情,亦蒙拿问。臣当以二臣为戒,而复敢进言者,实为天下国家虑耳。今都城内外佛寺,不几千百区。兹又欲营建,迁移军民数千百家,计费帑银数十万两。人皆知此事之非而不言,独林俊言之;人皆知林俊之是而不言,独张黻言之。今悉置之于法,人皆以言为讳。设再有奸人误国,陛下何由知之?二人俱是为国一腔心血。”

诸公之言,言人所不敢言,犹官守言责者宜然。若怀公既无官守,又非言责,独能从中切直。□□□□[一],免去其职,受上之掷,叩头号哭。不惟内廷中无是□□,□外廷中亦有□人物[二]。一种忠悯悱情,大非妇寺之忠矣!

校勘记

〔一〕原稿因蠹蚀缺一句4字,未明。

〔二〕原稿因蠹蚀,两句内共缺4字,未明。

死即死

张褧,陈选所黜吏也。成化甲午,选为广东布政使,后逮狱。上遣刑部员外郎李行,会同廷后御史徐同夔鞫。两人畏巩泰,不敢反具。复闻褧缘选所黜,可诬张其状。褧不从,行等阿泰,执褧拷掠。褧曰:“死即死耳!安敢以私灭彼公义,陷善人也?”行等罗织无所得,乃诬选矫诏发粟,意在侵欺,褒奖属吏,为图报谢,论罪当徙。奏入,诏夺选官,遣锦衣千户张福逮选,民数万人遮道留。至南昌,疾作而卒。

褧尤不饶,冒死上言。云:“选被诬,缘市舶巩泰,通番败露,知县高铭按法待之。陈选移文奖,以激贪儒,固监司之体也。奈何宋旻、徐同夔,怯势保奸,以巩泰横行胸臆,秽蔑清节,荧惑圣明。勘官李行承泰颐指,锻炼成狱,竟无左验。臣本小吏,以轻误触法,为选罢黜。泰乃妄意必使选,以厚贿啗臣,令挟同陷选。臣虽胥徒,安敢欺昧心术。泰知臣志不可以利诱,乃嘱行等诬臣于理,弥日拷掠,身无完肤。臣甘死吁天,终无昊日。行等乃依傍泰语,文致其词,是毁伊尹为夏桀,诋伯夷为盗跖也。”

“本年岭南地震,水溢潦民房舍,属文赈水灾,老弱张口待食,而抚按袖身,若罔闻知。选独热肠,食不下咽。谓:‘辗转行勘,则民命殊绝,其何能待?’所以,便宜议赈,志在救民,非有他也。选素刚正,不堪屈辱,乃为勘官凌侮,愤懑成疾,旬日而殂。李行幸其就死,不为医疗,又潜遣养子,密以选死报泰,以快其忿。夫选砥节奉公,横罹谗构;君门万里,孰谅其冤!臣以罪人,摈斥田野;秉耒自给,百无所图。敢冒披陈,甘心鼎镬。奏入不报。”见《皇明通纪》,及《从信录》等书。

按:怀仇泄忿,千古郁为憾事。胡絃致恚于脱粟,万俟宿恨于杖违。致二公所以煅成冤狱者,皆两人罪也。而恭愍诬累被逮,亦犹二公等。何幸有张书吏,虽被公所黜,自知公出于公,以受裁其行谊,绝不因势利起见。且复深能就义,极被刑楚,曰“死即死”,非深受公之熔铸者不能是也。史称“千古一人”,岂誉语哉?

然不念其宿憾诬陷正人,已自人所难及;而犹存“死即死”之心,复为之上疏,辨明其冤。以视士夫不发一言,以匡扶公道,皆书吏之罪人也;若行等多方排挤,无论矣!

三　惜

马寅,《广舆记》姓夏,字正夫,江南华亭人。性颖异,读书数行并下,善为古文。平生诚心直道,无党援,自筮仕即署三十年。出为浙江参政,升山东布政,共十六年。政教兼施,未尝以淹屈降志。尝语坐客曰:“君子有三惜。”客曰:“何也?”曰:“此生不学,一惜也;此身闲过,二惜也;此身一败,三惜也。”客避席曰:“此名言也。”见《皇明通纪》,及《从信录》。

按:人无关一生,纵有可惜事,非为深惜。若人之一生,少壮之时,苟不为学,必至闲过岁月,后来身名自是多败。几与衰草寒烟,同归灭没,岂不错过天地一番精聚,父母一番鞠育?虽是为人,有何意味?此“三惜”之所以为名言也。其惜有三,合之原为一贯，后之学者，可不凛为一生惜！

慨然

宋昌，四川成都人，蜀王府承奉。成化间，作寿藏于成都东门外，适明初宋濂墓坏，巡抚孙仁欲为迁葬，令人求昌寿藏以葬濂。昌以其同姓名人也，慨然许之，因以葬焉。计其值，可费白金一千两。见《从信录》。

按：人于语言形迹之间，易多慷慨；致交财贿，则铢两难捐。况寿藏为一身要需之物，费千金以积时日，始行落成者乎！乃承奉不计此物，为自身用，因一语之求，慨然遗之，竟为他人用。非重义轻财之士，必不然矣。夫孙公以先生墓坏而欲迁，宋公以自己墓成而遂迁，两人相得，可谓各有同心。

披肝胆

邹智，字汝愚，四川合川人。成化间，翰林庶吉士，嫉刘吉当国劾之，亲身三本，仅余残喘，神色自若，无所曲挠。下诏狱，狱官苦讯智，坐与汤鼐、刘概妖言惑众罪死。智《狱中写怀》诗有云："人到白头终是尽，事垂青史定谁真。梦中不识身犹系，又近东风逐紫宸。"其时吏部尚书王恕论救，谪广东石城所吏目，《辞朝》诗有曰："尽披肝胆知何日，望见衣裳只此时。但愿太平无一事，孤臣万死更何悲。"后二年卒，仅二十六。见《皇明通纪》、《名臣录》。

按：邹吉士生平经多少苦楚，以成其学。始受乡荐之初来京，即云"此行，非但为会试"，便有极目时事、于心有不过去处。及至受职之后,其悲愤忠爱之意,溢于言表,无不披肝沥胆,一一多从心血中流出。谓:"人臣以王道为心、生灵为念。"自宋诸理学名儒没后,殆不得见。使天假之以年,其所成就,固未可以寻常量也。然不幸短命死矣,惜哉!

不欺为本

张悦,字时敏,江南华亭人。自少笃学力行,居官谨慎守法,以不欺为本,未尝以恩怨利害动其心。尝谓人曰:"古之圣人,其过人甚远。凡所猷为,皆至公无私,故其事业光明俊伟。今之人去古圣人亦远矣。每事竭其公忠犹恐不及,况复济之以私乎?"或言有善读书,不善做官者,悦笑曰:"此正不善读书耳。"故素自清约,由庶僚至吏部左郎,转南兵尚,重任四十余年,始终一节。见《皇明通纪》

按:读书之事,与圣贤相晤对,自当以圣贤之实事究心,如之何可以自欺也!庄简先生,以不欺为本,真得圣贤作为之要,非独居官之当为不欺也。然居官上以承君、下以临民,当更为不欺耳!如此,可谓善读圣贤书矣。宜乎闻或人言而哑然笑也!

省克录

陈茂烈,浙江瑞安人,世为福建兴化卫总旗。少丧父,茂烈继其役,厉志迈俗,不与群儿伍,昼入公署,夜归读书。祖母怜其孱弱,亟止之,乃韬灯默读不少辍。年十八,慨然叹曰:"善学圣人者,莫如颜、曾。颜之克己,曾之日省,岂非学之法欤？”乃作《省克录》以自考。登进士，为吉安府推官，明允公恕，信孚于民。考绩归至淮，以乏寒具冻几死，所知覆以敝裘获救。弘治中，监察御史，袍服简朴，借骑一牝马，身若无官。而自系风纪之重，弹劾不避权贵。乞归终养，身自治畦，苍头给薪，妻子服食粗粝，人所不堪，而泰然自足。日坐斗室，究极经书奥旨，体验身心，随得随录。尝曰：“儒有向上工夫，诗文特土苴耳。”正德间，赐月米。寻卒。诏表其坊曰“孝廉”。见《从信录》。

按：古来善学圣人者，莫如颜、曾，而孝廉又善学颜、曾者也。盖学颜、曾，即其所以学圣人也。

夫颜之克己，曾之日省，是学圣人的工夫，即为后人学圣人的法则。省、克作录，法则备矣，工夫亦纯矣。非其工夫之纯，何以能去夫非礼，而得夫毋自欺？非礼去，自欺毋，然后可谓善学颜、曾者也。

既有省、克工夫，便可考其省、克学问。如学得颜来，方能安贫；学得曾来，方能纯孝。观其在官考绩时，一种贫薄，几至冻死，人其堪乎？恳乞终养之疏，一句一声哀，一字一点血。无须啮指，常自心痛者，非其学得颜、曾而何？

故林见素为志其墓，云：“其隐衷粹行，对天地而质鬼神，人品在黄宪、管宁之右，得在孔门，可几颜、闵。”荐者谓：“廉约如石守道，而所养独纯；孝行如徐仲车，而所处尤困。”殆未足尽者，有可见矣。

心体力行

章懋，字德懋，号枫山，浙江兰溪人。自幼潜心大业，慨然有范文正公之志。于书无所不读,心体力行,涵养深致。成化丙戌,会试第一。居常不为异同,至临大事、决大疑,则据经引古,确乎不移。百凡嗜好,毫不入其心。四方学者,多从之游。登仕籍五十余年,居官不过十载,立朝仅四十日。年逾七十,正德嗣位,国子任满,上疏乞休,不待报而归。时朝政日紊,而公卿多皇皇不能安其职业,惟懋见几而去。后起为南京大常卿,辞不受;进南京礼部右侍郎,致仕;再进尚书,致仕。难进易退之节,天下高之,学者称为枫山先生。有《枫山语录》《暗然子集》。正德末,卒。赠太子少保,谥文懿。见《皇明通纪》、《广舆记》。

按:枫山先生,智圆行方,古者为己之儒也。无书不读,岂仅以句读求书哉?身体力行,方了得读书道理。故起佥事为南京国子时,遭丧,惟诏司业署事,员缺不补,俟终制赴官。后服阕到任,谨矩度、严操行、厉廉耻,诸生翕然向风。则先生之教人,一本乎学,又何一不以心体力行,而徒以句读欤哉?此先生所以为君子也。

任穷夭

蔡清,字介夫。尝谓:"虚者,圣贤所以成始而成终也。"因号虚斋。福建晋江人。饬行准古,好学。家贫甚,虽位至腰金,恒借贷于人以足用。尝即其卧处自题云:"命好德不好,王侯同腐草。德好命不好,颜渊任穷夭。"又尝自箴曰:"善爱其身者,能以一身为万载之业,或以一日而遗百年之休。不知自爱者,以其聪明,而际盛操名器,徒以就其一己之私而已矣,所谓如入宝山空手回者也。"成化进士,前为江西提学副使,先德行而后文艺。正德初，起为国子祭酒，未至而卒。所著有《易学蒙引》、《四书蒙引》、《虚斋文集》。见《皇明通纪》，及《从信录》。

按：虚斋先生论道必极其蕴奥，语事必悉其首尾，集胜代理学之成。《蒙引》一书，可以引群蒙而入于圣贤之路，使圣贤道理，不复蒙以翳者，皆此书力也。

至于立身行己，一皆准之于古，而克备厥德。穷夭之来，无所系心，任之于自然而已。夫穷夭何事也？而能任之，非其乐天知命之学成，如孔门颜子者不可。

真士夫

邵宝，字国贤，号二泉，江南无锡人。质性纯懿，问学该给，孝亲睦族，奖诲后进。成化进士，知许州，以古文古行知名。谕诸生，以义利公私之辨，及忠孝大节，闻者感动。尤急民事，躬课农桑，仿朱文公社仓，立积散法，行计日浇田法，为备荒计。提学江西，敦尚道义，以身为教。生平愿为真士夫，不愿为假道学，于声色货利，绝口不言。惟潜思著书，开拓古今，名重海内。转总督漕运右副御史，以刘瑾用事罢之。后瑾诛，起为吏部侍郎，以母老乞终养。至嘉靖初，复起为礼部尚书，辞不就。卒，赠太子太保，谥文庄。所著有《学史》、《简端录》。见《通纪》，及《从信录》。

按：人之为学，须识真、假二字。昔孔子与子夏论儒，亦教以识真假也。邵文庄愿为真士夫，即所谓君子儒也；不愿为假道学，即所谓小人儒也。盖士夫不可不真，而又难得其真。非谓绝口不言货利、可以为真，绝口不言声色、可以为真；必其心纯是仁义忠信,其行纯是忠孝大节,方可谓之真。若文庄者,由立家而立朝,正己而正人,始可谓真士夫矣。

先民遗轨

刘大夏,字时雍,号东山,广东华容人。弘治间,官至太子太保、兵部尚书。正德初,刘瑾用事,下之狱,王鏊、屠滽力为之辨,谪戍甘肃卫。五年,逆瑾诛,大夏自甘肃放还,在道蒙诏复前职。致仕还家,卒,年八十一。谥忠宣。其为人也,明识治体如贾太傅,通达国事如陆敬舆,质直不阿如汲长孺,廉洁不私如包孝仁,忠诚恳切如司马君实,是固先民之遗轨也。见《从信录》、《言行录》。

按:《言行录》之论刘忠宣,事事真切,毫无溢美。然忠宣自成化服官来,受知于弘治。忠宣知无不言,而孝宗言无不纳,虽内阁近臣所已言已行者,犹必以忠宣正之。方之虞、夏之皋、夔,商、周之伊、吕,亦无少愧者。"先民遗轨"之称,岂溢美哉?

尤所难者,一日孝宗召忠宣至便殿,曰:"事有可否,每欲召卿商议,又以非卿分内事而止。今后有当行当罢者,卿可写揭帖密进来。"忠宣曰:"不敢。臣以揭帖密进,朝廷以揭帖显行,是亦前代斜封墨敕之弊也。陛下所行,远法帝王,近法祖宗。事之可否,外付之府部,内咨之内阁可也。如用揭帖日久,上下俱有弊。"

观此一事,若非忠宣之至公无私,便不能作如此对。余故曰先民遗轨之称,惟此事为难。

免冠齿剑

梁储，号厚翁，正德间，内阁大学士。十三年六月，上复诏北巡，乃自称威武大将军太师镇国公朱寿巡边。又欲以朱彬为威武副将军，扈从以行，命内阁草敕。储奏曰："敕不敢草。"上曰："何逆命耶？"对曰："凡事可将顺，独此敕不可草。"上曰："何不可？"对曰："陛下为君，乃自卑而例于臣。臣草敕，是以臣名君，故不可。"上大怒，手剑立曰："不草敕，齿此剑。"储免冠，解衣裳，伏地流涕曰："臣逆命有罪，愿就死。草敕以臣名君，臣死不敢奉命。"良久，上察其诚，亦自悟，掷剑而起，不复促草。见《从信录》。

按：霍文敏曰："梁文康在武宗朝，色温言孙，无所忤于权奸；潜济阴图，权奸亦不大肆。"

陈东莞曰："文康立朝四十余年，多自蔽掩，不夸己功，不言人过，施德于人不责报。有庇其德，反操戈者，亦不较。谤语至，居之恬然。"

观二公言，则文康纯是一团和厚气味。至于"免冠齿剑"一事，大有中立不倚、大节不夺见识。若敕一草，不惟臣之上名乎君，亦且君之下同乎臣。冠履倒置，其如王纲何？故伏地流涕，就死不顾，绝不复存和厚气象矣。盖其和者在气，而刚者在骨。于武宗间，多少回天事实，皆文康力也。

至于居官不畏姿横、逆濠无馈籍之记，治家多慕清净、园田少负郭之饶，何不本免冠齿剑一副骨格！

忠孝一家

冯恩,嘉靖间御史。因天变,彗孛入井,上疏劾张孚敬之奸久露,汪鋐、方献夫之奸不测:“陛下去孚敬,而不去此二人,天下事未可知也。”鋐恨甚,欲即杀之。孚敬曰:“不可。此子立名非真,即杀之,吾侪任其咎,而遂成孺子之名。姑纵之,久当自败。”遂得长系待狱。及朝审,汪鋐以太宰东向坐,恩故向阙跪。鋐令番卒拽之西向,恩乃僵立曰:“汝能杀我乎?死且为厉鬼杀汝。”鋐曰:“吾且杀汝,俟为厉未晚也。且而自谓气节乎?狱中受诸馈遗何节也?”恩曰:“患难相恤,义固当尔。且狱中死囚,岂有官爵鬻人,而婪其货乎?汝受某金,擢都宪;某玉瑶,起废。罪可擢发数耶?”鋐起,欲以手批之,为同僚所格。遂书情真应决。王邦相曰:“不可。我朝一百六十二年,不杀言官,吾侪安得作俑?”上微闻是语,遂免行刑。其母吴氏,击登鼓声冤,子行可,请以身代,皆不报。甲午冬,行可于长安街,刺血书疏,自缚阙下。通政陈经见而怜之,为引奏。帝动容曰:“忠孝乃出一家耶?”具贯之,遂得减死,戍雷州。见《通纪》、《从信录》。

按:忠与孝相因者也,必其能孝于亲者,然后能忠于君,故求忠臣必于孝子之门。冯御史之立朝,能忠于君,其平日在家,断能孝于亲者也。其子今日之能孝于亲,他日立朝,亦断能忠于君者也。“忠孝一家”之言,在冯公父子间,俱有余荣矣。世宗既明知之,而独不用忠臣,乃偏重用奸臣何哉?

遗表劝上

顾鼎臣，初名仝，字九和，号未斋，江南昆山人。性乐易，无畦町。自入讲经筵，即受知于世宗。及卒，遗表劝上："亲贤爱民，保护圣躬。"上览之悲悼，辍朝一日。赠太保，谥文康。见《皇明通纪》、《从信录》。

按：死以尸谏，固见卫大夫之直；遗表劝上，亦见顾太保之忠。千百年来，有两心共见者。

又按《状元图考》，文康父五十余而生，故既壮，每夜焚香，表祈父寿，愿以己寿益亲。一夕梦黄鹤从天飞来，近视之，即所焚表也；后一大"院"字末，有朱批数行，末云："自此以后，闻田单火牛，通行无滞。"盖弘治十八年乙丑之兆也。父八十，及见子登状元，又非其孝之所征云。

忠魂补

杨继盛，号椒山，北直容城人。嘉靖间，兵部员外郎，因疏严嵩系狱。乙卯冬，谳京城大辟囚，诏决九人，而论嵩之继盛与焉。临刑，作诗曰："浩气还太虚，丹心照千古。平生未报恩，留作忠魂补。"妻张氏，疏斩臣首以代夫，为嵩所抑，遂遇害。见《从信录》。

按：臣之于君，其分宜忠，则君之于臣，亦宜乐夫忠者。而反乐不忠，却深恨夫忠者，与奸臣之于忠臣等，其意何归耶？不知天之生奸臣最多，生忠臣独少。奸臣多，则在君侧者奸臣，造罅者奸臣，扇飏者亦奸臣也。是以君之独恨夫忠臣也。

椒山先生之在明,真可谓忠臣矣!马市之验,世宗亦知之矣。乃被奸臣之谋而遂遇害,则又非可甚咎奸臣之奸也。然而忠臣岂以害自危?即有生之初,禀天地之正气;此气原自浩然,非可参后起一分作意。故椒山当日,“十不可”“五谬”之疏,一大报于马市;“十罪”“五奸”之摺,又大报于国政。犹云未报,留魂以补之。其为忠也,盖不止尽于生前,而犹图于死后无愧矣。若椒山者,真可谓忠臣矣!不有夫人,何以配之?愈以识天地之正气,自具奇偶无差。

至孝

夏旸,江南通州人,习石工,目不知书。志行纯笃,事父母至孝,衣冠多从之游。有鹾使至,召见,自伤遣养,亲执手洒泣,制新衣亲衣之,以表其意。欧阳,理学名臣,为郡博,日造其庐,剧语不忍去。既卒,督学黄弘毗祠之。见《从信录》。

按:齐夔之孝著于《书》,北山蓼莪之孝咏于《诗》,鸡初鸣、衔盥漱之孝,则见于《礼》。古来之孝子仁人,美其事于书中多矣,必其知书,而后知孝。然知书而后知孝者,则其孝庸,未可以为至孝也。唯至孝,乃从天性中流出,事事切中乎父母之情。非如此则其心不安,何常有所观感,执着粗迹而然哉?

夏公石工耳,其业甚微,目不睹乎诗书,身不泽乎文物,名为读书者,未必不从而鄙之。而真正读书学人,不以迹限,衣衣造庐,为其至者所感也,亦曰以其性然耳。要知此石工,与宋之安民,俱堪不朽。

补记:

其至孝事实:严冬侍父寝,温溺器,怀中俟用。既死,奉主如生存，大小事，必启而行。母久病，亲侍汤药，不入妻室者三年。雪夜，母忽思药，越城叩市，惮寒无应者，公哭请乃得。其子为弟忿殴，恐伤母心，含泪不言。凡此皆人之所难者。

得良死

唐顺之，字德应，江南武进人。博学强记，凡六经、子、史、兵法，以至算时，无不精透。由兵部主事，改翰林，与王遵岩、陈后圃、高苏门，并以诗文名当世。既闻阳明之说，始知中庸之道。于是以圣贤为法，以经济为期，以廉靖为本。尝曰："文字不过应酬之作，看山中静坐十年后何如？"屏居林下三十年。因倭乱荐起，巡抚淮阳。有病，乃曰："死固吾志，今得良死舟中矣。"遂卒于军中。学者称为荆川先生。诏赐祭奠，立祠扬州。见《从信录》、《广舆记》。

按：品于生见，必至于死而后定，不然，虽生犹勿生也。然必立一生之品，以至于死，则虽死犹生。

荆川先生，文章盛矣，其品尤佳。佳处在生之时，即乐得一死。夫乐死也，意在死国，不意其得死也，竟在于家。死家死国，同是一死，志乐于死国，虽得家而死，其心未尝不良也。已得良死，先生之品定矣，岂徒以文章足法哉？

躯壳相纽

王在复，江南太仓人。随父读书城外，忽遇倭乱，同父奔入城居，中途相失。复已脱身二里许，辗转寻父，闻为倭所执，急趋父所。见倭以刃背其父，即以身蔽之，痛哭求免。倭怒挥刃,父子遇害,二首堕地,而躯壳犹相纽不释手。台使上闻,旌其庐。见《从信录》。

按:倭无人伦,何知有孝?当孝子抱父痛哭之时,稍有人心者,未有不怜其子而释其父,竟忍因其父而并害其子,此倭之所以为倭也。及至身首异地,而躯壳犹然相纽。其不释者手也,而所以不释者心;不释手者气也,而所以不释手者性。夫人既得心性中一段精灵不坏之体,何有于是躯壳哉?是知孝为庸德,而孝子之孝进乎神矣!

友也

穆文熙,礼部侍郎。隆庆初,科臣石星,上图政理以慰人心。上怒,命廷杖,御五凤楼潜察杖者,而中朝阉吏,戒毋纳给事从人。而文熙星友也,恐遂以杖毙,乃先以义白缇帅,而身掖蔽星。阉人共詈之,文熙且詈且掖,以出,星得以不死。见《从信录》。

按:自市道之交兴,而下阱石溺死灰者遍天下矣。岂知夫友者,友以德也。故穆君自视,我与石君友也,而可以漠然视之乎?是以不顾自身,而以身蔽友。友得不死幸也,万一友死而我与俱死,亦幸也。此盖以古道处友,非可求之晚近也。惟是时王世贞、徐中行,于杨椒山临刑,执手泣决,以经纪其丧事,要皆诚心相质,不欺死友者。

刃父仇

王世名,浙江武义人。年十七,父良,为族侄俊以争屋殴死。世名恐残父尸，不忍就理，佯听其输田议和。凡田所入，辄易价封识，俊有所馈，亦佯受易值封识，锱铢罔缺。绘父像，自像带剑侍，悬密室，朝夕泣拜。购一刃，铭之“报仇”字，母妻不知也。服阕，游邑庠，不专事举业，惟手书忠孝格言一编，佩之。已诞子甫数月，抚之，谓母妻曰：“吾已有后，可以死矣。”一日俊饮于邻，醉归，世名乃迎而挥其所购刃，立碎其首，以报父仇。故毙于众，归以白其母。遂出其所向封识租价馈值，及宿构首状，赴邑请死。时万历九年正月也，去父之死，六年于兹矣。邑令验所封识，访之士民，知报父雠实，乃曰：“此孝子，不可令对狱卒。”别馆之，上其事当道。当道委金华令，往检父尸，有伤，子未应得死。世名曰：“吾忍痛六年始发，为不忍残父尸故也。以吾命抵仇命，奚检为？”武义令欲白于上，免检其父，以全孝子。世名曰：“非法也！非法无君，何以生为？”遂不食死。见《孝廉张凤翼传》、《从信录》。

按：孝子宿抱父冤，潜怀壮志，强颜与仇同室，矢愿终不共天。封买和之赀，不遗铢末；铸报仇之剑，罕露微芒。就理恐残父尸，即死虑绝亲后。刚肠耐烈，忍痛可延；岁序勿停，快心靡已。及甫生儿一岁，谓可从父九泉。遂挥刃于仇人，甘投身于法吏。孝子之心可无憾，当事之士为宜原。然卒检其父尸，以致孝子死也，岂不大可惜哉？故徐元庆之复父仇，而自囚诣官也，识者以陈子昂之议为非，而以柳宗元之议为是，良有以也。

且孝子身抱父痛，日接父仇，含忍六年，而圭角不露。是荆轲之不能忍于易水，留侯之不能忍于博浪，孝子能忍之，其智足多也。至手刃父仇，视死如归，虽聂政死韩、程婴死赵，何以加焉？可不谓勇乎！又不欲以一死易三尺法，第令当官守之，虽忧国奉公之祭遵，亦不过此，盖孝而能忠矣！有子云：“孝弟为仁之本。”孝子有焉！

记昭过

邹元标，号南皋，江西吉水人。仕至掌宪，魏忠贤恶之，削籍归里。惧母泊大江，去十余里，元标亟取夫。会署篆他之，邑簿尉相次来谒，辞不见，夫皆星散。计无所之，乃持尺牍呼尉至，而厉词诘之。须臾夫集，舟行。家僮喜，谓：“不厉词则不惧，不惧则夫不集，而舟不行。”元标退，深自惭悔，呼尉至，以好语慰劳之。因自讼曰：“维桑维梓，必恭敬止。彭泽吾桑梓地，奈何以一尉而遂忘恭敬之心乎？生平以理性为主，兹词暴气粗，恐不可令知者见，且不过谓尉可欺耳。万一尉有陶彭泽其人者，束带以去，遂为世僇。人怒可轻视哉？”或曰：“圣贤处此何居？”曰：“圣贤宁敬容以俟，不忍以一事而戾中和。”因记之以昭过，谓：“不如是，与家僮有喜心者何异？”谥忠介。见《纪录汇编》，与《南皋自记》。

按：过者，无心之失，七情俱有，而怒为尤易。有之在乎有以遣之，方不终为过也。南皋先生忧母辱尉，是为无心之过矣。此时若自掩自饰，便启人以疵议之端。惟其自讼为昭，则暴气自平，性情可正。盖日昭以自新之美，将向记之以昭过者，过不复昭矣。孔子谓讼过所未见者，余于先生见之矣！《记》载先生“谦光古道，浑浑赤子之心”，谅哉！

何以谓怒之易有？怒如强弩之发，字从“弩”省“弓”，当以“心”节之，故从之以“心”。有感而附记于此。

割肋取肝

陈镛，湖广施州卫人，性至孝。母遭疾，虑不起，乃旦夕拜祷。割左肋，取肝方寸，和粥进母，以桑皮线纫其疮，母疾遂愈。见《广舆记》。

按：人子之事父母也，一身之外，无不可以行其孝者。惟在乎心之所注，奚必以人子之肉，转而啖之父母哉？或曰，此母病也，一时无聊之极致，只冀母之一生，不顾己之万死，竟取其肝以食母。且肝居左脏，谓之血海，少有所伤，则血淋六腑，势必至死。况割去寸余，仅以桑皮线纫疮所能活者也。万一食母不起，而身先亡，岂不重母以杀身之戾乎？此陈公之割肋取肝以愈母疾，虽曰精诚所格，大抵出于侥幸归多。余故曰“孝子之事亲，在乎心之所注”，不当好为苟难也。何也？曾子之全受全归，即一发肤不敢毁伤，岂忍以一肝饷亲为孝乎？惟视理之所安而已。若于理外妄求，反于理中有所碍，故出此论耳。世有父母病，人子漠不相关者，观陈公之所为，应为愧死无地，不又为陈公之罪人哉？

焚券还金

沈某，号敬川，浙江嘉兴人，天性高明，喜读书。以父母年高，每诵季路“树欲静而风不息”之句，黯焉神伤。遂弃去章句，留心盈缩之计。以为甘旨地，色养之隆，尤藉二闻、更夫，大畅其志。亲殁，哀慕如生。二阃连丧，笃念伉俪，题其居曰“雁贞寓”，以决不再娶之志。然所亿饶乏，随意立券，以通有无。有久负金人,一旦赍其子母来偿。敬川大异之,问所从来。得之鬻妇,乃亟以金追还完偶,焚昔券。是人后生数子。又西晋人携重赀至禾,恐旅中有失,全顿其家。卒盗起,掠无遗物,客亦自谓寄金安得独留。已竟出所寄还之,无异。见《从信录》、《嘉兴府志》。

按:金者,生人之大命也。见之高者,每掷之而不顾,故能释其意与天下共之。

沈公向固贫,见金宜乎珍惜。到得多金之时,而每不自有金。焚负券以遗其金,获全生离之夫妇,已为孟尝君不借弹铗者之所为也。至于持厚赀全秦客于虎口,激公愤脱舟人于黑挛,此德何可泯也。有子自省,以文学补中翰。奉敕书发赈江右,公速其行,而饥民起色;运饷山海,公劝其驾,而馁戍腹充。急公好义,良可嘉尚之褒,在公真不可朽矣!

尸余半腿

李文咏,江南昆山县庠生,性孝友。父大经,沂水知县,休致居家,独寝书室。万历乙亥冬,夜陡然火发,文咏卧室,与父悬隔一墙,惊号悲救。突入,蕲以俱出,而炎燎煽天,栋榱尽覆。横身翼父,而竟不得免,父子俱遭煨烬。夜半火息,捡拨瓦砾,见父剩全尸,子余半腿。时督学御史陈子贞,嘉其杀身成仁,殉父全孝,疏旌奖。见《题疏》、《昆山志》。

按:人之有身,原父之遗也,一而二、二而一者也。世人于父既遗之后,只知有己之身,便不知有父之身。或衣或食,多于己身经其饱暖,于父身不复照顾者,比比矣。况复捐其己身,以殉父身哉?

李公性既真，学亦到，平日无不孝事其父。至于父罹有难，即火坑无不斡全，以父之身还之于父，何计有半腿之余耶？然既已遭火矣，惨迫之情，极知父不得生。故以身翼父，冀父得全其死，此公心之大慰者。果父尸获全，而遗其子以半腿，正以彰其心为救父之实效，非天之忍以残其尸也。然其尸虽残矣，公之心断乎不灰。观者知之。

舐目

陈荣，福建建宁人。母双目失明，十年，百药罔疗。忽闻舌舐可愈目疾，为之口舐数十遍，母一朝豁然开视。又邻火及庐，荣从外奔救，抱母号呼；须臾风返，母得无恙。又郡城水灾，人民漂没；荣与母两地随流，各附一木，潮达，卒遇其母。官舫郡守，夜梦神告：次午，孝子附舟。郡守舣舟，待之日中，一木冲岸，视之则陈荣也。郡守惊诘："何以孝遽动天？"荣曰："予何知，惟不敢忘母而已。"见《通纪会纂》。

按：疾以药愈。目之疾，药偏所难愈也。陈母目已失明十载，则不知已募尽百药，欲以愈之，而终不愈。孝子岂忍其不愈哉？故试其方于舌。舌尖锋利，舐之则蒙翳可去。然果得开朗，此舐目之意，颉之黔娄之尝粪，同一无聊苦衷，奚翅循温净少节也哉？是以风可使返，木可致附，出其母于水火之中。孝子虽不自知，要非其孝之有以动天，未必种种通神若斯之奇也。

颜色如生

倪元璐,号鸿宝,浙江上虞人。壬戌进士,崇祯朝,户部尚书,兼翰林学士。甲申闻变,叹曰:"国家至此,臣死有余辜。"乃沐浴冠带,服绛衣,北谢天子,南谢母。索酒对寿亭侯像,三浮大白,题几案曰:"南都尚可为,死吾分也。"谓家人曰:"慎勿殓我,以志吾痛。"遂缢死。三日后,贼突入,见颜色如生,惊愕而去,署其寓曰:"忠义之门"。一门殉节者十三人。谥文正。见《通纪会纂》、《剿闯全书》。

按:忠臣之事,非当于临时善处以目之,则有成乎其素者,若倪公是也。愚自总角时,读先生文,即知其矫矫异尚,不与凡为文者伍,便已凛然想见其为人。

及读史至先生死忠事,非若出于不得不然之意,故其颜色不变。浮三大白,神闲气适,全从学问中来,绝非矫勉于一时者也。将死之颜色如此,死后之颜色,而有不能吃贼人之惊乎?嗟乎!先生之死,愚当为先生惜;先生之死,为贼人所惊,愚转为先生快也。宜为越郡三忠之首。

泣忠魂

周凤翔,号巢轩,浙江山阴人。戊辰进士,官左春坊左庶子,兼侍讲学士。崇祯甲申,帝崩,梓宫暴露东华门外,凤翔赴哭恸绝。归寓,遗书诀父曰:"男今日不亏辱此身、贻两大人羞,吾事毕矣。罔极之恩,矢之来生以报。"复作诗一首,有"碧血九泉依圣主,白头二老泣忠魂"之句。向阙再拜自缢,二妾从之。见《通纪会纂》。

按:魂与魄,相依者也。当夫人之生也,魂来而魄斯立;人之死也,魄落而魂转升。此其常也。安有魄散而魂不散哉?必其平日先为此魄,作一不坏之计,而后于此魂,定有可招之理。周公之忠魂欲泣,弥漫太虚,怨别玉虬之驾;衍延千古,愁停云驭之车。是以哀吾音者,在临别血辞;壮吾怀者,在长留青史。

下马罗拜

刘理顺,字洪六,河南杞县人,甲戌进士。及第,人皆荣之,理顺曰:"吾惧伊始,何荣为?"授左春坊左中允。甲申之变,李自成入城,遣令箭传觅。理顺闭门不应,酌酒赋诗,题于壁曰:"成仁取义,孔孟所传","文信践之,吾何不然?"与其妻妾及子孝廉,并仆婢一十八人俱缢。少顷,贼持令箭至其门,曰:"此吾乡杞县状元也,居乡极善,里人无不沐其德者。今奉李公子将令,特来护卫,何遽死耶?"数百人下马罗拜,涕泣而去。谥文正。见《剿闯全书》、《通纪会纂》、《广舆记》。

按:史称当时死难者最多,而谓臣死君、妻死夫、子死父、仆死主,尽一家俱殉,以刘状元为最,此亦为有道者言也。若夫不知三五之贼人,将无所不为,而于陷城之日,他务未遑,尚依依于状元,有不忍死之之意,则状元平日善行,足以深信于贼人可知矣。故于其死也,下马罗拜。数百人不谋而合,可见良心尽人所同有,非状元不有以感之不能也。

谨维刘公绝命之词,借文山《正气歌》,点衬一二,绝不自出意见,而意见更卓。文公为宋状元,刘公为明状元,故其学同文同,而行无勿同也。

断膝坐骂

王章,字云屺,号芳洲,江南武进人。戊辰进士,官河南道御史。崇祯甲申,分门坐守,昼夜巡察防御。见李自成大队逼彰义门,章知势不可支,急督兵赴战。外城已破,随即紧守平则门。喧传崇祯晏驾,军民乱窜。章乃奋臂大呼,连击二阵,伤贼甚多。贼攻愈急,雉堞而上,从人骇走。贼令降官说云:"王御史若早降,自当重用。"章叱之曰:"你这无父无君贼子,不知报国,反说我降。"骂不绝口。贼兵持刀砍断其膝,仍坐地大骂。贼怒,乱砍殒命。见《剿闯全书》。

按:懒道人所吊先生诗:"大厦难凭一木支,靡他自许独登陴。鼓沉夕照神逾劲,旌落晨星志不移。血溅山陵酬祖报,魂依宫树答君知。生来佩画丸熊教,白刃锋头炼孝思。"

观此,则先生之生孝死忠,两无遗憾,宁仅以断膝、坐犹骂贼一节见长哉?

葬先帝

李国桢,袭襄城伯。崇祯甲申城陷,贼舁帝后梓宫于东华门外,设厂,百官过者,莫敢进视。国桢泥首去帻,跄步奔赴,跪梓宫前大哭。贼执见李自成,复大哭,以头触阶,流血破面。贼众持之,自成以好语诱之降。国桢亦以好语诱之曰:"有三事从我,即降。一祖宗陵寝不可发,一须葬先帝以天子礼,一太子二王不可害。"自成默诺之,扶出,因以天子礼葬先帝于田贵妃墓。惟国桢一人，斩衰徒步往葬。至陵襄事毕，恸哭，作诗数章，遂于陵寝前缢死。见《通纪会纂》、《剿闯全书》。

按：明末之世，事不堪闻。千山不市，万谷停航；当面惟号，举头有哭。储粮赍寇，孰悬义男之旗？草木疑兵，谁举艳妇之焰？愤河上之卢植，地肺言遵；鄙哭酒之庾踞，天邑永去。三千林羽，飞出云端；一二忠魂，韬从泉下。怏怏失职，念大行之暴殡何人？悻悻高官，非柳棺之覆篷安在？惟赖老成定命于战骨山中，高瘗涂脑之肝；残息扶危于征魂水里，倒仰填洫之泪。尚向梓宫一拜，万死无辞；得负长陵一抔，九泉瞑目。报君以礼则仇报，不致死为徒死，奚必谈报耻之虚词？安君于土则心安，不必生为独生，自有大安众之事实。无愧文正，方为襄城。

遍身书字

许琰，字玉重，江南长洲人，生员。崇祯甲申，李自成陷京师，琰呼天痛哭曰："我命当尽，岂忍苟活？"题诗于壁云："正想捐躯报圣君，岂期灵日坠妖氛。忠魂誓向天门泣，立乞神兵扫贼群。"遂解带自缢，家人力救得苏。明日，潜往福济观，入室投缳；陆道士知觉，复救苏。随往胥江投水，潞藩又命水哨捞起，送丁钺武家。坐堂上，取笔砚，遍身书"崇祯圣上"四字，宛转哀号。钺武防伴，往报乃弟玉暎，哭劝方归。适友早过，言哀诏久；琰闻之，一恸几绝，遂绝粒。无力操笔，口授一诗云："平生磨砺竟成空，国破君亡在眼中。一个书生难杀贼，愿为厉鬼效微忠。"饥极作呕，呕尽继之以血，血尽喉肿，舌吐二寸余，气绝。距初不食七日也。

见《剿闯全书》《通纪会纂》。

按:玉重先生,平生品行矜卓,学问与德性俱醇。十七岁时,母张氏病,割股以疗之,孝道普著,人咸风之。甲申之变,意坚于死。投缳而被援,投水而被捞,不得不觅一死于饥,庶无复挽之术。盖孝而能忠,自不侔于但有激烈者。遍身书字,以识生固不忘,死亦常依,则又尽忠而能纯矣。

待清居士,为之赞曰:"乾坤倒易,冠裳灭裂。善哉先生,砥柱气节。孝子忠臣,无忝名实。生不得志,死誓杀贼。见者伤心,言之酸鼻。义士百年,报君一日。儒冠有人,穷酸气烈。高风悚息,靦面耳热。天门可闻,神鬼欲泣。日月争光,河岳并立。柱上逆血,匮中化碧。"

刎颈交

孔四郎,浙江绍兴人。人物俊雅,通文墨,尚气节。因父选四川主簿,未任,殁于京,遂失身为小唱。缘托迹勋卫常守经家,感其德,已为刎颈交。守经每出入缙绅,必携之同往。李自成破京师,守经家赀累万,与四郎计议,将金银窖于他所。自成部将官抚民,访知,差兵拿守经。夹三夹,完银四千两。又拿四郎,四郎不得已指窖所,得免。仍以守经解自成发落,数日后同诸勋戚皆斩。抚民见四郎眉目奇秀,语言聪慧,心甚爱之,遂留帐下。四郎心忆常台,怏怏不乐。次日别营醉归,又呼酌酒,命四郎讴歌侑酒。四郎愤极,至夜深,乘其熟睡,潜起取刀,砍贼误中其股。贼惊喊,四郎乃提刀骂曰:"我与常守经恩沦骨髓,誓同生死。你这贼囚,既取其财,复伤其命,我为常守经报仇,恨未遂愿。死必为厉鬼,且将呃汝之喉,食汝之心矣。”遂自刎。头已落地，尸犹挺立不仆。贼将大惧，呼贼兵推之，始倒。见《剿闯全书》。

按：刎颈之交，名耳，未必果为刎颈也，总言不避生死而已。四郎与守经交诚善，朝夕相携，出入必偕。虽亦言恩沦骨髓，大抵因其财物布趁，未必出于道义之公，亦犹官抚民留之帐下故事。不然，何生父之客死他乡，不当留心思念，只为一身口食之计哉？然既与之相交，沦入骨髓矣，则平日之相知相爱诚深。顾出其死力以相报，亦情之所宜也。四郎竟砍贼之腿，自刎其头，则所谓刎颈交，见之空言者，已于四郎蹈其实，奈何以交非道义小之耶？是以为道义者，尤当缘此以自励。

图书在版编目(CIP)数据

释妙明集　李际时集　季元春集　林之松集　林汉佳集　周鉴集　陈应辰集 / 徐三见，楼波，王友正整理、点校. —杭州 ：浙江大学出版社，2020.6
(温岭丛书)
ISBN 978-7-308-20054-7

Ⅰ. ①释… Ⅱ. ①徐… ②楼… ③王… Ⅲ. ①古典诗歌—诗集—中国—清代②古典散文—散文集—中国—清代 Ⅳ. ①I214.92

中国版本图书馆 CIP 数据核字(2020)第 032859 号

释妙明集　李际时集　季元春集　林之松集
林汉佳集　周鉴集　陈应辰集
徐三见　楼波　王友正　整理点校

责任编辑　王荣鑫
责任校对　蔡　帆
封面设计　项梦怡
出版发行　浙江大学出版社
(杭州市天目山路 148 号　邮政编码 310007)
(网址:http://www.zjupress.com)
排　　版　浙江时代出版服务有限公司
印　　刷　绍兴市越生彩印有限公司
开　　本　880mm×1230mm　1/32
印　　张　22.5
字　　数　544 千
版 印 次　2020 年 6 月第 1 版　2020 年 6 月第 1 次印刷
书　　号　ISBN 978-7-308-20054-7
定　　价　128.00 元
